Matthias Politycki
Ein Mann von vierzig Jahren

Matthias Politycki

EIN MANN VON VIERZIG JAHREN

Roman

Luchterhand

Vollständige Ausgabe nach dem Text der Fragmente, wie sie von Gregor Schattschneider in seiner Pension auf Frauenchiemsee, Bayern, zurückgelassen und von Eckart Beinhofer bis zu dessen Verschwinden gesichtet, numeriert und vorsortiert wurden. Nach grundsätzlicher Revision neu angeordnet, herausgegeben und mit Anmerkungen versehen von Leopold Wegensteiner. Mit einer Nachschrift von M. P.

Die in diesem Roman auftretenden Personen sind, auch wenn ihre Namen mit denen aus dem »Weiberroman« übereinstimmen sollten, rein fiktiv; Behauptungen über diese Personen, deren Handlungen oder über Ereignisse der sogenannten Zeitgeschichte sind nicht mehr als Behauptungen Gregor Schattschneiders, Eckart Beinhofers, Leopold Wegensteiners oder jedes anderen, der als Urheber vorliegenden Textkonvoluts in Betracht gezogen werden kann.

1 2 3 4 5   03 02 01 00

© 2000 Luchterhand
Literaturverlag GmbH, München
Satz: Greiner & Reichel, Köln
Druck: Druckerei Pustet, Regensburg
Alle Rechte vorbehalten. Printed in Germany.
ISBN 3-630-870633-5

INHALT

MARIETTA

Oh ja, Sie haben recht: Namen gibt's, die sind fatal, sind unberechenbar und stolz und schlank, sind voller Eigensinn und Willen. Wohl aber werden Sie auch zugestehen, daß es bloß einen einz'gen Namen gibt, der grün ist, ganz grün und ganz grau und ganz blau ist, obwohl Sie ihn mit beiden Händen fast umgreifen könnten: einen einz'gen Namen, der alles heißen könnte und dann doch nichts heißt als: Marietta –

»Kein Grund zur Panik«

, legte ihm Mascha ihr linkes Bein über die Schulter und winkte der Tresenschlampe, damit sie gleich, »wie es sich gehört, du Stoffel«, mit ihm anstoßen konnte: »Kein Grund zur Panik, Grischa, die Pubertät hört bei euch Männern ja nicht mal mit vierzig wirklich auf.«[1]

»Von wegen ›naughty forty‹«, winkte Max mit seinem Bierglas vom andern Ende der Couch eine Art Herzlichen-Glückwunsch, ohne dabei mit dem Blick von der Bühne abzuleiten: Gregor werde's jetzt ja selber sehen, daß man mit vierzig so langsam in ein Alter reingerate, wo man eher vor dem ████████ fliehe, vor dem ██████████████████████████, als es, naja, als ihn anzustreben.

Während die Tresenschlampe mit aller vorwurfsvollen Umständlichkeit Pikkolos herbeischlurfte, während die Tresenschlampe ihr Mitternachtslächeln aufsetzte und nicht wußte, ob sie Gregor gratulieren oder Mascha berüffeln sollte, weil die in ihrer russisch-unorthodoxen Art mal wieder die Spielregeln auf den Kopf stellte. Gregor lächelte zurück und war im übrigen sehr damit beschäftigt, der Wölbung von Maschas Unterschenkel hinterherzuspüren und dabei so zu tun, als sei's ihm lästig, das langsame Hin & Her an seinem Hals, als bemühe er sich vergeblich, das Bein, die Wölbung, das Glänzen der Wölbung zu ignorieren, ja, als sei ihm alles im Moment lästig: Mascha, die zum Glück bald runterrutschen würde von der Sofalehne, weil sie als nächste auf die Bühne mußte; Erykah, die ihm von ebendort, breitbeinig wippend, breitbeinig kreisend, aufs allerwerteste gratulierte und, zwischen ihren bronzebraun schimmernden Beinen hindurch zwischen ihren bronzebraun schimmernden Kniekehlen: die Lippen zum Kußmund zusammenrollte. Die Lippen auseinander- und eine rosafarbene Kaugummiblase daraus hervorstülpte, die (wie oft hatte man das schon gesehen!) ganz langsam größer sich dehnte –

ganz langsam noch größer sich dehnte –

noch größer –

und –

– platzte, die Blase: Alles lästig, die leuchtenden Lippen von Erykah, ihre leuchtenden Zähne, das »Ho-ho« aus der Nachbarkoje, das schräge Licht, die schräge HipHop-Version von *Staying Alive*, der Dunst, die vielen dicken Leiber rundum, nicht zu vergessen: Max, der den gesamten Abend dazu nutzte, vom DAX zu schwärmen und seiner »Performance«, von »Blue Chips« (»Mann, triple-A, sag ich dir!«) und ihrem »Kurs-Gewinn-Verhältnis« – lästig, das alles, oberlästig und nicht mal annähernd so, bemühte sich Gregor auszustrahlen, wie ein 22. April zu sein hatte, jedenfalls kurz nach Mitternacht.

Am wenigsten lästig
, natürlich, war Erykah: Je mehr Wäschestücke sie sich vom Körper zog, desto unberührbarer wurde sie, eine rituelle Verzögerung sämtlicher Bewegungen, eine autoerotische Eskalation der Langsamkeit – man hätte sie prügeln wollen, so herrlich langsam wippte sie dahin. Ja, Erykah, deutlich für jeden im Raum zu spüren, verzauberte sich selbst, wunschlos befriedigt von ihrem eignen Anblick, den ihr die Spiegel rundum zuwarfen, eine sakrale Nacktheit, die einem nichts andres übrigließ als festen Arsches zu sitzen und zu hoffen, daß sie immer dort oben bleiben würde, auf der Bühne, und zu hoffen, daß sie dort endlich verschwinden würde, so daß man sein Bierglas wieder ergreifen und die Demütigung vergessen konnte.

Aber genau das tat sie nicht, kniete sich vielmehr an den Bühnenrand und, unterm allgemeinen Anfeuerungsgejapse, beugte sich zu einem runter, der bislang bloß als kahlgeschorner Hinterkopf existiert hatte, als dünner, langgestreckter Hals, um den sich ein FC Bayern-Schal schlang. Beugte sich runter – wie oft hatte man das schon gesehen! – beugte sich runter, der Schalträger wagte's nicht, sich zu rühren, beugte sich rüber zu ihm und: klebte ihm ihren Kaugummi auf die … bereitwillig rausgestreckte Zungenspitze.

Immer hatte sich Gregor bemüht
, seinen Geburtstag unter Ausschluß der Öffentlichkeit zu verbringen oder jedenfalls: *allein* mit der Frau zu verbringen, um die's gerade ging: sei's mit Lou, mit Katarina, mit Eva, die zwar immer besonders nett sein wollten, freilich meist alles verdorben hatten,

weil sie derlei gern zum Anlaß nahmen, um über »den weiteren Verlauf unsrer Beziehung« zu diskutieren; sei's mit – seit jenem verrückten 22. April '94, kaum daß er ihr die allererste »Hausmarke« ausgegeben hatte – sei's mit Mascha, die auch den April des darauffolgenden und den April dieses Jahres nur zum Anlaß genommen, ihren Unterschenkel über seinen Hals zu streicheln, hin & her, als ob's mit ihr immer so weitergehen und man selber höchstens damit beschäftigt sein würde, sehr desinteressiert dreinzusehen.

Diesmal jedoch, dunkles Wetter draußen und drinnen erst wenige Minuten nach Mitternacht, diesmal hatte sich's nicht verhindern lassen, daß auch Max mit in der Koje saß, sein bester, sein einziger Freund aus Lengericher –

sein definitiver *Ex*-Freund aus Wiener Tagen –

Max Schmedt auf der Günne, ein sogenannter guter Bekannter inzwischen wieder oder gar so was wie ein Fastfreund: dem's an der Zeit jetzt schien, seinen Pferdeschwanz in die Hand zu nehmen, rasch und kräftig dran runterzustreichen, mit vorwurfsvollem Blick ein paar Haare aus der Hand zu zählen und, den Haaren vorwurfsvoll hinterhersinnierend, mit seiner »Geburtstagsüberraschung« rauszuplatzen:

Ein Kinderspiel sei's übrigens nicht gerade gewesen
, zischte er an Maschas Unterschenkel vorbei und in Gregors Ohr hinein: nicht gerade ein Kinderspiel, aber als er ihr erzählt habe, daß Gregor »ein begnadeter Klappentexter« sei, da habe Marietta ihren Widerstand aufgegeben, »noch einen von Eckarts alten Schulfreunden« einzuladen.

Klappentexter? So was gibt's wirklich? habe sie ihn, Max, gefragt, und: Ob das nicht der sei, mit dem sich ihr lieber Mann zerstritten, mit dem er kein Wort mehr gesprochen seit Jahren?

Wieoo *Schul*freund? fragte sich Gregor: Den ham wir damals doch immer bloß verprügelt?[2] und verfolgte mit einem Auge das Bühnengeschehen, verfolgte, wie Erykah Anstalten traf, sich ihres letzten Slips zu entledigen – zunächst würde sie ihn ein paarmal über ihre Hüftknochen schieben und wieder zurück, als sei sie unschlüssig, und dann, als habe sie's plötzlich sehr eilig, mit einem einzigen Sekundenschwung bis zur Stiefelspitze runter und, noch in derselben Bewegung, hinter die Bühne.

Wo er doch dermaßen oft gemault habe, er würde auch mal gerne! zischelte Max: Nun, an diesem Donnerstag, da dürfe er also, da sei's soweit. Und fuhr ihm, nicht ohne Mascha zu beschielen, ob sie was mitbekam, fuhr ihm mitsamt einem kleinen Briefumschlag in die Sakkotasche − Gregor unterdrückte ein: Na, ob das wirklich 'ne Eintrittskarte in ein andres Leben ist? −, nicht ohne den Stoff beim Zurückziehen der Hand mit seiner langen knochigen Neugier zu befingern, nicht ohne seine Überraschung, seine Enttäuschung, seine Empörung, seine Verachtung erst augenbrauenbuschig hoch- und dann an der Nasenwurzel zusammenzuziehen:

Fast hätte er's ja vergessen zu sagen − Gregor tue sicher gut dran, sich um ein »angemessneres Outfit« zu kümmern.

Angemessneres Outfit? wiederholte der, und die Welt drehte sich, jedenfalls auf der Bühne, drehte sich einen letzten Augenblick lang um die eigne Achse, verbeugte sich und war braun. Ehe Gregor dann freilich dagegenhalten konnte, ob's etwa angemessner sei, »wie ein abgewichster Immobilienhai!« rumzulaufen, »wie ein ver-krachter Börsenspekulant!«, »wie ein! wie ein −!«: klingelte das Max-Handy, wer weiß, an welchem Ende des Dow Jones der Bulle oder der Bär los war.

Herr Schmedt auf der Günne ließ seine Lieblingswörter los (»Shareholder's Value«, »Outsourcing«, »Joint Venture«); Mascha fragte, was sie da die ganze Zeit über betuschelt hätten; Gregors Hand rutschte in Richtung Sakkotasche:

Och, nichts Wichtiges. Max habe nur eben beschlossen, ihm morgen ein Sakko zu spendieren.

Gute Idee! schlug Mascha ihre Hände zusammen: Ob er ihm nicht eine anständige Hose dazuspendieren könne?

Es war nicht leicht, vierzig zu werden.

Wenigstens war Mascha jetzt dran
, im Aufstehen ratterte sie ein paar ihrer wundervollen russischen Rs Richtung Gregor, zupfte ein wenig am Straßbesatz ihrer Kostü-mierung, deren sie sich gleich entledigen würde − auf *zweit*beste

Art, denn an Erykah und ihr wippendes Weltbürgertum kam keine ran, jedenfalls keine im »Gasthof zur Nonne«, auch eine Mascha nicht. Obwohl die ja immerhin mal Kunstturnerin gewesen war, damals in Kasachstan, in einem früheren Leben, bevor sie vor drei? vier? fünf? Jahren mit einem halben Dutzend Koffer westwärts gezogen – anfangs in der Hoffnung, ihr Medizinstudium an irgendeinem Ort beenden zu können, wo man nicht ständig Schlange stehen mußte für Dinge, die schmeckten oder sich so weich anfühlten wie Seide, und sehr bald in der Hoffnung, sich mit ihren Handständen und Grätschsprüngen und Flicflacs zumindest auf halbwegs legale Weise »über Wasser« hier zu halten.

Obwohl sie natürlich vom Strippen keine Ahnung hatte.

Keine Ahnung davon

, wann eine Bewegung weich, wann sie hart sein mußte, wann sie rund oder eckig, langsam oder schnell auszufallen hatte, keine Ahnung! Statt dessen war sie Russin, obendrein eine, die sich immer wieder auf erstaunliche Weise die Glieder verrenken konnte; und daß sie sich währenddessen, quasi nebenbei, auch die Wäsche vom Leib wischte, durfte allenfalls als Zugeständnis an die Gepflogenheiten in der »Nonne« gewertet werden. Oh nein, eine Stripteasetänzerin im eigentlichen Sinne sei sie nicht, würde sie anschließend jedem erzählen, der einen Pikkolo dafür zu zahlen bereit war: jedem, der vom »Hofbräuhaus« ganz eigentlich schon auf dem Weg nach Hause gewesen oder ins Hotel oder zumindest zum Taxistand, dann aber doch erst mal die Treppenstufen rauf genommen hatte, vorbei an den rotumrüschten Schaukästen mit den vergilbten Herzchen, hinauf zur »Nonne«, zu Erykah mit ihrem »Hintern, auf dem könnste glatt 'nen G7-Gipfel abhalten« (Max), zumindest »locker an Doppler abstöin« (Poldi),[3] hinauf zur Tresenschlampe, zu Ulla und Helga, die sich von ihren bevorzugt skandinavischen Beisitzern gern als Dreiviertel-Exoten hofieren ließen, und eben: hinauf zu Mascha, die *wirklich* aus irgendeiner dreiviertelexotischen Vergangenheit kam, mit deren serieller Wieder-und-Wiederaufbereitung sie all diejenigen, die sich in einer der Seitenkojen verloren und einen Fünfzigmarkschein in sie investiert hatten, dann meisterhaft davon abzulenken verstand, daß es in einem »Gasthof zur Nonne« auch um was Handfesteres hätte gehen können als den real nicht mehr existierenden Sozialismus.

Oh nein, ein Animiermädchen im eigentlichen Sinne oder gar eine Animierdame war sie nicht – Mascha, die sich heute, »zur Feier des Tages« und weil sie ihre Haare ebensowenig leiden konnte wie Gregor, die sich heute gegelt hatte und ausnahmsweise nicht ganz so harmlos aussah, Mascha, mit der Gregor nun schon auf den Tag genau zwei Jahre zusammen
nein gewiß nicht: »zusammen« war, sondern höchstens: auf Widerruf »liiert«.

Allerhöchstens – obwohl das inzwischen nicht mal mehr Gregor so richtig glauben konnte.

»Global Player! Strong buy!«
belehrte Max sein Handy, während er sich mit der andern, der handyfreien Hand mehrere Vögel zeigte und dann sehr schnell auf einen Taschenrechner eintippte, der jede Zahl mit einem kurzen hellen endgültigen Piepston quittierte.

Der rote Samtvorhang zur Nachbarkoje wurde vorsichtig beiseite geschoben; ein dänischer? schwedischer? Blick fiel auf Max, auf Gregor, auf Max; der Vorhang wurde vorsichtig zurückgeschoben.

Sicherlich kein ganz ungeeigneter Moment
, sich des Briefumschlags zu versichern, sich der Sakkotasche zu versichern, an ihr herumzureiben mit Daumen und Zeigefinger und schließlich den Daumen, den Zeigefinger zu beschnüffeln; bevor sich Gregor allerdings an andern Stellen seines Sakkos zu schaffen und einige weitere olfaktorische Erfahrungen machte, leerte er Maschas Geburtstagssektschale. Und vergaß, während er schnell ein paar Schluck Bier hinterherschickte, vergaß, daß er heut eigentlich böse zu sein hatte, weil schon wieder 22. April war, ein Sonntag, vergraupelt-Glättegefahr-und-die-weiteren-Aussichten: keine.

Hatte man nämlich lang genug in der »Nonne« gesessen und ein paar Paulaner über und in sich ergehen lassen, dann war das alles gar nicht mehr *so* unbefriedigend: das Geproste Gepruste aus den

Nachbarkojen, das beständige Herumgeschlurfe der Tresenschlampe in ihren Netzstrümpfen und Hauspantoffeln, das schräge Gekreisel der Lichtkegel, durch die der Dunst zur Decke kringelte, die vielen dicken Leiber rundum, insbesondre wenn die Frau, mit der man liiert – nein, seine *Freundin* war Mascha natürlich nicht – gerade auf zwölf Zentimeter hohen Plateau-Turnschuhen über eine Bühne tanzte, die sich beständig unter ihr wegzudrehen drohte (»'n nettes Bonsai-Bäumchen, haste gar nicht verdient«), wenn sie gerade mit Händen und Füßen und Kniekehlen und Halswirbeln ihre *Verpiß dich*-Nummer abzog und dabei, den Text Zeile für Zeile mitflüsternd (»Ich weiß genau, du vermißt mich«),[4] Gregor in seiner Stammkoje fixierte – ein Blick, der bis in die Steppen Asiens zu reichen schien, dorthin, wo Mascha herkam und in ihren eigentlichsten Momenten noch immer war (»Quatsch, typischer Grischa-Quatsch! das ist Millionenstadt, echte Millionenstadt, nicht so was Münchenmäßiges wie hier!«) –, dann war »das alles« gar nicht mehr *so* unbefriedigend, insbesondre wenn diese Frau, mit der man sich in einer knappen Stunde ja tatsächlich verpissen würde, wenn sie wild jetzt in die Welt hineingrätschte und runterrutschte zum Spagat: auch wenn ihr heute bloß ein paar versprengte Sonntagsschweden, -dänen und FC Bayern-Fans zusahen, mit und ohne Schal, die sicher viel lieber »'n ordentliches klassisches Gestrapse« (Max) von ihr gesehen hätten, etwelches Beckenkreiseln wie bei Erykah, etwelches »Gspaßlaberlwackln« (Poldi)[5] wie bei Helga, die sich als nächste auf die Bühne heben würde – aber was zählte das alles: Mascha war zwar nur Mascha war immerhin Mascha, und wenn sie einem von der Bühne aus zublinzelte, dann … war's vielleicht gar nicht so schwer, vierzig zu werden.

Was dagegen schon ein bißchen zählte
, war Gregors Fastfreund Max – seine andauernde Kommentierung des Bühnengeschehens (»Wetten, die ist unrasiert!«) und sein Pferdeschwanz (aschblond) und sein Anzug (kariert) und der breite, der annähernd handbreite Schlips mit den breiten, annähernd handbreiten Schmetterlingen und der Taschenrechner und das Linksrechtsgeschlenker der Hände

»Sag mal, kannst du dein dauerndes Rumgefummel –«
und das Gepiepse des Taschenrechners

»Sag mal, kannst du nicht irgendwann –«
und die schwarzen Schuhe mit den weißen Spitzen und das Handy

»Mensch, Max, du nervst!«
das zigarettenschachtelkleine Handy mit seinem munter intonierenden *Macarena*,[6] wenn's einen Anruf und folglich einen Grund zu vermelden gab, es zu *doppelter* Zigarettenschachtelgröße zu entfalten –

»Nicht mal 'nen Strip kann man mit dir in Ruhe ansehn!«
– oh ja, das zählte schon ein bißchen. Wie hätte's Gregor aber auch ahnen können, damals, als ihn Eckart mit einer Stelle als Computer-Hiwi hierhergelockt hatte, daß er's ausgerechnet und umgehend wieder mit Max zu tun bekommen würde! Mit Max, den er vor fast zwanzig Jahren abgeschafft hatte aus seinem Leben, »für immer« abgeschafft hatte, der sich indessen, hase-und-igelmäßig, bereits am Tage von Gregors Ankunft ins Gregorleben zurückzudrängeln gesucht: weil er inzwischen mit Eckart fastbefreundet war.

Oder eigentlich mit dessen Frau.

Von der er

, abgeschen davon, wenn er seinem Handy was über »Nullkupon-Anleihen« und »Genußscheine« erzählen mußte, über »Break even-Points«, »geschlossne Fonds« und wann man »halten« dürfe oder »geben« –,[7] von der er auch heute nicht ablassen würde, in weiter und weiter sich verschachtelnden Nebensätzen zu schwärmen. Weil Mascha aber mittlerweile ein blaues Tuch um die Hüfte geknotet, weil sie ihre verstreuten Glitzerdinge aufgesammelt und sich damit hinter die Bühne verzogen hatte; und weil sie, vor allem, dort nur noch wenige Minuten bleiben würde, bis sie sich mitsamt ihrem russischen Blick und all ihren russischen Rs wieder zu ihnen setzen würde: weil Max also wirklich kaum mehr Zeit hatte, um seine Schwärmereien ungezischelt an den Mann zu bringen, traf er jetzt ersichtlich Anstalten:

»Halten, du Schisser!« sagte er, klappte sein Handy zu, wandte sich an Gregor, als sei's er, der ihm so zeitraubend widersprochen, und zeigte sich und ihm ein paar Vögel: »In solchen Fällen muß man halten, du Schisser.«

Worauf er aber nurmehr, Marietta hin, Marietta her, einen scharfen Schnellsatz rausließ über Leute-die-alles-mögliche-im-Leben-verpassen-weil-sie-sich-auf-irgendwelches-Gestrapse-konzentrieren-müssen, worauf er mit seiner VISA-Karte die Tresenschlampe herbeiwedelte und es mit einem Mal furchtbar eilig hatte.

Die Lichterkette aus blauen und roten Fischen brannte
, wie immer, wenn man Maschas Wohnung betrat; die muranogläserne Wanduhr zeigte, wie immer, auf fünf vor zwölf und, wie immer, war's dermaßen heiß, daß man sofort ins Schwitzen geriet.
Der uralte Geruch von Räucherstäbchen.
Silberne Putten an den Wänden.
Eine auf die geringsten Schwingungen der Fußbodendielen durch Nicken reagierende Plastikpudeldame.
Auf dem Bett ein Flokati-Kissen in Herzform.
Blau-rot-gelb ein Trio Lumibären im Eck, sanft vor sich hin leuchtend.[8]
Und mittendrin Mascha. Die noch hastig, fast hektisch, fast so, als hätte sie Angst davor, ihre Musik auch wirklich anhören zu müssen, *Ich find Schlager toll* auflegte,[9] um sich dann hastig – »Nö, das ist *Serious Listening*, aber kapierst du das nicht!« – um sich dann hektisch badezimmerwärts abzusetzen, beinah so, als sei sie in plötzlicher Panik: was Gregor fast zu einem Kommentar verleitet hätte. Statt dessen machte er sich, wie immer, wenn er auf diese Weise mit einer ihrer Fahrstuhlmelodien allein gelassen war, an der Musiktruhe zu schaffen, an ihrem »Altar«, um dort zwischen Kerzenresten, zusammengebastelten Innereien von Überraschungseiern, dem Teller mit dem Plastikobst und dem goldnen »Schatzkästlein« (sprich: ihrer Vergangenheit, die er nur zu gern, Liebesbrief um Liebesbrief, systematisch aufbereitet hätte), um dort zwischen den aufblasbaren Bilderrahmen (mit Photos von ihrer Mutter, ihrem Bruder), den Plüschtalismanen, Zinnfiguren und den andern kleinen Mascha-

dingen nach musikalischen Alternativen zu suchen: vielleicht in der heimlichen Hoffnung, daß sich wenigstens dort etwas verändert hätte seit seinem letzten Besuch, vielleicht um sich zu vergewissern, daß wenigstens dort alles beim alten geblieben.

Die Lichterkette überm Altar verwandelte das Zimmer beinah in eine Kapelle, es fehlte gerade noch, daß ein paar liturgische Gesänge ertönt wären. Statt dessen ließ sich der *Meister* mit seinen *Orthopädischen Strümpfen* vernehmen, und das war seit ein paar Wochen Kult.

Ob er das Gelächter Gottes
gesehen habe? stand sie plötzlich neben ihm, in einem aralblauen T-Shirt mit dem aralweißen Schriftzug »Anal«, nach Zahnpasta riechend nach Nivea, und trotzdem stimmte irgendwas nicht mit ihr, hinderte sie irgendwas dran, programmgemäß müde zu werden: Ob er ihn gesehen habe?

Nein, nicht den Riesen! der vom Himbeer-Bäschtle laufend Obstler spendiert bekommen, das sei bloß Gottes Rechte Hand gewesen.

Sondern den danebn! der so aussah, als könne er nicht mal 'ne Fliege erschlagen, dabei habe er bereits die »Schwarze Mamba« übernommen und den »Leierkasten« und –

»Das Gelächter Gottes?«

Gregor hätte sich gern ein wenig belustigt, Maschas Augen jedoch waren riesengroß, ihre Finger fuhren über die Dinge, suchten in einem fort nach Wachsresten. Und dann sprudelte's aus ihr raus, ein Wust an Worten ohne Punkt & Komma –

»Ich dachte zuerst er ist geklaut aber nu-gospodi in einer Woche legt er ihn um das ist klar das ist klar oj-jo-joj albanische Mafia redet nicht lang rum die legen gleich um wo werden wir ein Versteck haben ich flehe dich an du gehst an diesem Tag nicht in die ›Nonne‹ Ehrenwort Grischa versprich mir«

– und als sie dann mitten im Satz abbrach, wollte sie sich in seinen Armen verkriechen:

Ob sie vielleicht bei ihm einziehen dürfe, ausnahmsweise, wenn's soweit sei?

Allerspätestens nämlich in einer Woche, am Montag, so war's ihr beim Rausgehen, zwischen Tür & Angel, zugeflüstert worden, würde der Himbeer-Bäschtle »seinen Kopf kürzer gemacht«, so Helga, und die hatte's vielleicht von Ulla, und die hatte's vielleicht-vielleicht von der Tresenschlampe oder wer-weiß-woher und selbstverständlich durfte Gregor das nicht weitererzählen, »Bože-moj, Grischa, versprich mir, legen sie uns gleich mit um, wenn du – oj-kak-užasno …«.

Gregor fiel nichts andres ein, als Mascha ganz fest im Arm zu halten, das half fast immer. Da sie aber nicht aufhören wollte, alle möglichen Versprechungen von ihm einzuklagen, wurde ihm langsam klar, daß es himbeerbäschtlemäßig demnächst wohl wirklich sehr zur Sache gehen würde; die Albaner, das wußte man inzwischen selbst in München, neigten nicht zur Heiterkeit, das Bahnhofsviertel gehörte ihnen ja bereits. Deshalb! mußte er jetzt auch hoch & heilig versprechen – oder ob er wenigstens mit ihr abhaue, nach Timbuktu?

Mascha, nach wie vor waren ihre Augen viel zu groß; Gregor fiel nichts andres ein, als sie, zusammengeknuddelt wie sie in seinen Armen lag, zum Bett zu tragen:

»Ich weiß was Besseres«, flüsterte er ihr so leise wie möglich ins Ohr: Wenn's soweit sei, werde er sie einfach wegheiraten.

Trotzdem schlief sie nicht etwa ganz schnell ein
, wie immer, sondern ruckartig! riß sich empor aus Gregors Standardumarmung und, als hätte sie nicht eben um das Leben ihres Chefs, ihrer Mitarbeiterinnen und um ihr eignes gefürchtet, wollte's noch mal wissen:

Ob er eigentlich vorhin sein Geburtstagsgeschenk gesehen habe?

Und dann zeigte sie's ihm, das kleine blaue »G«, das sie sich – in der Tat! Gregor wäre sehr gern in ein Gelächter Gottes ausgebrochen – knapp übern Knöchel hatte tätowieren lassen: knapp übern Knöchel, wo ihr Bein diesen Schwung bekam, diesen Schenkelschwung, und nun stand da ausgerechnet »Grischa, ich liebe dich, los, du Blödmann, laß uns endlich sieben Kinder kriegen«, bloß sehr viel kürzer.

Gregor tippte mit dem Zeigefinger auf Maschas schwarzen Punkt, den sie selbst nach dem Abschminken extra wieder auftrug, etwa dort, wo bei Cindy Crawford[10] das Muttermal war:

Ob er sich jetzt ein »M« einritzen müsse?

»Grischa, chorošo«, räkelte sich Mascha in seinen Armen, »čto ja tebe vse ravno −«[11]

Die Art, wie sie ihn dabei streichelte, ließ es Gregor angeraten scheinen, sich auf schnellstmögliche Weise schlafend zu stellen.

Hätte man mit einer Stripteasetänzerin
nichts anderes tun können?

Aber hallo.

Doch erstens war sie ja, sozusagen, gar keine richtige Stripteasetänzerin, jedenfalls keine aus Überzeugung; und zweitens tat man's wohl deshalb nicht, weil man auf eine sehr befriedigende Weise wußte, daß man's gestern hätte heute tun können morgen, übermorgen. Und: weil man's viel aufregender fand, gestreichelt zu werden.[12]

Dreisam leuchteten die Lumibären ihr blau-rot-gelbes Lumibärenlicht. Und Mascha − plötzlich war ihr Gesicht auseinandergelaufen und glänzte ganz harmlos.

Denn das war das Schönste an Mascha
: daß sie immer sehr zügig einschlief, daß man dann neben ihr liegen und sich vorstellen konnte, was man mit ihr bereden und wie man sie dabei ansehen und ihr vielleicht mal durchs Halsgrübchen streichen und überhaupt! was man alles mit ihr machen würde. Während man ihr beim Atmen zuhörte und, im Höchstfall, ihren Arm auf der Brust spürte, wie er schwer und schwerer wurde, bis man ihn wegschieben mußte, während …

… der kleine energische Mascha-Arm (wie auch das restliche Maschawesen) still vor sich hin glühte, dampfte, selbst im Schlaf noch nach guter Laune roch, rutschte Gregors Blick: auf den Wecker, der sich seit einigen Monaten als Huhn zu tarnen suchte, viel zu laut freilich dabei vor sich hin brütete, viel zu früh stets losgackerte − sinnigerweise mit einem kräftigen »Kikeriki« – und rutschte weiter: auf die Pflanzen, die gleich dahinter loswucherten, auf die bunt lackierten Omamöbel, die Schneekugeln, die schweigsam darauf herumstanden, und wenn er nicht so angestrengt nachgegrübelt hätte, ob diese ganze Geschichte mit dem Himbeer-Bäschtle vielleicht bloß erfunden worden war, von wem immer, um sich die ewiggleichen Nächte in der »Nonne« ein bißchen aufregender zu gestalten, hätte er sich hier, in dieser Höhle der tausend Dinge, fast ein wenig geborgen gefühlt, gegen seinen Willen, versteht sich, fast ein wenig glücklich.

Und wenn da nicht auch, schwarz und schwer, Maschas Hanteln herumgelegen wären, die ihm seit je sehr bedenklich, vielmehr: beängstigend erschienen, vielmehr: Wenn ihm nicht plötzlich dies Schnarren aufgefallen wäre.

Dies beständige Schnarren
, das vom andern Ende der Nacht rüberkam, wahrscheinlich aus dem Regal mit den russischen Medizinbüchern, und, so schien's, die ganze Zeit schon von dort rübergekommen war. Als Gregor sich auf den Weg machte, hob die Plastikpudeldame an zu nicken, und als er das kleine Aquarium entdeckt hatte, nickte sie noch immer. Kaum breiter als eine der Maxkrawatten stand es zwischen den Büchern und hieß »Living Reef«, im Grunde nicht mehr als ein durchsichtiges Behältnis, dessen Rückwand ein buntes Korallenriff darstellte. Das Schnarren hingegen rührte von drei Plastikfischen, die unablässig darin auf und nieder schwammen.

Als Gregor das Gerät abschaltete – da sind ja wohl kleine Magneten drin? dachte er –, schwebten die drei Fische zu Boden und gaben Ruhe.

Die Einladung zu Mariettas Salon
konnte er folglich erst am nächsten Morgen lesen, als er, ganz in Schwarz, vor dem Loden-Frey auf Max wartete und dabei noch schnell eine Leberkässemmel einnahm; aber was heißt hier »lesen«: Abgesehen vom Datum – ob das Gelächter Gottes dann bereits zugeschlagen haben würde? – waren lediglich Thema und Adresse angegeben:

»Sind Hochdruckgebiete männlich? Villa Hasenpusch, Feldafing«.

Doch das reichte, reichte vollauf, das war − wenn's auch nur annähernd stimmte, was man von Marietta die letzten Jahre hatte
hören müssen − war vielleicht wirklich die Eintrittskarte in ein ganz
andres Leben? Mindestens.

Ihre Schrift sah so aus, als trüge sie eine Brille.

Max befingerte die in Serie hängenden Anzüge
wie einst Plattenhüllen in den Regalen seiner Schulkameraden: rast-
los, unbefriedigt, stets in Erwartung des erlösenden Aha-Erleb-
nisses. Trotzdem ließ er die Schultern noch mehr hängen als sonst,
sah ziemlich schluffig aus, nahezu niedergeschlagen; und während Mascha wahrscheinlich längst auf irgendwelchen Ämtern
über irgendwelche Verlängerungen von Verlängerungen von verlängerten Aufenthaltsgenehmigungen oder -bewilligungen oder gar
-erlaubnissen verhandelte, verschwand Gregor erst mal in einem
Ledersessel und harrte der Sakkos, die da kommen sollten.

Bestarrte den roten Läufer zwischen den Verkaufstischen.

Bestarrte die Wände, an denen, in großen Goldbuchstaben,
Namen wie Zegna, van Laack, Ralph Lauren standen.

Bestarrte den Verkäufer, der sich, mit eingesticktem Mono-
gramm auf dem Hemd, als bekennender Brioni-Träger präsentierte: und es angebracht fand, sein Revers zu Demonstrationszwecken
vorzuklappen − sein Revers, in dessen Knopfloch eine kleine blaue
Blume steckte − und auf die winzige Vase zu verweisen, die dahinter angebracht war. Weltweit sei er einer von, na-sagen-wir-mal-
großzügig-geschätzt, von vielleicht zehn, die solch eine Brioni-Vase
mit sich herumtrügen. Oh ja, da sei Wasser drin, richtiges Wasser.

Erst nach dieser Einführung nahm er sich Gregor vor, lockte ihn
an die Gemischtwarenstange und beschloß, daß ein »angemessneres Outfit« mit einem Sakko allein bei ihm nicht zu bewerkstelligen
sei:

»Schwarz, kombiniert mit Schwarz, das können Sie später immer
noch tragen.«

Genau genommen war's der erste Anzug

, mit dem sich Gregor seit seiner Kommunion auseinanderzusetzen hatte, aber daß er darin derart seriös wirkte, sobald er sich vor einem der Spiegel aufbaute, Standbein-Spielbein-und-eine-Hand-ganz-locker-in-der-Hosentasche, das sorgte denn doch für einen leichten Melancholieschub.

Ob »der Herr« denn auch in Zukunft gedenke, Hochwasserhosen zu tragen? frotzelte der Verkäufer, an allerlei Stellen des Anzugs herumzupfend.

Was die ersten vierzig Jahre richtig gewesen, zog Gregor die Hand aus der Tasche: das könne wohl nicht die zweiten vierzig Jahre falsch sein.

Da habe er ja eine nette Sammlung an Schrullen, meinte der Verkäufer und stülpte ihm als nächstes ein grünlich schimmerndes Sakko über, das eigentlich grau sein sollte: »frisch und jugendlich« wirke, »zeitlos«, obendrein »sehr vorteilhaft geschnitten« sei, folglich genau das Passende für einen wie ihn, das mache richtig gute Laune.

Max, der sich zwischenzeitlich mit seinem Handy beschäftigt hatte, riß das Kinn hoch und keuchte sich die Heiterkeit aus dem Hals, beschränkte sich dann wieder auf halbgenuschelte Kleidungskommentierung, Kleidungs*preis*kommentierung (»Immer 10% liquide bleiben, denk dran«). Streute ansonsten das eine oder andre Detail über Eckart Beinhofer ein – Ecki als Pollunderträger, Ecki als Pfeifenraucher, Ecki als Freund der Lederkrawatte, »jedes für sich schon ein Trennungsgrund« –, streute das eine oder andre Detail über Marietta Beinhofer ein – als Möchtegern-Femme fatale, als Lautlacherin, als eine, die den Salon nur deshalb erfunden habe, um sich einmal pro Monat ihren großen Auftritt zu verschaffen.

Ob's dabei wenigstens was zu essen gebe? fragte Gregor mehrfach, während er sich in die Umkleidekabine und dort in eine grünlich schillernde Hose hineinbegab, die eigentlich grau sein sollte.

Oh ja, da gebe's was, versicherte ihm Max durch den Vorhang hindurch: so 'ne Art ukrainisches Sushi, so 'ne Art Trockenfisch mit viel Salz drauf. Und ohne Reis drunter. Naja, als Trinkbeilage. Am besten, man esse vorher, dann komme man nicht in Versuchung.

Perfekt, der Herr! lobte sich der Verkäufer, als Gregor aus der Kabine raustrat. Der grinste möglichst grimmig in den Spiegel, Standbein-Spielbein-beide-Hände-lässig-im-Hosenbund, und kam sich wie ein Tanzlehrer vor.

»Leider teuer«, kommentierte Max.

Indem sie sich allerdings vor der Kasse einfanden, zog er nicht etwa eine seiner Plastikkarten, sondern vorwurfsvoll an seinem Pferdeschwanz und, Gregor wollte ihm schon ein Wär-aber-nicht-nötig-gewesen auf die Schulter tätscheln, mußte zugeben, daß seine Lieblingsaktie über Nacht einen Schwächeanfall erlitten, daß er sich zu einem Stützungskauf hatte hinreißen lassen und ihm nun jede Motivation fehle, Gregor (der diese Nacht schließlich keinen Pfennig verloren hatte) auch noch ein Sakko zu spendieren.

Wenn er ihm freilich einen Rat mit auf den Weg geben dürfe: »Laß deine ewigen Burlingtonsocken verschwinden. Du bist ja kein Student mehr.«

Kaum zu Hause angekommen
, widmete sich Gregor erst mal der Sockenbeschnüfflung, insbesondre derjenigen der Burlingtonsocke.

Wie leer seine Wohnung immer war, wenn man von Mascha kam und all ihrem Krimskrams, wie angenehm geordnet und »super unbewohnbar, Grischa, wie hältst du eigentlich hier aus?«

Gut hielt er's aus, sehr gut sogar, man brauchte bloß mit der nackten Hand unterm Regal mit den Handbüchern rumzufahren oder hinter der Yucca-Palme, schon hatte man eine schöne fette Wollmaus zusammengewischt: die man dann beschimpfen konnte.

Den ganzen restlichen Tag
bemühte sich Gregor, Papier aus seinem Zimmer zu schaffen – zumindest von der linken Seite des Schreibtischs auf die rechte. Wenn wirklich in einer Woche Köpfe rollen sollten, waren bis dahin noch eine Menge Klarsichtfolien zu füllen.

Wahrscheinlich war er nicht zuletzt deshalb so erfolgreich in seinem Beruf, weil er jedes Buch von vornherein ablehnte, weil er's nicht wie ein Stückchen Weltliteratur besang, sondern wie ein notwendiges Übel: weil er also nicht versuchte, beim Lügen ein bißchen Wahrheit zu sagen, sondern klappentextete um des Klappentextens willen. Und: weil er im Lauf der Jahre hunderte von Lobeshymnen, nach diversen Genres sortiert, im Ordner »Phrasendreschmaschine« als eine Art Notfundus für schlechte Tage abgespeichert hatte.

Was man nicht im Kopf hat, zuckte er auch heute schließlich mit den Schultern, das muß man auf der Festplatte haben: und bootete seinen Mäc mit einem Einliterrülps, den er vor Jahren eigenhälsig eingespeichert hatte.

»In wunderbarem Gespür
für Figuren und Orte?«
schaute Gregor hilfesuchend rüber zu seinen Regalheiligtümern,
»die er für uns mit leichter Hand skizziert?«
aber die Regalheiligtümer taten so, als sähen sie ihn nicht,
»zieht er uns auch mit seinem neuen großen Roman ›Die Niemandsschwuchtel‹ unmerklich in einen Strudel scheinbarer Zufälligkeiten?«
und selbst als er teppichwärts zur Kleinen Konzentrationsrunde aufbrach,
»die uns mit ihren überraschenden Wendungen bis zur letzten Zeile in Atem halten?«
drehte sich allenfalls der Gartenzwerg heimlich nach ihm um, der seit Gregors 39. Geburtstag vom Fensterbrett runterpinkelte,
»das Werk eines Meisters?«
drehte sich allenfalls Evas Kaktus heimlich nach ihm um, Kristinas Stoffrabe, Tanias Silberstiefelette.

»Was steht ihr hier so dämlich rum
und schaut mich an?« schimpfte Gregor, indem er mit einem Überraschungsschritt zur Mitte des Teppichs die Kleine Konzentrationsrunde abbrach: »Los, haut rein und baut ein Floß!«

Das saß.

Hatten die Stiefelette, der Rabe, der Kaktus, der Zwerg, hatten der Bleistiftspitzer, der Scanner, das Q-Tip-Stäbchen, die Stapel mit den aktuellen Druckfahnen, hatten sie alle bislang bloß rumgestanden und getan, als würden sie nicht dazugehören: so standen sie jetzt alle rum, die Vitaminpillenschachtel, das Handbuch der treffenden Ausdrücke, der Stapel mit den Verlagsprospekten, und *gehörten dazu.*

Ein Floß freilich bauten sie für ihn nicht.

Gregor hatte sich nämlich angewöhnt

, und daß er seit Jahren allein wohnte, mochte da eine gewisse Rolle gespielt haben, nicht nur mit sich selber laut zu reden, sondern auch: mit den Dingen, die ihn umgaben; und je länger er mit ihnen zusammen wohnte, um so genauer glaubte er, sie zu kennen, ja irgendwann sogar: zu wissen, was in ihrem tiefsten Innern vorging. Denn wenn er sie nicht gerade zur Rede stellen mußte, liebte Gregor die Dinge, und die Dinge liebten ihn – schließlich hatten sie's sehr gut bei ihm, weit besser als bei allen andern.

Jedenfalls glaubte das Gregor. Stand er mittags vor dem »Adria« – landauf, landab pries man das Gutgemüse, aber eine schöne fette Schinkenpizza auf der Hand lag ihm weltanschaulich einfach näher –, saß er anschließend im »Venezia« und nahm seinen Espresso zu sich, mußte er oft Dinge mit ansehen, die ihm schier den Schweiß auf die Gregorstirn oder, zuallermindest, die Schamesröte ins Gesicht treiben wollten, so sehr litt er mit ihnen, wenn man sie auf die falsche Weise betrachtete, auf die falsche Weise ergriff, verrückte, verzehrte, vergaß.

Ein Mann, der seinen Kaffee wie einen Schnaps kippte: sich beide Backen voll laufen ließ und den Kopf nach hinten warf, anstatt ordnungsgemäß zu schlucken, und dann auch noch die Tasse achtlos absetzte, so daß sie nicht in die Vertiefung der Untertasse zurückgelangen konnte – das tat Gregor weh, das wollte wiedergutgemacht werden.

Natürlich wußte er ganz genau, daß er mit seiner Liebe ein wenig übertrieb, aber das taten die andern mit ihrer Lieblosigkeit nicht minder; und solang es ihm ein Bedürfnis war, sah er keinen Grund, sich gegenüber den Dingen danebenzubenehmen:

»Na gut, ich seh schon: Ihr habt heut keine Lust.«

Doch auch Selbstbeschnüfflung
wollte nicht recht weiterhelfen; und während sich Gregor einen Cappuccino-Beutel mit heißem Leitungswasser aufgoß, verwünschte er die gesamte Leopoldstraße 48, keiner in diesem verdammten Haus drehte die Anlage auf, keiner verprügelte seine Frau, kein kastrierter Italiener, der seine Arien übte, nicht mal Horst und Ingo kreischten durch ihre Wohnung, irgendeine Wagnerszene nachspielend, nicht mal das.

Wenigstens der Hundsnurscher fluchte programmgemäß
, wie jeden Montag oder Dienstag abend, wenn er mit einem Kasten Augustiner Edelstoff in den fünften Stock keuchte:

»Gäh weida, Saubazi, sakrischa!«

Die Flüche galten seinem Kerl, der in Gregors Augen ganz offensichtlich zur Familie der Mopsartigen gerechnet werden mußte – »Dees feid no, du Aff!« – und die Gelegenheit nutzte, um seine Lieblingstürstöcke zu besuchen: »Gemma, gemma!«

Der Kerl, der trotz seines hohen Alters nicht zur Folgsamkeit neigte, hatte jedoch alle Zeit der Welt – »Kruzefümfal!« –, nicht minder keuchend schleppte er sich treppenstufenweise aufwärts, und weil er darüber hinaus mit der Absonderung übler Darmwinde beschäftigt war, die er so leise und geschickt in die Welt hineinzugeleiten wußte, daß selbst sein Herrchen davon überrascht wurde – »Pfui Daifi! Oide Sau, oide!« –, hatte sich's Gregor zur Gewohnheit gemacht, von seinem Schreibtischstuhl aus Anteil zu nehmen.

Nur einmal, als er, von einer Großen Konzentrationsrunde heimkehrend, den Fehler begangen, in das Gefluche des Hundsnurschers einzufallen, hatte er sich das Vergnügen gründlich verdorben, denn das war dem Hundsnurscher gar nicht recht gewesen, wie da plötzlich auch jemand andrer als er selber den Saubazi beschimpfte, und wenn dem die Verdauung Probleme bereitete, mein-Gott, dann lag's halt daran, daß er wieder mal zuviel von der Toblerone stibitzt hatte oder der Toffifee oder, »Heagodssau«, von den Schnapseiern.

Und im übrigen war der Saubazi natürlich kein Mops, wo wären wir denn da hingekommen, sondern mindestens eine Art Mops-

27

dackel und somit ein nicht ganz reinrassiges Zamperl – »Sakradi, du oide Furztromme, vareck!«

Verrecken freilich wollte der Saubazi
auch heute nicht, soweit war an diesem Montag alles in bester Ordnung; als dann aber der Bierkasten zu Boden schepperte und es ganz still draußen wurde für ein paar Sekunden, als ein halblautes »Ja Kruzitürkn, wos is nocha dees?« folgte, ein dreiviertellautes »Jetz schaugts eich dees oo«, da mußte sich Gregor hinter seine Wohnungstür begeben; und als nebenan, beim Schlammerl Horsti, die Klingel gedrückt – »Aussa! Kemmts aussa, ihr Saukrippin« – und gar nicht mehr losgelassen wurde: war's natürlich angebracht, die Tür zu öffnen.

Und da stand er denn, brustwarzenhoch, der Hundsnurscher, sein kleiner runder Glatzkopf schimmerte noch eine Spur roter als sonst, sein ranziges Rasierwasser roch noch eine Spur ranziger:

»Scheiß drauf, Saubazi, scheiß drauf!«

Aber der Saubazi dachte nicht dran, seinem Herrchen zu gehorchen, das, entschlossen schnaufend, mit seinen beiden Fäusten daranging, die Tür des Horstis zu betrommeln:

»Kruzitürknnooans, wieso mogstn du jetz ausgerechnet ned aufm Schlammerl sein Fuaßabstreifa auffescheißn, sog?!«

Herr Bruno Hundsnurscher, Inhaber des »Flaschenspezi« und seit über einem Vierteljahrhundert jemand, der im Haus von jedermann gegrüßt wurde – selbst nach dem Tod seiner Frau hatte ihn Gregor nicht so fassungslos gesehen. »A Sauerei« sei das, »a glatte Provokazion«, während er auf den neuen Fußabstreifer zeigte, der vor der Horstwohnung lag, bunt und borstig, während er auf dessen Schriftzug zeigte, ein buntes borstiges »Fuck in«, während er noch immer trommelte, klingelte, bis der Horsti und der Ingo von innen losprusten mußten, »Neamands dahoam!«, und dann doch rauskamen.

Als erstes natürlich der Horsti, ein ehemaliger Bodybuilder mit Dreitagebart, der sich schon für seinen Abendauftritt im »Crazy Horst« gerüstet hatte – einer der letzten Schwulen vermutlich, die nicht von Calvin Klein durchgestylt waren und nach Cool Water rochen. Trotz seiner glänzendschwarzen Lederhose wirkte er so vertrauenerweckend, daß er sich überall ungeniert als Sackkratzer betätigen durfte, selbst Gregor wäre dabei nie auf die Idee gekommen, sich zu schämen oder wegzuschauen.

Hinter dem Horsti: der Ingo, in einem seiner nachgeschneiderten Ludwig II.-Gehröcke, sich mit großer einladender Geste gleich neben die geöffnete Tür stellend, »Fuck in, fuck in!«, und in seinem Hermelinpelzkragen herumkraulend.

Der Saubazi aber
, erst in seinem übernächsten Leben ein Kampfhund, bewedelte die beiden eifrig mit seinem Stummelschwanz, anstatt sich an ihrem Abstreifer zu vergehen, versuchte gar, am Ingo hochzujapsen – »Bist narrisch, Bazi?« –, was ihm aufgrund seines Körpergewichts freilich kaum gelang.

Woraufhin der Horsti, dem bislang bloß die Kiefer malmten, zur Sache kommen wollte; unter dem schmalen schwarzen Halsband, das er sich letzthin quer über die Gurgel hatte tätowieren lassen, klopfte das Blut:

Wie denn seiner, des Hundsnurschers, Meinung nach ein ordentlicher Fußabstreifer auszusehen habe?

Der Hundsnurscher, auf den Löwen deutend, der vor seiner Tür ruhte, genaugenommen, auf die Silhouette des Löwen – der eigentliche Löwenleib war bereits völlig weggetreten und das »Haxn abkrazn« kaum noch zu entziffern:

So.

Ob der nicht »scho a bissl arg dahaut« sei? trat der Horsti einen Schritt auf ihn zu.

Der Hundsnurscher, nur auf den ersten schmalen Blick hätte man ihn mit einem bayuwarischen Urviech verwechseln können, der Hundsnurscher war zwar einer, dem der Kopf einschließlich seines leichten Kropffortsatzes schnell einmal rot anlief, dafür aber hatte er ein kohärentes Weltbild:

Ob die Herrschaften, man sei ja ohnehin bei solchen wie ihnen zu einer Toleranz gezwungen, ob sie denn gar keinen Funken Anstand nicht in sich verspürten, sowas, das sei doch eine Zumutung, moralisch impertinent, und –

Der Ingo verbeugte sich; der Schlammerl Horsti, »A so a Schmarrn«, stand in seiner ganzen Massigkeit herum, sagte nur immer »A so a Schmarrn« und

– überhaupt: eine Obszönität, das gehöre sich nicht.

Eifrig nickend und mit einem kurzen Bis-morgen-um-dieselbe-Zeit kicherte sich der Ingo in die Wohnung zurück; dem Horsti schwoll die Schlagader so gewaltig an, daß das Halsband drauf & dran war zu zerreißen: Einen Anstand, den habe er mehr als manch andrer hier im Hause, und der Fußabstreifer, der sei ihm von einem seiner Stammgäste vermacht worden, und damit basta-Schluß-Aus-fertig, »weis wuaschd is«.

Das schere ihn einen feuchten Dreck, zeigte sich der Hundsnurscher sichtlich unbeeindruckt: Die Sauerei gehöre weg, dafür werde er sorgen.

Wie er das denn zu tun gedenke, wollte der Schlammerl Horsti wissen und wölbte sich in seiner ganzen Größe direkt vor ihm auf.

»Dees weast nacha scho seng!« meinte der Hundsnurscher noch.

Nichts, gar nichts werde er sehen, verlautbarte der Schlammerl Horsti und wollte schier aus dem Sakko herausplatzen: Das sei nämlich seine eigne Angelegenheit, was er sich vor die Tür lege »und wos ned«.

Der Hundsnurscher, dem Schlammerl tapfer ins Auge schauend: »Machts nua so weida, ihr zwoa –«

Der Schlammerl, man sah ihn bereits, wie er den Hundsnurscher einfach zusammenknüllte und gegen die Wand warf: »Mia zwoa woos?«

Gregor, das Rasierwasser des Hundsnurschers noch deutlicher wahrnehmend: Ääh –

Der Schlammerl, man sah ihn bereits, wie er den Hundsnurscher einfach an den Schultern ergriff und in zwei Teile riß: »Du Kaschpal, du. Hosdu übahaupts as Abitua?«

Woraufhin die Sache
entschieden war. Herr Bruno Hundsnurscher, seit einem Vierteljahrhundert Respektsperson des fünften Stockwerks, lupfte sich

den Edelstoff vom Boden – »Kumm her, Saubazi, mit dem dischkriern ma do nimma lang!« – und knallte die Tür hinter sich zu.

Um sie gleich noch mal kurz aufzureißen: »Saubreiß, bayrischa!« Und der Schlammerl? kratzte sich, packte den Abstreifer und – drehte ihn auf die andre Seite: »Fuck off«.

Eine sofort eingeleitete Umstrukturierungsmaßnahme
in Sachen Sockenbelüftung samt Plazierung eines hartnäckig undurchen Camemberts auf dem Heizkörper – war das eine; das dösige Dahinklicken der Phrasendreschmaschine bei gleichzeitigem Hineinlauschen in den nunmehr vierzigjährigen Gregorkörper, ob irgendwo vielleicht die Vergänglichkeit mitklickte – war das andre: und beides kein Trost dafür, daß der Schlammerl nicht Mörder hatte werden wollen.

Als das Telephon läutete, dachte Gregor kurz, es sei Mascha, die ihm vom Tod des Himbeer-Bäschtles berichten würde, zur Feier des Tages. Aber es war nur seine Mutter, die gratulieren und dann mal wieder hören wollte.

Hatte man als Vierzigjähriger nicht die Pflicht, eine Art Zwischenresümee zu ziehen? und anschließend in eine große Krise zu geraten?

Als das Telephon läutete, dachte er kurz, es sei vielleicht Marietta, die schon ebensoviel von ihm gehört hätte, dem sagenumwobnen Gregor Schattschneider, wie er von ihr und die sich's nicht nehmen lassen wollte, ihm persönlich kundzutun, wie sehr sie sich freue, ihn nun endlich kennenzulernen. Aber es war nur Tante Eusebia, die gratulieren und dann mal wieder hören wollte.

Also gut, es mußte sein.

Schließlich hatte er bloß noch zwei Stunden lang
Geburtstag. In entschlossner Grimmigkeit stellte sich Gregor vor den Flurspiegel, Standbein-Spielbein-beide-Hände-tief-in-den-Taschen, und fand sich in seinem grünlich schimmernden Anzug, der nach wie vor grau sein wollte, fand sich ziemlich bescheuert.

Egal, es mußte sein.

Das Praktische nämlich am »Roxy« war

, daß man bereits in dem Moment, da man die Haustür aufmachte, sah, mitunter auch hörte, was dort gerade lief und was nicht: Denn die Haustür befand sich, einige Meter versetzt von der Straße, genau zwischen den Schaufenstern des Maßhemden-Hirtl auf der einen und denen des »Roxy« auf der andern Seite – das Praktische war, daß man das Haus zwar für siebeneinhalb Schritte verlassen, es jedoch nach siebeneinhalb Schritten wieder betreten und also gar nicht anders konnte, als der Versuchung mehrmals wöchentlich zu erliegen.[13]

Zwar hatte das »Roxy« seine besten Zeiten längst gesehen – man war versucht, in jedem dritten der sonnenbebrillten Gäste ein Gelächter Gottes zu vermuten oder eine Rechte Hand –, aber das änderte nichts an seiner idealen Lage: Wenn nicht gerade Drum & Bass- oder Sonstwie-Night war, konnte man hier sehr gut sitzen und bis drei Uhr nachts rüberschauen auf die gegenüberliegende Straßenseite, auf die neonblauen Schriftzüge der Hypobank, auf die grüngelben vom Body Shop, die roten vom »Single's Dancing«,[14] und allein blieb man dabei auch nie lange, weil im Verlauf des Abends genug vorbeikamen, die man kannte: der Rosenverkäufer, der Münchenmagazinverkäufer, der Biss-Penner,[15] der Silberfex mit seinem Kästchen Silberfexereien und – mehr als genug, die man nicht kennen wollte.

Zum Beispiel das Turnschuhrudel am Nebentisch: drei Schnauzbartträger, deutliche Erscheinungen allesamt, einer mit Kappe und zwei karierten Hemden übereinander, einer in ärmelloser Daunenjacke, Marke Big Pack, der dritte, sicher ein Münzautomatenaufsteller, in auberginefarbenem Blouson. Wer die wohl reingelassen hatte?

Eine dieser notorischen Halbschönheiten plazierte sich, ziemlich münchenhaft aufgebrezelt, direkt vor Gregor an einem Tischchen auf dem Bürgersteig. Wo unter den orangeroten Markisen die Heizstrahler standen, auf daß man bereits Ende April darunter sitzen und sich dem Glauben hingeben konnte, hier sei die nördlichste Stadt Italiens.

Stur sah sie geradeaus, auf den gegenüberliegenden Straßenrand, wo die Taxis warteten; Gregor, um nicht vom Gefühl ergriffen zu werden, was zu versäumen, oder gar von der Angst, auf keine mehr zu wirken, Gregor feierte Geburtstag: sprach dem Weißbier zu und berätselte die androgyn polierte Oberfläche des Kellners.

Die Chinesin mit ihren Fröschen
, denen das Feuer aus dem Maul sprang, mit ihren Kloschüsseln und Totenköpfen, aus deren diversen Höhlungen die Stichflammen blau emporschossen, die Chinesin, die ihm noch schnell ein brennendes Ufo zeigte und mit der andern Hand ein nahezu klassisch geformtes Teil aus Plexiglas, das beim Zurückklappen des Deckels grünrot erblinkte (»nur zehne Mak«): die hätte Gregor fast ein wenig erschreckt beim Feiern, seine Handbewegung fiel entsprechend unwirsch aus.

Als aber die drei vom Nebentisch das wilde Winken begannen, unter großem Hallo geschäftig wurden und schließlich das grünrot blinkende Feuerzeug auf acht Mark runterhandelten, begriff Gregor, daß er einen Fehler gemacht hatte. Einen Fehler, der vielleicht nur dadurch wieder wettzumachen war, indem man den dreien nachging.

Doch erst vor einem veritablen Trinkfachgeschäft
namens »Schwabinger Sieben«, das vor lauter Musik aus seinem Innersten heraus zu bersten schien, hielten sie inne – ein Türsteher mit Mütze und Ziegenbart, der Blondinen abwimmelte (»Dees is nix füa eich zwoa«)[16] und dem glotzenden Big Pack nebenbei Prügel androhte (»Mogst feng, ha?«), überzeugte sie:

»Da muuv ma eini«, verkündete der Big Pack.

»Da drin, da ess ma jetz a Bia«, bestätigte der im Blouson.

»Weis wuaschd is«, wollte sich Gregor, als sei er einer der ihren, auch gleich am Türsteher vorbeidrücken; der aber, »Momental«, vertrat ihm den Weg und meinte, sich selbst als Downhill-Charly vorstellend:[17] *ihn* kenne er noch nicht, ob er gar Bayern-Fan sei?

Um Himmelswillen, er werde doch nicht etwa so aussehen?

»A bissal scho«, zögerte der Türsteher beiseite, »leida.«

Die »Sieben« war nicht viel mehr als
eine Schuhschachtel mit dunkelbraunen Wänden, an denen der
ausgeschwitzte Bierdampf runterrann, bevölkert von Stammtrin-
kern in Flanellhemden, Cowboystiefeln, Parkas, ein Reservat für
Paketausfahrer, Pommesbrater und all die andern, denen langsam
die Luft ausging: Hier drin waren sie um die 80er-Jahre rumge-
kommen, und hier drin, da waren sie sich einig, würden sie auch die
90er überleben.

Denn was in der »Sieben« noch immer zählte, war ein durch-
gängiges Gitarrengesäge, ein dumpf durchs Dreivierteldunkel da-
hinpulsender Baß, ein stur geradeaus treibendes Schlagzeug, selbst
wenn dazwischen, das einzige Zugeständnis ans kommende Jahrtausend, unvermittelt irgendein reingesampeltes Westernthema ertönte, eine Rapzeile, das Traritrara einer alten Schlagermelodie – ob
das Grunge sein sollte oder Gothic oder Hardcore oder Crossover
oder? was auch immer, hier spielte die Musik, und es blieb einem
nichts weiter übrig, als dazu mit dem Kopf zu nicken oder mit irgendeinem andern Körperteil zu zeigen, daß man sein Lätschen-
bräu[18] nur des Sounds wegen in sich reintrank.

Das Turnschuhrudel aus dem »Roxy«, das dort so sehr gestört
hatte, hier fügte sich's sofort ein in den Rhythmus des Abends,
belungerte die Theke, knallte die Gläser aneinander (»Weiba und
Weißbia muaß ma – hohoho!«), forderte vom Zapfer eine Runde
Rüscherl[19] und verglich seine Schlüsselanhänger: einen Augapfel,
eine nackte Frau, die quietschte, sobald man auf sie drückte, einen kleinen Stift, aus dessen Spitze ein Laserstrahl herausfuhr:
Mit dem zielten die drei so lange auf den Nietengürtel einer Frau,
die sich einem weißen Pulverhäufchen widmete, bis sie … sich
mit einem herzlichen Thekengelächter begnügen mußten, »ssauguad«.

Vor allem aber ließen sie ihr Feuerzeug grünrot aufflimmern, was
ihnen reihum viele Freunde einbrachte; indessen sich Gregor, sofern er nicht damit beschäftigt war, den Oberkörper zu wippen, dezent gegen die dunkelbraune Schuhschachtelwand drückte.

Und die Gelegenheit
kam. Der Zapfer nämlich, ein quadratisches Wesen, das sich mit einem T-Shirt bespannt hatte – übern Brustkasten lief ihm in ausgewaschnen Lettern »Wir fordern die 35 Liter-Woche«, übern Rücken der ausgewaschne Zusatz »Bei vollem Glas« –,[20] was zusammen mit seinem blonden Zopf eine Behäbigkeitsinkarnation des Mittleren Südens ergab, der Zapfer nämlich, der nahezu pausenlos »Gedecke« aus Rüscherl und Bier zusammenstellen mußte, spritzte jedesmal ein paar Tropfen Asbach auf die Nase einer kleinen Katze, die sich sofort und zur Erheiterung der Tresensteher wild über die Theke zu drehen begann. Und die Gelegenheit da war:

Denn der Big Pack, freudig erregt, zog sich – und dabei rutschte ihm das Feuerzeug runter – zog sich die Katze direkt vor sein eignes Rüscherl und, nachdem er sie so lang beträpfelt hatte, bis sie gar nicht mehr wußte, in welche Richtung sie sich drehen sollte: warf sie in überraschend hohem Bogen gegen die Schuhschachtelwand, von wo sie auf Gregor runterplumpste, auf Gregor, der mit halbgeschlossnen Augen vor sich hin wippte.

Bevor der die Augen aufbekam und begriff, war die Katze wieder hinterm Tresen, »ssauguad«. Das Feuerzeug freilich blieb am Boden liegen, und als Gregor ein paar Gitarrenriffs lang abgewartet hatte, ob sich irgendwer dran erinnern wollte,

riß die Musik plötzlich ab
, verkündete man die Sperrstunde. Von der dröhnenden Stille erwachten auch die, die bislang bloß auf den Tischen gelegen. Einer aber, der den ganzen Abend lang Luftgitarre gespielt hatte, schulterte seinen Stuhl und, indem er an dessen vier Beinen abwechselnd wie an Dudelsackpfeifen herumhantierte und gleichzeitig, mit vollen Backen und im tiefen Glauben, sich für diesen Auftritt tatsächlich in einen Dudelsack verwandelt zu haben, eine dazu passende Melodie sich abpreßte – einer jedoch sorgte für eine Zugabe. Selbst ein Gregor wollte ihm danach sein Markstück nicht versagen, wollte beschließen, daß der Abend wohlgeraten und es also nur vernünftig war, bald wiederzukommen.

Obwohl sich der Big Pack jetzt doch noch schnell erinnerte, doch noch schnell bückte und die Gelegenheit vorüber war.

Gregors Nachgeburtstag
begann mit der Erkenntnis, daß man als Vierzigjähriger offensichtlich eins weniger vertrug; begann damit, daß man seine grauen Haare im Spiegel betrachtete, genau genommen, den Zuwachs an grauen Haaren; daß man das Hemd handbreit aus dem Gürtel zog, bis es genügend Falten warf; daß man möglichst ungrimmig dreinschaute, möglichst ungefährlich, möglichst rasiert, um wenigstens wie 39 zu wirken; begann mit Benzon & Hedges.[21]

Denn der Dienstag, ein allwöchentlich wiederkehrendes Leitmotiv, war der Tag der Beseitigungsmaschine. Als die beiden Punkt neun klingelten, ein kleiner fröhlicher »Gute Moogen«-Benzon und seine noch kleinere, wortlos gleich draufloshutzelnde Mutter,[22] war das Küchenradio gerade erfüllt von einer Stimme, als hieße die Frau, nein eigentlich, das Mädchen mit dieser Stimme: Kristina.[23]

Ihr philippinisches Grinsen ist heut wieder besonders illegal, dachte Gregor, sich sofort in die Küche zurückziehend (wo das Radio aber bloß noch Abspülmusik spielte), und schon schmatzten und grunzten sich die beiden voran, den frühlingsfrisch duftenden Lockspuren an Bad-, Glas- und Allzweckreinigern hinterher, die Hedges als die Putzmutter und Chefin des Unternehmens, gleich nach ihrer Ankunft in alle Richtungen legte. Den Rest des Dienstag vormittags verbrachte sie, schnatternd, an strategischen Punkten der Wohnung, ihren Sohn, der seinerseits unablässig zurückschnatterte, in Ecken & Winkel scheuchend, daß es eine Art hatte.

So daß die beiden fast an jedem Dienstag mittag, zum Abschied, vor Gregor erschienen und mit stummer vorwurfsvoller Gebärde Nachschub forderten, mal fehlte das gelbe, mal das grüne, das blaue Viss, mal die Scheuermilch, mal der Kalk+Rost-Reiniger, die WC-Ente; Gregor fragte sich, ob sie, die des Deutschen ja kaum mächtig waren, den Inhalt ihrer Flaschen je einer ordnungsgemäßen Bestimmung zuführten oder ob sie ihn wahllos in der Wohnung verteilten, weil's ihnen (und Gregor auch, wie sie wohl spürten) ohnehin nicht so sehr um streifenfreien Glanz ging oder kalkfleckenfreie Wasserhähne: sondern um die gute Laune, die sie bei all dem behielten, wahrscheinlich tranken sie das Zeug sogar, und solang es ihnen schmeckte, hatte Gregor nichts dagegen.

Doch als Benzon den kleinen Zwerg zur Strecke brachte
, der von Mascha vor Jahresfrist auf der Fensterbank plaziert worden, Gregor hatte noch eine Weile lang Frühstücksradio gehört, ohne daß man ihm den Namen der Frau, nein sicher: des Mädchens mit der Kristina-Stimme verraten hätte, doch als Benzon mit den scherblichen Überresten des ehemals fröhlich vom Fensterbrett runterpinkelnden Gartenzwerges vor ihm stand – das Wort »Sekundenkleber« nahm er mit betrübter Miene zur Kenntnis, »islecht«, »dangesöön« –, da war's höchste Zeit für einen Lauf.

Höchste Zeit für die ersten Dauerlauf-Meditationen, -Haßreden, -Entschlüsse dieses Jahres, höchste Zeit für eine von den Fußsohlen emporströmende Befriedigung; und dann, nach halber Strecke, für einen Schritt um Schritt um Schritt ihn durchrieselnden Willen, den ganzen Englischen Garten zu umarmen und alles, alles zumindest fastschön zu finden.

Am »Seehaus« saßen sie schon wieder, kaum daß ihnen das Bier nicht mehr in den Maßkrügen gefror, ein buntes Farbband hinterm See, auf dem nur die Schwäne noch fehlten und die Tretboote.

Und nach *ganzer* Strecke, nach Rückkehr zur Leopoldstr. 48? Selbst die alleinerziehenden Mütter, die sich, wie jeden Tag von 7 Uhr früh bis 7 Uhr abends, samstags bis 14 Uhr, mittels Betätigen des kleinen unscheinbaren Druckknopfes neben dem Eingang Zutritt zum Treppenhaus verschafften und sich dort, auf dem Weg zu einer der Kanzleien oder Praxen oder gar zum »Frisuren-Schachterl«,[24] in einen immerwährenden Kunden-, Patienten- und Parteienverkehr verwandelten, selbst die waren heute bestrebt, ein Aroma der Milde zu verströmen.

Trotzdem zeigte die Waage weiterhin 1,7 kg zuviel.

hätte sich ohnehin nicht verhindern lassen. Zur Stunde, da er normalerweise die Große Konzentrationsrunde antrat, vom immergleichen Wunsche nach dem perfekten Mandelhörnchen getrieben, einem, das ordentliche Schokoecken hatte, einem, das nicht zu flach und zu rund und zu süß war, nicht zu unsüß, zu unrund, zu dick und dessen Farbe nicht zu hell geraten. Seitdem der Wimmer (»Mein Bäcker für immer«) mit kokosbestäubten Hörnchen *ohne* Schokoecken experimentierte, war dieser Wunsch nicht mehr so selbstverständlich zu befriedigen; im Grunde hätte man sich rechtzeitig ein Lager an Ersatzhörnchen anlegen müssen, doch weil man das versäumt hatte, geriet man nahezu jeden Nachmittag an einen Punkt, wo man …

… *die Große Konzentrationsrunde ausnahmsweise* auch mal ausfallen ließ: weil verabredungsgemäß jetzt der Ingo auf den Plan trat, in einem Kunstlederjäckchen und farblosen Plastikriemchensandalen, aus denen seine behaarten weißen Füße nicht ganz frühlingsfrisch herausdufteten. Da er nichts Vernünftiges trank (»Alkohol tut mir weh«), hatte er sich selbstgebackne Gesundheitskringel mitgebracht. Sofern er sich dann nicht mit Rumbröseln beschäftigte oder, beinah jede Viertelstunde, auf der Toilette tätig war: installierte er nicht nur den ISDN-Anschluß, den sich Gregor zum Geburtstag spendiert hatte, sondern, wie versprochen, auch ein Modem und die Software fürs Internet.

Als Gregor seine Netzadresse eintippen durfte – »schattschneider@aol.com« –, verliebte er sich sofort in diesen neuen Buchstaben, der obendrein Klammeraffe hieß, und konnte sich gar nicht dran sattsehen: »sch@ttschneider« tippte er und »m@sch@«, »helg@«, »ull@« tippte er, »m@riett@« tippte er und »m@riett@s s@lon, noch 2 t@ge, d@nn gehts @b!«

Aber der Ingo wollte zur Probe gleich ein wenig durch die Welt surfen, griff nach der Maus und fummelte in Gregors Systemeinstellungen so lange herum, bis er problemlos ein paar Nachrichtenseiten aus dem Netz heranholen konnte: Nachrichtenseiten, die in bunten Buchstabenketten davon berichten wollten, daß es am einen oder am andern Ende von Jugoslawien mal wieder eng wurde, daß es in Afghanistan oder Tadschikistan oder Tschetschenien oder wer-weiß-an-welchem Ende des ächzenden russischen Imperiums noch immer eng war oder das Chaos herrschte oder wenigstens Krieg.[25] Gregor aber hatte nur Augen für die Seiten, wie sie sich und ihre kleinen farbigen Bildchen in Sekundenschnelle aus der Tiefe des Netzes aufbauten und wie sie sich in Zehntelsekundenschnelle dorthin zurückzogen, hatte nichts als ein vage daherdämmerndes Gefühl, die ganze Welt sei mit einem Mal bloß einen einzigen Mausklick entfernt, ein vage daherflirrendes Gefühl, mit einem Mal überall dabeisein zu dürfen oder gar zu müssen, doch nicht recht zu können: Da wußte er, wohin er sich mit Mascha flüchten würde, sobald der Kopf des Himbeer-Bäschtles rollen würde – in die Weiten des World Wide Web, dort war überall Timbuktu, überall.

Als der Ingo schließlich vom Horsti abgeholt wurde (»Daaling, da Wagna is doch scho ganz bremsig«) und die Maus freigab mit einem lapidaren Könnt-sein-daß-ihm-das-Telephon-Probleme-mache, da winkte Gregor lediglich ab.

Das habe nämlich keine R-Taste, erklärte der Ingo noch, während ihm der Horsti bereits seine große Horstihand auf den Hintern legte.

Eine R-Taste? mokierte sich Gregor: Er wisse wirklich nicht, wozu er plötzlich eine R-Taste brauchen sollte.

Abwarten, sagte der Ingo.

Und schon war man wieder in Timbuktu
, beim Bejammern der anhaltenden deutschen Fußballschwäche in einem Chatforum des Kicker,[26] beim Betrauern irgendeines italienischen Modemachers, den sie vor seinem Haus erschossen hatten[27] (hier setzte die Wagneroper ein), beim Beglückwünschen irgendeines hanseatischen Multimillionärs, den seine Entführer *nicht* erschossen hatten[28] (hier begann der Ingo, jenseits der Wand, zu kreischen), und nie konnte man's erwarten, bis sich die Buchstaben vollständig auf dem Schirm eingefunden hatten, immer wollte man weiter, statt sich an der nächstbesten Stelle festzuklicken, statt womöglich den entscheidenden Rest zu verpassen und … als der

Horsti mit einem kurzen Gedröhn den Ingo schlagartig zum Schweigen brachte, war die Reise zu Ende. Ausgerechnet auf der Homepage von Uma Thurman, kaum daß man sich zum ersten Mal entschlossen hatte, einen der Buttons mittels Mauszeiger aufzufordern, die Preview ihres neuen Films zu zeigen: woraufhin sich eine Dialogbox öffnete, die das Fehlen eines RealPlayers auf Gregors Festplatte bedauerte und ihm anbot, mit dem sofortigen Download zu beginnen.

RealPlayer? Daß ihm auch so was fehlte, hatte der Ingo verschwiegen. Ein sofortiger Download – wer weiß, was das alles bedeuten mochte – kam natürlich nicht in Frage. Als Gregor auf dem benachbarten Button herumdrückte – wenigstens die Photos von Uma Thurman wollte er sich nicht entgehen lassen, von nebenan war nurmehr Wagner zu hören –, da belehrte ihn eine neue Dialogbox, sein Browser sei nicht javafähig, was immer das heißen mochte, und also könne man, leider-leider, nichts für ihn tun.

Gar nichts? Gregor begann, wild hin & her zu klicken, das wollte er nicht so einfach gelten lassen, und wenig später, der Hundsnurscher japste sich draußen vom vierten zum fünften Stock, fror ihm der Mauszeiger still & heimlich unter der Hand ein, »Kumm, Saubazi, de Sauarei schaung ma uns doch goa nimma oo«, machte eine Dialogbox ganz unaufgeregt den »Systemfehler 11« dafür verantwortlich, zeigte dazu ein kleines schwarzes Bombensymbol, und fortan ging nichts mehr.

»Sprich mit mir!« beflüsterte Gregor seinen Mäc, faßte ihn an beiden Seiten, um ihn zu schütteln: »Und wenn du mit mir sprichst«, beschwor er ihn, »dann drück dich deutlich aus, du bist doch hier nicht bei dir zu Hause!«

An einem Neustart führte freilich kein Weg vorbei. Als sich Gregor endlich wieder bei AOL eingewählt, von dort nach Timbuktu aufgebrochen und dieselbe Suchmaschine angefahren hatte, deren sich bereits der Ingo bedient (zu dumm, daß man den jetzt nicht einfach rausklingeln konnte): da landete er zwar – wer sagt's denn – bei Uma Thurman, einen Mausklick später aber auch wieder bei:

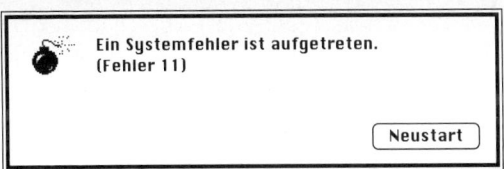

Ein Systemfehler ist aufgetreten.
(Fehler 11)

Neustart

»Sprich mit mir!« beschimpfte Gregor seinen Mäc und versetzte ihm kleine flache Schläge, das würde's ihm schon austreiben, stur geradeaus zu starren, als verstehe er nichts. Oder hatte da jemand hinter seinem Rücken gelacht, der Brieföffner oder der Briefbeschwerer oder Evas Kaktus, der ihm ohnehin seit ein paar Wochen aufgefallen war? Machte sich jemand über ihn lustig?

»Wenn hier einer lacht«, brüllte er den Kaktus an, »dann bin das ich«, brüllte er den Briefbeschwerer an, »und niemand andrer«, brüllte er den Brieföffner an, »kapiert?!«

Genau in diesem kritischen Moment, da er voll damit beschäftigt war, die Dinge wieder unter Kontrolle zu kriegen und als erstes den Kaktus aus seinem Topf rausreißen wollte, der hatte's lang schon verdient, genau in diesem höchstwichtigen Moment wagte sie's zu klingeln.

Ach-du-große- ▬▬▬

, mit der wäre er ja bereits vor einer halben Stunde verabredet gewesen, und der Bildschirm starrte ihr mit eingefrorner Miene entgegen, als habe er das die ganze Zeit gewußt.

Mascha, mit funkelblitzendem Blick auf den Kaktus, den Gregor gerade … zurück aufs Fensterbrett stellte:

S uma sošël![29]

Vielmehr: Aha, und ihren Zwerg, den habe er auch schon entsorgt, »interessant«.

Vielmehr: Ob sie ihm zum Abschied noch eine schallern dürfe?

Weiterhin tat der Bildschirm so, als ginge ihn das überhaupt nichts an, und Gregor konnte sich kein bißchen drüber freuen, daß Mascha trotzdem, »hast du das eigentlich gar nicht verdient, duračok«, zwei Eisbecher aus dem »Venezia« mit rübergebracht hatte, im Gegenteil: Die Adidas-Jacke, die er ihr fatalerweise selbst geschenkt hatte, ein Nylon-Relikt aus Lengericher Fußballzeiten, der Schlabberrock und die ockerklobigen Dockers, die sie neuerdings anstelle von Schuhen dazu trug – das konnte ihn, Eisbecher hin, Eisbecher her, gewiß nicht über die Systembombe 11 hinwegtrösten.

Aber statt wenigstens jetzt Ruhe zu geben und darauf zu spekulieren, daß sich Gregor vor lauter Marzipan- und After Eight-Kugeln gleich versöhnen würde mit allem & jedem, wollte sie's wissen:

Ob's bereits so weit mit ihm gekommen sei, daß er sich lieber mit 'nem Kaktus treffe als mit ihr –

Gregor, dazwischengrantelnd: Bestimmt nicht, bestimmt nicht, der habe sich sehr schlecht benommen!

– und mit welcher Schrulle er als nächstes aufzuwarten gedenke?

Gregor, den Rand seines Eisbechers mit dem Löffel beklopfend: Als Vierzigjähriger, da dürfe man schon die eine oder andre Schrulle haben, so was gelte dann nämlich, summa summarum, als Charakter.

Die eine oder andre? Mascha, mit all ihren ratternden Rs brach sie über ihn herein: Ach, Grischa, duračok, er bestehe doch fast aus nichts andrem! Womit er denn grade eben, als er sie versetzt habe, womit er denn da dermaßen lautstark zu Gange gewesen die ganze Zeit?

Wichtigen Dingen habe er sich gewidmet, sehr wichtigen und sehr ernsten, schwierigen, renitenten Dingen.

Was sie folglich durch die Tür gehört habe, sei nicht etwa bloß eine seiner Wollmausbeschimpfungen gewesen, eine seiner Tätlichkeiten gegenüber undurchen Camemberts oder Untertassen oder sonst was Gregormäßiges? Sondern … sondern … jedenfalls was fundamental Wichtiges? Weswegen er sie, Mascha, immerhin heut zum ersten Mal versetzt habe, was sie natürlich nicht persönlich nehmen dürfe, nicht wahr?

Gregor widmete sich dem Auslöffeln seines Eisbechers.

Daß er sie ein bißchen beschnüffelte

, die Dinge dieser Welt – gut; daß er ihnen Namen gab, die nicht im Duden standen – gut; daß er sie beschimpfte, bestrafte, belobigte, mit ihnen nach allen Regeln des Anstands zusammenlebte – das wäre er ja ohne weiteres bereit gewesen zuzugeben; doch mußte man deshalb gleich als verschrullt gelten?

Schweigend räumte Mascha die Papierschirmchen von ihrem Fruchtbecher, faltete sie zusammen, legte sie, der Größe nach, vor Gregor auf den Tisch.

Nein! brachte der die Ordnung der Schirmchen mit einer schnellen Handbewegung wieder durcheinander: So meine er das nicht.

Und indem er sich das nächstbeste Schirmchen nahm und zwischen den Fingern herumzwirbelte:

Sie möge doch bitte nicht die Ironie übersehen, die dem Ganzen innewohne, das Spielerische. Selbstverständlich wisse er, daß er manchmal ein bißchen übertreibe, aber ...

Weil sie nichts tat, als ihm mit großen Augen zuzusehen, wie er ein zweites Schirmchen ergriff:

... manchmal würden's halt auch die Dinge übertreiben, und dann ... dann vergesse man sich vielleicht ...... vergesse, daß es noch Menschen gebe ... Menschen, mit denen man verabredet sei .... Herrgottnochmal'tschuldigung.

Woraufhin Mascha sehr sorgfältig die Schirmchen belächelte, wie sie, der Größe nach geordnet, nahezu an derselben Stelle lagen wie zuvor:

»Und hast du noch gar nicht gesagt, Grischa: Liebt man die Dinge, kommt auch Liebe zurück, richtig? Dann ist man niemals einsam.«

Ja, brachte Gregor die Schirmchen mit einer ärgerlichen Handbewegung wieder durcheinander: So meine er das.

Seine hundert Lieblingsschrullen

, die seien ihm unbenommen, faßte Mascha das gemeinsame Schweigen schließlich zusammen, aber alles, was darüber hinausgehe, werde sie ihm ab jetzt mit heftigen Schwermutsanfällen vergelten, mit richtig russischen Schwermutsanfällen: damit er wieder ein bißchen öfter ans Wesentliche denke, das käme ihr in letzter Zeit entschieden zu kurz, daran müsse sich was ändern, dringend.

Am liebsten hätte Gregor so getan, als sei er gar nicht da, und wenn doch, als sei er gerade eingeschlafen; wenigstens wischte er die beiden Eisbecher aus und tat so, als ob er's nicht mitbekam, wie Maschas Augenbrauen zitterten.

In diesem Moment ging beim Hundsnurscher die Glocke, Ach-du-große-Bože-moj, was soviel hieß wie: beinah sieben! Mascha (die ja vor der »Nonne« noch mal zum »Venezia« mußte, um die Eisbecher zurückzugeben) fand kaum die Zeit, sich in Gregors Armen zumindest ansatzweise zu verkriechen, schließlich habe sie solche Angst, »Versprich mir, Ehrenwort«, und außerdem –
wer hätte eine derartige Wendung jetzt noch erwartet? Aber Mascha war eben Mascha war Mascha, insbesondre wenn sie einen so von unten herauf anblinzelte ...

                                             – sei ihr schönes neues »Fischhaus« kaputt: Die drei Fische lägen ohnmächtig in der Ecke, ob er beim nächsten Mal was dagegen unternehmen könne?

Wenn wir da nicht alle längst unsern Kopf kürzer sind, drückte ihr Gregor mit der Zeigefingerspitze auf den Schminkpunkt, das Treppenhausgepolter schwoll an, der Hundsnurscher trat vor seine Tür: dann werde er die drei schon wieder aufscheuchen.

Indem aber draußen jetzt der Amereller Manni, »Oida Sackbeißa, oida!«, vom Hundsnurscher begrüßt wurde, während dessen Türglocke ein zweites Mal tönte, war's wirklich höchste Zeit für Maschas Abschiedsritual:

»Ich weiß genau, du vermißt mich.«

»Aber nicht oft.«

»Und nie besonders lang.«

Der Schafkopfabend beim Hundsnurscher nämlich
begann stets um sieben; als Mascha die Treppe runterdockerte, hätte sie beinah den Ufertinger Hias übern Haufen gerannt, der ihr zwischen dritter und vierter Etage entgegenkam, derweilen der Manni, ein Mensch, der vor allem aus Augenbrauen bestand, schon vom

Hundsnurscher vor den moralisch impertinenten Fußabstreifer geschoben wurde:

»I siehch oba koa Sauarei ned«, brummte der Manni.

Fast wollte dem Hundsnurscher der Kropf ein wenig schwellen, seine Augen rollten Richtung Gregor, der unschlüssig noch in der Tür stand, rollten Richtung Ufertinger, dessen Gesicht jetzt voller Bart und guter Laune überm Treppenabsatz aufschimmerte:

»Kumm auffi, Hias, da gibts wos umsonst.«

Und hätte's in dem Moment nicht zum dritten Mal bei ihm geklingelt, der Hundsnurscher wäre, ranzig riechend vor lauter Lust auf ein anständiges Treppenhaus, wäre sicherlich zu einer kleinen Selbstjustiz bereit gewesen; aufgeregt wedelte sich sein Saubazi vom Amereller zum Ufertinger zum Haberer Luggi, einem kleinen Männchen mit Hang zum Hirschhornknopf, der als dritter nun der entschlossensten Hundsnurscherbegrüßung zuteil wurde, »vielleicht sixta du a bisl mera mit deine Aung!«

Der Haberer stand und sah mit seinen Augen.

Zu viert wäre man mindestens gewesen, aber … da tat der Saubazi das seine, und der Haberer, von einem Atemzug zum nächsten, hatte genug gesehen:

»Fack ma off«, meinte er, »und flack ma uns hii.«

Ob man allerdings ausschließlich Schafkopf
spielte oder mitunter auch die eine Runde Skat, die andre Runde Wattn, war für jemand, der nebenan saß und sich mit wichtigen, ernsten, schwierigen, renitenten Dingen beschäftigte, nicht zu entscheiden: Um Pfennigbeträge ging's allemal, und die Sprüche, die dabei geklopft wurden, kannte man mittlerweile auswendig, kannte das fünfmalige Klirren der leeren Edelstoff-Flaschen im Kasten – anscheinend tranken die Herrschaften synchron –, kannte die Anstoßrituale, die sich steigernden Beschimpfungen, das sich steigernde Gerülpse, das Gregor in seiner Endphase, so ab elf, durchaus an die Fanta-Wettkämpfe seiner Lengericher Jugendjahre erinnerte:

»Kartnaufndiischunddhosnrunta!«

Also gut. Neustart.

Trotzdem machte man im Lauf des Abends
, an Klappentexterei war gar nicht zu denken, verschiedentlich
Bekanntschaft mit der Systembombe 11 und ließ sich von der
immergleichen Dialogbox mitteilen, »Heagodssau!«, daß der Mäc
nicht viel mehr als ein bedauerliches Biedermeiermöbel und man
selbst ein Volltrottel sei.

Denn der Ingo hatte natürlich recht gehabt. Es fehlte nicht nur
die R-Taste am Telephon, sondern auch die am Faxgerät, fehlte ein
Arbeitsspeicher, der groß genug war, um dem, was fürderhin aus den
Tiefen des Netzes auf Gregors Bildschirm finden sollte, überhaupt
einen angemessenen Empfang bereiten zu können, ein neuer Browser
mußte her, »Deesduaddawäh, gej?«, ein RealPlayer mußte her, und
wahrscheinlich würde's immer so weitergehen, bis ans Lebensende.

Alsdann, »Schmeißdeinscheißnei!«, kein Neustart mehr für
heute, sollten die im Internet doch schauen, wo sie blieben.

Aber der anschließende Abendbrotversuch mit Hilfe von ge-
preßtem Formvorderschinken war auch keine ganz leichte Übung.

Die Flasche mit dem Glenmorangie
, die Gregor seit Jahren als Bücherstütze benützt und also vergessen
hatte, kam da gerade recht.[30] Vielleicht konnte man sich auf solche
Tage wie heute – anstatt nur stets zu erwarten, daß es von alleine geschah – ja selber einen i-Punkt setzen: Schließlich war man inzwischen alt genug, um auch mal 'nen Whisky zu trinken, ohne daß
einer dabeisaß und die Verantwortung übernahm. Außerdem wußte man jetzt, wo Timbuktu lag, wußte, daß man eine Fastfreundin
hatte, mit der sich was ändern mußte, dringend, daß man einen ka-
putten Zwerg hatte, einen aufsässigen Kaktus, einen undurchen
Camembert, einen Anzug, der grau sein wollte, eine Phrasendreschmaschine, die nicht weiterhalf, ein kleines blaues Grischa-laß-uns-
endlich-heiraten-und-sieben-Kinder-kriegen und, nicht zu vergessen, für übermorgen die höchsthandschriftliche Einladung dieser
Marietta Beinhofer, geborne Rossi, wohnhaft in 82340 Feldafing,
mit Blick natürlich auf den Starnberger See über die Alpen aufs
Mittelmeer, womit dann sowieso alles anders werden würde, mindestens.

Gregor saß in seinem Wiener Ohrensessel und setzte i-Punkte. Starrte auf den schwarzen Bildschirm des Mäcs, und wenn's hochkam, steckte er ein Schirmchen in den Kaktus. Lauschte dem Abschiedsgepolter der Schafkopfrunde, »Pfiagod, seawus, mia kemman nexts Joa wieda«, in das sich diesmal deftige Schmähungen des Schlammerlschen Fußabstreifers mischten.

Aber auch *nach* Mitternacht setzte er i-Punkte.

Irgendwann zappte er dann doch noch ein bißchen rum, von MTV zu VIVA, von der Schienenstrecke des HR zur »Space Night«,[31] beinahe wäre er dabei melancholisch geworden: Nein, hier bei ihm leuchteten keine Lumibären durch die Nacht, hier blinkten bloß grünrot die Kontroll-Lämpchen. Alles standby, einschließlich Gregor.

Lediglich Frau Yorn, eine ansonsten unsicht- und unhörbare Künstlerwitwe, die über ihm wohnte und die Nacht dazu nutzte, möglichst oft die Toilettenspülung zu ziehen, bewies ihm, daß er nicht ganz allein war auf der Welt.

»Klar bei Sakko!«
konnte Gregor zwei Tage später kurz nach der Großen Konzentrationsrunde ans eigne Spiegelbild vermelden, als er seine Koteletten ausrasiert und die spitzesten schwärzesten Schuhe rausgesucht und gelobt hatte: am 26. April, und also knapp dreieinhalb Monate vor jenem legendären Augusttag, an dem er seine Koteletten ausrasieren und die spitzesten schwärzesten Schuhe raussuchen würde. Bis Max klingeln und ihn zur Villa Hasenpusch chauffieren würde, zum Salon – ja, an-diesem-Donnerstag-da-durfte-er-endlich-da-war's-soweit! –, hatte er noch gut eine Stunde Zeit, sich in seinen neuen Anzug zu begeben, Standbein-Spielbein-Händehoch, und sein Hemd ein Stück weit aus der Hose zu ziehen. Im Küchenradio erklang zwar nicht die Kristina-Stimme, Standbein-Spielbein-Hände-runter, wenigstens aber deren obercooles Gegenteil, *Here Comes The Hotstepper*: Betrachtete er sich dazu den neuen Haarschnitt, den ihm der Ingo heut nachmittag im »Frisuren-Schachterl«[32] verpaßt hatte, fand er die Musik durchaus angemessen.

Weil er jedoch noch immer viel zu viel Zeit und sein neues Telephon[33] eine R-Taste und sein Mäc einen javafähigen Browser hatte, jedenfalls wenn ihn der Ingo »demnächst« installiert haben würde, ließ es Gregor drauf ankommen und seinen Einliterrülps los: Als er sich dann vom Klickstarter direkt nach Timbuktu begeben hatte, versprach ihm die Yahoo!-Suchmaschine für den Begriff »Marietta« nicht weniger als 1107 Treffer, darunter ein Sporthotel in den Obertauern, eine Vorsitzende der UN-Kommission für Menschenrechte, eine Filtermaschine, ein Küchenstudio –, als er seinen Mäc freilich aufforderte, all die Treffer der Reihe nach für ihn auszudrucken, sprach der plötzlich nicht mehr mit ihm.

Über Marietta, ohne daß er sie auch nur von fern je gesehen, hatte er sich aber im Lauf der letzten Jahre derart viel anhören müssen, anfangs von Ecki, dann von Max, vom Poldi, von ziemlich jedem zweiten, den er kannte –, daß er sowieso schon ganz genau wußte, wen er heut abend kennenlernen würde: [34]

- *Am Telephon klingt sie manchmal so*
  , als trüge sie eine Brille.
- Kaschmir könnte ihr etwas bedeuten.
- Wenn es ein Wort für ihre Nase gäbe, wär's sicher recht lang und groß und unsymmetrisch.
- Ihren stärksten Satz, »Ein Leben ist zu kurz für uns beide, meinen Sie nicht?«, sagte sie angeblich zu Ecki (vor sechs Jahren ungefähr, als es gerade losging mit den beiden). Zu den Narben an ihren Handgelenken äußerte sie sich dagegen noch nie.
- Designerklamotten hält sie für überflüssig; daß sie trotzdem – und zwar ausschließlich – welche trägt, hat nichts damit zu tun.
- Frühstücken findet sie sinnlos, manchmal beschwert sie sich statt dessen: »Ich kann morgens überhaupt nicht mehr richtig entstehen!«
- Für ihren Sohn, den zweijährigen? zweieinhalbjährigen? Carlo, hat sie ein Au-pair-Mädchen, für den Haushalt Frau Gschnitzer, für ihren Ehemann eine Stadtwohnung.

Was Gregor dann aber als erstes auffiel

, als er die Villa Hasenpusch betrat – wie immer war Max zu spät gekommen und den politisch korrekten Wetterbericht irgendeines Gastprofessors[35] hatten sie komplett versäumt –, war ein Geruch: aus tausend Jahre alten Teppichen, Gemälden, Türklinken, Kaminsimsen, Kronleuchtern, ausgestopften Hirschköpfen und dunklen Ecken, in die sich die wenigen Möbelstücke stolz zurückgezogen –, das erste, was Gregor auffiel, als er die Empfangshalle der Villa Hasenpusch betrat, war der Geruch und natürlich vor allem …

Bereits hier drängten sich grüppchenweise Gäste, wichtige Männer, die Weltformeln verrieten, wunderbar geschmückte Frauen, die ihr Proseccoglas am Stiel hielten und mehr oder minder ununterbrochen ein kleines Gelächter aus ihrem Innersten aufperlen ließen; ein Kerl von einem Riesenschnauzer beschnüffelte die Handys auf dem roten Sofa; eine Silberdutt-Dame, sehr distanziert und beinah schon durchsichtig, kaum mehr als ein Muster innerhalb des großen Persers, der die Halle schräg durchlief – »Frau Gschnitzer«, zischelte Max –, ermunterte Gregor abzulegen. Dabei schielte sie dermaßen blauäugig durch ihre Brille und so knapp an ihm vorbei, daß man glatt nervös werden konnte.

Im übrigen sei sie die »Frau Soffie«, und nun schielte sie Gregor so direkt an, daß er wirklich nervös wurde, drohte ihm mit dem Finger: Ob er diesmal auch sein Handy brav aufs Kanapee gelegt habe?

Woraufhin sich Max mit einer schuldbewußte Miene versah und in Richtung rotes Sofa aufbrach. Weit waren die Flügeltüren zum Salon geöffnet, ein Gewoge an gedeckten Farben, quergestreiften Krawatten, an armlangen Handschuhen, Halsketten, Kostümen … doch das erste, das Gregor aufgefallen, als er die Villa Hasenpusch betreten, war natürlich der rosa Strohhut gewesen, der mit all seinem rosaroten Glanz sehr stolz und einsam an der Garderobe hing: Wer trug denn heutzutage Strohhut? Noch dazu im April?

»Da sind Sie ja endlich!«
löste sich ein ferner Farbtupfer von der Flügeltür, »wie immer erst zum gemütlichen Teil!«

»Ah, Marietta!«, trällerte Max, auf der Stelle das rote Sofa, sein

Handy und auch sonst alles um ihn herum vergessend, »wie immer zu schön, um wahr zu sein!«

Was fiel Gregor eigentlich an ihr auf – die kleinen Perlen an ihren Ohrläppchen?

Vielleicht.

Ihre vorspringenden Wangenknochen, die hohe Stirn?

Kaum.

Die langen knochigen Finger, die abgebissnen Nagelkuppen, auf die sie so wohlgefällig blickte, bevor sie sich herbeibegab, die dünnen weißen Narben, über die sie sich noch nie geäußert?

Bestimmt nicht.

Als sie, die Umarmung eher erduldend als erwidernd, ihr Gesicht an die Max-Wange legte und die Luft küßte, ein kleines schmatzendes Geräuschchen, als sie auch die andre Seite ihres Gesichts an die andre Max-Wange legte und Max dabei sein Kinn so weit wie möglich nach vorne schob, entdeckten ihre beständig den Raum durcheilenden Blicke: Gregor, wie er sich, grünlich schillernd bis in die Bügelfalten, mühte, möglichst grau zu sein.

»Tatsächlich, Sie haben ihn mitgebracht«, sagte sie halb noch zu Max, halb schon zu Gregor, der sich jetzt mühte, Standbein-Spielbein-*Here-Comes-The-Hotstepper*, möglichst ungrau zu sein: »den Herrn Klappentexter.«

Der Herr Klappentexter lächelte ihr möglichst unverfänglich zu, aber –

»Aus! Percy! Aus!«

– die Zeit zurückzulächeln fand sie nicht, entwand sich der Umarmung nun vollends:

»Zuerst begrüße den Herrn Klappentexter ich, dann du!«

Doch Percy, »a echta Oschi«, hätte ihn der Hundsnurscher genannt, »a Moadstrum Hund«, hatte sich bereits an Gregor festgesabbert.

Die Nase

, dachte der, als Marietta erst mal Percy streichelte, ehe sie sich ihm zuwandte: Die Nase ist der große Kaputtmacher im Gesicht. Auch in deinem.

Sehr unvermittelt und sehr von unten blickte sie ihn mit ihren blaugraugrünen Augen an: »Sind Sie etwa nicht hundophil?«

Naja, wand sich Gregor: Er sei, sozusagen von klein auf, wohl hundophob.

In der Tat, ihre Nase war sehr groß, der Mund war sehr groß, die Augen waren sehr groß, und überhaupt: war sie fast so groß wie Gregor, der gewaltig die Schultern durchdrücken mußte, um ihr angemessen gegenüberzutreten und ein ganz klein wenig von oben herab die Hand zu schütteln.

»Sie schreiben wirklich bloß irgendwelche Werbetexte für irgendwelche Bücher?«

»Klappentexte«, bestätigte Gregor.

Ob sie das glauben solle? belächelte ihn Marietta, indem sie sich von Max Feuer reichen ließ: Das sage er ja nur, um abzulenken. In Wirklichkeit schreibe er sicher am großen deutschen Roman.

Alles an ihr war lang, die Nase, der Mund, die Arme, die Beine, alles war lang und zerbrechlich. Nein, schön war sie nicht, war geradezu unschön, um nicht zu sagen: erschreckend unschön, aber ganz so uninteressant wollte Gregor denn doch nicht dastehen:

Zwar schreibe er, es tue ihm furchtbar leid, tatsächlich bloß irgendwelche Klappentexte, freilich für praktisch jeden anständigen Verlag …

Marietta, der Rauch glitt ihr sehr langsam aus dem Mund.

… Was heutzutage schließlich kein Problem mehr sei, das könne man ja von einer Sekunde zur nächsten davonmailen per Elektropost. So ein Internet sei eine feine Sache.

Marietta, schnell an der Zigarette ziehend: »Elektropost«, wunderbar. Ob man von Klappentexterei denn leben könne?

Dabei kniff sie die Augen leicht zu, als sei sie kurzsichtig, aber nur eine Sekunde lang, dann schaute sie ihn wieder ein wenig schräg an, ein wenig gelangweilt, ein wenig amüsiert, nicht ganz bei der Sache, was Gregor sofort und aufs Tiefste empörte:

Man könne nicht klagen! Und weil er auch weiterhin nicht gar so uninteressant dastehen wollte, setzte er sich sein ironisches Grinsen ins Gesicht und knöpfte sein Sakko auf, ließ das Etikett herausleuchten.

Marietta, der Rauch glitt ihr ganz langsam aus dem Mund: »Oh, René Lezard – leider teuer.«[36]
Wie sie ihm mit einem halb pikierten, halb belustigten Blick den Rücken kehrte, um sich wieder ihren »andern Verpflichtungen zu widmen«, blieb ein blaugraugrüner Duft in Gregors Nase, der ihm sehr rätselhaft zu Kopfe stieg.

Was ihm dann aber als erstes auffiel
, als er die Flügeltüren durchschritt – das also war der berühmte Salon, hier traf sich einmal im Monat die Münchner Schickeria oder jedenfalls das, was sich dafür ausgab –, war ein Geruch aus verschiedenen schimmernden Hölzern, intarsienverwöhnt, aus Polstersessel, Kachelöfen, Chinoiserien (darunter ein paar elfenbeinernen, die man durchaus als obszön bezeichnen durfte) und einer bronzen sich bäumenden Sklavenplastik[37] –, das erste, was Gregor auffiel, als er den Salon betrat, war der Geruch und natürlich vor allem …
Nein, es gab keine Jäger und Sammler, wie vor zwanzig Jahren bei den Wiener WG-Festen, statt dessen jede Menge Späher und Spanner, glänzend vor guter Laune, solariengebräunt, Weltweisheit verströmend. Sofort erkannte Gregor, daß er in keinerlei Beziehung würde mithalten können und folglich nur eine einzige Chance hatte: den großen Geheimnisvollen zu mimen, indem er sich bei sämtlichen Fragen auf eine Weise bedeckt hielt, daß man wer-weiß-was vermuten durfte, bloß nicht die nackte Gregorwahrheit.
Kaum ging ihn der Vorsitzende eines Vereins zur Verhinderung von Festschriften (»der Milliardär«, zischelte Max) ziemlich unvermittelt um einen Gesprächsbeitrag an – das einzig Sympathische an ihm waren seine Nilpferdohren, untertassengroß in die Luft hineinstarrende Fleischlappen, belebte Empfangsschüsseln, denen man durchaus zutrauen durfte, sich zwecks besserem Empfang teleskopartig zu drehen; während der restliche Mensch nichts weiter war als ein beständiger Wie-meinen?- und Sie-müssen-laut-und-deutlich!-Nerver –, kaum ging ihn der Milliardär ziemlich unvermittelt um einen Börsentip an (»Schwören Sie auch auf AOL?«), gab Gregor ganz gelassen kund:
Damit habe er bislang recht gemischte Erfahrungen gemacht.

Woraufhin der Milliardär beistimmend seine Krücke hob und auf die Luft einhieb: Sehr vernünftig, junger Mann! Das mit den Internet-Werten, das sei 'ne ziemlich haarige Angelegenheit, da werde's böse Überraschungen noch geben und demzufolge …

… So einfach war das.

Die Gästeliste umfaßte
einige Edelschmocks; einen, dem allnächtlich der kleine Finger einschlief; einen, der nach dem Schneuzen immer ins Taschentuch blickte, als wären ihm dabei ein paar Perlen aus der Nase gefahren;[38] jede Menge weiterer Neunhundertsassas; und jeder blamierte sich, so gut er eben konnte: Die Faune faunten, der Rest nahm sich wichtig, Gregor trank. Von den alleinerziehenden Müttern, man erkannte sie an der Kürze der Röcke, am direkten Blick, am dauernden Was-Sie-nicht-sagen, durfte man ohnehin nichts erwarten.

Als es gen Mitternacht ging, behauptete ein gewisser Buchwald, »Percy« sei eine Oper von den *Kinks*; ein gewisser Bezold dagegen versicherte bei jedem Rotweinglas, das er sich von Frau Gschnitzer oder der Servierzofe bringen ließ, es sei erst sein zweites, erwies sich dabei zusehends als Meister des Kleinhumors (»Meine Bibliothek ist Grass-, Böll- und Christa Wolf-frei«),[39] wußte Ossi-Witze und warf das Problem auf, wie man die Seele zeichnen könne: als kleinen Fisch? quer wie das Wort »Seele«? als Uwe Seeler?[40]

Anschließend setzte er seinen Zuhörern auseinander, wie er sich zum Löten, Klempnern, Dübeln immer völlig ausziehe; seine einzige Bekleidung sei dann der Lötkolben, der Schraubenschlüssel, die Bohrmaschine, und das sei in gewisser Weise sehr aufregend.[41]

In welcher Weise? wollte Gregor wissen.

In gewisser Weise, erklärte Herr Bezold und winkte nach seinem zweiten Rotweinglas.

Die Servierzofe mit ihrer kleinen weißen Haube
und dem kleinen weißen Schürzchen war vielleicht die einzige, die ebenso systemlos wie Gregor zwischen den Gästen herumlief, Wein anbietend und schälchenweise »Fingerfood«: Froschschenkel, Shi-

53

takepilze, Sushi, jedenfalls nichts, das man als Gregor gern mit nackten Fingern ergriffen und vor aller Augen in den Hals gesteckt hätte. Dabei schaute sie ihn von der Seite so seltsam an, als sei sie seine uneheliche Tochter und er wisse das bloß noch nicht.

Doch das erste, das Gregor aufgefallen, kaum daß er den Salon betreten, war natürlich nicht die Servierzofe gewesen, sondern …

Marietta in ihrem Möchtenichtgern-Outfit
: dunkelblaue Slipper mit Silberspange, dunkelblauer Rock, hellblaue Strickjacke, die untersten zwei Knöpfe geöffnet – sehr teekränzchenkompatibel, wenn sie nicht laufend ovale Zigaretten geraucht hätte, mal mit, mal ohne Spitze; wenn sich nicht laufend einer ihrer Körperteile erregt hätte, man wurde richtig zappelig beim Hinsehen; wenn sie nicht laufend einen ihrer Perlenklipps vom Ohr gezogen, auf der Handfläche herumgerollt, wieder angesteckt hätte. Geradezu als empörend empfand Gregor ihre Art, Konjunktive und allerhand komplizierte Korrektheiten in die Sätze einzubauen, man glaubte mitunter, die Kommas als kleine Pausen herauszuhören. Und doch, und doch! mußte er zugeben, daß sie die Gunstverteilung perfekt beherrschte, daß sie ihre Rolle, hier parlierend, dort parlierend, perfekt spielte: eine dieser notorischen Mittelpunktsfrauen mit einem Selbstbewußtsein, das sogleich beleidigend auf Gregor wirkte.

Vornehmlich aber bestand sie aus Augen, ein blaugraugrüner Glanz, der die verschiednen Ecken des Salons für Minuten erleuchtete; vornehmlich bestand sie aus Geruch, der blaugraugrün in jenen Ecken herumhing, sobald sie sich – oft mitten im Satz – zum Ortswechsel entschlossen hatte; und es bereitete Gregor kein unbeträchtliches Vergnügen, sich immer dort aufzuhalten, wo sie gerade gestanden: und nichts dann zu tun, als Luft einzuatmen, ihre Luft.

Soeben hatte sie, nicht zum ersten Mal, den Milliardär stehengelassen, um sich eines andern zu besinnen, der hingebungsvoll seine Brillengläser putzte – mit einem Schlips, auf dem ein Regal zu sehen war voll bunter Bücherrücken, einige davon schräg gekippt, sogar ein Globus fehlte nicht. Und obwohl er die Brille nun schnell wieder überstülpte, hatte ihn Gregor erkannt.

Das war gewiß nicht ungeschickt

, schließlich hatte sich der Poldi, der seinen Schlips jetzt schuldbewußt zurechtzupfte, in dieser kleinen selbstvergessenen Sekunde in den Mittelpunkt des Interesses geputzt. Prompt hob er an, eine wahrscheinlich von langer Hand vorbereitete Anekdote Wie-unsre-Bedienerin-amoi-in-da-Woschmaschin-an-Most-gmacht-hat zum besten zu geben; [42] und Gregor mußte nur so tun, als sei er zutiefst erfreut, hier unvermutet »'nen alten Wiener Studienkumpel zu treffen«,[43] schon konnte er aus nächster Nähe zusehen, wie sich Marietta zwei Zigaretten in den Mund steckte und sich Feuer geben ließ, wie sie einen tiefen doppelten Zug nahm und eine der beiden Zigaretten, wortlos, zwischen die glücklichen Lippen des Poldis schob.

Der Poldi, noch immer hatte er seine feuchte Aussprache,[44] ließ sich zunächst nur unwillig zu einem »Mi scheiß an, wer hat denn di do einelassn?« hinreißen, zweifellos hätte er Marietta viel lieber erzählt, Wie-sich-unsre-Waschmaschin-amoi-an-siem-Socken-va-schluckt-hat,[45] aber da ihn Gregor gleich wegen seiner Oberassistentenkrawatte anging –

Marietta: Sieh an, der Herr Klappentexter! René Lezard tragen und über die Kleidung von andern herziehen, das habe sie gern.

– mußte ihm der Poldi wenigstens auf die Schnelle berichten, welch fabelhaftes Oberassistentenleben er seither geführt, daß er seine Oberassistentenbezüge zum wesentlichen Teil in Alimenten anlegte, Alimenten an zwei Frauen, die ihm »in summa drei Gschrappn angmaunzt«[46] hatten.

Während Marietta … nurmehr ein Duft war.

Vor der Vitrine mit den alten Gläsern stand sie

, eine Armlänge wieder von Gregor weggerückt und bloß noch aus den Augenwinkeln zu beobachten, vor der Vitrine mit der Sklavenplastik stand sie, die sich vergeblich dagegen aufbäumte, eine ihrer Hände auf die nackte Schulter gelegt zu bekommen, und hofierte ganz auffällig: Max, ausgerechnet den.

Max lachte stoßweise, ohne den Mund dabei zu öffnen, lachte über alles, was Marietta sagte, und den Rest der Zeit über seine eignen Bemerkungen, und wenn er dabei seine Zigarette auch noch wie ein Obstmesser hielt, dann: hatte er die Ausstrahlung eines Steuerbetrügers im kleinen Stil, gerade weil er bestrebt war, wie ein Steuerbetrüger im großen Stil zu wirken. Gregor, der so tat, als freue er sich, die Lebensdetails des Poldis jetzt auseinandergesetzt zu bekommen (»Von jeda, die ma mog, soit ma mindestns an Gschrappn hom«), mußte's tatenlos hinnehmen, wie Marietta mit einem übertrieben deutlichen »Ja darf der das denn? Einfach den Reichstag verhüllen?«[47] sogar dem Milliardär die Gelegenheit gab, sich wieder ins Gespräch zu bringen:

»Solang er nicht unser Maximilianeum hier eintütet, soll er nur.«

Doch noch ehe sich Gregor, kurz entschlossen, vom Poldi loslösen und mit einer eignen Schlagfertigkeit einmischen konnte, schob sich der Herr Bezold vor ihn – woher tauchte der denn so schnell auf? – und pflichtete mit Eifer bei:

Je mehr man von Berlin verhülle, desto besser.[48]

Lediglich Max, zwei Zigaretten aus seiner Packung herausklopfend, hatte plötzlich kein Interesse mehr am Thema:

Ob er mal eben Feuer geben dürfe?

Max durfte.

Trotzdem schien sie ihn

, zum Glück, kaum mehr zu beachten, schien vollauf mit Selbstbeachtung beschäftigt mit Selbstbetrachtung, indem sie die Arme durchdrückte und von ganz oben auf ihre Hände herabsah, genaugenommen, auf ihre langen weißen flachen Finger. Wie sie dann einen der Perlenklipps abzog und sich dabei gelangweilt über die Schulter schaute – ihr Blick traf sehr unvermittelt, sehr kurz, sehr blaugraugrün auf den von Gregor –, wie sie den Klipp in ihrer Hand hin & her rollen ließ, hin & her, da glaubte Gregor einen Moment lang, sie zu hassen, so sehr bewunderte er sie schon. Unter dem Vorwand, für Poldigeschichten viel Verständnis zu haben, ließ er ihn einfach weiterreden (von der Tania, »a gonz a schoafa Has«, von der Trixi und der Kulterer Felizitas, von idealen Frauenbeinen und dem Verlauf von Achillesfersen im Verhältnis zur Stöckelschuhhöhe), wogegen Max nichts andres übrigblieb, als zu rauchen, zu trinken, zu rauchen, solang er für Marietta nicht existierte, und zu trinken, zu rauchen, zu trinken, sobald sie sich wieder an ihn erinnerte.

Bevor sie sich freilich endgültig von ihm abdrehte, ließ sie den Ohrklipp in sein Glas fallen, oh ja, Gregor war das nicht entgangen – und Max erst recht nicht: Der beleckte mit Begeisterung den Glasrand, wahrscheinlich, damit er sich nicht durch Grinsen verriet.

»Naja«, wandte sich der Bezold unvermittelt an Gregor: Wenn's dieser Beinhofer nicht für nötig befinde, ihr ab & zu mal auf die Finger zu sehen, dann sei er selber schuld.[49]

»Aber einen, der sogar ihre Handtasche abknutscht«, widersprach der Milliardär: »hätt' sie sich auch nicht gerade aussuchen müssen«.

Daß sich Gregor auf der Heimfahrt enttäuscht gab
, versteht sich von selbst: Diese Marietta, die *sei* gar keine, die *täte* bloß so! Überdies habe sie die Eleganz eines Perlhuhns.

»Jaja«, wußte Max, »so fängt's bei jedem an«.

»Kapier's doch endlich
, die kannste nich' volltakten«, schlenkerte Max mit beiden Händen auf ihn ein, »die kannste nich' dichtsabbeln, die kannste überhaupt nix! Die is' immun gegen solche Dauerbrabbler wie dich, *das* is-ses!«

Jeden Abend galt im »Roxy« ein andres Motto, auf Big Beats folgte TekknoTrance folgte Klezmer goes Britpop; heute frönte man dem deutschen Schlager. Obwohl man die altbekannten Nummern manchmal ein wenig schneller abspielte, was ihnen einen pinkfarbnen Plastikklang verlieh, obwohl man aus dem Fundus der Weltmusik allerhand tibetanisches Gesumme und mongolisches Gebrumme dazwischensampelte, wäre ein Abschlußbier unter diesen Umständen eigentlich für Gregor kein Thema gewesen. Auf den letzten Kilometern aber hatte Max noch viele Sätze, viele vielversprechende Sätze angefangen, deren Ende man denn doch nicht verpassen wollte.

Und weil Max auf der Speisekarte einen »Pornostar Zungenkuß 2cl der Trend auf alles vorbereitet zu sein« entdeckt hatte, ließ er sich binnen kurzem zu weiteren Satzanfängen hinreißen und dabei nicht mal von einem plötzlich in seiner Sakkotasche losleiernden *Macarena* aufhalten. Als ihm Gregor noch einen zweiten Pornostar-Zungenkuß spendierte, beschleckte er den Glasrand und, »um dir endlich 'n bißchen die Augen zu öffnen«, rückte raus mit *seiner* Marietta-Geschichte, seiner *bisherigen* Geschichte, deren angeblicher Höhepunkt angeblich darin bestand, daß Marietta – höchstens in Notwehr! dachte Gregor sofort: Die würde so was doch nie im nüchternen Zustand tun! – daß sie die Max-Finger gegriffen, nach hinten umgebogen, bis es richtig weh getan, und ihm sehr tief in die Augen geblickt habe:

Was er eigentlich von ihr wolle?

Darauf Max: Drei Wochen? Oder sei das zuviel verlangt?

Darauf Marietta: Das sei zu wenig, sei viel zu wenig!

Max, inzwischen streckte er sein Kinn so weit vor, daß man ihm nicht mehr in die Augen, sondern in die Nasenlöcher sah, Max kratzte sich vor Aufregung die Schuppen vom Kopf:

»Und dann sagt die doch glatt: *Ein* Leben ist zu kurz für uns beide, findste nicht?!«

Jetzt fielen ihm die Schuppen vor Aufregung sogar aus den Ohren.

Und? Was ist passiert? fragte Gregor, als sei er wieder sechzehn.

Nichts. *Noch* nichts.

Das Hauptproblem mit Marietta, schob Max schnell seine Erklärung hinterher, das Hauptproblem mit Frauen überhaupt: bestünde ja nicht so sehr darin, daß jede inzwischen fest vergeben wäre, sondern daß sie alle zu bequem seien, zu feige seien, zu abge ▮▮▮, um die Chancen des Neuen Marktes auch mal praktisch zu nützen.

Als die Chinesin an ihren Tisch trat, bot sie ihnen eine Kröte an, einen Hirsch, einen funkeläugigen Godzilla und viele weitere Tiere, aus deren Made in China-Mäulern blau das Feuer heraussprang; ein grünrotes Blinken jedoch hatte sie nicht zu bieten.

Was denn das sei, der Neue Markt?[50]

Max leuchtete mit trunknen Augen Richtung Gregor, Du-weißt-ja-wohl-gar-nichts, griff sich in die Hosentasche und präsentierte Mariettas Ohrklipp: Das sei er, der Neue Markt.[51]

Nicht gerade mit einem Einliterrülps
bootete sich Gregor in den nächsten Tag, und sein erster Gedanke galt obendrein –

nein, nicht etwa Max (ob er wieder zwei Mal den Mittleren Ring abgefahren hatte, um seine Ausfahrt zu finden?),

nein, nicht etwa dem Himbeer-Bäschtle (ob er noch im Rennen war?),

nein, nicht etwa Mascha (ob sie schon ihren ersten Schwermutsanfall anberaumte?),

sondern, ärgerlicherweise: galt Marietta, genaugenommen, ihrem beiläufig zugekniffnen Blick, mit dem sie ihn beim allgemeinen Abschiednehmen, Und-schreiben-Sie-schön-weiter, fixiert hatte.

An irgendwelche Klappentexterei war unter diesen Umständen nicht zu denken, infolgedessen beschnüffelte Gregor erst mal seinen neuen Anzug, beschnüffelte ihn nach Geruchserinnerung, und richtig: Hinter einer grauen Rauchschweißschicht, die sich bemühte, grüngraubläulich zu schillern, schimmerte er immer wieder auf, der Mariettaduft, jedenfalls durfte man sich das einreden. Als sich Gregor, zur Sicherheit, auch noch seiner Socken bemächtigt und sie schließlich, die kein bißchen blaugraugrün rochen, eher ✧❑✳-✳❑❑mäßig, eher ✳✳✳❀▼▼▲✳✳■✳✳✳✳❑mäßig, fast achtlos zum Auslüften über die Heizung gelegt hatte, neben den Camembert, war's Zeit für einen Lauf.

War da nicht wenigstens ein Stechen im Knie, ein Ziehen in den Sehnen, vielleicht gar schleichend ein Meniskusschaden? Ob sich ein Bänderriß ankündigte oder sonstwas, irgendein Zeichen, daß es bergab von nun an gehen würde? Nein, in den Füßen, den Beinen war nichts zu spüren, nur im Gehirn schabte's herum. Wie hatte sie's auch wagen können, ihn dermaßen anzublicken, als sei er bloß der allerletzte Klappentexter!

Eine Dreiviertelstunde später zeigte die Waage weiterhin 1,7 kg zu viel.

Mancherlei Anlaß zum Kleinärger und
, kurz vor Schluß, doch noch eine Überraschung, um nicht zu sagen, eine gehörige Überraschung, um nicht zu sagen, eine kleine

Klammeraffensensation bot der restliche Tag: Wenn er ihn Marietta wirklich heimzahlen wollte, diesen Mariettablick – woran kein Zweifel bestand! –, dann waren trotzdem erst mal die Alltäglichkeiten, waren erst mal die Manuskriptstapel abzuarbeiten, die sich rund um den Ohrensessel und von dort in streng ausgerichteter Linie bis zum CD-Turm zogen, war erst mal jede Menge Papier wegzuschaffen: zumindest auf die linke Seite seines Schreibtischs und von dort womöglich auf die rechte und vielleicht sogar noch weiter weg, in einen der durchsichtigen Ablagekörbe, die er sich zu einer Art plexigläsernem Aktenschrank übereinandergestapelt und mittels einer stattlichen Zahl verschiedenfarbiger Post-it-Zettel als seine Ewige Ablage eingerichtet hatte.[52]

Zu seiner eignen Überraschung mußte Gregor aber nach einer Weile feststellen, daß er die ganze Zeit –

nein, nicht etwa mit dem neuen Trasham (»*dem* Müllschinken dieses Bücherherbstes!«),

nein, nicht etwa mit dem neuen Halser (»Ein singender Hunne«),

nein, nicht mit dem »Läuseflüsterer«, dem »Supergreis«, »Beim nächsten Bier wird alles anders« und weiteren künftigen Bestsellern verbracht hatte (für deren Schutzumschläge er zugkräftige Zitate erfinden sollte),[53]

sondern, ärgerlicherweise: mit Marietta, wie sie ihm sehr unvermittelt und sehr direkt …

Ja was denn?

                         … eine Zigarette in den Mund oder Percy zum Streicheln hinschob, ihren zweiten Ohrklipp in sein Glas fallen oder ihm die Handtasche zum Beknutschen überließ? Gregor, ob er nun seine Stapel der Reihe nach wieder parterre verteilte, ob er Kleine oder Große Konzentrationsrunde einlegte, in die Mallorca-Muschel lauschte (wo noch immer, als wäre nicht mittlerweile ein Vierteljahrhundert vergangen, das Meer rauschte), ob er die Schneekugel von Nadine schüttelte, den Stofffraben von Kristina streichelte, die Silberstiefelette von Tania zurückstellte ins Regal, ob er Katarinas japanisches Lämpchen anknipste oder die Schirmchen auf Evas Kaktus umsteckte – bei allem, was er gerade tat, bei allem, was er gerade *nicht* tat, hatte er das Gefühl, etwas zu verpassen, etwas sehr Wesentliches, *jetzt*.

Und dann konnte er's natürlich doch nicht lassen.

http://www.video-world.com/actress/thurman/thurman.htm
, die Seite mit den unsichtbaren Uma Thurman-Bildern, lud sich inzwischen zwar immer als erstes und ohne weiteres Zutun auf seinen Bildschirm, sobald er nach Timbuktu aufbrach; weil javamäßig jedoch noch kein Fortschritt und der Tag ohnehin verloren war, hielt er sich dort gar nicht erst lange auf, ließ sich sofort mit Yahoo! verbinden und die 1107 Marietta-Treffer von gestern suchen, die sich mittlerweile, sieh an, auf 1108 vermehrt hatten.

Kaum war der Download allerdings befohlen, erklang zunächst *Smoke On The Water*,[54] dann eine recht unpassend aufgelegte Mascha:

»Naaa, hast du heute schon schöne Frau getroffen? Oder vielleicht hast du Lust –«

Gregor: Nicht direkt, aber gleich! werde er's mit 1108 Volltreffern zu tun bekommen, und dazu, in der Tat, habe er verteufelt Lust.

Mascha, bevor sie auflegte, zog sie ihn noch ein paar Sätze lang auf: Ob das nicht ziemlich teuer werde? und er sich für sein Alter nicht ein bißchen viel zumute? und danach 1108 Tage Pause brauche?

Derlei Fröhlichkeitsanwandlungen kannte man von ihr ja zur Genüge, dagegen half dann bloß seine Ich-weiß-genau-du-verpißt-dich-(jetzt-aus-der-Leitung)-Nummer; und als man sich wieder dem Mäc zuwenden konnte –

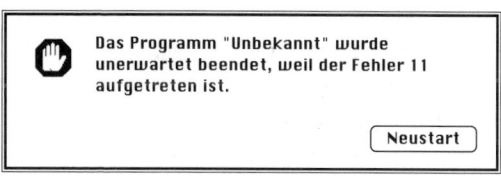

Das Programm "Unbekannt" wurde unerwartet beendet, weil der Fehler 11 aufgetreten ist.

Neustart

– kannte man auch das zur Genüge.

»Ihr wollt mich wohl zum Narren halten!«
stand Gregor bereits mit erhobner Hand, um seinem Mäc endlich das zu verpassen, was er lang schon verdient hatte; mitten in die aufschäumende Gregorwut hinein schoß jedoch der Gedanke, daß 1108 Mariettas ja vielleicht auch einem Mäc zuviel waren und er sich kein weiteres Mal als Vermurkser profilieren wollte, allenfalls als Murkser.

Blickte sich Gregor über die Schulter, langsam, so daß keiner auf ihn aufmerksam wurde, standen die Dinge brav an ihrem Platz, nicht einmal der Kaktus gähnte. Dabei war die Überraschung, um nicht zu sagen, die gehörige Überraschung, um nicht zu sagen, die kleine Sensation bloß noch einen einzigen Neustart entfernt.

Bei einem zerknirscht mit Leitungswasser aufgegossnen Cappuccinobeutel faßte Gregor den Cappuccinobeutelbeschluß: daß dies die letzte Systembombe gewesen sein sollte, die er sich wegen Marietta geholt, was nichts andres hieß als: Der Ingo mußte wieder her, und zwar so schnell wie möglich.

So-schnell-wie-möglich war aber wohl nicht allzu bald: Zwar hörte man ganz deutlich, daß er zu Hause war –, hingegen den Horsti, den hörte man auch, den hörte man vor allem.

Und dazu hatten sie sich, wie immer, ihre Musik aufgelegt.

Ausgerechnet Wagner.

Aber wenigstens nur die Ouvertüren.

Folglich entschuldigte sich Gregor
bei seinem Mäc (sicherheitshalber auch beim Modem) und gönnte ihm seinen Neustart. Woraufhin sich der mit einem Einliterrülps bedankte, mit dienststeifrigem Geschnartze und Gschnurre und dem Aufleuchten von Gregors Lieblingsbutton:

»Sie haben Post«!
Fünf Porno-Anbieter hatten ihm geschrieben, zwei Jackpotbesitzer, die ihm die schnelle Million versprachen, und als achter: »eckart.beinhofer@t-online.de«!? Mit dem hatte er doch seit Jahren nichts mehr zu tun, was wollte der denn?

Und dann war's gar nicht Ecki:

»nicht bloß ihr gro?er roman
auch meine kleine einladung läßt sich ruckzuck per elektropost
befördern:
23. mai gleicher ort gleiche zeit
sie werden doch nicht etwa klein beigeben? schlie?lich haben sie die
ehre der referent des salons zu sein und uns allen zu beweisen da?
wir ihnen die klappentexterei auch wirklich glauben dürfen
übrigens was halten sie vom klammeraffen ist er nicht ein hübsches
tier?
:-) m@riett@ b.«

»He, du sprichst ja plötzlich mit mir!«
lobte Gregor seinen Mäc und streichelte ihn: »Das ist ja kaum
zu –«

– ertragen! Diese Marietta war wohl nicht ganz schußecht, ihn
so einfach herbeizuzitieren! Ihn zu testen, ob er überhaupt *irgendei-*
nen Klappentext zusammenbekäme! Am liebsten hätte Gregor seinen Mäc sofort verprügelt – beinah wäre er auf ihn reingefallen und
seine perfiden Sensationen, beinah hätte er ihn umarmt und von
oben bis unten abgeschleckt, seinen besten Freund geheißen, und
nun fragte der auch noch scheinheilig, ob er seine Unverschämtheiten abspeichern solle! Der meinte wohl, so was wolle man alle Tage
lesen!

Aber klein beigeben, holla, das würde er nicht. Das Spielchen
würde er mitspielen, jawohl, dieser Marietta würde er's zeigen, die
würde sich wundern.

Eine Woche nach Gregors Geburtstag
war's wieder Montag und eigentlich schon viel zu warm für einen
Apriltag: Seit ein paar Jahren kam der Sommer stets zu früh, zu
schnell, sogar der hatte keine Zeit mehr. Ein passender Klappentext
freilich für den nächsten Salon ließ weiterhin auf sich warten;
schließlich hatte Gregor nicht mal die 1108 Volltreffer sichten,
hatte nicht mal die gelungensten Selbstanpreisungen aus deren
Homepages in seine Phrasendreschmaschine einspeisen können,
weil der Ingo mit dem Horsti beim Christopher Street Day mit-

marschiert (»Gebt uns das Ja-Wort«) und also übers Wochenende in Berlin gewesen war.[55]

Tiefe Wolken am Pizzahorizont: nur Eckstücke, nur Eckstücke! Bei der anschließenden Großen Konzentrationsrunde mußte man im LebensArt-Schaufenster ein richtiges Rudel Lumibären entdecken, eine Familie aus Grasbär (grün), Eisbär (weiß), Obär (orange) undsoweiter, und zwar in stehender, sitzender und liegender Ausführung: 18 leuchtende Bären![56] Zum Glück besaß Mascha bloß deren drei, den Blau-, den Gold- und den Himbären – ja, den vor allem: den Himbären; und da erinnerte man sich daran, daß der Himbeer-Bäschtle spätestens heute – wie konnte der eigentlich die letzten Tage so völlig in Vergessenheit geraten? – fällig sein würde und man das nicht verpassen durfte.

Zuvor hatte man indessen zwei Begegnungen.

Deren erste

, kurz nachdem man mit Mascha telephoniert und sich versichert hatte, daß der Himbeer-Bäschtle gestern noch bei bester Gesundheit gewesen, im Waschkeller begann und sich dann, nach ausführlichem Gekicher über all die Lackbodys und Stringtangas und Nahtstrumpfhosen und über die Federboa, die der Ingo nacheinander aus der Trommel zog –[57]

und sich dann, nach einem kürzeren und eher einseitigen Gekreische über Gregors gestreifte Unterhosen, fast wäre Gregor sauer geworden, während der Ingo sich nicht mehr einkriegen und jedes dieser »geilen Teile« eigenhändig in die Maschine stopfen wollte –

und sich dann in Gregors Wohnung fortsetzte.

Kaum hatte der Ingo die Maus ergriffen

, räumte er, unaufgefordert, »erst mal« Gregors Festplatte auf – bis ihm das Haste-nicht-auch-so'n-heißes-Teil-für-mich-Gegluckse und -Gekiekse verging, weil er in irgendeiner Falle feststeckte. Gregor, bislang machtlos den auf- und zuschnurrenden Menüfenstern hinterherschauend, schlug scheinheilig einen Warmstart vor.

Nun wurde's ernst. Zum Krümeln kam der Ingo diesmal ebensowenig wie zum Klogang; laufend zog er die Nase hoch, nicht ohne sich dafür vernehmlich zu rügen (»Ingo! Kleines Ferkel!«, »Ingo! Du bist mir ja ein ganz ein Schlimmer!«), und am Ende rang er sich trotzdem nicht mehr als die Mitteilung ab, daß ein Arbeitsspeicher von 8 MB heutzutage ein Witz sei, Gregor müsse dringend aufrüsten, mindestens auf 40 MB.

Selbstredend stellte er auch fest
, daß die standardmäßig von AOL bereitgestellte Software wirklich weder java- noch sonstwie fähig war; als er sich schon fast verabschiedet hatte, legte er Gregor nahe, sich einen ordentlichen Browser zu besorgen: In Timbuktu gebe's sowas an jeder dritten Ecke kostenlos, und wie man dorthin finde, wisse er ja wohl mittlerweile.

»Hauptsache, ich krieg' nicht wieder 1108 Treffer«, witzelte Gregor.

»Einer wird dir reichen«, meinte der Ingo noch, dann klingelte der Horsti, um seine große Horstihand –

– zunächst mal stolz herumzureichen, weil er sich auf deren Rücken eine kleine Ferkelei hatte tätowieren lassen.

»Geil«, säuselte der Ingo, »total geil, Daaling.«

Zwei Stunden und zweiundvierzig Minuten
dauerte der Download des Netscape Navigators, und weil Gregor das nach zehn Minuten nicht für möglich gehalten und nach einer knappen Stunde auch nicht mehr abbrechen wollte – als er sich zwischendurch dem Formvorderschinken zuwandte und dem undurchen Camembert, verspottete ihn das Küchenradio zu allem Überdruß mit einem zuckertechnosüßen: »*Kleine Maus, ich blick dich an/durch die Datenautobahn/kleine Maus, nur ich und du/im digitalen Rendezvous*« –,[58] weil Gregor also um jeden Preis jetzt einen »ordentlichen Browser« haben wollte, koste was wolle, saß er bis viertel nach neun vor dem Bildschirm: Dann war er java- und überhaupt fähig für das, was kommen würde.

Hoffentlich lebt der noch! dachte er
, als er sich endlich anschicken konnte, die Treppe runterzurennen, halb zehn war's bereits und folglich keine Sekunde zu verlieren, um im »Gasthof zur Nonne« –

Zuvor aber hatte er die zweite der zwei Begegnungen zu absolvieren.

Normalerweise
hörte man dem Hundsnurscher, wenn man im Treppenhaus auf ihn traf, hörte ihm ganz gerne eine Weile zu:

»I moan ollawei«, begann er seine Welterklärungsversuche immer, und dann meinte er in der Regel, daß es zu viele Ausländer inzwischen gebe, illegale schwarzarbeitende Ausländer, daß er »die do drom in Bonn« ausnahmslos zur Wiederaufbereitung empfehle »und übahaupts«: Wenn's so weitergehe, im allgemeinen wie im besonderen, garantiere er für nichts mehr.

Diesmal hingegen – Gregor wäre fast in ihn reingerannt, was trieb der sich eigentlich noch rum? Und warum trug er seinen Kerl im Arm? – diesmal hingegen hatte der Hundsnurscher einen bis in den Kropfansatz geröteten Kopf und ganz andre Sorgen:

Weil der das nicht mehr »dabagga daad«, der Saubazi, deshalb! erklärte er und lehnte sich, schwer schnaufend, ans Geländer: Das letzte Stockwerk *müsse* er ihn tragen, er könne's nicht länger mit ansehen, der Saubazi sei mittlerweile halt ein gesetzter Herr.

Damit entließ er seinen Kerl aus der Umarmung, woraufhin der, ebenso schwer schnaufend, sich umstandslos zum Schlammerlschen Türstock begab.

»Fack off, Bazi, fack off!« befahl der Hundsnurscher, während er sich mit seinem blauweiß karierten Sacktücherl die Stirn wischte: »Oda vastehst du koa Amerekanisch ned, ha?«

Der Saubazi entschied sich dafür, weder Amerikanisch noch Bayerisch zu verstehen, und tat das seine. Aber der Hundsnurscher hatte heut andre Sorgen, »I wea no narrisch«, und schritt so entschlossen auf den Schlammerlschen Abstreifer zu, daß der Saubazi, widerwillig, die lackschwarzen und federboafarbnen Düfte, die dort für ihn herumhingen, preisgeben und gehorchen mußte.

66

Doch auch Gregor war in Sorge, viertel vor zehn, und als ihm der Hundsnurscher jetzt endlich vertraulich kommen wollte, »I moan ollawei«, entschuldigte er sich, wahrscheinlich hatte er ohnehin schon alles verpaßt:

Wenn's darum gehe, daß bei der Abstreiferschändung einer fürs Alibi gebraucht werde, rief er, immer zwei Stufen auf einmal nehmend: Er sei zu jeder Schandtat bereit.

»Larifari«, brummte der Hundsnurscher und kratzte sich die Haxn ab.[59]

Verpaßt

war indes noch nichts. Gregor bezog seine Stammkoje, der DJ klopfte aufs Mikrophon und zeigte Mascha die restlichen Minuten an, der Himbeer-Bäschtle stand am Tresen, als wisse er nicht, wie ihm gleich geschehen würde. Neben ihm stand die Rechte Hand Gottes, ein gewaltiges Gebirge; als Gregor dann auch Erykah entdeckte mit all ihrem schweren Fleisch – sie war, mittels Hut, Halstuch, Handschuhen, BH, Slip, Pumps, war wieder mal als Leopard verkleidet –, da durfte er's zufrieden sein.

Also gut. Es konnte losgehen.

Wenn nur Mascha nicht gewesen wäre

, wie sie sich mit leerem Blick, »*Du weißt genau, ich vermiß dich*«, in einen Spagat fallen ließ, wie sie ihre leicht linkischen Bewegungen durch gymnastische Einlagen wettzumachen suchte! Was ihr noch weniger gelingen wollte als sonst, denn das Etikett ihres Slips war rausgerutscht, und einem Gregor reichte das bereits völlig, um sich intensiv für sie zu schämen: Was sollte der versprengte Japaner von ihr denken und die deutsche Landjugend, die sich vor der Bühne zusammengerottet hatte?

Allerdings war weder der eine noch die andre an herausgerutschten Etiketten sonderlich interessiert. Bevor sich Mascha in ihr blaues Tuch flüchten konnte, intonierte die Junggesellenbande ein entschlossnes »Zieht den Bayern die Lederhosen aus«; kaum aber war Mascha hinter der Bühne verschwunden, legte die voll durchdigitalisierte *Janet Jackson* mit ihren Drum Machines los und Gregor mußte sich erneut schämen: für eine litauisch anmutende Aushilfskraft, die dazu wie ein Pferd herumstrippte, genau genommen, wie Demi Moore,[60] bloß machte sie erheblich mehr Krach auf den Brettern.

Statt Rhythmusgefühl hatte sie Orangenhaut.

Auf halber Strecke widerfuhr ihr die Gnade des Kunstnebels.

Und dann jaulte die illustre Runde, die sich heute hier zusammengefunden, aus vollen Kehlen den Refrain mit – Gregor wäre am liebsten gleich wieder gegangen, aber er saß ja nicht zum Vergnügen hier.

Wegen des bekifften Barfußstrips von Helga
hingegen auch nicht, halbstündig taumelte sie herum oder kauerte, ihre Brüste hingen traurig an ihr herab, kauerte so lang auf einem Hocker, rauchte, trank, schäkerte mit dem verbliebnen Jungvolk in der ersten Reihe, bis der Koberer einen neuen Gast hereinkomplimentiert und Helga aufzuspringen hatte und … auf dem Schoß eines 1860-Schalträgers landete.

»Mia langts«, verkündete der, »i fa hoam nach Lärämi.«

Im Anschluß daran die Tresenschlampe, die zum Servieren eine Abkürzung über die Bühne nahm, während sich dort der Japaner an Ullas Hüften klammerte und schunkeltanzte. Es ging dahin mit der »Nonne«. Wenn hier nicht bald was Wesentliches geschah, würde wohl in sehr absehbarer Zeit überhaupt nichts mehr geschehen.

Nur auf Erykah und ihr Leopardentum
war selbst an einem solchen Abend Verlaß, nur ihretwegen lohnte sich's überhaupt noch, in diesen Laden zu kommen – wie sie mit ihren zwanzigtausend blond gefärbten Zöpfchen im Takt irgendeiner Rap-Nummer ganz locker loswippte, kaugummikauend, wie sie mit langer Zunge aus ihrem Körper rauslangte nach denen, die sich zu nah an die Bühne gewagt, wie sie sich auf den BH biß, die Zähne bleckend, und das andre Ende dabei weit von sich zog: wie sie das Tier spielte oder sogar, wer weiß, für ein paar Sekunden *war*, *mehr* Tier jedenfalls, als jeder hier von sich behaupten konnte, *viel*

mehr Tier jedenfalls als Gregor, der *ganz eigentlich* ja auch daß auf Mascha wartete (die hinter der Bühne am Essen war, am Schminken, am In-die-Steppe-Schauen oder warum brauchte sie dermaßen lang?): nur auf Mascha.

Naja, und auf – zum Teufel, diese Albaner ließen sich aber auch Zeit.

Nach Mitternacht
stand die Rechte Hand noch immer friedlich am Tresen, desgleichen der Himbeer-Bäschtle. Folglich war Mascha auf irgendwen reingefallen, konnte man die ganze Geschichte mit dem Gelächter Gottes abhaken als reine Panikmache. Wenigstens an Erykah wollte man sich aber schadlos halten: an Erykah, wie sie sich in der Nachbarloge um den letzten Gast mühte, der weiße Socken trug und bierselig jedes Lied mitsummte, statt ihr ein Fläschchen auszugeben.

Ob er auch was andres könne als Summen? klebte sie ihm schließlich ihren Kaugummi auf… die Nase.

Oho! Er sei von Beruf Kupferschmied, beteuerte der Sockenträger, indem er sich ohne Hast des Kaugummis entledigte. Er könne, zum Beispiel, aus einem einzigen Pfennig eine kleine Teekanne treiben. Samt Ausgießer und Henkel.

Was denn in der Kanne sei? fragte Erykah.

Earl Grey, versicherte der Sockenträger.

Dann wolle sie seine Kanne nicht, verdrehte Erykah die Augen und stand auf.

First Flush! korrigierte der Mensch und suchte, sie am Gehen zu hindern; Erykah indes riß sich los, packte seine Bierflasche, um – ihre Bewegungen waren kurz und heftig – um ihm deren Inhalt auf den Hosenschlitz zu schütten. Jetzt blickte der Mensch nach einem, der ihn verstand, und weil sich die »Nonne« schon fast entleert hatte, saß da kein andrer als Gregor und prostete ihm ohne weitere Umstände zu:

Er nehme die Kanne, egal, was in ihr sei.

Dankbar wandte sich der Mensch nun völlig von Erykah ab und setzte dazu an, Gregors Freund zu werden:

»Für dich mach ich die Kanne mit den bloßen Fingern.«

Erykah aber, nach links und rechts fauchend, raffte ihre Leopardenaccessoires in ihr Leopardentäschchen, schnellte schwarzgetüpfelt davon. Der Mensch konnte wirklich froh sein, nicht noch von ihr in den Hals gebissen worden zu sein.

Und dann ging alles
schnell. Irgendwer dimmte in diesem Moment die Tischlampen runter, irgendwie tauchte Mascha, wild fuchtelnd, wieder auf – ganz deutlich erinnerte sich Gregor später an ihre blau leuchtende Uhr, die blau leuchtende Fuchtelspuren durchs Halbdunkel gelegt – irgendwo schepperte eine Kupferkanne runter einschließlich Henkel und Ausgießer:

Mach-daß-du-davonkommst! schienen Maschas Fuchtelspuren zu bedeuten, aber lediglich, weil sich statt seiner der Sockenträger umdrehte, das Summen einstellte und tonlos so sitzenblieb bewegungslos: drehte sich im nächsten oder übernächsten Moment auch Gregor um und – sah sie, die hinter seinem Rücken reingekommen sein mußten und jetzt, *Gangsta's Paradise*, an der Wand lehnten mit verschränkten Armen und tatsächlich Sonnenbrillen trugen.

Himbeer-Bäschtle hin, Himbeer-Bäschtle her – Gregor machte, daß er davonkam.

Doch wohl hoffentlich
nicht ohne Mascha?

Aber die war ja, kaum daß er endlich Anstalten gemacht, die war ja sofort wieder hinter der Bühne verschwunden! Und auch die andern, auch Ulla, Helga, Erykah, die litauische Aushilfskraft, als letzte sogar die Tresenschlampe in ihren Hausschlappen, *alle* waren sie plötzlich –

Mascha hin, Mascha her – Gregor machte, daß er davonkam.

Als erstes stolperte er
über die schwarze Wärmflasche in Bärenform, als nächstes über das Weckerhuhn, das aus unerfindlichen Gründen am Rande des Pla-

stikfells brütete, als drittes über »Tu dir gut. Das Wohlfühlbuch für Frauen (mit CD)«, dann saß er inmitten von Maschas Wohnhöhle, Wohlfühlhöhle, wie immer, wenn er sie zuvor in der »Nonne« besucht hatte, wie immer.

Leicht beunruhigt war er schon, da hätte's des üblichen Blicks auf die Hanteln gar nicht bedurft.

Aber Mascha mußte ja jeden Moment nachkommen.

Und obwohl er die drei Lumibären angeknipst hatte, die blauroten Fischlämpchen überm Altar, obwohl er die erstbeste von Maschas lustigen Kassetten hatte losnudeln lassen, auf der ihm eine kubanische Combo gute Laune machen wollte − ganz schön anstrengend, dies Easy Listening, dachte er nach der dritten Nummer: Das ist *Heavy* Listening, mindestens −, obwohl er in Maschas Wühlschrank [61] herumgewühlt hatte, bis er, zwischen den »Fruchtzwergen« und Überraschungseiern, auf das Sixpack gestoßen, das dort für ihn bereitlag: und obwohl ihm bei all dem bloß die nikkende Pudeldame zugesehen hatte, mußte sich Gregor laufend über die Schulter blicken.

Leicht beunruhigt war er schon.

Aber Mascha mußte ja wohl jeden Moment kommen.

Dann allerdings war's von einer Sekunde
zur nächsten so spät, daß sie *wirklich* längst hätte hier sein müssen. Auf der Suche nach der Mädchenstimme aus dem Radio, der Kristina-Stimme, hatte Gregor einen Großteil von Maschas CDs angespielt, rosarote Zuckerwatte, die mal nach rülpsenden Meerschweinen, mal nach kastrierten Philosophen klang; wenngleich er, zugegeben, bei *Blümchen* fast gute Laune gekriegt hätte, bei *Hole* und erst recht bei *Alanis Morissette*. Ob sogar Maschamusik der Versuch war, den Wahnsinn zu verdrängen? [62]

An das kaputte Fischhaus
erinnerte er sich, das Sixpack war auf die Hälfte geschrumpft, gegen drei; als er sich zum andern Ende der Nacht begab, zum Regal mit den russischen Medizinbüchern, nickte die Plastikpudeldame, und als er das Living Reef einschaltete, nickte sie noch immer.

Die drei Fische dagegen, die das letzte Mal auf & ab geschwommen, auf & ab, lagen nicht etwa ohnmächtig, sondern faul in einer Ecke und schnarrten vor sich hin. Zunächst versuchte Gregor, sie mit seiner Zeigefingerspitze auseinanderzuscheuchen, worauf sie sehr unwillig nur reagierten, dann entdeckte er die

BETRIEBSANLEITUNGEN
1. Abstand-Deckel und nehmen Sie unseren klaren plastischen Tank.
2. Füllung-Tank mit Wasser (logiert Temperatur). Fügen Sie einige Tropfen flüssiger Geschirr-Seife hinzu, Blasen von Klammern zu meiden zu fischen.
3. Fallen den Fisch in das Wasser.
4. Gebrauch-Pinzetten (eingeschlossen), den Fisch zu halten. Schütteln, um Luft-Blasen wegzunehmen, mögen sie zu dem Fisch gesteckt werden.
6. Abstand-Batterie-Schalttafel auf der hinteren Seite, Beilage 2 »C« Batterien und drehen Sie es auf.
6. Lebensunterhalt aus direkter Sonne leuchtet.

WICHTIG: FALLS FISCH SCHWEBEN IN ECKE IN EINER GRUPPE BEGINNT, ERSETZEN BATTERIEN UND ZUG FISCHT UNTER BENUTZUNG PINZETTEN (EINGESCHLOSSEN)

Na also
, da stand's ja klipp & klar – hatte er's nicht geahnt? ECKEN SCHWEBEN BEENDEN MIT ABSTAND-BATTERIE AUS DER HINTEREN SEITE ODER AUCH UNTER BENUTZUNG DER BEILAGE (ERSETZT) FISCH AUS DIREKTER GRUPPE NICHT LÄNGER ZU HALTEN oder …

… GEWÖHNEN DEN GREGOR BEI FISCHEN ZU SCHAUEN (»Es gibt einen *guten* schlechten Geschmack, Grischa, der fehlt dir halt völlig!«)[63] UND MÖGEN SIE IHREN LEBENSUNTERHALT »4« HERBEIWÜHLEN ABER DIE MÖGLICHKEIT JETZT ZU KOMMEN BETRIFFT:

Ob er total verrückt sei

, ausgerechnet heute abend in die »Nonne«!? fing sie schon in der Wohnungstür an, ihre Augen waren riesengroß: Und das Versteck, wo sollten sie jetzt hingehen, ob sie sich bei ihm verkriechen oder ob – und ob –– und ob –––?

Eine desorganisiert drauflosschnatternde Mascha in Kunstlederjacke und snickersbraunem T-Shirt (auf dem in weißer Snickersschrift »Suckers« stand) – Hab-ich's-dir-damals-nicht-und-hastdu-mir-damals-nicht-und-haben-wir-beide-damals-nicht – nein! darauf hatte Gregor nicht so lang gewartet. Und auf ihre Schlaghosen mit dem weiß-braun gefleckten Kuhmuster erst recht nicht; wieso kam sie nicht endlich, Himmelharschundfirn,[64] zum Wesentlichen:

Was denn mit dem Himbeer-Bäschtle –?

Da aber brach sie in Tränen aus und wollte sich in seinen Armen verkriechen.

Sie bibberte

, beschwor sämtliche russischen Schutzpatrone, ihr beizustehen beziehungsweise zu versichern, daß sie mit der Geschichte im Grunde nie was zu tun gehabt hätte, verzettelte sich dann bei der Schilderung des zerschlägerten Mobiliars und wie die Leute des Himbeer-Bäschtles der Reihe nach von den Albanern fertiggemacht worden wären, wie Helga dazu die ganze Zeit gezetert und Erykah die ganze Zeit gelacht hätte –

– jaja, man habe sie alle rechtzeitig informiert, so etwa 'ne Stunde zuvor, ohnehin sei's »reine Sache der Männer« gewesen, »kakaja erunda, kannst du dich selig preisen, daß du –«

Doch ob der Himbeer-Bäschtle tatsächlich seinen Kopf kürzer geworden, war schier nicht aus ihr rauszukriegen.

Statt dessen beschloß sie abzuhauen

, sofort abzuhauen, nach Hause abzuhauen, in die kasachische Steppe, in die angebliche Millionenstadt. Oh ja, gleich morgen früh gehe sie zum Reisebüro und buche den erstbesten Flug. »Den Laden« wieder herzurichten, so das Gelächter Gottes nach getaner Tat

– ja: danach!! –

das würde, grob geschätzt, bis Ende Juni dauern, bis dahin seien sie hiermit arbeitslos, und dann müßten sie sowieso erst alle bei ihm vortanzen. Ob Gregor sie begleiten käme?

»Da wüßt' ich wirklich was Besseres«, sagte der.

»Glaub ich das nicht«, sagte Mascha.

Trotzdem zerlief ihr Gesicht selbst in dieser Nacht
und wurde flau und breit –, Gregor mußte sie gar nicht so lang streicheln, wie er befürchtet hatte, binnen weniger Atemzüge glühte sie still vor sich hin, ein regelmäßig atmender Toaster, den man mit seinen kalten Füßen nicht mehr stören (»Muß man sich beim Schlafen berühren, damit man länger lebt, duračok«), den man allenfalls noch eine Weile im Arm halten konnte.

Wieder mal knapp an der Sensation vorbei, dachte Gregor und wollte sich nicht selig preisen. Aber *selber* einzuschlafen, Himbeer-Bäschtle hin, Himbeer-Bäschtle her, das lohnte jetzt auch nicht mehr.

Denn mit Benzon & Hedges
, der Beseitigungsmaschine, war ja ebensowenig zu spaßen. Als Gregor, nach drei Stunden Halbschlaf, in der Leopoldstr. 48 eintraf, standen sie schon vor seiner Wohnungstür, genaugenommen, vor derjenigen des Schlammerl Horstis, genaugenommen, vor dessen Abstreifer: samt einem vollständig zusammengeklebten Pinkelzwerg und entsprechend fröhlich.

An der Nonnentür aber hing fortan ein handgekrakelter Zettel »Wegen Umbau geschlossen«, im Schaufenster daneben welkten die Bilder mit den schwarzen Balken, verstaubte die kopflose Puppe mit dem roten Korsett, wartete die Magnumflasche, als wäre nichts gewesen. Sogar das kleine Herz blinkte ganz still und tapfer vor sich hin.

Zum Abschiedsabend mit Mascha

brachte Gregor zwei Batterien mit: »FÜR FISCHHAUS, WICHTIG! WEIL FISCH (EINGESCHLOSSEN) IN EINER GRUPPE BEGINNT IMMER DIE ECKE.«

Das »Roxy« gab Marianne Rosenberg-Party, und Mascha hatte sich ihre Haare zu einem närrischen Büschel hochgezwirbelt: einem närrischen Haarpuschel, der jeder ihrer Bewegungen aufs Närrischste hinterherhaarpuschelte. Und zu bewegen gab's für sie an diesem Abend einiges. Nein, über die sogenannten jüngsten Ereignisse in der »Nonne«, leider, schwieg sie sich aus, ob sie nach ihrer Rückkehr überhaupt dort noch mal vortanzen werde, wolle sie sich in Ruhe überlegen. Kein Wort davon, daß sie vor wenigen Tagen geschworen hatte, der gesamten ▮▮▮▮▮-Gegend ums Hofbräuhaus den Rücken zu kehren – dafür war sie eben Mascha war Mascha, und es hatte keinen Sinn, sie dabei zu unterbrechen. Schließlich erfuhr man auch so eine ganze Menge: über irgendeine Ausländerbehörde, die ihr irgendwelche Verlängerungen von Verlängerungen von verlängerten Aufenthaltsgenehmigungen oder -bewilligungen oder gar -erlaubnissen verweigert hatte; daß sie einen gültigen Studentenausweis vorzulegen gewußt, war mit offnem Gelächter quittiert worden, was wohl nichts andres hatte heißen sollen als: Gutgut, dies eine Mal noch, wir wissen doch, was du hier wirklich tust.

»Naja, und dann mein Paßbild! Sieht aus wie ein Nuttenphoto.«

Bevor sie aber für sechs Wochen davonfuhr

, kramte sie in ihrem Koalabären so lang rum,[65] bis auf der Tischplatte ein plüschernes Filofax, ein plüscherner Geldbeutel, ein plüscherner Schlüsselbund lagen und …

… mittendrin ihr Schatzkästlein stand, die vielen Schwulen rundum gickelten schon ganz neugierig herüber, und Gregor fing fast an, sich zu schämen; bevor sie ihn für sechs Wochen mit dem Gelächter Gottes, der Systembombe 11, dem Klappentext für Mariettas Salon, mit Marietta und allem Weiteren, was ihm so seltsam bruchstückhaft andauernd durch den Kopf flimmerte –, bevor sie ihn mit sich allein ließ, übergab sie ihm ihr Schatzkästchen: in dem sich für jeden Tag, den sie in Kasachstan und also weit weg von ihm war, ein kleiner Briefumschlag vorfinden würde, beginnend mit dem 11. Mai, endend natürlich nicht eher als mit dem 20. Juni, dem Tag ihres Rückflugs. Für den sie sich am liebsten schon jetzt zum Marzipaneisessen verabredet hätte. Da das aber ein Donnerstag und demzufolge vielleicht Salontag war, drückte sich Gregor sehr verhalten aus, überdies hatte er durchs Schaufenster den Horsti gesehen, wie er, Arm in Arm mit einer stark geschminkten Frau, aus dem Haus kam; wäre ihr nicht eine Federboa um den Hals gehangen, Gregor hätte sie –

Gregor hätte ihn nicht erkannt, wie er, Arm in Arm mit seinem stolzen Besitzer, das Haus verließ, um es, *Er gehört zu mir*, sieben Schritte später wieder zu betreten.

Gleich würde das große Gekreische einsetzen.

Das wäre er wahrscheinlich gewesen
, der letzte Moment, um rechtzeitig Abschied zu nehmen. Mascha hätte mit spitzen Lippen einen Kuß auf ihre Fingerkuppen gedrückt und diese dann, mit einem besonders vielsagenden Blick, auf das G überm Knöchel. Daraufhin hätte sie ihre Plüschteile zusammengerafft und wäre, ohne sich umzublicken, davongegangen, wogegen ihr Gregor, gewiß, so lang wie möglich nachgesehen hätte.

Der Abschied fand aber am nächsten Morgen statt, und davor ██████████████████████████████████████ ██████alsogutwennsdennseinmuß██████████████████. Mascha blickte Gregor einen Moment zu lang an, trat dann einen kleinen energischen Schritt auf ihn zu und: biß ihn ins Ohrläppchen.

Als Gregor das Schatzkästchen Stunden später öffnete – tatsächlich erinnerte er sich erst, als »ran« lief: ein hervorragender Spieltag, der FC Bayern hatte verloren und 1860 einen UEFA-Platz![66] –, als Gregor den ersten Maschabrief öffnete, las er:

»He du Knaller, meinst Du vielleicht es get einfah immer so weiter mit uns zwei, hast Du Dich getäusht. Wenn ich zurück komme, müssen wir ernst sprechen wie soll es werden mit –«

Oje. Also doch.

las Gregor: »Na? Heute schon mit shöner Frau gedingst? Wehe!«

Und obwohl ihm noch immer kein passender Klappentext für seinen morgigen Auftritt eingefallen war, investierte er »'n paar fröhliche Hunderter« (Max) in sein Aussehen, hatte anschließend sofort Verarmungsängste und mußte sich bei einem Gang durch den Englischen Garten Trost zusprechen lassen:

Die Zeiten, so Max, da man ein abgeschabtes schwarzes Sakko mit Existentialismus verwechselt habe, die seien vorbei. Notfalls könne er ja auf den DAX spekulieren oder, falls ihm das zu riskant sei, auf die Allianz – »ein Witwen- und Waisenpapier«, damit könne nicht mal »'n Penner wie du« was falsch machen.

Was Gregor zum Anlaß nahm, den Neuen Markt anzusprechen, der berge doch ein ganz andres Trostpotential? Da Max aber partout sein Kinn nicht vorreckte und also viel zu unbetrunken für derart direkte Fragen war: Wie tröstlich denn ein Ecki den Neuen Markt empfinde?

Ach Ecki, schlenkerte Max möglichst abfällig und blieb stehen, um sich ein paar Haare aus dem Pferdeschwanz zu streichen und dabei die Nacktbader zu betrachten, wie sie ihr weißes Fleisch am Ufer des Eisbachs zur Schau stellten: Der sei vollauf mit seinem Weiberroman beschäftigt,[67] darüber hinaus kenne er nur eins: seine Modelleisenbahn.

Richtig, der Weiberroman, daran habe er ja schon zu Wiener Zeiten gesessen, vor nahezu zwanzig Jahren,[68] ob das noch mal was werden würde?

Und was andres auch nicht! entschied Max: Seine Vorlesungen, seine Seminare, seine Sprechstunden, die halte inzwischen der Poldi.[69]

Wieso ausgerechnet Modelleisenbahn? wollte Gregor wissen: Immerhin werde Ecki doch dies Jahr 38, sprich, fast vierzig – ob man da nicht ein bißchen zu alt sei zum Eisenbahnspielen?

Max blieb stehen, um sich auch die Nacktbader des gegenüberliegenden Ufers anzusehen.

Oder ob man, im Gegenteil, dafür mit vierzig noch zu jung sei und Ecki also allem Anschein nach schon fünfzig?

Worauf Max den Spaziergang abbrach:

»Wenn du so weitermachst mit Vierzig-Werden, kannst du dir gleich 'n Stapel feuchtes Klopapier besorgen!«

»Und 'n Hörgerät«, ergänzte Gregor.

Weil's folglich nicht länger hinauszuzögern war

, klappentextete Gregor an jenem Abend und ließ sich dabei weder von der Druckerkartusche aufhalten, die nachgefüllt werden wollte (wobei er sich, wie üblich, die Finger mit schwarzer Tinte färbte), noch von der Ostalgie-Party im »Roxy«, wo man Spruchbänder über die Theke gehängt hatte, Rotkäppchensekt servierte und – klangwolkenmäßig bis in den fünften Stock hoch zu hören – die *Puhdys* spielte und *Karat*. Nein, Gregor klappentextete. Dieser Marietta wollte er's zeigen, die sollte ihm kein zweites Mal so kommen, die sollte sich wundern. Selbst als *Über sieben Brücken mußt du gehn* aufgelegt und das gesamte »Roxy« vermutlich ins Schunkeln und jedenfalls ins Grölen geraten war, blieb Gregor sitzen und dachte bloß kurz: Wie soll man's denn je über sieben Brücken schaffen, wenn man doch jetzt schon immer nach der vierten betrunken ist?

Das Ergebnis seiner unbeirrbaren Klappentexterei fiel entsprechend gewaltig aus, und daß man daraufhin nicht einfach zur Nachtordnung übergehen und sich in die Zeitlupenbilder irgendeines Space Shuttles zappen konnte, war klar. Also setzte man noch einen i-Punkt und ergötzte sich, jede Silbe mit dem gehörigen Pathos betonend, am Beweis der eignen ungebrochnen Phrasendreschkraft:

»Es beginnt mit einem Ohrklipp

, den Marietta, die mondäne Ehebrecherin mit kleinen Narben, ins Glas von Max fallen läßt – auf einem ihrer berühmten Salons, die sie für die Münchner Schickeria abhält: Es beginnt als ein Spiel und endet als leidenschaftliche Affäre, an deren Ende sich nicht nur das Leben der beiden von Grund auf verändert haben wird, sondern auch das von Mariettas Ehemann, dem Germanistikprofessor und Bestsellerautor Beinhofer, dessen außerliterarische Existenz bislang ausschließlich seiner Modelleisenbahn gewidmet war. Aufgescheucht durch die Liebe seiner Frau zu einem andern, widerfahren ihm nun sämtliche Wunder der Eifersucht, und er muß am eignen Leib erfahren, was es heißt, in einer derartigen Lage nicht mehr der Allerjüngste zu sein. Daß ausgerechnet sein ehemaliger Freund Max, der's nur zur halbseidenen Existenz eines Gelegenheitszokkers gebracht hat, von seiner Frau so sehr geliebt wird, läßt ihn am Ende nicht mal mehr vor dem Äußersten zurückschrecken.

Mit strahlender Freude an der Sprache und einem Wissen um die Widersprüche des Lebens, dem jegliche Rührseligkeit fremd ist, ergründet Beinhofer, der berühmte Verfasser des Weiberromans, das Drama des Vierzigjährigen, das letztlich nichts andres ist als das ewigjunge Drama des unglücklich Verliebten und kaum besseren Trost finden kann als in dem Satz, den er einer seiner Romanfiguren in den Mund legt: ›Kein Grund zur Panik, die Pubertät hört bei euch Männern ja nicht mal mit vierzig wirklich auf.‹

Wer dieses Buch, das sich geradezu selbstverständlich in die Reihe der großen Liebesromane einreiht, nicht ständig mit einem lachenden und einem weinenden Auge liest, weiß wahrscheinlich noch nicht, was Liebe ist. *Danach* jedenfalls wird er's wissen – und nie wieder vergessen.«

Wenige Stunden später passierte ein sehr zufriedner
Gregor Schattschneider das schmiedeeiserne Tor der Villa Hasenpusch. Seit Wochen schien die Sonne, ohne daß man behaupten konnte, es sei schon Sommer, ebensowenig aber war's noch Frühling – nicht mal mehr die Jahreszeiten hielten sich an die vereinbarten Termine.

Auch Herr Schattschneider kam deutlich zu früh, schließlich war er separat angereist (weil Max hoffte, im Verlauf des heutigen Abends starke Kursgewinne am Neuen Markt[70] realisieren und somit auf eine Heimfahrt verzichten zu können); als er die Haut[71] zwischen all dem Edelmetall versteckt hatte, das bereits auf dem Grundstück herumparkte, staunte er.

Denn diesmal sah man sie noch bei Tageslicht, die Villa, während man über einen arg knirschenden Kiesweg auf sie zulief. Wenn man nicht gerade an sich selbst herunterlinste, ob die neuen Hosen nicht etwa zu kurz waren –

wenn man sich nicht gerade über die Schulter spähte, ob die neuen Schulterpolster nicht etwa zu lang waren –

dann ragte am Ende der Auffahrtsallee, inmitten riesiger Kiefern, riesiger Lärchen, ein gelbweiß getürmtes Gebäude, halb durchgeknallter Schwarzwaldbauernhof, halb Festung,[72] einschließlich diverser Balkons, vorspringender Erker, verrückter Verzierungen, Holzverkleidungen und eines golden leuchtenden Wetterhahns hoch über der Turmspitze.

Auf der Terrassenbrüstung saß ein kleines steinernes Männchen und spielte auf einer kleinen steinernen Flöte.

»Da sind Sie ja schon!«
löste sich ein ferner Farbtupfer aus dem Dämmerdunst der Empfangshalle, »der Herr Referent!«

Vierzig, vielleicht fünfundvierzig Hirsche blickten dem Herrn Referenten erwartungsvoll von den Wänden entgegen, als er: nach wenigen Schritten bereits innehielt und inhalierte – den Duft aus Tabak, Schweiß und nächtlichem Geflüster, den möbelpoliturgeschwängerten, den staubfadendurchflitterten Duft uralter Trauer, dem klein & fein von fern Gelächter beigegeben, und zwischendrin, ganz zart, die erste Ahnung einer blaugraugrünen Spur.

Die Frau Professor sei »noch nicht so weit«, beeilte sich Frau Gschnitzer, kaum daß sie ihm entgegengehuscht, und hielt ihm, seltsames Begrüßungsritual, einen Teller voller Äpfel hin: Nunja, und sie selber auch nicht.

Zum Glück zögerte der Referent zuzugreifen; als sie ihm den Teller einfach in die Hand drückte, auf daß sie – »Ach, sagen S' doch einfach Frau Soffie zu mir« – mit kundigen Bewegungen die noch ausstehenden Äpfel polieren und, abschließend, die Stiele in dieselbe Richtung drehen konnte, schielte sie vertrauensvoll an ihm vorbei:

»Wissen S', die gnä Frau, die verwüstet so gern, und dafür braucht's halt eine Ordnung zuvor, auch auf einem Obstteller.«

Der Herr Referent holte tief Luft.

Percy

, oh ja, er fiel unter »sehr groß«, war vollauf beschäftigt, all die Handys abzuschnüffeln, die jeder der Neuankömmlinge – Frau Gschnitzer drohte laufend mit dem Finger – auf dem roten Sofa ablegte, und wenn gerade keiner herzusehen schien, schlabberte er schon mal schnell mit seiner großen Percyzunge über das eine oder andre Stück, wer weiß, was er dabei zu schmecken bekam.

Der Wegensteiner Poldi freilich stellte ihn auf eine gehörige Geduldsprobe, denn bevor er daranging, sich seines Handys zu entledigen, zog er mit der Linken die Brille vom Kopf, mit der Rechten das Schlipsende auf halbe Höhe: und putzte sich in aller Selbstvergessenheit, wie sie dem Oberassistenten eines Professor Beinhofer wohl anstand, die Gläser. Sein Schlips bestand aus verschiedenfarbigen Bleistiften, die – eine bunte Schraffur – wie ein Bleistiftregen von rechts oben nach links unten fielen.

Dorthin, wo Percy wartete.

Dorthin

, wo Percy nicht länger wartete, sondern – kaum war Gregor auf den Poldi zugetreten und hatte ihm, noch ehe er wieder unter seine Brille zurückschlüpfen konnte, ein freundliches Willkommen entboten – ersatzweise Bügelfalten beschnüffelte. Worauf Gregor, sich des Percys mittels stupsender Kniebewegungen erwehrend, laut & vernehmlich dem Poldi versicherte: daß er Kerle wie diesen ausschließlich in gekochtem Zustand schätze, mit kalter Pfefferminzsoße begossen, daß sie zuvor mit einem Brett gründlich durchgeprügelt sein müßten, damit das Fleisch gut durchblutet sei und –

– Marietta, die inzwischen »so weit« war und sich, Begrüßungsbussis verteilend, schon knapp hinter Gregor geküßt hatte, wandte sich demonstrativ erst ihrem Percylein-dabei-tust-du-doch-niemandem-was und dann dem Poldi zu, der das glückliche Glänzen bekam. Und ihr eine für jenen Moment bereitgehaltne Wie-unsre-Bedienerin-amoi-die-ganze-Unterwäsch-gebügelt-hat-Anekdote erzählte.[73] Während Marietta, diesmal trug sie einen schilfgrün gestreiften Hosenanzug und ihre Frisur wirkte sehr asymmetrisch, nur eines der beiden langen Ohrläppchen war zu sehen und daran ein kleiner blaugraugrüner Stein –, während Marietta am Bleistiftschlips des Poldis herumnestelte, wußte Gregor direkt daneben zu stehen und trotzdem überhaupt nicht da zu sein.

Besonders sinnlos erschien ihm der Perlmuttlack, mit dem sie ihren kleinen zerbissenen Nägeln zu einem zweifelhaften Glanz verholfen; und ihre Haare? Wären sie nicht rot gewesen, man hätte heut meinen können, sie seien braun.

Oder blond.

Oder rotblond.

Oder rot.

Indem sich Gregor dann verbeugte

, glaubte er, seine fleckigen Hände ihren Blicken entziehen und gleichzeitig der Küßchenbegrüßung entgehen zu können. Aber Marietta machte keinerlei Anstalten:

»Ah, Sie haben klappengetextet, man sieht's!«

Gregor stoppelte was von einer Tintenkartusche zusammen, die immer durstig, und vom Klammeraffen, der sein Lieblingstier sei, und weil ihn Marietta, schon mit den Blicken nach »andern Verpflichtungen« Ausschau haltend, einfach ins Leere reden ließ:

Seit wann sie denn, er habe so was bei ihr gar nicht erwartet, 'nen Internet-Anschluß habe?

Seitdem er von Eckart installiert worden, drehte sie sich ab: »Ach, da sind Sie ja endlich!«

»Und wie immer: zu spät«

, hastete ihr Max mit vorgerecktem Kinn entgegen: auf daß sie sich ausgiebig über seinen Hut belustigen konnte, über seinen Nadelstreifenanzug, über seine schwarzen Schuhe mit den weißen Spitzen, bis sich Gregor ganz intensiv für sie schämte.

Zwei Proseccogläser später war's soweit, dunkles Gewoge, helles Gelächter, mittendrin klopfte jemand derart ausdauernd an ein Glas, als solle eine Rede gehalten werden und das allgemeine Gezischel anheben; Marietta nahm die Gelegenheit wahr, ein paar süffisante Worte über die hohe Kunst der Klappentexterei zu verlieren (Wollte sie ihn hier als Knallcharge anmoderieren? Na warte!) und dabei ein paar süffisant in die Runde geworfne Blicke beizusteuern.

Dann durfte ihr Gregor beweisen, daß er nicht klein beigegeben hatte.

Nachdem er anstelle eines Referates
seinen Klappentext vorgetragen – tagsüber waren ihm noch einige treffliche Ergänzungen gelungen: über Max und über all die andern Salonlöwen, wie sie um Mariettas Gunstzuweisungen buhlten (dem Bezold hätte er um ein Haar die Bemerkung untergeschoben: Einmal habe sie ihre Zigarette an seiner Schulter ausgedrückt, weil er sie nicht gebührend beachtet, ihm jedoch im späteren Verlauf des Abends die Zunge ganz blutig gebissen) –, nachdem Gregor seinen Text vorgetragen hatte, jede Silbe mit dem entsprechenden Gewicht versehend, brauste große Stille auf.

Quod erat demonstrandum! dachte Gregor: Ja, jetzt seid ihr baff. Und erwartete, daß der Applaus gewaltig über ihm zusammenrauschen würde.

Allenfalls zu vernehmen aber war ein kleines Hüsteln.

Der Poldi: putzte sich das Brillenglas.

Jemand: schneuzte sich und durchsuchte anschließend das Taschentuch nach etwelchen Perlen, die ihm dabei hineingefahren.[74]

Der Milliardär: drehte seine fleischigen Ohren in diverse Richtungen und hatte nichts verstanden.

Der Buchwald: räusperte sich, gleich würde er der nächstbesten alleinerziehenden Mutter von den *Kinks* vorschwärmen, gleich.

Frau Gschnitzer: drehte an den verbliebnen Äpfeln, räumte ein paar leere Platten vom Buffet, was wenigstens ein gewisses Klirren erzeugte.

»Und wie würden *Sie* die Seele zeichnen?« wandte sich der Bezold an eine Frau Dietlinde Knospe, die sich jedem zuvor als Holzgutachterin vorgestellt und eine Visitenkarte aus hauchdünnem Kirschholz in die Hand gedrückt hatte.

Der Poldi: putzte sich das andre Brillenglas.

Max: beugte sich an Mariettas Ohr und versuchte hineinzu-schlüpfen.

Marietta: ließ den Rauch ganz langsam aus ihrem Mund heraus-gleiten. Dann drehte sie sich um und … verließ den Raum.

Woraufhin Max
die Schultern hängen ließ, sich den Pferdeschwanz geradestrich. Dann drehte er sich um und … verließ den Raum.

Die Servierzofe schaute Gregor dermaßen von der Seite an, als sei sie seine uneheliche Tochter und er wisse das nicht.

Gregor verbeugte sich und … verließ den Raum.

Fand sich wieder in einer überraschend leeren Empfangshalle
, kurz drauf in der Küche, bei Frau Gschnitzer, doch nicht mal die sagte was zu seinem Vortrag, im Gegenteil, nahm ostentativ nur Notiz von einem kleinen Fernsehschirm (kaum breiter als eine Maxkrawatte), der zwischen den Gewürzdöschen hervorflimmerte, nahm ostentativ nur Notiz von einem, der (kaum größer als ein Mittelfinger) einem andern (kaum größer als ein Zeigefinger) gera-de ein technisches K. o. bereitete:[75] Zeit & Gelegenheit für Gregor, sich umzusehen, und da die meisten der Schranktüren offenstan-den, kannte er bald das Wappen der Villa Hasenpusch, das sich auf Tellern, Tassen, Untertassen fand, kannte das Kreuzworträtselheft, die Marillenbrandflasche, den Stapel mit den überschüssigen Ein-ladungen, kannte das Babyphoto, das zweite Babyphoto, das dritte Babyphoto, kannte schließlich sogar den Besenschrank, der – über-haupt keiner war! Sondern der Beginn einer Treppe.

Die führt bestimmt direkt in ihr Schlafzimmer! dachte Gregor und war drauf & dran, einfach ein paar Stufen hochzugehen, ins Halbdunkel, bis –

– ihm Frau Gschnitzer die Tür vor der Nase zu-schlug:

»Nun schnüffeln S' auch noch in andrer Leute Geheimtreppen!« Und dabei schielte sie ihn nicht mal an.

Der Rest des Abends

kam rasch und gewaltig. Wenngleich man zunächst so tat, als sei nichts weiter geschehen, und eifrig heiße Luft verteilte; als dann aber Max wieder auftauchte, keinerlei Notiz nehmend von Gregor und dessen Versuchswitzen (»Na? Kleinen Crash gehabt?«), als Max, ohne sich von irgendwem zu verabschieden, die Empfangs-halle querte, Hut und Handy nahm und sich davonbegab: da wurde's Gregor doch langsam zumute.

Wenig später ließ sich auch Marietta wieder sehen. Weil sie sich freilich gleich allen möglichen »Verpflichtungen« zuwandte, die nur darauf warteten, sich mitten im Satz von ihrem bisherigen Ge-sprächspartner abzudrehen, das schien überhaupt der kleinste gemeinsame Nenner des Salons zu sein; weil sie Gregor keines Blickes würdigte und also für ihn aus nichts anderem als einer blau-graugrünen Duftspur bestand: leerte er sein Glas auf ex, kniff die Arschbacken zusammen und: ging hin.

Das heißt

, zuvor mußte man den Poldi abschütteln, der – wenigstens woll-te sich mal einer zu seinem Vortrag äußern (»Naa, dazu sag ich lieba nix«), wenigstens wollte sich mal einer mit ihm unterhalten, so daß man fast meinen durfte, unterderhand habe sich die große Normalität zurückgeschlichen, das heißt – zuvor mußte man erst noch ein *zweites* Glas leeren und den Poldi aushalten, der wie-der damit befaßt war, von idealen Frauenbeinen zu künden und dem Verlauf von Achillesfersen im Verhältnis zur Stöckelschuh-höhe.

Wie denn Mariettas Beine unter diesem Gesichtspunkt abschnit-ten? fragte Gregor.

Schlecht! wußte der Poldi, und man durfte ihm nicht mehr in die Augen schauen, weil man davon selber betrunken wurde: Sie habe die völlig falschen Unterschenkel, viel zu sachlich, zu reduziert, das Gegenteil von Weißbiergläsern.

Von Weißbiergläsern?

Das Gegenteil. *Der* jedenfalls würd' er die Schuhe nicht polieren wollen mit seiner Krawatte.

Nachdem Gregor den Poldi abgeschüttelt hatte, indem er sich mit ihm, weniger zum Weißbiertrinken als zum Leeren von Weißbiergläsern verabredete, auf daß sie sich womöglich unter ihren kritischen Blicken in Frauenbeine verwandeln würden: kniff er die Arschbacken zusammen und: ging hin.

An der Vitrine mit der Sklavenplastik
stand sie und belächelte den kleinteiligen Humor des Bezolds, der sein zweites Weinglas in der Hand hielt und auseinandersetzte, arabische Witze ließen sich lediglich von hinten erzählen, erst die Pointe, dann der Rest, sonst verstünde sie selbst in Arabien keiner. Marietta, wenn sie nicht gerade lächelte, zupfte ein paar Fusseln vom Bezoldsakko, und wenn sie nicht zupfte, betrachtete ihre Perlmuttnägel; Gregor stand direkt daneben und war trotzdem gar nicht da, Gregor inhalierte, Gregor studierte ihre erstaunliche Unschönheit, Gregor rätselte darüber, ob sie auch am andern Ohr (das durch die Haare zur Gänze verdeckt war) einen blaugraugrünen Stein trug.

Oder ihn bereits ins Glas des Bezolds geworfen hatte.

Während der dazu ansetzte, ein paar unarabische Witze aus seinem Lektorenleben zu reißen, zum Beispiel den, wie ihm jemand, vor Jahren, drei Gedichte zur Veröffentlichung angeboten habe – zur Veröffentlichung *in Buchform* …

Gregor schwieg sehr intensiv.[76]

Percy, der inzwischen sämtliche Handys abgeschlabbert hatte, drückte sich um Mariettas Beine herum und: schwieg auch.

»*Ah*
, der Herr Klappentexter möchten sich empfehlen!«

Wie ihn ihr Blick traf, sehr unvermittelt und sehr von oben, dieser Blick, der jeden Moment in eine andre Richtung davonschillerte und jetzt so direkt sich mit dem seinen maß, verbeugte sich Gregor erst mal – empfehlen wollte er sich schließlich ganz & gar nicht –, und wie er sich wieder aufrichtete, hatte sie die Augen halb zugekniffen. Eine Sekunde lang, da sie vor ihm stand und die Hand noch nicht erhoben hatte, erschien sie ihm sehr unhäßlich.

Dann – kam der Rest des Abends, so rasch und gewaltig und mit links: daß es schallerte und Gregor Mühe hatte, sein ironisch grinsendes Gesicht zu wahren. Mariettas blaugraugrüner Geruch, mit ungekannter Heftigkeit stieg er ihm in die Nase –

Der Milliardär: schneuzte sich.

Der Buchwald: putzte die Brille.

Der Bezold: »Aber Frau Professor, man schlägt doch keine Männer!«[77]

– und erst jetzt fiel Gregor auf, daß sie ein Grübchen in der Wange hatte, vielleicht auch nur, wenn sie auf diese triumphierende Weise lächelte.

Hängenden Arsches ging er davon.

»Mmm mmm mmm mmm«

, sang einer aus den Tiefen seines Halses heraus und ins Autoradio hinein,[78] Gregor merkte eine Zeitlang gar nicht, wie fröhlich er mitsang, so wütend war er.

Was allerdings seine Wut betraf, sollte sie sich in jener Nacht noch steigern.

Die Zwischenkunft des Häßlichen

erfolgt immer plötzlich – rumorte's in Gregor, als er wieder in seinem Wiener Ohrensessel saß –, wohingegen sich das Schöne in der Regel dermaßen lange bitten läßt, bis es, sofern's denn überhaupt je Wirklichkeit werden will, alles Mögliche ist, bloß nicht mehr das Unmögliche, als das man's einst ersehnt.

Gregor versuchte, einen doppelten i-Punkt auf diese Erkenntnis zu setzen, einen ï-Punkt, selbstverständlich ohne Eis, dann allerdings sah ihn ein Ding verkehrt an, wagte's ein Ding, hinter seinem Rücken zu tuscheln, zu kichern.

»Hat hier vielleicht?!« argwöhnte er in Richtung Yuccapalme.

»Hat hier vielleicht irgendjemand?!« argwöhnte er in Richtung Kaktus, in Richtung Pinkelzwerg, in Richtung Kupferkröte, aus deren Made in China-Maul das Feuer blau herausspringen konnte.[79] Ausnahmslos schauten die Dinge weg, auch der Drucker schwieg, die Schneekugel schwieg, die Box mit den CD-ROMs.

»Hat hier irgend jemand gewagt, zu lachen?!«

Aber statt Rede & Antwort zu stehen, wie sich's gehörte, standen die Dinge möglichst beiläufig, möglichst unbeteiligt, als ginge sie das gar nichts an.

»Na wartet!«

Nachdem Gregors Wutanfall beendet war
, verbreitete sich eine große Leere: Die Yuccapalme hatte er sich zur Brust genommen und ihr jedes Blatt einzeln vom Stamm gerupft – anschließend den nackten Stamm aus dem Topf herausgerissen, daß es Erde spritzte –

den Stamm durchgebrochen (obwohl das nicht ganz glatt laufen wollte) –

dann war Evas Kaktus mit seinen scheinheiligen Schirmchen drangewesen –

der Wiener Ohrensessel, dem man nicht mal durch Fußtritte beikommen konnte –

und schließlich und endlich und überhaupt: waren die Manuskriptstapel fällig gewesen, die Stapel mit den Druckfahnen, die er zunächst gar nicht in Verdacht gehabt hatte, die aber um so unbotmäßiger im Weg herumlagen, je länger er für Ruhe sorgte und Ordnung: Die waren ja *wirklich* schuld an allem, die hatten's *wirklich* verdient, daß man sie zerwühlt, zerfetzt, zerknüllt, zerstampft und zusammen mit sämtlichem andern, das sich in den letzten Monaten danebenbenommen und längst weggeworfen gehörte: daß man ihre zerpflückten Überbleibsel gleich runtergeschleppt hatte zu den Mülltonnen – sollte sich doch der Horsti um die ordentliche Trennung kümmern!

Beinah wäre auch Maschas Schatzkästchen gegen die Wand geflogen, aber da war ihm eingefallen, daß er heut noch gar nicht ihren Brief gelesen hatte:

»Grischa, mach keinen Blödsinn ja? Brauhst Du immer jemand, der auf Dich aufpast weil es nicht so gut klappt, bei Dir sonst. Weißt Du was? Würde ich gern jetzt auf Dih aufpasen!«

Erst in diesem Moment
war das Tuscheln verstummt, erst seit diesem Moment schwiegen ihm aus allen Ecken & Winkeln seiner Wohnung leere Flächen entgegen; Gregor indessen schloß die Augen, sah zunächst den Poldi (in einem der Salonsessel), dann einen Schlips (in Form eines Frauenbeins), dann einen Poldi, wie er den Schlips mit beiden Händen spannte und: Mariettas dunkelblauen Slipper, den sie ihm der Bequemlichkeit halber samt Fuß auf seinen Oberschenkel gestellt hatte, eifrig blankwienerte: Küß das Schucherl, Gnädigste! Als ein Schwarm Weißbiergläser aus dem Schlips aufflog und sich der Poldi beim Blankwienern erst in Max, gleich drauf in den Herrn Bezold und schließlich den Ingo verwandelte, da wußte Gregor, daß er heut keinen vierten ï-Punkt mehr setzen mußte.

Ob Frau Yorn auch in jener Nacht aufs Klo geschwebt
, war tags drauf nicht mehr zu rekonstruieren.
   Manch andres allerdings auch nicht.

Obwohl der Wetterbericht Ozonwarnung ausgab
, bestrafte sich Gregor mit einem Lauf – am »Seehaus« saß man schon munter um diese Uhrzeit, ein buntes Farbband hinterm See –, bestrafte sich bei jedem Schritt mit dem Beschluß, Marietta sofort zu vergessen, sofort und für immer, sofort und für immer und total; den Rest des Tages war er zerknirscht, sah die Yucca an und schwieg.
   Die Yucca aber sah nicht mehr zurück, sondern nurmehr der Topf, in dem sie Jahr um Jahr mit ihm geschwiegen, und Gregor konnte sich noch nicht mal mehr bei ihr entschuldigen. Versagte sich die Große Konzentrationsrunde, das Mandelhörnchen, die Selbstbeschnüfflung. Im Schutz der Dunkelheit widmete er sich der Mülltrennung, rettete die Kupferkröte aus dem Papiercontainer, der Horsti würde seine Freude haben, und auch die wesentlichen Teile des Pinkelzwerges, den Kaktus, die Schirmchen.
   Bevor er bei Max anrief, gewisse Klappentexte zu relativieren, wenn nicht, zu berichtigen, wenn nicht, zu widerrufen, steckte er die verbliebnen Schirmchen alle – »So wahr ich jetzt der Schirmherr von euch Schirmchen bin«, versprach er ihnen: »Diese Mariet-

ta, die kann mich mal!« – steckte sie alle in den leeren Yuccatopf, vielleicht würden sie sein Angebot ja annehmen.

Bei Max indes meldete sich nur die Antwortmaschine: »Sie haben gut gewählt …«.

Folglich ging Gregor zum Ingo ins »Frisuren-Schachterl«,[80] und der fragte ihn, wie er's denn gern hätte.

Besser, sagte Gregor.

Verstehe, sagte der Ingo.

Abends

setzte sich Gregor – »Ich schwör's euch: Die kann mich mal, und zwar kreuzweise!« – an die Phrasendreschmaschine (ganz ohne Druckfahnen fiel das Klappentexten sogar leichter), anschließend ins »Roxy«, Alles-wird-gut-Nacht, und wartete auf die Chinesin.

Denn noch wehrte er sich.

Am meisten wartete er hingegen

, Tag für Tag, Abend für Abend, Nacht für Nacht, auf eine Überraschung, um nicht zu sagen, eine gehörige Überraschung, um nicht zu sagen, eine kleine Klammeraffensensation.

Weil die aber nicht über ihn hereinbrechen wollte, sprach er mit den Dingen, denen er so übel mitgespielt hatte, sprach mit dem Drucker, der Schneekugel, der Kupferkröte, sprach mit dem Tiger (der gefährlich grollen konnte), dem Hirsch, der Freiheitsstatue und all den andern Feuerzeugen, die er sich im Lauf des Wartens zusammengekauft und, ordentlich auf einer Linie ausgerichtet, zu den Regalheiligtümern gegeben hatte. Weil die Feuerzeuge jedoch nicht mit ihm sprachen, setzte er sich auch in den folgenden Wochen ins »Roxy« –

> Karaoke-Nacht
> Housefrauen-Nacht
> Fisch-Nacht
> Fahrrad-Nacht
> Gehts-noch-Nacht
> Null-Bock-Nacht
> Null-Motto-Nacht

– wo er dann regelmäßig beim ersten, dritten, fünften Bier beschloß, keinen einzigen Gedanken mehr an Marietta zu verschwenden, die war ja wohl nicht ganz bei Trost, ihn so einfach vor allen Leuten! Während er beim zweiten Bier, beim vierten Bier beschloß, keinen einzigen Gedanken mehr an sie zu verschwenden, die tickte wohl nicht ganz sauber, die hatte ja 'nen Hau, nein danke! Als die »Roxy«-Schaufenster eines Abends mit braunem Packpapier verklebt waren, »Hier eröffnet demnächst Broker's Bier Börse«, beschloß er, keine weitere Sekunde an Marietta zu verschwenden, und klickte sich, sämtliche Cookies, die man ihm androhte,[81] mißachtend und in der entschlossensten Hoffnung auf einen RealPlayer für die Uma Thurman-Page, durchs halbe Internet; oder er beschloß, keine weitere Sekunde an sie zu verschwenden und setzte sich vor den Fernseher: Denn dort herrschte Europameisterschaft, das Spiel bestand aus einem Ball und zweiundzwanzig Spielern, und am Ende gewann immer Deutschland.[82]

So einfach war das.

Und ehe man sich versah
, waren die heißen Tage hereingebrochen, die hochsommerlich heißen, aber selbst morgen, wenn wieder Salon sein würde (was man vom Poldi in Erfahrung gebracht und sich gleich mal mit ihm für *über*morgen verabredet hatte, zur Neueröffnung von »Broker's Bier Börse«, sprich: zur Weißbiergläserschau), würde man keinen einzigen Gedanken – ach richtig, würde Mascha zurückkommen, die gab's ja auch noch:

»He-Du, nicht vergesen: um drei im Venezia, ich bin so froh dass ich wieder da bin, ich bin so verdingst in Dih, so ▇▇▇▇ auf Dich, könnte ich Dich glatt ▇▇▇▇▇▇▇▇▇!«

Bloß das nicht.

Wenigstens hatte Benzon vorgestern einen nahezu kompletten Pinkelzwerg mitgebracht, sekundenklebergerettet, und also … mochte Mascha eben kommen.

Das heißt: Wenn die kleine Sensation *doch* noch stattfinden sollte, sozusagen in letzter Sekunde, könnt-ja-sein-ich-mein-ja-nur, dieser Marietta war alles zuzutrauen, dann würde man abends natürlich verhindert sein. Aber das hatte er Mascha schließlich schon angedeutet, nicht wahr?

Bereits in den Vormittagsstunden des 20. Juni
waren Gregor einige Bedenklichkeiten widerfahren – nein: mit Marietta hatten sie nicht das Geringste zu tun, im Gegenteil: Yahoo! war der Auftrag erteilt worden, alle Einträge zum Suchbegriff »Beinhofer« beizubringen, woraufhin er/sie/es lediglich einen einzigen hatte finden können,[83] und danach, tja, danach hatte sich Gregor nach Timbuktu abgesetzt, wo ihm zwar – weiß der Teufel durch welch wunderliche Verlinkung der Umstände er ausgerechnet dorthin geraten! – wo ihm zwar einige männerbewegte Homepages widerfahren waren, aber keine Sensation.

Kleine Überraschungen, um nicht zu sagen, gehörige Überraschungen hielt der Tag freilich weiterhin für ihn bereit: einen neuen Anzug, einen illustrierten Mann und, nicht zuletzt, die Schweineboxen.

Ach richtig, und Mascha, die gab's ja auch noch.

Als Gregor vom Loden-Frey zurückkam
, man konnte nie wissen, lief er dem Horsti in die großen Horstihände, und weil ihm weiterhin der Schädel schwirrte von dem, was ihm morgens, noch vor dem Cappuccinobeutel (eigentlich hatte er bloß mal kurz in seinen Elektropostkasten klicken wollen, könntja-sein-ich-mein-ja-nur), an männerbewegenden Netzadressen widerfahren war:
www.menopause.com
www.vix.com/menmag/
www.menstuff.org/
www.webhealing.com
http://und/was/dergleichen/mehr/war.html/
bis hin zu einer äußerst beunruhigenden »ProstatitisHomepage«, so daß er vor lauter Hab-ich's-nicht-immer-schon-geahnt! und Das-darf-ja-wohl-nicht-wahr-sein! tatsächlich mal völlig vergessen hatte, nicht an Marietta zu denken; und weil er sich seither jede Viertelstunde den Verdacht ausreden mußte, daß auch er selbst,

der ewigjunge Gregor Schattschneider, bereits tief in den Wechseljahren steckte (was er bis gestern nie vermutet hätte) und alles,
wirklich alles, ein Zeichen dafür war,[84] redete er nicht lang drumrum:

Er sei doch ebenfalls über vierzig?

Horsti, sich bedächtig kratzend: Das zwar schon. Das zwar schon
lang. Aber … »wos mogstn wissn, Buale?«

Gregor: Na zum Beispiel, ob er mal bei 'ner Vorsorgeuntersuchung –

Horsti, das Kratzen abrupt beendend: »A so a Schmarrn.« Das sei
nur was für die Frau Yorn. Und für »soichane hoibatn Portiona wia-
ran Hundsnuascha«.

Gregor: Und sonst? Ob's denn dahingehe ab vierzig oder, zumindest, auf was man sich gefaßt machen müsse?

Horsti, sich vertraulich nähernd, sich äußerst vertraulich herab-
beugend, flüsternd: »Auf a senile Bettflucht, Buale, jedn Dog auf a
senile Bettflucht.«

Einen Moment lang ließ er den kleinen Diamanten im Ohrläppchen sehr ernsthaft aufblitzen, dann aber seine Horstihand auf
Gregors Schulter runterkrachen und ein Lachen aus seinem Hals
heraus, daß es dem Gregor sehr sauer wurde.

Freilich merkte das der Horsti; und weil er seine Gaudi gehabt
hatte, Gregor hingegen offensichtlich nicht, ließ er seine Horstihand schwer und warm auf dessen seltsam schillerndem Schulterpolster liegen und wollte alles wiedergutmachen:

Wieso sich der Gregor denn solch schöne Tage wie diesen mit
solch unschönen Fragen vermiese, ob's vielleicht der Föhn sei, der
ihm zu schaffen mache?

Gute Idee!

Dann sei der Rest doch ein Kinderspiel, mit vierzig fange das
Leben ja erst an! Mit vierzig sei zum Beispiel er, der damals noch
völlig untätowierte Schlammerl Horsti, zum ersten Mal beim
Groggo gewesen und seither – nicht auszudenken, was er alles versäumt hätte – seither lasse er sich in loser Folge, sozusagen als kleine Überraschung für »sein Daaling« – ob Gregor nicht Lust habe,
auf bessere Gedanken zu kommen? »Gäh weida, do kummst etz

mit!« Nämlich ins »Pleasure & Pain«, dort habe er »an Täamin füa mein Allaweatestn, do lernst no wos dazua«, da werde ihm ein süßer kleiner ███████ verpaßt.

Also stellte Gregor das Atmen ein und hatte Lust.

Das »Pleasure & Pain«
lag im Souterrain, ein mit Sperrmüll möbliertes Kabuff, das von einem riesigen, mit grünen Leuchtdioden reichlich bestückten Ghettoblaster verblüffend leise beschallt wurde; obwohl ein Tischventilator lief, war's heißer als draußen, und sämtliche Gegenstände suchten, sich im Halbdunkel zu verbergen. Kaum hatte die Türglocke in ihrer kleinen freundlichen Terz gesprochen, antwortete ihr, unwillig, eine Männerstimme – nach was roch's hier eigentlich? nach nackten Füßen und Tinte und noch mehr nackten Füßen und Vaseline und am allermeisten nach nackten Füßen? – und forderte den »Hoasti-bistas-du?« auf, schon mal Platz zu nehmen, man müsse lediglich ein wichtiges Geschäft erledigen.

Der Horsti, ohne mit Aufknöpfen lang rumzutun, zog sich das Hemd übern Kopf – sein mit scherenschnittartigen Ferkeleien gesprenkelter Oberkörper hätte Gregor bereits gereicht, um auf andre Gedanken zu kommen (Sieh einer an! So macht der das sicher auch im »Crazy Horst«, wenn die Gläser allzu trocken werden); aber statt sich zu schämen, zog er sich immer weiter aus, der Horsti – »ja mei«, mit der Zeit werde er halt komplett, da müsse man an die delikateren Stellen ran –, und dann legte er sich auf eine Art Pritsche, der Horsti, nur die Socken behielt er an: Gleich würde er sich einen süßen kleinen ███████ auf seinen Allerwertesten verpassen lassen, dorthin, wo schon »Property of« zu lesen war beziehungsweise, auf der andern Seite, »Ingo Z.«. An der Wand hingen, in nahtlosen Horizontalen, Vertikalen flächendeckend angepinnt, hingen tausend Zeichnungen von Tigern, Indianerköpfen, Segelschiffen, nackten Frauen, Fischen, Flammen, Klapperschlangen – vielleicht auch bloß neunhundertneunundneunzig, aber rundum und bis zur Decke rauf zu den Linoleumfliesen runter.

Warm wurde's Gregor in seinem neuen Anzug, warm und eng, doch Ablegen, womöglich Sich-Freimachen, ging natürlich nicht;

während der Horsti, schließlich hatte er was gutzumachen, aus vorfreudiger Bauchlage heraus bestrebt war, alles zu erklären, was sich auf Tischen und Regalen zu erkennen gab: die Nadeln, die Tintenfäßchen, die Salben, die Spachtel … und am Ende auch das, was sich dazwischen versteckt hielt und dahinter:

»Woaßt scho«, war er vom Willen beseelt, an einem solch schönen Tag die unschönen Fragen gar nicht erst aufkommen zu lassen: Piercen, branden, tuckern und »wos woasn-ii, wos die heit ois vaanstoitn«, das sei schlichtweg pervers, selbst ganze Fingerglieder ließen »die« sich abschneiden, »da legst di nieda«, bis irgendwo in den Tiefen des Ladens eine Spülung gezogen, eine Wasserleitung aufgedreht wurde, bis irgendwer sich mit ein paar Erleichterungsflüchen näherte, bis … der Groggo im Raum stand, barfüßig, der Schweiß rann ihm übern blanken Bauch, und Gregor erkannte ihn sofort.

Und wollte den Blick nicht von ihm wenden.

Daß er sein Feuerzeug mehrfach
im Lauf der nächsten Stunde grünrot aufblinken ließ, dessen hätte's gar nicht bedurft. Denn der Groggo, diesmal trug er nicht die Big Pack-Jacke, diesmal trug er nur eine ausgeleierte Jeans und war ansonsten − nein: nackt war er ganz & gar nicht, sondern vollständig bekleidet mit bunten Bildern, die sich vom Halsansatz bis zu den Handgelenken und zur Gürtellinie runterzogen und, darüber konnte kein Zweifel sein, auch unter der Jeans lückenlos weitergingen, schließlich kamen sie an den Knöcheln wieder zum Vorschein: Von der Gurgel bis zu den Zehenspitzen war der Groggo nicht etwa bloß mit Tätowierungen übersprenkelt, sondern ein rundum illustrierter Mann.

Ohne Gregor mehr als eines Blickes zu würdigen, setzte er sich sofort zum Horsti, um ihm den süßen kleinen ███████ schon mal auf einem Stück Papier zu zeigen (»Pfeigrad!«),
rasierte eine heikle Partie zwischen »Property of« und »Ingo Z.«,
desinfizierte sie,
bestrich sie mit einer Salbe,
griff sich einen kleinen Elfenbeinstichel,[85]

hielt ihn ohne sonderliches Interesse in die Flamme seines Feuerzeuges, das grünrot aufzuckte,
und versank für eine knappe Stunde in seiner Arbeit.

Eine Stunde
, in der nichts zu vernehmen war als der Ventilator, wie er sich nach rechts drehte, nach links drehte, das Aufrauschen der tausend Wandzeichnungen, wo immer sie von seinem Luftzug getroffen wurden, eine Stunde, in der die Gitarren im Ghettoblaster gleichmütig vor sich hin leierten, und, wenn's hoch kam, der Groggo sein Feuerzeug laut aufschnappen ließ, um sich eine Zigarette anzuzünden – eine Stunde, in der Gregor vor lauter Farben und verschlungnen Formen zunächst nichts weiter erkennen konnte, als daß der Groggo grundsätzlich anders tätowiert war als der Horsti, irgendwie fernöstlich, auf eine Weise, die jedes Detail mit dem Ganzen verband –, eine sehr still und sehr einsam verbrütete Stunde, in der Gregor so langsam begriff, daß der Groggorücken (und wahrscheinlich der gesamte Groggokörper) eine einzige Bildgeschichte war, die, wer-weiß, im Halsgrübchen begann und sich, wer-weiß, spiralförmig bis zu den Sohlen runterzog.

Dann aber sah Gregor unter den glitzernden Spuren des Schweißes, der dem Groggo beständig vom Halsansatz in den Hosenbund hineinlief, sah das blaue Band, das sich um viele der Motive schlang, und wie er genauer hinsah, bestand das Band aus einem langgezognen Drachenkörper: ohne Ende zwar, am Nacken jedoch mit einem drachenköpfigen Anfang, aus dem's ein wenig den Hals hinauf züngelte. Und der Rest? waren weder Herzen noch Anker, weder Rosen noch gekreuzte Schwerter noch Einhörner noch Matrosen in der Flasche oder Nixen im Cocktailglas, sondern: grüngolden, blau und bronzen schillernde Flecken von Pfauenfedern?

Suchte man sie freilich zu fixieren, gerieten die Flecken ins Flimmern, wohingegen das blaue Drachenband verblaßte zusehends sich verdünnte, gerieten ins Flimmern und Flirren und füllten sich mit dunkelroten, dunkelgelben Farben, zerflossen zu: Tellern mit polierten Äpfeln, deren Stiele ausnahmslos in dieselbe Richtung zeigten? Wenige Augenblicke später, in denen das blaue Band völlig verdunstete, zerflossen zu: Riesenschnauzerschädeln? ausgestopften Hirschköpfen? Gesichtern mit hohlen Wangen, Gesichtern mit hohen Stirnen, Gesichtern mit langen Nasen, Gesichtern, die ihn mit halbverkniffnem Blick fixierten, als wollten sie sich lustig machen? Je länger der damals noch völlig untätowierte Gregor Schattschneider saß und, geschlossnen wie offnen Mundes, starrte, desto sicherer wähnte er sich, die Gesichter der Reihe nach zu erkennen; als sie dann alle gleichzeitig die Lippen schürzten (»Jaja, der Herr Klappentexter, jetzt sitzt er hier …«) und es dem Gregor schier schwindlig werden wollte –

– machte der Groggo eine ruckartige Bewegung, die Gesichter zerliefen zu Löwenköpfen mit gewaltigen Mähnen und die Löwenköpfe zu Sonnenblumen und – man mußte von vorn anfangen.

Das ging eine sehr stille Stunde lang so: Der Horsti lag und schnarchte, der Groggo schwitzte, Gregor liefen die Bilder davon; mit einem Mal klatschte der Groggo seine Hand auf den Horsti, drehte sich um, blickte Gregor mit einem Blick an, der nichts wußte von den Geschichten auf seinem Rücken, aber auch nichts von denen in der »Schwabinger Sieben«, von der betrunknen Katze, dem Dudelsackspieler und dem Mann, der sich plötzlich nach seinem, des Groggos, plexigläsernen Feuerzeug gebückt und es ohne schlechtes Gewissen eingesteckt hätte, wäre ihm der Groggo nicht mit dem Stiefel auf die Hand getreten:

Ob er sich gleichfalls was gönnen wolle?

Gregor, mehr als ein stummes Kopfschütteln gelang ihm noch nicht, obwohl der Groggobauch inzwischen kaum mehr war als eine bunt schillernde Wampe, die sich drall übern Hosenbund drängte.

»A jeda kriagt des Tattuu, des wosa vadient«, zuckte der Groggo die Schultern und zündete sich eine Zigarette an. Grünrot flimmerte's durchs Halbdunkel, der Ventilator summte, an der Wand hingen tausend Zeichnungen, vielleicht bloß neunhundertneunundneunzig, aber rundum und rauf und runter.

»Sixtas Buale«, legte der Horsti ganz sanft seine große Horstihand auf Gregors Schulterpolster: So einfach sei's, auf bessere Gedanken zu kommen; bevor Gregor widersprechen konnte, lud er ihn auch gleich für heute abend ein: zum »Grand Prix-Glotzen«,[86] keine Widerrede, es gebe Länderschnittchen, schließlich wollte er was wiedergutmachen.

Gregor stand auf, Gregor nickte, Gregor erwachte, Gregor sah, daß es weit später war, als er gedacht hatte.

»Endlich! Bist du da!«
maulte ihm eine Mascha schon über zwei Tische hinweg, maulte ihm eine Mascha im moosgrünen T-Shirt entgegen, das mit dem maisgelben Bekenntnis »I did it in Alma-Ata«[87] zur Eifersucht aufforderte: »wie immer zu spät!«

»Kein Grund zur Panik«, drückte ihr Gregor die Zeigefingerspitze auf den schwarzen Schminkpunkt: »Der Salon fängt auch heute sicher nicht vor sieben an.«

Vielmehr: »Das Rummeckern hört bei euch Weibern wohl noch nicht mal mit achtzig auf.«

Vielmehr: »Reg dich ab«, schob ihr Gregor das Schatzkästchen in die Hände, randvoll gefüllt mit leerer Luft, und winkte dem Kellner; während ihm Mascha – Wieso er neuerdings dauernd Anzüge trage, das passe doch gar nicht, und warum die alle so seltsam schillern müßten? – einen mit kyrillischer Schrift bemalten Holzkleiderbügel überreichte:

»Kleiner Souvenir von der Steppe, Grischa.« Darauf stünde, sozusagen speziell für ihn, »Vierzig Jahre – muß man sich unbedingt aufhängen«.

Immerhin, über »den weiteren Verlauf unsrer Beziehung« wollte sie nicht reden.[88] Auch nicht von Zuhause.[89] Sondern vom »Pussycat«, wie der »Gasthof zur Nonne« jetzt angeblich hieß – Wiedereröffnung sei letztes Wochenende gewesen, und Mascha hatte sich, kaum daß sie angekommen, hatte sich gleich für heut abend einen Termin geben lassen beim Gelächter Gottes: zum Vortanzen, sieh an, das war mal wieder typisch Mascha war eben Mascha war Mascha.

Und der Himbeer-Bäschtle? Ob sie völlig vergessen habe, was mit dem damals geschehen und daß sie geschworen, sich niemals

mehr dort blicken zu lassen, im Gegenteil, daß er ihr habe versprechen müssen, hoch & heilig versprechen müssen, daß er – daß
sie –– daß sie beide –––

Die Sache mit dem Himbeer-Bäschtle habe sich ja erledigt, der
sei –

Tot? wollte Gregor nun endlich wissen: Der sei also wirklich
damals abgemurkst worden?

Was Mascha veranlaßte, einen dritten Sekt auf Eis zu bestellen,
einen zweiten »Lebe wild und gefährlich«[90] und ihre wundervollen
russischen Rs auf Gregor loszulassen:

Warum er solch schöne Tage wie diesen immer durch solch
unschöne Fragen verderbe? Schließlich habe sie nicht so rasend viel
Auswahl als halblegale Medizinstudentin, und ihre Mama, ob er
sich das überhaupt vorstellen könne, die wisse schier gar nicht mehr
zu überleben ohne das bißchen Geld, das man ihr schicke. Außerdem! solle's »super edel« jetzt in der »Nonne« zugehen, »prosto
klassno«, er werde sich wundern: alles vom Feinsten, mit 'ner La-
sershow, 'nem richtigen Bühnenbild, richtigen Dollarnoten, wie-
im-Kino-stell-dir-vor, und ihr Termin, der sei schon um sieben,
damit sie – sofern man sie hoffentlich nehme –, damit sie heut
gleich anfangen könne, tut-mir-leid-Grischa-aber-holst-du-mich-
dann-oder-weißt-du-was-Besseres?

Nein! Wie oft solle sie's noch sagen, Angst habe sie keine, wovor
auch, vielleicht 'n ganz klein wenig vor den Schweineboxen, in die
sie wohl oder übel –

Vor den *was*?

Naja, so spezielle Séparées eben, von außen sähen sie fast wie 'ne
Art supernobler Toilettenkabinen, mit kleinen Füßchen unten
und oben offen, völlig harmlos, Grischa, von außen könne man
höchstens mal 'n paar Schuhe mitkriegen, allerhöchstens mal 'n
Kopf oder die Arme. Drinnen aber, oj, immer vorausgesetzt, die
Typen hätten 'ne Magnumflasche geordert, da würde sie nicht wissen wollen, was die anstellen mochten, so 'ne richtige Peepshow
wahrscheinlich, bloß ohne Glaswand dazwischen, während sie –
sie sei doch keine Animierdame!
während sie –

sofern man sie hoffentlich nehme!

während sie −

das schwöre sie! stur weitertanzen würde, jawohl, nichts als tanzen, nur dafür werde sie bezahlt.

Woher sie denn das alles wisse? konnte Gregor kaum noch fragen, gleich sieben, gleich würde's losgehen: Schließlich sei sie gerade erst zurück?

Sie habe eben ihre Quellen, stand Mascha auf, »Komm um zwölf, ja?«, hatte nicht mal mehr Zeit fürs Abschiedsritual, »Ehrenwort, Versprichst du?«, hatte nicht mal mehr Zeit, um eine Antwort abzuwarten.

Gregor hob ihr halbvolles Sekt-auf-Eis-Glas

, prostete einem silbernen Z3, dann dem 911er dahinter, dem TT Roadster[91] und der Reihe nach all dem andern Glitzerkram zu, der sich vor seinen Augen staute, und sagte so laut, als wolle er auch auf der gegenüberliegenden Seite der Leopoldstraße verstanden werden oder, zumindest, am gegenüberliegenden Ende einer Empfangshalle:

»Ah, der Herr Klappentexter − schön, daß Sie trotzdem gekommen sind. Wissen Sie, ich hatte mich nach dem letzten Mal einfach nicht getraut, Sie …«

Gregor zog einen Geldschein hervor, fältelte ihn der Länge nach, fältelte erneut, nahm ihn zwischen Zeige- und Mittelfinger, fuchtelte damit durch den Donnerstag abend, verabreichte ihn schließlich dem Kellner, winkte großzügig ab:

»Schon gut, Gnädigste, wir haben ja alle unsre kleinen Aussetzer.«

Dann kippte er den Sekt-auf-Eis, kniff die Arschbacken zusammen und: ging hin.

Aber nicht etwa zur Haut[92]

, um mit ihr volle-Kanne-und-hoffentlich-hab-ich-nicht-bereits-die-Hälfte-verpaßt, um mit ihr, *Come As You Are*, nach Feldafing und dort, dunkles Gewoge, helles Gelächter, gleich unters Volk zu fahren, »Gott sei Dank, Herr Schattschneider, ich dachte schon, Sie würden …«

Oh nein, Herr Schattschneider hörte ein letztes Mal seinen Anrufbeantworter ab, durchsuchte seinen Elektropostkasten, zog den neuen Anzug aus, ließ die Schultern hängen und: ging hin.

Logischerweise lag der Abstreifer
vor der Schlammerlschen Wohnung auf »Fuck in«, trotzdem saß auch Herr Bruno Hundsnurscher auf dem Fernsehsofa – »Denk da nix, mia hamma wieda guat« (Horsti) –, saß unter einem in goldnem Plastik gerahmten Neuschwanstein-Bild, und daß es ziemlich neuschweinsteinhaft darauf zuging, hielt ihn nicht davon ab, des Horstis bester Freund zu sein: Passend zum Grand Prix, den sie jedes Jahr zusammen anschauten, hatten sie sich versöhnt, und für die nächsten zwei, drei Wochen (bis zu dem voraussehbaren Moment, da ein Wort plötzlich das nächste ergeben würde und binnen Sekunden den schönsten Streit) wollten sie ein Herz & eine Seele sein. Anstatt weitergehender Erklärungen deutete der Hundsnurscher auf die Edelstoff-Installation, die er – Flaschen vorgekühlt! – auf dem Couchtisch vorgenommen hatte. Sein Saubazi indes japste mit großem Eifer all den lackschwarzen und federboafarbnen Gerüchen hinterher, die er vom letzten Jahr kannte und seither nur in unbefriedigender Verdünnung am Schlammerlschen Türstock wiedergefunden hatte, der Saubazi schabte und wälzte sich, wühlte, winselte, werkelte, es fehlte gerade noch, daß er vor lauter Wohlgefallen das Bein gehoben und jedwedes Ding als höchstpersönlichen Saubazibesitz markiert hätte. Sogar Nußecken hatte der Ingo gebacken; kaum kam ein konkurrenzlos schlechter *Meister* dran – leider ohne seine *Orthopädischen Strümpfe* –, jodelte der Hundsnurscher beherzt mit und der Ingo kreischte, als bestünde er inwendig nur aus Resonanzraum:

»Das sollte's auf Krankenschein geben!«

Natürlich tat der Saubazi das seine. Und weil ihn der Ingo auch weiterhin kräftig mit Nußecken fütterte, war's laufend … am Hundsnurscher, »I wea no narrisch« zu brummeln oder »Weis wuaschd is« oder, zum Verzehr des Edelstoffs auffordernd, »Wos sei muaß, dees muaß em sei«.

Trotzdem vertrug der Ingo sein Selbstgebacknes nicht, hing den

Rest der Zeit auf der Kloschüssel, verpaßte sogar die israelische Transennummer, kam blaß erst zur Siegerehrung wieder,[93] als der Horsti einen kompromißlos klaren Ossischnaps[94] servierte –

»Wos Eahlichs, ned so a gloana Feigling.« (Horsti)

»Sauba, sog i, do feit si nix.« (Hundsnurscher)

»A richtiga Zonentropfn hoit.« (Horsti)

– kam, sah und kiekste, der Ingo, schwenkte sich zum Takt des Siegerliedes vor dem Fernsehbild herum, bis ihn der Horsti am Hosenbund packte und auf seinen Schoß runterzog. Wo er tatsächlich ganz brav sitzen blieb, der Ingo, bißchen die Beine übereinanderschlug, bißchen die Augen verdrehte, bißchen schmollte: ein beneidenswert glückliches Paar, wenn – sie einander nicht laufend begrabbelt hätten, so daß sich Gregor heftig drauflosschämen und, als das Schämen nicht länger helfen wollte, davonbegeben mußte.

Nein, für eine kleine Sensation sollte erst morgen gesorgt sein; heute stand nur noch Mascha auf dem Programm.

Oder eigentlich: die Schweineboxen.

Mit dem Schemen einer Frau begann er

, Gregors erster Besuch im »Pussycat«: mit dem Schemen einer Frau, die gleich neben der Kasse eindeutigen Wippbewegungen nachging, begann mit mächtig wummernden Bässen, dunklen Versprechungen (»*This is the beginning …*«), plötzlich aufkreischenden Leopardenstimmen.

Dort

, wo in der »Nonne« eine mild vor sich hin glühende Theke gestanden, war jetzt die Glaskanzel für den DJ, dort, wo die Bühne gewesen, war jetzt – weiterhin die Bühne, doch was für eine! In ihrer Mitte drehte sich ein gewaltig funkelndes Tier aus Chrom und Kraft, aus dessen Sitzpolster, sehr unsachlich, Beine aufragten, kerzengerade durchgedrückte Beine mit weißen Stiefeln; hinter der Harley und daneben – metallne Stangen, ein Ledersofa und Tänzerinnen, die so was wie einen verschärften Aerobic-Kurs abhielten: Nirgendwo im ganzen Raum, der doppelt so groß, mindestens doppelt so groß war wie früher, wahrscheinlich hatte man auch gleich die Bewohner der Räumlichkeiten rundum abgemurkst und anschließend die Wände rausgerissen, nirgendwo gab's noch eine schummrige Nische, in die man sich hätte verdrücken können.

Sogar die kleinen Tische waren fort
, die kleinen, von innen durch ihre blaue Glasplatte leuchtenden Tische; statt dessen standen überall ganz nackt und groß und kühl kreisrunde Platten, umlagert von erwartungsfrohen Herrschaften, die Schlipse trugen, Zigarren rauchten, mit Dollarscheinen hantierten; statt dessen tanzten fast nackt und groß und kühl allüberall die Frauen – auf der Bühne, auf einem rotgestrichnen Schwebebalken hinter der Theke, in kleinen halboffnen Käfigen, wo sie sich gern an den Gitterstäben hochzogen, geschmeidig glänzend, um ihre Muskeln zu zeigen. Nirgends war man mehr vor ihnen sicher, unablässig wechselten sie ihren Standort und, herbeigewunken von den Herrschaften, schickten sich an, die Tischplatten zu besteigen, so daß man gar nicht wußte, wohin schauen: Sicher, das war ein bißchen viel auf einmal, jedoch …

… am-Tresen-Stehen würde hier nichts helfen
, denn auch die neue Barfrau, die weiß-Gott mit der alten Schlampe nichts gemein hatte, war vornehmlich damit beschäftigt, ihren flachen Bauch zu zeigen, an dessen Nabel sie einen Glitzerstein gehängt; mit dem Zapfen dagegen tat sie sich schwer:

»Ein Weißbier braucht nun mal sechs Minuten«, fauchte sie Gregor in schönstem Hochdeutsch an;[95] aber war das nicht Erykah, die sich dort übers Ledersofa wälzte? Und wirkte sie nicht ein wenig fett, ein wenig arg fett, ihre Bewegungen, waren sie nicht ausnahmslos zu langsam für die Beats, die von den Boxen vorgegeben wurden?

Und die, die sich vorhin auf der Harley geräkelt hatte: war das nicht die litauische Zahnarzthelferin, die früher, orangenhäutig, die Bühne bestampft hatte? Abgesehen von ihren weißen Stiefeln trug sie nicht mehr als ein weißes Band, ein einziges langes weißes Band, mit dem sie sich vom Schenkel bis zur Schulter so vorteilhaft eingewickelt hatte, daß sie laufend an irgendwelche Tische gebeten wurde, um sich auszuwickeln. Im Vorbeigehen streckte sie Gregor die Zunge raus, deren Spitze für eine matt schimmernde Perle durchbohrt war.

Wohingegen die dahinter, war das nicht? Aber ja doch, man hatte sie also genommen, das war Mascha, selbst die Gnade ihres Zwölf-Zentimeter-Absatzes strahlte kaum höher als bis zur Kniekehle, schon auf halber Höhe des Oberschenkels hatte man völlig vergessen, wie gefährlich ihr Bein ursprünglich begonnen hatte. Trotzdem mußte sie sich laufend Dollarscheine in den Slip stecken lassen, zwischen die Brüste und sonstwohin – sie blickte dabei nicht mal in die asiatische Steppe, sondern reihum und sehr direkt in die Augen derjenigen, die ihrer harrten. Jetzt beugte sie sich runter, einer der Herrschaften fältelte seinen Dollarschein der Länge nach, fältelte erneut, faßte ihn mit den Zähnen, schob den Rest des Scheins zwischen Maschas Lippen und immer weiter hinein in ihren Mund tiefer hinunter in ihren Schlund … oh ja, das war wirklich ein bißchen heftig, so hatte sich Gregor das nicht vorgestellt, aber – man konnte ja auch ganz einfach an der Theke sitzen und nicht hinsehen.

Doch wenn er gewußt hätte, daß man hier für 0,3 Liter sieben Mark fünfzig zu bezahlen hatte, wahrscheinlich wäre er dann gleich gegangen.

Statt sich acht dieser Babybiere
in den Kopf zu gießen und dabei überhaupt nicht mehr hinzusehen, nirgendwo mehr hinzusehen oder eigentlich durch alles hindurch, und am Ende noch nicht mal zu wissen, was es mit den Schweineboxen auf sich hatte. Dunkles Gewoge, helles Gelächter, und mittendrin klopfte jemand so ausdauernd an ein Glas, als solle eine Rede gehalten werden; dann war's an Gregor zu beweisen, daß er klein beigegeben hatte.

Wie er wieder ins Freie geraten war, zwischen die, die zum Hofbräuhaus gingen, und die, die vom Hofbräuhaus kamen –
wie er da stand und in den Himmel starrte, wo nichts glitzerte, gar nichts –

gab er endlich auf und wehrte sich nicht mehr: gab zu, daß ihm diese Marietta nicht mehr aus dem Kopf ging, bei allem, was er tat,
was er nicht tat, auch heute, *gerade* heute, gab zu, daß er sich den
gesamten Tag über, im »Pleasure & Pain«, im »Venezia«, beim Horsti und selbst im »Pussycat« nur nur nur immer wieder hatte vorstellen müssen, wie sie an der Vitrine stand, den Rauch aus ihrem
Mund gleiten ließ und einen blaugraugrünen Blick durch den
Raum, an dessen andrem Ende – jawohl: er, der wunderbare, der
einzige, der von ihr so sehnsüchtig erwartete Gregor Schattschneider stand und nicht etwa hier, unter einem leeren Himmel: gab auf
und unumwunden endlich zu, daß er sich nicht in sie verliebt hatte.

Sondern ganz hemmungslos in sie verliebt hatte
, quod erat demonstrandum.

Ja, jetzt war er baff. Und erwartete, daß gleich der Himmel
andächtig über ihm zusammenrauschen würde.

Allenfalls zu vernehmen freilich war ein kleines Hüsteln.

Gregor: putzte sich die Brille.

Jemand: zupfte ihn leise am Ärmel und wollte nach Hause.

Warum denn aber ausgerechnet
in die? fragte er sich mitten in der Nacht, als er aufschreckte und
sich, die Lumibären leuchteten so sanft, neben einer Frau entdeckte, die nach guter Laune roch und still vor sich hin glühte: Warum
ausgerechnet in die mit ihrer häßlichen Nase und den zerbissnen
Fingernägeln und diesen spießigen Slippern und den völlig falschen Beinen?

Deshalb! dachte er dermaßen laut, daß er fürchtete, die Frau
neben ihm könne davon erwachen.

Warum denn aber ausgerechnet
in die? fragte er sich am nächsten Abend, als er sich zur Weißbiergläserschau fünf Stockwerke tiefer begab, zur Neueröffnung von
»Broker's Bier Börse«: Draußen gab's, wie zu Zeiten des »Roxy«,
einen Gehsteighüter, der mißliebige Gäste bereits vor dem Lokal
verscheuchte; drinnen gab's gelbrot gebürstete Wände; blaue Mine-

ralwasserflaschen, die in Restmünchen zum schicken Ton gehörten, gab's nicht.

Selbstverständlich drängte sich, Küßchen gebend, Küßchen empfangend, viel Sonnenbrillenvolk. Max, mit dem Gregor weit lieber hier gewesen, wenn dessen Rückruf nicht seit einem Monat ausgestanden wäre, Max hätte vor lauter »Kingsize-Girls«, wie er sie gern nannte, hätte das Kinn vorgeschoben und seinen Pferdeschwanz gar nicht mehr losgelassen; ein Herr Doktor Leopold Wegensteiner, obwohl er gerade von der Massage kam, hielt dagegen erst einmal sein Wehwehchenreferat und wunderte sich, daß es andre mit ihren Rücken besser aushielten.[96] Auf seinem Hocker hing er wie auf einer Klobrille; Gregor beobachtete halbherzig die lasergesteuerte Zapfmaschine oder einen der kleinen Monitore, auf denen sich zweiundzwanzig Mann um einen Ball bemühten und am Ende gewann nicht mal Deutschland –[97] schließlich wollte er nur eines: den Poldi so schnell wie möglich zum zweiten, dritten Bier, sprich, in Erfahrung bringen, was er gestern versäumt hatte, bis zum letzten blaugraugrünen Detail.

Dafür war die »Börse«
bestens geeignet: Über der Bar nämlich hing eine Anzeigetafel, die zwar weder Ankunfts- noch Abfahrtszeiten der hier versammelten Cabriofahrer auflistete, statt dessen jedoch die momentan bestellbaren Getränke und den Kurs, zu dem sie, der Nachfrage entsprechend, gehandelt wurden.

Zur Eröffnung gab's Bananenbier.[98] Als Gregor gewohnheitsmäßig seinen Wunsch nach Weißbier vorgetragen hatte, die Bedienung tippte ihn mittels eines einzigen Tastendrucks in einen Handcomputer, als Gregor sich dann aber zugunsten eines Bananenbiers umentscheiden wollte: ging das nicht mehr, weil die Bestellung per Funk schon im Zentralrechner gespeichert war. Woraufhin der Poldi daran erinnerte, seine Aussprache war so feucht wie eh & je, daß man der Weißbiergläser wegen ja gekommen und die Bestellung folglich sehr sinnvoll sei.

Noch bevor Gregor antworten konnte, erscholl das helle Gebimmel einer Glocke, erscholl ein durchdringendes Gekreisch aus ver-

schiednen Ecken der »Börse«, schrille pavianartige Laute allgemeiner Erregung – die gesamte Lokalität verwandelte sich für Sekunden in einen Zoo: Noch bevor Gregor antworten und sich
womöglich gleich nebenbei nach dem gestrigen Salon erkundigen
konnte – Wie-sah-sie-aus-was-hatte-sie-an-wer-durfte-mit-ihr-
rauchen-wem-warf-sie-ihren-Ohrklipp-ins-Glas, Mann, nun mach
nicht lange rum! – bevor Gregor antworten und sich gleich, keinerlei Vorwand geltend machend, nach Marietta erkundigen konnte,
war Crash, drastisch fielen die Preise auf der Anzeigetafel, von
Tisch zu Tisch rannten die Kellner, um jede Order termingerecht
zu bedienen.

Weswegen der Poldi bereits beim zweiten Bananenbier, sprich, in
Redelaune war, kaum daß er Platz genommen: Schließlich tränken
sie ja nur deshalb, um ihre Einstandskurse zu verbessern.

Sein Schlips bestand aus verschiedenfarbigen Füllfederhaltern,
die – eine bunte Schraffur – von rechts oben nach links unten fielen.

Dorthin, wo Percy niemals mehr warten würde.

*Eine Wie's-unsre-Bedienerin-amoi-von-der-Leiter-gschmißn-hat-
Anekdote*[99]
mußte der Poldi heut nicht loswerden. Seine Schilderung des gestrigen Salons begann allerdings, derlei langatmige Selbstgefälligkeiten
gehörten zu seinen rhetorischen Standardfiguren, begann mit einer
Exposition über den Herrn Professor, wer weiß, vielleicht fühlte er
sich als dessen Oberassistent verpflichtet, vielleicht aber auch wollte er bloß davon ablenken, daß er neuerdings Pfeife rauchte:

Also der Ecki. Noch am Nachmittag habe er sich in dessen Stadtwohnung begeben – »Erich-Kästner-Straßn, a Sockgossn, wie da
Name scho sogt« –, immerhin schreibe er, seitdem sich der Ecki auf
die Eisenbahnerei zurückgezogen, schreibe jede Zeile seiner Vorträge und, mit Verlaub, eigentlich alles, was unter dem Namen
Beinhofer je publiziert werde und wurde und werden würde, nun,
das sei Oberassistentenschicksal, wohingegen ein Herr Professor …
Nur mit viel guten Zuredens habe er ihn davon abbringen können,
dem Salon seiner Frau beizuwohnen, wozu er zunächst fest ent-

schlossen schien: um dort den Max zu beschimpfen, der sich übrigens sehr diskret diesmal im Hintergrund gehalten habe, oder gleich totzuschießen oder – oh ja, Gregors sogenannter Klappentext sei dem Ecki sehr wohl zu Ohren gekommen; und er, der Poldi, habe einen erneuten Eklat gerade noch verhindern können, wer weiß, welchen Verlauf der Abend genommen hätte, der Ecki neige ja bekanntlich zum Jähzorn, und Grund, nach Strich & Faden auszurasten, habe er schließlich mehr als genug.

Mannomann! rutschte Gregor auf seinem Hocker herum: Wie-sah-sie-aus-wen-sah-sie-an, nun komm schon.

Hm, wenn er's recht bedenke, sei er, der Poldi, vielleicht gar schuld dran, daß der Abend nicht jenen jähzornigen Verlauf genommen. Sondern den andern.

An dieser Stelle seiner Exposition, man saß bei einem weiteren Bananenbier, flammten draußen, auf dem Gehsteig, diverse Made in China-Feuerzeuge auf; Gregor tat so, als habe er sie nicht gesehen, auf daß der Poldi endlich zum Wesentlichen käme.

Und das tat er.

Seine Schilderung des gestrigen Salons
, oh ja, Marietta habe geraucht, habe getrunken und Ohrklipps, natürlich, die habe sie getragen, begann mit der Rede des Gastreferenten, die der grassierenden Politischen Korrektheit gewidmet gewesen.[100] Sehr zu des Poldis Empörung sei darin die Frage, ob man Mohrenköpfe heutzutage überhaupt noch essen dürfe, ausdrücklich bejaht worden und im selben Atemzug auch die, ob's weiterhin Türken- oder Negerkoffer, nicht jedoch Sinti-und-Roma-Schnitzel heißen müsse. Allein bevor er mit einem ersten Zwischenruf habe protestieren können, der Poldi, sei die völlig aufgelöste Frau Gschnitzer reingeplatzt: ein Malheur anzuzeigen, ein schreckliches Malheur undsoweiter – das sei's dann also gewesen, für diesmal.

Was? drängte Gregor: Was sei gewesen?

Der Poldi gab die Pfeife aus der Hand, der Poldi nahm seinen Schlips und: putzte sein rechtes Brillenglas. Wie er sich die Brille freilich wieder überstülpte, wie er die Pfeife wieder in die Hand nehmen wollte, machte er eine Entdeckung: Gregors leeres Weißbierglas, das noch nicht abserviert worden, und während Gregor nichts als ein Weißbierglas sah (Mann! Schau weg! Vergiß es!), dozierte er schon munter drauflos:

Das Gegenteil eines Marietta-Beins, man beachte die Schwingung, wie sie sich – herrlich!

Gregor: Genau. Deshalb seien sie ja heute hier. Aber was denn dann, als Frau Gschnitzer –

Poldi, vielleicht fühlte er sich als Weißbiergläserspezialist verpflichtet, vielleicht wollte er auch nur davon ablenken, daß …:

Das Glas jedenfalls sei keins für Maisel Weisse (das so aussehe, wie das Bier schmecke), sondern eins ohne jedes Brauereiwappen und demzufolge … von Erdinger? Nein, dafür spränge die Wade nicht stark genug hervor. Von Paulaner? Aber das habe neuerdings, knapp überm Pumps, eine viel zu fette Knöchelpartie, weshalb also bloß eines bliebe – [101]

Gregor: Genau. Was denn dann –

Dem Poldi, in seiner Begeisterung über den geschwungnen Verlauf des Glases, blieb bloß eines: die Bedienung zu fragen, ob er das Glas klauen dürfe.

Bedienung: Was ihm daran so begehrenswert erscheine?

Poldi, mit Zärtlichkeit von seiner Entdeckung schwärmend: Die Form natürlich, die Form! Die deute zumindest auf ein verkapptes Augustiner-Glas, es fehle nur noch das Wappen – »und natürlich das Schucherl, dann is es perfekt«.

Bedienung: Was das für ein Schuh sein müsse, der zu einem Augustiner-Glas passe?

Poldi: Jedenfalls keiner von Löwenbräu.

Da bekam er das Glas geschenkt; und weil er's jetzt zufrieden war, konnte ihn Gregor endlich fragen: Was denn die Frau Gschnitzer –

Woraufhin der Poldi die Pfeife weggab, seinen Schlips nahm und: das linke Brillenglas putzte.

»*Da gute alte Percy! Der hat doch wirklich*
des Handy vom Max zum Fressen gern ghobt – wos i imma sag, da Fluch da Technik, warum müssen die Dinger a imma klana wern.«

Als man der lamentierenden Frau Gschnitzer hinterhergeeilt in die Vorhalle, habe man ihn natürlich sofort gesehen, den guten alten Percy, habe ihn umringt, der sich, tapfer noch würgend, noch schluckend, vom roten Sofa weg und in Richtung Marietta geschleppt habe, um unter Absonderung einiger dunkler Töne in ihren Armen zu verröcheln.

Oh nein, jede Hilfe wäre da zu spät gekommen; und das Schweigen, oh ja, das sei sehr allgemein gewesen. Jedenfalls bis der Bezold die Frage aufgeworfen habe, wie wohl die Percy-Seele zu zeichnen sei,[102] einige der Gäste hätten Trinksprüche auf den Verstorbnen ausgebracht, »makabre Trinksprüch«, schüttelte sich der Poldi, »oba scho sehr makabre«; plötzlich habe sich der Max nicht entblödet, sein Handy zu betrauern, das sei »hiermit immerhin auch hinüber«. Der Milliardär habe sich seine Nummer geben und es in Percys Bauch oder eigentlich: seinem Hals eine ganze Weile klingeln oder eigentlich: die Anfangstakte von *Macarena* erklingen lassen.

»Gar nichts passiert«, habe man Max getröstet und, als wäre das eine Bestätigung, gleich beherzt mitgesummt: »Müßten Sie wohl bloß in die Reinigung geben«.

Erst als Marietta jählings losgeschrien habe, sei's schlagartig jedem klargeworden, daß der Salon für diesmal als beendet gelten mußte.

Zwar waren sie keine Verwandten im Geiste

, wohl aber im Durste, Herr Schattschneider und Herr Wegensteiner, also gingen sie noch in die »Sieben«. Herr Wegensteiner, dessen oberassistentenmäßig korrekt einjustierte Oberfläche deutliche Risse bekommen hatte und spätestens nach einem weiteren Glas tiefe Abgründe zeigen würde, Abgründe, in die man nicht zu lang hineinsehen durfte, wie man aus Wiener Studentenzeiten wußte, wollte man nicht selbst zum Abgrund werden –, Herr Wegensteiner wäre zwar, als ihn der Downhill-Charly als Bayern-Fan verdächtigte und ihn ohne Anflug von Sentimentalität des schönen Weißbierglases beraubte (»So weit kemmats no!«), Herr Wegensteiner wäre zwar beinah auf der Schwelle gescheitert und hätte Herrn Schattschneider allein gelassen mit all seinen Mariettafragen: Dann aber schallte's so vielversprechend heraus aus der »Sieben«, »*He drinks a whisky drink, he drinks a wodka drink*«, daß der Poldi mit Macht drauflostaumelte, »*He drinks a lager drink, he drinks a cider drink*«,[103] daß er drinnen gleich mit dem Kopf drauflosschüttelte, als habe er noch lange Haare; während Gregor erst mal mit dem 35-Liter-Zapfer zurechtkommen und die drei Saukerle fixieren mußte, wie sie sich dem Würfeln hingaben, wie sie einander dabei mit fester Stimme über singende Kondome belehrten und andre Errungenschaften des ausgehenden Jahrtausends. Bei jedem neuen Getränk stießen sie die Gläser aneinander, »Kumm, samma wieda guat«, setzten sie kurz ab, bevor sie tranken; und Gregor erkannte sie zwar alle drei, den Groggo hingegen am meisten. Freilich hütete er sich, ihn anzusprechen, und der Groggo, aus dem Hemdsärmel war ihm ein Stückchen blaues Drachenband rausgerutscht, gab sich vollauf beschäftigt; überdies mußte ja auch die Tresenkatze mit ausreichend Asbach versorgt werden.

Als der Poldi mit dem Kopfschütteln aufgehört und in großer Ausgelassenheit ein bananenfreies Bier bestellt hatte, beschloß Gregor, es nicht länger zu ertragen:

Wie-sah-sie-aus-was-hatte-sie-an-wer-durfte-mit-ihr-rauchen-wem-warf-sie-ihren-Ohrklipp-ins-Glas, Mann, fang endlich an!

Worauf der Poldi erst mal in die Breite grinste:

»Hob is do gwußt!«

Des Poldis mystische Mitteilungen
über Marietta (ihre falschen Beine, ihre Affären mit den falschen Männern, ihre Lust am falschen Spiel, an Falschaussagen und dergleichen mehr) – Gregor wußte nicht, ob er darüber glücklich sein sollte oder unglücklich, und selbst wenn er's gewußt hätte, wäre ihm noch längst nicht klar gewesen, ob er darüber unglücklich sein sollte oder todunglücklich.

Wer weiß, dachte er, als die Gitarren, alle auf einmal, abgedreht wurden und das Dudelsacksolo einsetzte: vielleicht fühlt sich der Poldi ja verpflichtet, immerhin ist er Eckis Obergehilfe, dessen Frau vor einem neuen Verehrer zu bewahren, vielleicht will er auch nur davon ablenken, daß …

Er habe sich doch wohl wenigstens nicht auf den ersten Blick verliebt? fragte, in unvermittelt ihn bedrängender Besorgnis, der Poldi.

Gregor, dem Dudelsackspieler eine Mark zusteckend: Ob das in ihrem Alter denn noch ginge?

Poldi: Möglicherweise nicht mehr so wie früher, als die ganz große Offenbarung, unter Umständen aber zumindest als Indiz für eine neue erotische Obsession.

Gregor: Erotische Obsession? Ausgerechnet bei Marietta?

Da lachte der Poldi und ließ das letzte bananenfreie Noagal in seinen Hals hineinrinnen:

»Waaßt, jetz is des Beisl in mir drin.«

Vielleicht

, fragte sich Gregor, als er den Poldi in einem davonbrausenden Taxi wußte, vielleicht hatte der auch nur den gesamten Abend lang davon ablenken wollen, daß er selber nicht in sie verliebt war.

Sondern ganz hemmungslos

in sie verliebt war ganz hoffnungslos.[104] Am nächsten Morgen, Samstag, spielte das Telephon *Smoke On The Water* und ... die falsche Frau fragte:

Ob sie kommen dürfe und sich verstecken?

Ojc, das konnte man jetzt wirklich nicht brauchen.

Ebensowenig am Sonntag, nicht mal mehr die Yucca-Palme gab's, die man hätte anschweigen können, nur den Topf, in dem, ein wohlgeordnetes Ensemble, die Schirmchen steckten; und am allerwenigsten montags, als Gregor suchte, sich nach Timbuktu abzusetzen, und dabei in seinem Elektropostkasten – Nein! Verstecken solle sie sich besser in ihrer eignen Höhle! – und dabei einen Serienbrief fand:

»dieses mail wurde an dich geschickt

, damit du gluck hast. das original ist von einem missionar aus ubersee und neunmal um die welt gereist. jetzt wurde das gluck an dich gesandt. das ist kein witz und auch kein kommerzielles kettenmail.

du wirst gluck haben in den nachsten vier tagen, vorausgesetzt, du sendest eine kopie des glucks innerhalb von 96 stunden nach erhalt weiter, an einen menschen, von dem du meinst, dass er gluck braucht. sogar dann, wenn du nicht aberglaubisch bist.«

Und wer war's, der da nicht aberglaubisch gewesen, wer hatte jene groteske Gluckspost an ihn geleitet? MaxX@germanynet.de – sieh an.

Weil Gregor aber ohne Gluck
auch am Dienstag vormittag nicht weiterwußte, schickte er eine Kopie desselben, schließlich bot ihm sein Adreßbuch im Grunde nur diese einzige Möglichkeit, schickte er, schließlich war's nur ein schneller Tastendruck, schickte er, schließlich konnte er nicht unglücklicher dadurch werden, schickte sie: an Marietta.

Allerdings.

Dochdoch.

An wen denn sonst.

Selbst wenn er, kaum daß ihm von einer freundlichen Dialogbox Vollzug gemeldet, am liebsten hinterhergekrochen wäre in den Elektropostkasten am andern Ende der Leitung, um den Brief dort wieder rauszuholen, und da das nicht ging: Selbst wenn er sich die Systembombe 11 herbeiwünschte oder sonst eine timbuktische Heimtücke, die ungeschehen machen würde, was – wie konnte er sich nur so bloßstellen! so lächerlich, so unmöglich machen! – was unglaublicherweise gerade geschehen.

Nun also hatte sie's auch noch schriftlich
, diese Marietta, daß er vielleichtvielleicht das einzig Richtige, auf jeden Fall aber das Allerfalscheste getan: daß er klein beigegeben, daß er aufgegeben hatte. Das Leben ging freilich vier volle Tage lang weiter, Bertis Buben wursteln sich durchs Viertel- und sogar durchs Halbfinale, sicher hatte man sie mit reichlich Gluckspost bedacht,[105] der Horsti lud zum sonntäglichen Finale, Gregor rief bei Max an, wollte Handy-Kondolenzen bezeigen und, nunja, gewisse Aussagen relativieren, wenn nicht: berichtigen, wenn nicht: widerrufen, zupfte die Schirmchen aus dem Yuccatopf – »So wahr

ich der Schirmherr von euch Schirmchen bin! Diese Marietta, die kann mich jetzt erst recht mal!« –, steckte sie in den Yuccatopf zurück.

Bei Max indessen meldete sich stets nur die Antwortmaschine.

Doch als die 96 Stunden definitiv
vorüber waren (inklusive 2 x 15 Stunden Verlängerung, die man ja vielleicht zugeben durfte), als Gregor zunächst seinen Feuerzeugen, dann der Maultrommel, schließlich dem Mäc und seiner beständig in der Tiefe herumschmatzenden Festplatte erzählt hatte, daß es Sonntag nachmittag und die Glucksfrist endgültig abgelaufen sei, er sich also beim Horsti jetzt aufs Fernsehsofa begeben und mit reichlich Edelstoff über den Lauf der Welt hinwegtrösten werde, da traf ihn, leicht verspätet, dafür so rasch und gewaltig, daß es nicht einmal schallerte: eckart.beinhofer@t-online.de!

»dies mail wird an sie geschickt
damit sie gluck haben. das original ist zwar nur von einem klappentexter und ein einziges mal von münchen nach feldafing gereist: EIN WITZ UND EIGENTLICH haben sie es nicht verdient! aber meinetwegen! vorausgesetzt auch sie nehmen mein angebot an und wir sind jetzt quitt.
also?
am 18. juli gleicher ort gleiche zeit
zum thema rechtschreibreform
schlie?lich wollen wir den klammeraffen bei der gelegenheit für dudenreif erklären
;-| m@riett@ b.
ps: sie werden doch wohl nicht wieder referieren? unterstehen sie sich!«

»He, du bringst mir Gluck!«
wollte Gregor seinen Mäc streicheln: »Das mußt du mir sofort ausdrucken, das muß ich schwarz auf weiß, das ist ja kaum zu –«

– ertragen! Diese Marietta, die hatte wohl 'nen Sprung in der Schüssel!

Kein Wort über die Ohrfeige, dermaßen von oben herab das Ganze, als ob sie wer-weiß-was wäre und er »nur« der Klappentexter, der mit getürkter Serienpost um ihre Gunst warb! Am liebsten hätte Gregor seinen Mäc verprügelt – fast wäre er auf ihn reingefallen –, legte aber wenigstens einen neuen Ordner an (»Klammeraffe«), na warte, und speicherte ab. Ließ freilich eine Kleine Konzentrationsrunde später den Einliterrülps erneut aufschallen und druckte sich ihre wunderbaren Frechheiten Zeile für Zeile aus: im grauen Entwurfsmodus. Dann in blauer Standardqualität. In grüner Standardqualität.

»So wahr ich der Schirmherr von euch Schirmchen bin«, versprach er, bevor er sich zum Horsti verfügte: »diese Marietta, die wird mich noch, ich schwör's!«

Wie unüberrascht aber war er
, als auf dem Fernsehsofa, glatzkopfglänzend, mit buschig nach oben gezwirbelten Augenbrauen, schon der Hundsnurscher saß und ihm zuprostete.

»Denk da nix«, winkte der Horsti ab, zur Pause servierte er seinen Zonentropfen,[106] der Ingo fütterte den Saubazi mit selbstgebackner Buchweizentorte, in der Verlängerung fiel ein goldnes Tor,[107] und Gregor dachte sich nichts.

Erst als der Horsti vor ihm aufwuchs mit seinem blitzenden Diamanten im Ohr und einem kräftigen »Schleich di«, merkte Gregor, daß er die ganze Zeit nichts mitgekriegt hatte; und als neben ihm der Hundsnurscher emporschnaufte – das eintätowierte Halsband vom Horsti wollte schier reißen –, da merkte er, daß er selbst jetzt noch nicht mal wirklich mitbekam, was in der Welt und auf Nachbars Sofa passierte, wahrscheinlich hatten die beiden wieder was zum Streiten gefunden?

»Machts nua so weida, ia zwoa –«, wetterte der Hundsnurscher noch, der Ingo kraulte den Hermelinbesatz seines schwarzen Netzbodys, der Horsti kratzte sich und malmte mit den Kiefern.

Am nächsten, übernächsten und überübernächsten Morgen wachte Gregor beträchtlich gutgelaunt auf, und den Rest der Zeit merkte er nichts. Dabei ließ er sich auch nicht von einer falschen Frau beirren:

Es sei zum Davonlaufen! Ob er mit ihr –
Oh nein, das wollte er nicht.
Oder ob er was Besseres wisse?
Oh ja, das tat er.

Kurz nachdem ein voller ICE-Zug in voller Fahrt
gegen eine Brücke gerast war, oben im Norden,[108] war Achtzehn-
ter-Juli-gleicher-Ort-gleiche-Zeit. Gregor schillerte von den Schul-
terpolstern, *Mister Bombastic*,[109] bis zu den Hosenaufschlägen und
wollte's wissen.

Mit Worten gepanzert, betrat er die Empfangshalle, zu jedem
Dialog bereit zu jeder Tat. Ziemlich genau zweiundfünfzig Hirsche
blickten ihm erwartungsvoll entgegen, als er ... mit Riesenschritten
überholt wurde, war das etwa sein Fastfreund Max? Der sich, beid-
armig schlenkernd, den Weg durch die Prosecco-Grüppchen bahn-
te, Gregor kam kaum hinterher, der Marietta, »Nanu? Sie sind ja
heute nicht mal zu spät?«, der Marietta nun mit seinen langen
Extremitäten umfing, der Marietta nun gar nicht mehr losließ,
Gregor mußte, Apfel für Apfel, Frau Gschnitzers Tellerobst obser-
vieren, der Marietta nun unter Absonderung langer, kompliziert
gebauter Sätze ein kleines bananenbierfarbnes Teil in die Hand
drückte, »Es heißt übrigens Percy«, aus dem zunächst er selbst,
dann Marietta helle Piepslaute herauszuholen begann, und man
sich um sie scharte:

»Aus! Percy! Aus!« witzelte einer, der sich den restlichen Abend
als »Ehegespons« von Frau Dietlinde Knospe vorstellte.

»Der tut nix! Der tut nix!« triumphierte Max.

»Wie wohl die Seele von so 'nem Tamagotchi[110] zu zeichnen
wäre?« fragte der Bezold.[111]

Marietta aber stand da, drückte ihre Zeigefingerspitze auf das
bananenbierfarbne Teil, kniff die Augen halb zusammen, blickte
Max an und ließ sich Feuer geben. Gregor stand daneben und
mühte sich, seine Irrelevanz durch Reglosigkeit zu kaschieren. War
ihm etwa noch gar nicht aufgefallen, daß sie Sommersprossen
hatte? daß ihre Beine

an ein Grappaglas erinnerten

, allenfalls? Während er ihre Unterschenkel beschielte oder eigentlich das, was sie, strumpfhosenbespannt trotz Julihitze, anstelle von Unterschenkeln zeigte, pochte's laut auf in ihm: Nie! nie! nie! wieder wollte er so danebenstehen, nie! wieder.

Wie sich Marietta endlich von Max ab- und Gregor zuwenden wollte, war der von seinem Entschluß schon so durchdrungen, von seinem Entschluß, der sich im Lauf der folgenden Stunden zu einem regelrechten Plan auswachsen sollte: daß er sich seinerseits in jenem Sekundenbruchteil ostentativ an Max adressierte. Max war sichtlich überrascht, und gewisser Relativierungen oder Berichtigungen oder Widerrufungen bedürfte's gar nicht mehr.

Obwohl der Salon dem Untergang der deutschen Rechtschreibung gewidmet war,[112] driftete die Unterhaltung auch diesmal sehr schnell vom vorgegebnen Thema ab; man spekulierte ein wenig darüber, welcher Oder-Damm als nächstes brechen würde;[113] man diskutierte Vor- und Nachteile von Nachtigall-Ragout, Kugelfisch und roh zu schlürfenden Eierstöcken der Seeigel: Mariettas Salon, im Grunde war er nur eine Donnerstagsausgabe des »Roxy«, und die Salonlöwen – von den alleinerziehenden Müttern durfte man ohnehin kaum etwas erwarten –, waren nichts andres als Saukerle aus der »Sieben«, bloß hatten sie sich hier mit frisch gestärkten Hemden und farblich abgestimmten Manschettenknöpfen ausstaffiert.

Insbesondre einer erfüllte Gregor mit Groll, einer, dessen blasses Gesicht so dicht mit schwarz abrasierten Bartstoppeln bepunktet war, als handle sich's um einen Mohnkuchen: insbesondre der reihum sich prostende Herr Knospe, der mit einer Holzkrawatte geschmückt war, »Mahagoni, meine Herrschaften, fünfhundert Mark aufwärts« – insbesondre *der* mußte beim Nicht-mehr-Danebenstehen mit abschätzigen Blicken bedacht werden.

Und der Herr Buchwald? Trug zwar keine Krawatte, entpuppte sich aber als jemand, der jedes Gespräch auf die *Kinks* brachte und also, wär's nach Gregor gegangen, besser Krawatte getragen hätte.

Der Bezold? Rang sehr ernsthaft mit der Frage, ob beim Anrühren von Salatsoßen kanadisches oder englisches Senfpulver vorzuziehen sei.[114]

Max? Stand sowieso ganz oben auf Gregors Liste, Max, der ungeniert über alle Köpfe hinweg kokettierte, dabei ständig gegen andre prallte (was gern Rotweinflecken ergab), gegen den Kachelofen, den Teewagen, den Tisch mit den Cognacflaschen: weil er das Auge nicht von Marietta lassen wollte.

Aber das wollte Gregor
, weiß-Gott, ebensowenig, und währenddem reifte in ihm der Plan. Oh ja, er hatte sie im Visier, Marietta mit der Sklavenplastik, Marietta mit dem Tamagotchi, das sie eine Weile gar nicht aus der Hand geben wollte, Marietta mit ihren Wangenknochen, Marietta mit ihrem grüngraublauen Duft, der schon in jedem Winkel hing.

Als sie das Tamagotchi dann doch mal kurz auf der Vitrine ablegte und verschwand, griff er sich wie versehentlich ihr Glas und trank daraus in großen Zügen; als sie zurückkam, nahm er sofort wieder seine beiläufigste Beobachtungshaltung ein, Standbein-Spielbein, entwickelte dabei eine regelrechte Interpretationswut: Wenn sie sich im Arm eines ihrer Verehrer bog, wollte sie sicherlich bloß ihre Biegsamkeit zeigen, wenn sie lachte, wollte sie zweifellos bloß ihre Zähne zeigen, wenn sie den Kopf wild protestierend schüttelte, wollte sie ganz gewißlich bloß ihre rotbraunblonden, ihre braunrotblonden Haare – nein, nicht sie selbst, *etwas* in ihr wollte das alles zeigen: Sonst hätte sie's nicht mit dieser gewissen, dieser gewissenlosen Leichtigkeit tun können, mit dieser leichtfertigen Gewißheit. *Dermaßen* raffiniert konnte sich sogar eine Marietta nicht in Szene setzen: dermaßen perfekt programmiert, daß sie ihre Klugheit als Kokottentum kaschierte, dermaßen ernsthaft berechnet in ihren kleinsten Bewegungen, daß sie stets verspielt wirkte und federleicht.

Solcherart übte sich Gregor in der Kunst des Interpretierens. In seinen Tiefen aber reifte der Plan.

Noch freilich bedurfte's
der letzten Details, noch freilich wollte beobachtet werden, auf daß der Plan fehlerlos zur Ausführung gelänge, noch freilich wollte

Marietta ausgerechnet werden, wie sie, begabt mit hundertsiebzig Blicken, den Raum beherrschte; wie sie sich andrerseits auch, in nahezu regelmäßigen Abständen, ihre kleinen Auszeiten nahm: wie sie wohlgefällig ihre Nägel betrachtete, indem sie einen Arm – oder sogar beide gleichzeitig – durchdrückte, sämtliche Finger durchdrückte, daß die Gelenke knochig hervortraten, und von ganz oben auf sie herabsah, der Reihe nach, als wären sie langgefeilt, lackiert, glänzend, nicht dermaßen zerbissen, geradezu zerkaut, wie man's von kleinen Mädchen kannte.

Was jedoch das Schlimmste war: Sie blickte *jedem*, *jedem* blickte sie sehr direkt in die Augen. Sie war eine fürchterlich taktile Frau, griff jedem, jedem griff sie ans Revers, lehnte sich kurz in seinen Arm, zog ihm den Krawattenknoten enger, jedem.

Insbesondre aber den von Max.

Vor aller Augen lachte sie über
die pointenlosen Maxwitze (»Geht der Jounalist an der Kneipe vorbei«), bezupfte die einzeln aus dem Pferdeschwanz heraushängenden Maxhaare; und während sie ihre Kniescheibe zwischen die beiden Maxbeine schob, nur einen Strumpfhosenmillimeter weit vielleicht eine Sekunde lang, sah sie zum Erker rüber, in dem Gregor stand und nichts dagegen tun konnte, vielleicht eine Sekunde zu lang.

Selbstverständlich schob sie sich Zigaretten zwischen ihre Lippen, beugte sich über das Maxfeuerzeug und, indem sie den Hals streckte und den Kopf in den Nacken kippte – Max leckte sich vor Glück –, ließ den Rauch aus sich herausgleiten, langsam, stieß eine der zwei Zigaretten in den offnen Maxmund.

Und dann tippte sie wieder dermaßen ausführlich auf Percy ein, daß er trillerte und zurück auf die Vitrine durfte. Da waren der Details genug gesammelt.

Gregors Plan
war im Grunde ganz einfach. Er begann damit, daß man sich eins der Handys vom roten Sofa borgte – weil kein schlabbernder Kerl mehr darüber wachte, galt's bloß, den geeigneten Moment abzu-

passen –, und endete damit, daß man sich auf die Toilette verfügte: um dort dann nichts weiter zu tun, als auf gut Glück die Maxnummer einzugeben und –

        – wie vorausberechnet, ertönte von ferne zwar nicht mehr *Macarena*, sondern das allergewöhnlichste Handyläuten, Max hatte seine schöne Schnapsnummer natürlich behalten und er hatte, (Gregors inständigste Vermutung!) vor lauter Begrüßungstamtam mal wieder vergessen, das Handy auszuschalten.

Als irgendwo in den Tiefen der Villa Hasenpusch eine Spülung gezogen, eine Wasserleitung aufgedreht wurde, als irgendwer mit möglichst pauschalem Gesichtsausdruck die Vorhalle durchquerte, war die Konfusion schon perfekt: Nicht allein Max hatte das Läuten vernommen und sich herbeibequemt, um's möglichst schnell zum Verstummen zu bringen –, auch ein gutes Dutzend Salonlöwen fühlte sich gemeint und drängte sofawärts, teils den Handyhaufen durchwühlend, teils kommentierend. Marietta stand still daneben und wollte sich nicht entgehen lassen, wer sich über ihre Salonregeln hinwegzusetzen gewagt.

Das also war Gregors Plan.

Daß er in all dem Trubel
nur noch zur Vitrine gehen und Percy, der nicht mal aufpiepste, genau dort in Empfang nehmen mußte, wo ihn Marietta erfahrungsgemäß deponierte, war reine Formsache; daß ihm Herr Knospe dabei zuzwinkerte, war zwar nicht unbedingt Teil von Gregors Plan, galt ja aber nicht Percy (der schon sicher in der Sakkotasche saß), sondern dem Handy, das Gregor fast vergessen hätte: und mit einem entschuldigenden Weis-wuaschd-is-oder-wollen-Sie-mich-etwa-verpfeifen-Lächeln in die flauschig schwarz behaarten Hände des Herrn Knospe gleiten ließ. Und sich empfahl.

Durch die Morgenstunde des 19. Juli
, vom Gehsteig fünf Stockwerk tiefer strömte der letzte Lärm derer, die erfolgreich ihre Einstandskurse verbessert hatten, fuhr ein entschlossner Einliterrülps, und Gregor genehmigte sich seinen zweiten ï-Punkt:

»Gnädigste!
Bleiben Sie ganz ruhig, Percy geht es, den Umständen entsprechend, gut. Wenn Sie keinen Schmedt auf der Günne einschalten, kann ihm an Leib und Leben kein Schade entstehen. Er wird regelmäßig versorgt und bekommt gute Musik zu hören: *Ofra Haza*, *Page & Plant*, *Guano Apes* ...«

Auf eine Art Lösegeldforderung beschloß er zu verzichten, nicht jedoch auf die Angabe seiner sämtlichen technischen Daten (inklusive Faxnummer) und den Zusatz:
»Diese Elektropost wird an Sie geschickt, WEIL SIE KEIN WITZ IST, und ANDERS hätten Sie's auch gar nicht verdient! Denn quitt sind wir noch lange nicht – nehmen Sie mein Angebot an?«

Als die freundliche Dialogbox Vollzug gemeldet
, durfte man sich dem ï-Punkt zuwenden, die gute Musik auflegen, einen Schluck lang über Herrn Knospe sinnieren (Du-wirst-mich-doch-nicht-etwa?), durfte Zufriedenheit verströmen. Ab & zu meldete sich Percy von seinem Platz zwischen den Feuerzeugen – Gotchidämmerung –, aber Gregor beschloß, sich durch sein Gezwitscher nicht stören zu lassen.

Tags drauf fand er's zwar verwunderlich, daß keine der Tasten Percy zu einem Piepslaut veranlassen konnte, auf die Idee, mit ihm in einen Spielwarenladen zu gehen und dort irgendwelche Wiederbelebungsmaßnahmen einzuleiten, auf diese Idee kam er indessen nicht.

Seither herrschte Ruhe im Regal.

Allerdings nicht lange.

Wenn sich Gregor nämlich ausgerechnet haben sollte
, daß ihm Marietta am nächsten, spätestens übernächsten Tag ihre Aufwartung oder wenigstens den Gefallen machen würde, per Mail, Fax, Telephon Verhandlungsbereitschaft zu signalisieren, sollte er sich verkalkuliert haben. Sie ließ ihn so lange schmoren, bis zunächst Percy, anschließend sämtliche Regalheiligtümer und Feuerzeuge in seiner Nachbarschaft, am Ende jedwedes Ding, das hinter Gregors Rücken defätistische Bemerkungen machte, ausgiebig beschimpft

und Gregor selbst bis aufs Mark ausgekocht war: Dann erst ließ sie ihn wissen, sie sei gerade in der Nähe, in einer halben Stunde komme sie vorbei. Wehe, er habe Percy auch nur ein Haar gekrümmt.

Woraufhin Gregor versuchte
, gleichzeitig das Folgende zu tun: die staubbeschichtete Ordnung seines Arbeitszimmers in eine staubfreie Unordnung zu verwandeln, Stichwort intellektuelle Note, über Mariettas Musikgeschmack zu spekulieren, ein paar passende CDs anzuspielen – daß sie nur *Echoes Of Silence*[115] hörte und *Die Gesänge der Buckelwale*, konnte er ja noch nicht wissen –, für alle Fälle eine Kerze bereitzulegen, den Anrufbeantworter anzustellen, etwas Eßbares im Kühlschrank zusammenzusuchen und dabei der Tatsache ins Auge zu sehen, daß es dort außer den Nikoläusen und Osterhasen der Vorjahre, außer eingedellten Mon chéri-Stückchen, Bierdosen, Fünfminutenterrinen, Formvorderschinken und jeder Menge Tomatenmark nichts gab.[116]
Zum Schluß fand das Zurechtrücken der Dinge in eine für sie vorteilhafte und entsprechend angenehme Perspektive, zum Schluß fand eine kurze Moralpredigt an die Dinge statt, sich anständig zu verhalten.

Beinahe hätte er die Hauptsache vergessen
, gab sie doch schon seit fast vierzehn Tagen keinen Pieps mehr von sich. Sofort eingeleitete Reanimationsmaßnahmen blieben ergebnislos, Gregor stellte nervöse Überlegungen an, ob er sich schuldig zu fühlen habe, beschloß dann aber, Percy auf eins seiner Taschentücher zu legen, sozusagen: zu betten, wenn nicht gar: aufzubahren, und zwar zwischen der Kröte und dem Tiger.

Kaum hatte Marietta seine Wohnung betreten
, überfiel ihn mit Macht das Verlangen, hinter ihr her zu räumen. Ihre erste Tat bestand darin, sich selber anzurufen:
Ob er den Krach – die *Cranberries* – ausmachen könne? Man verstehe ja nicht mal den eigenen Anrufbeantworter!
Dabei spannte sie nicht nur das Telephonkabel durchs ganze Zimmer, sondern rupfte wiederholt auch noch auf vorwurfsvolle

Weise daran, Gregor hörte bereits den Putz in der Buchse[117] rieseln:

Warum er nicht längst auf »schnurlos« umgestellt habe?

Sicher hatte sie ihre Sonnenbrille bloß deshalb so hoch in die Haare hineingeschoben, damit ihr bernsteinerner Ohrklipp studiert werden konnte; als endlich alle Botschaften abgehört waren, vermutlich hatte ihr der gesamte Salon aufs Band gesprochen, und Gregor, wortlos, das Telephon zurücktrug an seinen angestammten Platz, drückte sie versuchsweise auf die Kröte, die sofort das Kreischen anhob,[118] drückte auf den Tiger, der sofort das Grollen anhob, die Augen funkeln und das Feuer blau aus seinem Maul herausfahren ließ.

»Um Himmels willen, was sind *Sie* denn für einer?«

Nein

, die geheime Ordnung der Dinge würdigte sie keines Blickes. Auch in den folgenden Minuten demonstrierte sie vor allem ihr Talent, Räume zu verwüsten; Percy nahm sie, nicht ohne die Reset-Taste zuvor gedrückt zu haben,[119] nahm sie, nicht ohne Gregors Taschentuch gleich mit einzupacken, nahm sie eher im Vorbeigehen wieder in Besitz, und daß er sich aus der Tiefe der Tasche mehrfach mit kleinen Piepstönen meldete, überhörte sie.

Gregor seinerseits hätte die Dinge gern vor ihrem schnellen Zugriff beschützt, »Gnädigste …«, doch immer kam er eine Handbewegung zu spät: Während er die Schirmchen zurücksteckte in den Yuccatopf, holte sie sich schon die Mallorca-Muschel aus dem Regal, während er die Muschel vom Mousepad verscheuchte, nahm sie den Pinkelzwerg vom Fensterbrett –

»Um Himmels willen, was sind *Sie* denn für einer?«

– und gab ihn im Abdrehen, mit den Blicken bereits die Ewige Ablage taxierend, zurück aufs Fensterbrett.

Versäumt zu verstecken

hatte er freilich: die Socken auf dem Heizkörper, den undurchen Camembert und Maschas roten Plastiktulpenstrauß, den Marietta, indem sie ihn ohne zu fragen zum Blinken brachte, in schamloser Direktheit verspottete:

Welche »Freundin-oder-so-was« ihm *den* geschenkt habe; die müsse ihn ja sehr gern haben?

Ihre scharfkantige Sprache, man mußte auf der Hut sein, sich nirgendwo an ihr blutig zu ritzen:

Och, das sei eher »so was«, »so 'ne Art Fastfreundin«.

Ob die ihm auch jedes Wochenende einen Kuchen backe? Oder die Socken stopfe, die auf seiner −?

Gregor, schnell, jetzt durfte man sich nicht einschüchtern lassen, sonst würde's ganz rapide abwärts gehen, jetzt mußte man vielmehr noch eins draufsetzen:

Von den Socken solle sie sich nicht täuschen lassen, die lägen dort nicht etwa zufällig!

»Verstehe, eine Installation.« Und die vielen Papierstapel, mit denen er sein Zimmer dekoriert habe, die lägen natürlich auch nicht nur der Klappentexterei willen herum?

Oh nein! hörte sich Gregor sagen. Weil er selber ganz perplex über seine Antwort war und nicht im geringsten wußte, wie er sie hätte fortsetzen können, wiederholte er sehr nachhaltig, sehr inhaltsschwer: Oh nein.

Habe sie's nicht schon immer gesagt? beeiferte ihn Marietta, indem sie sich kreischkrötenmäßig Feuer reichen ließ: In Wirklichkeit schreibe er also am großen deutschen Roman.

Gregor wurde's recht warm in seinem neuen Anzug, jetzt kam's drauf an, das merkte er, jetzt durfte man nicht klein beigeben, im Gegenteil, mußte achselzuckend einräumen, was sie so dringend hören wollte:

»Wenn Sie meinen.«

Wie romantisch! bespöttelte ihn Marietta, indem sie in den Yuccatopf hineinaschte: Was es denn, wenn er das gnädigerweise auch noch verraten könne, was für ein Roman es denn sei?

Gregor wurde's sehr warm, aber jetzt steckte er schon mittendrin, jetzt durfte er keinen Rückzieher machen, jetzt galt's, die Perspektiven ein für allemal geradezurücken, und sie hatte's ja wirklich nicht anders verdient:

Das sei, wie solle er sagen, sei wahrscheinlich – ein Weiberroman.

Marietta, indem sie neben den Yuccatopf aschte: »Apart. Sehr apart. Schreibt den nicht mein Mann?«

Ehe Gregor aber im Boden versinken konnte, wieso war ihm bloß kein andrer Titel eingefallen, kniff sie die Augen halb zu und ließ den Rauch aus ihrem Mund hervorgleiten:

»Na so was, das muß ich gleich Christoph Buchwald erzählen.«

Vielmehr:

»Und das soll ich glauben? Das sagen Sie doch nur um abzulenken?«

Vielmehr:

»Sie laden mich jetzt zu einem Glas Prosecco ein, und dann erklären Sie sich mal der Reihe nach.«[120]

»Du und deine gschissnen

Weibagschichtn«, polterte der Horsti gleich ungefragt drauflos, als er den beiden vor den Briefkästen den Weg vertrat: »Laß d Finga davo! Und schmeiß dein Scheiß ned oiwai do aufn Bodn!«

Obwohl Gregor unverzüglich protestierte, fragte Marietta, kaum daß sie die sieben Schritte aus der Haustür heraus und weitere siebzehn Schritte zum nächsten freien Gehsteigtisch zurückgelegt hatte:

Frauengeschichten? Wie viele er denn in der Regel am Laufen habe?

Gregor, vielleicht weil er vorhin gerade noch davongekommen, vielleicht weil er bereits berauscht war von ihrem blaugraugrünen Duft, vielleicht weil er einen Hilfswitz versuchte, einen Rettungswitz, vielleicht weis-wuaschd-war:

Naja, man recherchiere halt.

»Ich hoffe«, sagte Marietta, sich die Lippen mit einem Labellostift nachziehend, »ich hoffe, Sie sind nicht den ganzen Abend so langweilig?«

Zum Glück gab's jetzt die Speisekarten

, große, unübersichtliche Speisekarten: denen sie besonders gewogen sei, erläuterte Marietta, weil man sich dann nicht so schnell entscheiden müsse.

Von einem Glas Prosecco wollte sie nichts mehr wissen; den zahlreich angebotnen Weinen traute sie allerdings auch nichts zu, das seien sicher ausnahmslos »Kellerschelme« – ein Wort, das Gregor sofort elektrisierte, als sei er noch mal zwanzig Jahre jünger und mit einem gewissen Eckart Beinhofer eifrig dabei, die Sprache neu zu erfinden.[121] Am Ende entschied sie sich für einen »Latin Lover«, einen »El Diablo« (auf Eis), einen »Sex on the Beach« und einen »Ramazotti Sour«, alles in Viertelportionen, wohlgemerkt, wie sie dem Kellner in klaren Worten auseinandersetzte, damit sie späterhin den »Singapure Sling«, den »Serial Killer«, den »B 52« und, natürlich, den »Zombie« durchprobieren könne.

Was Gregor aber *wirklich* nervös machte, war ihre Art, das Glas nach dem Trinken nicht etwa abzusetzen, sondern minutenweise weiter in der Hand zu halten, so daß es im Rhythmus der Sätze hin & her sich neigte und der »Latin Lover«- oder »El Diablo«- oder »Sex on the Beach«- oder »Ramazotti Sour«-Pegel bis an dessen Rand geriet – allerdings niemals darüber hinaus. Und wenn das Glas doch irgendwann stand, dann achtlos nur abgestellt, mal auf dem blanken Tisch, mal zur Hälfte auf einer der vier Papierservietten, die man als Untersetzer mitgeliefert, zu keinem Zeitpunkt jedoch ordentlich zentriert oder gar in einem vernünftig proportionierten Verhältnis zu den jeweils drei andern Cocktails, weshalb Gregor des öfteren eingreifen mußte, um den Gläsern ein wenig an Weltordnung zukommen zu lassen: bis Marietta aufs neue mit einer ihrer fahrigen Bewegungen danach verlangte, mit der andern Hand auf dem wiederbelebten Percy herumtippend (dessen Hilferufe ihr zunehmend lästig wurden) oder nach ihren Zigaretten kramend oder sich vom Nachbartisch Feuer reichen lassend: und alles zerstörte.

Während drinnen in der »Börse« das Paviangekreisch anhob und Gregor seinen Einstandskurs verbilligte.

Als nächstes war Marietta bestrebt
, dem Kellner in sanfter Nachdrücklichkeit klarzumachen, daß sie's gewohnt sei, *von rechts* bedient zu werden, und in ihrem Alter nicht mehr daran denke, diesbezüglich umzulernen.

Dann aber löffelte sie ihre »Geeiste Gurkensuppe mit gebeiztem

Lachs« nicht etwa, sondern trank sie – hob den Teller und trank, was sich darauf und darin befinden mochte, ohne abzusetzen. Wollte nicht mal den letzten Suppenrest preisgeben, der als dünner grüner Film den Teller bespannte, und forderte Brot: mit dessen rasch herausgerissnen Weichteilen sie auf eine derart bedeutungsvolle Weise den Teller trockenwischte – »Weichteile, wunderbar« –, daß es Gregor sehr hätte zu denken geben müssen, wäre er nicht längst zum Gegenteil entschlossen gewesen.

Kaum war sie zur Toilette gegangen
, steckte er seine Nase in ihre Handtasche – ob's da drinnen so roch, als trüge sie 'ne Brille? Lose Tampons, lose Münzen, lose Schminkware, der unvermeidliche Filofax, prall geledert, dazu Percy und das Taschentuch: Gregor schnüffelte sich tief hinunter, sein Kopf mochte für ein paar Schnüffelzüge zur Hälfte in der Tasche verschwunden sein, ohne freilich den Ursprung des blaugraugrünen Duftes dingfest machen zu können. Weil sie danach noch immer nicht erschien, kaufte er der Chinesin schnell einen Made in China-Wichtel ab, aus dessen Hosen es lichterloh brannte.

Während des Hauptgangs erzählte Marietta ununterbrochen von ihrer »Tigermaus« – es dauerte eine Weile, bis Gregor begriff, wen sie damit meinte: Carlo, ihr köstliches Kind. Beinah hätte er sie gefragt, ob sie beabsichtige, auch den restlichen Abend so langweilig zu sein, da stellte sich heraus, daß sie noch eine ganze Reihe andrer Namen für die Tigermaus hatte, etwa Mausbiber,[122] Untier, Kleintier, Kleinteil, Krabbelkäfer, Kringelkuchen, Krimskrams. Das *un*eigentliche Sprechen sei ihr besonders wichtig, belehrte sie Gregor, der davon freilich mehr verstand, als ihr Ecki wohl berichtet hatte: Das sei die einzige Art des Sprechens, deren man sich ohne Scham bedienen könne.

Vor allem wenn's um Gefühle gehe.

Das treffe sich gut, erhitzte sich Gregor, das sehe er genauso, das »sollten wir feiern«. Ob ein »Frozen Marietta« nicht angemessen sei?

Bevor sie dem Kellner unter anhaltendem Gelächter verdeutlicht hatten, was damit gemeint war – leider kniff Marietta dabei die Augen halb zu, »Ach, Sie Armer, Sie haben's schon schön mit uns«, und schaute den Kellner eine Sekunde zu lang an –, ergriff sie die nächstplazierte Viertelportion und entbot Gregor ein wunderbar indirektes »Porst«.

Nie hätte der geglaubt, daß er noch mal jemand finden würde, mit dem's dermaßen genüßlich war, Worte zu verwursteln; und nun übertraf ihn Marietta sogar. Das konnte ja heiter werden, »Porst«!

Beim anschließenden Gang über die Leopoldstraße
, aufs Schaufenster des Handyladens war »Ich habe ein Handy also bin ich ein Depp« gesprayt, liebte er bereits jeden ihrer Sätze, jedes ihrer Worte, ja er vermeinte, ihre Kommas mitzuhören, ihre kurzen kleinen Gedankenstriche, und er liebte auch sie; nur Percy piepste mitunter recht störend.

Als er mit ihr durch den Englischen Garten, Richtung »Seehaus«, ging, kaum konnte er ihren energisch abgehackten Schritten folgen, da glückte's ihm auf uneigentliche wie, mitunter, auf eigentliche Weise, sich ganz unangestrengt mit ihr zu unterhalten,[123] vielleicht lag's an den acht Viertelcocktails (plus »Frozen Marietta«), vielleicht lag's an Gregors erfolgreicher Verbilligung seines Einstandskurses (plus »Frozen Marietta«):

Was seinen Fastfreund Max betreffe, den scheine sie ja … sehr zu schätzen?

Marietta: Fastfreund, wunderbar. Der sei im Grunde doch –

– ein

abgewichster Börsenspekulant! dachte Gregor: ein Verräter an all dem, was uns mal heilig war! Sie durchschaut ihn, Gottseidank!

– der

sei doch ein armer Kerl: einer, der mit seinem Pferdeschwanz verbildlichen wolle, daß mit ihm noch einen letzten Frühling lang zu rechnen sei. Ob sich Gregor was Schlimmres vorstellen könne?

Oh ja, das konnte er.

Aber bevor er sich über schwarze Schuhe mit weißen Spitzen, über Siegelringe und Hüte und pointenlose Witze und hängende Schultern und achteckige Brillen angemessen äußern konnte, äußerte sich Percy; so gelassen, so gleichgültig holte Marietta ihr eben erst wieder in Besitz genommnes Tamagotchi aus der Tasche und so selbstverständlich nebenbei, man bekam's fast gar nicht mit, warf sie's in einen Papierkorb – daß man sich wohl sehr hätte wundern müssen, wäre man nicht längst entschlossen gewesen zu bewundern:

Was ihren Mann betreffe, den scheine sie ja … nicht mehr so zu schätzen?

Gregor vermeinte, das klagende Piepsen des zurückbleibenden Percy zu vernehmen; vor ihnen lag der See, dahinter das bunte Band derjenigen, die sich maßkrugweise Helles, Radler, Russen, Neger in die Hälse gaben,[124] sogar die Schwäne waren da und die Tretboote.

»Wissen Sie«, blieb Marietta stehen und blickte Gregor, der sich recken mußte, damit er ein ganz klein bißchen auf sie runterschauen konnte, blickte Gregor sehr direkt ins Gesicht: »Was immer er schließlich anpackte, bei mir war er bereits unten durch.«

In schneller Folge handelte sie einige von Eckis Marotten ab: seine Lokomotiven; sein Sortiment an Hauspantoffeln; sein Leben als Sparefroh; selbst mit dem Wasser habe er gegeizt …[125]

Wie redselig sie plötzlich wurde, wo sie ansonsten doch Worte hauptsächlich dafür verwandte, ihr Schweigen zu kaschieren! Wie mühelos sie im Imperfekt parlierte und im Konjunktiv I, Konjunktiv II! Gregor war sehr drauf bedacht, mit allen vierundzwanzig Ohren zuzuhören.

… und als Gründungsmitglied dieses »Vereins zur Wahrung der deutschen Sprache«, habe Ecki bald kein einziges englisches Wort in ihren Sätzen geduldet, das sei schon ein bißchen schwierig gewesen; »und stellen Sie sich vor, er dreht seine Zigaretten noch immer selbst!«

Hat der denn jemals? dachte Gregor.

»Er pult sogar die Tabakreste aus seinen Kippen raus, um damit neue – ach, das wissen Sie als sein Freund ja viel länger als ich.«

Das sollte ich wissen? dachte Gregor, antwortete gleichwohl:

»›Freund‹, tja, wie man's nimmt, wir hatten auch so unsre Probleme.«

»Nicht wahr?« fiel Marietta für ihre Verhältnisse fast gierig ein: »Macken können ganz interessant sein, aber bloß bis zu einem gewissen Punkt!«

Das Trinken der »Tschetschenenmaß«[126]
, das Vertilgen des Radis, des Obatzten, des warmen »Riesenteig-lings« (»ein Klassiker der Systemgastronomie«) erfolgte unter vielerlei Gelächter; herbei quakten die Enten, und in den Kronen der Linden rauschte die Abendsonne. Als Gregor übermütigerweise den neu erstandnen Wichtel zückte, um Marietta Feuer (für *eine* Zigarette) zu geben, schreckte sie zurück:

»Um Himmels willen, was sind *Sie* denn für einer?«

Und, wie zur Präzisierung der Frage, leicht und schnell über sein Schulterpolster wischend:

Welch komische Anzüge er immer trage, was für ein Schillern das sei?

Als sie dann aber weiterhin, mit einem fingerlangen Silberstift, vor jedem Schluck die Kohlensäure aus ihrer Tschetschenenmaß rausdrehte,[127] durfte Gregor mit einem »Na, *Sie* sind auch schon eine« die Scharte auswetzen, »Porst«.

Warum sie sich überhaupt in einen
, nunja, einen Professor, noch dazu ihren eignen, wenn er das richtig kapiert habe, wieso sie sich denn in einen Ecki habe verlieben kön-nen? Anstatt ihre Doktorarbeit bei ihm einzureichen und –

»Weil er so komische Tweedsackos trug, mein Gott, weil er so buschige Augenbrauen hatte.« *Ganz* eigentlich habe alles mit einem Schlips begonnen, der in seiner vollen Länge ein Bücherregal dar-stellte samt Bücherrücken, Globus, Kerzenständer, mit einem Schlips, der zu kurz gebunden war und wie ein Lätzchen an Eckart herunterhing, irgendwie hilflos, irgendwie süß.

Diese Momente, in denen sie schlagartig schön wurde, sie ko-steten Gregor mindestens so viel Sitzvermögen wie ihr unsymme-trisches Trinkverhalten; zudem häuften sie sich bei der zweiten Tschetschenenmaß, wurden auf merkwürdige Weise länger oder lö-sten sich überhaupt von gewissen Gesichtswinkeln, bis er sich völ-lig sicher war, noch nie eine derart hinreißende Frau gesehen, gesprochen, gerochen zu haben, noch nie:

Ob er sich das nächste Mal etwa ein Lätzchen umhängen solle?

Das nächste Mal?

Diese Momente, in denen sie schlagartig unschön wurde –, von einem Wort zum nächsten saß Gregor wieder meilenweit von ihr entfernt und studierte ihre erstaunlichen Wangenknochen, die lange Nase, die Stirn, spekulierte darüber, ob sie auch am andern Ohr, das durch die Haare zur Gänze verdeckt wurde, einen bernsteinernen Stein trug. War ihm noch gar nicht aufgefallen, daß sie Sommersprossen hatte?

Männer seien nämlich nur zu ertragen, wenn sie Distanz zu wahren wüßten; Eckart allerdings habe immer mehr Nähe gewollt, eine regelrechte Rundumbetreuung. Dafür sei sie nicht der Typ.

Weiß-Gott nicht, schwieg Gregor. Er nahm sich fest vor, den Rest seines Lebens sehr kühl und sachlich zu sein: sehr distanziert. Als die Nacht schwer und warm übern See fiel, rundum flimmerten die Lichter auf, ein Windhauch langte so leise in die Linden, man hätte fast glauben wollen, die Welt in ihrem tiefsten Wesen könne kaum was Besseres bieten als einen Bayrischen Biergarten, bekam Marietta Gänsehaut und schleunigst schlechte Laune. Doch da der Abend nicht zu Ende sein durfte, zählte ihr Gregor ganz kühl und sachlich seine Lieblingskneipen auf:

»Café Flori«, »Gläsernes Eck«, »Johannis Café«… und 'ne dröhnende Schuhschachtel, die sei aber eigentlich nichts für –

Ebendorthin wollte sie, und zwar auf der Stelle.

Fast wäre sie am Downhill-Charly gescheitert
, »dees is nix füa so oane wia di«, Gregor indes beteuerte, sie sei ein Fan des ruhmreichen TSV 1860, und als er die Beteuerung mit einem kräftigen Einmal-Löwe-immer-Löwe besiegelte, war der Downhill-Charly sein Freund und Marietta an ihm vorbei. Kaum hatte sie einen ersten Schritt in die dröhnende Schuhschachtel hinein getan, holte sie freilich erst mal Luft:

Aha, sozusagen das Gegenteil dieser Sauerstoff-Bars.[128]

Prompt entdeckte sie die drei Schnauzbartträger, zugerüstet für die Nacht mit martialisch bedruckten Totenkopf-T-Shirts (*Metallica*, *Iron Maiden*, *Guns N' Roses*) und trotzdem so traurig am Tresen hängend, als wären ihnen die Würfel ausgegangen; nach wenigen Minuten des heftigen Blickewerfens, schallenden Draufloslachens

waren die drei auf die Namen »Robinson Caruso«, »Das Schlauchboot« und »Hello-I'm-Friday« getauft.

Was seine Konsequenzen haben sollte.

Der 35-Liter-Zapfer

, wenn er nicht gerade eine Lage Obstler, »Willis«, Rüscherl oder
seine Katze fertigmachte, widmete sich, gegen Robinson Caruso,
Hello-I'm-Friday oder gar das Schlauchboot antretend, mit mä-
ßigem Erfolg dem Würfeln. Marietta bereicherte seine gute Laune, indem sie auf einem Kirschsaft bestand, einem heißen Kirschsaft. Der Zapfer wußte sein Gesicht nur zu wahren, indem er den
Saft zum Sieden und dabei, ermuntert durch beifällige Klugheits-
bekundungen seiner Würfelfreunde, fast völlig zum Verkochen
brachte.

Dennoch ließ es sich Marietta nicht nehmen, das dampfende
Glas mit beiden Händen zu umschließen und einige Worte des
Lobes in Richtung Zapfer zusammenzustellen. Und ihm zusätzlich
ein paar Kaffeebohnen abzufordern, »zum Knabbern«. Gregor bewunderte sie mit Inbrunst: Alles an ihr war großartig, selbst die langen dünnen Narben an ihren Handgelenken.

Der Zapfer bespritzte seine Katze mit dem Rest des Kirschsaftes
Und drehte das Gitarrensolo noch eine Spur lauter.[129]

Aber damit war's natürlich nicht getan

, die drei Saukerle hatten anscheinend eine Wette laufen, der Zapfer zapfte, Marietta kaute Kaffeebohnen, heran ruderte mit aufge-
pumpten Armen das Schlauchboot, ließ den Schweiß vom Schädel
runterrinnen und schob die T-Shirt-Ärmel hoch, um möglichst viel
von seiner Gesamtkörpertätowierung zu zeigen.

Wie ekelhaft! drehte sich Marietta ab.

Als das Schlauchboot Anstalten machte, sich des T-Shirts zur
Gänze zu entledigen und Marietta Bild für Bild seiner illustrierten
Nacktheit zu rühmen, war's so weit: Gregor, diesmal geriet ihm das
blaue Drachenband überhaupt nicht ins Flimmern, ins Schillern,
spendierte ihm kurz entschlossen ein Rüscherl, erinnerte an die
Stunde im »Pleasure & Pain«, insbesondre daran, daß man seine

Kunstwerke folglich schon kenne. Der Groggo hingegen wollte sich seinen Auftritt nicht verderben lassen:

»Baßt da mei Tattuu ned, ha?« ließ er sich unwirsch vernehmen, eine stark nach Schweiß, Bier, Geschlechtsteilen dunstende Masse Mensch, und es klang fast, als habe er sich erkundigt, ob Gregor mit ihm vor die Tür gehen wolle.

»Oh doch«, versicherte der, »am liebsten hätt' ich auch so eins.«

»A jeda kriagt des Tattuu, des wosa vadient«, wandte sich der Groggo erneut an Marietta.

Und dann passierte etwas
, das – wie sich Gregor späterhin einzureden suchte – nicht nur den ganzen restlichen Abend, sondern, zumindest, das ganze restliche Jahr und vielleicht sogar, war Gregor geneigt anzunehmen, sein ganzes restliches Leben bestimmen sollte: eine winzige Zufälligkeit, jedoch … in letzter Konsequenz eine geradezu schicksalhafte Wendung, auch wenn man das zu diesem Moment nicht im mindesten erahnen konnte:

Marietta griff nicht etwa nach einer Kaffeebohne, sondern nach ihrer Zigarettenschachtel. Schob sich, wohl halb automatisch, zwei Zigaretten zwischen die Lippen, und weil Gregor nicht mehr wagte, seinen Made in China-Wichtel ins Spiel zu bringen: zückte der Groggo sein Feuerzeug, ließ es grünrot aufblinken und –

– Marietta erschrak fast ein wenig davor, Was-sind-denn-Sie-für-einer, griff dann aber danach, um es selber auszuprobieren.

Mit Macht bereute's Gregor, daß er's nicht gekauft hatte, damals.

Und tatsächlich! Marietta nahm einen doppelten Zug, bog den Kopf in den Nacken, drückte den Hals durch, ließ den Rauch sehr langsam aus ihrem Mund herausgleiten und: schob dem Groggo die zweite Zigarette zwischen die Lippen.

Woraufhin der gewonnen und große Lust hatte, ihr das Feuerzeug zu schenken.

Der Rest des Abends
war zunächst großartig: Marietta erwies sich als kundige Trinkerin, von Kirschsaft keine Spur mehr, kaute Kaffeebohnen, rauchte, redete von ihren Lieblingsbuchstaben, Lieblingssatzzeichen, und immer, immer gab's dabei boshaft einander anblitzende Freude –

»Warum haben Sie eigentlich noch kein Buch über Klammeraffen geschrieben?«

– oder
konvulsivisches Gelächter: Das war's, genau! auf das Gregor sein ganzes Leben gewartet hatte, das war's! was er auch den Rest seines Lebens haben wollte, das unendliche Spiel mit den Worten und der Welt. Schob sie sich fortan Zigaretten in den Mund, griff er nach dem Groggo-Feuerzeug, das ja jetzt ein Marietta-Feuerzeug war und ließ sich zur Belohnung eine der beiden Zigaretten in den Mund stecken. Was er beinahe schon geneigt war, als unzweideutiges Zeichen zu deuten. Mit großem Ernst bezuzelte er dann die Zigarette, bis ihm schwindlig wurde, vielmehr, die gesamte Schuhschachtel samt Zapfer, Würflern, Katze und sämtlichen weiteren Insassen um ihn herumschlingerte;[130] Marietta zupfte ihm einen Fussel vom Sakko, und Gregor glaubte bereits, sie würde sich als nächstes kurz in seinen Arm lehnen. Statt dessen blickte sie ihn eine Sekunde zu lang an:

Was das eigentlich für eine seltsame Falte sei, zwischen seinen Augenbrauen?

Als sie ihren Ohrklipp abzog und ihn, nachdem sie damit eine Weile in der Hand herumgerollt, und ihn, ohne mit der Wimper zu zucken, in sein Bierglas fallen ließ, drehte sich vor Gregors Augen die halbe Welt, es war ihm völlig rätselhaft, wie er sie hätte anhalten können. Folglich hielt er selber sich am Tresen fest, folglich trank er sein Glas langsam leer, steckte den Klipp in die Tasche.

Sozusagen gerade noch rechtzeitig.

Zur Sperrstunde lud
das Schlauchboot? Caruso? Hello-I'm-Friday? zu einem »Löwenschiß«[131] ein – Marietta: »Man muß zwar nicht alles wissen, aber alles trinken« –, zum Solo des Dudelsackbläsers gab's einen tanzen-

den Kühlschrank auf dem Tisch, der Rest applaudierte im Rhythmus, bis er runterfiel.

Nachdem Gregor das letzte bananenfreie Noagal
in seinen Hals hatte hineinlaufen lassen, nachdem er Marietta am Downhill-Charly (der sich verbeugte) vorbeibugsiert hatte, nachdem er ein gewaltiges Glitzern und Flimmern der Nacht konstatiert hatte, man wußte ja gar nicht mehr, wo oben und unten sein wollte, war die Kneipe in ihm und der gestirnte Himmel unter ihm und der Rest war sein Arm, in den sich die richtige Frau einhängte.

Hatte das was zu bedeuten?

Gregor dachte einen Moment lang, er sei wieder in einem Alter, wo alles was zu bedeuten hatte, alles.

Wenige Minuten später wurde ihm klar
, daß er sich getäuscht und in einem Alter war, wo nichts mehr von Bedeutung war, nichts. Vor Mariettas silbern unter der Nacht wartendem Alfa stand man, das schwarze Verdeck lag zurückgeklappt, und hinter dem Alfa, Gregor meinte späterhin, sich ausgerechnet daran zu erinnern, hing eins von diesen Benetton-Plakaten, auf denen ein Rappe und ein Schimmel dem Artgeschäft nachgingen.

Wie sich die Welt jedoch zur Gänze unter ihm wegdrehen wollte, mußte sich Gregor erneut festhalten, und wie die Welt immer schiefer, immer schneller werden wollte, mußte er sich auch mit der andern Hand festhalten, und wie sie selbst da noch unter seinen spitzen Schuhen hinwegschlingern, sich aus seinen Armen herauswinden wollte, mußte er sie mit Macht ergreifen, die Welt, auf daß sie sich – herausriß aus seiner Umarmung:

»Was fällt Ihnen eigentlich ein!«

Marietta kniff die Augen halb zu, sehr grün sicherlich sehr bodenlos. Worüber sich Gregor gern empört hätte, wäre er dazu in der Lage gewesen.

Bevor der allerletzte Rest des Abends kam
, so rasch und gewaltig und mit links: daß es schallerte und Gregor Mühe hatte, sein Gleichgewicht zu wahren, fiel ihm auf, daß sie ein

Grübchen in der Wange hatte, vielleicht auch nur, wenn sie auf diese Weise lächelte.

Dann beugte sie sich vor und hauchte ihm einen kleinen schnellen Kuß auf die Stirn, genau zwischen die Augenbrauen.

Hängenden Arsches ging, taumelte, stolperte, stürzte er davon.

»Habe ich richtig russischer Schwermutsanfall«
, stand auf dem Zettel, den er an der Haustür finden mußte: »Darf ich kommen?«

Ausgerechnet heute, ich-faß-es-nicht! In der hintersten Ecke der »Bier Börse«, die Stühle standen schon auf den Tischen, an der Theke wischte man schon das Spülbecken, entdeckte er Maschas Rücken, genaugenommen: ihren Koalabärrucksack, der sich fest an sie dranklammerte, entdeckte er die rotgelbe Plastikente, die oben raussah. Was blieb ihm übrig, als zu ihr hin zu stürzen, zu stolpern, zu taumeln, zu gehen, als festen Mutes ein Quietschen aus der Ente rauszudrücken? Zum Glück drehte sich die Welt inzwischen wieder wesentlich moderater, Mascha zuckte zusammen:

»Slava Bogu, Grischa, bist du gekommen!«

Im shellgelben T-Shirt, das unter der Shellmuschel den shellroten Schriftzug »Shame« trug, benippte sie einen »Kleinen Freund«,[132] den habe sie dringend nötig, und ihre Augenbrauen vibrierten.

Gregor, sich an der Tischkante festhaltend: Warum sie »Kleine Freunde« denn so nötig habe –?

Weil sie's satt habe, so satt, sich immer nur von ihm abwimmeln zu lassen. Seit einem Monat versuche sie, ihm klarzumachen, daß sie's »dort« nicht mehr aushalte. Wenn er schon nicht mit ihr abhaue, müsse er sie eben verstecken. »Oder weißt du was Besseres, du Stoffel?«

Sie hatte den schrillen Blick. Und jede Menge Taschen, Tüten, Beutelware um sich verstreut: Es war ihr ernst. Gregor hätte gern, Gregor wollte wohl, Gregor wäre am liebsten ... doch es war sehr stumm dort, wo sein Herz sprechen sollte, eine schauerliche Stille.

»Jetzt kommst du erst mal mit«
, faßte er's schließlich und tröstete sich am bernsteinernen Klipp in seiner Sakkotasche: Schon-gut, Reg-dich-doch-ab, Du-bleibst-so-lang-bei-mir-bis-
-weis-wuaschd-is! faßte er's endlich und dann auch gleich die Stuhllehne, die Tresenkante, den Haustürgriff, das Treppengeländer, Mascha.

»Schade, du hast getrunken, du alkaš!«

Oder träumte er das bereits?

Und die drei Lumibären, das Fischhaus, das Plastikfell, das blaue Lieblingsglas (»die Trinkschüssel«), die nickende Pudelda-me –

– die nickende Pudeldame
, das Lieblingsglas (»der Saugnapf«), das Plastikfell, das Fischhaus, die Lumibären: Alles, von dem er geglaubt, er hätte's nur geträumt, war auch nach dem Aufwachen noch anwesend, Mascha hatte nicht etwa bloß ihre mit blauweißem Himmel bedruckten Hosen und engen kurzen T-Shirts und sämtliche Plateausohlenschuhe mitgebracht, sondern die Räucherstäbchen, die fröhlichen Cassetten, die Badezusätze, die Zahnbürste mit der Meerjungfrau im Stiel[133] und tausend weitere Maschadinge.

Während sich Gregor mühte, den Zigarettengeschmack runterzuschlucken, schnurrte im Bad ihre Fön-Ente;[134] während er in den Spiegel blickte – tatsächlich, es gab eine Falte zwischen seinen Augenbrauen, die vierzig Jahre lang *nicht* da gewesen und jetzt höchst bedeutsam war –, grummelte in der Küche Iwan der Klägliche, ihr Kaffeetier; sie hielt's sogar für angebracht, ihre roten Rennsockenfüße auf Gregors Schuhspitzen zu parken: während des gesamten Frühstücks.

Üble Säfte durchwüteten seine Eingeweide.

Über den Grund ihrer plötzlichen Flucht
, ja übers »Pussycat« im allgemeinen wie im besondern schwieg sie sich freilich aus, nicht mehr auszuhalten sei's gewesen (die Schweineboxen? das Gelächter Gottes? irgendwelche illegalen Schwieme-

leien in den Hinterzimmern?), Schluß-Aus, deshalb habe sie Urlaub genommen.

Urlaub? Ob sie damit sagen wolle, sie sei dort angestellt? Oder gar verbeamtet?

»Grischa, du Knaller, brauchst du immer Ewigkeiten, um zu kapieren.«[135]

Wie hätte man aber kapieren können, wenn sie jede Nachfrage nur mit einem Sei-froh-daß-die-dich-damals-nicht-auch-gleich, mit einem Jetzt-ist's-ohnehin-schon-geschehen abfertigte? Gregor wäre am liebsten, Gregor wollte wohl, Gregor hätte gern … doch es waren bloß lauter Fragezeichen dort, wo er sich sonst seine Antworten dachte, ein grelles Durcheinandertönen von Silben. Da merkte er, daß er mal wieder nichts wußte von der Frau, mit der er – wie sollte man das angemessen in Worte fassen: mit der er meist *nicht* und ansonsten ein ganz klein bißchen »zusammen« war?

Höchste Zeit für eine Große
, für eine Sehr Große Konzentrationsrunde.

Für das maximale Mandelhörnchen.

Einen Espresso.

Ein kurzes Beschnüffeln des bernsteinernen Ohrklipps.[136]

Einen zweiten Espresso.

Der Gedanke an den verzweifelt vor sich hin piepsenden Percy trieb Gregor Richtung »Seehaus«; da die Papierkörbe mittlerweile jedoch geleert waren, tröstete er sich mit einer Tschetschenenmaß und dem Gedanken, Percy sei sicherlich längst gefunden und in guten Händen.

Trotzdem mußte er dann wieder nach Hause.

Bei seiner Rückkehr
nickte ihm die Pudeldame zu, kaum daß er den ersten Schritt über die Schwelle gesetzt, leuchtete ihm die Fischlämpchenkette von der Ewigen Ablage entgegen, grüßten ihn der Blau-, der Gold- und der Himbär – ja, der vor allem: der Himbär; bei seiner Rückkehr widmete sich Mascha dem »Ekelschlatz«, wie sie ihn nannte, im Abfluß der Dusche, ordnete den Küchenschrank grundsätzlich um, nicht

einmal mehr der Flaschenöffner war danach zu finden. Weil man sie nicht fragen wollte, klingelte man beim Hundsnurscher, der alleine lebte und also immer wußte, wo die wichtigen Dinge waren.

Zum Abendessen aber servierte sie einen blaugraugrünen Stein:

»Wir können mal vorstellen: Grischa ist hungrig, findet er jetzt auf seiner Heizung einen durchen Käse.«

Gregor hatte keine einzige Kraft, das komisch zu finden.

»Grischa findet Käse, ist er sehr gut gelaunt. Ich weiß, das ist nicht leicht, aber mach die Augen zu und zähle bis drei – hundertsiebenundsechzig, hundertsechsundsechzig, hundertfünf-«

Gregor schloß die Augen und sah Marietta, wie sie ihm ihre Lieblingszahlen verriet:

-undsechzig, hundertvierundsechzig, hundertdreiund-

– wie sie ihn dabei anlachte, »Porst, Herr Klappentexter«, durfte er heute zum ersten Mal sein Gesicht entzerren. Er öffnete die Augen, Mascha lächelte ihn an, klatschte in die Hände und rief:

»Funktioniert, siehst du!«

Tief in der Nacht
, lumibärenumstellt, saß Grübelgregor vor dem Fischhaus, gleichmütig schnarrten die drei Fische auf & ab, und eigentlich hätte man Mascha ja sofort rauswerfen müssen. Wenn man aber selbst mit vierzig noch zu schwach war, um in die Tat umzusetzen, was man als dringend notwendig, ach was, als absolut unumgänglich erkannt hatte: dann konnte man nur drauf hoffen, bald fünfzig zu werden.

Tief in der Nacht, Maschas Plastikpudeldame wachte über jede seiner Bewegungen, gab sich Gregor einen Ruck und schaltete das Fischhaus aus:

»So, ihr Lieben, jetzt gehen wir schlafen.«

Wie folgsam die drei Fische zu Boden schwebten!

Als Gregor sich in sein Bett verkriechen wollte
, lag darinnen freilich Mascha; als er zu ihr unter die Decke robbte, nahm sie ihn wortlos in ihren kleinen russischen Arm:

Ohne ihn könne sie nicht einschlafen. Ob er ihr nicht was erzählen wolle, wie früher?

Und weil sie nicht im entferntesten nach guter Laune roch, erzählte er, wie früher, und erzählte: von einem Haus, dessen Wände aus zwei blauen Glasscheiben bestanden, zwischen denen man, sofern man die Nase nur fest genug an sie preßte, das Wasser sehen konnte und, sofern man sie noch fester preßte, einen der drei Fische, die darin lebten. Da das Haus aber sehr groß war – sie müsse sich vorstellen, daß man wie in einem riesigen Fischhaus wohnte, als wär' man selbst ein Fisch, in jedem Zimmer sei mindestens ein Wasserhahn gewesen, man hätte direkt aus den blauen Wänden trinken können –, da aber das Haus sehr groß war und die drei Fische sehr traurig…

… zerlief Maschas Gesicht, und Sekunden später glühte sie still vor sich hin.

Doch auch am nächsten Morgen

, drei Tage vor jenem legendären 6. August, die Falte zwischen seinen Augenbrauen war nicht etwa verschwunden, hatte Gregor keine einzige Kraft, sich zu kümmern.

Sondern nörgelte sich durch den Tag. Beschnüffelte seinen Ohrklipp. Während sich Mascha, »wird man sonst krank hier«, vorgenommen hatte, Gregors Wohnung bewohnbar zu machen und dazu ein halbes Dutzend Schneekugeln zwischen die Regalheiligtümer, eine Serie zwinkernder 3D-Postkarten hinter die Feuerzeuge stellte, was den Gregordingen sogar zu gefallen schien, und ihre fröhliche Maschamusik spielte: *Savage Garden*, *Prince*, die *Spice Girls*, *DJ Bobo* und *Die Braut haut ins Auge* – nicht Ausdruck irgendeines (seinethalben: schlechten) Geschmacks, sondern der wild zusammengesampelte Soundtrack ihrer bisherigen Beziehungen.

Am meisten regte ihn auf, wie sie sich beim Kalkfleckenkämpfen, Schrankfächerwischen, Wollmäusesammeln, Mon chéri- und Nikolaus- und Osterhasenentsorgen selbst beträllerte:

»*I'm a Scatman … If Scatman can do it, so can you …*«

Und zu all dem grummelte Iwan der Klägliche, das Kaffeetier.

Vor dem Fernseher

, es lief »Gute Zeiten, schlechte Zeiten« oder »Peep« oder »Die Harald Schmidt Show«, schlief sie sofort und so fest ein, daß man's für ein paar Minuten völlig vergessen durfte, wie sie in wenigen, in viel zu wenigen Stunden, wie sie viel zu früh wieder aufwachen und, weil sie's im Gegensatz zu Gregor überhaupt nicht goutierte, halbschläfrig einfach liegen zu bleiben: wie sie dann Weckerhuhn spielen würde (»Ku-ka-re-ku«), bis man ihren Schminkpunkt gedrückt hatte:

»Du bist jetzt aus, ja?«

Im Moment freilich, vor dem Fernseher, es lief »Derrick« oder »Lindenstraße« oder »Beverly Hills«, schlief sie so friedlich, daß man's riskieren: und den Einliterrülps loslassen konnte, nicht etwa, um den überfälligen Download der Uma Thurman-Photos zu tätigen (für die Videos fehlte noch der ominöse RealPlayer), sondern um den Elektropostkasten zu kontrollieren! Und tatsächlich, hatte man's nicht geahnt, vermeldete der »Sie haben Po(r)st«:

»verehrtester

wie wäre es mit einer parallelaktion am starnberger see? einen tschetschenengarten wü?te ich dort auch.
villa hier 15 uhr dienstag ois tschikago?[137]
schlie?lich benötige ich meinen ohrklipp wieder wie haben sie sich nur erdreisten können ihn einfach einzustecken?
%-) m@riett@ b.«

»Wer sagt's denn!«

lobte Gregor seinen Mäc und streichelte ihn: »Genau zum rechten Moment, das ist ja kaum zu −«

— ertragen! Diese Marietta war wohl nicht ganz dicht, ihn so einfach herbeizuzitieren! Hatte sie ihm den Klipp nicht mit der eignen linken Hand ins Glas gegeben, hatte sie ihm nicht mit derselben linken Hand wenig später …! Am liebsten wäre Gregor mit seinem Mäc sehr grundsätzlich ins Gericht gegangen – statt ihn rechtzeitig und in aller Form zu warnen, fragte der nun auch noch, ob man Mariettas Unverschämtheiten abspeichern wolle!

Aber hinfahren, überüberübermorgen, das würde man. Dieses Spielchen würde man mitspielen, jawohl. Einer Marietta mußte man's zeigen, die würde sich wundern.

Bevor man's ihr freilich zeigen konnte
, mußte man erst noch von der Enthauptung des Himbeer-Bäschtles vernehmen, mußte seinen zweiten Besuch im »Pussycat« überleben und, vor allem, eine hieb- & stichfeste Ausrede erfinden.

Der verbleibende Samstag,
der Sonntag,
der Montag mit Mascha waren lang.
Nicht zu vergessen die Nächte dazwischen.

Bald wurde Gregors wichtigste Beschäftigung die Fischhausbetrachtung, es verging kein Abend, an dem er sich nicht dem Studium der Fische ergab – bis er sicher sein konnte, daß Mascha nicht länger auf ihn wartete.

Denn seine Sehnsucht, und das hätte er ihr nie erklären können, galt allein der Bedingung der Möglichkeit, nicht deren Realisation: Die grenzenlose Verfügbarkeit einer Mascha machte sie bestenfalls zu jemand, an dem man sich wärmen, nicht aber erhitzen konnte. Verlockender war da der Blick auf drei kleine Fische; und wenn er sich doch mal vertan hatte und Mascha noch wachlag, wenn's doch mal unvermeidlich wurde, daß er mit ihr ████████████ ████████████████████ oder eigentlich ██████, dann ertappte er sich immer häufiger, wie er dabei ins Weltliche abdriftete: zu Verona Feldbusch, zu Erykah, die man vielleicht mal wieder besuchen sollte, zum aktuellen olympischen Medaillenspiegel, will sagen: zu einer Turmspringerin, die ihn beschäftigte,[138] ertappte sich immer häufiger, wie er einem grünrot aufblinkenden, einem bernsteinernen, einem blaugraugrünen, einem rasch und mit links daherkommenden Gedanken nachhing – oder, und das konnte ihn *völlig* von Mascha ablenken, der Made in China-Wichtel schoß ihm durch den Kopf und die damit verknüpfte Frage, wie er sich wohl auf lange Sicht mit dem doppelt geklebten Pinkelzwerg verstand, die vielen neuen, die vielen fremden Dinge in seiner Wohnung schossen ihm durch den Kopf und die erstaunliche Tatsache, daß sich die alten nicht über sie beschwert hatten. Wenn's so weiterging, würde man mit fünfzig *nur* noch an die Dinge denken, sprich *überhaupt* nicht mehr an Frauen; und ob das eine Utopie war, für die's zu altern lohnte, bezweifelte Gregor dann doch: Nein, redete er sich ein, o nein! ich denke jetzt ausnahmsweise an gar nichts außer an – Mascha.

Wo also war das Problem?

Das Problem war das Fischhaus. Jede Nacht nämlich mußte man's auch irgendwann ausschalten.

Am Montagabend allerdings
, knapp zwanzig Stunden vor villa-hier-15-uhr-dienstag-ois-tschikago, nahm Gregor ein Bad.

Ein gemeinsames Bad mit Mascha.

Und das kam so:

Am späten Nachmittag, Gregor kehrte gerade von einer seiner kleinen Fluchten zurück und Mascha füllte den Yuccatopf mit frischer Blumenerde (»*I'm a Scatman!*«), am späten Nachmittag gab's, zum ersten Mal seit Monaten, gab's einen Anruf von Max:

Neinein, die Vergangenheit wolle er Vergangenheit sein lassen, Schwamm-drüber, aber was man so höre … sei Gregor mit Marietta »zugange«, da müsse er doch einmal aus berufnem Munde … Vor allem mußte er in Erfahrung bringen, ob sie ihm schon das Turmzimmer gezeigt habe; als Gregor mehrfach verneinte, fühlte sich Max schlagartig wieder als sein bester Fastfreund, der ihm ungebeten Rat erteilen durfte. Nur gut, daß Mascha damit beschäftigt war, »*Ski-Ba-Bop-Ba-Dop-Bop*«, einen winzigen Farnwedel in die frische Erde hineinzupraktizieren.

Ob Gregor denn bereits begriffen habe
, daß es Flittchen gebe? Oder noch immer glaube, so was sei nichts als »'ne männliche Projektion«?

»Aber was hat das mit –?« flüsterte Gregor und zog das Telephonkabel über die Druckfahnen, die sich, wie eh & je, bis zur Tür zogen, auf daß man vom Schreibtisch und folglich vom Yuccatopf ein paar entscheidende Schritte weg gelangte, etwa auf Höhe der

Plastikpudeldame im Flur, die sofort zu nicken begann: »Aber was hat das mit ▮▮▮▮▮▮ zu tun?«

Sehr viel! Nebenbei bemerkt, gebe's auch männliche Flittchen. Wenigstens als weibliche Projektionen, haha.

Gregor: Ob er vielleicht zur Sache kommen wolle, man könne hier nämlich gerade schlecht –

Nur gut, daß Mascha damit beschäftigt war, die Erde um den Farnwedel anzudrücken.

Max: Ach-nee, das russische Bonsai-Bäumchen sei nicht mal abgeschafft? Man sei sogar, »gratuliere, Gregor, hätt' ich dir nicht zugetraut«, man sei zusammengezoge?

»Mensch Max, kannste vielleicht endlich zur –«

Gern, wenn er's denn unbedingt hören wolle! Angenommen also, »Flittchen« sei lediglich ein andres Wort für »femme fatale«? Und »femme fatale« für »Traumfrau«? Freilich für eine unerreichbare, und die Benennung als Flittchen bloß Selbstschutz der gekränkten männlichen Eitelkeit?

Max! beschwor Gregor den Telephonhörer; nur gut, daß die Pudeldame nicht bellen konnte und Mascha damit beschäftigt war, den neu gepflanzten Wedel wassermäßig zu versorgen: Seit wann er mit derart dämlichen Thesen aufwarte?

Ob er zur Sache kommen dürfe? Also, manche Männer fänden Vergnügen dran zu leiden, Macht zu erleiden, und dafür –

»– brauchen die dann solche Flittchen wie Marietta: Ist das der bescheuerte Grund, warum du angerufen hast?«

Die Pudeldame geriet außer Rand & Band; nur gut, daß Mascha damit beschäftigt war, die Schirmchen in den Topf zurückzustecken.

Noch nicht ganz! wollte Max kein Zugeständnis machen: *Eigentlich* nämlich seien Flittchen die allerbedauernswürdigsten Existenzen – weil sie immer bloß nehmen könnten, nie geben.

Wieso er Marietta plötzlich dermaßen schlecht mache? beflüsterte Gregor, einigermaßen enerviert, den Telephonhörer.

Das Flittchenspielen folglich als Beziehungsabwehrkonzept, kapiert? Frage sich lediglich, von wem. Darüber solle er mal gefälligst nachdenken, ehe er … weiterhin »zugange« sei.

Nur gut, daß sich Mascha während der letzten Sätze von hinten angeschlichen, daß sie Gregor von hinten umarmt, daß sie – »*If Scatman can do it, so can you*«, verkündete sie ihm ins andre Ohr – daß sie eine Idee hatte?

Also nahm Gregor

ein Bad; nebenan war, »Jetzziangmaansackzua«, war seit Punkt sieben Schafkopfabend, der Amereller Manni, der Ufertinger Hias, der Haberer Luggi und Herr Bruno Hundsnurscher höchstselbst kündeten wechselweise vom Lauf der Welt. An Edelstoff herrschte keine Mangel.

Um ein Haar hätte's bereits einen Eklat gegeben, bevor ein erster Tropfen in der Wanne war, weil Mascha drauf bestand, ihre gelbrote Quietschente[139] nicht umsonst mitgebracht zu haben, nicht etwa bloß zum Auf-dem-Wannenrand-sitzen-und-den-Schnabel-Halten. Sondern festen Willens war, das Tier am gemeinsamen Bad teilhaben zu lassen, »Deesduaddawäh, gej«, schließlich sei's auch nur ein Mensch.

Das Fläschchen mit Ylang-Ylang, das Eva mal mitgebracht und Mascha heute, im Zuge einer letzten umfassenden Bewohnbarmachung, gefunden hatte, angeblich »irre erotisierend, das Zeug«, war ebenso verstopft wie das mit dem Rosenöl: und mußte mit einer Nadel aufgestochen werden.

Dann wurde das Wasser nicht heiß, Gregor (der die Wanne nie, jedenfalls zum Baden, benutzt hatte)[140] wollte das nicht wahrhaben und schraubte mit einer Rohrzange die seiner Meinung nach verstopfte Düse ab – was nichts brachte außer Gelächter. Immerhin hatte Mascha die Idee, zusätzliches Wasser im Schnellkochtopf anzusetzen. Was sie auch gleich, ohne irgendwelchen Zwischenfall, in die Tat umsetzte.

Daraufhin wollten die Kerzen angezündet werden, doch die Reibefläche der Streichholzschachtel war feucht: Gregor eilte, tropfend, fluchend, »Dsaumuasnaus«, zum Küchenschrank, wo er eine unerquickliche Weile nach Ersatz suchte.

Der vorläufige Höhepunkt allerdings: der Moment, wo der Rotwein nicht etwa nur Korken, sondern sich auf vollständigste Weise

145

in Essig verwandelt hatte, wo er schwer und braun im Glas lag, »Gehweidamitdeimschmarrn«, und Mascha viel Wasser schlucken mußte vor Lachen:

Der stehe ja wohl *mindestens* seit zwei Jahren – eine schwere Schule für Neuzugänge, wenn man erst die Reste der Vorgängerin aufbrauchen müsse.

Am Ende das völlig entzauberte, das völlig illusionslose, das gegenseitige Einseifen ... und dann?

Nichts dann
, abgesehen vielleicht davon, daß sie beide möglichst beiläufig in der Wanne rumlagen, Mascha ein paarmal die Quietschente zum Quietschen bringend, Gregor sich ständig am Wasserhahn stoßend, mächtig dampfte das Rosenöl auf, während von diesem Ylang-Ylang, »Blädglaffa«, überhaupt nichts zu riechen, geschweige, zu spüren war.

Und dann?

Nichts dann
, abgesehen davon, daß Mascha plötzlich – unter Umständen wollte sie ja bloß Gregor aufscheuchen, der keinerlei Anstalten machte, das Bad als ein gemeinsames Erlebnis zu gestalten –, abgesehen davon, daß ihm Mascha kurz entschlossen ihren kleinen energischen Fuß auf die Brust setzte, sprich, das blaue »G« am Knöchel zeigte, das »Mensch-Grischa-wann-heiratest'n-mich-endlich«, das »Wann-setzt'n-endlich-fünfhundert-Kinder-mit-mir-in-die-Welt«: und ihre russischen Rs in Richtung Gregor ratterte, der irrigerweise zunächst meinte, sie wolle nur wieder mal »klitzekleinbißchen gedingst« werden, abgesehen davon, daß das Wasser immer kälter wurde und Mascha trotzdem immer weiterratterte: von der Enthauptung des Himbeer-Bäschtles (als ob das nicht fast schon verjährt war!), und zwar davon, wie Ulla den Kopf in der Kloschüssel gefunden habe –
wie Helga den Kopf in der Kloschüssel –
wie sie selber, Mascha, den Kopf – Gregor wurde trotz aller Worte, die sie für ihn aneinanderratterte, nicht recht schlau aus ihrer Dar-

stellung, »Jezzbeißtsaus«, Gregor hätte gern sämtliche drei Versionen als »reine Weiberphantasien« abgetan, wäre nicht ihr Blick gewesen, ihr schriller Blick.

Wären nicht die Kerzen gewesen, der schwere Rosenduft, die weiß schweigenden Kacheln, wasserbedampft, wäre nicht das Frösteln gewesen, das Frösteln der kleinen energischen Maschabeine, das Frösteln der kleinen energischen Maschabrüste, das Frösteln.

Deshalb! damit ihm das ein-für-allemal klar sei, deshalb! gehe sie da nicht mehr hin. Kein Wort von der asiatischen Steppe, von der Mama, die versorgt sein wolle –, dafür war sie eben Mascha war eben Mascha, und es hatte keinen Sinn, sie dabei zu unterbrechen. Oh nein, im Grunde sei das »Pussycat« noch weit schlimmer als die »Nonne«, Gregor dürfe sich gern mit eignen Augen überzeugen; außerdem herrsche dort jetzt Rasierzwang, gelte Straß als »uncool«, sei jede mit jeder verfeindet, habe das Gelächter Gottes so unintelligente Hände: deshalb. Ob sich Gregor nicht endlich was Besseres für sie einfallen lasse?

Weitere Pannen gab's hingegen keine

, selbst nach Maschas unverhofften Offenbarungen – hätte sie's eigentlich noch deutlicher machen können, worum's ihr ging? – wollte Gregor das Herz nicht auf den Badewannenrand kippen. Recht gesehen war er sogar einigermaßen begeistert, als er, eine letzte Abtrocknung billigend in Kauf nehmend, »Schneidafreiheavoarangd«, ihre Idee aufgreifend, »dann also mal los« gehen konnte, »sich mit eignen Augen zu überzeugen«.

»Du weißt genau, ich vermiß dich.«

»Aber nicht oft!«

»Und nie besonders lang.«

Fette Bässe

, Leopardenkreischen: Schon an der Kasse drängte sich die sogenannte Szene, vereinzelt nurmehr verschüchtert drückte sich einer vom früheren Stammpublikum dazwischen herum, und wer vom Hofbräuhaus hochzutorkeln wagte, wurde auf der Treppe abgefangen.

Barfrau mit Glitzerstein am Bauchnabel

, Babyweißbier, Überzeugen mit den eignen Augen: Ausnahmslos trugen die Tänzerinnen jetzt, Mandeläugigkeiten waren auch darunter, trugen Slips mit seitlichen Klettverschlüssen, die sie so beiläufig zu öffnen und sich damit des eigentlichen Höhe- und Schlußpunkts ihres Auftritts zu entledigen wußten – jedenfalls im Vergleich zur finalen Entäußerungsaktion des klassischen Striptease, wie er früher hier gepflegt wurde –, daß Gregor sogleich enttäuscht sein wollte.

Zusammenzuckte er erst, als er auf der Hauptbühne einen Mann entdecken mußte, ach was, einen Schwarzen, ach was, einen richtig dunklen dunklen Mann![141] Einen richtigen ganzkörperrasiert glänzenden Mann mit einem winzigen, in die Stirn geschobenen Matrosenkäppchen! Anstelle einer Frisur hatte er gelbgrün gefärbte Millimeterstoppeln, und auch sonst führte er sich sehr Rodman-mäßig auf:[142] eine Zumutung an Muskeln, wohin man schaute, die noch dazu ganz weich unter den Laserstrahlen dahinwippten. Ob man mit vierzig bereits in einem Alter war, wo man sich den Bauch liften lassen mußte?

Oder in einem Alter, wo's zumindest sehr drauf ankam, in welche Richtung man blickte?

Am andern Ende der Bühne

rieb sich eine kahlköpfige Frau in weißen halterlosen Strümpfen – daran, wie sie die Zunge rausstreckte, die Zungenspitze mit der Perle, erkannte man sie – rieb sich an einer der Stangen; nachdem man sich in ihre Nähe begeben hatte, mußte man mitansehen, wie sie sich, als fielen ihre weißen Strümpfe, die weißen Stöckelschuhe und der weiße Reißverschlußbody nicht genug aus dem Rahmen, wie sie sich eine kleine weiße Schlange um den Arm legte. Mit deren dünnem Körper sie sofort jede Menge Streicheleinheiten sammelte; als sie die Schlange jedoch Richtung Gregor hielt, zuckte der zurück – mochte sie sich seinetwegen jetzt auch ein Glas Sekt reichen lassen und daraus nur deshalb einen kleinen Schluck nehmen, um nach Gregor zu spucken. Vielmehr: um sich auf den Bauch zu spucken und den Sekt dort zu verreiben, vielmehr: um –

Kommando abzubrechen und ausgerechnet den dunklen dunklen Mann, der willig vor ihr auf die Knie ging, an die Leine zu legen, an eine nietenstrotzende Lederleine, und ihn mit herrischen Bewegungen hinter sich herzuziehen, den Mann, der Mühe hatte, ihr auf allen Vieren bis zur Tischrunde zu folgen, die ihn geordert. Zur Tischrunde, deren männliche Mitglieder ihn gleich mit betont witzigen »Sowosamma?«- und »Dosamma!«-Rufen niederzuäffen suchten;[143] der dunkle Mann hingegen ließ sich noch einen ermunternden? strafenden? Klaps versetzen und: sprang aus dem Stand auf den Tisch, wo er umgehend begann, sich sein Geld zu verdienen. Ein ziemlich eindeutiger Anblick, gewiß, der die Spötter schon mit den ersten beckenkreisenden Bewegungen zum Schweigen brachte. Indem er sich nach Beseitigung des dritten Slips, jede der Tischdamen durfte dabei Hand anlegen, indem er sich vor Beseitigung eines allerletzten Stringtangas Dollarscheine auf die schimmernden Arschbacken kleben ließ, was heißt: kleben! indem er sich mit Dollarscheinen arschabwärts ausführlich bekrabbeln ließ, brachte er sämtliche Frauen dermaßen zum Kreischen, daß man sich als Gregor bloß schämen konnte.

Unter seinem Matrosenkäppchen, das er als vorletztes abstreifte, auf seiner Stirn kamen, Gregor stand mit offnem Mund, kamen zwei kleine Huckel zum Vorschein – nicht etwa plump aufgeklebte Noppen, oh nein, sondern *unter* der Haut anschwellende Auswüchse![144]

Wenn der sich sogar Teufelshörnchen implantiert hatte, dachte Gregor, dann redete er garantiert auch mit gespaltner Zunge. Tatsächlich, man war in einem Alter, wo man sehr genau aufpassen mußte, in welche Richtung man blickte.

Wieviel die Dollarscheine kosteten[145]
und daß es keineswegs damit getan war, sie regelmäßig irgendwohin- oder eigentlich -hineinzuschieben, sondern darüber hinaus eine »Grundgebühr« von 35 Mark zu entrichten war: verriet ihm Erykah, die zwar angeblich gar keine Zeit mehr für ihn hatte, ihn jedoch einfach an den nächstbesten Tisch zog und, »Weil du's bist«,

dabei alles der Reihe nach erklärte. Wobei Gregor kaum zuhören konnte, immerhin war's ja Erykah, die plötzlich ein Bein über seinen Kopf schob und auf der Rückenlehne der Sitzbank abstützte und wenig später sogar auf seiner Schulter, während sie das andre Bein ... auf der Tischplatte beließ, wo sonst, Gregor hätte am liebsten weggeschaut. Erykah hingegen, »Ach, Bubi, stell dich nicht so an«, ließ ihren Kaugummi zerplatzen, und das Becken immer tiefer kreisen, tiefer.

Als sie sich vor ihm abkniete – so erschreckend nah hatte er sie nie gesehen – und ihre bronzebraunen Brüste für ihn zusammenpreßte (»Bubi! Du mußt 'nen Schein 'zwischenschieben«), war er die ersten 35 Mark los; als er seinen Einsatz verdoppelte und sich die Frau mit der Schlange auf den Tisch gebeten hatte, wollte's fast ein verwirrend wohlgeratner Abend werden.

Was ihn aber doch noch beinah umgehauen hätte
war: der Himbeer-Bäschtle, wie er am Tresen lehnte, wie er sein Reich überblickte, als wär' er nicht schon seit einem Vierteljahr –
als hätte man ihm nicht längst –
als würde an seiner Statt nicht seitdem –
Bestens gelaunt und im Gespräch mit dem Gelächter Gottes stand er dort, wo er immer gestanden, und spendierte Wodkas. Fast wäre Gregor zu ihm hingegangen; beschloß dann aber, daß es auch ohne diese allerletzte Pointe für heute genug war. Erst mal mußte er rauskriegen, wieso man ihm den ganzen Enthauptungsquatsch überhaupt angedient hatte.

Wenn dafür noch Zeit geblieben wäre!

Denn auch tags drauf
, Dienstag, 6. August, Tag der Beseitigungsmaschine, Tag der Parallelaktion, war seine Augenbrauenfalte kein bißchen weniger tief, kein bißchen weniger wunderbar tief, Gregor machte einen Warmstart in den Morgen hinein, sämtliche Systemerweiterungen waren aktiviert, und Mascha wunderte sich – wenn die wüßte, was er wußte! –, wie gutgelaunt er sich plötzlich, Standbein-Spielbein, das Hemd ein, zwei Zentimeter aus dem Hosenbund ziehen konnte.

Ein merkwürdig charakterloses Wetter
, halb strahlender Sommertag, halb heraufziehendes Gewitter, lauter Landschaft links und rechts der Straße.

Mindestens 62, wenn nicht 66 Hirsche blickten ihm von den Wänden entgegen, als er … zunächst mal sehr blauäugig von einer strickenden Frau Gschnitzer beschielt wurde. Während Marietta irgendwo in den Tiefen der Villa Hasenpusch damit beschäftigt war, Gregor warten zu lassen.

Die Parallelaktion
begann mit der Tigermaus, mit dem Mausbiber, Untier, Kleintier, Kleinteil, Krabbelkäfer, Kringelkuchen, Krimskrams, oh ja, Frau Gschnitzer wußte Bescheid: Der-die-das komme natürlich auch mit, den Carlowagen dürfe der Herr Schattschneider schieben.

Und: sie begann mit einem rosa Strohhut – wie selbstverständlich Marietta nach fast einer halben Stunde die Treppe runterkam in die Empfangshalle! –, begann mit einem rosa Florentinerhut aus Stroh, begann mit einem rosa Seidenband, das ihr auf die Schultern fiel, begann mit etwas, das Gregor bei einer Marietta niemals ernsthaft in Erwägung gezogen, etwas, das ihm die Begrüßungsworte raubte, weil er gar nicht wußte, ob's ernst gemeint war.

Doch das war es.

Fast wäre Gregor dumm genug gewesen
, anstelle des abhanden gekommenen Begrüßungsworts den Bernsteinklipp aus der Tasche zu bewegen, aber Marietta erwähnte ihn nicht mal, beim Loslaufen über die Kiesauffahrt nicht, auf der Himmelsleiter[146] nicht und später, beim wechselweisen Schieben des Carlowagens in Richtung Tutzinger Tschetschenengarten, erst recht nicht.

Wie förmlich und kalt sie ihn behandelte! Man hätte meinen können, daß sie ein bißchen häßlich aussah, wenn ihr die rosa Bänder des Strohhuts nicht ständig in den Nackenausschnitt gefallen wären.

Noch während der Weg sehr ausgiebig einen Golfplatz kreuzte
– »Vorsicht! Golfbälle von rechts«, »Vorsicht! Golfbälle von links«, »Vorsicht! Golfbälle von rechts. Golfbälle von links« –,[147] erkundigte sie sich nach Gregors Roman; kaum hatte der freilich zu einem großspurigen Ablenkungsversuch angesetzt, »Wird schon, wird schon«, fragte sie nach seinen »Frauengeschichten«. Ob er nach wie vor brav recherchiere?

Gregor, vielleicht weil er sich an ihrem Duft, am Klang ihrer Sätze berauscht hatte, auch am Leuchten des Strohhuts, an den riesigen Bäumen, den Wiesen mit den vielen Menschen, die darauf herumlagen, den hundert Segeln überm See, vielleicht weil er dies Spielchen mitspielen, weil er ihr's zeigen wollte, weil sie sich wundern sollte:

Naja, er sei halt »'n notorischer Single«.

Marietta brach in unschönes Gelächter aus; selbst Carlo wandte den Kopf, staunte:

»Und Ihre Fastfreundin? Die hat sich wohl ein andres Wirkungsfeld gesucht?«

Jedenfalls fühlte sie sich bemüßigt
, ihrerseits zu erzählen: von Ecki. Er referiere beim Essen gern über neu erworbene Modellbausätze, über das Herunterfallen kleiner Teile beim Zusammenbasteln derselben, über legendäre Lokomotiven, einen historischen Speisewagen, den er einschließlich seiner winzigen Tischchen mit ihren noch winzigeren Tischlämpchen nachzubauen entschlossen sei; eine halbe Flasche Wein habe sie immer erst leeren müssen, wenn er ganz überraschend die Sprache auf seine »ehelichen Rechte« gebracht. Gregor schob dazu den Carlowagen, es gab Strandbäder und Surfschulen und Eisverkäufer und Bootsstege und jede Menge Schwäne, Enten, andres schwimmendes Getier.

Carlo aber besaß einen schwarzen Gorilla mit roter Baseballkappe, der fast genausogroß war wie er selbst und, sofern man ihn umarmte, drückte oder sonstwie herzte, den Refrain von *Coco Jumbo* aus der Tiefe seines schwarzen Gorillabauches preisgab; und weil der kleine fette Carlo die meiste Zeit mit Umarmen, Drücken, Herzen beschäftigt war, wurde er nicht sympathischer. Trotzdem tat Gregor des öfteren so, als bücke er sich, als streichle er ihn, um sich dabei zu fragen: Ob man einen Carlo, vorausgesetzt, man hätte ihn zuvor mit einem Brett gründlich durchgeprügelt, ob man einen Carlo wohl jemals würde leiden können?

Auch im Wirtshaus »Zum Häring«
, dem Tutzinger Tschetschenengarten, der nach gut einer Stunde auftauchte, steckte im schwarzen Gorilla ein Lied. Jedes Mal, wenn ihm Carlo einen kleinen Schubs gab, sang er *»Put me up, put me down, put my feet back on the ground«*, jedes Mal.

Wenn der Gorilla aber ausnahmsweise schwieg, dann sagte Carlo »Aubaubau« oder »Ojojo« oder »Fanten! Fanten!« und – vor Lust warf er Blasen aus dem linken Nasenloch – machte Anstalten, Gregors Nickelbrille besitzen zu wollen.

Gregor hätte ihn am liebsten mit ein paar Tropfen aus dem Maßkrug beträufelt.

Weil am Ufer allerdings
die bayrischen Rautenfahnen blauweiß flatterten, weil mit Tüchern die Tische gedeckt waren, an denen sich die Schickeria oder jedenfalls das, was sich dafür ausgab, zum Kuchenessen niederließ, weil die zwei bronzenen Löwen, die sie dabei bewachten,[148] bronzen schimmerten, weil der See flirrte und die Berge glitzerten, weil Mariettas Strohhut zu alldem rosarot strahlte – manchmal fuhr ein kleiner Wind vom See herauf und spielte mit den zwei Enden des Seidenbandes, daß man erneut gern glauben wollte, die Welt in ihrem tiefsten Wesen könne kaum was Besseres bieten als einen Biergarten –, legte sich Gregor den fetten kleinen Carlo auf die Oberschenkel und erzählte ihm so lange das Märchen vom Gorilla –
das Märchen vom schwarzen Gorilla, der plötzlich entdeckte, daß seine Baseballkappe singen konnte –
das Märchen vom schwarzen Gorilla, der plötzlich feststellen mußte, daß seine Kappe keinen Ton mehr von sich gab –
– bis der Besitzer des Gorillas auf seinen Beinen einschlief und sofort breit und wanstig dalag wie ein zufriedner Zamperlmops. Gregor spielte mit

dem Gedanken, ihn in seine kleine fette Zamperlmopswange zu zwicken, aber als er Mariettas Blick aus halb zugekniffnen Augen auffing, wie er zwischen ihm und Carlo hin & her flimmerte, beschloß er, den Mops sanft abzustreicheln.

Der Mops grunzte leise.

Nachdem man auf diese Weise eine Tschetschenenmaß
als Aperitif eingenommen und Marietta dabei hinlänglich mit ihrem Sektquirl hantiert hatte, »Porst«, war's Zeit für den Kellner, die Speisekarte vorzuweisen.

»Weil man nie wissen kann, ob man nicht doch was andres will?«

»Nein, damit die andern wissen, daß man was andres wollen könnte.«

Sie kramte ihr grünrot blinkendes Feuerzeug hervor, Gregor durfte ihr die Zigaretten anzünden, sie schob die zweite Zigarette ... dem Kellner zwischen die Lippen und ließ den Rauch ganz langsam aus ihrem Mund herausgleiten.

Mit beiden Händen
wühlte sie dann in ihrem stumm aufdampfenden, in ihrem halben Hahn herum – nein, die würdevolle Entbeinung war Mariettas Sache nicht, das pietätvolle Benagen, das respektvolle Hantieren gar mit Messer und Gabel; von ihrer Brotbeigabe beknabberte sie bloß die Kruste; deren mit wenigen hastigen Handbewegungen herausgerupfte Weichteile beließ sie freilich nicht auf der Tischdecke – »Weichteile, wunderbar« –, sondern drückte, rollte, knetete sie zu grauen Kugeln.

Was Gregor allenfalls noch wunderte war: daß er sich nicht schämen mußte.

Spätestens mit der Geschichte vom Pfefferminzhuhn
, die Marietta in makelloser direkter wie indirekter Rede einschließlich diverser Konjunktiv I- und Konjunktiv II-Fügungen einfließen ließ, begann sie wieder, die Zeit des großen Gelächters:

Ihr Vater – jaja, der Maler,[149] wenig später sei er ausgezogen, wegen einer andern natürlich –[150] habe noch an ihrem zwölften

Geburtstag mit einem Eimer aufgewartet, dem Geburtstagsüberraschungseimer sozusagen, und darin dem nackten Huhn, in Lehm eingeschlagen. Obwohl sich's eigentlich, wie mittlerweile jeder wußte, um ein Igelrezept handelte, wohl aus dem Norditalienisch-Britischen, sei das Huhn zwei Stunden ins Lagerfeuer gelegt, anschließend der Lehm abgeschlagen worden. Herausgekommen sei aber selbst in jenem Jahr nichts als: verkohlte Haut, mit vielen kleinen Lehmstückchen gespickt, eine dünne weiße Fleischschicht und darunter: der rohe Rest.

Woraufhin man das Ganze mit kalter Pfefferminzsoße begossen habe.

Oh, das sei sicher eine sehr spezielle Erfahrung gewesen, kommentierte Gregor: Die würde er am liebsten auch mal –

Man hätte meinen können, daß Marietta erschreckend unhäßlich heut aussah, im schwarzen Kleid und dem Strohhut; die Gläser ihrer Sonnenbrille spiegelten den See und die fünfzig Segel darauf und das Gesicht eines Mannes mit langen ausrasierten Koteletten. Oder war ihm noch gar nicht aufgefallen, daß sie Sommersprossen hatte?

Kaum waren ihre Lippen
mit einem Labello-Stift nachgezogen, klopfte sie zwei Zigaretten aus der Schachtel, und da kein Kellner in der Nähe war … würde man über kurz oder lang wieder zum Raucher werden müssen. Egal.

Fast hätte ein Windstoß dafür gesorgt, daß der Mann mit den Koteletten samt seinem Feuer an den Zigaretten vorbei- und in Mariettas Hutkrempe hineingeraten wäre; fast hätte ihn Marietta leicht enerviert angesehen, wäre der kleine fette Carlo erwacht, *»Put me up, put me down«*, fast hätte sich Marietta angeschickt, den Kellner herbeizuzitieren, fast.

Der Mann mit den Koteletten, erneut das Feuerzeug betätigend, nach einer der beiden Zigaretten greifend und mit Macht den Rauch in sich hinunterziehend, für einen Moment wurde ihm der Himmel ganz grau, zehn oder zwanzig Segel schwankten überm See, während sich Marietta schon anschickte aufzubrechen, dasdurfte-ja-wohl-nicht-wahr-sein, während Marietta den Kellner herbeikellnern ließ, schnell:

Man habe doch erst, umgerechnet, jeder drei Biere getrunken!

Marietta, auf ihren Teller aschend, auf den zerstörten Hahn, dem Kellner ihre eigne Zigarette zwischen die Lippen schiebend (»Aber denken Sie an die Kaffeebohne«), sich wieder setzend:

Das könne sie nicht verantworten, da müßten sie gleich ein viertes trinken.

Dann wurde's auch ein fünftes
, die Williamsbirne mal nicht mitgerechnet, und vom sechsten nahm Gregor immerhin einen ersten Schluck. Wie er je über sieben Brücken gehen sollte, er begann es zu ahnen.

Allerdings erst Stunden später, in einer besonders langen, besonders schlaflosen Nacht; *noch* saß er ja nicht einmal im Turmzimmer, sondern inmitten einer wortgewaltig um ihn herumbrausenden Parallelaktion, an einem plexigläsernen Feuerzeug sich festhaltend, dessen plexigläsernen Deckel er regelmäßig auf- und zuschnappen lassen durfte, indes die Wolken in seinem Rücken herumschoben, indes die Enten das Schnattern einstellten, indes unterm Tisch der kleine fette Carlo in Richtung eines sehr schwarzen und sehr spitzen Schuhs kroch, den er mit Inbrunst erst zu beschlecken begann, dann so lange dran zerrte, bis der Besitzer desselben ihn auszog. Und Marietta sagen hörte:

Ob er eigentlich wisse, was sie ein ganz klein wenig an ihm möge?

»Die Falte zwischen meinen Augenbrauen?«

Marietta, neben den Teller aschend: »Ihre Stimme.«

Oh nein, das wußte er nicht.

»Ich hätte Ihnen schon damals, als Sie zum ersten Mal bei uns waren, da hätte ich Ihnen –«

Wieso machte sie heut diese Sekundenpausen beim Reden, beim Schauen, beim Vorwärtsdrängen in den Abend?

»– keine einzige Sekunde länger zuhören können.«

Dann kam der Windstoß, der in die Sonnenschirme griff, der die Papierservietten von den Tischen nahm, der ihr den Hut vom

Kopf – Marietta machte keinerlei Anstalten – und über die Löwen hinweg zog ins Wasser hinaus, dann kam der Blick übern See: Vom gegenüberliegenden Ufer blinkte's rot und regelmäßig, kein Segel war mehr zu sehen. Und dort, wo eben die Alpen gelegen hatten, stand eine große graue Wand.

Auf der Flucht vor dem
aufziehenden Gewitter fiel Gregor ein, sie passierten gerade die Surfschule, daß Marietta oder vielleicht auch er selbst: das Feuerzeug vergessen hatte. Ob sie nicht noch mal zurück-

Das sei doch bloß ein Feuerzeug! trieb Marietta voran.

»Aber eines, das blinkt!« blieb Gregor stehen.

»Das hätte ja sogar ein Eckart sagen können«, empörte sich Marietta: Ob er wegen eines ████████-Feuerzeuges (sie sagte tatsächlich ████████-Feuerzeug!) riskieren wolle, daß eine Mutter mit ihrem Kind hier im Starnberger See ertrinke?

Das wollte Gregor nicht.

Wie die völlig durchnässte Marietta dann
in der Empfangshalle ihre Tennisschuhe, ohne die Schnürsenkel vorher zu lösen und ohne Zuhilfenahme der Hände, abstreifte und: den Gregorblicken fleischfarben durchsichtige Nylon-Ministrümpfe preisgab, die kaum mehr als die Sohlen bedeckten und zwei Zentimeter der Zehen, der Fersen: und sich jetzt dermaßen sinnlos um ihre Füße spannten, daß man sich gern geekelt hätte, wenn man dazu noch in der Lage gewesen wäre –

wie sie ihren Zamperlmops trockenrubbelte, bis der das Zetern anfing und samt Gorilla (»*Put me up …*«) nach oben geschafft wurde –

wie Gregor die Gelegenheit nützte und schnell seinen Kopf in ihre Handtasche steckte, schnell und heftig und ergebnislos drin herumatmete und beim Herausziehen des Kopfes in ein Muster des Perserteppichs blickte –

wie sich das Muster zunehmend in Frau Gschnitzer verwandelte: die, sehr blauäugig, mit Handtüchern und einem »Anzug vom Herrn Professor, schaun mir mal, ob er paßt« auf ihn zukam –

wie sich Gregor dann, ohne zu schillern, in einem der Spiegel präsentierte, als wäre er beim »Loden-Frey« und nicht in Mariettas Salon: sich selbst und die runden Schultern des Jackets, die schmalen Revers, die hoch angesetzte Taille –[151]

– das kulminierte nicht in dem Satz:

»Wie angegossen«, schlug Frau Gschnitzer die Hände vor der Brust zusammen, »ganz der Herr Professor.«

»Nein

, wenn ich Sie so in diesem Anzug sehe, –«

Marietta, ohne Strohhut stand sie in der Tür, und sofort gab sich alles Mühe, verraucht und schwermütig zu riechen, nach Weinflekken, ausgestopften Hirschen, dem Glanz alter Möbel:

Also wenn sie den Herrn … Klappentexter so sehe … Ihre sämtlichen Umerziehungsmaßnahmen, ihre sämtlichen Anziehungsmaßnahmen sozusagen Anzugsmaßnahmen, seien am Ende nämlich umsonst gewesen, Eckart bleibe ein Freund von Hosenträgern und buntbedruckten Plastikkrawatten.[152] Mit denen sie sich höchstens die Schuhe putzen lassen würde. Aber wenn sie den Herrn Klappentexter jetzt so in diesem Anzug sehe, dann –

Der Herr Klappentexter gab sich redlich Mühe, bedeutsam zu sein.

»– dann kann ich Sie beim besten Willen nicht mehr siezen.«

Den Schluck Williamsbirne

, den sie zwischen den Cognacflaschen, zum Anstoßen auf ihr Fastabenteuer (»Mutter mit Kind: wegen eines ▮▮▮▮-Feuerzeugs beinah ertrunken!«), den sie mit Hilfe von Frau Gschnitzer am Grund einer falsch plazierten Flasche fanden, nahmen sie aber nicht im Salon:

Wenn der Regen nachlasse, und das werde er ja wohl auch diesmal, sei der Blick vom Turmzimmer angemessner.

Schon während Gregor die Treppe mit dem roten Läufer hochstieg, in den ersten, den zweiten Stock, von dort über eine Wendeltreppe ins »untere Turmzimmer« – eine Art Panorama-Speiseraum mit rundem Eßtisch, an allen vier Seiten Butzenscheiben und Balkons – und weiter, über steile Holztreppen hinauf, schon während Gregor sich an Kaminsimsen und Standuhren und dunkelbraun bröckelnden Gemälden und Intarsientischchen vorbei und hinter Marietta her und nach oben schnüffelte, wurde er von einem Gefühl durchzuckt, so rosarot wie der Strohhut, den er noch immer vor sich leuchten sah, wurde er von einem Gedanken durchrieselt: Jetzt also! zeigt sie's mir.

Im oberen

, im *eigentlichen* Turmzimmer, einer achteckigen, rundum mit großen Flügelfenstern versehenen Aussichtsrotunde, kaum breit genug für das kleine Kanapee, das als einziges darinnen stand, blau blätterte die Farbe von den Holzwänden, man sah auf Baumwipfel, auf Ziegeldächer, den Wetterhahn, die verschiednen Balkons, Kamine, Terrassen, auf die Treppen und Wege, die weiß in den Park hinein- und den Hang hinableuchteten; insbesondere aber sah man, dämmrungsverdunstet, auf den See und das gegenüberliegende Ufer –, im Turmzimmer war's noch sehr warm. Als sie die Fenster geöffnet, die Flasche geleert und zerschlagen, als sie die Birne in zwei Hälften zerschnitten hatten, kam die Abendluft und roch nach Regen.

Langsam aßen sie jeder ihren Teil, langsam.

Von der Seite leuchtete die Andeutung eines Mondes, die Sekundenpausen dehnten sich zu Minuten. Wohin war's denn plötzlich verschwunden, das uneigentliche Sprechen, das unendliche Gelächter?

Der Rest des Abends

kam rasch und gewaltig und mit links und mit rechts. Der See, nurmehr ein grauer stumpfer Fleck war er noch, kaum ein Lichterfunkeln kam vom andern Ufer, riesig und rot stieg der Mond durch den Himmel. Beständig dazu das Geräusch der Straße, die sich tief unter ihnen, zwischen dem Park der Villa Hasenpusch und dem Golfplatz, hinzog: Achtung, Auto von rechts, Achtung, Auto von links …

159

Marietta, ausnahmsweise zündete sie sich selber zwei Zigaretten an – mit einem ███████-Feuerzeug, das nicht mal aus Plexiglas war, geschweige grünrot blinken konnte:

»Weißt du, was ich ein ganz klein wenig an dir mag?«

Oh ja, das wußte Gregor: »Meine Stimme.«

»Nein – die Falte zwischen deinen Augenbrauen.«

Sie strich ihm so schnell drüber hin, so schnell und leicht, daß er einen Moment später dachte, das sei gar nicht wirklich passiert, das habe er sich nur gewünscht. Wie, wenn Ecki jetzt heraufkäme? fragte er sich noch schnell, schon kniff Marietta die Augen halb zu:

Aber sein Auftritt als Referent damals sei eine »bodenlose Unverschämtheit« gewesen, den müsse er wieder wettmachen, hier & sofort.

Wenn Ecki jetzt käme, antwortete er sich noch schnell, wär' das 'ne verflucht ungünstige Situation;[153] dann fing er an:

»Es beginnt mit einem Ohrklipp, den Marietta, die Frau, die an besondren Tagen rosa Strohhut trägt, ins Glas eines Herrn Klappentexters fallen läßt ...«

Nachdem er seinen Vortrag beendet hatte

, »... noch weiß sie zwar nicht, was Liebe ist; danach aber wird sie's wissen und nie wieder vergessen«, leuchtete er Marietta mit all seinen Augen so sehr an, als hätte er ihr gerade gestanden, daß er nichts, nicht mal ein ganz klein wenig, an ihr mochte:

»Und jetzt möchte ich meine Ohrfeige.«

Marietta ließ den Rauch sehr langsam aus ihrem Mund herausgleiten:

»Ich weiß was Besseres: Ich biete dir das Sie an.«

Gregor ließ den Rauch sehr langsam aus sich herausgleiten.

»Dann geb ich dir nämlich einen Kuß, und danach ... können wir uns wieder duzen.«

Wenn sich Gregor allerdings ausgerechnet haben sollte

, daß nun das ganz große Glück über ihn hereinbrechen würde, dann kannte er Marietta noch nicht. Kaum lag er neben ihr, in einem seit Jahrhunderten knarrenden Bett, das sehr grün und sehr blau und sehr grau roch, empfand sie sich »so unseriös«:

»Wir hätten uns vielleicht mehr Zeit lassen sollen.«

Mitten in einem Kuß sackte sie nach unten weg, schwer lag ihr Arm auf seiner Schulter, und ehe sich Gregor empören konnte (»Wie kannst du jetzt einfach −?!«), war sie ihm unter den Händen davongeschlafen.

Was hatte ich denn erwartet von dieser ganzen
Parallelaktion? fragte er sich, während er einen endgültigen Atemzug aus Mariettas Achselbeuge nahm. Der Regen fing wieder an, legte sein leises Flirren auf die Dächer, sein leises Brausen in die Baumkronen, doch niemals in dieser furchtbar langen Nacht konnte sich Gregor was andres antworten als: Alles! hatte ich erwartet, ein komplett neues Leben, mindestens!

Und hatte's nicht auch beginnen sollen, das neue Leben, hatte's nicht schon in seinen Armen gelegen, vorhin, eine zeitlose Zeit lang, in der nichts weiter geschehen, als daß er sprachlos staunend über Mariettas Stirn gestrichen, über ihre Augenlider, die Wangenknochen, bis ins Halsgrübchen und zurück? Nichts weiter geschehen, als daß er ihr in die Augen geblickt, minutenlang, reglos, entsetzt.

»Weißt du, wenn ich je 'nen Schlips tragen sollte«, war er ihr schließlich in eins ihrer langen Ohren gekrochen: »putz ich dir damit die Schuhe.«

Und? Hatte's nicht spätestens *dann* loslegen sollen, das neue Leben, spätestens dann und bis gerade eben, während nichts weiter geschehen, als daß er ihr übern Schulterknochen gestrichen, das Schlüsselbein, den Ellenbogen? Nichts weiter geschehen, als daß er sie minutenlang angeblickt, sprachlos, entsetzt: Dermaßen dünn hatte sie doch gar nicht ausgesehen, wie sie sich jetzt anfühlte, überall anfühlte, dermaßen entsetzlich dünn.

Das gleichmäßige Rauschen des Regens auf den Dachschindeln. Oh Gregor … So viel Nacht um ihn war nie.

Als das verspeichelte Geschnorchel aus dem Carlophon

, gegen Morgen, als das vergluckste Gegrunze und Gesabsche aus dem Carlophon jäh in Gezeter umschlug, packte Marietta, wortlos entschlossen, ihre Decke und zog ins Nachbarzimmer, zur kleinen fetten Tigerratte.

Nun lag Gregor noch eine Spur überflüssiger in ihrem Bett und hörte sich durchs Carlophon an, wie zärtlich sie sein konnte, nun schluchzte, schluckte, schmatzte, schlürfte er so lang mit ihrem Mausbiber, Untier, Kleintier, Kleinteil, Krabbelkäfer, Kringelkuchen, Krimskrams um die Wette, bis er das Geschnorchel perfekt imitieren konnte.

Wie, das war alles, was dieser Schattschneider tat?

Das war alles.

Aber das war zu wenig!

Das war es. Schlußendlich entschloß er sich, nach guter alter Gregormanier Fakten zu sammeln, steckte seine Nase in Mariettas Kleiderschrank – ob's da drinnen etwa roch, als trüge sie 'ne Brille? – und hinter einer der Türen, hatte er sich's damals nicht gedacht, entdeckte das andre Ende der Geheimtreppe.

Am liebsten hätte er sich davongemacht, wortlos entschlossen, endgültig, sofort. Am allerliebsten freilich wäre er nur nach nebenan gegangen, die Zamperlmopsratte gründlich durchzuprügeln. Oh Marietta … hatte er mit ihr nicht einen, wie sollte man das angemessen nennen, einen Stundenkuß ausgetauscht? Zählte das plötzlich gar nichts mehr? Würde sie ihn wieder siezen?

Das zwar nicht

, aber als Gregor den Versuch unternahm, vorwurfsvoll zu sein und – Carlo warf mit dem Frühstück herum, schüttelte so lang mit dem Salzstreuer, bis sich Marietta zu einem sanften Tadel entschließen konnte –, als Gregor unter einem beträchtlichen Aufwand an indirekten Formulierungen den Versuch unternahm, seine »unehelichen Rechte« einzuklagen, immerhin habe sie gestern, umgerechnet, mindestens *vier* halbe Weinflaschen getrunken, fertigte sie ihn ab mit einem entrüsteten:

»Aber du bist doch nicht Ecki!«

Ob er glaube, sie sei »so eine«? Die sich gleich »von jedem flach legen« lasse − sie sagte tatsächlich »von jedem«, sie sagte tatsächlich »flach legen« − und überhaupt, welch simplem Weltbild er, der Herr Klappentexter, denn anhänge?

Carlo schmierte gelassen sein Nutella-Hörnchen in die Tischdecke, er hatte ja auch fast die gesamte Nacht mit Marietta verbracht und fast den gesamten Tag mit ihr noch vor sich; der Herr Klappentexter saß mit abgeknickten Ohren und ließ Mariettas Sätze über sich ergehen:

Schließlich sei sie »eine anständige Frau«!

Und eine unglückliche Ehe noch lang kein Grund, sich unglückliche Affären aufzuhalsen!

Während sie auf Gregor einschimpfte, trat Carlo mit seinem kleinen Carlofuß gegen dessen Knie: und tat solcherart kund, seine Notdurft verrichten zu wollen.

Wie's denn dann

, versuchte Gregor rauszufinden, als Marietta die Tigermaus auf der Toilette verstaut hatte, wo sie, nach gregorianischem Ermessen, eine Weile mehr oder weniger still beschäftigt sein würde: Wie's denn weiterginge?

Marietta hustete ein häßliches Gelächter heraus:

Weiterginge? Na, jetzt fahre erst mal *er* brav zu seiner Fastfreundin, morgen fahre *sie* brav mit ihrem lieben Mann gen Süden, für zwei Wochen,[154] und dann sei ja schon wieder Salon.

Gregor versuchte, sehr unbeteiligt dreinzuschauen:

Dazu brauche sie ihn gar nicht erst einzuladen!

Marietta: Dazu lade sie ihn hiermit ein − »und wehe du kommst nicht!«

Ihre Haut, so weiß. Ihre Haare, so rotbraunblond. Kein Blick verriet, daß letzte Nacht … beinah ein neues Leben angefangen hätte. Fast wollte sie ihm, wie sie so trotzig unwirsch ungeduldig vor ihm stand, fast wollte sie ihm ein wenig unschön erscheinen.

»Ejejeee!« tönte aus der Toilette die Tigermaus, woraufhin Marietta verschwand.

Höchstens 66, vielleicht auch bloß 62 Hirsche blickten Gregor hinterher, als er sich davonmachte, grußlos entschlossen, endgültig, sofort.

Danach
, bemitleidete er sich: *Danach* fährt man immer nach Hause.

Doch zuvor fuhr er noch zum Tutzinger Tschetschenengarten und: konnte zumindest das vergessne (oder eigentlich: von Marietta verschmähte) ███████-Feuerzeug in Empfang nehmen.

Es gibt kein richtiges Fremdgehen bei der Falschen
, bemitleidete er sich, als er, wenige Kilometer vor Einmündung der Autobahn in den Mittleren Ring, als er festsaß im Morgenstau, gleichgültig griffen die zwei Türme der Frauenkirche in den Horizont: Aber es gibt ein falsches Fremdgehen bei der Richtigen.

Auf die beiläufige Treppenhausfrage
, wie's denn so gehe, wagte der Ingo dann tatsächlich zu antworten:

Naja! Im Stehen ganz gut, aber im Sitzen … Ob Gregor wieder mit dem Rauchen begonnen habe oder warum er dermaßen stinke?

Gregor nickte, Gregor schüttelte den Kopf, Gregor schaute durch den Ingo durch, raus auf die Baumwipfel, die Ziegeldächer, den Wetterhahn.

Ob er schon mal gehört habe, fuhr der Ingo unbeirrt fort: daß man Herpes nicht nur an den Lippen bekommen könne?

Gregor nickte, Gregor schüttelte den Kopf.

Alles, was schärfer gewürzt sei als Babybrei, brenne ihm »lichterloh im Auspuff«, das Leben mache keinen Spaß.

Gregor nickte.

»Uff
, paffen die ja viel, die im Verlag«,[155] war Mascha gerade damit beschäftigt, sich die Beine zu rasieren, und Gregor hätte ihr, weiß-Gott, gern schweigend dabei zugesehn:[156] Ob sich's denn wenigstens gelohnt habe, sie anzulügen?

Gregor nickte, Gregor schüttelte den Kopf, Gregor schaute durch Mascha durch, raus auf die Balkons, Kamine, Terrassen, auf Treppen und Wege, die weiß den Hang hinunterleuchteten ...

Grigorij, perestan'! Ob die Frau Professor den Aufwand wert gewesen?

Da sich Mascha aber noch immer nicht in ein Wort, eine Erinnerung auflösen wollte, sondern weiter rasierte, drückte er auf den schwarzen Schminkpunkt, »Deine Himbeer-Bäschtle-Geschichten sind ja auch nicht ohne«, und nahm zur Kenntnis, daß sie ein klitzekleinbißchen derangiert aussah, um nicht zu sagen, ziemlich zerzaust, ziemlich verquollen:

»Is' irgendwas los mit dir?«

Eigentlich nicht! vibrierten ihre Augenbrauen: Immerhin erlebe sie gerade ihre dritte Reinkarnation; als Blumenstrauß sei sie zwar schon nach siebzehn Wochen vertrocknet, als Vase habe sie dann allerdings vierhundert Jahre hier rumgestanden. Und auf ihn gewartet.

Gregor nickte, Gregor schüttelte den Kopf, Gregor sah raus auf den See.

Abgesehen davon

, daß sie vierhundert Jahre lang gewartet, hatte Mascha freilich auch zwei Eintrittskarten für »Titanic« gekauft, und wie sie so stand, mit nichts als diesen Karten in der Hand und einem richtig russischen Schwermutsanfall im Blick, da spürte man's recht deutlich, daß man sich nicht verliebt hatte.

Sondern ganz entsetzlich

, sondern ganz furchtbar beschämend vollständig und ohne Wenn & Aber, sondern auf eine für Vierzigjährige vollkommen indiskutable Weise verliebt hatte.

Nach einer Großen Konzentrationsrunde, nach einem Pizza-Seitenstück beim »Adria«, einem Espresso beim »Venezia«, einem Mandelhörnchen vom Wimmer, wußte man nicht mehr, ob man ein schlechtes Gewissen haben oder sich ärgern mußte, daß man kein schlechtes Gewissen haben durfte. Oh, Gregor hatte große

Lust, sich einzureden, »die rohe Tat«[157] sei in seinem Alter nicht mehr so wichtig, hatte große Lust, sich einzureden, eine Liste der Wolken sei vordringlich, eine Liste aus Licht und Schatten, hatte große Lust, sich einzureden, die rotbraunblonden Einschlüsse in seinem Bernsteinklipp seien bereits »die Sache selbst«.

Statt dessen ging er mit der falschen Frau
in den falschen Film und mußte sich anschließend, beim Marzipaneisessen auf der Leopoldstraße, mußte sich sehr echauffieren, weil sie Leonardo DiCaprio »süüüß« zu finden wagte;[158] ob Marietta ein solches Babyface überhaupt zur Kenntnis genommen hätte?

Aber über »deine Frau Professor« (und ob's tatsächlich Max gewesen, der die Parallelaktion verraten hatte) wollte sie kein Wort mehr verlieren, was gelaufen sei, das sei gelaufen, Schluß-Aus; im übrigen hatte sie gestern selbst was erlebt:

Nach zweieinhalb Jahren Behördenkleinkrieg war's nun amtlich, daß sie für eine Einbürgerung nicht in Frage kam, ihr Studium (»Studium«) zwar zügig noch zum Abschluß bringen durfte, danach jedoch mit »alsbaldiger« Abschiebung zu rechnen hatte; und weil ihr die neuen Arbeitsbedingungen im »Pussycat«, Himbeer-Bäschtle hin, Himbeer-Bäschtle her, auch die illegalen Perspektiven verdorben hatten, bedeutete das zwar nichts Gutes für ihre arme Mama, die auf das bißchen monatliche Westgeld eigentlich angewiesen war, aber …

Gregor nickte, Gregor schüttelte den Kopf, Gregor sah raus auf den See und das gegenüberliegende Lichterfunkeln. Achtung, Auto von links, Achtung, Auto von rechts.

Umstellt von fremden Maschadingen
, die gute Laune machen sollten, umstellt von eignen Dingen, die keine gute Laune machen wollten (einschließlich eines leeren Elektropostkastens), war eine schreckliche Einsamkeit.

»Steht nicht so tatenlos rum«, bettelte Gregor, »und baut ausnahmsweise mal ein Floß!«

Da die Dinge allerdings kein Floß für ihn bauen wollten, da man's nicht länger rauszögern konnte, sich ins falsche Bett zu begeben zur falschen Frau, schaltete man zunächst den Mäc aus, dann den blinkenden Tulpenstrauß, die blaurote Fischlämpchenkette, die drei Lumibären und zuletzt das Fischhaus:

»So, ihr Blödmänner, jetzt gehen wir schlafen.«

Statt aber Mascha
, wie sich's nun endlich gehört hätte, »*Sie muß raus, sie muß raus, sie muß raus*«, statt Mascha noch in dieser Nacht zu einem Wort, einer Erinnerung zu machen und das neue Leben schon mal auf eigne Rechnung zu beginnen, sollte's zwei Wochen dauern – bis zu jenem 22. August, für den sich Gregor fest vorgenommen hatte, *nicht* an Mariettas Salon teilzunehmen –, damit wenigstens sein altes Leben wieder aus der Warteschleife herausgeriet.

Zwei ganz & gar wunderbare Wochen.

Jedenfalls was das Wetter betraf.

Als erstes stellte Gregor
seinen fatalen Fastfreund Max zur Rede, der sich ahnungslos gab – »Naaa? Alles im blaugraugrünen Bereich?« – und auch im weiteren Verlauf des Gesprächs, unter Absonderung kurzer, unkompliziert gebauter Sätze, seine Ahnungslosigkeit beschwor:

Verpfeifen? Er? Noch dazu seinen alten Schattschneider?

Mit Händen & Füßen schlenkerte Max den Verdacht von sich; im übrigen sei er nicht der einzige, der von Mariettas Aktionen beziehungsweise Parallelaktionen wisse, mittlerweile habe sich's »bis zum letzten Poldi« rumgesprochen,[159] daß Gregor »vom Market- zum Outperformer« hochgestuft worden. Oh nein, auf Marietta halte er, Max, zwar »schon immer 'nen Optionsschein«, aber er sei, wie jeder andre der öffentlich Hofierten, sei leider bloßer Ablenkungskandidat: Ein Mariettabein, wohin sie's vor aller Augen auch geschoben hatte, das zähle nicht. *Die* dagegen, die sie besonders schlecht behandle, seien erfahrungsgemäß, naja, seien sozusagen, naja, stille Reserven.

Worauf ihm Gregor einen »Pornostar Zungenkuß« spendierte und sich selbst: ein Bananenbier, immerhin hatte er gerade seinen Einstandskurs verbessert. Ein Pfeifenraucher, der am Schaufenster saß, hob die Hand, und man wußte eine Sekunde lang nicht, ob er dem Kellner winkte oder … dem Kellner.

Der Neue Markt sei eben völlig unberechenbar
, erklärte Max, als er seine Perle neben Gregors Bernsteinklipp auf die Tischplatte gelegt hatte: Selbst eine Marietta, da sei er sicher, werde irgendwann mal in Bewegung kommen, die werde noch eine Superperformance hinlegen, das garantiere er, Porst.

Naja, ihr Kurs-Gewinn-Verhältnis sei im Moment ein bißchen hoch, relativierte er einen »Pornostar« später: Und, nebenbei bemerkt, Gregors Bonsai-Bäumchen sei doch auch »ganz nett«?

»Sie ist halt kein Sechser im Lotto«, winkte Gregor ab, »sondern vielleicht 'n Dreier.«

»'n Vierer«, verbesserte Max: »Was für 'n Zweier wie dich 'n ziemlich gutes Ergebnis ist.«

Das Zusammenleben mit Mascha
aber war folgendermaßen: Während sie am einen Ende der Wohnung die Dinge verstellte, ergänzte, streichelte (»Braucht dieses Plätzchen auch klitzekleinwenig Liebe«), rückte man am andern Ende die Dinge wieder auf ihre angestammten Plätze, verschaffte ihnen den nötigen Abstand, damit sie atmen konnten. Mit ihren vielen kleinen energischen Händen war Mascha allerdings weit wirksamer zugange – »*I'm a scatman!*« –, so daß man sich bald auf die Reorganisation der Regalheiligtümer beschränken mußte; während der Rest der Wohnung mittels Schneekugeln, Plüschkissen, Plastikfrüchten, blauen Trinkschüsseln und Applikation tausend weiterer Applikationsdinge skurrilisiert und binnen kurzem in eine Grabbelkiste verwandelt wurde, ein Skurrilitätenkabinett, eine Höhle.

Fast war man genötigt, sich darin wohlzufühlen. Wenn nicht eines Tages auch ein Paar Hanteln, schwarz und schwer, im Eck gelegen wären und von Stund an vorbeiguckten an Gregor oder eigentlich über ihn hinweg, als sei er nicht mal in der Lage, sie zwanzigmal zu heben.

Einigermaßen überrascht

, ja, enttäuscht mußte man feststellen, daß Mascha fortab keine weitere Verwüstungsspuren hinterließ, es also überhaupt nichts mehr zu bemeckern gab, nichts mehr, über das man stolpern, dessen Scherben man wegkehren, nach dem man eine Weile suchen, über dessen plötzliche Anwesenheit man mit sich, mit der Welt im allgemeinen und Mascha im besondern hadern konnte. Im Gegenteil, ihre kleinen Mascha-Dinge standen nun dermaßen präzise herum, als gehörten sie schon immer hierher.

Sogar diese verflucht schwarzen, diese verflucht schweren … Vielleicht hätte man sie zur Strafe einfach zweihundertmal heben sollen, statt einen Bogen ständig drum zu schlagen.

Was aber für ihre Dinge galt

, galt für Mascha nicht minder: Hatte man's anfangs als zumindest beunruhigend empfunden, wenn sie sich in einer entfernteren Ecke der Gegebenheiten verwurstelt und nur durch ein klirrendes Scheppern, ein schepperndes Klirren der Umstände zu entledigen gewußt, wirkten ebendieselben Geräusche jetzt zunehmend beruhigend: Solang's in der Wohnung irgendwo summte und rumste und raschelte, war die Welt in Bewegung und folglich in Ordnung. Am Ende war Gregor so ruhig, um nicht zu sagen: so träge, um nicht zu sagen: so faul, er hätte sich am liebsten auch noch seinen eignen Arsch von Mascha nachtragen lassen, wenn sie zum Essen rief.

Andrerseits servierte sie so oft Salat, daß er schon ganz grüne Ohren davon bekam.

Und wenn's ihr langweilig zu werden drohte

, machte sie sich an seinen Socken zu schaffen: verknotete sie, versteckte sie im Papierkorb, band sich damit einen närrischen Haarpüschel, der jeder ihrer Bewegungen aufs Närrischste hinterherhaarpüschelte. Schlimmstenfalls warf sie, was verteilt auf verschiedne Heizkörper vor sich hin lüftete, in die Waschmaschine, obwohl's verschwitzungstechnisch gar nicht so weit gewesen wäre – was dazu führte, daß bei Gregor keine rechte Lust am Lüften mehr aufkommen wollte; genau besehen, erschien's ihm unter diesen sokkenmäßig allesamt unbefriedigenden Perspektiven ziemlich sinnlos, damit überhaupt noch anzufangen.

Und wenn's ihr sehr langweilig zu werden drohte
, drückte sie so lange auf der Plastikente herum, bis Gregor lachen mußte.

Auch Benzon war, beim Abschlecken der grünen und blauen Lockspuren im Bad, war Maschas Ente nicht entgangen und sofort sehr ans Herz gewachsen: Sobald sie losquiekte, stimmte er mit Inbrunst ein. Weil aber Mascha ein Wohlgefallen dran fand, tat sie sich gleichfalls keinen Zwang mehr an – für ein paar Dienstagssekunden hob immer ein derartiges Quietschkonzert an, daß Gregor fast Lust bekommen hätte mitzumachen.

Die sind doch alle drei im Sternbild des Zebulons geboren! lachte er heimlich: und Mascha am meisten.

Ihre Diesseitigkeit
, manchmal war sie freilich auch ein wenig jenseitig. An besonders gutgelaunten Tagen versteckte sie sich in der Wohnung und ließ Gregor so lang nach ihr suchen, bis er's überhaupt nicht mehr komisch fand, wenn sie ihm dann von hinten um den Hals sprang, wenn sie sich dann an ihn klammerte, wie ein kleiner Koalabärrucksack, und er's … komisch finden mußte:

»Jetzt mach dich wieder leicht.«

Das war das Zusammenleben mit Mascha.

Mitunter kuschelte sie auch mit sich selbst
, in ihrem blauen Tuch, das sie fest um sich wickelte, lediglich die Augen blitzten noch hervor. Während Gregor dem digitalen Dösen des Mäcs beiwohnte oder sich bei AOL einwählte und: davonmachte, nach Timbuktu. Insbesondre die vielen Links der »ProstatitisHomepage« wollten durchgeklickt werden, ganz unverbindlich, versteht sich, ganz ohne größre Ambitionen, und da man sich einfach so dahinsurfen ließ, geriet man über

http://eberenz.de/prostata.html
http://www.prostata.de/selbsthilfegruppen

recht en passant in eine Ahnung, daß man mit vierzig zwar nicht schon den Anfang vom Ende erlebte, sicherlich aber das Ende des Anfangs.

Trotzdem hielt man sich so lang wie möglich an der Maus fest, schließlich galten solch kleine Fluchten Mascha und ihren körperlichen Anwandlungen, »komm doch mal zu mir«, sobald sie sich aus ihrem blauen Tuch entwickelte, »kümmerst du dich nie um mich«, und ihre Stimme umkippen ließ: »Ich möchte dich so gern vom Fuß bis zum Kopf…«

Gregor hingegen fand's völlig ausreichend, daß Absichtsbezeugungen bei ihm eingingen, und übte sich in ovaler Gesprächsführung: im Aufbauschen von Konjunktionen und Adverbien, im Verzetteln vertikaler wie horizontaler Art, im beständigen leichten Akzentverschieben und dadurch, schlußendlich, im Auffinden von philosophisch höchst bedeutsamen Widersprüchen – was Mascha natürlich als allerletztes interessierte, »Bei dir brummt es wohl wieder«, bis ihr vor lauter Wie & Weil & Wenn & Aber die Lust auf Gregor gründlich verdorben war. Und der seinen einsamen Männerhock fortsetzen konnte, ganz unverbindlich, http://www.prostata-therapie.de/html/aktuelles, ganz ohne größere Ambitionen.[160]

Wann immer er dann allerdings aufgab
und ins Bett kam, zu Mascha, versäumte sie's nie, ihm eine Hand oder einen Fuß entgegenzuschieben: auf daß sie einander berührten und länger lebten.

Noch häufiger aber als der Mäc
waren Maschas Plastikfische angesagt, wie sie bereitwillig für Gregor herumsurrten. Während die Lumibären im Eck standen und mit ihrem Blau-, Gold- und Himbärenlicht herüberleuchteten.

Verpaß ich schon wieder 'ne Chance? blickte Gregor geradeaus, nur immer geradeaus: Oder nehm' ich meine Chance wahr, indem ich sie verpasse? Oder nimmt ganz eigentlich die Chance mich wahr, und ich – krieg das nicht mal mit?

Wahrscheinlich lag's am Föhn, daß er sich solch schöne Tage wie diese mit solch unschönen Fragen vermieste.

, ob mit, ob ohne Föhn, die Spießerabende. Dann vertauschte Mascha ihr T-Shirt (»Mediocrity sucks«) mit einem braunen Polyacryl-Pollunder, der ihr kaum bis zum Bauchnabel reichte, vertauschte ihre roten Rennsocken mit Plateauturnschuhen; dann lackierte sie die Nägel, gelte die Haare, ließ sich vom Willen zur Pracht übermannen: und behängte sich mit allem, was glitzerte. Das also sind ihre Wurzeln, dachte Gregor, während er auf ihre Oberarme schielte, so finden sich die da hinten in der Steppe schön.

An solchen Spießerabenden mußte er aus einer ihrer blauen Badewannen, Trinkschüsseln, Saugnäpfe multivitaminhaltige Säfte zu sich nehmen; es gab Sommerkuchen und –

»– jetzt stellen wir uns beide noch 'n schönen Haufen Sahne dazu vor und –«

»– Grischa, der hat gute Laune.«

Auch wenn man den Versuch einer Selbstrechtfertigung unternahm, den Versuch einer Einteilung in »eigentliche« und »uneigentliche« Beziehungen, man fühlte sich wie ein Betrüger.

Mascha freilich ließ unbeirrt ihre Bauchmuskeln an-
und abschwellen, Mascha plapperte: Mit dem halben Haus war sie bereits per Du, sogar bei Frau Yorn (die Gregor nur von ihrem Klingelknopf und den nächtlichen Klogängen her kannte) sei sie schon mal zum Kaffee gewesen; und heute habe ihr der Hundsnurscher sein Herz ausgeschüttet:[161] Also der Schlammerl! der tue zwar die meiste Zeit, als sei er einer von den Blauen,[162] in Wirklichkeit aber, das habe er durchschaut, sei er ein Roter, und mit so einem könne man nicht in Frieden leben.

Witzigerweise sei ihr vorgestern der Schlammerl Horsti (dem sie in ihrer Gegenwart übrigens das Sackkratzen verboten habe) mit derselben Vermutung über den Hundsnurscher gekommen – es sei an der Zeit, ist-das-dermaßen-schrecklich-Grischa, sie mal zum Essen einzuladen, sonst gehe das ja ewig weiter mit denen.

Statt daß sie endlich zugab, die Sache mit dem Himbeer-Bäschtle nur deshalb erfunden zu haben, damit sie Gregor jetzt in aller spießerabendlichen Ausführlichkeit vorführen konnte, wie wunderbar das Zusammenleben mit einer Fastfreundin war.

Richtig rund wurde's
, wenn Gregor ein paar seiner alten Lieblingsplatten rauszog: namentlich, wenn auch Mascha anfing – auf der Suche nach der Kristina-Stimme[163] –, ihre Kinderlieder vorzuspielen, *Bananafishbones* oder *Bell, Book & Candle* oder *Garbage*: lauter singende Eierbecher, gewiß, aber wenn man so saß und gemeinsam den Takt klopfte, war er deutlich zu hören, der Sommer, und beinah schon zu riechen.

Münchner Tage der anspruchslosen Musik. *Noch* angenehmer hätte man's gefunden, wenn Mascha dabei nicht – Mascha gewesen wäre. Nicht Mascha und der Sommerkuchen. Nicht Mascha und die Waldmeisterbrause. Nicht Mascha und der Guacamole-Dip. Sollte's das tatsächlich gewesen sein, auch für die nächsten vierzig Jahre?[164] Wahrscheinlich lag's am Föhn, wenn man sich solch schöne Momente wie diesen mit solch unschönen Fragen vermieste.

Vielleicht aber
lag's an Mascha und ihrer latenten Gereiztheit, die im weiteren Verlauf der Spießerabende jäh aus ihr herausrattern konnte (»Muß ich dich wirklich vom Fuß bis zum Kopf, du Knaller!«), vielleicht lag's an Mascha und daran, wie sie ihn plötzlich anfaßte, als sei er eine ihrer Hanteln, oder, noch schlimmer, sich selbst ganz klein zusammen- und in seine Hand hineinrollte:

»Wir haben es ein klitzekleinbißchen schön zusammen, Grischa, oder?«

Zum Glück dauerten ihre Anfälle von richtig russischer Schwermut nie besonders lang, zum Glück. Nur einmal, weil's leise neben ihm schluchzte, wachte Gregor nachts auf. Doch da lag lediglich Mascha und glühte vor sich hin, lediglich Mascha.

Je länger
, ja eigentlich, je mehr sie anwesend war in seinem Leben, desto undeutlicher spürte Gregor, daß ihm eine solide Halb-, Viertel- oder

Fastbeziehung wesentlich lieber war als eine Komplett- oder Dauerlösung; beinah schien's, als hätte er sich dran gewöhnt, wie Mascha täglich mit ihren Gewichten hantierte, mit einem Fensterleder, einem Apfelbutzen oder wer-weiß-welche Schleifspuren in seinem Alltag hinterließ.

Von einem Espresso zum andern war die Zweiwochenfrist allerdings abgelaufen und nurmehr Donnerstag – am Schweinchenbau[165] hing ein Transparent »Nein zum deutschen Angriffskrieg! Stoppt die Nato und ihre Schergen!«[166] –, von einem Mandelhörnchen zum andern und nurmehr Donnerstag, der 22. August. Für den sich Gregor viel vorgenommen hatte, vor allem: *nicht* an Mariettas Salon teilzunehmen.

Folglich stand er bereits nach der Großen Konzentrationsrunde vor dem Flurspiegel, Standbein-Spielbein, und nützte die Zeit, während Mascha in ihrem Fitness-Center oder beim Hundsnurscher oder Frau Yorn oder sonstwo war.

Ob er sich etwa einen buntbedruckten Schlips umhängen sollte?

Aber dann lächelte sie den ganzen Abend
nur durch ihn durch, ob er sein ▮▮▮▮▮-Feuerzeug nun von der Ferne aufblinkern ließ oder nicht. Wie sie kokett die grauen, die blauen, die grünen Augen zu verdrehen wußte, wie sie ihren Charme nach links und nach rechts verteilte, auf daß jeder doch die meiste Zeit mit seinem zweiten Weinglas alleine blieb, wie sie unermüdlich, in schamlos komplizierten Konsekutivkonstruktionen, widersprach, widersprach, widersprach – Gregor fragte sich, wie Ecki das alles ausgehalten hatte, damals.

Der Rest war bloß dunkles Gewoge, helles Gelächter.[167]

Offensichtlich gab's Stammpersonal
, das weitgehend unter sich blieb, und mehr oder weniger schnell wechselnde Neuerwerbungen, die auf verlornem Posten herumprosteten -prusteten und Gefahr liefen, den vorbeiflanierenden Herrn mit den langen Koteletten und den spitzen Schuhen als einen der ihren zu begreifen:

Wie's denn dem Percy gehe? mohnsemmelte sich Herr Knospe vertrauensvoll ans Ohr des Herrn, es hätte gerade noch gefehlt, daß er ihm seinen Ellbogen in die Seite gestoßen oder die flauschig schwarz behaarte Hand aufs Schulterpolster gelegt hätte.

Den Umständen entsprechend, gab der Herr zurück: hoffentlich gut.

Deutlicher konnte er's ja eigentlich nicht machen, daß er zwar keiner vom Stammpublikum sein wollte, aber auch keiner von denen, die jeden hier mit hundert Zähnen anlächelten:

»Spielen Sie Golf?«

»Nein, ich habe noch Geschlechtsverkehr.«

Das war zwar nicht die alleroriginellste Antwort, trotzdem hatte man vor Herrn Knospe erst mal wieder Ruhe.

Das Glück

, extemporierte der Bezold einem Kreis alleinerziehender Mütter: sei ein pathogener Zustand unklarer Genese, der höchstwahrscheinlich zu mancherlei Langzeitschäden führe, besser, man verzichte darauf – wie auf andre Drogen auch.[168]

Als er anhob, die Vor- und Nachteile verschiedner Espresso-Marken zu erläutern,[169] flanierte der Herr mit den Koteletten und den spitzen Schuhen schon durch die Küche; indem er dort aber – auf dem Tisch lag das vollständig gelöste Kreuzworträtsel, im Regal flimmerte der Fernseher –, indem er dort aber auf eine (das Tablett der Servierzofe mit neuen Kleinmahlzeiten versorgende) Frau Gschnitzer stieß, tat er so, als wolle er im Kühlschrank nach einem soliden Getränk suchen: und als müsse er statt dessen, empörenderweise, jede Menge Feuchtigkeitscremes finden.

Wenigstens gebe's im Keller einen zweiten Kühlschrank, klärte Frau Gschnitzer: Bier freilich nicht.

Und weil sie dabei durch ihre randlose Brille und knapp an der Besenschranktür vorbeischielte, weil sie Gregor mit dem Finger drohte, als teile sie mit ihm ein Geheimnis, wußte der mit einem Mal, wozu er heute hergekommen.

Sobald Frau Sophia Gschnitzer

, mit all ihren Blicken der Servierzofe folgend, die Küche verlassen hatte, zog Gregor die Tür des Besenschranks hinter sich zu und schnüffelte in, an, auf und unter andrer Leute Geheimtreppen.

Der Lust

, einfach hochzugehen, sich in Mariettas Bett zu verstauen und den Rest des Abends dort zu verwarten, widerstand er: Und richtig, am Fuß einer gußeisernen Wendeltreppe konnte er sich –

– aus einem Besenschrank, wie einfallsreich, heraus- und fast in Frau Gschnitzers Ersatzkühlschrank hineintasten. Bevor er dann, in schamlos unkomplizierter Direktheit, nach guter alter Gregormanier Fakten sammelte, nahm er noch den Schlüssel an sich, der von außen an der Tür steckte, »für alle Fälle«.

Als Gregor den Salon wieder betrat

, hatte er den Heizungs-, den Wasch- und einen überfüllten Weinkeller inspiziert – es roch nach Kerzenresten, Korken, dem klammen Geflüster des verdämmernden Jahrhunderts – und dabei eine kleine Entdeckung gemacht: Nicht so sehr die Tür, die (auf Höhe etwa des steinernen Flötenmännchens) unter der Terrassenbrüstung ins Freie führte, genaugenommen, auf eine Loggia, von deren Gewölbebögen die Putten abblätterten, genaugenommen, zu einer von Gartengerät arg zugerümpelten Bank. Nein, unverschlossen war die Tür gewesen und die Besichtigung der vergessnen Veranda sozusagen gratis; Gregors kleine Entdeckung bestand vielmehr darin, daß er die Tür sogar hinter sich hätte abschließen können: mit ebenjenem Schlüssel, den er zu Beginn seiner Besichtigung, »für alle Fälle«, eingesteckt.[170]

Eine traumverlorne Weile saß er auf der Bank, blickte über ein verwildertes Rosenbeet auf die steil sich ins Tal hinabstürzende Parkanlage, blickte in gewaltig ragende Baumkronen, hinter denen, grau und stumpf, der See den Mond ertrug. Während rund um ihn die Grillen und über ihm, auf der Terrasse, die Gläser erklangen, das Altherrengelächter der Salonlöwen:

»Liebe ist, wenn man nicht mehr in die Dusche pinkelt.«

»Nein, wenn man *behauptet*, es nicht mehr zu tun.«

Der Lust, sich einer Flasche des Beinhoferschen Weinkellers zu versichern und den Rest des Abends hier zu verlauschen, widerstand er: In seiner Hand nämlich ruhte Mariettas Klipp, und je länger er saß, desto fester war er entschlossen, ihn heute abend wieder loszuwerden.

Nachdem der Entschluß bis an sein grüngraublaues Ende durchdacht und gutgeheißen war, ging Gregor in die Nacht hinab, den weitgeschwungnen Bögen der Kieswege folgend, und hinauf, an einem Brunnen vorbei, einer steinernen Bank, einer Grotte – bis zum Haupteingang der Villa, aus dem ihm bereits die Schatten derer entgegenkamen, die aufgegeben hatten.

Wie geplant
, stand Marietta neben der Sklavenplastik und kokettierte sich durch die verschiednen Abschiedsszenarios; wie geplant, widmete sich Max dem Erzählen pointenloser Witze, polierte der Poldi seine Brille, drehte der Milliardär seine Nilpferdohren (»Wie meinen?«) auf der Suche nach der verlorenen Pointe, stand der Bezold –

– stand wer auch immer in Warteposition rund um Marietta herum, die mit dem Glanz ihrer Augen jeden überstrahlte. Plötzlich aber drehte sie den Kopf, blickte Gregor so unvermittelt und so direkt an, daß der, anders als geplant, *ganz & gar anders* als geplant, daß der sich vergaß und: mit seinen sämtlichen Augen zurücksah.

Von da an ging alles schief.

Denn als sich Gregor in Bewegung setzte
, den Bernsteinklipp hart in seiner Hand, tat das auch Herr Christoph Buchwald, der sich eben noch so fleißig über die *Kinks* geäußert hatte und über Tonabnehmer von Baßgitarren; als sie beide bei Marietta anlangten –

– ließ sich diese, und damit war der Plan bereits mißglückt, ließ sich nicht von Gregor, sondern von Herrn Buchwald Wein nachschenken:

Sie wisse auch nicht, wieso sie heut abend so durstig sei.

Buchwald, dezent unter seinem Schnurrbart hervorlächelnd: Schön für das Glas sei's allemal.

Gregor, eine spontan aufwallende Scham empfindend und Zerknirschung über die verpaßte Gelegenheit, Gregor war drauf & dran, sich grußlos entschlossen, endgültig, sofort davonzumachen; doch da hielt ihn Marietta am Sakko, Halt-Hiergeblieben, und – indem sie ihre Worte hauptsächlich dazu verwandte, einen gewissen Unterton zu erzeugen – stellte ihn als »Verfasser eines großen deutschen Romans« vor. Was den Herrn Buchwald nicht im geringsten abhielt, ihr Feuer zu geben.

Marietta: Sie wisse auch nicht, wieso sie heut abend so viel rauche.

Buchwald, dezent über seine Brillenränder hinweglächelnd, die zweite Zigarette ergreifend: »Schön für Ihr –«

»– für Ihr Feuerzeug allemal!« fiel ihm Gregor mit Heftigkeit ins Wort, immerhin hatte man ihm gerade den Beginn eines neuen Lebens vermasselt.

Marietta: Der Roman des Herrn Schattschneiders sei übrigens ein Weiberroman.

Buchwald: Ein was?

Marietta: blickte auf ihre langen knochigen Finger und ließ den Rauch sehr langsam aus sich herausgleiten.

Gregor: hielt sich abwechselnd an seinem ███-Feuerzeug fest, am Schlüssel, am Bernstein.

Ob der Roman so werde, wie's sein Titel verheiße? befürchtete der Herr Buchwald.

Im Gegenteil! hörte sich Gregor sagen.

Auf welche Weise er die nächsten Minuten überlebt hatte
, wollte ihm später, als er noch einen mächtigen ï-Punkt auf diesen Auftritt gesetzt, zutiefst rätselhaft erscheinen. Offenbar war ihm die Fragerei gerade recht gekommen, Dampf abzulassen – Naja, man schreibe halt so … –, bis sich der Herr Buchwald mit den Worten verabschiedet hatte:

»Apart. Sehr apart. Schreibt den Weiberroman nicht auch ein gewisser –?«

Ehe Gregor jedoch im Boden versunken war, hatte der Herr Buchwald in einer Falte seines Wesens eine Visitenkarte gefunden und, mißmutig, neben die Verlagsnummer diejenige seiner direkten Durchwahl geschrieben:

Auf einen Text, dessen Hauptrolle nicht für Frau Beinhofer reserviert sei, könne er eigentlich verzichten.

Vielmehr:

Und auf Anmerkungen und diesen ganzen Firlefanz drumrum, wenn er das eben richtig verstanden habe, erst recht.

Vielmehr:

Das Manuskript müsse allerdings in ordentlichem Zustand sein, er habe keine Lust, Bananen geradezubiegen.

Damit reichte ihm Marietta ihre weiße Wange
, Bussi-Bussi, und auch Gregor durfte sich empfehlen:

»Vielleicht sollten wir uns wieder siezen?«

Marietta fuhr sich mit dem kleinen Finger in einer ihrer schnellen heftigen Bewegungen übers Augenlid und, in derselben Sekunde, drückte ihre Fingerspitze in Gregors Falte, zwischen die Augenbrauen:

»Heut sieht sie aber ein bißchen tief aus.«

»I'm a loser, baby, so why don't you kill me«
, tönte's überflüssigerweise aus dem Autoradio, als Gregor seine Haut[171] Richtung München rettete; dabei war er's, trotz des gänzlich mißglückten Plans, trotz des Herrn Buchwalds, dem er ein Exposé und sogar – welcher Imponierdruck hatte ihn da bloß getrieben? – Textproben versprochen, trotz dieses (bis auf die Erkundung von Besenschränken) völlig vergeblichen Abends: war er's im Grunde zufrieden. Ja, es gab eine Falte, die vierzig Jahre lang in seinem Leben gefehlt hatte!

Wenn ihm klar gewesen wäre, daß Mascha währenddem schon auf gepackten Tüten und einem Koalabärrucksack saß, daß sich Mascha währenddem schon überlegte, was sie ihm zum Abschied schenken könnte, er hätte sich wahrscheinlich keinen Deut unzufriedner gefühlt.

Sie habe sich's überlegt

, fragte Mascha dann gar nicht erst lang rum, ob sich's denn gelohnt habe, »bei deiner Frau Professor« –

heut abend sei sie »da« gewesen und habe neue Konditionen ausgehandelt,[172] servierte Mascha gleich ihren Abschiedskuchen –

und morgen fange sie »da« wieder an, servierte Mascha gleich ihre Abschiedsmusik: Große Alternativen habe sie ja nicht, bis man sie rauswerfe aus Deutschland, wolle sie noch ein paar Mark zusammentanzen. Daß sich Gregor nichts Besseres einfallen lasse, sei ihr inzwischen klar, Schluß-Aus.

Das war typisch Mascha war eben Mascha war Mascha, und dann … erklang die Kristina-Stimme,[173] nach der man so viele Monate vergeblich gesucht. Neben der Ewigen Ablage stand der Glenmorangie und blickte Gregor an.

Nur eines werde sie morgen früh, abgesehen von dieser CD, werde sie hier lassen: ihr Fischhaus. Das habe er doch liebgewonnen?

Gregor wußte nicht, wem er heftiger zuhören sollte, Kristina mit ihren überirdischen Versprechungen oder Mascha, wie sie mit ihren kleinen energischen Sätzen die Welt neu verteilte: Und weil er's nicht wußte,

und weil er mit einem Mal überhaupt nichts mehr wußte,

ließ er sich vom Wunsche übermannen, Mascha zum Abschied auch was zu schenken, *sofort* was zu schenken; und weil er nichts Geringeres in seinen Sakkotaschen fand, zog er das ▮▮▮▮-Feuerzeug hervor, klappte den plexigläsernen Deckel zurück und ließ es grünrot für sie aufblinkern:

»Du rauchst zwar gar nicht, aber …«

»Oj Grischa«, sagte Mascha und ließ ihre Augenbrauen vibrieren.

Und dann verdarb sie noch alles

, tags drauf, nachdem er sie mit Sack & Pack & Koalarucksack in ihrer Wohnhöhle abgeladen hatte:

»Hast du mich kleines bißchen lieb, negodjaj?« blickte sie ihn richtig russisch, von ganz hinten aus der Steppe heraus, an: »Liebst du mich ja sowieso nicht mehr.«

180

Als Gregor in seine Wohnung zurückkam

, begrüßte ihn keine nickende Pudeldame, keine quietschende Ente, kein Lumibär, kein Weckerhuhn, und in der Küche grummelte kein Kaffeetier: so daß er sich erst mal das Leitungswasser über einen Cappuccinobeutel goß. Erst mal die leeren Stellen bestreichelte, an denen die letzten Wochen Schneekugeln oder 3D-Postkarten gewohnt hatten. Erst mal die Stelle im Eck beglückwünschte, an der jetzt nichts mehr schwarz und nichts mehr schwer war, erst mal die Schirmchen rund um den kleinen Farnwedel neu verteilte. Erst mal den Regalheiligtümern versicherte, mit Maschas Auszug sei lediglich der frühere Status quo wiederhergestellt worden – daß man das auch ganz anders sehen konnte, ahnte er zu diesem Zeitpunkt noch nicht – und somit, *Sie ist weg*, weiter nichts zu feiern als der Neubeginn seines alten Lebens.

Weil's dazu allerdings nirgendwo klapperte oder klirrte oder sonstwie zeigte, daß die Dinge ihren Lauf nahmen: stellte er den Fernseher an; ob der Bombenanschlag, von dem da in flirrenden Farbfetzen berichtet wurde, in Jerusalem oder Sarajewo, in Colombo oder in einem Lübecker Asylantenheim stattgefunden hatte, war freilich von seinem Ohrensessel aus nicht mehr zu entscheiden.

Die Ellbogen auf den Knien

, den Kopf in den Händen, fand er sich des Abends beim Beschweigen der drei Fische, die von Mascha verblieben, mal sang dazu *Heather Nova* mit ihrer Kristina-Stimme, mal nicht.

Wenn seine Fastfreundin jedoch gehofft haben sollte, er würde dabei ein klitzekleinwenig an sie denken, so hatte sie sich geirrt. Ihr Fastfreund fragte sich nämlich nur immer wieder: ob's das vielleicht schon gewesen war, mit seiner »Frau Professor«, oder ob er in einem Alter angekommen, wo ein Kuß überhaupt nichts mehr zählte, ein Stundenkuß? dagegen ein Sekundenstreicheln alles?

Wie oft er sich aber auch fragte, er konnte konnte konnte zu keiner Antwort kommen. Oh Marietta … nicht mal die Spitze ihres kleinsten Fingers war zu begreifen, die am allerwenigsten.

Bis er freilich

, in dunkler Nacht, einfach zu ihr hinfuhr und sie zur Rede stellte – bis er endgültig vor ihr kapitulierte und seine sämtlichen Fragen, notdürftig nur als Antworten getarnt, in ihr Gesicht schrie: sollte's erst noch ein 20. September werden und danach ganz wunderbar.

Vorläufig

war das Aufstützen des Kopfes Gregors Hauptbeschäftigung. Nagende, kauende, schluckende Gedanken. Selbstbestreichlungsversuche an, um und in seiner Lieblingsfalte. Langanhaltende Schnüffeleien am Besenschrankschlüssel, am Bernsteinklipp – ob da überhaupt noch was zu riechen war? Kaum hatte sich Gregor die Frage gestellt, mußte er sie mit einem heftigen »Oh ja!« beantworten –, Besichtigungen der 1108 Marietta-Volltreffer und des leeren, des immer wieder aufs neue leeren AOL-Postkastens:

Das ist sicher so 'ne Art Elchtest,[174] konnte's Gregor nicht verstehen: Die will wissen, ob ich in der Spur bleibe, ob ich trotzdem in der Spur bleibe.

Aber *selber* Elektropost zu verschicken wie seinerzeit das Serienmail, kam natürlich – »So wahr ich der Schirmherr von euch Schirmchen bin!« –, kam nicht mehr in Frage.

Sogar die kleinen Fluchten

mißglückten mitunter: Ein Bierdosenmausklickabend kulminierte zunächst zwar im Fehler 11-freien Download des RealPlayers; als man sich allerdings auch die Photos von Uma Thurman ausdrucken wollte, fehlte ein passendes Bildverarbeitungsprogramm.

Immer war das Leben zu wenig, immer.

Vielleicht lag's ja lediglich an der Visitenkarte

des Herrn Buchwald: vielleicht lag's ja lediglich an Gregors Versprechen, ein Exposé zu liefern, Textproben zu liefern, einen großen deutschen Roman letztendlich zu liefern, von dem er, selbstredend, keinerlei Vorstellung hatte: abgesehen vom Titel und von der oberpeinlichen Tatsache –

von der ober*günstigen* Tatsache, daß ebenjenen Roman seit Jahren, wer-weiß, ein gewisser Eckart Beinhofer schrieb.

Mit dem er, recht besehen, bloß mal wieder in Ruhe reden mußte. Bloß!

Bis er's freilich
tat, hatte Gregor noch ein paar Kriegserklärungen lang Zeit,[175] bis zum 19. September.

Nachdem er, beim Lauf durch den Englischen Garten war ihm klargeworden, daß er an seine Bestzeit nie mehr herankommen würde, nachdem er vor den Briefkästen[176] auf den Horsti und seinen Ingo getroffen – jaja, der Herpes sei weg, er könne schon wieder sitzen –,[177] nachdem's ihm ein Briefkastengespräch lang recht sauer geworden, wie die beiden, einander unentwegt irgendwo berührend, herumturtelten, wäre er beinah auch an jenem Tag zu nichts andrem als Fischhausbetrachtung, Kakteenverdächtigung, Wollmausbeschimpfung (mit versuchsweise eingestreutem »*I'm a scatman!*«) fähig gewesen. Dann aber raffte er sich, zu seiner nicht geringen Überraschung, von der einen zur andern Sekunde auf und rief bei Ecki an, der gleich drauflosschnaubte, als hätten sie sich erst seit vorgestern nicht mehr gesprochen, der gleich wissen wollte: wie sie gewesen, seine Frau, ob sich's gelohnt habe, jaja, natürlich, er wisse Bescheid.

Woher er das –?

»Na hör mal! Schließlich bin ich mit ihr verheiratet!«

Aber er lebe doch von ihr getrennt?

Wie er denn darauf komme.

»Ich denke, du bist schon längst …«

Weil er indessen weitere Antworten befürchtete, blieb Gregor nichts andres übrig, als so schnell wie möglich das Fragen einzustellen und mit der Wahrheit rauszurücken: daß er Eckis Hilfe brauche, dringend brauche, Alles-weitere-dann-mündlich; woraufhin Ecki? lediglich lachte:

Jaja, so fange's bei jedem an.

Folglich waren sie jetzt verabredet

, und als Gregor zwei Tage später, zwei leere Tage später eine minimalistische Gluckspost erhielt (die nichts außer dem Datum, dem Thema und einem kryptischen %-O enthielt), wußte er auch, warum Ecki erst am 19. September für ihn Zeit haben wollte: Weil an jenem Abend, so einfach war das, Mariettas Salon stattfinden würde.

Bis es freilich

soweit war

– bis *was* soweit war? –

bis *es* soweit war, versuchte sich Gregor in Nichtbeachtung von Ekelschlatz, in Reorganisation des Küchenschranks, in Neuverteilung von Socken und undurchen Camemberts auf Heizkörpern.[178]

Zerfledderte Tage, Selbstbeschnüfflung. Eine Serie von Vormittags-, von Nachmittagsschläfen.

Wie im Traum hörte man das Geschnatter von Benzon & Hedges, das Gefluche vom Hundsnurscher, das Gedröhne vom Schlammerl Horsti (»Bock dein gschdingadn Woipadinga[179] und schlaich di, du Grischbal«), hörte Paviangekreisch von der Leopoldstraße, die Ouvertüren von nebenan.

Wenn man die Augen dann wieder öffnete

, fiel der Blick auf den Kleiderständer, und je nachdem, wie Gregor die Hose, das Hemd, die Socken darübergeworfen hatte, schauten sie ihn an: Nicht immer wirkte das Ensemble betrübt; eine zentral (an ihrer *mittleren* Gürtellasche) aufgehängte Hose, ein exakt auf dem Bügel plaziertes und somit auf seine bevorstehende Lüftung bestens gerüstetes Hemd konnte durchaus etwas Geordnetes, ja Bürgerliches, Festbesoldetes, Hausbesitzendes ausstrahlen. Achtlos abgestreifte Unterwäsche dagegen wirkte mutlos, wirkte verwirrt, wirkte zutiefst am Leben zweifelnd; desgleichen die Socken: Nur in streng nebeneinander angeordneter Weise waren sie nach dem Aufwachen zu ertragen, jede Abweichung von ihrer Idealposition hätte Gregor erneut in tiefe Müdigkeit versetzt.

Aber man konnte sich mühen

, wie man wollte: Gegen die Leere der Schuhe kam selbst ein fehlerfrei drapierter Kleiderständer nicht an, gegen diese zunächst ganz offne und dann ins Versteckte, ins Endgültige, ins dunkel Trauernde hineinführende Leere.

Keine verfrühten Einsichten, bitte! suchte sich Gregor zu ermahnen: Der Tag ist noch lang genug.

Vielleicht wär's jetzt nicht mal so schlecht gewesen, wenn Maschas Ente am Wannenrand gestanden hätte: wenn man ihr, ganz kurz nur, an die Gurgel gegangen und ein kleiner Quietschlaut gelbrot aus ihr herausgehüpft wäre.

Und plötzlich war der 19. September

bloß einen einzigen Tag noch entfernt. Beim Frühstück rang Gregor mit der Erkenntnis, daß er's morgen, *danach*, wahrscheinlich gar nicht mehr rechtzeitig zum Salon raus schaffen würde. Vielleicht wär's in solchen schweren Momenten wirklich nicht schlecht gewesen, wenn sich Maschas Füße (mit oder ohne Rennsocken) auf die seinen gelegt hätten, ganz kurz.

Für alle Fälle ließ er sich im »Frisuren-Schachterl«[180] – »ein Schritt in die richtige Richtung«, lobte der Ingo, »dann sieht man deine grauen Haare nicht mehr so« – einen Millimeterschnitt verpassen, eine Fastglatze. Und weil das ein guter Tagesanfang war, ging er gleich anschließend zum Fotofix, um ihn gebührend zu dokumentieren.

Das Fotofix hieß mittlerweile Telephoto

, und für acht Mark ließ sich eine Digitalfrau vernehmen, die Gregor mit digitalklarer Stimme versprach, alles würde ganz einfach werden und ganz leicht. Jedenfalls was das Photo betreffe, das sie gemeinsam mit ihm zu schießen beabsichtige –, sie zählte den Countdown sekundenweise bis zum Blitz, und danach zeigte sie Gregor das entstandne Photo erst mal in aller Ruhe auf dem Display: Sollte er damit nicht zufrieden sein, würde sie umgehend ein weiteres schießen.

Gregor war nicht zufrieden.

Aber auch der nächste

, der übernächste Versuch verlief in recht verhaltner Freude, Das-darf-doch-wohl-nicht-wahr-sein, und lediglich, weil's draußen vor dem Vorhang des Telephoto-Häuschens zu glucksen und zu kichern begann, entschied sich Gregor beim siebten? achten? neunten? Versuch, zufrieden zu sein. Nach langen Minuten, im Innern des Telephoto-Häuschens gluckste und kicherte unterdes ein Pärchen, nach langen Minuten des Wartens kam ihm eine Serie an Fastglatzköpfen entgegen, die mit dem per Display gezeigten nicht das Mindeste gemein hatten – eine doppelkinnschlagschattenfaltig ins Breite zerdehnte, sehr grimmige Serie von Vierzigjährigen, die allesamt gern wie 39 ausgesehen hätten.

Vielleicht wär's in diesem Moment tatsächlich nicht so schlecht gewesen, Mascha dabeizuhaben, Mascha in ihrem knallorangen »Trainspotting«-T-Shirt:[181]

»Wir können mal vorstellen: ein gutgelaunter Grischa, wirft er seine Zuhälterphotos einfach weg.«

Statt dessen zeigte er die Photos

Herrn Schmedt auf der Günne und ließ sich dafür gebührend verhöhnen:

Wenn er vorhabe, sie auch Marietta vorzulegen, werde er nie mit ihr 'nen Turnaround schaffen.

Woraufhin Herr Schmedt auf der Günne in schneller Folge seine Lieblingswörter losließ: Eine Marietta sei halt sehr volatil, da müsse man Stop Loss-Limits setzen, um gegen plötzliche Kurseinbrüche gewappnet zu sein, und dann hieße's traden, traden, traden – »was meinst'n du, wie man ihren Einstandskurs sonst verbilligen könnte?«

Wahrscheinlich beflügelte ihn der bevorstehende Börsengang der Telekom:[182] Jedenfalls wollte er nicht eher aufhören, gute Ratschläge zu geben, bis ihm nur noch sein leitmotivisches Gegen-eine-Frau-hilft-bloß-'ne-andre-Frau-oder-zwei-oder-weißt-du-inzwischen-was-Besseres? übrigblieb:

»In deinem Portfolio ist doch auch 'n ganz nettes Bonsai-Bäumchen, an dem kannste dich ja schadlos halten.«

Mensch Max! ergrimmte da endlich Herr Schattschneider: Er habe ihn weder um Rat gefragt, was Mascha betreffe, noch –

Jaja, eine Marietta sei zwar atemberaubend in der Exposition, schüttelte sich Herr Schmedt auf der Günne die Schuppen aus dem Pferdeschwanz: sei aber eher mittelmäßig in der Durchführung, um nicht zu sagen: kläglich, um nicht zu sagen: ernüchternd, um nicht zu sagen –

Schattschneider: – noch habe er mit einer einzigen Silbe nach Marietta gefragt, sondern –

Schmedt: Wo nämlich ein Wille wäre, da gäb's auch ein Gebüsch!

Schattschneider: Max! Ob er ihm irgendwann mal 'ne Antwort auf seine Frage gebe?

»Sachma, du hattest *wirklich* nichts mir ihr?« ließ Max die Schultern schlagartig hängen und drehte an seinem Siegelring.

»Nicht daß ich wüßte«, beschied ihn Gregor.

»Also ob Ecki diesen Weiberroman schreibt«, drückte Max die Schultern wieder durch und gab endlich Antwort, »oder ob er bloß immer das Maul vollnimmt, woher soll ich das wissen?«

Vielleicht wär's ja heute
, ausnahmsweise, gut gewesen, wenn sich Gregor mit Mascha getroffen hätte statt mit Max. Auch wenn sie am Telephon neuerdings manchmal so klang, als trüge sie Brille. An andern Tagen freilich klang sie wie früher, und wenn sich Gregor dann wünschte, sie solle »sofort aus der Leitung kriechen«, tat sie das manchmal sogar. Zum Beispiel mit einem vielversprechenden:

»Guck mal, was ich dir mitgebracht habe.«

Woraufhin sie ein Weißbierglas rauszog aus ihrem kleinen Koalabärrucksack – ein echtes Klauglas aus dem »Johannis Café«:

»Hast du immer was von meinen Beinen.«

Andrerseits wollte sie
in »Golden Eye«, »Evita«[183] oder sonstwelche Filme, für die man sich rundum schämen und überdies danach fragen lassen mußte: Woher's wohl käme, daß sie in seiner Gegenwart nie das Gefühl habe, eine schöne Frau zu sein?

Weil du bestenfalls 'ne hübsche bist, dachte Gregor. Aber er sagte:

»Schöne Frauen sind nicht so lieb wie du, deshalb.«

Auch die wenigen Nächte

, die er noch mit oder eigentlich: neben ihr verbrachte, fielen unter Ich-denk-ich-bin-im-falschen-Film oder Es-gibt-kein-richtiges-Leben-im-Falschen. Zu jeder vollen, zu jeder halben Stunde faßte er den Beschluß, die Lumibären leuchteten so sanft, sich sofort von Mascha zu trennen, und ahnte dabei nicht mal, daß sie das längst für ihn erledigt hatte oder zumindest, tags drauf, aufs neue tat; ebensooft jedoch versicherte er sich, jetzt in einem Alter zu sein, wo's nicht mehr um ein entschiednes Entweder-Oder ging, sondern um ein entschiednes Sowohl-Als-Auch.

Besser als

, neben ihr liegend, gregorianisches Gedankengedränge zu erzeugen, war's allemal, mit Mascha Wer-kann-am-längsten-Zähneputzen zu spielen: Gregor imitierte seine Fastnichtmehrfreundin, wie sie sich dabei im Spiegel betrachtete und ihn, den Spiegel, mit vielen kleinen Zahnpastapunkten besprenkelte; woraufhin sich Mascha umdrehte und versuchte, auf Zehenspitzen stehend und kräftig weiterputzend, mit ihren Zahnpastaspritzern Gregors Gesicht zu treffen; woraufhin der sich, ebenfalls weiterputzend, in die Badewanne legte. Mascha zögerte keine Sekunde und drehte den Hahn auf.

Da war das Spiel zu Ende.

Am allerbesten freilich war's

, solche Abende nicht mit Mascha, sondern mit Marietta zu beenden, allein vor dem Fischhaus, mit einer Nacht für Nacht sich aufsummierenden Entschlossenheit zu beenden, ihr bei nächster Gelegenheit aufs Deftigste die Meinung zu sagen, Was-bildete-sich-die-ein, Was-glaubte-die-eigentlich-mit-wem-sie's-zu-tun-hatte!

»So ihr Lieben, jetzt gehen wir schlafen.«

Heute jedoch

, wahrscheinlich, wär's wohl ziemlich gut gewesen, wenn Mascha anstelle von Max auf dem Programm gestanden hätte, das »Venezia« anstelle der »Börse« und dem Bananenbier und der Sonne, wie sie so seltsam südlich in den Gläsern glitzerte, jedoch –

Aber sie *stand* ja auf dem Programm! Auch wenn's erst einer Schmedtschen Portfolio-Analyse bedurfte – »In solchen Fällen muß man halten, du Knallkopp!« –, um Gregor daran zu erinnern.[184]

»Wie immer zu spät!«

regte sich Mascha kein klitzekleinbißchen auf, im Gegenteil, prostete ihm ganz offensichtlich gutgelaunt mit ihrem Sekt-auf-Eis entgegen, als sei's ihr einigermaßen egal inzwischen, ob ihr Fastnichtmehrfreund unpünktlich war oder sehr unpünktlich. Gregor, sie so selbstvergnügt sitzen sehend, wollte endlich –

wollte schon –

wollte sofort anheben:

»Meinst du vielleicht, es geht ewig so weiter mit uns beiden?« Da habe sie sich freilich getäuscht; sobald sein Marzipaneis bestellt sei, müsse er mal ernsthaft über den weiteren Verlauf ihrer Beziehung –

In diesem Moment entdeckte er die schwarz glänzenden Ellbogen-, die schwarz glänzenden Knieschützer, entdeckte die schwarz glänzenden Rollerblades[185] an ihren Füßen und die viele nackte Haut an Armen und Beinen und Bauch und hielt den Mund.

Das lohne doch ohnehin nicht mehr, winkte Mascha ab und ihre Augenbrauen vibrierten dabei nicht im geringsten: Weshalb er immer solch schöne Tage mit solch unschönen Fragen verderben müsse?

Wie eifrig der Kellner um sie herumkellnerte!

Als sie dann aufstand

, bevor man ein einziges Mal auf ihren Schminkpunkt gedrückt hatte, als sie im Aufstehen ganz ohne Heimlichtuerei den Aschenbecher in ihrem Koalabärrucksack verstaute (weil er ihr mit seinem »Wo die Asche hinfällt«-Aufdruck eine passende Ergänzung für grünrot blinkernde Feuerzeuge dünkte); als sie sich nur noch einmal kurz über die Schulter blickte – »Ach, DiCaprio ist wirklich ein Babyface« – und auf ihren Rollerblades davonfuhr, mitten auf der Leopoldstraße und zwischen lauter hupendem Glitzerkram ziemlich cool davonfuhr, daß ihr der Kellner eine kleine italienische Worttirade hinterherschickte: kam sie Gregor gar nicht mehr so maschahaft vor und einen Minutenblick wert.

Das hatte ihm gerade noch gefehlt. Aber es half nichts, auch wenn er die Augen jetzt schloß, es half nichts, auch wenn er die Augen jetzt öffnete und dorthin sah, wo Mascha verschwunden war: Dieser Blick mußte! seine Fortsetzung finden, gleich heute abend, mußte! seine Relativierung finden, wäre ja noch schöner.

Kaum aber rauschte die Lichtorgel
, rauschte der Baßrhythmus über Gregor hinweg und der Groove der glattrasierten Körper: war Mascha erst einmal wieder vergessen.

Nein, die Barfrau, die sich eine goldne Glitzercreme ins Dekolleté geschmiert hatte, erschien ihm keines Minutenblickes wert. Auch Erykah nicht, obwohl er doch seit Jahr & Tag davon träumte, sie würde ihm mit ihrem Kaugummi … irgendwohin geraten. Nicht mal der kohlrabenschwarze Polizist, der eine der höheren Töchter zu sich auf den Tisch zog, um ihr Handschellen anzulegen, nicht mal der Polizist, der ihr schließlich, vor Beseitigung des letzten Stringtangas, die Dienstmütze aufsetzte und: zwei teuflisch kleine Hörnchen auf seiner Stirn zeigte – nicht mal *der* würde Gregor heut abend davon abhalten können, Mascha so lang zuzusehen, bis sie ihm wieder maschahaft erschiene.

Wohl aber konnte's, kaum hatte er sich mit einem Babybier und einer Handvoll Dollars versorgt, wohl aber konnte's die Frau, die gelangweilt an einer der Bühnenstangen lehnte: wohl aber konnte's die kleine weiße Schlange, die sie sich um den Hals gelegt.

Das hatte Gregor gerade noch gefehlt. Doch es half nichts, er mußte! Mascha erst einmal vergessen.

Die Schlangenfrau entpuppte sich
als Serbin (»Serben bringen Glück«):[186] Für den, der 35 Mark in sie investierte, hieß sie Lil, in Wirklichkeit Ljiljana, und ihre Schmin-

ke war sehr weiß. Hinter einem riesenroten Flokati-Kissen in Herzform kroch sie mitsamt ihrer bei jeder Bewegung leicht nachvibrierenden Leiblichkeit auf die Tischplatte – einen Augenblick lang glaubte Gregor, das Kissen wiederzuerkennen – und dort ein paar Zentimeter Richtung Gregor, nur ein paar Zentimeter, aber – das reichte, um seinen mit Frage- und Ausrufzeichen bis obenhin angefüllten Gregorkopf schlagartig zu entleeren. Mit schwarz umrandeten Lippenstiftlippen zeigte sie ihm, wie er sich eine Dollarnote in den Mund zu stecken hatte, damit ihr serbisches Gebiß danach fassen, vielmehr: damit er sie in ihren serbischen Körper hineinschieben konnte.

Langsam.

Sehr langsam.

Als sie allerdings genug gezeigt hatte und es ernst wurde: als Gregor vor ihr saß, mit großen Augen und einem der Länge nach gefalteten Geldschein zwischen den Zähnen, da beugte sie sich zwar zu ihm runter, die Schlange lag ihr reglos um den Hals, da schlossen sich ihre Lippen zwar ums andre Ende des Geldscheins, mit dem ihr Gregor entgegenzitterte, aber anstatt ihn nun aus seinem Innersten herauszuziehen, den Schein, schob sie ihr Gesicht ganz gemächlich an Gregors Wange vorbei, was ja wirklich nicht ausgemacht gewesen, so daß sie einander, durch den Dollarschein mundmäßig weiterhin verbunden, mit ihren Wangen leicht berührten – und dann, Gregor hätte sie am liebsten vom Tisch runtergezerrt, und dann, als seine Zähne das eine Ende des Dollars endlich freigeben durften, und dann strich sie damit auch noch durch sein Gesicht, mitten durch sein Gesicht und wieder zurück.

Gregor, entkräftet vor Glück und vor Scham und – die Schlange hing ihr reglos um den Hals – und vor Erleichterung, wußte sich nicht anders zu helfen, als die Bedienung herbeizuwinken und sich – ein neues Babybier zu bestellen.

Bier? fragte Ljiljana
, die sich angeschickt hatte, ihren weißen BH um seine Hände zu wickeln: Ob er nicht lieber neue Dollarnoten kaufen wolle?

Keine einzige, versicherte Gregor.

Da lachte Ljiljana, blieb auf der Tischplatte sitzen und lachte; selbst als sie fertiggelacht hatte, kassierte sie nicht einfach ab, sondern rutschte runter vom Tisch, direkt neben Gregor – und was immer er ihr erzählte, sie nickte dazu mit dem Kopf:

»Daß du lustig sein willst, das weiß ich.«

Mit einem hastig hingehauchten »Brich dir nichts Wesentliches«, als habe man ihr ein Zeichen gegeben, verließ sie ihn inmitten der allerschönsten Wie's-unsre-Haushälterin-von-der-Leiter-schmiß-Anekdote[187] und tauchte wenige Augenblicke später nicht etwa bloß am Nachbartisch auf – das wäre gerade noch hinzunehmen gewesen – sondern: tauchte *zusammen mit einem Mann* dort auf, einem Mann mit Ziegenbart und Igelfrisur, die in zahlreichen blauen, grünen und orangeroten Spitzen um seinen Kopf herumstachelte, einem Mann, dessen Bekleidung aus einem System an Ledergürteln und Eisenringen bestand, das an seinen Schnittstellen durch rot aufblinkende Glühlämpchen illuminiert war: einem über und über lachhaften Geschöpf also, das man sofort Karl-Günther taufen mußte, wollte man überhaupt ertragen, wie Ljiljana vor und hinter und unter und über ihm – nunja, das tat, wofür sie bezahlt wurde.

In seiner Not beschloß Gregor, besonders genau hinzuschauen, auf daß er Karl-Günthers kleine Mißgeschicke ja nicht übersah, seine Tölpelcien, deren er hoffentlich viele begehen würde, seine Links-Rechts-Tanzschritte, als gelte's, Zigarettenkippen auszutreten: Ausgerechnet von dem ließ sich Ljiljana betatschen, überall betatschen, als habe sie nicht eben noch mit einer feuchten Dollarnote ihm, Herrn Gregor Schattschneider, durchs Gesicht gefahren!

Wie, wenn Karl-Günther auch mal mit Mascha gebucht würde und dann mit ihr? genauso herumgrabschte und -grinste, wie man's nicht einmal als ihr Fastnochfreund würde gutheißen können.

Womit Gregor endlich wieder eingefallen war, weswegen er hierhergekommen.

Leider zu spät

, denn Mascha war gerade energisch dabei, sich aus dem letzten Zipfel ihres blauen Tuches herauszutanzen – aus ebenjenem Tuch, in das sie sich vor Wochen noch regelmäßig hineingewickelt, um mit sich selbst zu kuscheln –, und nachdem er sich, *Seven Seconds*, durch die eng an eng stehenden Gaffer bis zu ihrem Tisch vorgearbeitet hatte, schlang sie das Tuch zunächst zwar um ihre Absätze, anschließend aber um den Hals eines, der jede ihrer Bewegungen mit besondrer Wachsamkeit bedachte.

Oh nein, sie machte dabei, weiß-Gott, keine schlechte Figur, man hätte fast auf Gedanken kommen, man hätte fast ein klitzekleinwenig stolz auf sie sein können; wie sie sich ihren Slip in einem einzigen schnellen Schwung runterzog und dem, der sie so unverhohlen beglotzte, ins Gesicht stiefelspitzelte, mit Wucht stiefelspitzelte: da erschien sie Gregor zum zweiten Mal an diesem Tag ganz & gar *un*maschahaft, und er mußte sich fest vornehmen, sie häufiger hier zu beobachten.

Denn im nächsten Moment schon verschwand sie mit ihrem glotzäugigen Galan, magnumflaschenbeschwingt, in einer der Schweineboxen[188] – Gregor, voller gelber und giftgrüner Gefühle, kumpelte sich an die Barfrau ran und verbrüderte sich auf ex mit seinen Tresennachbarn.

Das

hatte ihm gerade noch gefehlt! Als ob nicht bereits genug zu bedenken gewesen wäre!

Obwohl sich die Barfrau

für jedes Weißbier sechs Minuten Zeit gelassen hatte, stand er am Ende ganz allein auf der Straße, mit einem riesigen Himmel über und einem heftigen Verlangen in ihm, den nächstbesten Passanten mit einem Brett gründlich durchzuprügeln oder, zumindest, mit links eine reinzuschallern; und niemand, niemand zupfte ihn am Arm und wollte nach Hause.

Damit war der 19. September
keinen einzigen Tag mehr entfernt; beim Aufwachen blickte Gregor auf seinen Kleiderständer, blickte der Kleiderständer auf Gregor, mutlos, verwirrt, zutiefst den Lauf der Welt bezweifelnd.

Maschagedanken.

Ljiljanagedanken.

Mariettagedanken.

»So, meine Lieben, jetzt stehen wir alle auf und holen unsre spitzesten Schuhe aus'm Schrank.«

Für jedwede Eventualität gerüstet
einschließlich Kreischkröte und Besenschrankschlüssel, trat Gregor sieben Schritte in die richtige Richtung, und wie immer fiel sein Blick dabei auf ebenjenen Tisch der »Börse«, der direkt hinterm Seitenschaufenster stand, von wo aus man ganz beiläufig im Auge behielt, wer das Haus Nr. 48 verließ und wer's betrat: Auch heute saß dort wieder einer, der sich in auffälliger Umständlichkeit die Pfeife stopfte, und als Gregor im Schritt innehielt, hob er sogar den Kopf, winkte ihm zu und: war der Poldi!

Neunzehnuhrzwölf.

»Was trägst 'n du für komische Anzüge neuerdings?«
begrüßte ihn Ecki – neunzehnuhrneunundzwanzig, wahrscheinlich legte in der Villa Hasenpusch gerade ein Gastreferent los –[189] und war weder mit Plastikkrawatte noch mit Hosenträgern ausstaffiert, vielmehr:

»Schau-schau, heut ist der Herr Klappentexter mal ausnahmsweise nicht mit von der Partie«, begrüßte ihn Ecki – wahrscheinlich schlenkerte man noch schnell einen pointenlosen Witz in die Runde –[190] und trug Plüschpantoffeln in Form zweier Zamperlmöpse, die ihr Maul hauptsächlich dazu benutzten, zwei dunkelrote Zungen aufs Parkett hängen zu lassen, vielmehr:

»Bin gespannt, was du mir über meine Frau verrätst«, begrüßte ihn Ecki – wahrscheinlich ließ man noch schnell die Feuerzeuge aufflammen – und war komplett ergraut inzwischen, dagegen konnte man Gregors graue Haare glatt vernachlässigen, vielmehr:

»Is' ja schon leicht abartig, daß du ausgerechnet von mir Hilfe willst«, bezupfte Ecki, als suche er sich für sein Äußres zu entschuldigen, die Büroklammern, die er sich durch die Manschettenlöcher geschoben hatte:

Ob er nicht reinkommen möge?

Im Flur von Professor Beinhofers Stadtwohnung
– abgesehen von einer Ewigen Einkaufsliste[191] und einem Hängeschränkchen mit grünschwarzen Hinterglaslokomotiven bestand er bloß aus Zeitschriftenstapeln, Kabelhaufen – hatte Gregor eigentlich bereits das erste Bücherregal erwartet:

»Ich denke, du hast so 'ne riesige Bibliothek?«

»Wer sagt *das* denn?«

»Deine Frau.« Ob er nicht der Vorsitzende dieses Vereins sei, Pardon: der Gründungsdirektor des Vereins zur ... zur Wahrung der deutschen Literatur?

Ecki schaute Gregor an wie einen besonders seltnen Fall, und mit seinen grauen Haaren wirkte er dabei sehr kompetent:

»Na, du scheinst ja *wirklich* Hilfe zu brauchen. Gehn wir ins Arbeitszimmer?«

Wie er sich umdrehte in seinen Zamperlmopspantoffeln, schleiften zwei braune Zamperlmopsschwänze hinter ihm her.

Im Arbeitszimmer von Herrn Professor Beinhofers Stadtwohnung
– abgesehen von einer küchentischgroßen Aussparung, in der zwei Küchenschemel warteten, bestand es bloß aus einer hüfthoch auf Böcken ruhenden Platte, die sich bis zum Fenster zog, und einem blauweiß auf die Wände gemalten Himmel –, im Arbeitszimmer wurde Gregor sehr still: und wußte vor lauter Pappmaché-Hügeln und Faller-Häuschen und Feldern, Wiesen, Wegen, Bächen, wußte vor lauter Gleisen, Gleisen, Gleisen überhaupt nicht, was als erstes beschauen: den See mit seinen hundert Segeln? Oder die Stege rundum, den winzigen Biergarten am Ufer, auf dessen Plastikbänken winzige Plastikmenschen vor winzigen Plastikmaßkrügen saßen? Den Golfplatz, die Parkanlagen mit den herrschaftlichen Villen, die Berglandschaft mit ihrer Tunnelöffnung – das Gleis führte ganz

offensichtlich durch die Wand ins Nachbarzimmer und kam zwei Meter daneben wieder heraus ...[192]

»Mein Werk, gewissermaßen«, erklärte Ecki und pulte an den Nägeln: »Oder ihres, wie man's nimmt.«

Gleich würde er sich an den Nagelbetten zu schaffen machen und die Haut dort abziehen, bis er ... Hand an den Haupttrafo legen konnte:

»Kleine Vorführung gefällig?«

Dann fuhren die Züge
, und wie sie so fuhren und Gregor nichts weiter tat, als neben Ecki zu sitzen und zuzusehen: nutzten sie die Gelegenheit, um sich mal wieder ein paar solide Getränke, gut gekühlt, zu Gemüte zu führen und: miteinander zu schweigen, wie in alten Zeiten.

Irgendwann jedoch kam Gregor
an den Hügelrücken, wie sie die Zimmerwände entlang- oder eigentlich: in sie hineinliefen, irgendwas jedoch kam ihm an den Hügelrücken oder eigentlich: den Häusern bekannt vor, die darauf herumstanden, vor allem an der Villa, die ganz oben auf der Hügelkuppe saß, inmitten riesiger Kiefern: ein gelbweiß getürmtes Gebäude, halb durchgeknallter Schwarzwaldbauernhof, halb Festung, der Rest Balkons, vorspringende Erker, verrückte Verzierungen, Holzverkleidungen. Auf der Terrassenbrüstung saß ein winziges Plastikmännchen und spielte auf einer winzigen Plastikflöte.

Und saßen da nicht
, kaum vorstellbar, daß man derlei überhaupt so filigran nachbilden konnte, standen da nicht weitere Figuren auf der Terrasse? In den weit geöffneten Türen? Saßen nicht auch welche im Salon, fast hätte Gregor meinen können, den Kachelofen zu erkennen, die Vitrine und daneben –

»Der Herr Professor, sein Assistent, seine Frau und ihr Liebhaber«, schien Ecki Gedanken lesen zu können und schaltete die Nachtbeleuchtung ein: Rund um den See flammten die Lichter auf und in der Villa Hasenpusch die Kronleuchter.

»Daß sie mich nicht mit dir betrügt
, weiß ich«, fuhr Ecki fort, ehe Gregor ein kleines Aber-ich-bin-doch-nicht-ihr-Liebhaber! zurechtstammeln konnte, »das hat sie noch mit keinem getan.«

Reglos ruhte Eckis Hand überm Trafo, und wenn die Züge nicht vor roten Signallampen anzuhalten hatten oder an Bahnhöfen, dann fuhren sie.

»Ihr reicht die Bedingung der Möglichkeit, wenn du verstehst.«
Gregor verstand.

Dennoch schien's ihm nun angeraten
, zum Thema des Abends überzuleiten, auch wenn's weit schöner gewesen wäre, einfach zu sitzen und zu sehen, zu hören. Als er sich so obenhin erkundigt hatte, was aus Eckis Weiberroman geworden, erntete er zunächst einen Blick, darauf ein gedehntes:

»Oh, fast fertig – eigentlich fehlen nur die letzten 421 Seiten.«

Jetzt aber im Ernst! setzte Gregor nach: Er habe da ein Angebot, sozusagen, und… hoffentlich *arbeite* Ecki wenigstens dran? Schließlich habe er seinerzeit in Wien, als sie beide –

Nein, habe er nicht, sagte Ecki ganz ruhig: Wie Gregor denn *darauf* komme, mit so was könne er wirklich nicht dienen.

Nicht mal mit ein paar Textproben? einem Exposé?

Nicht mal damit. Es reiche ihm vollauf, daß er seine Vorlesungen fabrizieren müsse.[193] Aber *wenn* er einen Roman geschrieben hätte, entfaltete Ecki plötzlich seinen verspitzten Humor: dann würde er von Astrid handeln, vor allem von Astrid und –

»Vergiß Iris nicht!«

– und von Nadine.

Von Janet.

»Jennifer, vergiß Jennifer nicht!«

Und von Jennifer, meinetwegen. Von Edith. Elke. Dany. Jessica. Eva, Claudia, Carol –

»Welcher Eva?«

Binnen kurzem herrschte das große Gelächter

, mehrfach versicherten sie einander, daß sie zwar keine einzige Zeile zu Papier gebracht hätten (»Der Weiberroman, unser Schummelbuch«), es jedoch in Erwägung ziehen würden für den Fall, daß die Getränke ausgingen: Binnen kurzem war's ein mopsfideler Herrenabend, wie zu alten Zeiten, und je länger sie so am Starnberger See saßen und im Biergarten dazu die Girlanden leuchteten mit ihren winzigen Glühbirnchen, desto unverständlicher erschien's ihnen, daß sie das nicht längst mal getan hatten, und desto wahrscheinlicher, daß sie's fortan regelmäßig tun würden.

Wenn Gregor nicht noch diesen Fehler gemacht hätte.

»Was, du rauchst Zigarillos?«

brachte er seine Feuerzeugkröte nur unter Protest zum Kreischen: »Ich denke, du drehst?«

»Was dagegen?« ließ Ecki die Hand nicht vom Trafo: »Die riechen gut und quatschen nicht.«[194]

Also hat sie mich belogen, dachte Gregor. Anstatt es allerdings dabei zu belassen, machte er den Fehler: und, vielleicht um seine Frage nachträglich zu rechtfertigen, erzählte vom Abend, an dessen Anfang ihm Marietta merkwürdige Pantoffel-, Nikotin- und sonstige Ecki-Details verraten und an dessen Ende sie in der »Sieben« rüscherlweise Verehrer abgewimmelt hatte, deren Tätowierungen ihr ganz »ekelhaft« erschienen.

Das Schlauchboot, nickte Ecki und ließ die Hand kurz vom Trafo, um sich ein Stück Nagelhaut abzulösen.

Und schon war's in vollem Gange

, das Gespräch über Marietta: Ecki referierte als nächstes, wie er früher immer die Spülmaschine umräumen mußte, weil sie von ihr falsch beladen worden, und wie er die Szenen genossen, die sie ihm dann gemacht.[195]

Schöne Szenen! schwärmte Ecki: Große Szenen! Laute Szenen! Damit hätte man sich wunderbar arrangieren können, nicht aber mit ihrer andauernden M███migräne.

Ähem? fragte Gregor.

198

M███migräne, bestätigte Ecki: »Wenn sie Hunger hat, schaltet sie 'ne Kochsendung an. Und wenn sie tatsächlich mal irgendwelche Wallungen verspüren sollte, schaltet sie …«

Ecki zerrte an seiner Nagelhaut, Ecki riß sich ein Härchen aus dem Ohr, Ecki legte die Hand zurück auf den Trafo. Da war's freilich bereits zu spät:

»'n durchtriebnes Flittchen?
Du hast ja keine Ahnung!« geriet Ecki in Rage: »Das *spielt* die doch bloß, in 'ner Beziehung ist die total harmlos. Die hat gar kein Interesse an 'ner ordentlichen ███████, die lebt nur für'n Konjunktiv!«

Ecki hieb auf sein Schaltpult ein, Ecki stellte Weichen, Ecki ließ Signallampen aufblinken, Ecki vergaß sich:

»Und damit du dir nicht schon wieder 'nen Schwachsinn einbildest: Die wird dich nie – wie ham wir das damals in Wien immer? – die wird dich nie erkennen wollen, nie!« Ob er eigentlich wisse, was sie so wundervoll an ihm finde?

»Meine Stimme!« wußte Gregor.

Blödsinn, lachte Ecki, und es klang von ferne nach dem Gekekker, das er früher so gern ausgestoßen hatte.

»Meine Falte!« wußte Gregor und fuhr sich mit dem Zeigefinger zwischen die Augenbrauen.

»Genau, zeig dir 'nen fetten Vogel«, schrie Ecki zurück: »Daß du 'n Trottel bist, *das* mag sie an dir, 'n restromantischer Volltrottel!«

Weil er jedoch mit beiden Händen dabei auf Gregor einfuchtelte, fuhren am andern Ende der Nacht zwei Züge ineinander. Und dann war der Teufel los.

»Wenn ihr irgendwas passieren sollte
, mach ich dich platt!« riß es Ecki nun vom Schemel, überall krachten ihm die Züge von den Gleisen, sein Interesse aber galt nurmehr Gregors schillerndem Sakko und ob er's in seinen Händen zerknüllen würde zerreißen können: Vor nichts schrecke er zurück, vor gar nichts! Den, der seine Trottelpfoten auf Marietta dreist plaziere, den mache er kalt, den lasse er kastrieren, den lasse er –

Ecki holte kurz Luft, es war restlos still rund um den See, vereinzelt glitzerte ein Licht vom Ufer, sämtliche Züge lagen irgendwo im Dunkel.

– also diesen Max, zum Beispiel, den habe er komplett zwangstätowieren lassen, oh ja, bis zur Halskrause, bis zum Handgelenk zwangstätowieren mit lauter Frauennamen. Damit's alle, die sich auf so jemand einließen, gleich auf den ersten Blick sähen.

Was einer Marietta denn schon passieren könne? nützte Gregor die Gelegenheit, daß Ecki auch mal wieder ausatmen mußte, und schob ihn zurück auf seinen Schemel: Mit einer Marietta, das wisse Eckart doch am allerbesten, da passiere schließlich nichts.

Worauf der unversehens das Schluchzen anfing
und um Entschuldigung bat: Es sei zwar reichlich bescheuert, aber er könne nicht anders, er würde sie halt noch immer – »wie ham wir das immer genannt?«

»Nicht unsympathisch finden«, behauptete Gregor.

Ecki pulte an seinen Nägeln, Ecki riß sich ein Härchen aus der Nase, Ecki ließ den Blick übern See flattern, dorthin, wo wahrscheinlich gleich die Nebel aufdunsten würden:

Einer wie Gregor, der sich nur mal schnell von Marietta untern Tisch saufen lasse, der kenne sie doch gar nicht, der *ahne* doch gar nicht, aus welcher Vorgeschichte sie komme und was er sich mit ihr aufhalsen würde …

Eckis Hand ruhte auf dem Haupttrafo, Eckis Blick glitt übern See, dorthin, wo sich wahrscheinlich gleich der Mond spiegeln würde:

»Sie hat dich geohrfeigt, das bedeutet viel.«

»Sie hat mich aber auch belogen«, sagte Gregor und legte ihm die Hand auf die Schulter, »oder trägst du etwa selbstgestrickte Hanfsocken?«

Und sie hat mich verraten!
zweifelte Gregor keine Sekunde lang, nulluhrneunzehn: Wenn sie Ecki vom Schlauchboot erzählt hatte, wer-weiß, was sie darüber hinaus alles – sie hat mich verraten! tobte Gregor Richtung Auto-

bahn, eine Serie an soliden Straßenschildern, gut gekühlt, hinter sich lassend: verraten! bis ins letzte Detail, und sich obendrein lustig über mich gemacht! Doch das würde er nicht so einfach auf sich sitzen lassen, jetzt war das Maß endgültig voll, dafür würde sie büßen, in dieser Nacht noch!

Als er die Autobahnauffahrt erreicht hatte, war er sich ganz sicher, gleich einen Mord zu begehen.

Zunächst beging er hingegen
folgendes: überwand den Gartenzaun, einuhrelf, wandelte knapp neben den Kieswegen um die Villa herum – wie üblich war der Salon um jene Zeit beendet, nirgendwo im Haus leuchtete ein Licht – und begab sich auf seine Loggia. Bevor er die Kellertür aufsperrte und die Besenschranktreppe nach oben schlich, ins Schlafzimmer, bevor er die Hände um den langen weißen Mariettahals legte und langsam zudrückte, machte er allerdings einen weiteren Fehler: Er setzte sich auf seine Bank, blickte über ein verwildertes Rosenbeet auf die steil sich ins Tal hinabstürzende Parkanlage, blickte in gewaltig raschelnde Baumkronen, hinter denen, grau und stumpf, der Mond den See ertrug. Während rund um Gregor die große Grille schrie und über ihm, auf der Terrasse, auch.

Statt also schnurstracks zur Tat zu schreiten
, stand er dann sogar noch eine ganze Weile auf der gußeisernen Treppe, zweiuhrvielleichtzweiuhrdreißig, statt also hochzugehen und dieses Möchtegernflittchen – wenigstens zur Rede zu stellen, wie er sich's seit Wochen vorgenommen und wie's nach heute abend ja wohl das Mindeste gewesen wäre: schluckte er sogar möglichst leise, die Welt knackte wie wild um ihn herum, und nach wenigen Minuten des Lauschens, des Inhalierens, trat er den Rückweg an.

Das aber war nur *die erste* von Gregors Fehlfahrten, die er in den nächsten 79 Tagen unternehmen sollte.

Schon wenige Stunden später
war er wieder unterwegs, eine höchstprivate Parallelaktion, im Autoradio lief passenderweise *What's Going On*, bloß wollte das lang nicht

mehr so energisch klingen wie früher.[196] Daß ihn Marietta verraten, einschließlich sämtlicher Details verraten hatte, dessen war sich Gregor auch in nüchternem Zustand – »wie ham wir das bestimmt nie genannt?« – »schmerzlich bewußt«, und weil er jetzt also, am hellen Nachmittag, zu ihr hinfahren und sie zur Rede stellen sollte – weil er jetzt also endgültig vor ihr kapitulieren und seine sämtlichen Fragen, notdürftig nur als Antworten getarnt, in ihr Gesicht schreien würde: war's der 20. September und alles ganz wunderbar.

Daß er mit seiner Endabrechnung
nicht mal bis zu einem ersten »Verraten hast du mich!« kommen sollte, wußte er freilich noch nicht.

Zwar war er an diesem Freitagmorgen
oder eigentlich -mittag nicht mit einem Kater, wohl aber mit einer kleinen Katze erwacht, die ihm ebenso leise wie anhaltend das Gehirn durchschnurrt hatte;[197] nach dem Genuß einer Zitrone jedoch und einem hundsnurschernden:
    »Hoods Eana dabräslt, gestan auf d Nacht?«
war Gregor, noch immer stark angemüdet, losgefahren. Oh Marietta … Wollte er ihr nicht sagen, wie sehr er sie haßte? wie sehr er sie verachtete? oder was? Durcheinander lagen die Worte, ein wüstes Feld, und schon winkte Frau Gschnitzer aus dem Küchenfenster.

Mindestens fünfzig Hirsche
blickten ihm erwartungsvoll entgegen, als er die Empfangshalle betrat, als er Marietta am hintern Rand des Perserteppichs entdeckte, rot war das Sofa und weiß ihre Haut, als er den Staubsaugerschlauch in ihrer Hand erkannte und die kleine fette Tigerratte, den Mausbiber, Krabbelkäfer, Kringelkuchen, Krimskrams in ihrer andern: Carlo Beinhofer, dessen eine Hälfte sie mit Hilfe des Staubsaugers bereits vom Sandkastensand befreit – sieh an, so pragmatisch konnte eine Mutter drauf sein – und deren andre Hälfte sie … in dieser Zehntelsekunde vergessen hatte.
    Als sie auf den Staubsauger trat, verabschiedete sich der in schnurrendem Decrescendo.

»Verraten hast du mich! Noch dazu an Ecki

, in allen Details, du hast dich lustig gemacht!« hätte Gregor spätestens jetzt, da Frau Gschnitzer samt Tigerratte in den Mustern des Teppichs verschwand, hätte er loslegen müssen; aber Marietta, er war sich plötzlich so sicher, Marietta würde, was immer er gegen sie vorzubringen wüßte, sie würde ohnehin nur abwinken:

Und ihren lieben Mann, habe sie den nicht ebenfalls, habe sie den nicht weit mehr verraten? Noch dazu an seinen besten Ex-Freund, in sämtlichen Details – ob Gregor das entfallen sei?

Oder sie würde sich gar nicht erst lang zu rechtfertigen suchen:

Auch er, der Herr Klappentexter, habe sie verraten – oder wie sonst solle man sein Verhalten der letzten Monate, sein gänzliches *Nicht*verhalten bezeichnen?

Möglicherweise würde sie sich kreischkrötenmäßig erst mal Feuer geben lassen, Feuer für zwei Zigaretten, und eine Schutzwehr aus Worten um sich schichten:

Ob er, der Herr Weiberromancier, einen bessern Trick verraten könne, etwas zu verheimlichen, als durch detailliertes Erzählen? *Selbstverständlich* habe sie ihrem lieben Mann berichtet, ansonsten hätte er ja keine Ruhe gegeben, von Anfang an berichtet – allerdings bloß bis zur Pointe. *Die* habe sie für sich behalten.

Ob sie die Pointe denn wenigstens ihm verrate? würde Gregor gewiß fragen.

»Du bist mir einfach nicht mehr aus dem Kopf gegangen«, würde ihm Marietta die Pointe ins Ohr flüstern, aber …

… noch bevor ihr ein einziger Laut, noch bevor Gregor ein einziger Laut über die Lippen gelangt war, fiel sie ihm mit solcher Wucht um den Hals, daß er fast umgefallen wäre.

»Würdest du vielleicht die Güte haben

, dich zu freuen?« bedrängte sie ihn, als er neben ihr saß, in ihrem silbernen Alfa: »Ich freu mich doch so, was sollte ich sonst machen?«

»Warum küßt du mich denn nicht

, wo du's so gern tätest?« forderte sie ihn auf, als er neben ihr saß, im Garten der Wirtschaft »Zum Häring«, und sich − eigentlich wollte er ja: wenn schon keinen Mord, dann zumindest eine solide Beschimpfung begehen − und sich in einem allerletzten Versuch ihrem blaugraugrünen, ihrem graugrünblauen, ihrem grüngraublauen Wesen zu entwinden suchte:

»Laß mir doch meine zwei zärtlichen Sekunden.«

War ihm vielleicht endlich aufgefallen, daß sie Sommersprossen hatte?

Weil am Ufer aber

die bayrischen Rautenfahnen blauweiß flatterten, weil mit Tüchern die Tische gedeckt waren, an denen sich die Schickeria zum Kuchenessen niederließ, weil die zwei Löwen, die sie dabei bewachten, bronzen schimmerten, weil der See flimmerte, weil die Berge glimmerten und weil eigentlich bloß Mariettas Strohhut fehlte, der zu alldem so rosarot geleuchtet hätte, daß man des Glaubens gewesen wäre, die Welt in ihrem tiefsten Wesen könne kaum was Besseres bieten als einen Biergarten: fragte Gregor die Bedienung:

»Ham Sie 'ne Butterbrezel?«

»Daad ma scho ham«, ließ man ihn wissen, »meng S a Wuaschdsemme?«[198]

»Senf wäre in diesem Zusammenhang

sicher ganz verdienstvoll«, besichtigte Marietta eine halbe Tschetschenenmaß später die nackte Wurst auf ihrem nackten Teller; als jene den Zinken der Gabel entglitt und auf den Boden fiel, hob sie Marietta mit einem schnellen Hieb der Gabel wieder auf, staubte sie mit einer knappen sachlichen Bewegung der andern Hand ab und schob sie nicht etwa zurück auf den Teller, sondern gleich in den Mund: Gregor erstarrte vor Bewunderung.

Kaum hatte sie sich die Lippen geleckt und die Serviette gerollt, beendete sie sein altes Leben mit den Worten:

»Du bist mir schon so'n −«

Und kein einziger kleiner fetter Carlo weit & breit, dem man jetzt schnell ein Märchen von seiner Mutter hätte erzählen können –
ein Märchen von seiner Mutter, die plötzlich entdeckte, daß ihr die Worte vergingen –
ein Märchen von seiner Mutter, die plötzlich feststellen mußte, daß ihr kein Ton mehr über die Lippen kommen wollte, wie sehr man sie auch in die Arme schloß.

Nein
, diesmal war sie ihm nicht mitten im Kuß davongeschlafen, war ihm nicht nach nebenan entzogen worden, im Gegenteil, sie hatte sogar noch ihre Lieblings-CD aufgelegt – *Das Brandungsrauschen des Starnberger Sees* – und ihm auf die Frage, ob man das nicht schon live die ganze Zeit unplugged höre, ins Ohr geflüstert:
»Oh nein! Was hier so laut rauscht, das ist das Atmen der Geschichte.«
»Unsrer Geschichte«, hatte Gregor zurückgeflüstert, und dann, dann wär's fast soweit gewesen.

Fast! Denn anstatt einfach
, mein-Gott, war das denn dermaßen schwierig, anstatt die Augen geschlossen zu halten und ████████████████████ ████████████████████████, hatte sie ihn mit plötzlichen Verlautbarungen überrascht: Sie fühle sich »so indezent«, »so unrein«, schließlich sei's nur die Seele, die geliebt werden dürfe, alles andre sei viel zu direkt. Und außerdem, sie habe gerade das dringende Bedürfnis, ein Bad zu nehmen.
Schön für das Wasser, hatte Gregor gemurmelt. Und dem Starnberger See gelauscht, wie er sein digitales Ufer beplätscherte und wie, wahrscheinlich, der eine oder andre Zug vorüberrasselte.

Als sie dann freilich wieder neben ihm lag
, stark nach etwelchen Essenzen riechend, hatte er bis zum frühen Morgen Zeit, zu atmen und dabei zu begrübeln, wieso's bloß *fast* soweit gewesen, *fast*. Und ob sie ihn mit all den Erklärungsversuchen ihres Verhaltens, ihres gänzlichen *Nicht*verhaltens, lediglich

hatte ablenken wollen, mit all den Verunklärungsversuchen, in denen der Name ihres lieben Mannes so unerquicklich oft gefallen, bis man am Ende gar nicht mehr wußte, ob sie überhaupt schon von ihm getrennt war und wenn ja, was das eigentlich besagen wollte.

Nicht daß man auf die rohe Tat über Gebühr erpicht gewesen wäre, Gott-bewahre, aus diesem Alter war man zum Glück raus, aber, nunja, sie hätte doch wohl irgendwie dazugehört zum Beginn eines neuen Lebens, nicht wahr? Zumindest als symbolischer Akt – jedenfalls weit eher als Mariettas fortwährende Verunklärungen,

- daß man Männer verwirren müsse verletzen,[199]
- selber hingegen niemals verwirrt verletzt klein schwach traurig zärtlich anlehnungsbedürftig (»also mittelmäßig«) wirken dürfe: »Dann würde ja jeder das Interesse verlieren!«
- Daß man die Kontrolle folglich in jedem! jedem! jedem! Fall behalten müsse, andernfalls der Mann bald auf & davon sei,
- und falls man ihn dennoch mal ein ganz klein wenig liebe – »Bild' dir jetzt bloß keine Dämlichkeiten ein!« –, dürfe man ihn erst recht nicht, am allerwenigsten »in solchen Situationen« …

… und-soweiterundsofort, mein-Gott, so genau hätte man's vielleicht auch gar nicht wissen wollen, schon-gut.

Wie das Bett knackte, oder war das einer der tausend Holzbalken in dieser alten Villa? Wie die große Grille draußen schrie! Wie der See ans Ufer schlug, wie die Züge fuhren und fuhren![200]

Oder war sie schlichtweg
zu betrunken gewesen, um noch andres tun zu können, als vom »Nonnendasein« in ihrer Ehe zu künden und davon, daß es »darauf« ja ohnehin nicht ankäme?

Oder war sie schlichtweg zu nüchtern gewesen, um bereits andres tun zu können, als sich über den Herrn Klappentexter und sein angebliches Bedürfnis »nach so was Primitivem« zu ereifern? und darüber, daß er wohl hoffentlich nicht beabsichtige, zu einem ganz gewöhnlichen Menschen zusammenzuschnurren mit ganz gewöhnlichen Bedürfnissen: Dann nämlich! würde sie's überhaupt nicht mehr aushalten.

Aber was denn? Für sie gebe's doch gar nichts auszu-
»Na, das alles hier, die gesamte Situation und so!«

Mit einem fremden Mann in einem knarrenden Bett?

In ihrem *Ehebett.* »Und wenn du das noch immer nicht kapiert hast, tust du mir leid.«

Gut

, daß sie, mitten in einem Satz, nach unten weggesackt war, und gut auch, daß ihr Arm dermaßen knochig auf seiner Schulter gelegen, dermaßen lang, dünn und eckig – sonst wäre man fast auf Gedanken gekommen, fast.

Indem er ihr Gesicht

, beim Aufdämmern eines wunderschönen Samstagmorgens, wieder wahrnehmen konnte, erschien's ihm – ohne den grüngraublauen Glanz ihrer Augen, ohne die Wucht der Worte auf ihren Lippen – erschien's ihm beinah ein bißchen häßlich.

Insbesondre an der Nase.

Und die Ohren, durften die nicht geradezu als aufdringlich gelten?

Vielleicht war's ja wirklich klüger, jedwede pathogenen Zustände unklarer Genese verstreichen zu lassen, als sie zu nutzen.

Andrerseits, wenn er dran dachte, wie dreist er seine Trottelpfoten schon zum zweiten Mal auf Marietta plaziert hatte – und doch nicht dreist genug: dann war's schier zum Verrücktwerden.

Nein, das Gluck wollte auch an diesem Morgen nicht über ihn kommen.

»Du warst so roh gestern«

, erwachte Marietta, ehe sie die Augen zur Gänze aufgeschlagen hatte, erwachte als erstes in ihrem Mund: »Ich versteh nichts mehr.«

Und fing sofort wieder dort an – es war zum Davonlaufen –, wo man wenige Stunden zuvor aufgehört: Zwar habe sie nicht bekommen, was sie wolle, und *was* sie bekommen, das habe sie nie gewollt, aber immerhin – sie *habe* was, und dazu müsse sie stehen.

Welch ominöses »Was« denn das sei?

Woraufhin Marietta auch in ihren Augen erwachte und gleich einen abschätzigen Ausdruck in sie legte:

Sie begreife gar nicht, warum er alles so schwer kapiere! Na, das »Was« sei eben das, was ihr ursprünglich nicht im Traum eingefallen wäre, jedenfalls nicht als Dauerlösung: ihr lieber Mann. Doch als sich die kleine Tigermaus plötzlich angesagt habe – wie gern wäre sie da mit ihm glücklich geworden! Gregor solle ihr freilich mal verraten, wie das zu arrangieren sei mit jemand, der sogar die Stellplätze im Küchenschrank beschrifte ...[201]

Und dann, ihr Blick traf sehr unvermittelt, sehr kurz, sehr grüngrüngrüngraublau auf den des fremden Mannes in ihrem knarrenden Bett:

»Weißt du, manchmal hab ich den Verdacht, ihr seid euch ziemlich ähnlich.«

Beim Frühstück

, aber das kannte man ja schon, verging sie sich an ihrer Semmel, riß ihr mit schnellen kleinen Rupfbewegungen die Seele aus dem Leib. Und erzählte so selbstgewiß, als wäre in der vergangnen Nacht gar nichts, vielmehr: als wäre alles oder wenigstens etwas gewesen, erzählte von der neuen Herbstkollektion, die man bei Armani demnächst zeigen werde, und daß sie ganz fest vorhabe, mit Gregor – keine Widerrede! Wo ihm Eckarts Anzug doch so gut gestanden habe!

»Guck mal, was deine Mama mit den armen Semmeln macht«, sagte Gregor noch schnell zum kleinen fetten Carlo, und der kleine fette Carlo guckte aufs Nutella-Glas und sagte »Uella«.

Zeit, nach den 36 Hirschen zu sehen, fand Gregor dann keine mehr. Und nach dem grauen Volvo, der in der Einfahrt entgegenzukommen wagte, erst recht nicht.

In seinem Elektropostkasten

traf er freilich, selbstredend hatte er bloß pro forma reingeklickt, könnt-ja-sein-ich-mein-ja-nur, traf er tatsächlich bereits bei seiner Rückkehr auf:

»es schlug mir das herz und mir fiel ein da? ich irgendwann einmal so sehr lieben könnte zu sehr

kommst du morgen wir könnten doch zusammen essen
sei nicht blöd
:-)) m@riett@«

Nein, blöd war Gregor nicht, und also hatte's hiermit begonnen, sein neues Leben.

Gregors neues Leben aber

, nämlich das, was er die nächsten 77 Tage dafür halten sollte, stand unter dem Motto Krieg & Frieden; und stets war's Marietta, die den Angriff führte. Trotzdem mußte man sich ihr aussetzen, ihren Worten, ihren Blicken, oder gerade deshalb: jeden zweiten, spätestens dritten Abend – länger war's einfach nicht zu ertragen, ohne einander.

Die Kunst

, einen Mann warten zu lassen, beherrschte sie. Vorzugsweise im »Schumann's«, ihrer »Einstiegsdroge«, saß man vor einem Knabberschälchen mit Pils-Beigabe, und zwar immer so lang, daß man's als großen Segen empfinden durfte, wenn sie dann endlich auftauchte, Porst.

Manchmal war Gregor versucht zu denken, das Warten sei das Beste an seinen Abenden mit ihr. Besser sogar als das, was nach Mitternacht auf dem Programm stand.

Vorausgesetzt

, sie rief nicht in letzter Minute noch an, um ihn zu versetzen:

»Weißt du, dieser Poldi rückt mir schon seit Wochen auf die Pelle, ich fürchte, ich muß …«.[202]

Beziehungsweise: Sie sei »gesellschaftlich heut einfach unzumutbar« – was nichts andres hieß, als daß sich mal wieder ihr lieber Mann gezeigt und um ihre Gunst geworben hatte; beziehungsweise: »Das alles« ginge sowieso nicht, sie sei »eine anständige Frau« und Gregor – ein unanständiger Mann, schließlich recherchiere er ja weiterhin hauptamtlich bei seiner Fastfreundin, oder etwa nicht?

Denn noch fanden ihre Treffen halbwegs heimlich statt
, und immer hatten sie das Gefühl, in der nächsten Kneipe auf Ecki oder Mascha zu stoßen: ein Illegalitäts-Tremolo, das nicht unwesentlich zum Gelingen dieser Treffen beitrug.

Eine Affäre! dachte Gregor: Eine Fastaffäre, wunderbar! Alles andre war doch vorerst egal, alles andre würde sich doch finden.

Egal jedenfalls
, völlig egal war's ihm zum ersten Mal in seinem Leben, auf welche Weise die Frau ausstaffiert war, an deren Seite er sich dem Verzehr solider Getränke widmete – kaum stand sie vor ihm, hob das unendliche Gespräch wieder an, das unendliche Gelächter, und wenn er sich anderntags zu erinnern suchte,[203] wußte er meist nicht mal mehr mit Sicherheit zu sagen, welches ihrer Möchtenichtgern-Outfits sie wenige Stunden zuvor präsentiert hatte:

»Alle Anwesenden sind da, wir können anfangen.«[204]

An gewissen Abenden bevorzugte sie Flüssigkeiten
, in denen ein bis zwei Strohhalme herumstanden, an andern insistierte sie auf einer Flasche »Kampanjer« (»Ein Porst auf unsre Fastaffäre!«), und sollte sie daraufhin, beim Verkosten kalifornischen Rotweins, nach dessen i-Punkt suchen, war sie bereits mit energiegeladner Bosheit bei dem, was Gregor früher ausschließlich mit Ecki Spaß gemacht hatte – bei der Umbegreifung der Begriffe, dem Benäseln von Ekelworten, der Erfindung von Abkürzungen:

PERG: Person extrem restriktiver Größe,

PEGER: Person extrem geringer exodermer Reflektanz,

PIGEUNER: Person in ganz erfreulichen Umständen nebst einem Roma …[205]

Freilich trank, rauchte, redete Gregor nun nicht mehr mit Ecki, sondern mit dessen Frau, und wenn er wortreich nicht so hätte tun müssen, als wäre sein Interesse an ihr ähnlich begrenzt wie das ihre an ihm, er hätte schweigen können vor Entzücken.

War's nicht das

, was er ein halbes Leben lang gesucht hatte – eine Frau, in deren Beisein man das Maul ebenso voll nehmen konnte wie bei seinem besten Ex-Freund? in deren Beisein man, beginnend bei der Liebe zum Versalienwort, jedwedes weitere Wort und, seltsam genug, die ganze Welt für ein paar Stunden lieben durfte? Genau, das war's – die Abende verprassen, die Nächte verprassen, Seite an Seite mit einer fatalen Frau.

Aber eigentlich verpraßte er ja nur die Abende an ihrer Seite

und ließ ihr sein Feuer, »Also du bist schon so einer«, aus der Kloschüssel oder dem Kopf der nackten Frau (mit den rot aufblinkenden Brustwarzen) oder dem Tiger oder gar aus dem Hosenschlitz des Wichtels entgegenflammen. Und Marietta, vielleicht fuhr sie ihm, in einer ihrer schnellen heftigen Bewegungen, mit der Spitze des kleinen Fingers zwischen die Augenbrauen:

»Bist halt ein Mann, kannst nichts dafür.«[206]

Das wechselweise Vorführen rhetorischer Figuren

, die Angst, der andre könne das Spiel verfrüht abbrechen, »Du sollst mich nicht immer belügen, das mach' doch schon ich«, und Ernst machen mit dem Reden: Das war der erste Teil ihrer Abende.

Gönnte ihm Marietta mal eine kurze Verschnaufpause, atmete sich Gregor rasch in die Abgründe ihre Handtasche hinab und … wartete drauf, daß sie von der Toilette zurückkam, auf daß er sie dabei beobachten und: größenwahnsinnig werden konnte.

Spätestens jetzt war er betrunken.

Und dazu kam dann noch der Alkohol und die Weisheit der Wirte.[207]

Denn die Nächte mit Marietta

, sie bestanden nur zum ersten, zum überwiegenden Teil darin, daß sie sich stritten. Der verbleibende, der zweite Teil jedoch war der, auf den's ankam, war der, in dessen merkwürdig mäanderndem Verlauf sie sich, unter günstigen Umständen, wieder versöhnten. Spätestens dann mußten sie ja fallen, die schweren Sätze, spätestens dann.

Eingeleitet wurde der zweite Teil

, derjenige voller Selbstzweifel und kaum verhohlnem Kuschelbedürfnis, durch kleinere taktile Übergriffe:

»Nun sei doch nicht immer so deutsch und nimm mich endlich mal in den Arm, du Mensch!«

Trotzdem konnte's passieren, daß erst noch die Mitternachtsmahlzeit anstand, das Zerschneiden der Spaghetti in löffelfreundliches Stückwerk, die Suche nach dem G-Punkt im Innern einer panierten Seezunge, das Hinunterwerfen von Teller & Tasse, ohne daß man sich im geringsten um die Scherben kümmerte oder auch nur einen kleinen, um Verzeihung bittenden Gedankenstrich in die Satzkonstruktion einschob.

»Meine Schuh sind hin, mein Nerz ist schwer«, ließ Marietta in solchen Momenten bestenfalls ihre Haare rot und unsymmetrisch aufschimmern: »Der Pressack ist der Saumagen des kleinen Mannes, findste nicht?«

»Nein«, fand Gregor: »Der kleine Mann ist der Pressack des Saumagens.«

Das Kauen der Kaffeebohnen

geschah dagegen erst an einer ihrer Nachtadressen, bevorzugt im »P1«:[208] wo man auf die gleichen Neunhundertsassas mit frisch eingespeicheltem Seitenscheitel traf[209] und auf die gleichen geschniegelten Schnattertanten wie Stunden zuvor im »Schumann's«, ein sagenhaft sinnloses Volk. Das waren die anstrengendsten Momente mit Marietta: Von jedem, der Mütze trug oder Manschettenknöpfe, ließ sie sich ihre zwei ovalen Zigaretten anzünden, eine rücksichtslose Bereitschaft strahlte von ihr aus.

Wohin also mit dem Durst, wenn man ganz offensichtlich nicht mehr zur Szene zählte? Keinesfalls in die »Sieben«, erst recht nicht ins »Pussycat«, obwohl Marietta öfters drängelte: Ebendorthin wolle sie, Fastfreundinnen besichtigen, und zwar auf der Stelle.

Dann schon lieber ins »Nachtcafé«

, wo's einen heftig herumscratchenden »Grandmaster of Noyze« an den Plattentellern gab, wo's Nachos mit roter und grüner Soße und anstelle des notorischen »Frozen Marietta« einen Mini-Drink gab, den man als gewohnheitsmäßige Getränkekartenleserin sofort entdeckte:

»Ich hätt' gern 'nen ›Orgasmus‹.«

»Einen ›Orgasmus‹, die Dame«, sagte der Barkeeper, und er lächelte nicht mal dazu.[210]

Was er dann zusammenschüttelte, war allerdings kaum aufregender als ein Rüscherl – ein mickriges Stamperl voller Blau, reichlich desolat im Geschmack. Spätestens jetzt würden sie fallen müssen, die schweren Sätze, spätestens jetzt:

»Was fang ich bloß mit 'nem Mann an, der mich nicht in den Arm nimmt?«

Die Beiläufigkeit von Berührungen
, spätestens jetzt hätte sie zunehmen müssen, spätestens jetzt. Aber statt, mein-Gott, wäre das so schwer gewesen, statt den Mund auch mal geschlossen, statt sich auch mal in den Arm *nehmen* zu lassen, jedenfalls länger als fünf Sekunden, stellte sie Grundsatzfragen:

Was er denn meine, warum sie all seine Unverschämtheiten hinnehme?

Er glaube wohl, es würde immer so weitergehen mit ihm?

Mit einem, der – gleichzeitig! – weiß-der-Teufel-wievielen Frauen hinterherecherchiere?

Wie herrlich verläßlich, integer, solide sei dagegen einer wie Ecki, der sie angerufen habe, Ecki, der sie besucht habe, Ecki, der sich ausnehmend lieb um die kleine Tigermaus gekümmert habe: Jedes, jedes Mal mußte sie von ihm künden und von der schrecklichen Leere, die sie angefallen, als er wieder gefahren. Zwischen Gregor und ihr, selbst wenn sie ihn ein ganz klein bißchen mögen würde, stünde nicht nur ein Mann, sondern ein Prinzip (sie sprach tatsächlich von »ehelicher Treue«!); überdies würde ja unentwegt Kampf zwischen ihnen herrschen, und so könne man doch kein Leben bestreiten.

Zum Glück wurde sie im Verlauf solcher Moralanfälle nicht zwangsläufig unhäßlicher; wenn sich Gregor freilich bereits damit abzufinden drohte, daß sie gleich gen Himmel fahren oder völlig absaufen würde, biß sie ihm in den Arm:

»Jetzt fangen wir doch an zu spielen, wußt' ich's nicht von Anfang an?«

Verhielt man sich dann ganz still

, ganz mucksmäuschenstill, mußte! er stattfinden, der Sekundenblick:

Komisch sei's ja schon, wie er … wie er an all ihren … ihren Freundlichkeitsbekundungen vorbeihöre, konsequent vorbeihöre …

Erst wenn Mariettas Sekundenpausen einsetzten, wenn ein grüner Glanz aus ihren Augen den Moment ankündigte, wo er kippen durfte, der Abend, wirklich und spätestens und endgültig kippen durfte, erst dann fühlte sich Gregor in Sicherheit: Für diesen Moment jedenfalls hatte er das Gefühl, in einer wunderbaren Geschichte gelandet zu sein, die nach vielleicht zwei, drei weiteren Sekundenpausen ohne Worte auskommen würde. Denn ein Lokal, ein angemessnes Lokal, das nach drei Uhr nachts noch desolate Drinks bereitstellte, brauchte man außerhalb des »Nachtcafés« gar nicht erst zu suchen:

»Einmal muß Schulz sein.«

Was doch wohl hoffentlich nichts andres heißen sollte als: zu-dir-oder-zu-mir? oder-wie-oder-was?

Die seltenen Abende dagegen

, die in Gregors Wohnung begannen, bestanden vor allem darin, daß sich Marietta »in dieser lächerlichen Ordnung, die ist ja fast schon pervers, so steril ist die« einzurichten und Gregor durch geschicktes Nachjustieren der von ihr benützten, sprich, aus dem Lot gebrachten Gegenstände ebenjenes zu verhindern suchte: ein Wettrücken, das zu keinerlei befriedigendem Ergebnis und jedesmal bloß durch Verlegung in die »Börse« zu einer erquicklicheren Wendung führen konnte.

Gregors neues Leben nämlich

, jedenfalls das, was er 77 Tage lang dafür halten sollte, stand unter dem Motto Krieg & Frieden; und selbst in seiner eignen Wohnung war's Marietta, die den Angriff führte:

Sie kam, sah und verwüstete. Verschob die Dinge, verlachte die Dinge, verpönte die Dinge, verging sich an den Dingen. Gregor hatte alle Hände voll zu tun, sie hinter ihrem Rücken wenigstens einigermaßen zu beschwichtigen, ihnen ein paar kleine Melodien zuzusummen, das würde sie vielleicht trösten.

Fast hätte er sich für Marietta geschämt, obwohl ja außer ihnen beiden und den Dingen niemand im Zimmer war.

Aber vielleicht nebenan.

Besser

, weit besser lief's dagegen umgekehrt, da konnte das Autoradio noch so oft *Road To Hell*[211] spielen. Manchmal war Gregor versucht zu denken, die Hinfahrten seien das Beste an seinen Abenden mit ihr. Weit besser zumindest als die Rückfahrten, anderntags, nach München.

Immer erst

, wenn er die Empfangshalle längst betreten hatte, kam Marietta die Treppe herunter, Stufe um Stufe den roten Läufer auskostend, während er tief unter ihr auf dem Perserteppich stand und – wie lang und wie weiß ihre Finger übern Samt des Geländers glitten! – und sich mühte, reglos, atemlos, in einem seiner Muster zu versinken.

Gleich würden sie fallen, die Worte. Und das Leben mit ihr, es würde ein herrliches Gelächter sein. Systematisch würden sie sich betrinken, allerdings nicht, um betrunken zu sein, sondern weil's so viel zu bereden gab und man sich dabei vor lauter Aufregung eben betrinken würde: um sich wieder zu beruhigen, deshalb.

Viel zu kurz war solch ein Abend im Turmzimmer

, ein Abend, an dem die Welt rundum im Dämmerdunst versank, an dem die Lichter auffunkelten vom andern Ufer, der Duft des späten Sommers durch die Fenster strich –, viel zu kurz für all die

Nebensätze, die man in- und auf- und übereinanderschachteln mußte, um die Hauptsätze möglichst flächendeckend zu verbergen. Wenn dann auch noch einer der Kieswege aufknirschte, wenn sich Schritte näherten, als ob Marietta die ganze Zeit gelogen und Ecki nur auf diese Gelegenheit gewartet hätte, um seinen Ex-Freund hier oben zur Rede zu stellen, schoß Gregor mit Macht all das Verbotne der Situation in den Hals und begann, wild zu klopfen.

»Reg dich ab«, fand Marietta seine Zwischenbefürchtungen recht überflüssig: Er habe Hausverbot, ihr lieber Mann, und seinen Schlüssel abgegeben, ausschließlich zu den vereinbarten Terminen dürfe er vorstellig werden.

Aber Gregor regte sich nicht ab, hatte er doch längst beschlossen, ihr kein Wort zu glauben.

Um einander so viel wie möglich zu verschweigen
, redeten sie ohn' Unterlaß. Mariettas Augen, am Anfang strahlten sie blau, mit jedem Glas glommen sie grüner, am Morgen, beim Abschied, würden sie grau sein.

Und der Rest? War vielleicht nicht so wichtig. Gregor wunderte sich, wie wenig er von ihrem Gesicht begriff, von den verheerenden Halbprofilansichten, manchmal war er versucht zu denken, ihre Nase sei einfach nur lang, ihr Hals einfach nur dünn, der Rest einfach nur knochig. Wahrscheinlich lag's ja daran, daß alles an ihr ständig in Bewegung war, nicht bloß der Mund. Und dann wieder, von einer Drehung des Kopfes zur nächsten, eine aufplatzende Schönheit, nahezu pathologisch.

»Man könnt' dich ewig anschauen«, wäre's ihm beinah über die Lippen gerutscht, »und nie würd' man was kapieren.«

Aber was man auch gesagt
, auch getan hätte, man konnte's ihr nur unrecht machen: Nahm man sie gleich zur Begrüßung in den Arm, entwand sie sich mit einem spitzen »Du bist heut ganz schön frech«; saß man den Abend lang neben ihr – Achtung, Auto von rechts, Achtung, Auto von links –, erntete man garantiert irgendwann ein:
»Wieso bist'n so einfallslos heute?«

Spätestens dann fielen sie

, die Worte, die eigentlichen Worte, und Gregor wünschte sich mitunter voll Inbrunst, Marietta würde sich zurückflüchten ins ovale, ins uneigentliche Sprechen. Aber nein, mit diesem langsamen Blick, der ihn nicht etwa sekunden-, sondern minutenweise fixierte, wollte sie von ihrer täglichen Trauer vermelden, von ihrer Unsicherheit, Verletzbarkeit, ja, ihrer Angst vor Männern, genau genommen: ihrer Angst, sich auf einen Mann einzulassen – den würde sie ständig bekämpfen müssen, um ihm was zu beweisen, und sie sei doch dermaßen schwach. Dermaßen müde. Dermaßen leer. So was wie »die Sache« mit ihren Eltern[212] könne sie kein zweites Mal überleben. Womit sie spätestens wieder beim lieben Eckart angelangt war, dem Prinzip »ehelicher Treue«, und Gregor nicht mehr wußte, ob er glücklich sein sollte oder unglücklich; und selbst wenn er's gewußt hätte, wäre ihm noch längst nicht klar gewesen, ob er unglücklich sein sollte oder todunglücklich.

Auch wenn Marietta

, immerhin, derlei Eröffnungen mitten im schönsten Satzschnörkel abzubrechen imstande war und dann nicht etwa, übergangslos, vom »schrecklichen ersten Mal« anhob oder der kleinen Tigermaus, die einen Vater brauche (sei's einen, der sie lediglich in loser Folge hier besichtige), oder von irgendwas ähnlich Erquicklichem, das Gregor am liebsten nie gehört und am zweitliebsten sofort wieder vergessen hätte, sondern! die Augen halb zusammenkniff –

»Du stehst ja doch nur auf Schwarzhaarige, gib's zu!«

– und in bedeutender Weise anschmiegsam wurde. Nicht ohne sich im selben Atemzug über Gregor zu beschweren: weil er ein bißchen arg primitiv sei, »Naja, bist halt ein Mann, kannst nichts dafür«, weil er völlig unbegabt sei zum Minnedienst, »Ja, Minnedienst, hast recht gehört«, alles andre sei dekadent, sei unseriös – und weil er überhaupt nicht wisse, was »eine Frau wie ich jetzt braucht«:

»Aber bild' dir bloß keine Dämlichkeiten ein!«

Gregor bildete sich keine Dämlichkeiten ein, Gregor war in diesen Wochen sehr beschäftigt mit Sitzen und Saufen.

So hingebungsvoll er indessen auch saß
, so hingebungsvoll er auch trank, es kam doch immer wieder der Moment, wo's nicht mehr weiterging, wo er sich in Mariettas Bett begeben mußte.[213] Sollte er freilich der Meinung gewesen sein, daß man dort dann lediglich lang genug gute Miene machen, lediglich lang genug Verständnis simulieren mußte für ihre »sehr spezielle Situation«, lediglich lang genug auf eine aktive Weise passiv bleiben mußte, bis – mein-Gott, war das denn ein Verbrechen, eine Sünde, oder warum stellte sie sich dermaßen an:

»Bist du bei deinen andern Frauen auch immer so ungeduldig?«

Oje. Durfte sie nach diesen langen leeren Wochen überhaupt von Ungeduld sprechen? Durfte sie ihm allen Ernstes verkünden, das Schönste an einer Leidenschaft sei, ihr *nicht* nachzugeben? Sondern darüber zu spekulieren und davon zu träumen; außerdem blicke er sie immer so kritisch an, so hyperkritisch, und davor habe sie Angst: Wer so viel sehen wolle, der –

Der sei was? drehte sich Gregor in eine stabile Seitenlage.

Jedenfalls keiner, dem man unbekleidet zwischen die Arme geraten dürfe.[214]

Nein, am Austausch nonverbaler Liebeserklärungen war sie
, Gregor lag nun schon die zehnte, die zwanzigste, die dreißigste Nacht neben ihr und es fiel ihm, weiß-Gott, nicht leicht – von wegen männliche Wechseljahre, von wegen Menopause, von wegen Ab-vierzig-ist-das-nicht-mehr-so-wichtig, von wegen! Nein, am Austausch nonverbaler Liebeserklärungen war sie offensichtlich nicht interessiert. Wenn er ganz tief in sich hinunterlauschte, dann war ihm die Hoffnung, von einer Fastaffäre irgendwann zu einer Affäre vorzustoßen, so heimlich dahingefahren, daß er's selbst kaum bemerkt hatte.

»Wenn du auf diese Weise weitermachst«, ließ er sich sogar beschimpfen, »wirst du nie Vater.«

Aber wie hätte man »weitermachen« können, wenn sie ihn mit stets denselben Worten zurückstieß:

»Naja, bist halt ein Mann.«[215]

Anfänglich kamen sie ihn hart an

, diese Nächte, und er konnte sich bloß mit Selbstbelügungsver-
suchen über sie retten: Was hätte man denn von einer Marietta
erwarten wollen, von ihrem langen dünnen Möchtenichtgernwe-
sen? Gut, daß mir das erspart bleibt, tröstete sich Gregor – war man
nicht aus dem Alter raus, wo das Leben immer nur auf das Eine
hinauslief? Andrerseits, war man nicht auch aus dem Alter raus, wo
man solche Spielchen mit sich machen lassen mußte?

Wie er dann lag

, dem *Brandungsrauschen des Starnberger Sees* lauschend oder nicht,
wie er dann lag und im Grunde nicht unfroh war, um jede Peinlichkeit drumrumkommen und nichts als liegen zu dürfen, geschah's
ihm nicht selten, daß er an Mascha dachte. An Mascha und wie er
jetzt einfach aufstehen und sich, grußlos entschlossen, endgültig,
sofort davonmachen würde; an Mascha und wie er so lang bei ihr
klingeln würde klopfen, bis sie ihm um den Hals fiele und er sich
████████████████████████████████████ neben ihr zu-
sammenrollen und fest einschlafen durfte: um davon zu träumen,
daß er neben Marietta lag, Arm in Arm.

Spätestens um sieben allerdings sollte sich Carlo melden, die
Tigerratte, und Gregor würde ihm ein kleines Lied vorsummen:
über die Traurigkeit im Innersten einer Mohnsemmel.

Wie

, das war alles, was dieser Schattschneider zu tun gedachte?
Das war alles.
Aber das war zu wenig!
Das war es. Schließlich spürte er's in jenen 77 Tagen viel zu deut-
lich, daß er sich nicht verliebt hatte.

Sondern ganz entsetzlich

, sondern ganz furchtbar beschämend vollständig, sondern auf eine
für Vierzigjährige schlichtweg indiskutable Weise verliebt hatte.
Was zählte schon die rohe Tat, der Verzicht auf die rohe Tat, wo
man drauf & dran war, das Gluck zu erfahren?

Hätte Gregor geahnt

, daß der liebe Ecki währenddessen, zu allem bereit, ums Haus strich, daß der liebe Ecki an einer verschlossnen Kellertür herumfluchte, daß er sich schließlich auf eine Bank setzte, über ein verwildertes Rosenbeet blickte in gewaltig raschelnde Baumkronen: er wäre kaum so seelenruhig neben Marietta liegengeblieben.

Vorerst war Gregors größtes Problem der Moment

, da ihr Mund erwachte und gleich seine Morgensätze losließ:

Am besten wär's, sie würden einander nicht mehr sehen, gar nicht mehr sehen – ihren Mann, den verlasse sie nämlich, »auch in schweren Zeiten«, den verlasse sie nicht.

Natürlich hätte Gregor sie beschwören müssen, ganz klassisch beschwören müssen, es doch zu tun, sofort zu tun; aber statt dessen beschwor er sich selbst, jetzt bloß nichts zu beschwören.

Was in der Nacht passierte

, was in der Nacht nicht passierte, damit hatte er sich wohl langsam abgefunden; was den Morgen betraf, so gelang ihm dasselbe nicht. Wenn er sich in seiner Haut[216] nach Hause rettete, war's im Grunde nicht viel mehr als ein Sich-Davonscheren, ein Noch-mal-Davonkommen.

»Das mit uns, das ist sowieso nicht alltagstauglich.«

An seltnen Tagen jedoch

, sofern Marietta nicht an ihrer Ganzkörpermigräne litt,[217] am Föhn oder am Lauf der Welt, an seltnen Tagen, sofern kein Carlophon nach ihr verlangte und sich kein lieber Ehemann angekündigt hatte, sofern sie, noch im Bett, »den kleinen Rauch« zu sich nahm *und schwieg*, fuhr Gregor nicht sofort, sondern blieb.

Da er's aber nicht mit ansehen konnte, mit welcher Rücksichtslosigkeit sie sich die Zahnbürste in den Mund stieß, mit welcher Brutalität sie die Seife aus der Schale herausriß, wie ganz & gar handtuchverachtend sie das Badetuch von der Stange rupfte: war's Zeit für einen Lauf.

Gut, daß er seine Schuhe für solche Fälle stets dabei hatte.

Dann rannte er die Himmelsleiter hinab

, die eigentlich Höllenleiter hätte heißen müssen, weil … weil das ja alles gar nicht sein durfte und weil … weil er damals, als er Marietta das erste Mal gesehen, gedacht hatte: mit der? Nie & nimmer.

Rannte durch den Park – Achtung, Golfbälle von links! Achtung, Golfbälle von rechts! – und am Ufer entlang, das Morgensonnenflirren lag in filigranen Mustern auf der Erde, rannte an Wiesen entlang, auf denen Schafe standen oder Pferde, an leeren Strandbädern vorbei, an Altenheimen, Klohäuschen, Kläranlagen: bis zu den zwei Bronzelöwen, die den neuen Tag bewachten. Und die ganze Zeit über rannte er einem Leuchten hinterher, dem rosaroten Leuchten eines Strohhuts.

Saß man ein paar Minuten am Ufer, um sich für den Rückweg zu rüsten, glitzerte die Welt, am Horizont lag in mehreren Lagen blauer Duft;[218] schloß man die Augen und lauschte dem Brandungsgegluckse des Starnberger Sees, in das sich das gleichmütige Geläute der vertäuten Segelboote mischte, konnte man glauben, man sei auf einer Alm, umgeben von glücklichen Kühen.

Sobald man die Augen freilich wieder öffnete, war da nur die Blödheit der gründelnden Enten und manchmal ein Mann auf einer Bank, der nicht mal Pfeife rauchte.

Anfänglich versuchte Gregor auch

, denn die Tage *mit* Marietta zu verbringen erwies sich als unmöglich, am besten, man ging ihr bis zum frühen Abend aus dem Weg, anfänglich versuchte Gregor, sich an den Ursprung des blaugraugrünen, des grüngraublauen Geruchs heranzuschnüffeln: Doch wo immer er damit begann – an der Vitrine, am Sofa in der Empfangshalle, in Mariettas Sekretär –, es war nur immer dieser andre, dieser durch und durch alte Geruch, der ihm in die Nase stieg: dieser alte traurige Geruch.

Manchmal hielt er, reglos harrend, die Luft an und ließ sich vom leisen Gefühl beschleichen, daß es hier trotz aller Silberschatullen, trotz aller Jugendstilgläser und Bodenvasen und Teppichfransen sehr, sehr leer war.

Die Orte dagegen

, an denen er aus- und aufatmete, lagen im Garten, in einer der kleinen Lauben, am Wasserfall, am Goldfischbecken (wo sich gen Mittag so zahlreich die Eidechsen zeigten); am liebsten verschwand er im Kreuzgewölbe unter der Terrasse, auf der Bank zwischen dem alten Gerümpel: Blickte er über sein Rosenbeet in die Baumkronen, genoß er das Gefühl, vom Lauf der Dinge vergessen zu sein.

Wie laut das Insektengetier summte, wie schwer die Blätter schon wieder hingen, im dunkelsten Grün, abzufallen bereit. Im Himmel mitunter ein Heißluftballon, in der Einfahrt mitunter ein grauer Volvo, von den Kiefern mitunter ein Duft – mehr nicht. Septemberdurchglühte Vergeblichkeitsanwandlungen, regelrecht nachsommerlich.

War's das, was er sich erhofft hatte von seinem neuen Leben? Oh, viel mehr war's, viel weniger.

Hätte Gregor geahnt

, welch Überraschungsbesuche Marietta währenddessen hinter seinem Rücken und welch heftige Liebesbeteuerungen sie dabei über sich ergehen lassen mußte: er wäre kaum so seelenruhig sitzengeblieben. Aber gerade *weil* er's tat, im Glauben, tagsüber sei er hier sehr viel sicherer als abends, als nachts, kam's kein einziges Mal in jenen Wochen zu … 'ner verflucht ungünstigen Situation.

Gegen den Grauschleier

, der sich über ihr Dasein zu legen drohte, nahm Marietta Johanniskraut und ihre Sonnenbrille. Den Rest der Zeit, wenn die Luft wieder rein und klar und herbstlich war, frönte sie dem gehobnen Nichtstun:[219] ließ ihren Friseur kommen, ihre Kosmetikerin, ihren Gärtner, nahm ein Schaumbad, tröstete die beständig herumzeternde Tigermaus (die, wenn's nach Gregor gegangen wäre, eher ein Brett gebraucht hätte, eine ordentliche Tracht Prügel), heulte in den Armen von Frau Gschnitzer, versank in einem der Fauteuils im Salon und brauchte ein erstes Glas.

Stieg Gregor dann, milde gestimmt, aus seiner Terrasseneinsamkeit zu ihr empor,[220] konnte's passieren, daß sie ihm so leer entgegenblickte wie eins ihrer Palisanderkästchen:

»Jetzt krieg ich erst mal 'nen Kuß.«

Am hellichten Tag? Was denn in sie gefahren sei, ob sie sich etwa verliebt habe?

»Ach Gregor, den total verliebten Eindruck machst du ja auch nicht.«

War zufälligerweise kein Carlo in der Nähe
, zogen sie sich ins Turmzimmer zurück und blieben dort: späte Nachmittage, an denen sich das Wetter sieben Mal änderte, blauweiß melierte, schiefergrau getäfelte, wolkenbandumwobne Himmel. Die Fünf-Uhr-Wehmut des Sees, manchmal zartviolett, manchmal voll flaschengrüner Schlieren. Das gewaltige Aufbegehren der Baumkronen, wenn sich die Welt innerhalb weniger Minuten entfärbte, wenn ein grauer Regen so dicht herniederrauschte, als wär's ein ungebührlich lauter Nebel. Der Abendhimmel wieder ganz golddurchwirkter Frieden, ein riesiger Perserteppich – Gregor wäre nicht weiter verwundert gewesen, hätte ihm aus einem seiner Muster Frau Gschnitzer mit dem Finger gedroht.

Saß Marietta so neben ihm und blickte nirgendwohin, schon dämmerte draußen das große Schweigen, entfuhr ihr von Zeit zu Zeit ein kleiner Ton, der fast als Seufzer gelten konnte.

Ob er ihr wieder das Sie anbieten sollte?

Meist jedoch war sehr wohl ein Carlo in der Nähe
, und sobald er sich in seiner sehr eignen Carlosprache verbreitete, war Gregor abgemeldet. Wie zärtlich Marietta da mit einem Mal säuseln und surren konnte, wie nachsichtig, wie sanft – fast hätte man auf diese Tigermaus auch noch eifersüchtig werden müssen, fast.

Statt dessen machte man gute Miene: nahm deren kleine Turnschuhe mit dem sinnlos großen »N«[221] zum Anlaß, sie zur Tiger*n*aus zu ernennen und, weil sie den darin waltenden Feinsinn nicht gebührend schätzen wollte, die Geschichte der Näuse gleich dazuzugeben – was freilich bereits im Ansatz an der besorgten Mutter scheiterte:

Man dürfe ein kleines Kind nicht ständig mit Absurditäten anfüttern! Da verlöre's den Blick für die wirkliche Wirklichkeit!

Also tat Gregor fortan so, als wolle er Carlo streicheln, und, indem er ihn ordentlich in seinen kleinen fetten Bauch zwickte, brachte ihm die wirkliche Wirklichkeit bei:

»Du hast mindestens 1,7 Kilo zuviel, kapiert?«

Trotzdem erzählte er ihm bei nächster Gelegenheit
, was sonst hätte man mit einem Dreijährigen, auf den man nicht mal eifersüchtig sein durfte, auch anfangen sollen, trotzdem erzählte er, kaum daß er ihn im Salon dabei erwischt hatte, wie er die Cognacflaschen von ihrem Tischchen werfen wollte, erzählte ihm als nächstes die Geschichte vom Flötenmännchen und warum es ausgerechnet vor Mariettas Haustür sein bedingt fröhliches Flötenlied spiele.

»Alum?« fragte Carlo.

Weil ... also ... ob ihm schon mal aufgefallen sei, daß seine Mutter tagsüber kaum was sage, abends aber desto mehr?

Carlo schüttelte den Kopf und verlangte nach Gregors Nickelbrille.

Das Flötenmännchen hingegen sei darüber ins Grübeln geraten, was bei einem Flötenmännchen bekanntlich nichts andres heiße, als daß es so lange auf seiner Flöte spiele, bis –

In diesem Moment gelang's Carlo, der Brille habhaft zu werden, und wie er sie mit einer kleinen schnellen Bewegung verbog, war das Märchen zu Ende.

Nachdem Gregor einige erzieherische Maßnahmen ergriffen
, an deren Ende er die Tigernaus, die Tigerratte, die Zamperlmopsratte mit dem Inhalt der Cognacflaschen besprenkelt hatte (bis sich die Ratte zu drehen begann), verzog er sich nach Gregormanier in die Küche, das Geflenne war ja nicht mehr mit anzuhören (»Mama! Carloschimpfikriegt«), und Mariettas besänftigender Singsang (»Natürlich bekommt der Carlo eine Brille, morgen fahren wir ...«)

erst recht nicht. Als sich Gregor freilich am Küchentisch ablassen wollte, im Regal flimmerte der kleine Fernseher, schielte ihm Frau Gschnitzer nur sehr kurz und sehr unwillig entgegen. Vor ihr lagen zwei Stapel Briefpapier, und Gregor, über ihre Schulter blickend, las:

»24.10.1997
Villa Hasenpusch, Feldafing
Thema: Die schönsten Plätze der Welt«.
Ihre Schrift sah aus, als trüge sie: eine randlose Brille.

Unfaßbar

, wie das Leben hier draußen so dahinraschelte, ein braunrotgrüngelbes Endlosband aus Herbst; und doch, und doch: wartete hinter jedem Baum bereits das Ende.

Manchmal saß es auch an einem Tisch in der »Börse«, vorzugsweise gleich hinterm Seitenschaufenster, von wo aus man ohne viel Halsverrenken den Eingang der Leopoldstraße 48 im Auge hatte: saß und hieß Poldi, »waaßt, i fadisier mi do ganz gern a bisl«, und zog an seiner Pfeife. Jedenfalls so lange, bis eines Abends der finale Crash anstand, bis eines Morgens sämtliche Schaufenster mit braunem Packpapier verklebt waren (»Hier eröffnet demnächst das Roxy«).[222]
Unfaßbar, wie das Leben dahinraschelte.

Die Tage direkt danach

, wenn sich Herr Schattschneider in seinem eignen Bett versteckte und sehnte, krank zu werden, die Tage danach waren Weltwehmutstage, voll vom Pathos der Erschöpfung:

Falls zu 'ner richtigen Liebe die Verwirrung gehört und die Angst voreinander (dachte's in ihm), dann ist das, was ich gerade erlebe, wohl – richtig.

Kann's denn so schwer sein (dachte's in ihm), 'ne normale Ganzkörperbeziehung zu führen?

Oder ist man als Mann noch mit achtzig vornehmlich damit beschäftigt (dachte's in ihm), Umwege in Kauf zu nehmen?

Indem Gregor lag und auf seinen Kleiderständer blickte – überm kyrillisch bemalten Steppenbügel hing fein säuberlich der Anzug, in den Schuhen darunter ruhte die Leere –, blickte der Kleiderständer auch auf ihn, mutlos, verwirrt, zutiefst an allem zweifelnd.

Aber vielleicht lag's bloß am Föhn.[223]

Im Grunde stand Gregor nur auf
, um den Elektropostkasten zu durchsuchen –
»wei?t du eigentlich wie mühsam es ist ist dir zu schreiben ach und der maulwurfshügel macht ja nichts solang die mützen nicht angebissen werden wann kommst du
höchstachtungs- und überhaupt voll!
§*} m@riett@«
– oder selber ein paar
Zeilen, unter Verwendung möglichst zahlreicher Klammeraffen, abzuschicken; einfach bei ihr anzurufen, hatte er sich schnell abgewöhnt: Ihre fröhlich-desinteressierte Stimme, sofern der liebe Ecki gerade einen seiner Besuchstermine nutzte, war nicht zu ertragen.

Den Rest der Tage
hielt sich Gregor beschäftigt. Gern hätte er kleine Frauen mit und ohne Tüten erschreckt,[224] die seinen Weg zum »Adria« säumten oder an roten Fußgängerampeln das Panorama beeinträchtigten, aber selbst dazu fehlte ihm die Kraft; wahrscheinlich hätte er, anstatt sich weiterhin mit Mandelhörnchen zu versorgen, den Verzehr von Ginsengwurzeln aufnehmen müssen, von Knoblauchzehen, Altherrenmitteln aller Art.

Widmete er sich nachmittags nicht, versuchsweise, der Bekämpfung von Ekelschlatz – »*I'm a Scatman!*« –, stand er am Fenster, sah den Skateboardern auf der gegenüberliegenden Straßenseite zu, wie sie der Reihe nach in ihren Hängejeans heranrollten, um die Treppenstufen des »Single's Dancing« hochzuspringen.[225]

Die meiste Zeit jedoch
, von fern ertönten Wagner-Ouvertüren, Treppenhausflüche, Schafkopfkommentare, versank er in seinem Ohrensessel, widmete sich der Weisheit des Fischhauses und – »Eahmschaugoo« – vergaß.

Vergaß fast alles, was in seinem alten Leben mal wichtig gewesen, die Kristina-Stimme, Uma Thurman, Timbuktu, die »ProstatitisHomepage«, das kleine blaue »G«, die »Sieben«, Herrn Buchwald und das Exposé, den Pinkelzwerg, Ljiljana mit ihren weißen Wonderbras, die Schweineboxen, den Himbeer-Bäschtle, vergaß sogar die drei Fische, wie sie – »baßtscho« – unablässig für ihn auf- und absurrten.

Erhob er sich schließlich, mit kleinen müden Augen, aus seinem Ohrensessel – »Jetzziangmansackzua« –, roch der Bernsteinklipp nicht mehr, hatten sich die Feuerzeuge von ihm abgewandt, die Regalheiligtümer, standen die Schirmchen ohne Sinn & Verstand um Maschas Farnwedel herum, selbst der Kaktus tat, als hätte er Besseres zu tun: Die Dinge sprachen nicht mehr mit Gregor, denn Gregor sprach nicht mehr mit den Dingen.

»Auch recht«, sagte er, aber so leise, daß es keiner hören konnte: »Ich hab sowieso keine Lust auf euch.«

Am liebsten hätte er sich auf direktem Wege zu Mascha verfügt
, zu Mascha, die ihn mit ihren russischen Armen fest umfangen würde (»Grischa, duračok-ty-moj, machst du immer Blödsinn, wenn keiner aufpaßt?«), damit sie beide länger lebten. Am liebsten.

Aber das ging ja wohl nicht mehr.

Statt dessen durfte er bestenfalls mit Max telephonieren
, der die Gelegenheit schamlos nützte, um so lange vor Kurseinbrüchen am Neuen Markt zu warnen, um so lange zu Gewinnmitnahmen zu raten, bis er am Ende, »gegen den Trend«, seine Strong buy-Empfehlung geben konnte:

»Wenn du schon häßlich und einsam bist, dann sei wenigstens unvernünftig.«

Da merkte Gregor, daß er ratlos war auf eine Weise, die keinen Rat wollte.

Was die Klappentexterei betraf
, so geriet ihm alles durcheinander. In den Verlagshäusern schien das nicht weiter aufzufallen, im Gegenteil: Selbst als er, in seiner

Terminnot, ein & denselben Text für eine ganze Anzahl von Neuerscheinungen verwandte, darunter »Am Anfang war der Seitenwechsel« und »Ein weites Zelt«, war man's höchst zufrieden.

Nur einmal fragte man vorsichtig bei ihm an, ob's im neuen Handke tatsächlich um die Erkundung von Seeigel-Eierstöcken gehe, man könne sich an die betreffende Passage gar nicht erinnern? Nur einmal fragte man vorsichtig an, ob der neue Grass tatsächlich dem Nachtigall-Ragout gewidmet sei?

Das sei er, sagte Gregor und: Erinnern könne er sich gut.

Weil er sein Leben also bestens im Griff hatte
, ging er von einem Tag auf den andern zur Vorsorgeuntersuchung, und siehe, es war nicht mal so schwer.

Sehr zu seiner Empörung mußte er sich bescheinigen lassen, er sei »kerngesund«; als er sich zaghaft nach Symptomen erkundigte, »Symptomen der männlichen Wechseljahre, man liest ja neuerdings davon«, wurde er sogar ausgelacht. Wieder zu Hause, fand er ein Du-warst-gestern-so-garstig-Mail:
»ich bin krank zum tode verzeih heut war ich vier hundertstelsekunden lang verzweifelt ich hab die letzten jahre damit verbracht mich lieben zu lassen und es scheint wunderbar einfach angenehm wohlig aber ich möchte auch mal wieder lieben
schreiblos an dich denkend
:'-(m@riett@«

Die Ratlosigkeit stabilisierte sich auf hohem Niveau.

Eine Weile lang hatte's den Anschein
, als ob's mit Marietta immer so weitergehen und man selber allenfalls damit beschäftigt sein würde, sehr desorientiert dreinzusehen; dann aber geschah ein Mord, und obwohl Gregor wußte, daß er in dieser Beziehung vielleicht ein bißchen übersensibel war, wußte er doch auch, daß er ihn nie völlig würde vergessen können.

Es begann zu der Zeit
, da sich selbst die allerletzten Mineralwasserflaschen Münchens anschickten, blau zu werden –

– Was begann? –

– *es* begann mit einem kleinlauten Darf-ich-dich-morgen-wenigstens-noch-mal-anrufen-du-Schuft, einer Frage, die Marietta früher um keinen Preis der Welt über die Lippen geraten wäre, da mußte was nicht stimmen.

Nein, eigentlich begann's bereits ein paar Stunden zuvor, mit einer gründlich mißlungnen »Operation Ilkahöhe«,[226] in deren Verlauf sie zunächst die üblichen präsexuellen Gespräche geführt und sich in beschwingter Verfassung – stets unter der Prämisse, daß Marietta ihren lieben Eckart natürlich auf gar keinen Fall verlassen würde – ihrer beider goldne Hochzeit ausgemalt hatten: jedenfalls die dazu passenden Viertelcocktails.[227]

Dazu gab's Blutwurstflan mit glacierten Apfelspalten und Trüffelbutterjus, als Nachtisch Holunderblütenparfait mit Pumpernickel samt Erdbeersalat. Und einen Rotweinfleck auf dem Tischtuch.

Selbstverständlich war ein Abend mit Marietta nach wie vor das Größte , was man sich als Gregor vorstellen konnte; obwohl man längst nicht mehr in Bewunderung versank, wenn sie sich danebenbenahm –, am liebsten hätte man sie vor ihrer eignen Peinlichkeit beschützt.

Mit ihren abrupten Appetitanwandlungen war man zwar hinlänglich vertraut, mit ihrer Gier, man mußte ernsthaft Sorge tragen, daß sie die Serviette nicht mitaß; dann aber ließ sie zwei Drittel der Speisen zurückgehen, was einen Gregor fast zum Eingreifen bewogen hätte; dann aber war sie so bezecht (oder spielte's geschickt vor), daß sie mit ihrem Sektquirl ins Portemonnaie des Oberkellners hineinfuhr, da-sei-zuviel-Kohlensäure-drin; dann aber wollte sie's glatt wissen!

Gregor hingegen wollte's überhaupt nicht wissen , jedenfalls an diesem Abend nicht unter diesen Umständen, nein-danke, er sei zwar leider nur ein Mann, habe sich aber dran gewöhnt, sogar Männer hätten ihren Stolz.

In ihrer halbitalienischen Lautstärke warf ihm Marietta Sätze an den Kopf, in denen das Wort »Feigling« eine gewisse Rolle spielte, das Wort »Schlappschwanz«; schließlich schüttelte sie ihren langen knochigen Kopf:

»Ich versteh dich einfach nicht.«

Berauscht von seiner nunmehr selbstverordneten Interesselosigkeit fuhr Gregor kurz darauf – nein, eben nicht mit ihr in die Villa Hasenpusch, sondern: nach Hause. Um dort besagte Elektrofrage entgegenzunehmen (»darf ich dich morgen wenigstens besuchen du schuft?«) und ein empörtes:

»du hättest doch @lles kl@r machen können!«

Bereits das Aufstehen
mißglückte ihm freilich wieder: Zwei Mal spielte das Telephon *Smoke On The Water*, während er sich die Zähne putzte, und zwei Mal war er dumm genug gewesen, mit Tante Eusebia, die nur hören wollte, und mit Herrn Buchwald, ach, den gab's ja auch noch, herumzustottern.

Ein Tag voll flirrendem Licht in den Pappeln beidseits der Straße, ein Tag für alleinerziehende Mütter, die schon immer mal wissen wollten, wie wichtig ein Magnum-Eis sein konnte: dachte Gregor. Dabei war's in erster Linie ein Tag für Marietta, die sich gnädig gab und tat, als sei am Vorabend rein gar nichts passiert, nicht jedoch: das Gegenteil von etwas.

Die Ermordung des Pinkelzwerges
nahm sie trotzdem zügig in Angriff: Sie kam, sah und schaltete das Fischhaus aus, ließ sich ein Glas einschenken, ließ es zwischen der Kreischkröte und der nackten Frau stehen – »Also du bist einer!« –, um ein zweites einzufordern. Als ihr davon knapp die Hälfte auf die Dielen geriet, wischte sie mit ihrer Fußspitze fahrig darin herum, wahrscheinlich war sie bereits so betrunken gekommen, daß ihr's nicht mehr aufgefallen wäre, wenn ihr Wein Korken gehabt hätte.

Nach einer Stunde begrüßte sie Gregor nochmals mit einer hastigen Zwischenumarmung, gab sich aber weiterhin, als sei's ihr im Grunde gar nicht recht klar, warum sie schon wieder die Lebenszeit mit ihm vertat.

Merkwürdig nur, daß ihr dabei die Finger dermaßen zitterten. Daß sie ihm nicht in die Augen sah.

Daß sie ihm
, ein rascher Ruck des gesamten Körpers, mit voller Wucht in die Augen sah:

Gestern, da habe sie den Hals randvoll gehabt. Vom Nonnendasein in ihrer Ehe. Da sei ihr »das alles« mit einem Mal unerträglich vorgekommen. *So* jedenfalls ginge's nicht weiter.

Weil Gregor erst einmal nichts sagte, das hatte sich des öfteren bewährt, nahm sie, kopfschüttelnd, Evas vertrockneten Kaktus und daraufhin, kopfschüttelnd, den Pinkelzwerg in die Hand, hob ihn, kopfschüttelnd, ein Stückchen hoch und – »'n ████-PERG, ich faß es nicht!« – setzte ihn im Abdrehen, einen wilden Entschluß zu verkünden und mit den Blicken schon ganz bei Gregor, zurück aufs Fensterbrett:

»Ich werde –«

Gregor sah sofort
, daß hier jede Hilfe zu spät kam, fast hätte's ihm die Hände gefaltet.

Doch anstatt mit ihm nachzusehen, ob man die wesentlichen Teile vielleicht noch retten und zusammenkleben konnte – der ████-PERG war schließlich einiges gewöhnt –, höhnte Marietta auf Gregor herunter, auf Gregor, der unter ihr kniete und in den Bruchstücken herumgriff; statt wenigstens Reue über ihre Tat zu zeigen, fuhr sie mit der Spitze ihres dunkelblauen Wildlederslippers in den scherblichen Überresten des ehemals fröhlich vom Fensterbrett runterpinkelnden Gartenzwerges umher und lachte dazu schrill:

»Das hat dem Faß den Boden aufgesetzt!«

Wie sich die Regalheiligtümer, wie sich die Feuerzeuge, wie sich die Schirmchen jählings nach ihr umdrehten, wie sie sich stumm empörten, wie sie sich gerade noch beherrschen konnten!

Statt aber endlich Ruhe zu geben, als ihr das Lachen vergangen, ließ sich Marietta in den Ohrensessel fallen und … hob zu schluchzen an.

Sie könne sich einfach nicht lieben

, vergrub sie den Kopf in beiden Händen: nicht mal mögen. Nicht mal ausstehen. Sie verachte sich selber so, daß sie –

Und obwohl ihr die Stimme hier wohlweislich versagte, wußte Gregor: daß sie auch alles andre und alle andern verachten mußte, die Menschen, abgesehen vielleicht von den wenigen, die sie vergötterte, und die Dinge sowieso.

Einschließlich sämtlicher Zwerge und Pinkelzwerge.

Als sie die Tür hinter sich ins Schloß knallen ließ

, war Gregor zum ersten Mal richtiggehend froh: daß er wieder sein Fischhaus einschalten und düsterlich werden konnte.[228]

Beim Blick auf den Scherbenhaufen fiel ihm Mascha ein. Mascha, die heute, wenn sich nicht allzuviel inzwischen geändert hatte, ihren freien Abend haben mußte, Mascha, die wahrscheinlich längst im Bett lag und mit sich selber kuschelte.

Oh nein, sie legte nicht sofort auf, bedauerte ihn vielmehr sehr und schlug vor, einen Herbstkuchen zu backen: damit die Beerdigung des Zwerges in angemessnem Rahmen würde stattfinden können.

Ihre Stimme klang ganz & gar nicht, als trüge sie eine Brille.

Zur Beerdigung

sang der *Frauenchor des Staatlichen Bulgarischen Fernsehens,* das grünrote Feuerzeug blinkerte, die Quietschente quietschte, die Pudeldame nickte, das Kaffeetier grummelte, die Lumibären leuchteten, das Weckerhuhn schwieg – eigentlich fehlten bloß die drei Fische in ihrem Fischhaus. Unmittelbar danach stand der Verzehr des Herbstkuchens an, ein veritables Trauermahl; Gregor wußte indes nichts Dringlicheres zu berichten, als daß er die Sockenbelüftung aufgegeben habe.

Was denn die Socken dazu sagten? protestierte Mascha: Das solle er sich lieber noch mal gründlich überlegen.

Mittelbar danach freilich

, als Gregor über den weiteren Verlauf einer ganz lockeren Fastbeziehung (»ohne irgendwelche dämlichen Verpflichtungen, weißte«)
reden und dabei so lange sitzenbleiben wollte, bis sie ihn guten
Gewissens nicht mehr nach Hause hätte schicken können, danach
stand –

– auch nicht mal ansatzweise das auf dem Programm, was
Gregor mit halber Hoffnung angepeilt hatte:

Was er sich als ihr Exfreund eigentlich einbilde? entzog sich
Mascha und: Sie stehe sehr auf »dämliche Verpflichtungen«.

Erst jetzt merkte Gregor, daß ihm in den letzten Wochen einiges
entgangen war und sich ein Beziehungs-, ein Nichtbeziehungsge-
spräch mit Mascha erübrigt hatte. In Ermangelung einer passenden
Replik versuchte er, auf ihren Schminkpunkt zu tippen, doch
Mascha wich aus:

Als Fastfreundin, da habe er sie überschätzt, sei sie wenig begabt.
Wie er sie allerdings ebenso gleichgültig ein- wie ausziehen habe
lassen, sei ihr was klargeworden.

Ihm auch! wär's Gregor beinah gelungen, auf den Schminkpunkt
zu tippen.

»Grischa, duračok, sind wir nicht mehr ein Paar!« ratterte Mascha mit ihren russischen Rs auf ihn los. Als sie, kaum daß sie los-
gerattert, schon wieder stockte, schien's fast so, als würden ihre Augenbrauen klitzekleinwenig ins Vibrieren geraten: »Und was ist mit
meinem Gefühl, was mache ich damit, dann?«

Wie »dann«?

»Dann! bis dann ihr fertig seid! Du und deine neue Frau.«

Und weil Gregor erst mal nichts sagte, das hatte sich bewährt:

Egal, so lange habe sie ohnehin nicht mehr Zeit. Demnächst
werde man sie »hier« rauswerfen, sie habe vergessen, sich rechtzeitig fürs Wintersemester rückzumelden, und nun sei man ihr drauf-
gekommen, daß sie gar nicht –

»Rauswerfen? Das kommt überhaupt nicht in Frage!« beschloß
Gregor und drückte ihr auf den Schminkpunkt.

Bleiben durfte er dann doch

, vorausgesetzt, er benehme sich wie ein Gentleman. Das! hatte Gregor zwar zur Genüge in den letzten Wochen getan, das! kostete ihn zwar etwelche Selbstbeschwichtigungen (und Mascha ebensoviele Ty-čto-Grischa-spinnst-du?), aber immerhin lag man mal wieder neben ihr und folglich, die Lumibären leuchteten sanft, würde gewiß länger leben.

Natürlich fand Gregor bei seiner Rückkehr
Elektrowörter:
»viel mehr hab ich nicht zu verlieren aber la? mich einfach sagen ich möchte klein schwach und zärtlich sein und alles um uns herum verschlafen ich bin so müde vergi? den 16. nicht 16 uhr
¿-((m@riett@«

Eine Marietta und

klein schwach müde sein? Da war sich Gregor sehr unsicher, ob er das wissen wollte, genaugenommen: ob er nicht das Gegenteil von ihr wissen wollte, genaugenommen: Seit jenem Mail, Nr. 14 im Klammeraffenordner, fürchtete er in der hintersten Falte seines Herzens, sich bald schon wieder ein ganz klein wenig zu entlieben. Wer hätte das aber auch geahnt – diese Marietta, die war ja *wirklich* gar keine, die hatte bloß immer so getan! Fürchtete er.

Oder sollte selbst der gestrige Zusammenbruch, hoffte er mit dem gesamten restlichen Herzen, nichts andres gewesen sein als ein Teil der Gesamtinszenierung? Hoffte er. Denn ihre Elektrosätze einfach zu lesen, wie sie wahrscheinlich gemeint waren: hätte sich Gregor nicht verziehen, schließlich war's beschlossne Sache, ihr kein Wort zu glauben.

Wenige Tage später sollte der 16. Oktober sein

, an dem Armani die Herbstkollektion präsentieren würde[229] – keine Widerrede! Wo ihm Eckarts Anzug doch dermaßen gut gestanden hatte! –, und danach sollten sie fallen, die schweren Worte.

Am Vorabend, immerhin hatte er's dem Herrn Buchwald fest

zugesagt, verfaßte Gregor sein Exposé, und weil er nicht wußte, was da zu verfassen gewesen wäre, klickte er sich kurz entschlossen durch die Phrasendreschmaschine und: klappentextete.[230]

Für die Erstellung einiger repräsentativer Romanpassagen, auch die hatte er sich ja abschwatzen lassen, war Max dazugeladen, und der rief schon im Treppenhaus sein »Schenk ein« und »Lasset die Nüßlein zu mir kommen«. Was folgte, war ein mehrstündiges Arbeitstrinken, dessen Verlauf kein *Macarena* und nur ein einziger Exkurs über die neuesten Fusionsgerüchte trübte;[231] hätte sich Gregor nicht irgendwann an Max und seinem obersten Hemdknopf erheitert, es wären vielleicht sogar ein paar schöne Textproben entstanden.

»Ihr alle kennt diese furchtbar leergesoffnen Tage«
, schlug Max als Anfang des Weiberromans vor: »an deren Ende man bei Champagnerbratwurst landet oder bei Blutwurstflan mit glacierten Apfelspalten …«

Wieso ausgerechnet Blutwurstflan? unterbrach Gregor: Was das überhaupt sei?

»Nun hab dich nicht so«, stellte Max klar: »Dann nimmste eben Eierstöcke von Seeigeln oder Nachtigall-Ragout oder was-weiß-denn-ich!«

»Ihr habt recht«
, schlug Max als Anfang vor: »es gibt eine Reihe von Mahlzeiten, die einfach nicht fehlen dürfen in einem großen deutschen Roman: Froschschenkel, Shitakepilze, Sushi … und all das Zeugs, das man als Leser am liebsten gleich mit nackten Fingern ergreift –«

Mensch Max! unterbrach Gregor: Bei einem Wort wie Shitakepilze, da sträube sich bei ihm, also nee.

»Dann nimmste halt Huhn in kalter Pfefferminzsoße, nun sei nicht so stur!«

Aber Gregor war stur:

Wenn schon Roman, dann müsse darin doch eher was wegges*offfen* werden.

Auch gut, meinte Max: Frauen, die was vertragen, seien ihm

sowieso die liebsten. »Wie wär's mit einer, vor der du jeden Abend Angst hast, daß sie dich untern Tisch −«

Dann könne er ja gleich über Marietta schreiben, sträubte sich Gregor.

Übrigens sei er mit der mal im »Nachtcafé« gewesen, und kaum habe sie sich ihren zweiten »Orgasmus« bestellt, sei sie ihm an die Wäsche gegangen, mit beiden Händen, daß ihm die Hemdknöpfe durchs ganze Lokal −

»Ausgerechnet die!« höhnte Gregor: »Das glaubt dir kein Schwein.«

Bis hierhin wär's fast ein schönes Herrenbesäufnis geworden
, aber Gregor höhnte weiter: daß sich Max ja noch nicht mal seinen *obersten* Hemdknopf zu öffnen getraue, ob er was Brusttoupetmäßiges zu verbergen habe?

In der Tat! konterte Max: Und davon werde er sich auch durch jemand, der seit zwanzig Jahren Koteletten für angesagt halte, davon werde er sich ganz gewiß nicht abbringen lassen.

»Dann schreib' ich einfach«, beschloß Gregor, »daß du tätowiert bist, zwangstätowiert, und zwar vom Kopf bis −«

»Schreib deinen Scheiß doch allein«, erhob sich Max schlagartig schlechtlaunig: »Das glaubt dir sowieso kein Schwein.«

Kaum war die Präsentation
, ein halbstündiges Vorbeigestakse blaßblütiger Schülerinnen, die sich auf mäßig inspirierte Weise bedeckt hielten, kaum war die Präsentation in einem sanften Abschlußbeifall verplätschert: schnappte geräuschlos die Armanifalle zu; und während Gregor noch schnell ein paar vergessne Häppchen seinen Hals hinunterschaffte, schritt Marietta bereits treppauf, zur Herrenabteilung.

Zum Glück war sie heut so fatal wie eh & je, hielt sämtliche Verkäufer allein mit ihren Blicken beschäftigt, mit ihrer Art, den Rauch langsam aus sich herausgleiten zu lassen, mit ihren Grübchen, den Wangenknochen, dem grüngraublauen Duft − Gregor war richtiggehend erleichtert, daß sie die Welt wieder dermaßen von oben herab behandelte, wie er's von einer Marietta erwartete.

Die Zeit, da ihm einer der schwarzgewandeten Verkäufer ausein-anderzusetzen drohte, warum er seine BOSS- und René Lezard-Teile »auch noch später« auftragen könne und was es mit der vom Meister bevorzugten »muscheligen Noncolour« auf sich hatte und der »unglatten Stoffstruktur«, überbrückte sie mit Prosecco: bis *ihre* Verkäuferin frei war, die sie gleich mit einem überkandidelten Ja-grüß-Gott-die-Frau-Professor begrüßte und den Kollegen ver-scheuchte.

Es wurde ernst.

Die Armani-Verkäuferin war so sehr damit beschäftigt
, Armani-Verkäuferin zu sein, daß sie sich in ihrer Beratung darauf beschränkte, Gregor zu jedem Anzug zu beglückwünschen − auch die beiwohnenden Gestalten rundum gerieten, sobald er sich, Standbein-Spielbein, zur Besichtigung freigab, jedesmal in Verzük-kung, lediglich Marietta spottete in altbekannter Manier −, die Armani-Verkäuferin war so sehr beschäftigt, daß sie's eine Weile glatt übersah, wie sich Carlo in mehrere Stapel von 160-Mark-T-Shirts hineinwühlte; als sie ihn schließlich daraus hervorzog, mußte sie sich entsprechend treten, beißen, beschimpfen lassen.

Aber selbst jetzt kam die Tigerratte ungetadelt davon, und die Verkäuferin (»Das macht doch nichts, Frau Professor, wir waren schließlich alle einmal −«) konnte ihre Wut nur in Form von Kom-plimenten ablassen: Komplimenten für Gregor, der sich, ganz ohne zu schillern, in einem der Spiegel präsentierte, als wäre er in Mariettas Salon − die runden Schultern des Jackets, die schmalen Revers, die hoch angesetzte Taille −, und dabei zum wiederholten Male sein Ich-weiß-nicht-so-recht in die Runde gab: Bei diesem gedämpften Licht, er könne sich nicht helfen, sehe jeder Anzug grau aus.

»Also nehmen wir den«, entschied Marietta.

Allein für den Anzug legte sie
,nein-den-nächsten-dürfe-er-gern-selber-zahlen-aber-den-hier-den-habe-*sie*-sich-in-den-Kopf-gesetzt, legte sie drei fröhliche Tausen-der hin; und dann kam sie auch noch auf die Idee, ihn gleich mit

einem adäquaten Hemd und – die Treppe hinab, der Pulk der Claqueure huldigte in gebührendem Abstand hinterher – mit Schlips und Gürtel zu versorgen; am liebsten hätte sie ihn komplett armanisiert, einschließlich Unterhose, und die Verkäuferin fand das nur allzu verständlich:

Der Herr Professor … äh, der Herr …

»Schriftsteller«, half Marietta.

… aha, der solle sich halt nicht so zieren, irgendwann gebe's kein Zurück mehr im Leben: »Das sind doch nicht bloß ein paar Kleidungsstücke in Ihrem Schrank, das ist eine Philosophie!«

Zumindest wußte sie keinen einzigen Schlips beizubringen, auf dem verschiedenfarbige Schreibgeräte, eine bunte Schraffur, von rechts oben nach links unten fielen.

»Ab vierzig darf man auch mal
das Parkhaus benutzen«, beschimpfte ihn, in ihrer üblichen halbitalienischen Lautstärke, die von der Parkplatzsuche entnervte Marietta wenig später im Lokal: »oder 'ne Mark für die Parkuhr opfern – ohne das Gefühl, ein Versager zu sein!«

Wunderbar, so kannte er sie, so schämte er sich für sie, so liebte er sie. Wenn sie ihm nur nicht diese graue Verkleidung aufgezwungen hätte …

Wenigstens den Schlips, hob er vorsichtig an, als die Antipasti serviert wurden: den hätte sie ihm ersparen können.

Ob er noch mit weiteren solcher Schlapsideen aufzuwarten gedenke? maßregelte ihn Marietta: Oder ob er etwa vergessen habe, daß er damit ihre Schuhe polieren wolle?

Gregor: Äh, aber aus Wildleder dürften sie dann nicht sein.

Marietta (ja, so kannte er sie, so ärgerte er sich über sie, so liebte er sie): »Du sollst nicht immer aus Prinzip widersprechen. Das mach' doch schon ich.«

Carlo indessen
, dem die Langeweile schwer zu schaffen machte, blies mit seinem Strohhalm die Fanta aus dem Glas, bis sich seine Mutter zu einem

sanften Tadel hinreißen konnte. Anschließend warf er (»Alles Lachs! Was, Carlo?« ermunterte ihn Marietta) mit Pizzabrocken nach Gregor, der keine geringe Lust verspürte, ihm fürderhin nurmehr mit Brett entgegenzutreten (»Wir sitzen ja alle im selben Topf«, beschwichtigte Marietta) und jetzt, wo keins zur Hand war: eine zu schallern.

Dann aber merkte er, daß ihn heute nicht mal eine Tigerratte von seiner grenzenlosen Erleichterung abbringen konnte, und dünstete besänftigend vor sich hin.

Als sich der kleine fette Carlo jedoch auf Gregors neuen Anzug erbrach, vielleicht weil er vom Tiramisu drei Teller zuviel abbekommen hatte, vielleicht aus dem Gefühl heraus, nicht gebührend gewürdigt zu werden, war Marietta einen Moment lang ohne Konzept, und bevor sie auf die Idee kommen konnte, Carlo zu bezetern oder sonstwie aus ihrer wunderbar neuen alten Rolle rauszufallen, hörte sich Gregor laut & vernehmlich sagen:

»Hut ab, hat sich gelohnt.«

Carlo wußte nicht, ob er unter diesen Umständen überhaupt noch losheulen durfte, und Gregor, beseelt vom plötzlichen Wunsche zu trösten, hörte sich mit onkelhaft verstellter Stimme zu ihm runterfragen:

Schon mal was von den Kotzmolchen gehört? Nein? Dann! Ohren auf:

Warum sind die nur immer
so gut drauf? fragten sich die andern Tiere bei einer ihrer Schafkopfabende: Warum sind ausgerechnet die Kotzmolche am allerfidelsten von uns, obwohl sie doch dauernd was zum Kotzen finden müßten?

Sie wußten sich keinen andern Rat, als daß einer der ihren losziehen sollte, das Geheimnis zu lüften. Einer der ihren? Nicht irgendwer! Sondern eine Tigernaus namens Carlo – die Näuse nämlich können verteufelt gut Geheimnisse lüften –, und dieser Carlo kroch schwamm kletterte ihnen so lange heimlich hinterher, durch ihr vertracktes Höhlensystem, bis er zwischen lauter gewaltigen Tropfsteinen ankam: in der Haupthöhle der Kotzmolche, mit Türsteher und allem drum & dran, klar?

Und wie er sich hinter einem Stalagtiten verbarg – mag auch sein, hinter einem Stalagmiten, das war ihm egal –, sah er …

»Na, was meinst'n, was die Tigernaus da sehen mußte?«

»Otzmolche«, riet Carlo.

Und zwar jede Menge! Kaum daß sie sich eingefunden und auf ihren Plätzen verteilt hatten, kriegten sie das große Kotzen. Und hörten nicht eher auf, als bis auch der letzte von ihnen –

»Gregor! Dem Kind so'nen –«, wollte Marietta unterbrechen.

Dann verglichen sie ausführlich ihre Ergebnisse, und derjenige, der am grüngraublausten gekotzt hatte, galt bis zum nächsten Mal als Oberkotz.

»Und wenn sie sich auf diese Weise richtig ausgekotzt haben, dann schwimmen sie bester Laune in die Welt zurück – so sah's die kleine Tigernaus hinter ihrem Stalagtiten oder Stalagmiten, und als sie das bei der nächsten Schafkopfrunde zu Hause nicht etwa bloß haarklein berichtete, nein! sondern auch gleich, wie sich's gehörte, sehr anschaulich demonstrierte, da beschlossen die Tiere –«

Ob er wirklich grün? quietschte ein hochbeglückter Carlo in seiner längst nicht mehr so speziellen Carlosprache: wirklich grün genug gekotzt habe?

»Mehr grün als blau jedenfalls!« beruhigte Gregor: »Mehr blau als –«

»Nun aber Schluß! Dem Kind 'nen solchen Schwachsinn zu erzählen«, hatte Marietta ihr Konzept jetzt wiedergefunden: »Nachher glaubt es noch dran.«

Auch den weiteren Verlauf des Abends
, man saß bei weit geöffneten Fenstern und einigen solide gekühlten Getränken im Turmzimmer, hatte sie im Griff; ein blendend blasser Vollmond glotzte übern See, auf daß Gregor, sowie er sein Weißbierglas exakt vor sich auf dem Fensterbrett postiert hatte, ganz überdeutlich konturiert ein Augustiner-Frauenbein erkennen konnte.

»Glasleerer unter sich« – ja, so kannte man Marietta, so hatte man fast ein wenig Angst vor ihr, so liebte man sie. Als man's einmal versäumte, ihr Feuer zu reichen, weil der Mond mit Macht auf das Frauenbein runterschielte, stieß sie's ohne zu zögern vom Fensterbrett: was ein kaskadisches Gepolter dachabwärts ergab, ein finales Zerklirren auf der großen Freitreppe und ein kleines Schweigen danach.

Überraschend kurze Zeit später stand Carlo
, die Wendeltreppe war er wohl oder übel hochgekrochen, hinter ihnen und behauptete, bei Blitz & Donner könne er nicht schlafen. Statt sich jedoch von Marietta trösten zu lassen, wollte er – auf Gregors Schoß! von wo aus er das sofortige Ende des Gewitters anmahnte.

Sein Wunsch sei ihm Befehl, onkelte Gregor: Sämtliche großen und kleinen Tigernäuse könnten beruhigt wieder schlafenkriechen.

Was Carlo unverzüglich in die Tat umsetzte und ihm unter den Händen davonschnorchelte, vor Lust warf er dabei Blasen aus dem linken Nasenloch.

Als er da freilich
, so breit und wanstig wie ein zufriedner Zamperlmops, auf den Beinen von Onkel Gregor lag, kriegte Marietta den grünen Blick:

Ob er ihren Carlo inzwischen nicht ein ganz klein wenig gern habe? Und ein ganz klein wenig zu seinem eignen Carlo gemacht?

Noch ehe Gregor aber auch nur *denken* konnte: Alles-was-recht-ist oder Wenn-schon-Carlo-dann-zumindest-'nen-selbstverschuldeten, hatte Marietta ihren Fehler erkannt und machte ihn durch häßlich aufbrausendes Gelächter wieder wett:

»Keine Panik, Gregor, wir passen einfach nicht zusammen, ist doch klar.«

Nachts
, in der großen erkenntnislosen Leere, die um sie herrschte, nachts konnte man ein letztes Mal neben ihr liegen und der neuen alten Zufriedenheit frönen: War man nicht, als hätte's diese peinlichen, ach was, ärgerlichen, ach was, total desillusionierenden, grenzenlos überflüssigen Ich-bin-so-wenig-stolz-auf-mich-Sätze nie gegeben,

war man nicht wieder nach allen Regeln ihrer Kunst bedient worden? Ja, genau so mußte ein Marietta-Abend ablaufen, als Runduminszenierung bis in den Satzbau hinein, abgesehen von Carlo vielleicht, der ... ja ganz nett war, aber doch besser blieb, wo er hingehörte: am andern Ende des Carlophons. Abgesehen von jenem Anzug, der ja ... wohl bloß der Anfang sein sollte, der Anfang vom Ende dessen, was an Gregor gregormäßig war – hatte sie nicht bereits Andeutungen über seine Koteletten gemacht, über seine Schuhe, sein Rasierwasser, seine Art zu rauchen, zu trinken, zu sein? Am Ende, sofern er nicht geeignete Gegenmaßnahmen ergriff, am Ende vom Ende würde sie ihn als eine Art Ersatz-Ecki ausstaffiert haben, zu dem sich anscheinend nicht mal Ecki selbst hatte machen lassen, wunderbar.

Wie das Bett knackte! Oder war das einer der hundertjährigen Holzbalken über unter neben ihm?

Ganz vergessen

würde man ihren merkwürdigen Zusammenbruch zwar niemals können, *ganz* würde sie niemals mehr das sein, was sie gewesen, aber – noch immer genug, bei weitem genug, wofür man sie, nicht so furchtbar beschämend vollständig vielleicht, verehren durfte, oder etwa nicht?

Natürlich hatte sie ihm von Anfang an was vorgespielt – genau das war's ja, was man von keiner andern bekam! Daß selbst hinter ihrer Maske letztlich nur ein normales Gesicht steckte, wollte man gar nicht wissen! Dafür hatte man Mascha.

Das heißt

, dafür *hätte* man Mascha gern gehabt, die wäre ideal gewesen für die Tage, vor allem: für die Nächte dazwischen, oj – höchste Zeit, ihr wieder einmal auf die Finger zu sehen, auf die Beine, gleich morgen abend! Langsam wurde's ein wenig lästig, am leidenschaftlichsten zwischen den Augenbrauen geküßt zu werden, langsam wurde's ein wenig besorgniserregend, dies Mönchsleben, mal sehen, wann er den Hals davon so randvoll haben würde, daß er sogar vor einer virtuellen Frau wie Marietta nicht mehr zurückschreckte. Ob die dann aber, der Prophezeiung von Max entsprechend, ob die tatsächlich 'ne Superperformance hinlegen würde, mußte bezweifelt werden.

Besser, die Nächte mit ihr blieben ergebnislos, wahrscheinlich war eben das die Sorte Gluck, für die sie vorgesehen war.

Hätte Gregor geahnt
, daß nach dieser Nacht überhaupt nichts mehr so bleiben sollte und daß, vielleicht in ebenjenem Moment, da er sich ein letztes Mal zur Zufriedenheit zwang: der liebe Ecki nicht etwa fluchend von der Kellertür abließ, sondern in ihr verschwand, er wäre wohl nicht so zügig eingeschlafen.

Schon morgens war's Mariettas vordringlichste Aufgabe
, mit den Türen zu knallen, schon morgens erzeugte sie gern einen kleinen schnellen Wirbel mit den Dingen, fand sie vor allem darin ihre Beschäftigung, beschäftigt zu wirken.

Am Küchentisch dann unter Zuhilfenahme von reichlich Nutella die üblichen Tätlichkeiten der Tigernaus und, ganz & gar unüblich, die Frühstückseröffnungen seiner rauchend danebensitzenden Mutter:

Zugegeben, die letzten Monate habe sie sich ein bißchen unfair verhalten; doch daß Gregor nun überhaupt keine Ambitionen mehr hege, *männliche* Ambitionen, das sei ihr ein Rätsel.

Aber wie hätte man sich einem Gregor gegenüber sonst verhalten sollen? Bestimmt nicht, indem man mit ihm, eine besorgte Frau Gschnitzer rückte noch schnell die Eier in den Eierbechern zurecht, über berührungslose Nächte zu sprechen suchte:

Zeitlebens habe sie versucht, der bessere Mann zu sein;[232] sie sei's leid, wolle endlich wieder Frau sein.

Na, dann solle sie sich dabei nicht aufhalten lassen.

Und er, Gregor? Wir wär's, wenn er endlich anfinge, sich wie ein echter Herr zu benehmen?

Marietta blickte kaum auf, so sehr befaßte sie sich damit, ihre Fragen durch das Aushöhlen einer Mohnsemmel zu beantworten:

»Uns trennt doch nur ein schmaler Graben.«

Nun war's an Gregor, sich zu befassen, notfalls mit seinem Eierlöffel – jener schmucklos schlichte Marietta-Satz hatte ihn blitzartig wie eine Ahnung durchzuckt, daß sie bestimmt die richtige Frau für ihn war, er selbst indes nicht ganz der richtige Mann für sie:

»Uns trennt doch nur ein schmaler Graben.«

»Aber der ist ziemlich tief.«

Diesen einen Tag wenigstens könne er ja mal, abends würde sie ihm ein Pfefferminzhuhn, das wäre sicher –

– sehr schön. Trotzdem, heute ginge's nicht, widmete sich Gregor dem sorgfältigen Aushöhlen seines Frühstückseis: Er habe »schon was vor«.

Wie konnt' ich das vergessen! war sich Marietta keine Sekunde darüber im Zweifel, *was* er anstelle eines Pfefferminzhuhns für den Abend eingeplant hatte: »Der Herr Weiberromancier geht recherchieren!«

Tief bohrten sich ihre Finger in die Semmel hinein, für eine kleine Sekunde konnte man meinen, sie krallten sich darin fest, dann rissen sie mit einem raschen Ruck die letzten Weichteile heraus:

»Du und deine beschissnen Frauengeschichten.«

Gregor, schweigend, fühlte sich bemüßigt, eine halbherzig gequälte Gregormiene zur Schau zu stellen, und richtig: Noch bevor der letzte Rest aus seiner Frühstückseierschale gelöffelt war, hatte sich herausgestellt, daß Marietta mittlerweile als außergewöhnlich gut informiert gelten mußte über seine »beschissnen Frauengeschichten«, insbesondre über die Gegebenheiten im »Pussycat«: Ebendorthin wolle sie mit ihm, Pfefferminzhuhn hin oder her, wolle sie gleich heut abend.

Als Gregor auf seine, wie er meinte, unnachahmliche Weise wortlos den Kopf dazu schüttelte, machte sie ihm, wahrscheinlich versank Frau Gschnitzer draußen vor Scham im hintersten Muster des Perserteppichs, machte ihm eine herrlich halbitalienische Szene, in deren Verlauf die Worte »Feigling« beziehungsweise »Schlappschwanz« keine geringe Rolle spielten. Um ein Haar hätte sie ihm sogar eine geschallert – Gregor war's zufrieden:

»Ein andermal.«

Was er denn an dieser Mascha finde? Marietta rollte die rausgepulten Innereien ihrer Semmel zu einer großen grauen Kugel: an dieser kleinen illegalen – *Person?* Die sich allabendlich in, wie-er's-selber-genannt-habe, in 'ner Schweinebox herumtreibe? Die könne man doch nicht ernst nehmen?

Aber unernst könne man sie nehmen, wäre Gregor an dieser Stelle des Streits fast übermütig geworden: »im Gegensatz zu dir«.

Zum Glück bedeutete ihnen Carlo

, dem die Langeweile schwer zu schaffen machte, sich auf die Toilette verfügen zu wollen; nachdem ihn Marietta dort verstaut und folglich für ein paar Minuten keinerlei Rücksichten mehr zu nehmen hatte, wuchs sie mit all ihren Wangenknochen vor Gregor auf, mit all ihren eckigen Gliedern, den ungeraden Gesten: Wunderbar, in welch lauten, langen Sätzen sie ihm Vorhaltungen machte, beinah wäre Gregor geneigt gewesen, ein wohlgefälliges Klirren in den Schränken rundum zu vernehmen.

Wie konnte er's auch wagen, eine andre für den heutigen Abend vorzuziehen, eine Fastfreundin? Gregor verkniff sich die Bemerkung, daß Mascha mittlerweile nicht mal mehr seine Fastfreundin war, sondern, im Grunde konnte er's noch selber gar nicht glauben, sondern seine Exfreundin, und hielt sich überhaupt auf möglichst vielsagende Weise bedeckt.

Zum Glück bedeutete ihnen Carlo, »Fertig!«, er habe etwas vollbracht und wolle dafür gelobt werden. Gregor saß ein paar Minuten ganz für sich allein, lauschte in sich und die Küchenschränke hinein.

»Schöne Nächte mit deiner – Person«

, wünschte ihm Marietta zum Abschied, und diesen halben Satz lang war das gewiß recht indirekt gemeint, fast oval: »Wir haben ja keine«.

Einen Sekundenblick später allerdings kniff sie die Augen zusammen und blickte ein bißchen grün in seinem Gesicht herum:

»Die ist ja ziemlich lebhaft heute, deine Falte.«

Ehe sich Gregor eine Dämlichkeit einbilden konnte, hatte sie ihm einen Kuß zwischen die Augenbrauen gedrückt. Nicht mit den Lippen, versteht sich, nicht nur mit den Lippen, und das war schon wieder dermaßen aufregend, daß er reglos verharrte: weil er fast Ambitionen gehegt, *männliche* Ambitionen, und sich selbst nicht mehr verstanden hätte.

Kaum aber war er durch die Empfangshalle gefedert
, höchstens neunzehn Hirsche blickten ihm hinterher, kaum aber war er auf dem Kiesweg davongeknirscht, ging die Tür des Besenschranks auf und Marietta fuhr der Schreck dermaßen schnell in die Glieder, daß sie ausnahmsweise kein einziges Wort herausbekam.

Bevor Gregor ins »Pussycat« ging
, lag er eine Weile im Fenster, blickte auf die nächtliche Leopoldstraße hinab, wo die Schirme noch so zahlreich aufgespannt waren, als trudelten nicht längst die gelben Blätter von den Pappeln. Mit großer Gelassenheit sah er den Skateboardern auf dem gegenüberliegenden Gehsteig zu, wie sie der Reihe nach mit ihren Baseball-Käppis ranrollten, um die Treppe des »Single's Dancing« raufzuspringen.

Nicht eher, als bis es dabei fast zu einem Zusammenstoß gekommen wäre, entdeckte er ihn: den Mann auf der obersten Treppenstufe, der eben noch ausweichen konnte und trotzdem nicht der Türhüter war. Sondern, kein Zweifel möglich, ein deutscher Professor, sein Kopf leuchtete sehr grau durch die Nacht, seine Augen waren unverwandt – ja wohin denn? geradeaus gerichtet, etwa dorthin, wo der Eingang des »Roxy« gewesen wäre, hätte man den nicht erst nächste Woche wieder aufgesperrt. Schon wollte Gregor das Fenster öffnen, mit Winken anheben und Rufen. Statt dessen löschte er lieber, einschließlich des blinkenden Plastiktulpenstraußes, löschte sämtliche Lichter im Zimmer.

Obwohl er sofort die Treppen runterrannte und
, zwischen all dem silbernen Glitzerkram hindurch, der sich auf der Leopoldstraße zum Mitternachtsstau formierte, den direkten Weg zum »Single's«, traf er nichts als leere Treppenstufen an, auch von den Skateboardern fehlte jede Spur.

Weis-wuaschd-is, keuchte er nach links und nach rechts, der heutige Abend war ja nicht für einen Exfreund reserviert. Sondern, gewissermaßen, für dessen Gegenteil.

Kaum hatte man bei der Barfrau
ein erstes Babybier in Auftrag gegeben und also sechs Minuten lang Zeit, ungeniert rumzusitzen, sah man Karl-Günther, in Schlangenleder eingegossen, wie er, hart stets hinterm Rhythmus her, imaginäre Zigarettenkippen auf einer Tischplatte austrat. Sah den Herrn der Hüften, den Herrn der Hörnchen, wie er seinen dunklen dunklen Körper über die Harley wälzte. Sah Ljiljana, wie sie ihre Schlange den Oberschenkel entlangkriechen und Geld verdienen ließ.

Aber irgendwie gelang's Gregor nicht, seine Augen von der Person loszureißen, die kopfüber eine der Stangen runterrutschte, indem sie sich lediglich mit den Beinen dran festklammerte. Obwohl er sie ganz offensichtlich mit einem Blick bedachte, sah die Person durch ihn durch, spazierte sogar von der Bühne runter, an ihm vorbei und auf den Schwebebalken hinauf, der hinter der Bar verlief, von dort auf den Tresen – die Tresensitzer samt Gregor rückten entzückt ihre Gläser beiseite: Was aus dieser Perspektive mit Macht an ihr auffiel, waren die Achillessehnen, energisch setzten sie sich von der Ferse ab, um sich, in gleichmäßig anschwellenden Bögen, zum Wadenmuskel zu öffnen – Gregor konnte den Blick nicht davon lassen und hätte sehr gern, aber das durfte man ja nicht, hätte gern hingefaßt, hätte, mit Daumen und Zeigefinger, prüfend darübergerieben wie über den Schliff eines Weißbierglases.

Auf ihrem T-Shirt jedoch im klassisch gestreiften Langnese-Design – unglaublich! sie wagte's, hier, wo sich alle mit knappen Teilen in Bonbonfarben zugerüstet hatten, sie wagte's, im Schlabberlook aufzutreten! – las man in klassisch weißen Langnese-Lettern »Leck mich«, sicher fand sie das »voll korrekt«. Gregor bewunderte sie mit Inbrunst: Alles an ihr war großartig, selbst ihre Haare.

Als man die Person direkt von der Theke runter
auf die nächstgelegne Tischplatte engagierte, setzte er sich schnell dazu. Immerhin hatte dieselbe Runde zuvor schon Erykah abgefertigt, »Tu's nicht!«, »Erykah ans Telephon!«, und der war dazu ratlos der Kaugummi im Mund herumgerutscht.

Die Person im »Leck mich«-T-shirt hingegen: stand erst mal ein paar Takte lang, *Mädchen No.1*,[233] stand bloß da und würdigte reihum jeden ihrer Tischherrn eines Blickes, der von ganz oben und gleichzeitig doch aus der Tiefe der asiatischen Steppe kam, so daß die ersten bereits die Nerven verloren und mit Scheinen nach ihr zuckten. Sie hingegen wirbelte allen Versuchen, ihrer habhaft zu werden, in immer neuen Drehungen & Wendungen davon, entzog sich den Dollarnoten wie den Händen, die daran klebten – sogar die Tisch*damen* wollten ihr an das Wenige, was noch von ihrer Wäsche übriggeblieben –, sie hingegen fixierte den einzigen, den sie bei ihrer Anfangssequenz übergangen hatte, fixierte ihn, indem sie sich, eine Art Liegestütz, herabließ zu ihm: der sich mit beiden Händen am unteren Tischrand festhielt und höchstwahrscheinlich Schattschneider hieß. Denn völlig sicher durfte er seines Namens nicht mehr sein, wie sie ihn … endlich aus ihrem Blick entließ, wie sie sich, eine überraschende Wendung der Ereignisse, auf den Rücken und, eine einzige fließende Bewegung, in die Kerze gleiten ließ, wie sie die Beine zum Spagat grätschte, die Beine langsam drehte, von beiden Seiten auf Gregor zuführte und – an seinen Hals legte, zudrückte. Ziemlich fest zudrückte, den Kopf dabei nach hinten über den Tischplattenrand gekippt, die Augen von ganz nah und gleichzeitig doch aus der fernsten Steppe auf ihn gerichtet.

Einen Augenblick später stand sie, mit ihrer linken Hand nurmehr bekleidet, Zeige- und Mittelfinger der rechten an den Lippen, und verabschiedete sich, selbst vom Tresen drängte einer herbei, einer mit FC Bayern-Schal, und wollte Scheine loswerden. Erst als sich die Person in ihr blaues Tuch gewickelt, als sie sich anschickte, die 35 Mark Grundgebühr zu kassieren, merkte Gregor, daß er noch immer klatschte.

»Von mir?« stotterte er, »ich hab dich doch gar nicht –«

»Von wem sonst?« belehrte ihn die Person – heftig mit Dollars hantierte der FC Bayern-Fan, ständig fummelte er mit seinen Händen an ihr herum –, »meinst du, habe ich für andere getanzt?«

Gregor, voller Wut auf den Schalträger, Gregor, mit einem Mal die Rechte Hand Gottes entdeckend, wie er dicht neben ihm aufwuchs, »Kommst du mal mit?«, und den Schalträger, ohne dessen Antwort abzuwarten, zum Ausgang drängte, Gregor war beglückt, seinen Geldbeutel ergreifen zu dürfen. Es gab also, selbst hier drinnen, eine höhere Gerechtigkeit.

Zwei Babybiere später
flimmerte grünrot ein Feuerzeug auf dem Tresen.

Ihr Glücksbringer! glitzerte die Person aus allen Augenwinkeln: Hoffentlich habe er auch Glück mit seiner neuen Nebenfrau? Oder müsse sie nachhelfen?

Wie bitte?

Sie schob ihren Mund in Gregors Ohr, legte zusätzlich eine ihrer kleinen energischen Hände um seine Ohrmuschel und hauchte:

Also noch mal zum Mitschreiben – wo denn seine schöne alte Lederjacke abgeblieben sei? Darin habe er doch wirklich besser ausgesehen als in diesen seltsamen Anzügen.

Wie bitte?

»Grischa, du Knaller, brauchst du immer Ewigkeiten, um zu kapieren.« Ob er vielleicht Lust habe, heut nacht mit ihr fremdzugehen? Unverbindlich und ohne irgendwelche dämlichen Verpflichtungen?

Von wegen
, von wegen! Drei Babybiere später saß Gregor nach wie vor allein am Tresen, ein ganzer Abend schien ihm vergangen, eine ganze Nacht. Wie sich's wohl anfühlen würde, wenn Mascha *tatsächlich* mit ihm an die Bar gegangen …

Bitte?

      … und wie, wenn sie dann *wirklich* in sein Ohr geflüstert und all das geschehen wäre, was er ████████████ ████████████████████████ zum Überleben jetzt langsam dringend mal wieder brauchte?

Ja hatte er sich das denn bloß –

Gewiß.

Und war der komplette Auftritt von ihr nur –

Nicht auszuschließen.

Das Erstaunlichste freilich an diesem erstaunlichen Abend war ein Gedanke, der Gregor kurz vor, beim oder wahrscheinlich nach dem Einschlafen befiel: Hab ich mich etwa, so der Gedanke, hab ich mich heute etwa ein klitzekleinbißchen – in Mascha verdingst?

Die Elektropost

, deren er sich anderntags anzunehmen hatte, belief sich auf eine einzige Zeile:

»es ist was passiert bitte ruf an

:-0 m@riett@«

Da hatte sie recht. Aber ob er sich deswegen wirklich gleich melden mußte?

Sicher

nicht. Zunächst wollten seine sämtlichen Schirmchen (samt Farnwedel) mit Wasser versorgt, wollte der Ekelschlatz in der Dusche ermahnt, wollten die Regalheiligtümer, die Wollmäuse, die Phrasendreschmaschine gewürdigt werden. Kurz vor der Großen Konzentrationsrunde, als das Telephon *Smoke On The Water* für ihn spielte, war er gerade dabei, einen einzigen Klappentext an sieben verschiedne Verlage loszumailen: für sieben verschiedne Neuerscheinungen, darunter ein Schummelbuch (»Klee, der auf Feldern bellt«).

Sie müsse ihn warnen

, kam eine leicht atemlose Marietta ohne etwaig vorangeschobne Begrüßungsfloskel gleich zur Sache, »der« sei zu allem entschlossen.

Wer denn? Ihr lieber Mann?

Wahrscheinlich müsse Gregor bloß mal aus dem Fenster sehen, der schrecke vor nichts mehr zurück, »du, der hat mir ernsthaft angekündigt, er macht dich –«

Ein kurzer Blick genügte. Ja, dort drüben stand er, vor dem »Single's«, glubschte dermaßen angestrengt geradeaus, als würde jeden Moment ein Herr Schattschneider das Haus verlassen, möglichst Arm in Arm mit einer Frau Beinhofer. Und *so* einer wollte ihn? Das war ja wohl zum –

Was es da zu lachen gebe? Bei dem müsse irgendeine Sicherung durchgebrannt sein, der sei nicht wiederzuerkennen! Seit Monaten habe sie sich seinen »Anwandlungen« entziehen können, »Ganzkörpermigräne, Föhn, meine Tage, du weißt schon«; gestern früh jedoch, kaum daß Gregor gegangen, sei er mit einem Mal vor ihr aufgetaucht und gleich handgreiflich geworden. Regelrecht als Betrug habe sie's empfunden: gegenüber Gregor.

Was denn los, was denn gewesen sei?

Es sei soweit gewesen. Gestern.

Sei *was* soweit gewesen?

Es. Schrecklich.

Danach habe sie
, vielleicht ja bloß deshalb, um ihm ebenfalls wehzutun, danach habe sie ihm reinen Wein eingeschenkt.

»Du meinst, der weiß –«

»Genau: der weiß jetzt alles über dich.«

Und nun? Was sie gedenke
, mit ihrem lieben Mann zu tun? Der könne ja jederzeit wieder –

Das könne er nicht. Den Schlüssel habe sie ihm abgenommen.

Also hat sie mich belogen! dachte Gregor.[234]

Im übrigen solle er sich gefälligst um seine eignen Angelegenheiten kümmern; was Eckart betreffe, so habe sie alles längst entschieden, definitiv entschieden, ganz unabhängig davon, nebenbei bemerkt, wozu sich ein Herr Schattschneider in seinem übernächsten Leben vielleicht mal durchringen könne.

Genau solche Sätze waren's, die Gregor am liebsten nie gehört und am zweitliebsten gleich wieder vergessen hätte. Aber Marietta, sie teilte seine Einstellung offensichtlich nicht:

Falls er sich *jemals* durchringen werde, der Herr Klappentexter! Was er denn eigentlich wolle, wenn nicht – *mehr, viel mehr,* als immer nur Brandungsrauschen?

Genau solche Sätze waren's.

Er wolle … natürlich wolle er mindestens alles. Ob sie gedacht habe, mit drei Wochen davonzukommen?

Alles? Das sei ihr zu wenig. »Nur so drei Wochen mit mir oder drei Jahre, das kannst du dir abschminken.«

Solche

Sätze. Man konnte sich einen Cappuccinobeutel mit Leitungswasser übergießen, man konnte versuchsweise einen Camembert auf der Heizung plazieren, man konnte die Feuerzeuge der Reihe nach betätigen – es waren ihrer bereits über zwanzig –, aber vergessen konnte man solche Sätze nicht. Ob ihr Äußeres wirklich »so arg derangiert« worden, daß sie die nächsten Tage keinem unter die Augen geraten wolle, »am wenigsten einem wie dir«? Jedenfalls bis zur Neueröffnung des »Roxy«, und seinen Einwand, »Am Donnerstag ist doch Salon! ›Der schönste Platz der Welt‹!«, hatte sie mit den Worten abgetan:

»*Der* befindet sich an diesem Abend nirgendwo anders als: an deiner Seite.«

Solche

Worte. Zum Glück trat auch Ecki auf der Stelle, wechselte höchstens mal einen Hauseingang weiter, nach links vor die Hypobank oder nach rechts vor den Handyladen, den Body Shop, und starrte rüber: Sobald Gregor aus dem Fenster sah, zweifelte er keine Sekunde, daß Marietta gelogen, von A bis Z gelogen und die traurige Gestalt da draußen alles andre als Hand an sie gelegt hatte.[235] Wie der aussah, war er auf Knien rumgerutscht, ihre Schuhe mit seinem Schlips blankwienernd, während ihr der Rauch ganz langsam aus dem Hals hervorgeglitten. Ihr Anruf, immerhin durfte Gregor in derlei Hinsicht mittlerweile über einige Erfahrung verfügen, hatte den Zweck gehabt, den einzigen Zweck gehabt –

– für wie blöd hielt die ihn eigentlich? Klein beigeben jedenfalls und den Betroffnen spielen, holla, mit Bekenntnissen aller Art aufwarten, wie sie sich's wohl gedacht hatte, würde er nicht. Das Spielchen würde er mitspielen, auf seine Weise mitspielen, einer Marietta mußte man's zeigen, dann, *nur dann* blieb sie so, wie man sie haben wollte, blieb: Marietta.

Höchste Zeit für einen Lauf.

Warum aber entschied er sich
, eigentlich hatte er ja bereits die Briefkästen passiert, die heruntergeworfnen Reklamesendungen, warum entschied er sich dafür, den Hinterausgang zu benutzen?

Darum.

Am »Seehaus« saßen bloß noch die Unentwegten
, die nicht wahrhaben wollten, daß mit dem nächsten Windstoß das Jahr hinweggefegt werden würde, ein abblätterndes Farbband hinterm See, auf dem die Schwäne fehlten und die Tretboote. Trotzdem strömte nach halber Strecke, Schritt um Schritt um Schritt, strömte von den Fußsohlen bis in den Gregorschädel die Entschlossenheit auf, den gesamten rotbraunblonden Englischen Garten und alles, alles andre einfach schön zu finden.

Das neue Leben, wurde's nicht von Monat zu Monat spannender? Ahnte man nicht, und Gregors Schritte streckten sich ganz lang, *wußte* man nicht: Einem Vierzigjährigen, selbst wenn's wider Erwarten doch noch zur Sache gehen würde, konnte kein Jüngerer gefährlich werden?

Auch kein Achtunddreißigjähriger.

Der schon gar nicht.

Wenn der gewußt hätte, wie grundlos er dort wartete! daß Gregors Verhältnis mit Marietta im wesentlichen darin bestand, kein Verhältnis zu haben! daß seine Frau fremdging, ohne fremdzugehen! daß sie kleine Spielchen statt dessen spielte, um Gregor unter

Zugzwang zu setzen, und daß er die Spielchen durchschaute! Aber wahrscheinlich sehnte sich Ecki einfach danach, mal wieder verhauen zu werden.

Dennoch war das Leben 1,7 kg zu schwer.

Das sollte die letzte Woche sein

, bevor's dann wirklich losging. Eine ganze Woche, in der sich Gregor, sofern er nicht als Herr der Klarsichtfolie wirkte oder vor dem Schwarzen Brett im Germanistik-Institut und sich die Veranstaltungen des Herrn Professors Beinhofer aufnotierte, wer weiß, vielleicht mußte der seinen Platz vor dem »Single's« dafür ja ausnahmsweise mal räumen –, eine ganze Woche, in der sich Gregor regelmäßig vor dem Fischhaus installieren und fragen konnte: Sollte ich nun etwa wieder zu 'ner offiziellen Freundin gekommen sein, zu 'ner offiziellen Fastfreundin? Und dazu der Kristina-Stimme lauschte, den Wagner-Ouvertüren oder, eine Neuerwerbung des Hundsnurschers und entsprechend häufig zu hören, dem »*Drunt in da greana Au, stehd a Bianbaum schee blau, juchhe*«.[236]

Dort, wo früher der Pinkelzwerg vom Fensterbrett runtergepinkelt, lag ein Bernsteinklipp und schaute ihn auf eine Weise an, als habe er was Wichtiges zu sagen.

Am Dienstag

, 19. Oktober, Tag der Beseitigungsmaschine, wurde freilich erst mal der Ingo abtransportiert – in seinem Ludwig II.-Gehrock lag er lang und dürr auf der Trage, kraulte im Hermelinbesatz herum und schäkerte mit den Trägern, statt wenigstens jetzt noch schnell ein Wehwehchen-Referat zu halten. Hinter ihm her tapste der Schlammerl Horsti, an seinem Halsband konnte man's sehen, wie's in ihm arbeitete, an seinen malmenden Kiefern, tapste und trug einen pinkfarbnen Waschbeutel und kratzte sich den Sack.

Hatte man was verpaßt während der letzten Wochen, Monate?

Bevor sich Gregor wenig später

, zusammen mit dem Hundsnurscher, beim Horsti einfand, um zu trösten und nebenbei den Gesundheitskuchen zu vertilgen, den der Ingo extra noch gebacken hatte, bevor Gregor den Kuchen und dazu ein paar kompromißlos klare Zonentropfen zu sich nahm, mußte er Belehrungen entgegennehmen:

»Dee is fei nix, die wo Sie da neierdinks … lassn S d Finga von dera, is gscheida!«

Der Hundsnurscher, brustwarzenhoch, hatte sich so breit im Hausflur aufgebaut, daß Gregor nicht aus seiner Wohnung rausgekommen wäre, ohne Rede & Antwort zu stehen, der Hundsnurscher, nach einer Begründung seiner Einschätzung gebeten, ließ den Kropfansatz hervorschwellen:

»Indem daß de hoit gar nix is, des siegd doch a Blinda!« Wann der »dapezirte Knocha«, »Heaschaftseitnnomoinaa«, endlich in die Wüste geschickt werde? Und wo seine – seine! – Mascha abgeblieben sei?

Das wußte Gregor allerdings auch nicht so genau.

Weil's der Ingo nicht mehr tun konnte

, tat's dann der Horsti: und fütterte den Saubazi zunächst mit Vollkornbröseln, schließlich mit Lila Pausen, und der Saubazi war's zufrieden. Schob, ebenso lautlos wie eifrig, Darmwinde in die weite Welt und beschnüffelte jedwede Stelle, die rosarot roch und nach Federboa.

Anfangs wagte man, Fragen zu stellen, der Horsti hingegen malmte stur geradeaus.

»S werd do need …?« riskierte der Hundsnurscher beim zweiten Kuchenstück, vor lauter Anteilnahme roch er eine Spur ranziger als sonst.

»Naa, dees need, gwiiß need.«

Woraufhin wiederum bloß das Geschnaufe des Saubazis zu hören war, der nach einem geeigneten Ruheplatz suchte und sich am Ende quer über Gregors Füße legte. Ob man sich die Installation des Bildverarbeitungsprogramms, die der Ingo versprochen, ob man sich die Installation des Bildschirmschoners, der neuen Version des Netscape Navigators, ob man sich all das in Zukunft etwa selber?

Nach einer schweigend schluckenden Weile legte der Hundsnurscher dem Horsti die kleine feuchte Hundsnurscherhand auf die Schulter: »Dees werd scho wieda.«

Da war sich der Horsti weniger sicher,[237] und er brauchte ein drittes Kuchenstück, um sich zu einem Entschluß durchzuarbeiten:

Er werde jetzt so lange auf sein Unertl verzichten, bis der Ingo aus dem Krankenhaus entlassen sei.

Und was er in der Zwischenzeit trinken wolle?

Vielleicht Andechser. Vielleicht Weihenstephaner.

Wenn's ein echtes Gelübde sein solle, müsse er mindestens Löwenbräu trinken.

Er wisse was Besseres, beschloß der Horsti das Gespräch; sowie seine beiden Gäste im Hausflur standen, drehte er den Fußabstreifer auf »Fuck off«.

»Wo a recht hat, hat a recht«, nickte der Hundsnurscher.

Das tägliche Marietta-Mail
wußte freilich nicht vom Baum und vom Vogerl und vom Hundsnurscher und vom Ingo, der jetzt Rechts der Isar[238] lag und sich, angeblich, jeden Besuch verbeten hatte:
»es ist so schön mal was mit beiden herzkammern zu fühlen sich nicht immer nur vorstellen zu mü?en was man gerade fühlen könnte das werde ich jetzt feiern indem ich keinen tropfen trinke ich liebe euphorie
:-x m@riett@«

Fünf Stockwerk tiefer stand ein Mann in einem Hauseingang, stand und rauchte: zwar nicht *jedes* Mal, wenn man sich zur Gehsteigbetrachtung ermannte. Aber oft genug.

Dann war die letzte Woche um, 24. Oktober, und es ging wirklich los.

»Derangiert« sah Marietta kein bißchen aus
, als man sie im hoffnungslos überfüllten neuen alten »Roxy«, mit dem Poldi zwischen den Tischen stehend, wieder traf.[239] Ausgerechnet mit dem Poldi (wieso war der eigentlich hier? und nicht in der Villa Hasenpusch?), der seine Freude darüber bekundete, die Frau Professor in seinem neuen alten Stammbeisl zu treffen und ihr, bevor er sich von der hin & her wogenden Menschenmenge davontreiben ließ, in seiner feuchten Aussprache rasch noch eine Wie-sich-unsre-Bedienerin-amoi-ois-a-gstudierte-Kunstgeschichtlerin-entpuppt-hat-Anekdote[240] aufdrängte.

Sie hatte ihre Ankündigung
also tatsächlich wahr gemacht, der Salon fand ohne Gastgeberin statt! Es sei ihr zu Ohren gekommen, tat sie sämtliche Nachfragen ab, Eckart trage sich mit Gedanken an einen außerplanmäßigen Auftritt während des heutigen Abends, darauf habe sie schlicht keinen Wert gelegt.

Großartig. Wie sie dem androgyn herumschwänzelnden Kellner in klaren Worten auseinandersetzte, sie sei zu einem »Crocodile Dundee« entschlossen, zu einem »Dolly«, einem »Keep Kohl«[241] und einem »Frozen Marietta«, alles in Viertelportionen, wohlgemerkt, war Gregor schon wieder auf dem besten Wege, sie hemmungslos zu bewundern.

Im offiziellen Eröffnungscocktail jedoch schwamm ein winziger Zierfisch,[242] jedenfalls so lange – Marietta ärgerte ihn mit ihrem Sektquirl –, bis er kieloben im Glas trieb.

»Na dann Porst.«

Es hätte eine wunderbare Nacht werden können
, eine Nacht des internationalen Bieres mit zwischengeschaltetem Notmenü, da aber entdeckte er sie:

Frau Dietlinde Knospe, die ihre Kirschholzkärtchen?

Mascha, die mit Karl-Günther?

Ljiljana, im weißen Micro-Mini an der Bar? Und nicht unschön, leider, nicht unschön: Ljiljana, die sich, sehr zu Gregors Ärger, mit dem Mann an ihrer Rechten …

257

… und gleich drauf mit der Frau an ihrer Linken dem Austausch von Zungenküssen hingab: Gregor konnte nicht umhin, so lange rüberzuschielen, bis Marietta was merkte:

»Schon wieder eifrig am Recherchieren?« Sein Roman, der dürfte doch langsam mal fertig sein?

Warum sie solch schöne Abende wie diesen
durch solch unschöne Fragen verderbe! wollte sich Gregor aus der Affäre ziehen, da aber entdeckte er ihn:

Den Herrn der Hörnchen, der auf einem Tisch?

Max, der sein Lieblingshandy?

Ecki, in beigen Sandalen vor dem Schaufenster? Und nicht weiter weg, leider, als knappe zwei, drei Meter: ein zerfledderter Kragenbär auf der andern Seite des Lebens; seine Augen glommen auf eine Weise, daß Gregor mit Dank des Architekten gedachte, der zwischen ihnen eine Glasscheibe eingeplant.

»Wer hat dir eigentlich gesagt, dein lieber Mann gibt seinen großen Auftritt heut im Salon?«

»Na der Poldi, wer sonst, der weiß doch immer –«

In diesem Moment blieb ihr Blick in Gregors Augenbrauenfalte hängen, im nächsten drehte sie sich schon zur Seite und – ihr lieber Mann stand reglos, seine Augen griffen nach ihr, mit seinen Lippen nuschelte er sich ständig in die linke Manteltasche. Einen dritten, vierten, fünften Moment lang legte Marietta den Kopf schief, endlich drehte sie sich wieder um, schob zwei Zigaretten zurück in die Packung:

»Ich fürchte, wenn wir hier nicht verschwinden, kriegen wir Besuch.«

Weil ihnen eine Lichterkette
den Weiterweg zur Münchner Freiheit verwehrte,[243] ja es als ihre moralische Pflicht ansah, jeden zum Mitmachen zu bewegen, bogen sie kurz entschlossen ab, Richtung »Schwabinger Sieben«. Und die Rechnung ging auf: Eckart, der sich bislang nicht hatte abschütteln lassen, wurde vom Downhill-Charly, »so wias du ausschaugst, bis du a Baya«, in seinem Bewegungsdrang gestoppt:

»Mogst feng, ha? Schleich di.«

Wenigstens bis zum Dudelsacksolo konnte man erst mal aufatmen.

In der dröhnenden Schuhschachtel
, von roten und blauen Wandlampen befunzelt, die üblichen Verdächtigen: ein glücklich übereinander zusammengeschnarchtes Greisenpaar, ein laufend vor sich hin lachender Lederjackenträger am Rande einer Bierlache, Luftgitarristen und … drei Würfelfreunde.

»Gäh weida, da drin staubts a scho«, berichtete Robinson Caruso vom Innern seines Glases, und zum Beweis legte er's auf den Tresen, neben die Katze. Der Zapfer zapfte. Gregor verzog sich.

Im Vorraum der Toiletten
war ein für »Mannaleit« und »Weiberleit« gemeinsamer Spülstein und, es stank wie im Käfig, ein fest verschlossnes Fenster. Nachdem es Gregor mit einiger Gewalt geöffnet hatte, zeigten sich Aschentonnen, Bierkistenstapel, Rückseiten aller Art: Selbst in einer »Sieben« mußte's folglich, gut zu wissen, einen Hinterausgang geben.

Bei seiner Rückkehr ließ sich Marietta gerade vom Schlauchboot die Regeln erklären, nach denen er mit seinen Freunden die Rüscherlrunden auswürfelte,[244] und Hello-I'm-Friday drückte Gregor den Knobelbecher in die Hand:

Jetzt, wo er in ein Pissoir hineingedankt habe, verfüge er ja über ausreichend Stauraum. Oder ob's vorab erst noch ein Löwenschiß sein dürfe?

Nach wie vor hatte Gregor an solchen Abenden Angst
, daß ihn Marietta untern Tisch soff; jedenfalls machte sie, sehr zur Freude ihrer drei Würfelfreunde, alle Anstalten. Als stünde nicht vielleicht ihr Mann vor der Tür und erwarte die Sperrstunde, lief sie zu großer Form auf, sie konnte einen regelrecht grau reden.

Leider konzentrierte sie sich mit fortschreitendem Verlauf des Abends auf Gregors »beschissne Frauengeschichten«, insonderheit auf seine Fastfreundin:

Die fände er wohl viel schöner als sie?

Es sei inzwischen seine Exfreundin.

Glaube sie nicht! strahlte Marietta: »Komm, wir fahren hin und schauen sie uns an.«

Das lohne nicht, hörte sich Gregor mit fester Stimme verkünden, sie habe heut ihren freien Tag.

»Glaub ich erst recht nicht!« jubelte Marietta: Sie bestelle jetzt ein Taxi und – »du hast versprochen, daß du mit mir hingehst.«

Das isses! durchfuhr's Gregor: Ein Taxifahrer, der uns hier rausholt! Und im Notfall, wenn Ecki mittlerweile motorisiert sein sollte, mit Volldampf in die falsche Richtung!

»Aber nicht heute.«

Es gelang ihm, eine Monatsfrist rauszuhandeln, das »Pussycat« laufe schließlich niemandem davon. Dann jedoch sträubte sich der Zapfer, »Scho wiaggli glei goa ned«, ein Taxi zu rufen, was sollten die andern denn denken, ein gestandner Säufer finde auch zu Fuß nach Haus.

Jeder kauften sie sich ein Schlußbier für die Gregorwohnung, begaben sich, flankiert vom Groggo und seinen Gesellen ins Freie. Nichts mehr von einem Bayern-Fan war zu sehen, fast konnte sich Gregor eine gewisse Enttäuschung nicht verhehlen. Als sie die Hälfte des Wegs zurückgelegt hatten, fiel Marietta vornüber auf den Gehsteig. Der Inhalt ihrer Flasche zerschäumte phänomenal.

Trotzdem gelang's ihr dann noch, den Schlammerlschen Fußabstreifer auf »Fuck in« zu drehen. Und dabei über Gebühr aufzulachen.

Am Morgen danach
, mit Restalkohol durchtränkt, wollte sie partout nicht heim:

»Ich würd' so gern anfangen mit Liebsein.«

Bloß das nicht! Eine Marietta, die laufend aus ihrer Marietta-Rolle fiel und womöglich als nächstes mit roten Rennsocken aufwarten würde, nein, so hatte er sich das nicht gedacht. War ihm etwa noch nicht aufgefallen, daß sie keine Sommersprossen mehr hatte?[245]

Das Spiel sei doch jetzt aus, lächelte sie ihn sehr blaß und müde an: Gespielt hätten sie schon viel zu lang, es sei ihr Ernst.

Sie wollte nicht länger Marietta sein! Oder sogar: Sie war niemals Marietta gewesen, nur eine Möchtegern-Marietta, von Anfang an.

Eigentlich hätte er sie
, »Heaschaftseitnnomoinaa«, sofort in die Wüste schicken müssen. Sie aber lächelte ihn so krank und schwach an, daß er sich ob seiner Wünsche verfluchte und beschloß, ihr Onkel zu werden, ihr sorgender Onkel, der sie nach Hause, an Frau Gschnitzer vorbei und ins Bett brachte.

Zwei Stunden später
, mit Liebe nach wie vor durchtränkt, wollte sie partout nicht zulassen, daß er wieder zurückfuhr:

»So haben wir doch keine Zukunft, wenn immer einer geht.« …
»Laß uns all das machen, was wir uns nie getraut haben.« … »Ich fühl' mich so unschön ohne dich −«

− ein schimmerndes Geprassel bekennerhafter Sätze, und zum ersten Mal störte sich Gregor nicht allein an ihrem Inhalt, sondern auch an der Form: War das nicht viel zu direkt konstruiert, zu unoval, zu undurch, wo sie doch höchstens hätte sagen sollen: Los-Herr-Klappentexter-laß-uns-endlich-raten-und-siebzehn-Inder-kriegen?

Sie wagte's, unter seinen Händen nicht davonzuschlafen, ja sogar seinen Arm, den er vorsichtig um sie gelegt (nämlich so, daß er sie möglichst wenig dabei berührte), enger um sich zu ziehen:

Bevor er sie verlassen dürfe, lenkte sie schließlich ein, kriege sie erst noch 'nen Kuß.

»Um diese Uhrzeit? Das ist neu.«

Vielleicht sei's ein Fehler gewesen, ihn in ihr »kleines schmutziges Leben« zu ziehen, leuchtete Marietta: Jetzt aber gebe's kein Zurück mehr.

Was tu ich da eigentlich

, dachte's in Gregor, als er sich mit seiner Haut[246] davonrettete: Bloß nicht schon wieder von vorn anfangen müssen, bloß nicht!

Da das ein Entschluß sein sollte, benützte er den Haupteingang, er hatte ja nichts mehr zu verbergen; und da der Poldi erneut sein charmantes Wesen im »Roxy« zur Schau stellte, direkt hinterm Seitenschaufenster, wo er beim besten Willen nicht zu übersehen war, machte Gregor kehrt und stieß ihm die Pfeife, die er sich gerade in seiner umständlichen Poldimanier zu stopfen begonnen, stieß ihm die Pfeife in den Rachen.

Nunja, um ein Haar. Immerhin ließ er die Hand, die ihm der Poldi scheinheilig zum Gruß entgegenstreckte, in der Luft herumgreifen:

»Naaa, haste deinen Chef mal abgelöst beim Schmierestehen?«

»Du Voikoffa!«

schnaubte der Poldi, »du Wappla!«, sein Schlips bestand aus verschiedenfarbigen Kugelschreibern, die – eine bunte Schraffur – von rechts oben, »du Gfrast!«, nach links unten fielen. Dorthin, wo auf der Tischplatte ein Pfeifenstopfer, ein Haufen gebrannter Mandeln, Sonnenblumenkerne, Maiskörner, eine Limonadenflasche mit Silberetikett warteten. Und ein Stapel beschriebnes Papier.

Ob das Vorlesungen seien, die der Poldi hier verfasse?

Ein forscher Gregorgriff nach den Blättern, schon entstand erhebliche Bewegung.

Was'n sonst! zerrte zog zupfte der Poldi.

Oder wissenschaftliche Aufsätze?

Klar! raffte riß rupfte der Poldi.

Oder gar Weiberromane?

Sicher! wurde der Poldi des letzten Blattes habhaft, sank auf seinen Stuhl zurück und buckelte gleich in sich zusammen, als hänge er auf einer Klobrille. Gregor seinerseits, nicht faul, nahm ebenfalls Platz, ja, bestellte zwei »Frozen Marietta«[247] und schaute sich um.

Draußen, auf dem Gehsteig, stand zumindest niemand.

Im »Roxy« gab's jetzt gelbes und oranges Wandlicht
, gab's überall kleine Maschinen (»Dreh mich und ich mach dich glücklich«), aus denen man für zwei Mark »knackfrische Snacks aus einer andern Welt« herausholen konnte – gebrannte Mandeln, Sonnenblumenkerne, Maiskörner.

Und es gab den Poldi, der sich das rechte Brillenglas putzte.

»Müßtest du nicht gerade 'ne Vorlesung halten?«
war Gregor ziemlich zufrieden, in seinem Notizbuch blättern zu können: »Freitag, 15–17 Uhr, Raum 201, Theorie der Aufklärung – oder wer macht das inzwischen?«

Der Poldi schaute ihn mit seinen kurzsichtigen Augen an, putzte sich das linke Brillenglas:

Die halte ausnahmsweise – und er gab seiner Stimme den geheimnisvollen Klang, als mache er Gregor hiermit zum Mitwisser – die halte er in diesem Semester gar nicht selber! Sondern ein Vertreter.

Ein Vertreter des Vertreters sozusagen, stichelte Gregor.

Ecki habe ihm dringlich ein Freisemester anempfohlen, verriet der Poldi: ein inoffizielles natürlich. »Wenn da Hea Professa da Meinung is, sei Oberassistent paßt bessa ins Beisl ois auf d Uni, dann is uns sei Wunsch Befö, ned woa?«

Daß ich nicht lache! lachte Gregor laut auf. Leise aber dachte er: Der meint's ja wirklich ernst.

Durch seine moralischen Vorhaltungen
, Marietta »freizugeben«, »zu ihrem Ehemann zurückzulassen«, gestaltete der Poldi den restlichen Nachmittag recht unerquicklich: Ecki sei wie von Sinnen, so habe man ihn noch nie erlebt.

Zum Glück tauchte ein Taubstummer auf, der kleine Plastikdelphine auf den Tischen verteilte,[248] zum Glück tauchten der Rosenverkäufer auf, der Münchenmagazinverkäufer, der Biss-Penner, der Silberfex mit seinem Kästchen Silberfexereien und die Chinesin: mit einem kleinen Handy, das beim Feuergeben klingelte, mit einem Faun, der bei Benutzung eifrig in die Höhe faunte, »Wundelsöön!«, einem Rehkitz, dem die Flamme aus dem Rücken rausschnellte.

Zwar wußte sie auch heute kein grünrot blinkendes Plexiglasfeuerzeug vorzuweisen, doch Gregor kaufte ein.

Wenig später fand er sich in seinem Ohrensessel
, eine Reihe von Paniktelephonaten führend.

Aber Mascha war voll ausgebucht mit Aushäusigkeit aller Art, »Grischa, klingst du müde«, und meinte, wer sich in diesem hohen Alter 1108 Volltreffer zumute, der müsse danach eben 1108 Tage pausieren.

Max brauchte jede Minute Zeit, um eine Asien- oder Südamerikakrise zu überleben, eine Spekulation gegen den Yen, die Pesete, das Pfund.

Als Gregor, zu fortgeschrittner Stunde und weil ihn die Flasche mit dem Glenmorangie nicht gut beraten hatte, bei Ecki anrief, um, nunja, wenigstens abzuwiegeln, ließ ihn der nicht mal seinen ersten Satz losstottern:

»Wenn du deine Trottelpfoten nicht sofort von meiner Frau nimmst, mach ich dich platt.«

Mit Rede & Antwort, das war hiermit klar, würde er sich nicht begnügen.

Recht unlustig war's
, vor jeder Großen Konzentrationsrunde zu einer Gehsteigbetrachtung anzusetzen: Als der November anfing, die braunen Blätter von den Pappeln herunterzunehmen, stellte Ecki dort unten seinen Kragen hoch, und Gregor, fünf Stockwerke über ihm, dachte: So wahr ich der Schirmherr von euch Schirmchen bin! Wie's aussieht, scheint's inzwischen ja wohl um ein Prinzip zu gehen.

Blieb der Blick aus dem Fenster ergebnislos
, war Gregor nicht etwa erleichtert, sondern doppelt besorgt: Solang man Ecki sah, wußte man, was er tat, was er nicht tat. Sobald er aber, zu völlig unregelmäßigen Zeiten, verschwand, mußte mit allem gerechnet werden.

Gregor konnte sich zwar nicht vorstellen, was ihm von einem Ecki ernsthaft hätte zugefügt werden können, vom Kleinsten der

Photo AG, der immer ein wenig verprügelt worden und jetzt auch nichts Gefährlicheres als ein Professor war, jedoch der Einbau eines zweiten Türschlosses samt Riegel und Sicherheitskette war sicher nicht ganz verkehrt. Sofern's stimmte und Ecki tatsächlich mit der Schere auf Marietta losgegangen war, damals, und ihr das Kostüm »am lebendigen Leibe« zerschnitten hatte, dann würde er sich für einen Gregor ebenfalls etwas einfallen lassen, von dem man sich eine Woche? einen Monat? ein Leben lang? restaurieren mußte.

Bevor Gregor den neuen Noncolour-Anzug
in die Reinigung trug (um ihn Marietta bei nächster Gelegenheit zurückzugeben), trennte er die zugenähten Taschen des Sakkos mit seiner Nagelschere auf und war für ein paar Minuten ganz in sein Tun versunken.

Als er nach einem langen Blick aus dem Fenster, er wollte's nicht wahrhaben, daß Ecki seit Tagen im Verborgnen wirkte, als er beschloß, nicht nur zur Reinigung, sondern auch gleich zum Wimmer zu gehen, um Mandelhörnchen zu holen – eins für den Horsti, der schließlich nicht backen konnte, eins für den Hundsnurscher, der's noch weniger konnte, eins für sich selbst, der's am allerwenigsten konnte –, als Gregor in Vorfreude auf ein bescheidnes Herrenglück, Hinterausgang hin oder her, beherzt in den Nachmittag reinmarschierte: prallte er beinah auf Ecki drauf, nur daß ein Schaufenster vom »Roxy« dazwischen war.

Für drei, vier, fünf Momente schauten sie sich in die Augen, sehr unvermittelt und sehr direkt.

Beim Weiterschlendern
gedachte Gregor mit Dank des Architekten, der zwischen ihm und Ecki des öfteren eine Glasscheibe eingeplant. Trotzdem, er war sich sicher: Nächstens würde ihm Ecki im Treppenhaus auflauern, würde sich wahrscheinlich direkt vor der Wohnungstür aufbauen, daß man nicht mehr an ihm vorbeikäme, ohne Rede & Antwort zu stehen. War sich ganz sicher, daß Ecki ebensolang dort zu verharren imstande war wie in Hauseingängen, und daß man bes-

ser von Stund an auf jede vernehmbare Lebensäußerung verzichtete – am besten, man verkehrte bloß noch per Elektropost mit der Welt, da konnte er vor der Tür herumlauschen, so lang er wollte.

Gut, daß Marietta ohnehin nicht gern telephonierte, gut, daß sie ihre Herzensergießungen am liebsten lautlos vornahm:
»wieso rührst du dich nicht hei?t das du hast mich vergessen oder was ist los ich hasse dich wei?t du eigentlich was ich in den letzten monaten mitgemacht habe?
:-e m@riett@«

Recht unlustig war's
, den eignen Sicherheitsvorkehrungen zum Trotz, Ecki immer öfter ebendort anzutreffen, wo man sich weit, weit weg und in Sicherheit gewähnt – und wo er, allem Anschein nach, nichtsdestoweniger gezielt gewartet hatte.

Noch unlustiger war's, jählings vom flauen Gefühl durchrieselt zu werden, man würde verfolgt:

Überraschend
war's im Grunde nicht so sehr, daß Ecki eines Mitternachts in der »Schwabinger Sieben« stand, blauweiß einen Löwenschal um den Hals geschlungen, den drei Würfelfreunden zuprostend, und Gregor –

– auf dem Absatz kehrtmachte. Überraschend war's vielmehr, daß Ecki ebenso unverzüglich die Verfolgung aufnahm.

Gleich dreh ich mich um, dachte Gregor, und steig dir ins Gesicht.

Warum holte ihn dieser Vollidiot
dann aber nicht einfach ein und teilte ganz offen mit, er habe ein Problem? Ein Problem, das er demnächst aus der Welt schaffen müsse, auch wenn einem von ihnen beiden dabei der Kopf kloschüsselwärts rolle? Statt dessen begnügte er sich damit, auf der Leopoldstraße staute sich silberner Glitzerkram, Gregor überallhin zu folgen; vor dem Handyladen – »Ich habe kein Handy, also

bin ich ein Depp«[249] – fuhr Gregor herum und schrie Ecki ins Gesicht:

Verdammt-noch-mal, er habe nichts mit seiner Frau! Und wolle auch nichts! Dazu tauge die gar nicht! Die sei ja bloß eine ███████ - ███!

Seltsam, daß Ecki keine Silbe sagte, daß Ecki selbst in dieser Situation lediglich dastand, daß Ecki stumm hinter Gregor herging, sobald der sich wieder in Bewegung gesetzt, daß sich Ecki erst zufrieden gab, als vor ihm eine Haustür ganz explizit ins Schloß gestoßen wurde.

Ohne eine Tat, das war hiermit klar, würde er sich nicht begnügen.

Was Gregor allerdings dem Glenmorangie zutrieb
war der kleine unscheinbare Druckknopf, mit dem man dieselbe Haustür tagsüber, von 7 Uhr früh bis 7 Uhr abends, samstags bis 14 Uhr, problemlos von außen öffnen konnte – das hatte man davon, mit so vielen Rechtsanwälten und Ärzten unter einem Dach zu leben.[250]

Nicht auszudenken, wenn sich Ecki, vielleicht mit Hilfe des Horstis und irgendeiner Ich-bin-doch-sein-bester-Exfreund-Geschichte, auch den Ersatzschlüssel zu seiner, Gregors, Wohnung verschaffen würde, natürlich in seiner, Gregors, Abwesenheit: Da wäre wohl weder das schöne neue Schloß noch der schöne neue Riegel von Nutzen, sondern? der Abschluß einer Hausratsversicherung? Mit vierzig durfte man derlei gewiß in Erwägung ziehen, ohne sich lächerlich zu machen.

Am unerfreulichsten aber war's
, wenn man gar nicht erst verfolgt wurde, wenn Ecki ganz offensichtlich dort blieb, wo man selber irgendwann das Feld räumte und also nicht im geringsten mitbekam, was er als nächstes in die Wege leitete. Vorzugsweise im »Pussycat«.

Einer Erykah wegen

ging Gregor schon lang nicht mehr dorthin, seine Minutenblikke galten ausschließlich Mascha: wie sie sich quer durch den Abend turnte, in größter Gelassenheit Dollarscheine in Empfang und keinen einzigen ihrer Verehrer dabei wirklich zur Kenntnis nahm.

Auch keinen Gregor.

Den am allerwenigsten.

Keine Rede davon

, ob er vielleicht Lust habe, mit ihr fremdzugehen, so ganz verbindlich und mit sämtlichen dämlichen Verpflichtungen, nicht *ein* Fingerzeig. Als habe er das lediglich geträumt.

Gregor, umtobt von seinem Glück, bewunderte sie restlos. Indem er freilich bald bemerkte, daß er's nicht mehr nur befriedigt zur Kenntnis nahm, wie man sie begehrte, sondern vor allem beargwöhnte, zutiefst beargwöhnte, mußte feststellen, daß sein Glück nichts andres war als sein Unglück: ein pathogener Zustand unklarer Genese, der höchstwahrscheinlich zu mancherlei Langzeitschäden führte, besser er verzichtete darauf.

Aber wie hätte er das bewerkstelligen können?

Woche für Woche

bereicherte Gregor den Tresen, dem Babyweißbier zusprechend. Überraschend war's im Grunde nicht so sehr, daß er eines Abends Ecki entdeckte, den Herrn Professor, wie er sich Dollarnoten zwischen die Lippen schob, überraschend war's vielmehr, daß Mascha für ihn tanzte. Am liebsten wäre ihr Gregor mit seinen sämtlichen Geldscheinen zu Hilfe gekommen, sie ahnte ja nicht, wessen Kopf sie da ruckweise, energisch riß sie an beiden Enden des Löwenschals, rüber zu ihren Fußspitzen runter zog, auf daß ihr Ecki –

– nein, die ockerklobigen Dockers küßte er ihr zwar nicht, seine Dollars jedoch konnte er sich nicht entblöden, in ihre Schäfte zu schieben. Wollte er denn das kleine blaue »G« nicht lesen? Und Mascha, *Sie sieht mich nicht*,[251] wieso ließ sie ihn gewähren, statt ihm ins Gesicht zu treten? Wieso ließ sie's zu, daß er mit seinen abgeknibbelten Fingerspitzen –

        – es war nicht länger mit anzusehen. Mascha hin, Mascha her, Gregor machte, daß er davonkam.

Als er sich
, ihr Auftritt war, gottlob, inzwischen beendet, hinter ihrem Rücken vorbeidrückte, ein halblautes Ich-weiß-genau-du-vermißt-mich in ihr Ohr flüsternd, schickte sie sich gerade an, einen von Eckis Zigarillos zu entzünden. Nein, sie zuckte nicht zusammen, blickte bloß kurz über die Schulter und ließ ihr Feuerzeug grünrot aufblinkern, nur für den Hauch einer Sekunde, doch das reichte.

Gleich würde Ecki eine Magnumflasche ordern, gleich würde sie mit ihm in die Schweinebox abziehen. Und noch nicht mal wissen, daß sie's mit Gregors ärgstem Exfreund zu tun hatte.

Oh ja
, man würde sich dran gewöhnen können, an das Leuchten der Lumibären, an Iwan den Kläglichen, das Weckerhuhn, die Plastik- pudeldame und, Ehrenwort, auch ans Eisessen, die Spießerabende, an alles.

Statt dessen hatte ihm Ecki, er wurde langsam unheimlich, hatte ihm Mascha für den Rest des Abends schlicht weggekauft. Hof- fentlich wußte er wenigstens nicht, daß er's mit Gregors wunder- vollster Exfreundin zu tun hatte.

Oh nein
, man würde sich niemals dran gewöhnen können, an das Ge- knacke der tausend Holzbalken, an die Hirschköpfe, die Besen- schränke, die Sklavenplastik und, neineineinein, auch ans Mitter- nachtsessen nicht, das Einschlafen neben ihr, das Aufwachen, an nichts.

Also saß Gregor und besprach sich mit dem Fischhaus. In seinen Tiefen aber reifte der Entschluß.

Mariettas Mails wurden

, wäre man nicht Gregor gewesen, man hätte sagen müssen: wurden verzweifelt.

»ich versteh das nicht mehr manchmal bin ich auf eine solch grundsätzliche weise traurig da? ich am liebsten gegen einen baum führe ganz langsam um auch alles genau mitzubekommen ██████ ██████████

8:-$ m@ariett@«

So viele nackte Worte. Ja, es war soweit, Gregor bewunderte nicht mehr, Gregor schämte sich.

In seinen Tiefen aber reifte und reifte der Entschluß. Bis zum 7. Dezember.

Zweieinhalb Wochen

, in deren Verlauf Marietta immer unfataler wurde, immer berechenbarer, immer mehr zu dem, was Mascha in ihrer Klugheit stets verborgen und für einen Gregor kaum erträglich war: zu einer Frau, die ihn liebte.

Im Gegenteil! Im Gegenteil! Marietta nämlich

, über Nacht hatte sie anscheinend begriffen, daß sie mit ihren Ehrlichkeitsanwandlungen einen Fehler gemacht, daß ihre einzige Chance darin bestand, wieder die zu werden, die Gregor in ihr gesehen, gefürchtet, verehrt: eine Frau, die ihn nicht liebte.

Nurmehr zwei Abende standen ihr zur Verfügung, im Grunde hatte sie gar keine Chance mehr. Aber Marietta wußte sie zu nutzen.

Und Gregor? Oh

, hätte's nicht plötzlich, als wäre nie was geschehen, wieder mit Wucht diese andre, diese ursprüngliche Marietta gegeben, sein Entschluß würde bald festgestanden haben. So aber brauchte er zweieinhalb Wochen, in deren Verlauf er mit dem Gedanken rang, daß es auf Dauer wohl nicht ausreichte, eine Frau zu bewundern, nicht einmal, sie mit ganzer Seele zu lieben, wenn man sie nicht auch mit ganzem Körper lieben konnte.

Daß es nicht genügte
, sie einen Abend lang zu lieben, wenn man sie nicht auch am Morgen danach lieben konnte.

Daß es spätestens jetzt
, wo man bis über beide Ohren in den Wechseljahren steckte, nicht mehr um ein entschiednes Sowohl-als-Auch ging, sondern um ein wankelmütiges Weder-Noch.

Und was dergleichen
Fischhaus-Erkenntnisse mehr waren.

Es begann damit
, daß sein Elektropostkasten seit jenem 8:-$-Mail leer blieb, so lange leer blieb, bis Gregor – hatte sie ihren Alfa tatsächlich gegen einen Baum? – bei Marietta anrief. Und sich sehr zügig abfertigen lassen mußte:

Am Donnerstag sei Salon, übrigens zum Thema »*Darf* dieser Christo das denn?«,[252] da sehe man sich ja wohl ohnehin.

Keine Rede davon, ob er endlich Lust habe, sein neues Leben mit ihr anzufangen, nicht bloß für drei Nächte oder drei Jahre, nicht *ein* Fingerzeig.

Auch gut, dachte Gregor. Dieses Spielchen würde er mitspielen.

Absichtlich verspätet
, gehörig verspätet, um sich zumindest den Vortrag des Gastreferenten zu ersparen,[253] brach Gregor auf. Natürlich saß ein zerfledderter, zerzauster Professor im »Roxy«, dort, wo er mit Vorliebe – oder sein Herr Oberassistent – seit Wochen saß. Selbst an diesen Anblick hatte man sich jedoch gewöhnt.

Ecki verzog keine Miene, als Gregor in seinem neuen Noncolour-Anzug an ihm vorbeistolzierte. Wahrscheinlich war er mit seinen Gedanken schon in der Villa Hasenpusch.

Allgemein schien die Erleichterung groß zu sein
, daß der Salon wieder mit einer Gastgeberin stattfand, man gab sich roten und weißen Getränken hin, vergaß die Kleinspeisen nicht, spekulierte über die unaufhaltsam sich anbahnende Scheidung von Prinzessin Diana.[254] Der Milliardär, mit der Krücke beständig durch die Luft fahrend, klagte über einen Investitionsstau; sein Gesprächspartner, indem er das Taschentuch nach etwelchen Perlen durchsuchte, die ihm beim Schneuzen hineingefahren,[255] riet eindringlich, alles am Neuen Markt anzulegen, da herrsche freie Fahrt.

Neuer Markt? Der Milliardär ließ die Krücke sinken und seine Nilpferdohren kreisen, wandte sich an Gregor, was der dazu meine.

»Neuer Markt? Was man heute drüber sagen kann, ist doch morgen schon wieder falsch.«

Die Zustimmung des Milliardärs fiel heftig aus.

So einfach war das.

Aber auch bei den andern – Achtung
, Salonlöwe von links, Achtung, Salonlöwe von rechts – war der Glanz dahin. Alle, alle hatten sie diesen leergesoffnen Horizont im Gesicht – lauter erloschne Vulkane! grantelte Gregor, lauter abgewichste Immobilienhaie! lauter verkrachte Börsenspekulanten! die sich an ihre Leberwerte klammerten. Von den alleinerziehenden Müttern durfte man ohnehin nichts erwarten.

Gregor übte sich, sehr verhalten, im Diskursischen.

Denn mit den Dingen ließ sich hier
, ersatzweise, ebensowenig sprechen – mit den Chinoiserien nicht, der Sklavenplastik nicht, dem roten Sofa, den Hirschköpfen, ausnahmslos waren sie nichts als ... Dinge. Eine Ansammlung von Belanglosigkeiten, so stumm, daß man sie streicheln wollte, um sie zu trösten. Aber das hätten sie ja nicht verstanden.

Und Marietta? War wieder ganz die
, die sie von Anfang an gewesen, man mußte sich ständig aufs neue in sie verhassen: Der Bezold gestand ihr, er spiele Wagner-Opern auf der Gitarre;[256] Max, der sie wie ein Lichtschalter anlächelte, wartete mit pointenlosen Witzen auf (»Geht der Oberassistent an der Kneipe vorbei«); vom Poldi, hätte er diesmal nicht durch Abwesenheit geglänzt, wäre ihr sicher eine Wie-unsre-Bedienerin-imma-mit'm-Mercedes-vorgfahrn-is-Anekdote[257] erzählt worden; und Marietta? musterte ihre Fingernägel, warf halb verkniffne Blicke durch den Raum, hinterließ grüngraublaue Spuren.

Als dann auch Herr Knospe in Erscheinung trat
, vertraulich gleich seinen Ellbogen in Gregors Seite stoßend –
　　»Haben Sie noch Geschlechtsverkehr?«
　　»Nein. Werd' mir demnächst wohl 'n Golfbesteck kaufen.«
　　　　　　　　　　　　　　　　　　　　　　　　　– blieb
Gregor mal wieder nichts andres übrig: Stumm deutete er eine Verbeugung an und begab sich – die Servierzofe sah ihm hinterher, als sei sie seine uneheliche Tochter –, und begab sich davon.

Keine Sekunde zu früh
, gewissermaßen. Kaum saß Gregor am Küchentisch neben Frau Gschnitzer, in ihrem kleinen Fernseher beteuerte der amerikanische Präsident, er habe keine Affäre mit seiner Praktikantin gehabt, weil er sie nicht an den entscheidenden Stellen angefaßt,[258] kaum fragte sich Gregor: Aber welche Art von Affäre habe *ich* dann? ging draußen, in der Empfangshalle, das Getöse los:
　　»Den mach' ich platt! Dem reiß' ich –«
　　»Eckart! Was fällt dir eigentlich ein! Du verläßt sofort –«
　　»Wo steckt das Kleine Arschloch? Dem schlag' ich –!«
　　Gregor blickte Frau Gschnitzer an, Frau Gschnitzer beschielte blauäugig den Besenschrank: Er täte wohl gut daran, schleunigst in andrer Leute Geheimtreppen zu schnüffeln.

, gewissermaßen. Kaum war Gregor verschwunden, tobte Ecki in die Küche, »Wenn er nicht im Salon ist, dann …!«, auf dem Fuße gefolgt von Marietta.

Wo sie ihn denn versteckt halte?

Heftig hörte man ihn schnaufen, hörte ein Getrippel empörter Schritte, eine knappe Stille. Wahrscheinlich war das Frau Gschnitzer, die hinter sich die Tür zuzog.

»Er ist nicht da«

, erklang Mariettas Stimme so klar, als stünde sie direkt vor dem Besenschrank: »Ich weiß gar nicht, was du neuerdings immer mit *dem* hast.«

Er sehe's halt nicht ein, ließ sich Eckis Stimme von etwas weiter weg vernehmen, daß ausgerechnet –

»Vergiß ihn doch endlich! Wie oft soll ich dir noch sagen, daß er keine Rolle spielt!«

Heiß, Gregor fuhr's heiß durch die Gliedmaßen, heiß. Also doch! Sie hatte ihm nur was vorgemacht, von Anfang an, hatte ihn nach Strich & Faden! Wäre er nicht so intensiv damit beschäftigt gewesen, das Atmen einzustellen, er hätte sich vielleicht beschwichtigen wollen: Das sagt die bloß, um abzuwiegeln, das lügt sie ihrem lieben Mann glatt in die linke Manteltasche! Vielleicht hätte er sogar …

Ihre Entscheidung sei völlig unabhängig von irgendwelchen andern Männern gefallen, schlug Marietta, nur durch ein dünnes Brett von Gregor entfernt, einen leiseren, beschwörenden Tonfall an: Lang genug habe sie's mit ihm versucht, viel zu lang, und nun sei Schluß. Aus. Vorbei.

»Wo hast du ihn versteckt?« mahnte Ecki zum wiederholten Mal, und seine Stimme ertönte fast so nah, daß Gregor annehmen durfte, er könne in der nächsten Sekunde …

Sie werde jetzt ein neues Leben anfangen, ließ sich Marietta nicht bedrängen: *Mit* oder *ohne* einen andern an ihrer Seite, das spiele keine Rolle. Und falls Eckart nicht sofort verschwinde, rufe sie die Polizei, er habe schließlich Hausverbot.

Dermaßen still war's draußen vor der Tür, daß man den amerikanischen Präsidenten beteuern hörte und Gregor in Sorge kam, sich durch das Pochen im Hals zu verraten.

»Weißt du denn gar nicht mehr?«
erzitterte Eckis Stimme plötzlich ganz zart, sie klang nach Kerzenresten, Korken, dem klammen Geflüster längst verglommner Nächte: »Der Ohrklipp. Der Strohhut. Das Turmzimmer. Wie wir damals –«
»Du hast doch wieder gesoffen. Aus & vorbei!« insistierte Marietta.
»Unsre geheime Treppe!« beflüsterte sie Ecki: »Wir bräuchten bloß die Tür hinter dir … und dann … vergessen wir alles, was gewesen ist, und es wär' … wär' wie früher.«
Eine schwere Hand schlug auf Holz. Gregor schwitzte in sein Hemd hinein – daran würde er tagelang schnüffeln.
»Wenn du mich wirklich so liebst, wie du immer behauptest«, vernahm er's ganz leis, das Pochen war ihm vom Hals in die Ohren geraten, es brauste darinnen wie in seiner Mallorca-Muschel, »dann beweis es mir endlich: Verschwinde!«

Und Ecki
, nicht ohne zu beteuern, er käme wieder, das letzte Wort sei noch nicht gesprochen, dieses Bürschlein! diesen ▮▮▮▮▮▮▮! werde er schon kriegen, der entkomme ihm nicht, Ecki gehorchte. Als er – und nach ihm Marietta – die Küche verlassen hatte, als nurmehr die große Stille vor dem Besenschrank herumknisterte, nicht mal dem amerikanischen Präsidenten fiel dazu noch was ein, setzte sich Gregor auf die Treppe, atmete ein paar Minuten durchs Halbdunkel. Dann stieg er Stufe um Stufe hoch, fast auf jeder hielt er inne und wartete vor sich hin.

Später stand er im Turmzimmer
, öffnete die Fensterflügel und sah auf die steil sich ins Tal stürzende Parkanlage, auf kahlgefegte Baumkronen, hinter denen, flau und dumpf, der Mond im See versank. Während tief unten der weiße Kies erknirschte, die Stimmen herumwehten (»… is' 'ne ziemlich

haarige Angelegenheit«), die Wagentüren schlugen, bis sich sämtliche Gäste davongemacht hatten.

Das war das letzte Mal, daß man sich in der Villa Hasenpusch zum Salon einfand, und folglich wird's wohl der 21. November gewesen sein.

Wie lange Marietta schon hinter ihm gestanden
, hätte Gregor nicht zu sagen gewußt, und obwohl sie sich nun, ein Glas in der Hand, dicht neben ihn stellte, galt seine Aufmerksamkeit weiterhin dem klaren Novemberhimmel, der hereinflutenden Kälte, den Lichtern am andern Ufer. Nicht allein die Antworten, auch die Fragen waren ihm ausgegangen, in seinem Kopf schwebten lediglich leere Sprechblasen.

Weil alles so unklar war, war alles so klar. Weil alles so klar war, war alles so unklar.

»In diesem Turmzimmer isses dann also passiert«
, hörte er Mariettas Stimme nach einer langen Weile, so ganz ohne Ton, so ganz ohne Klang, als flüstre sie sich nur ihre Gedanken halblaut ein: »Überm See waren dichte Wolken, 'ne richtige Wetterwand, die Berge nicht einmal mehr zu ahnen, und er – naja, als ich ihn das erste Mal gesehen hab', dacht' ich bloß: mit *dem*? Niemals. Aber jetzt steckte er in diesem Anzug, irgendwie hilflos, irgendwie süß. Und da isses halt passiert.«

»Warum sagst 'n das jetzt?« drehte sich Gregor zu ihr und erschrak, dermaßen lang und weiß ragte sie neben ihm.

»Nur so«, zuckte Marietta die Achseln und ging. Wie gern hätte ihr Gregor geglaubt. Aber er konnte's einfach nicht mehr.

Das war die letzte Nacht
, die Gregor in der Villa Hasenpusch verbrachte, und also wird's wohl eine schlaflose gewesen sein. Wie gern hätte er ihren Berührungen, ihren kleinen zarten Berührungsversuchen geglaubt. Aber er schaffte's einfach nicht mehr.

»Das Schweben ist so leer …«, kicherte Marietta vor dem Einschlafen, und gleich drauf: »Das Leben ist so …«

Nach dem Frühstück versuchte Gregor
, wenigstens noch die Geschichte der Näuse zu erzählen; kaum, daß man den Mäusen das M geklaut hatte und sie nurmehr Äuse waren, mußte Carlo jedoch aufs Klo. Übte anschließend mit ihm das Hügelrunterrollen, Sandessen, Einliterrülpsen (»Bevor du ihn losläßt, mußt du ihn denken! Sonst wird das nichts«); dann war's Zeit für ... einen letzten Lauf.

Die Himmelsleiter runter.

Durch den Park.

Am See entlang nach Tutzing.

Und zurück.[259]

Grau die Welt, mit einer feinen rotbraunblonden Einfärbung.

Drei Tage später
, am 24. November, lief die Monatsfrist ab, und Gregor, in seiner alten abgeschabten Lederjacke, ging ins »Pussycat«.

Lediglich dieser letzte Abend stand ihr noch zur Verfügung. Aber Marietta wußte ihn zu nutzen.

Ganz ohne ihre Mimik erschien sie
, ein unzweideutiges Zeichen, daß sie direkt vorher eins ihrer Trennungstreffen absolviert hatte. Wobei sie sich, angeblich, mal wieder heftig mit ihrem lieben Mann in die Haare geraten war, plötzlich habe Ecki eine Schere in der Hand gehalten und ihr eine Strähne abgeschnitten, »als Andenken«: Ob Gregor auch eine?

Als Andenken, holla, wollte *sie* etwa Schluß machen? Nein, sie wollte ihren Kopf zur Seite werfen, wollte ihre unsymmetrische Frisur durchwühlen, wollte die Stelle zeigen. Und anschließend nicht erst die Zeit mit Viertelcocktails vertun, sondern gleich zur Sache kommen.

»Danach mach ich dir nämlich 'nen Heiratsantrag. Hab' ich Ecki übrigens schon gesagt.«

Was, bittesehr, habe sie Ecki gesagt?

»Mensch, glaubst du allen Ernstes, ich würde so einen wie dich?!«

In stark gedrosselter Euphorie ging Gregor mit ihr hin.

»Das ist sie
, gib's zu!« deutete Marietta, kaum angekommen, auf die Frau, die gelangweilt übers Ledersofa rutschte, ein weißes Leuchten auf schwarzem Grund, und sofort fühlte sich die Frau aufgefordert, ließ sich als Mascha begrüßen und auf einen Orangensaft einladen.

Ihre Schlange, sei die wirklich nicht giftig? wollte Marietta wissen.

Das sei sie schon! lachte die Frau, weiße Zähne, weiße Wäsche, weiße Strümpfe, weiße Lackpumps – welche Stripperin kleidete sich denn heutzutage noch in Lackpumps? –, und bestreichelte mit Zeige- und Mittelfinger den Kopf der Schlange. Während mittlerweile Mascha auf dem Ledersofa Platz bezogen, die Beine übereinandergeschlagen hatte und ganz unverhohlen von der Bühne aus zusah, wie man mit der Falschen plauderte. *Die* freilich wurde des Verwechslungsspielchens bald müde, winkte die Richtige herbei und überließ Gregor, »Brich dir nichts Wesentliches«, seinem Schicksal. Mit mächtig schlingerndem Gesäß vibrierte sie davon.

Während Mascha noch
, grußlos, zwischen ihnen Platz nahm, strich Marietta bereits mit prüfenden Blicken an ihr entlang, und Gregor dachte: Überall da, wo bei ihr 'n Knochen ist und 'n bißchen Haut, ist bei Mascha 'ne kleine energische Sensation.

Selbst von dem blauen »G« überm Knöchel ließen sich die Blicke nicht aufhalten.

Wer aber hatte die drei Sektschalen geordert
, und warum servierte sie ausgerechnet der dunkle dunkle Mann? Grinsend forderte er Marietta auf, die Geldscheine einzeln in seinen Tigertanga zu stopfen, was sie mit links und ohne jegliches Interesse erledigte; das Wechselgeld, das er ihr hinhielt, wartete sie gar nicht erst ab.

Nie! nie! nie! wieder wollte Gregor so danebensitzen, nie! wieder.

Als sich Marietta freilich zwei Zigaretten in den Mund steckte
, wünschte er sich mit Macht, er sei bereits im Boden versunken, bis zum Mittelpunkt der Erde versunken, aber da ihm das nicht gelingen wollte, mußte er mitansehen, daß Mascha ihr Feuerzeug in die Hand nahm –

daß Mascha ihr Feuerzeug grünrot aufleuchten ließ –

daß Marietta nach dem Feuerzeug griff –

daß Marietta, ungläubig, das Feuerzeug erneut aufblinkern ließ – und sich zum ersten Mal heut abend an ihn, Gregor, wandte:

»Guck mal, ist das nicht das, das mir der Typ damals in dieser komischen Schuhschachtel?«

Gregor schaute Mascha an, Mascha schaute Marietta an, Marietta schaute Gregor an: Der wollte noch schnell, der hätte noch gern, aber da war sie bereits in seinem Leben, die große Unglückspause, und Mascha schob entschlossen Mariettas Hand mit dem Feuerzeug von sich:

»Behalten Sie. Es ist ja sowieso Ihres.«

Ratlos drückte ihr Marietta die zweite Zigarette zwischen die Finger.

Hastig stieß sie den Rauch
, heftig stieß sie den Rauch aus ihrem Hals hervor, das Feuerzeug lag zwischen den Sektschalen, entzog ihrer Handtasche einen Hundertmarkschein:

Ob das angemessen sei?

»Mach ich das doch mit meinem Augenaufschlag«,[260] schob Mascha den Schein von sich.

»Porst«, stieß Marietta vorher noch mal mit ihr an.

Maschas Halsband
, ein nach Art der Kropfbänder eng anliegendes Metallgeflecht, kaum fingerbreit, von ferne an dasjenige erinnernd, das sich der Horsti quer über die Gurgel hatte tätowieren lassen, fiel erst auf, als Gregors wundervollste Exfreundin auf dem Tisch stand – seit wann trug die denn ein Halsband? Am liebsten hätte man reingebissen und in ihren kleinen energischen Hals gleich dazu. Oj![261]

Mascha, eigentlich ging sie nur auf & ab, *wie* sie das aber tat, sorgte dafür, daß eine erkleckliche Anzahl von Herrschaften herbeidrängte. Verflucht lang machte sie nicht die geringsten Anstalten, sich irgendeines Wäschestücks zu entäußern, zog vielmehr an der Zigarette, bückte sich, so daß sie zwischen ihren Beinen in Gregors aufgerissne Augen schauen und, *Girl Like You*, ein leichtes Links-Rechts des Beckens, den Rauch in sein Gesicht blasen konnte.

Im Anschluß daran widmete sie sich Marietta.

Fixierte sie

, die sich eine Haarsträhne um den Finger zu wickeln suchte, fixierte sie, indem sie sich breitbeinig über sie stellte, das eine Bein auf dem Tisch, das andre hinter ihr auf der Lehne der Sitzbank, und von sehr weit oben auf sie herabsah, glitt in einem einzigen Schwung wieder auf die Tischplatte und rücklings zur Kerze, grätschte die Beine zum Spagat, führte sie langsam von beiden Seiten auf Marietta zu, die starr dasaß, und – legte sie ihr an den Hals, drückte zu.

Einen Augenblick später stand sie, vollständig noch immer bekleidet, und – zog Marietta zu sich hoch, auf die Tischplatte! Oh, dergleichen sah man hier nicht zum ersten Mal, es kam schon mal vor, daß sich die eine oder andre zu einem spontanen Entkleidungstanz animieren ließ! Aber Marietta?

Ihre Augen leuchteten ganz grün.

Und dann wurde sie von Mascha

, nach kurzem gemeinsamen Wippen, Wiegen, Tuscheln, Kichern, man hätte glauben wollen, die beiden seien beste Freundinnen, wurde sie – von der Tischplatte entlassen, ehe's so richtig ernst geworden wäre. Mascha stand, ein feucht zitterndes Flimmern auf den Bauchmuskeln, und jedes Kleidungsstück, das sie sich vom Leib riß, schleuderte sie Gregor um die Ohren, ein richtig russischer Wutanfall, am Schluß zog sie den Slip runter, und weil sie ihn nicht einfach mit der Stiefelspitze vom Tisch schlenzte, wie zu Nonnenzeiten, sondern direkt und mit Wucht in Gregors Gesicht: war das ein heftiger Abschluß, links und rechts wurde wild applaudiert.

Abschluß? Nein, sie gab sich noch immer nicht zufrieden, griff, mit einem Bein kurz auf der Tischplatte abkniend, nach Gregors Sekt und schüttete ihn, ein schneller Schlenker aus dem Handgelenk, in sein Gesicht. Als er sich das Brennen aus den Augen rausgerieben hatte, ließ sie sich schon von Marietta in ihr blaues Tuch einwickeln, tänzelte schon der dunkle dunkle Mann mit einer Magnumflasche herbei.

Der Mann freilich

, »Ksss ksss«, schien Gregor sogar davonscheuchen zu wollen; Mascha blickte durch ihn hindurch, in die Steppe; Marietta kramte die Kreditkarte aus ihrer Tasche und ließ, indem sie sich dabei an Gregor wandte, ließ sie im Tigertanga des dunklen Mannes verschwinden, »Du kannst dich inzwischen ja mit dem PEGER amüsieren«; Gregor ahnte was.

»Denk dran«, bettelte er, »ich denk nicht an dich.«

»Ist auch besser für dich«, sagte Mascha und wandte sich um.

Gregor sah den beiden nach, wie sie in einer der Schweineboxen verschwanden.[262] Der dunkle dunkle Mann legte seinen Arm schwer auf Gregors Schultern und befahl in reinstem Hochdeutsch:

»Bevor du gehst, gibst du mir bitte noch Feuer.«

Bevor er ging

, griff er sich wie versehentlich Maschas Sektschale, die von ihr nur benippt worden, und trank daraus in großen Zügen. Dann ließ er das Feuerzeug grünrot für seinen neuen Freund aufblinkern und – steckte's ein.

Hoffentlich wird mein Leben bald langweilig

, dachte er auf der Maximilianstraße, und er wußte nicht, über wen er sich mehr ärgern sollte: über Marietta, über Mascha, über sich selber. Vielleicht würde man ja übermorgen weitsichtig werden und eine Rentnerbrille verschrieben bekommen, eine, deren obere Hälfte für Fernblick sorgte und die untere fürs Naheliegende.

Als Gregor ein paar Minuten später am Siegestor vorbeigrummelte, wußte er nicht, für wen er sich mehr begeistern sollte: für

Mascha, für Marietta, für sich selber, und welcher Entschluß eigentlich seit Tagen in seinen Tiefen reifen wollte. War man vielleicht schon aus dem Alter draußen, wo man Entschlüsse auf Entschlüsse auf Entschlüsse fassen mußte?

Also übte sich Gregor in der Kunst der Selbstverwirrung. Bevor er dabei jedoch sonstwohin gelangt war, fand er sich vor der eignen Haustür wieder. Fast.

Im »Roxy« saß noch immer der Poldi
, an ebenjenem Tisch, wo er – oder sein Herr Professor – sich seit Wochen samt Pfeifenstopfer, Maiskörnern, Papierstapeln fadisierte; die sieben Schritte am Schaufenster entlang lenkend, schien's Gregor so, als ob … Er blieb stehen und schaute dem Poldi so direkt ins Gesicht, daß dem die Pfeife, dann der Rauch aus dem Mund glitt. Langsam krieg ich 'nen echten Verfolgungswahn, dachte er und versuchte, den Poldi anzulächeln, während er nach seinem Schlüsselbund suchte.

Als die Haustür hinter ihm ins Schloß schnappte
, erkannte er zunächst den Groggo, wie er neben den Briefkästen lehnte, dann am Treppenabsatz seine beiden Schergen aus der »Sieben«: Schon fiel die Tür hinter ihm ins Schloß, und wahrscheinlich würden jetzt gleich die Würfel fallen oder wie oder was? Erst als der Poldi an der Tür klopfte und Gregor sich umdrehte, um ihn reinzulassen – seltsam, er kam nicht im geringsten auf die Idee, sich gegen den Lauf der Dinge zu sträuben –, entdeckte er auf der andern Seite des Flurs, vor der Hintertür, auch Ecki, und seltsam noch immer, er blieb fast ganz ruhig:

»Ah, jetzt machst du mich platt.«

»Vorher gibst du mir aber noch den Schlüssel«
, verlangte Ecki: den Schlüssel zum Besenschrank, »nun mach schon«, den Schlüssel zur Kellertür.

Den habe ihm bereits Marietta abgenommen, log Gregor, und er wunderte sich, wie kalt und klar ihm die Worte von den Lippen flossen. Es war soweit – hundert Mal hatte man mit diesem Moment gerechnet, und daß er nun endlich gekommen war, durfte man fast als Erleichterung empfinden. Gegen fünf hatte man sowieso keine Chance, da lohnte's gar nicht erst, nervös zu werden. Geschweige einen Fluchtversuch zu unternehmen.

Gestern hätten sie ein bißchen gewürfelt, erklärte Ecki,[263] er trug weder Birkenstocksandalen noch Tweedsakko noch Plastikkrawatte: Und, stell-dir-vor, er habe dabei ein Tattoo gewonnen. Das wolle er seinem lieben Freund jetzt schenken. Weil der doch, wie ihm zu Ohren gekommen, so gerne eins hätte.

»A jeda kriagt des Tattuu, des wosa vadient«, bestätigte der Groggo, eine stark nach Schweiß, Bier, Geschlechtsteilen dünstende Masse Mensch. Es klang fast, als habe er sich erkundigt, ob er Gregor nicht doch lieber gleich den Garaus machen solle.

»'ne tolle Idee«, versicherte der, »so was wünsch' ich mir wirklich schon lang.«

Im »Pleasure & Pain«
roch's auch um diese Uhrzeit, anstelle des Ventilators summte ein Heizlüfter und an der Wand hingen, in nahtlosen Horizontalen, Vertikalen flächendeckend angepinnt, hingen tausend Zeichnungen von Schwertern, Tigern, Indianerköpfen, Segelschiffen, nackten Frauen, Fischen, Flammen, Klapperschlangen – ob Gregor sich bereits entschieden habe?

Dem wurde's warm in seiner Lederjacke, warm und eng, im Halbdunkel warteten die Nadeln, die Tintenfäßchen, die Salben, die Spachtel, und während sich Ecki mit Hello-I'm-Friday und Robinson Caruso dem Rauchen von Zigarillos hingab, zog sich der Groggo bereits das T-Shirt vom Bauch.

Ob er ein kleines nettes Herzchen angemessen finde? adressierte sich Ecki an Gregor: ein Herzchen »und dazu vielleicht 'n feines fettes ›Ljiljana‹?«

»Oda an ████████████████, heast, und dazu ›In ewiger Treue – Tania‹!« mischte sich der Poldi ein;[264] Gregor nahm sich fest vor, ihm bei nächster Gelegenheit die Pfeife in den Hals zu schlagen.

Die Schulter dürfe er in jedem Fall jetzt schon mal freimachen, ermunterte der Groggo, ergriff den kleinen Elfenbeinstichel, hielt ihn ohne sonderliches Interesse in die Flamme eines Feuerzeugs – »Wenigstens ›Mascha‹«, hörte sich Gregor sagen – und versank für eine knappe Stunde in seiner Arbeit.

Eine Stunde

, in der nichts zu vernehmen war als der Heizlüfter, das Rascheln der Wandzeichnungen, die Gitarren im Ghettoblaster und, wenn's hoch kam, das Aufschnappen von Feuerzeugen, sofern sich einer der Herrschaften mit neuer Rauchware versorgen mußte – ja, es war soweit, es geschah, egal was, und danach würde man's hinter sich haben.

Eine sehr still und sehr einsam verbrütete Stunde

, in der Gregor erfuhr, daß der Groggo (wenn er nur nicht so gerochen, geschnauft, geschwitzt hätte!) auch heute nacht ein rundum illustrierter Mann war, eine einzige Bildgeschichte, die vor Gregors Augen sofort wieder ins Flimmern und Flirren geriet – das blaue Drachenband, die grüngolden schillernden Flecken von Pfauenfedern? Sonnenblumen? Löwenmähnen? von Gesichtern mit hohlen Wangen, hohen Stirnen, langen Nasen? –, und je tiefer er sich, Minute um Minute, in sie verlor, desto sicherer war er, daß sie ihm gern was erzählt hätte. Bis ihm schwindlig werden wollte.

Oh nein, den Stichel an seiner Schulter spürte er nicht.

Plötzlich klatschte der Groggo seine Hand

auf Gregors Nacken, »Ois Tschikago«, und schob ihm mit der andern ein Döschen zu:

Morgen mittag gehöre der Verband entfernt, der Schorf mit warmem Wasser abgelöst und Salbe drübergeschmiert – »Woaßt, wenn a Tattuu wos wern soi, na derfst as ned austrockna lassn.«

Der Heizlüfter summte, an der Wand hingen tausend Zeichnungen, vielleicht auch bloß neunhundertneunundneunzig, aber rundum und rauf und runter.

»Beim nächsten Mal allerdings ›Ljiljana‹«, drohte Ecki zum Abschied.

»»In ewiger Liebe‹«, ergänzte der Poldi.

»Mit am cellulitischn Arsch drumrum«, wußte Hello-I'm-Friday.

»Und beim übernächsten Mal ›Erykah‹«, bestätigte Gregor und trat in die Nacht hinaus.

So neigte sich sein Dreifrauentag dem Ende entgegen
, und sicherlich war's keine ganz schlechte Idee, darauf noch einen ï-Punkt zu setzen. Immer wieder mußte man das plexigläserne Feuerzeug aus der Tasche ziehen, den Deckel auf- & zuschnappen lassen:

»Und das alles wegen dir.«

In dieser Nacht vergaß Gregor, das Fischhaus auszuschalten. Die drei kleinen Plastikfische schwebten, bis ihnen die Batterien ausgingen, vor sich hin.

Das sollte Gregor so schnell nicht mehr passieren.

Noch kurz vor dem Aufwachen hielt er beherzte Abschiedsreden
, »so wahr ich der Schirmherr von euch Schirmchen bin!«, doch je länger er dann dem schemenhaft durchs Zwielicht schummernden Kleiderständer zuschaute, desto weniger wurden der Gewißheiten vom Vorabend: Hatte er etwa bloß den Glenmorangie leer getrunken oder ging's inzwischen ums Prinzip? Und wenn ja, um welches? Wenn nein, um was sonst?

Zur Zeit der Großen Dekonzentrationsrunde wär's beinah so weit gewesen, daß er sich eingeredet hätte: Jetzt erst recht! Von einem Ecki durfte man sich doch nicht, von einer Marietta durfte man sich doch nicht mürbe machen lassen!

Dann aber konnte man den Verband lösen, den Schorf abkratzen, die Salbe auftragen, doch *bevor* man sie auftrug, konnte man endlich die eigne Schulter begutachten und –

– da stand der Entschluß fest.

Daß zwischen den Postwurfsendungen

, die von Gregor bereits aussortiert, sprich, auf den Boden befördert worden, ein Brief des Luchterhand Verlags hervorrutschte, Vertragliches in doppelter Ausführung enthaltend – diesen Buchwald hatte man in den letzten Wochen glatt vergessen! –, wäre freilich nicht nötig gewesen.

Abgabetermin

sollte schon im März '97 sein, Herr Schattschneider habe auf entsprechende Nachfragen ja stets betont, der Text sei so gut wie fertig, fürs nächste Programm sei er folglich eingeplant. Auf welches Konto man die Hälfte des Vorschusses überweisen dürfe?

»Und das alles wegen dir.«

Es wurde ernst.

Denn klein beigeben

konnte man jetzt nicht mehr, die Blamage wäre zu groß gewesen. Wer aber würde Gregor helfen können, *ausreichend* beizugeben, etwa 300 Seiten beizugeben, jedenfalls laut Vertrag? Der Hundsnurscher kaum:

»Da hams Eahna gestan woi an Rausch ins Bia neigmischd?«

Den leeren Kasten Edelstoff am langen Arm, umjapst von seinem Saubazi, ließ er seine weißen Augenbrauen neben ihm emporzwirbeln, gleich drauf den Kasten zu Boden scheppern, »Mei Liawa!«, und den Zeigefinger durch die Luft drohen. Doch als er vertraulich werden wollte – »I moan ollawei«, der Saubazi sei halt inzwischen in einem gesetzten Alter, da gelte's, geeignete Gegenmaßnahmen zu treffen, ob ihm der Herr Nachbar dabei »a bissal zur Hand gehn« könne? –, drängte die Zeit plötzlich sehr.

Er sei zu jeder Schandtat bereit! versicherte ihm Gregor, der Haustür zustrebend: Jederzeit! Nur nicht jetzt.

»Zäfix!«, ließ der Hundsnurscher seinen Kopf rot aufschimmern: »De Gschaftlhuabarei, de bringt do nix außa schiache Schrazn!«[265]

Als erstes
fragte man Max. Der hatte schließlich die Textproben zu verantworten, die dem Herrn Buchwald nun so gut gefielen, der war noch immer sehr von seinem Crash gezeichnet, sah richtig abgewetzt aus, der konnte jeden Vorschuß gebrauchen.[266]

Aber Max
wollte trotzdem nicht:

Die ungeschriebnen Romane seien die besten! Er dürfe nur dringend raten, es dabei zu belassen. Das Nichtschreiben sei eine Kunst, und keine geringe.

Gleichmäßig rauschte eine Art Bauchtanz-TripHop durch die Boxen, im Grunde gar nicht übel, und vorm Schaufenster stand keiner, stand und rauchte. Selbst hier drin, im »Roxy«, saß er nicht.

»Warum hast'n damals dein Maul
auch so voll genommen?« fragte Max stets aufs neue, statt einzusehen, daß die Zeit davonlief: Ob diesen Weiberroman nicht ohnehin Ecki schreibe?

Mensch Max! drängelte Gregor: Den könne man zur Zeit ja wohl am allerwenigsten fragen.

»Wir engagieren 'nen Ghostwriter«
, entschied Max, nachdem ihm Gregor den zweiten »Pornostar Zungenkuß« eingeflößt hatte, »und teilen uns die restliche Kohle als Courtage.«

Am Straßenrand gegenüber wurde die Schlange der wartenden Taxis immer länger.

»Ich hab's!«
wäre Max dann um ein Haar in die Höhe gesprungen: Der Poldi sei doch sowieso schon so was wie'n Ghostwriter, den müsse man ja lediglich abwerben! »Und mit der restlichen Kohle …«[267]

Der schlagartig volltrunkne Max

, fast hätte er den Rest des Abends damit vertan, Marietta mieszu-
machen und zu knallhart kalkulierten Termingeschäften zu raten
(»Irgendwann ist Schluß mit Verdoppeln, dann gehört auch mal
Glattgestellt!«), mußte sich jedoch recht rüde unterbrechen lassen:

»Was ich dich immer schon fragen wollte: Bist du eigentlich
tätowiert?«

Max, schlagartig wieder nüchtern, blickte, als habe man ihm soeben sein eignes Bankgeheimnis verraten.

Wenn er Gregor mal 'nen Insidertip geben dürfe, hob er schließlich an, als sei er wer-weiß-wer und nicht bloß einer von vier Millionen Arbeitslosen, der sich als Kleinzocker knapp über Wasser
hielt:[268] Für jemand, der mit seinen sämtlichen Papieren mitten in
'ner ordentlichen Baisse stecke, sei's besser, sich mancher Fragen
zu enthalten. Und das Feld vorübergehend zu räumen, jedenfalls
bis sich der Markt ein bißchen beruhigt habe. Seinetwegen könne
Gregor ja eine Schreibklausur vorschützen, auf 'ner einsamen Insel,
möglichst weit weg.

Als ihn Gregor

, ein paar Minuten später ein letztes Mal in seinem Leben traf, mit
der rechten Hand pinkelnd, mit der linken das Handy ans Ohr
pressend, schubste er ihn versuchsweise Richtung Pissoir, als wäre
nie was gewesen.

»Geben, du Dödel!« sagte Max bloß, klappte sein Handy mit der
einen Hand zu, packte mit der andern ein, wandte sich um und
zeigte sich und Gregor ein paar Vögel: »In solchen Fällen muß man
geben, du Dödel.«

Wenige Tage danach

ging Gregor ins Germanistische Institut, zur Sprechstunde des
Herrn Dr. habil. Wegensteiner. Der hatte drei uneheliche Kinder zu
alimentieren, der konnte jeden Vorschuß gebrauchen. Zwar hätte
man ihm am liebsten wortlos die Pfeife in den Hals geschoben, aber
solang man auf seine Hilfe angewiesen war, mußte man sich das
verkneifen.

Auf einer der schlichten Holzpritschen, die anstelle von Warte-bänken im Gang standen, zwischen aufgeregt schnatternden Erst-, Zweit-, Drittsemestern nahm Gregor Platz; als die Reihe an ihm war, klopfte er artig an. Der Poldi riß die Augen so weit auf, als würde er im nächsten Augenblick ohne viel Federlesens in zwei Teile zerrissen.[269]

Einen Weiberroman schreiben
wollte er dann trotzdem nicht:

Wenn sich Gregor beeile, dürfte er's bis zum Abgabetermin doch selber schaffen. Eine einsame Insel nämlich, die könne er ihm emp-fehlen.

Sein Schlips, eine Ansammlung verschiedenfarbiger Radiergum-mis, hing so schlaff an ihm herab, daß es für Gregor ein Leichtes war zuzugreifen:

Damals, vor fast 'nem halben Jahr, habe er doch behauptet, daß er jede Zeile, die unter dem Namen Beinhofer publiziert werde, eigenhändig –

Der Poldi hing am Schlips wie ein Zamperlmops an der Leine:

»Oba do kan Roman!«

»Jetzt hör mir mal gut zu.« Gregor, mit einer schnellen Drehbe-wegung schlang er sich den Schlips um die Hand, packte solcherart den Poldi, der keinerlei Anstalten machte, knapp unterm Knoten und lupfte ihn leicht von seinem Oberassistentenstühlchen: »Die halbe Stadt weiß, daß Ecki seit Jahren an diesem Roman sitzt, daß er einen Vertrag mit Luchterhand hat und daß sein Abgabetermin im nächsten März ist!«

Das wären ja bloß noch vier Monate! lamentierte der Poldi. Lei-der war seine Aussprache so feucht, daß Gregor den Griff eine Spur lockern mußte.

Hatte's da etwa geklopft?

»Scheiß mi an! Geh heast
, mach kane Spompanadln!« Der Poldi, die Augäpfel Richtung Tür rollend, bat inständig um Reduzierung der Lautstärke: Er sei wirk-lich nicht erpicht drauf, daß nun auch noch einer seiner Studenten

'nen besorgten Blick riskiere und, wer-weiß, gleich einen Skandal draus mache.

Eben! gab sich Gregor bestürzt: Das wäre, angesichts seiner momentanen beruflichen Situation, das Allerletzte, was er gebrauchen könne.

Der Poldi, vielleicht hätte er sich gern die Brille geputzt, der Poldi schwieg heftig.

Wenn er also nicht willig sei und schreibe, schreibe, schreibe, was das Zeug halte! Gregors Stimme schwoll wieder derart an, daß es der Poldi mit der Angst zu tun bekam: dann müsse man dem Dekan einiges andeuten – über die Vorliebe mancher Dozenten, ihren Lehrverpflichtungen am liebsten im Café nachzukommen.

Wie er sich denn, bitte, dagegen hätte ernsthaft sträuben können? keuchte der Poldi tapfer: Schließlich laufe's auch an der Uni über Beziehungen, »ned woa«, und der Ecki, dem davon eine ganze Menge zur Verfügung stünden, der Ecki habe ihm versprochen –

Hatte's da nicht wieder geklopft?

Jaja
, heuchelte Gregor Verständnis und griff entschlossen, der Poldi japste wie ein Zamperlmops, in den Krawattenknoten: Der Herr Oberassistent bewerbe sich ja schon lange, wie solle man sagen, geradezu verzweifelt um eine Professur, man höre, sogar im wilden Osten?[270]

Verzweifelt nicht! verbesserte der Poldi, doch seine Stimme verriet, daß er gerade einsichtig werden wollte.

Was für einen, der drei uneheliche Kinder verheimlichen müsse, ohnehin schwierig genug sein dürfte? gab sich Gregor scheinheilig und den Krawattenknoten endlich frei. Sein Blick huschte durch das hoffnungslos überfüllte Regal, über das mutlos herumwartende Mobiliar, die matt an den Wänden hängenden Kunstdrucke –, es war wohl gar nicht so leicht, hier Tag für Tag wissenschaftlichen Erkenntnissen zuzustreben.

Vielleicht ließe sich ja, inoffiziell natürlich, auch das Roman-Schreiben an den neuen Lehrbeauftragten delegieren, an den Vertreter des Vertreters?

Des Poldis Augen bekamen für einen Sekundenbruchteil den hoffnungsvollen Glanz, den sie früher gehabt, wenn er ein neues Playboy-Heft hatte aufschlagen können. Dann zog er die Brille ab und, mit der andern Hand, strich über die Radiergummis:

Seine Lage, unbestritten, sei nicht unheikel und er selber, sein Vertrag laufe nächstes Jahr aus,[271] zu mancherlei Zugeständnis bereit. Aber einen Weiberroman? Nein, so was schreibe er nicht, dazu habe er gar keine Befugnis, das sei hochgradig ██████-██████████████, das müsse Ecki mindestens mitverantworten.[272]

Es half nichts

, als nächstes mußte man Ecki fragen. Bedarf an Vorschüssen hatte der sicher keinen, sollte allerdings ja auch nichts weiter, als seinen Oberassistenten zur Arbeit animieren. Zwar hätte ihn Gregor am liebsten verprügelt, nicht nur ein bißchen und nicht nur zum Aufwärmen, doch das mußte, solang man auf seine Hilfe angewiesen war, wohl bis März verschoben werden.

Wie aber, wenn Ecki plötzlich mit einer Schere herumhantieren würde? Von Marietta war, seitdem sie in der Schweinebox verschwunden, keine einzige Silbe mehr zu vernehmen, kein einziges Elektrowort mehr zu lesen gewesen, wer weiß, vielleicht hatte er sie bereits in lauter kleine Teile zerschnitten? Oder sollte's das schon gewesen sein, das neue Leben mit ihr, ganz ohne große Szene zum Abschluß, und man hatte's bloß noch nicht gemerkt?

Oh nein, das sollte's nicht gewesen sein. Marietta nämlich machte das einzige, das sie noch tun konnte, auf daß es in einem Gregor wild wieder zu gären begann, auf daß die Entschlüsse in einem Gregor wild wieder durcheinanderschäumten: weil's das einfach nicht gewesen sein durfte, so sang- & klanglos, das-zwischen-ihm-und-ihr. Im Grunde hatte sie gar keine Chance mehr, aber sie nutzte sie. Und machte *nichts.*

Also kniff Gregor

, 6. Dezember, die nackten Äste der Pappeln griffen schon merklich leiser nach dem Himmel, die leeren Cola-Dosen rollten schon merklich lauter im Rinnstein, also kniff Gregor die Arschbacken zusammen und: ging hin.

Oh, nicht etwa, um seinen Fuß in die Wohnungstür zu setzen, kaum daß sie sich einen Spaltbreit geöffnet:

»Ich könnt' dich anzeigen. Wegen Körperverletzung.«

Sondern um sich, entschuldigend, das Hemd eine Handbreit aus dem Hosenbund zu zupfen:

»Aber statt dessen brauch' ich deine Hilfe, ist das nicht komisch?«

Ecki versuchte, »Schon wieder?«, die Komik der Situation zu begreifen, »Wär' echt nicht nötig gewesen«, und seinen dürren Lehrkörper über die gesamte Breite der Türöffnung auszudehnen. Sein Hemd hatte das Muster eines Bildschirmschoners, seine Plüschpantoffeln blickten Gregor mit vier traurigen Zamperlmopsaugen an und ließen dazu zwei Zungen auf den Boden hängen.

»Fahr'n wir erst mal 'n paar Runden«, gab er den Weg schließlich frei, »ich glaub', ich hab' noch 'n Dutzend Biere im Kühlschrank.«

Im Arbeitszimmer
wurde Gregor still: und wußte vor lauter Leere gar nicht, wohin schauen. Dort, wo beim letzten Mal noch Pappmaché-Hügel und Faller-Häuschen und Felder, Wiesen, Wege, Bäche, wo jede Menge Gleise gewesen waren und in ihrer Mitte ein Starnberger See, war jetzt – überhaupt nichts mehr! Abgesehen vom nackten Fußboden, abgesehen von einem einzigen nackten Schienenkreis, der an den Wänden entlangführte, abgesehen von einer einzigen Lok, die darauf stand, eine Lok ohne jeden Waggon.

»Ganz schön puristisch, was?« grinste Ecki. Wo früher die Berglandschaft mit dem Tunnel gewesen, sah man ein Loch im Mauerwerk und zwei Meter daneben noch eins.

Stühle gebe's leider keine mehr. Ob Gregor gleich aus der Flasche?

Dann fuhr die Lok
, und wie sie so fuhr und Gregor nichts weiter tat, als neben Ecki zu sitzen, inmitten der Leere, die vormals die Welt gewesen: nutzten

sie die Gelegenheit, um sich mal wieder ein paar solide Getränke, gut gekühlt, zu Gemüte zu führen und, man hätte sie für beste Freunde halten können, miteinander zu schweigen.

Reglos ruhte Eckis Hand überm Trafo
, und weil's keine Bahnhöfe mehr gab, an denen man hätte anhalten, oder Signallampen, Weichen, die man hätte stellen können, war's er selbst, der sich so obenhin erkundigte, was aus Gregors Weiberroman geworden. Und sich ein eifriges »Fast fertig, weißt du doch« einhandelte, ein weniger eifriges »Fehlen nur die letzten 421 Seiten«.

Zumindest dreihundert, zog Gregor den Vertrag aus der Tasche und verlieh seiner Stimme einen inoffiziellen Tonfall: Wie ihm allerdings zu Ohren gekommen sei, habe der Poldi keine geringe Lust, ihn zu schreiben. Vorausgesetzt – Gregors Stimme wurde noch eine Spur inoffizieller – er sei nach wie vor angehalten, alles zu schreiben, was ihm von oben anempfohlen werde?

Ein, zwei, drei, vier, fünf Momente sah ihn Ecki an, und es gab zwischen ihnen ja nicht mal mehr eine Glasscheibe. Dann lachte er so laut los, als habe er eine Rassel verschluckt:

»Weiberroman, wunderbar!« Den Trafo vergessend, begeisterte er sich mit jedem seiner Körperteile, »Daß ich darauf nicht selber gekommen bin!«, man hätte glauben wollen, gleich schlage er sich die Hand flach auf die Stirn: Damit hätte man ihn ja schon viel früher an seinen Schreibtisch fesseln können, auf Druck reagiere der Poldi bekanntlich immer, statt ihm ständig im Turmzimmer übern Weg –

Bitte wo? Gregor stellte das Lachen ein: Dem Poldi?

»Sag bloß, du wußtest davon nichts?«

Wie sich herausstellte
, stets unter der Prämisse, daß Ecki nicht längst als verrückt gelten mußte: war ihm der Poldi zunehmend zum »Hauptverdächtigen« avanciert, obwohl er ihn so oft wie möglich ins »Roxy« und also vom Geschehen weg beordert habe.

Oh Marietta, das kannst du doch nicht! hätte Gregor gern gedacht: Du hast ihn bewußt auf eine falsche Fährte gesetzt, ja?

»Und jetzt, wo *du* endlich abgemeldet bist«, Ecki euphorisierte sich, als habe man ihm eben das einzige Mittel verraten, wie er seinen ärgsten Widersacher kaltstellen könne, »jetzt glaubt der glatt, *seine* Stunde hat geschlagen, ausgerechnet der! Mein Gott...«

»... wird *der* Scheiße schreien, ich schwör's...«

»... und wenn ich ihm 'ne Professur danach verschaffen müßte, diesem...«

... Kleinen Arschloch!«

Gregor aber dachte: Endlich abgemeldet? Einen von uns beiden hat sie belogen, und morgen fahr ich hin.

Binnen kurzem
herrschte die große Entschlossenheit, mehrfach versicherten sie einander, der Poldi würde die Villa Hasenpusch für die nächsten Monate nicht mehr von innen sehen.

Und wehe, er versäume's, über Iris zu schreiben! entfaltete Ecki seine verspitzte Heiterkeit: vor allem über Iris und –

»Vergiß Astrid nicht!«

– und über Jasmin. Über Julika.

»Jessica, vergiß Jessica nicht!«

Und über Jessica, meinetwegen. Über die Franzi. Die Lizzy. Theres. Jennifer. Eva, Miriam, Monika –

»Welche Eva?«

Binnen kurzem
wär's beinah wieder ein halbwegs fideler Herrenabend geworden, wie zu alten Zeiten, wenn Ecki nicht noch diesen Fehler gemacht und plötzlich gemeint hätte, der Poldi solle, das wäre sicherlich sehr amüsant, auch über Marietta schreiben:

Wie der wohl die Sache mit der Parallelaktion darstellen würde, was-meinste, die Sache mit dem Tschetschenengarten? die mit dem elfenbeinernen Ohrklipp?

Gregor stellte das Atmen ein.

Und ob er so 'nen oberpeinlichen Satz wie »Es schlug mir das

Herz und mir fiel ein, daß ich irgendwann zu sehr lieben könnte«
einfach untern Tisch fallenlassen würde?

Gregor lebte nicht mehr.

Oder die Sache mit dem Glucksmail – »ach nee, 'tschuldige, das
war ja mit *dir*.«

Wie sich herausstellte

, stets unter der Prämisse, daß hier alles noch mit rechten Dingen
zuging: hatte sich Ecki nicht etwa nur um den Poldi, sondern mit
gleicher Hingabe auch um jeden andern gekümmert, der mit
Marietta im digitalen Gedankenaustausch stand. Auf die Frage, wie
er überhaupt an ihre Mails rangekommen sei, erklang sie erneut, die
Rassel, erklang tief in Eckis Innern:

Seine liebe Frau sei bis heute nicht in der Lage gewesen, das
Passwort zu ändern, übrigens x x x x x x x x, er habe sich sämtliche
Eingänge, tut-mir-leid, sämtliche Ausgänge ohne Probleme rüber-
gezogen auf die eigne Festplatte und chronologisch abgespeichert,
ob Gregor was nachlesen wolle?[273]

»Auch diesen einen Satz, diesen ›Du hättest doch alles –‹«?

»›Du hättest doch alles klar machen können‹, natürlich, was
meinst du, wie oft ich mir den vorgelesen habe.«

Deshalb also!

war Ecki stets bestens darüber informiert gewesen, jedenfalls solange Gregor seinen täglichen Elektrobriefwechsel mit Marietta geführt hatte, wann und wo er ihm auflauern konnte! Nicht auszudenken, wenn er bereits seit ihrem ersten Treffen irgendwo im
Hintergrund … Gregor fühlte sich zutiefst gekränkt vom Verrat
seines Mäcs. Wie wäre das aber auch zu ahnen gewesen, daß man
selbst in Timbuktu nicht unbeobachtet seiner Wege ziehen durfte
und daß sogar die Briefe – Gregor hätte sich am liebsten sofort bei
AOL abgemeldet.

Doch da war's schon in Gang gekommen, das Gespräch über
Marietta.

»Was? Mit 'ner Schere soll ich auf sie?«

geriet Ecki rasch in Rage, riß sich linksrechts ruckweise Härchen aus den Augenbrauen, den Ohren, den Nasenlöchern: Am Ende habe man gar nicht mehr mit ihr reden können! Statt zu antworten, sei sie dauernd in ein Ich-laß-mich-sowieso-scheiden ausgewichen, Ich-laß-mich-scheiden-ich-laß-mich-scheiden-ich-laß-mich-scheiden, stell dir mal vor!

Ecki pulte an den Nägeln, Ecki zog sich Haut von den Fingern, Ecki.

Dabei sei er doch der einzige, der … »Du hast ja keine Ahnung, wie oft ich im letzten Moment verhindert hab', daß sie sich –«

Obwohl er mit beiden Händen herumfuchtelte, fuhr rund um ihn sein Zug und fuhr.

Trotzdem hob er plötzlich das Schluchzen an

und bat um Entschuldigung: Er würde sie halt noch immer – und wenn's einen dann so überkomme, wisse man eben manchmal nicht mehr, was man tue.

»Och, solang's nur auf 'ne Zwangstätowierung rausläuft«, zuckte Gregor die Schultern.

Ecki ließ den Blick herumflattern, dorthin, wo früher ein Ufer gewesen, wo längst das eine oder andre Licht aufgeflammt wäre:

Inzwischen wisse er schon gar nicht mehr, auf wen er eifersüchtig sein solle, er verdächtige jeden, der ihm auf der Straße entgegenkomme, jeden. Aber aufgegeben, Gregor solle sich bloß keine Dämlichkeiten einbilden, habe er deswegen noch lange nicht.

Ecki kratzte nicht mehr, Ecki pulte nicht mehr, Ecki stand auf:

»Und wenn auch du deine Trottelpfoten jetzt nicht endgültig von meiner Frau nimmst, dann läuft's auf was andres raus, das garantier' ich dir.«

Als Gregor zu Hause ankam

, lag auf dem Abstreifer ein Zettel und darauf stand ein Schokoladen-Nikolaus:

»Das ist kleinster, den ich gefunden habe, hast Du größeren nicht verdient.«

Holla, Nikolausi! Und demzufolge morgen 7. Dezember, Maschas 25. Geburtstag – da würde's, wie jedes Jahr, mit Sicherheit ein Fest geben. Ehe Gregor zur Gänze in seinen Ohrensessel hineingewachsen war, stand sein Entschluß wieder fest.[274] Dort, wo früher der Pinkelzwerg vom Fensterbrett runtergepinkelt, lag ein Bernsteinklipp und schaute ihn auf eine Weise an, als habe er was Wichtiges zu sagen. Gregor jedoch tat so, als sähe er ihn nicht.

Am nächsten Nachmittag

, in den Furchen der Äcker saßen die Krähen, am Horizont, kalt und klar, standen die Berge, fuhr Gregor, mit Worten gepanzert, fuhr hin. Im Kofferraum, neben den Laufschuhen, lag der Noncoulour-Anzug, den mußte man bei dieser Gelegenheit auch endlich loswerden.

»Ja, ich hab' vielleicht so meine Macken«, hatte er sich, gerüstet mit seiner alten schwarzen 501er, der Lederjacke und den spitzesten Schuhen, die Koteletten reichten ihm runter bis zur Kinnlade, hatte sich fast durch die gesamte Wohnung gestreichelt und gelobt und gebrummelt, »aber ich steh' auch dazu.«

Abschließend war er vor seinen Feuerzeugen verharrt:

»Drückt mir den Daumen, ja?«

Schon als Frau Gschnitzer die Tür öffnete

, übermannte ihn das flaue Gefühl, seine Angelegenheiten würden sich rapide in die richtige Richtung entwickeln. In der Empfangshalle stehend – Frau Gschnitzer wandte sich wieder einem Obstteller zu, polierte, drehte Stiele, Carlo lugte verschreckt hinterm Garderobenständer hervor, durch die Salontür drang die Stimme seiner Mutter –, da begriff Gregor, wem der Volvo gehörte, der ihm öfters in der Einfahrt aufgefallen.

Eigentlich hörte man nur Marietta, hörte jedes ihrer wild in die Welt geworfenen Worte, ein richtiger halbitalienischer Wutanfall, während von Eckis Erwiderungen nichts als ein leise beschwörender Singsang zu vernehmen war.

Gregor ließ sich aufs rote Sofa sinken, der uralte Geruch aus Goldbrokat, gestreiften Damastbezügen, Messingklinken, Marmorsimsen strömte auf ihn ein, im Halbdämmer harrten, leblos, die Dinge. Nach einer Weile kam auf Zehenspitzen Carlo angeschlichen, krabbelte neben ihn, suchte nach seiner Hand.

Zwölf, vielleicht dreizehn Hirsche blickten auf sie herab.

Wie zuckten sie allerdings zusammen
: Carlo, Gregor, Frau Gschnitzer, die Hirsche, als aus dem Salon, noch eine Spur lauter, ein jäh entschlossnes »Ich werd's dir beweisen!« erklang, ein zwar leiseres, aber gleichermaßen entschlossnes »Nein! Laß wenigstens −!«, daraufhin ein großes Klirren, ein Fluchen und, dies alles in Sekundenbruchteilen aufeinander folgend, ein Klatschen, als wäre man mit einer nackten Hand auf eine nackte Wange geprallt.

Um Carlos fünf kleine Finger, zur Faust geballt, drückten sich fünf große Finger.

Marietta, mit papierweißem Gesicht und entschlossnem »Doch! Ich kann's dir beweisen!« riß die Tür auf, »Komm!«, Frau Gschnitzer schielte mit sämtlichen Augen am Obstteller vorbei, Marietta wuchs mit ihren schnellen, abgehackten Schritten übern Perserteppich heran, den Blick geradeaus gerichtet, Gregor nahm die Farbe des Sofas an und verschwand darin, Marietta schritt übern roten Läufer die Treppe hoch zur Beletage, schritt.

Durch die Tür zum Salon
sah man als erstes die Scherben, als zweites Ecki, der mittendrin stand, der sehr viel Luft aus sich heraus- und dann wieder in sich hineinstieß. Hielt er nicht eine Schere in der Rechten, eine rotbraunblonde Strähne in der Linken?

Möglicherweise.

Rollte ihm gar ein bißchen Blut aus seinen grauen Haaren?

Nicht auszuschließen.

»Also doch!«

sagte Ecki so leise, als sei's ihm bloß eben rausgerutscht, sein Blick ging durch Gregor hindurch, sein Schritt führte ihn an Gregor vorbei und zur Treppe, wo sich Marietta inzwischen voll Ungeduld, ihr Brustkorb hob und senkte sich, der Läufer war sehr rot, nach ihm umgewandt hatte.

Entweder bringt er sie jetzt um, dachte Gregor, oder sie ihn.

»Du bist doch 'ne Naus?«

ließ er Carlos kleine Faust kein bißchen los, sobald von dessen Eltern nichts mehr zu sehen, zu hören, zu befürchten war.

»Tigernaus«, korrigierte Carlo.

»Lassen wir mal die Feinheiten«, entschied Gregor, »dazu kommen wir später.«

Mit Schaufel & Besen schwebte Frau Gschnitzer vorbei; Gregor gab seiner Stimme den onkelhaften Klang, der bei Marietta stets zu Stirnrunzeln geführt hatte:

»Daß die Näuse früher ganz normale Mäuse gewesen sind, weißt du ja schon. Und daß sie eines Tages beklaut wurden und bloß noch Äuse waren, auch.«

Im Salon kehrte Frau Gschnitzer die Scherben der Sklavenplastik zusammen. Carlo nickte und blickte Gregor mit blaugraugrünen? graugrünblauen? grüngraublauen Augen an.

Ob er aber wisse, wie sie am Ende wenigstens wieder zu Näusen wurden? Nein? Dann! solle er jetzt mal die Ohren aufsperren:

Die Geschichte der Näuse

nämlich war folgende: Kaum hatten die Mäuse festgestellt, daß man ihr M gestohlen hatte – stark im Verdacht hatten sie die Löwen, denen tags zuvor das L abhanden gekommen war, aber die Möwen lachten lediglich, wenn man mit ihnen Verhandlungen aufnehmen wollte, und flogen davon –, kaum also waren die Mäuse nurmehr Äuse, wurde der große Äuse-Rat einberufen und die sofortige Suche nach Ersatz beschlossen:

»Wollnwa mal?«

Weil die Suche aber sowohl unterm Sofa
als auch hinterm Garderobenständer ergebnislos verlief, gingen sie, Hand in Hand, durch die Salontür und fanden ein paar Scherben, die Frau Gschnitzer übersehen hatte:

Tja, die Äuse hatten anfangs ebenfalls kein Glück, immerhin stolperten sie plötzlich über ein L, das einfach so rumlag. Na? Richtig! das L, das die Möwen verschludert hatten. Trotzdem ließen sich's die Äuse natürlich nicht nehmen, ein paar kräftige Schnäpse darauf zu kippen, denn die Mäuse – und auch die Äuse – trinken bekanntlich bei jedem Anlaß.

Läuse? Das geht nicht, meldete sich da eine alte weißhaarige Aus, die schon viel von der Welt gesehen hatte: Läuse gebe's bereits, eine Art kleiner Elephanten, eine Art winziger Elephanten, das würde zu Verwechslungen führen.

»Stimmt«, bestätigte Carlo.

Draußen in der Vorhalle
, auf der Treppe und sonstwo war's nucksnäuschenstill, kein einziger Holzbalken wollte knacken, und so suchten sie beide unterm Tisch mit den Cognacflaschen:

Als sie ein K fanden, das heißt, ganz freiwillig wollten die Kotzmolche ihr K nicht hergeben, weil sie dann ja nur noch Otzmolche heißen würden – »erinnerst du dich?« –, und also hatten die Äuse ein bißchen Gewalt anwenden müssen, da sagte die alte weißhaarige Aus: Käuse? Gibt's doch bereits. Wenn man denen ein paar Cognactropfen auf die Nase spritzt, drehen sie sich im Kreis, und am liebsten fressen sie – na egal. Da die alte Aus viel von der Welt gesehen hatte, glaubten ihr die Äuse. Aber sie waren schon verdammt weit gewandert und, ehrlich gesagt, ziemlich erbost, daß sie auf diese Weise nicht zu ihren Schnäpsen kommen sollten, und sie beschlossen: Der nächste Buchstabe, den wir finden, wird genommen, und die alte Aus, die sich sowieso an der Suche nicht beteiligte, konnte den Kopf schütteln, wie sie wollte:

»Na, jetzt bin ich ja mal gespannt.«

unter den Sesseln, hinter den Ofenschirmen, in den Bodenvasen, aber ein vernünftiger Fund wollte ihm nicht gelingen. Da die Geschichte auch andernorts im Haus nicht voranzukommen schien, ergriff ihn Gregor wieder an der Hand und ging mit ihm in die Küche.

»Tja, und was fanden sie?«

»Die Tante Soffie.«

»Und sonst?«

»Du, ich –«

Ein N. »Fanden« ist natürlich leicht untertrieben, sie schraubten es einfach vom Nutella-Glas runter, das dort stand, und es war ihnen ziemlich egal, daß es vor ihnen bereits die Asenbären gefunden hatten. Die sind nämlich ein bißchen trottelig, die Asenbären, die ließen doch glatt das Glas für einen Moment außer acht, weil sie den Deckel nicht aufbekamen und sich verschnaufen mußten. Kaum aber hatten sie kurz ihre Trottelpfoten vom Glas genommen, war's auch schon geschehen.

He, protestierten die Asenbären, man hat uns ein R geklaut und nun wollen wir wenigstens das N, schließlich haben wir's zuerst gesehen.

»Du, ich muß –«

Uns egal! riefen die Äuse, und sie waren einfach in der Überzahl.

Näuse? Sagte die alte weißhaarige Aus: Moment, das könnte zu Verwechslungen führen, da gibt's im Nil diese Pferde, die heißen –

»Du, ich muß wirklich –«

Uns egal! riefen die Äuse: Wir sind jetzt Näuse und du hältst dein Naul!

Kein Benehmen, die Jugend von heute, schüttelte die alte Naus ihren Kopf: Und was machen wir, wenn keiner Lust hat, Utella zu essen?

Aber Carlo, »Ich muß wirklich mal«, riß sich einfach los und rannte raus. Wie man ihn auf der Klobrille zurechtrückte, hörte man Tritte auf der Treppe.

Vorsichtig die Toilettentür öffnend, sah Gregor einen dürren Menschen mit sehr grauen Haaren die Empfangshalle queren, und wie sich der Mann unvermutet umdrehte, war's zum letzten Mal, daß sich ihrer beide Blicke trafen.

Obwohl sich Gregor umgehend
zu einem Monolog bereitete, wurde ihm die Zeit knapp, übern Samt der Balustrade glitten lang und weiß Mariettas Finger, und wie sie auf der untersten Stufe innehielt, wollten ihm nurmehr die Gestikulationen zur Verfügung stehen.

Marietta, nein, ihren Ehering zog sie nicht vor seinen Augen ab, nicht einmal die Augen kniff sie halb zu, blickte ihn bloß sehr direkt an:

»Jetzt gehöre ich ganz dir.«[275]

Draußen, in Wechte, klatschte der Wind gegen die Wäscheleine.

Draußen, in Wien, stand der Brüller und brüllte.

Draußen, in Stuttgart, schepperte eine Fanta-Dose zu Boden.

Draußen, im Park der Villa Hasenpusch, sprang ein Motor an knirschten Reifen durch den Kies und von den weiß zur Seite stiebenden Worten wäre Gregor fast getroffen worden von den graublaugrün glimmernden den rosarot schimmernden und alle prasselten alle rasselten auf ihn ein immer mehr immer mehr man hätte sich ducken wollen noch viel mehr linksrechts knapp vorbei und viel zu viele – – die absolute Überfülle – – –

und wie er da trotzdem nicht umfiel, unterm Geprassel der Worte, ließ sich im nachhinein nur damit erklären, daß er einfach stehengeblieben war, den Blick zu Boden gesenkt, bis auch die letzte Silbe an ihm vorbeigestürzt.

Hatte Marietta etwa währenddessen
was gesagt? Gregor stand sehr krumm, sehr grau, er hätte so gern eine kleine Folge von Grundsatzerklärungen abgegeben, aber nichts wollte ihm über die Zunge kommen.

»Fertig!« rief's aus der Toilette, »fertig!«

»Äh«, sagte Gregor und schlug den Blick zu Boden.[276]

»Wär' auch zu komisch gewesen«, lachte ihn Marietta unversehens an und hatte keine einzige Sommersprosse, »*ein* Leben, das wär' sowieso zu kurz gewesen für uns beide, findste nicht?«

Das
war's. Schon hatte sich Gregor abgedreht, die ersten schwankenden Schritte gesetzt, doch noch immer vernahm man das Gemaunze der Tigernaus, Marietta stand starr, der Läufer war sehr rot, und es jammerte ihn.

Als er sich in der Toilette wiederfand, die Naus saß auf dem vordersten Rand der Klobrille und erwartete mit frischem Mut eine Beurteilung ihrer Leistungen, hörte sich Gregor ein sehr erstauntes »Hut ab, hat sich gelohnt« sagen. Da die Naus freilich keinerlei Anstalten unternehmen wollte, klopfte er ihr die Schulter:

»Sei ein Mann! Und wisch dich selbst.«

Marietta aber stand genauso
, wie er sie verlassen.

»Äh«, sagte er und schlug den Blick zu Boden.

»Keine Panik, Gregor«, fuhr sie aus ihrer Starre heraus und in ein unschönes Gelächter hinein: »Meinst du ernsthaft, ich würde mit einem wie dir?«

Obwohl er vor Aussichtslosigkeit viel lieber gesummt hätte, nötigte sich Gregor jetzt doch noch ein paar arg verhaspelte Sätze ab: der Art, daß Marietta eine solch prinzipielle Entscheidung – sofern er sie eben richtig verstanden habe – lieber bleiben lassen solle, weil sie von völlig falschen Voraussetzungen ausgehe: »Weißt du, ich bin gar nicht der, für den du mich hältst.«

Das wisse sie, hörte man Marietta, deshalb finde sie ihn ja ein klein wenig erträglich.

»Ich mein' das aber ziemlich präzise. Weil – ich hab' dich die ganze Zeit angelogen, deshalb.«

Das wisse sie, hörte man Marietta, das gehöre nun mal dazu.

»In meinem Fall isses trotzdem 'n bißchen prinzipieller. Naja, ich bin halt nur 'n Klappentexter.«

Das wisse sie, hörte man Marietta.

»Und nicht etwa einer, der 'nen Weiberroman schreibt.«

Keine Zeile? hörte man Marietta.

»Keine Zeile.«

»Fertig!«

rief die Tigernaus, drängender, fordernder, verzweifelter, Marietta indes, »Da bin ich aber froh!«, fiel Gregor um den Hals: Sonst würde dies Spielchen ja noch ewig weitergehen! Gottseidank, daß der Herr … Klappentexter das endlich begriffen habe:

»Jetzt könnten wir anfangen, ganz normal zu sein − ohne Ecki, ohne Mascha, ohne Weiberroman, ohne Salon, ohne alles. Es würde wunderbar.«

»Genau das machen wir auch!« befand Gregor: »Und zwar jeder für sich.«[277]

Das

war's, schon hatte er sich ein zweites Mal abgedreht. Konnte's jedoch nicht übers Herz bringen und … ging erneut zur Toilette, baute sich erneut vor Carlo auf:

»Mensch, dich sollte man klonen!«

»He, kapierste nicht? Deinen dicken Hintern, den kannste dir gefälligst −«

»Meinetwegen sitzt du hier so lang, bis dir die ███████ im ██████ gefriert, das sag ich dir.«

Carlo blickte nur stumm mit seinen Carloaugen hoch − Gregor hätte ihn am liebsten noch schnell mit einer Geschichte versorgt und am zweitliebsten: gestreichelt.

Das war zwar nicht die eleganteste Art & Weise

, seinen Abschied zu nehmen − und den Noncolour-Anzug wurde man dabei auch nicht los − aber immerhin: Die erste Hälfte des Entschlusses war in die Tat umgesetzt.

Die seh ich nie wieder! sicherte sich Gregor bis zur Einmündung der Autobahn in den Mittleren Ring zu, gleichgültig griffen die zwei Türme der Frauenkirche in den Horizont: nie wieder!

»Grigorij! Bist du überhaupt nicht eingeladen!«

protestierte Mascha, als sie ihm die Tür geöffnet, aus der Wohnung drangen die vielfältigen Geräusche der Freude. Ihre Augenbrauen vibrierten nicht. Grünrot blinkerte ihr eine Haarspange am Hinterkopf, und Gregors sämtliche Feuerzeuge saßen auf dem Fußabstreifer und blickten gespannt zu ihr auf.

»Es sind genau fünfundzwanzig«, erklärte er, »mehr hab ich nicht.«

Obgleich das nicht ganz stimmte (denn das plexigläserne hielt er wohlweislich zurück), war's die reinste Wahrheit.

Und da saßen sie also
, die Kreischkröte, der Tiger, die Freiheitsstatue, das Handy, der Frosch, der Faun, der bei Benutzung eifrig faunte, der funkeläugige Godzilla, der Wichtel, in dessen Hosen es lichterloh brannte, das Rehkitz, der Hirsch und manch weiteres Getier, aus dessen Made in China-Mäulern das Feuer blau heraussprang, das brennende Klosett, der Totenkopf, in dessen diversen Höhlungen die Stichflammen warteten, das Ufo, die nackte Frau … und einige andre, die man durchaus als obszön bezeichnen durfte.

»Grischa, du Knaller, verwirrst du mich nur!«

»Aber die Hauptsache«
, gab sich Gregor geheimnisvoll, als er mit ihr zur Badewanne lief, um sich ein Bier herauszutauchen: »Die zeig' ich dir erst später!«

Diese Hitze.

Überall Räucherstäbchen.

Überall tanzende, trinkende, lachende Menschen, jeder klebte mit irgendeinem Körperteil fest an seinem Nächsten, dichter Rauch und dazu *Tamagotchi Smash Hits* aus Maschas kleinem Cassettenrecorder. Hätte's Lüster in diesem Haus gegeben, sie hätten geschwungen. Immerhin gab's eine Plastikpudeldame, die wie bekifft nickte. Und die Lumibären, dreisam verschüchtert im Eck.

Ein Stück von Maschas Winterkuchen zum Biere nehmend
, stellte sich Gregor an den Altar, unter die blaurote Fischlämpchenkette, ließ seine Blicke kurz über Ljiljana streifen, die ihm, sehr zu seiner Erheiterung, mit ihrer Perle zuzüngelte und sich dann zunächst mit der Rechten Hand Gottes, anschließend mit Erykah

dem Austausch von Zungenküssen hingab. Kurz, denn Augen hatte er ohnehin nur für Mascha.

Die aber, »Sowosamma?«, wiegte sich im Takt mit einer dunklen dunklen Gestalt zu irgendeinem belämmerten *When A Man Loves A Woman*, und Gregor vergaß das Kauen, das Schlucken: Wenn er's nicht mit eignen Augen hätte sehen müssen, wie sie dem dunklen Mann durch die neongelbgrün gefärbten Haarstoppeln fuhr –
über die kleinen Hörnchen –
wie ihr die Muskeln anschwollen, während sie sich immer enger schmiegte –
wie sie ihr Bein kurz um die Hüfte des Mannes legte –
und wie sie gleich drauf, spätestens jetzt vergaß Gregor das Atmen, auch ihr andres Bein um ihn legte –
wie sie sich weit nach hinten beugte, so daß sie mit ihren Fingerkuppen übern Boden und mit ihrem Blick bis zu Gregors Schuhspitzen hinüberstrich, während ihre Beine weiterhin fest um die fremden Hüften geklammert blieben –
wie sie dann, und jetzt vergaß Gregor alles, alles, und wußte nurmehr eins: daß sich mit vierzig *überhaupt nichts* änderte, daß er noch genauso, als wär' er höchstens siebzehn, danebenstand und den Blick nicht lassen konnte: von Mascha, wie sie dem dunklen Mann –
wie sie sich, wer-weiß, es hätte *Drunt in da greana Au* dazu laufen können, von seinen dunklen Händen –
wie sie am Ende, im Rhythmus der Musik, so tat, als ▆▆▆▆▆▆▆ –
▆▆▆▆▆▆▆▆▆▆▆▆▆▆▆▆▆▆▆▆▆▆▆▆▆▆▆▆▆▆
▆▆▆▆▆▆▆▆▆▆▆▆▆ogottogottogott, selbst die silbernen Putten an den Wänden blickten weg. Und wenn's Gregor nicht mit eignen Augen gesehen hätte, es wäre ihm vollkommen undenkbar erschienen. Doch schon verbeugten sich die beiden, lachten, es war bloß ein Spiel gewesen, nicht wahr?

Gregor riß eine der beiden Hanteln vom Boden und beschnüffelte sie wie verrückt.

Nein
, sie denke gar nicht dran, mal-wieder-so-ganz-unverbindlich-oder-verbindlich mit ihm fremdzugehen, wie er denn darauf komme?

Weit nach Mitternacht war's, als Gregor eine Möglichkeit sah, dem zweiten Teil seines Entschlusses zuzuarbeiten; mit launigen Anfeuerungsrufen ermunterten die verbliebnen Gäste einen Schwarzweiß-Fernseher, dessen Bild zwar laufend verschwand, den Rest der Zeit aber die Augsburger Puppenkiste zeigte; Ljiljana lag auf Maschas rotem Plüschherz, das Gesicht war ihr fast auf Gesäßbreite auseinandergelaufen und glänzte ganz harmlos. Melancholie eines zu Ende gehenden Festes, nur noch und immer wieder lief dieselbe CD, *Definitely Maybe*, ein bananenfarbner *Beatles*-Aufguß; und Gregors Versuch einer Umarmung mißglückte.

Wohl größenwahnsinnig geworden? riß sich Mascha los: Wohl nach wie vor der Meinung, er brauche bloß mal mit dem Finger zu schnippen?

Gregor bewunderte sie so sehr, daß er fast überzeugt war, sie – ein klitzekleinwenig zu mögen.

Folglich drückte er mit dem Zeigefinger auf ihren Schminkpunkt , »Klingel-klingel«, stellte fest, daß da gar nichts mehr war, auf das man hätte drücken können, und drückte trotzdem.

Ob er glaube, beschimpfte ihn Mascha, sie werde ewig auf ihn warten? Und es gehe immer so weiter? Schließlich seien sie seit über einem Vierteljahr getrennt!

Nein, das seien sie nicht! behauptete Gregor: Und ewig warten brauche sie auch nicht! Für ein paar Tage zwar müsse er sich, vielleicht sogar für ein paar Wochen, auf 'ne einsame Insel zurückziehen, ein Arbeitsexil sozusagen. Aber wenn er zurückkomme, wisse er was Besseres, Ehrenwort!

»Glaub ich das nicht!«

Da freilich legte sich Gregor so richtig ins Zeug – wäre er ein Weckerhuhn gewesen oder eine der Schneekugeln und hätte sich reden hören, er würde's nicht geglaubt haben, daß es Gregor Schattschneider war, der all diese Sätze freiwillig von sich gab, wahrscheinlich hätte er sich für ihn geschämt:

Übrigens habe er gerade, nunja, habe ihretwegen ein, nunja, ein Heiratsangebot abgeschlagen. Weil ihm was Besseres eingefallen sei.

Leider zu spät!

beschied ihn Mascha, und wie sie da vor ihm stand mit ihrer grünrot blinkenden Haarspange, den Blick in die hintersten Steppen Asiens gerichtet, hätte er sie gern umarmt: Nach Ablauf des Semesters müsse sie sowieso die Koffer packen. Übrigens, sie habe jetzt endlich genug Geld zusammengetanzt, um sich »zu Hause ein Stück Studium leisten« zu können.

Das könne sie doch auch in –?

»Grischa! Hast du wohl vergessen, daß mich hier keiner will?«

Statt ihm aber nochmals lang & breit auseinanderzusetzen, wie sie eine Verlängerung der Verlängerung der verlängerten Aufenthaltsgenehmigung sozusagen seinetwegen, damals, verspielt hatte, ratterte es recht unsortiert aus ihr raus: über ihr gebrochnes Vertrauen; über Gregors blöde neue Nebenfrau und was er sich eigentlich einbilde, mit ihr aufzukreuzen; daß es nun genug sei, sie verstehe gar nicht, wie sie sich je auf ihn einlassen konnte, und vor allem: Nein! Übernacht bleiben könne er hier nicht.

Weil freilich ihre Augenbrauen dabei ins Vibrieren gerieten, umfaßte sie Gregor recht ungestüm. Empört stieß ihn Mascha zurück, »Was zuviel ist, ist zuviel!«, und ließ sich nicht einmal erweichen, das kleine »G« an ihrem Knöchel herzuzeigen.

Es folgte eine kleine Handgreiflichkeit. Oh Mascha …

Je heftiger sie sich seiner erwehrte

, desto schöner wurde sie – fast wünschte sich Gregor, sie würde ihm mit ihrer kleinen energischen Mascha-Hand eine schallern. Statt dessen tauchte neben ihnen die Rechte Hand auf, »Komm mal mit«, und wartete nicht erst lang ab. Sondern schob ihn mit seinem Bauch gen Ausgang.

»Wir sind doch hier nicht im ›Pussycat‹!« versuchte Gregor, sich seinem Griff zu entreißen, »was soll denn das!?«

»Du hast sie angefaßt«, erklärte die Rechte Hand, als sie draußen im Hausflur standen.

»Aber sie ist meine Frau!« schrie Gregor.

Die Rechte Hand lächelte ihn lustlos aus:

»Verpiß dich, Jungchen. Und laß dich nie wieder blicken!«

Das letzte, was Gregor von Mascha sah, bevor die Tür zuging, war ihre Haarspange, wie sie ihm wild zublinkte, grünrot. Dabei hatte er noch gar nicht sein Tattoo zeigen können, die Hauptsache!

Nein

, auch in dieser Nacht ging durch Deutschland kein Ruck,[278] und die Erde wollte nicht beben. Mit dem zweiten Teil seines Entschlusses, Gregor konnte und konnte und konnte sich's nicht verhehlen, war er gescheitert.

Am Tag vor seiner Abreise

verabschiedete er sich von den Dingen:

»Ich komm ja bald zurück«, tröstete er den Tulpenstrauß, den Drucker, die Schirmchen, die leere Stelle im Regal, wo bis gestern die Feuerzeuge aufgereiht gewesen. Versicherte den Farnwedel ausführlich seiner Sympathie – Benzon & Hedges seien angewiesen, ihn jeden Dienstag zu versorgen –, strich über die Regalheiligtümer, beredete sogar Evas Kaktus, auf seine Stacheln in Zukunft zu verzichten. Nur von seinem Mäc verabschiedete er sich nicht.

Neben der leeren Glenmorangie-Flasche stand das Fischhaus und schaute ihn bei all dem von der Seite an, als wolle's ihm was sagen. Aber Gregor tat so, als sähe er nicht hin.

Als gegen sieben zuerst der Amereller Manni

, kurz drauf der Ufertinger Hias und, mit der üblichen kleinen Verspätung, der Haberer Luggi beim Hundsnurscher eintrafen und sich umgehend der Vertilgung des Edelstoffes annahmen, »Jetzkemmandfettnjoa«, wär's kein ganz ungeeigneter Abend gewesen, um noch mal nach Timbuktu aufzubrechen: gewiß nicht zu einer der männerbewegten Homepages, das würde man in Zukunft andern überlassen, sondern zu Yahoo!, um sich ein passendes Bildverarbeitungsprogramm zu erbitten und damit, »Ainnerareichsbardeidogwaarmadeesgwen«, einen Ausdruck der Uma Thurman-Photos zu veranstalten. Doch mit dem Mäc wollte man nichts mehr zu tun haben, wahrscheinlich wäre der ohnehin, »Saugrippidamischa«, mit der Systembombe 11 über ihn gekommen.

Da man auch keinen ï-Punkt mehr setzen konnte
, rechnete man, sich der Selbstbeschnüfflung hingebend, minütlich mit allem: Beim Ertönen von *Smoke On The Water* befürchtete man zwei, drei Takte lang das Beste.

Aber es war nur Tante Eusebia, die mal hören wollte.

Und dann hätte er um ein Haar
nicht einmal mehr die letzte Fähre bekommen, weil ihn am nächsten Morgen, noch bevor er sich für seinen Arbeitsaufenthalt mit ausreichend Cappuccino-Beuteln bestückt hatte, ein besonders ranzig riechender Hundsnurscher rausklingelte: den leuchtend grünen Kunstrasen, wie er vom Horsti vor Zeiten auch auf seinem Balkon verhausmeistert worden, zusammengerollt unterm Arm.

»Ham S a wengal Zeit? Nachad daad mas etz packa!«

Gregor, ein Vorrat an Mandelhörnchen war noch nicht besorgt, mußte erfahren, daß der Saubazi ein gesetzter Herr sei. Die Treppen schaffe er zwar weiterhin, rutsche dabei allerdings auf den deppatn Linoleumstufen so oft aus, daß er im vierten Stock regelmäßig schlappmache. Weshalb ihm der Hundsnurscher – die Zeit dränge, gerade habe sich der Horsti (der kein Freund des Bazis sei!) recht überstürzt ins Rechts der Isar verfügt –, weshalb der Hundsnurscher nun gewillt war, im Handstreich und mit Gregors Hilfe, »a extrigs Stiangheisl« an der Wand entlang anzulegen, eine kleine Sondertreppe gewissermaßen aus rutschfesten Kunstrasenstücken. Freilich würde dazu der eigne Vorrat, nach den gestrigen Hochrechnungen seiner Spezln kaum ausreichen; ob der Herr Nachbar so nett sei und –

Gregor sah auf den Rasen, die Küchenschere, den Hammer, die Schachtel mit den Nägeln, sah auf die Glatze, wie sie eifrig schon erglänzte. Wenige Augenblicke später war er so nett und riß mit des Hundsnurschers tätiger Mithilfe, »Lem und lem lassn, ned woa?«, den Belag von seinem Balkon.

Als eine leuchtend grüne Spur
vom fünften in den vierten Stock davon zeugte, daß ein Werk vollbracht worden, stellte sich der Hundsnurscher an den obersten

Treppenabsatz, »Do feit si nix!«, verschränkte die Arme, »Baßd, sitzd und hod Lufd«, der Saubazi, statt die Sondertreppe gleich auszuprobieren, tat das seine, und Gregor, am Nutzen derselben sofort zu zweifeln anhebend, ließ sich mit einem »Aba schadn duads jenfois aa ned« zum Schweigen bringen.

Wunderbar ein Moment weihevoller Andacht. Das Gestampfe des Horstis, wie sich's von unten durchs Treppenhaus emporarbeitete, war folglich recht gut zu vernehmen.

»Himmiheagodsaggramend, wos is nacha dees?«
gab der Hundsnurscher, halblaut den Tonfall des Horstis imitierend, schnell zum besten: »Soi des a Nadua-Leapfad sei oda fahr ma ois nexts alle mim Sessllifd nauf, ha?«

Wie der Horsti hingegen im fünften Stock angelangt war, stand er lediglich stumm schnaubend, seine Kiefer malmten, und blickte vom Gregor zum Hundsnurscher, vom Hundsnurscher zum Gregor.

»S werd do need …?« flüsterte der Hundsnurscher nach einer Weile und legte seine kleine feuchte Hundsnurscherhand auf die Horstischulter.

Kein Laut fuhr dem Horsti über die Lippen, kein Laut. Man sah seinen Adamsapfel, wie er ihm unterm Halsband herumfuhr.

Bevor er, mit einem entschiednen Ruck die Hundsnurscherhand abschüttelnd, in seiner Wohnung verschwand, kniete er sich vor seinen Abstreifer hin, hielt sich ein-zwei-drei-vier-fünf Momente lang mit beiden Händen dran fest und … drehte ihn auf »Fuck off«.

Ingo hin, Ingo her – Gregor sah zu, daß er die letzte Fähre noch erwischte.

Die Hälfte der Insel
bestand aus Restaurationsbetrieben: Im »Café Gini« verzehrte er Obatzten, Schweinsbraten »mit am handdrahten Kartoffelknödel«, zwei Stück Wollwürste abgebräunt. Im »Inselwirt« versuchte er sich an Kalbslüngerl, Bierbratl, Milzwurst in Brotsuppe. Im »Klosterwirt« scheiterte er vor Ochsenkopf-Backerl, Schlachtplatte, hausgemachtem Preßsackteller.

Nur ins »Königlich bayerische Gasthaus zur Linde« ging er nicht, das war ihm zu teuer.

Abgesehen vom Essen
bestand Gregors Hauptbeschäftigung darin, im Laufe seiner Großen Rekonzentrationsrunden bei jeder der neun Inselbänke stehenzubleiben und sich vorzustellen, er säße darauf, die Blödheit der gründelnden Enten betrachtend.

Besonders kitschige Tage
bestanden aus einem Kräuseln der Wasseroberfläche, einem Ranrücken der Berge, einem Verstecken des Himmels hinter blauweißen Rautenmustern. Die letzte Fähre ging um sieben, danach ging nichts mehr.

Wenn Gregor dann
in seiner Bauernmöbelstube beim Bäcker Lanzinger saß – hier also hatte der Poldi seiner Habilitation entgegengebrütet, und hier war auch er wild entschlossen, einen Monat der Einkehr auszuhalten –, ließ er sein Feuerzeug grünrot aufblinkern (»Das alles wegen dir«). Beschnüffelte den Bernsteinklipp, mitunter den Noncoulour-Anzug, den er beim Entladen der Haut[279] im Kofferraum vorgefunden hatte.
Sehnte sich nach einer Zahnbürste mit Meerjungfrau im Stiel.
Und obwohl er das Fischhaus gar nicht mitgenommen hatte, beendete er jeden Abend mit leicht vorwurfsvoller Stimme:
»So, ihr Lieben, jetzt gehen wir schlafen.«

Im Schatten solcher Sätze
wurde der Dezember groß. Dann begann, von einem Schritt zum andern, die Schönheit der Welt zu schmerzen: ein Quadratkilometer voller Stille, in fünfzehn Minuten bequem zu umrunden, gesegnet mit kleinen Läden, die am liebsten gar nicht erst geöffnet und am zweitliebsten gleich wieder geschlossen wurden.[280] Tausendjährige Linden, hundertjährige Klostermauern, Mittagsläuten. Nur noch jedes siebte Fischerboot hieß Marietta, am Tag vor Heilig Abend sogar nur noch jedes elfte.

Aber bei Mascha einfach anzurufen, das ging ja nun wirklich nicht mehr.

Vor der »Linde« leuchteten die Weihnachtssterne, in den Fenstern hingen Kränze, und auf der Terrasse gab's Glühwein.[281]

Maschas Päckchen

, schon die Adreßangabe war mal wieder typisch – »An Gregor Schattschneider, Frauenchiemsee« –, kam am 27. Dezember. Es enthielt ihre gelbrote Quietschente und eine 3D-Postkarte mit der zwinkernden Uma Thurman:

»Letztes Mal du bist so schnell gegangen, daß ich mich nicht ordentlich bedanken konnte für Deine kleinen Feuerzeuge. Wir in der steppe bleiben niemand was schuldig, bevor ich jetzt zu meiner Mama fahre,[282] muß ich noch etwas an Dih schicken. Liebt man die Ente, kommt doch auch Liebe zurück, richtig? Ist man niemals einsam.

Deine Adresse stammt von Poldi, er ist hier immer, seit du niht mehr bist, angeblich wegen irgendeinem Buch.[283] Jetzt sind wir aber wirklich quitt.«

Gregor und die Ente

, sie staunten sich gegenseitig an, staunten und schwiegen – bis Gregor zugriff und ihr fast die gesamte Luft aus dem dicken gelben Bauch rausquetschte. Worauf sie sich, unter Absonderung eines langgedehnten Quietschlauts, wieder vollsaugte.

Oh, warum ging er nur immer zur Telephonzelle (um feststellen zu müssen, daß nicht mal Maschas Anrufbeantworter seiner harrte), warum reiste er nicht auf der Stelle ab und wurde im »Pussycat« vorstellig, wahrscheinlich hätte man dort schon gewußt, wo sie zu finden gewesen wäre?

Darum.

Allerdings verging seither kein Tag, an dem Gregor sich der Ente enthalten konnte, und je öfter er sie drückte, desto weniger häufig schnüffelte er am Bernsteinklipp. So einfach war das.

Höchste Zeit für den 31. Dezember.

Ein ungewöhnlich warmer

, ein Wunderwettertag, nicht mal mehr auf die Jahreszeiten war noch Verlaß. Gegen Mittag hätte man glatt einen Lauf machen können, die Menschen saßen in den Fischergärten, ein buntes Farbband vor dem See, und aßen Fischsemmeln, nur die Schwäne fehlten.

Nachmittags, als zwischen dem Schilf die letzten Sonnenflecken flirrten, begab sich Gregor in seine Bauernmöbelstube, festen Willens, einen Brief zu schreiben.

Festen Willens. Als die gelbrote Ente, sie saß auf dem Fensterbrett vor ihm, schon gespannt darauf wartete, welches Wort er als erstes auf die Seite setzen würde, kam's über ihn und er griff nach ihr, einen Ton herauszulocken. Wobei er aus dem Fenster blickte und –

– den Brief zu schreiben vergaß.

Zunächst erkannte er bloß ihre Haare

, die, vom Weiß einiger letzter Schneereste zum Leuchten gebracht, fast rotweinfarben in die Dämmerung hinauslockten.

Ihren Schattenriß auf Höhe des Stegs erneut ausmachend – mit ungeduldig abgehackten Bewegungen schritt sie am »Klosterwirt« vorbei –, wußte er, daß er lediglich in entgegengesetzter Richtung ums Kloster herumgehen mußte, dann würde sie ihm an der Südspitze der Insel direkt in die Arme laufen.

»Was bildest du dir eigentlich ein, hier einfach so aufzukreuzen?«

Sie lief ihm aber nicht in die Arme

, sondern fiel ihm mit solcher Wucht um den Hals, daß er umgestürzt wäre, wenn sie ihm dafür überhaupt noch Zeit gelassen hätte:

Schließlich wolle sie ihren Kellerschlüssel wiederhaben, lachte sie ihm mit all ihrer Macht ins Gesicht: und sodann ihren andern Ohrklipp loswerden, mit dem ließe sich jetzt ohnehin nichts Vernünftiges mehr anfangen.

Dermaßen spöttisch besichtigte sie, von oben bis unten, seine Gestalt, als sei's erst September, und alles an ihr war lang und groß.

Welch weitere Intelligenzfragen er denn vorbereitet habe?

»Du schreibst ja doch!«
spielte sie die Empörte, kaum daß sie seine Bauernmöbelstube betreten und das Blatt Papier entdeckt.

»Was hast *du* gedacht?« Gregor zögerte keine Sekunde und spielte das Spielchen mit, freilich hatte sie sich da bereits der Ente zugewandt und ihr, »Du bist schon einer«, den jämmerlichsten Quietschton entlockt.

Ob das 'ne Art Heiterkeitssimulator sei?

Nach wenigen gezielt abfälligen Bemerkungen
war Gregor so wütend wie zu seinen besten Zeiten. Was Marietta sehr zu genießen schien; als er das plexigläserne Feuerzeug für sie in Bewegung setzte, »Sieh an, das gibt's also auch noch«, ließ sie den Rauch ganz langsam in ihren Hals hinuntergleiten …

Tja, die letzte Fähre sei wohl inzwischen weg, wunderbar.

… und ganz langsam wieder daraus emporgleiten.

Was er denn zu ihrer weiteren Unterhaltung geplant habe?

Es erwies sich freilich
, daß sie selber sehr genaue Vorstellungen, ja, daß sie den Ablauf des Abends bereits bis ins Detail arrangiert hatte – ein Tisch in der »Linde« sei vorbestellt, in einer Viertelstunde erwarte sie ihn an der dortigen Bar.[284]

»Zieh dich warm an!« drohte sie und, ohne etwelche Einwände abzuwarten, entnahm ihrer Tasche einen zusammengerollten Schlips. Kaum hatte sie Gregor damit allein gelassen, vermeinte er, aus dessen Mitte einen grüngraublauen Geruch aufsteigen zu spüren. Also zog er sein Hemd ein Stückchen aus der Noncolour-Hose, Standbein-Spielbein, und: ging hin.[285]

Von Marietta sah er im ersten Moment nur
den rotbraunblond leuchtenden Hinterkopf, den übern Tresen gebeugten Oberkörper – mit ihrem Sektquirl vertrieb sie, sehr zur Freude des Barmanns, die Kohlensäure aus dem Spülbecken – und sah! den Halsansatz dazwischen, der sehr zerbrechlich wirkte. Als

sie den Kopf zurückwarf, um den Rauch zur Decke zu lassen, entdeckte er an ihrem Ohr den einen, vielmehr, den *andern* Bernsteinklipp – am liebsten wäre Gregor so stehengeblieben und hätte sie von fern verehrt.

Dann war der Moment vorüber. Den andern, vielmehr, den *einen* Klipp zwischen Daumen und Zeigefinger wie ein Beweisstück präsentierend, trat er neben sie:

Das sei doch sicher *sie* gewesen, die dies seltsam Ding letzte Nacht in seinem Manuskript verloren habe?

Was er nicht sage! Die Strähne, die ihr ins Gesicht fiel, wickelte sie beiläufig um den Finger, selbst die Narben an ihrem Handgelenk waren hinreißend: Er solle nicht immer so dicke Romane schreiben, davon würde sein Umgang mit Ohrklipps nicht besser.

Das siebengängige Silvestermenü
, die Amuse-gueules hatten sie, einen zweiten »Frozen Marietta« an der Bar vorziehend, gern ausgelassen, begann mit Tellersulz vom Rehrücken mit Stopfleberpraline. Der gesamte Wintergarten war mit Tannenzweigen ausgeschmückt, die Honigkerzen dufteten, Marietta drückte die Arme wechselweise durch und betrachtete ihre perlmuttern glänzenden Fingernägel.

Nach dem Langoustinenschaum mit Safrancroissant
folgte ein Cassoulet von der Perlhuhnkcule. Auf jedem Teller war das königlich bayerische Wappen der »Linde« zu entdecken, um die Tische strich eine fette Tigerkatze, Marietta griff das Huhn mit der Hand und, die fehlende Pfefferminzsoße monierend, lachte laut auf.

Den Seeteufel an Gräte mit Backpflaumen und Pinienkernen
benutzte sie als Aschenbecher. In den Fenstern leuchteten orange die Lampen, überall im Garten hingen Laternen, Marietta stellte ihr Glas auf die Tischkante.

Als man die Roulade vom Rinderfilet
auf Trüffelsoße mit knusprigem Kartoffelpüree servierte, aß Gregor, der guten Ordnung halber, auch Mariettas Portion, der Kellner brachte eine Handvoll Kaffeebohnen, »zum Knabbern zwischendurch«.

Die Blutorangentarte mit Verveine-Halbgefrornem
kam gegen halb zwölf. Statt dessen beschlossen der Herr Klappentexter und seine Frau Professor, die Klosterliköre durchzuprobieren, den Halbbitter, den Magenbitter, den Klostergeist:[286]
»Gregor und Marietta, Marietta und Gregor, das ist die Summe aller Weisheit, das ist osmotisch, Porst.«
Ihr einsames Gelächter zu zweit. Rundum gab's Kaffee und die ersten feierlichen Worte.

Das Ertönen der Neujahrsglocken
erwartete man, mit Champagner versorgt, im Garten, fast hätte Gregor noch lang & breit begründet, warum *sein* Jahreswechsel bereits am 8. Dezember stattgefunden hatte:
»Let us dlink to be stlangers in heaven!«
»Nein«, sagte Marietta, legte den Kopf schief und gab ihm einen Kuß zwischen die Augenbrauen: »Heut sind wir ausnahmsweise strangers in the night.«
Dabei griff sie sich an ihr Ohr und, ohne hinzusehen, ließ zum zweiten Mal einen Bernsteinklipp in Gregors Leben fallen:
Schließlich sei sie gekommen, um wenigstens diese Nacht alles klar zu machen.

War's wirklich Gregor
der wenig später vor ihr kniete, sich die Krawatte vom Hals riß – oh ja, Marietta setzte ihm dunkelblau ihren Slipper auf den Oberschenkel, die Silberspange glänzte – und sich die Seele aus dem Leib putzte?
Während sie in größter Gleichgültigkeit die Asche auf die Bodenbretter fallen ließ, sogar auf den kleinen Flickerlteppich, und ihm das Sie anbot.[287]

»War doch gar nicht so schwer
, oder?« Mariettas langer magerer Körper zitterte, ein Schimmern lag auf ihren Wangenknochen, auf der Stirn. Alles an ihr erschien Gregor großartig, selbst die Beine, die Nase, die Finger, die weiße Haut über den vielen Knochen.

Nicht so schwer wie die Nächte zuvor! flüsterte er ihr ins Ohr. Und ins andre: Welches Parfum, das wolle er schon lang mal fragen, sie eigentlich benutze?

»Gar keins.«

Wie, sie rieche sozusagen von Natur aus und immer so?

»Immer und nur so. Auch morgen, wenn dir das hilft.«

Es half ihm natürlich nicht
, in der Nacht nicht, am nächsten Morgen nicht, überhaupt nicht. Marietta lag zusammengerollt unter der Decke und sagte kein Wort, kein Laß-uns-doch-all-das-tun-was-wir-uns-nie-getraut-haben, kein Haben-wir's-nicht-auch-verdammt-gut-miteinander?

Als Gregor zum zweiten Mal aufwachte, war's bereits am Dämmern, drei Uhr vielleicht halb vier, bald würde die letzte Fähre fahren, und Marietta, noch immer oder schon wieder, zerstreichelte seine Befürchtungen, sie könne was andres im Sinne haben als weiter und weiter und weiter so zu liegen.

Ihre Fingerspitzen indessen wußten davon nicht und entdeckten ein kleines blaues »Mascha« auf seiner Schulter.

Sehr langsam
fuhren sie jeden der sechs Buchstaben nach, als wäre die Haut noch zu dünn, um solcher Berührung gewachsen zu sein. Und dann? gab's keine wunderbar halbitalienische Szene, gab's nichts als ein halbblaues »Ja natürlich«, ein hastiges Aufraffen der verstreuten Kleidungsstücke:

Selbst wenn er's kaum für möglich halte, sie werde ihn jetzt *nicht* danach fragen, was er an dieser Person bedeutender finde als an ihr.

Bis zur Abfahrt der Fähre

, »Gnädigste …«, verblieb wenig Zeit. Sehr kühl und sehr glatt und, vor allem, sehr oval waren die letzten Worte, die Marietta verlor, sie gab ihm keine Chance, auch nur eine einzige der Fragen zu stellen, die er sich stets versagt.

Am Abend des 1. Januar 1997

, vier Monate drei Wochen und fünf Tage nach jenem legendären 6. August, fuhr sie aus Gregor Schattschneiders Leben davon.

Bis zum Anfang des Steges trug er ihr noch die Tasche. Sie ließ sich Feuer geben, reichte ihm eine der zwei Zigaretten, nahm dafür die Tasche, lächelte ganz ohne Worte durch ihn hindurch. Der Steg, von drei Laternen beleuchtet, war hundert schnelle Schritte lang, Gregor zählte vor Verzweiflung mit, die Taue wurden gelöst.

Und dann kehrte sie um.

»Eins hätte ich fast vergessen«

, sagte sie, als sie wieder vor ihm stand, ihre Augen waren grau. Trotzdem kniff sie die Lider zur Hälfte zu, man rechnete schon mit dem Besten, und – versetzte ihm eine Ohrfeige. Mit links.

Aller guten Dinge sind drei, dachte Gregor.[288]

Das Schiff legte ab und

verschwand, Gregor stellte die Ente zurück aufs Fensterbrett. Ein voller Tag schien ihm vergangen, eine volle Nacht. Wie sich's wohl anfühlen würde, wenn Marietta *tatsächlich* eben abgefahren …

Bitte?

… und

wie, wenn sie also *wirklich* gestern gekommen und all das geschehen wäre, was er gefürchtet, gehofft?

Ja hatte er sich denn das Ganze bloß –

Möglicherweise.

Und war die Silvesternacht mit ihr nur –

Nicht auszuschließen.

Hatte er denn jemals eine Marietta –

Oder war das letzte Jahr nichts als ein Traum gewesen, aus dem er gerade noch mal erwacht? Sobald er auf seine Schulter blickte, stand da ein kleines blaues »Mascha-laß-uns-endlich-heiraten-und-sieben-Kinder-kriegen«, bloß kürzer. Sobald er den Blick wieder hob, stand da die Quietschente und schaute ihn auf eine Weise an, als habe sie was Wichtiges zu sagen.

Da schrieb Gregor den Brief.

Und beendete ihn nicht eher

, als bis er ein »Ganz verbindlich und mit sämtlichen Verpflichtungen, Ehrenwort!« drunter setzen konnte und »Muß ja nicht Timbuktu sein, in Las Vegas oder Gretna Green kann man das gleichfalls, glaub ich, ziemlich locker«.[289]

Schon wie er sich daraufhin die Nickelbrille putzte, war sich Gregor ganz sicher, daß er am liebsten sofort abgereist wäre und es am zweitliebsten morgen auch tun würde: mit der ersten Fähre.

Den Brief dann zum Postkasten zu bringen

, war sicherlich eine gute Idee. Von der Telephonzelle daneben gleich auch noch Ljiljana anzurufen und sich zu entschuldigen, wäre wohl nicht so nötig gewesen: Sie lachte bloß, »Brich dir nichts Wesentliches«, und legte auf.

Dann war das Feuerzeug an der Reihe. Gregor ließ es grünrot auffunkeln, »Alles wegen dir«, und ging auf den Steg hinaus, nicht ohne zu versäumen, jeden Schritt mitzuzählen. Nachdem er sich vielmals entschuldigt hatte, »Weißt du, was Besseres fällt mir nicht ein«, warf er's, so weit er konnte, hinaus in die Nacht.

Nein, das klatschte keinen Deut lauter auf als alles, was er die letzten vierzig Jahre weggeworfen hatte.

Wie aber jedwedes Ding versunken

oder fein säuberlich verpackt und bloß Gregor ganz mit sich selbst übrig war in der blauweißen Bauernmöbelstube, überkam ihn der Gedanke: Wie, wenn ich diese ganze Geschichte einfach aufschreiben und, Poldi hin, Poldi her, an den Verlag schicken würde? Unter Umständen wär's wenigstens ein ordentlich langer Klappentext.

Folglich setzte er sich noch in selbiger Nacht
an den Tisch, von draußen ließ sich nicht mal das Brandungsrauschen des Chiemsees vernehmen, und rührte keinen Finger. Dachte an den Geruch aus Kronleuchtern, Teppichmustern, Beistelltischen, diesen uralten Geruch, den er nie wieder riechen würde, dachte an den Duft, den er immer wieder riechen würde, sobald er einen Bernsteinklipp ganz fest in die Hand nahm und lang genug darinnen hielt.

Möglicherweise.

Nicht auszuschließen.

Und obwohl er das Fischhaus gar nicht mitgenommen hatte, beendete er den Abend mit leicht vorwurfsvoller Stimme:

»So, ihr Lieben, jetzt gehen wir erst mal schlafen.«[290]

ANHANG

1. Nachtrag des Herausgebers

Nach Publikation der ersten drei Teile seiner Autobiographie unter dem Titel »Weiberroman« hat man sich im Verlag entschlossen, aus der Nachlaß- oder besser: Konkursmasse Gregor Schattschneiders ein weiteres Kapitel zu veröffentlichen, zu dessen Edition es seinerzeit unter Prof. Beinhofer nicht mehr gekommen ist.

Schattschneider hat es uns mit seinen literarischen Hinterlassenschaften freilich nicht gerade leichtgemacht, sind sie doch in einer Form auf uns gekommen, die der Spekulation Tür und Tor öffnen – als eine in seiner Frauenchiemseer »Bauernmöbelstube« vorgefundene Ansammlung von Notaten, für die der Begriff Loseblattsammlung noch schmeichelhaft wäre. Dieser chaotisch anmutenden Ausgangslage ist nur durch strengste Editionskriterien gegenzusteuern, wie sie bereits Eckart Beinhofer in seiner Nachbemerkung zum »Weiberroman« formuliert hat. Wenn wir uns denselben auch weiterhin gern verpflichtet fühlen, so nicht zuletzt deshalb, weil wir (als damaliger Assistent am Lehrstuhl Beinhofer) an deren Aufstellung zumindest maßgeblich beteiligt waren: Der geneigte Leser mag nach Lektüre des einst als vierter »Weiberroman«-Teil geplanten, inzwischen allerdings zu einem eigenen Roman gewordenen Buchs selbst entscheiden, ob Beinhofer überhaupt weiterhin als Herausgeber der ersten drei Teile gelten darf.

Im Laufe der Editionsarbeiten ergaben sich allerdings auch einige gewichtige Abweichungen von den ursprünglich aufgestellten Leitlinien, insbesondere im Umgang mit lückenhaft überlieferten, mannigfaltig überschriebenen, gestrichenen oder sonstwie verderbten Stellen: Auf eine vergleichende Einsichtnahme in Schattschneiders (ebenfalls auf Frauenchiemsee vorgefundene) Tagebücher mußte nämlich verzichtet werden, hatten sie sich doch mittlerweile als Fälschungen im Umfeld der sogenannten »Mainzer Kladde« (s. u.) herausgestellt. Zum Glück waren wir in der Lage, diesen editorischen Nachteil durch aktiv wahrgenommene Zeitgenossenschaft auszugleichen, sprich, durch eigene Beobachtungen wie durch sachdienliche Hinweise aus Schattschneiders engerem Umfeld: Aufgrund zahlreich geführter Gespräche, z. B. mit Nachbarn, konnten dessen Darstellungen behutsam berichtigt werden; selbst für seinen Aufenthalt auf Frauenchiemsee fanden wir in Prof. Beinhofer – der sich, von Schattschneider offensichtlich unbemerkt, zum Jahreswechsel 96/97 ebenfalls dort aufhielt – einen glaubwürdigen Gewährsmann. Ob es im übrigen trotz S. 301 zu einer Begegnung zwischen den beiden Exfreunden kam (aufgrund deren Schattschneiders überstürzte Abreise einen völlig anderen Hintergrund erhielte), geht aus den überlieferten Textbruchstücken bedauerlicherweise nicht hervor. Bis einer der beiden wieder auftaucht – seit Jänner '97 gibt es von ihnen keinerlei Lebenszeichen –, sind wir zu mancherlei Vermutung berechtigt.

Im Unterschied zur damaligen Arbeit am »Weiberroman« haben wir uns entschlossen, den fragmentarisch auf uns gekommenen Text *nicht* grundsätzlich umzuschreiben, selbst in Passagen, wo Schattschneider ganz offensichtlich falsches Zeugnis ablegt, sondern ihn als Dokument eines, gelinde gesagt, kreativen Umgangs mit historischer Wahrheit zu belassen – sowohl bei der Schilderung von Details (Frau Prof. Beinhofer *trägt* eine Brille), von Personen (des Wegensteiner Poldis, mit Verlaub) wie auch ganzer Szenen: Die Beinhofersche Eisenbahnanlage, zum Beispiel, wurde gegen Ende des 96er-Jahres zwar nicht, wie ursprünglich geplant, auf angrenzende Nachbarappartements ausgeweitet, immerhin jedoch auf die *gesamte* Wohnung! Seither muß man sich bereits beim Betreten derselben unter die Preßspanplatte begeben, um der zentralen Schalt- und Trafostation (nach wie vor »mitten im Starnberger See« gelegen) auf allen Vieren näher zu kommen.

Auch offensichtliche stilistische Mängel wurden belassen, desgleichen Schattschneiders problematische Thesen über »männliche Wechseljahre« und dergleichen, die wir uns bestenfalls als Parodien zuzumuten wußten. Trotzdem – oder gerade deshalb – erschien uns die nachträgliche Betitelung dieser eigenständigen Sonderedition als »Ein Mann von vierzig Jahren« nicht unpassend. Bei Schattschneider, der die Darstellung seiner »Fastaffäre« mit Frau Prof. Beinhofer schlichtweg als vierten Teil des geplanten »Weiberromans« verstanden wissen wollte, wäre dieser Titel vermutlich auf einigen Widerstand gestoßen – sei's drum: Wenn ein Autor nicht in der Lage ist, seinen Verlagsvertrag selbst zu erfüllen, muß er es auch hinnehmen, daß sich andere, die seine Arbeit tun, mit einer ironischen Etikettierung an ihm bzw. seinem Werk schadlos halten.

Trotz jener in mehrerlei Hinsicht diffizilen Ausgangslage darf es jedoch nicht den geringsten Zweifel an der Urheberschaft vorliegenden »Romans« geben: Die von Schattschneider in Teil I–III permanent eingestreute These, an seiner Statt habe in Wirklichkeit Prof. Beinhofer geschrieben, wurde bereits in dessen damaliger »Editorischer Notiz« zurückgewiesen. Und nun gar die in Teil IV breit angelegte Unterstellung, wir selber seien Verfasser des Romans! Fehlte nur noch, daß auch Herr Schmedt auf der Günne in irgendeiner Weise beteiligt gewesen sein sollte, dann hielten wir ja ein feines Gemeinschaftsprojekt in Händen! Der Leser möge sich bitte nicht täuschen lassen: Text bleibt Text, auch im Falle Schattschneiders, und wir haben uns als Herausgeber im wesentlichen darauf beschränkt, ebenjenen Text durch einen kritischen Apparat der Öffentlichkeit zugänglich, wo nicht erst verständlich zu machen.

Freilich galt es dabei, nach bestem Wissen und Gewissen zu sichten, abzuwägen, auszusondern. Denn auch der umgekehrte Fall mußte stets bedacht werden: Nicht alles, was unter dem Namen Schattschneiders mittlerweile publiziert oder, aus welchen Gründen auch immer, dem Archiv des Luchterhand Verlags überstellt wurde, ist authentisch, ist tatsächlicher Teil jenes Frauenchiemseer Textkonvoluts, das Prof. Beinhofer in insgesamt 16 Mappen (»Ein Mann von vierzig Jahren« findet sich – im wesentlichen – in Mappe G4) eingeteilt hat.

Zu einiger zweifelhafter Berühmtheit gelangte in den letzten Jahren vor allem die sogenannte »Mainzer Kladde«, ein Tagebuch zum 96er-Jahr mit türkisem Einband und eingedrückten Ecken, das kurz nach Erscheinen des »Weiberromans« am Deutschen Institut der Johannes-Gutenberg-Universität Mainz auftauchte und von der Forschung bereitwillig als Schlüsseltext zur Mappe G4 diskutiert wurde. Der größte Teil des Tagebuchs wurde Laura Adametz zugeschrieben, der (im August 1979 geborenen) unehelichen

Tochter von Tania Adametz, die darin recht anschaulich von ihrer Reise nach Feldafing berichtet und von ihrer Absicht, sich dort inkognito, als »Servierzofe« im Salon der Villa Hasenpusch, ein eigenes Bild von ihrem »Erzeuger« zu machen. Der restliche Teil, meist Korrekturen und Ergänzungen der ursprünglichen Aufzeichnungen, wurde aufgrund der Handschrift wie auch des sehr speziellen Umgangs mit Orthographie, Interpunktion und Logik bislang als »ein echter Schattschneider« gelesen.

Nachforschungen haben indes ergeben, daß es sich bei der Verfasserin des Tagebuchs zwar in der Tat um Laura Adametz handelt, eine Vaterschaft Schattschneiders jedoch mit an Sicherheit grenzender Wahrscheinlichkeit auszuschließen ist. Nach eingängiger Befragung des durch seine Publikationen für Aufmerksamkeit sorgenden Lehrbeauftragten, dessen Name hier nicht auch noch ein weiteres Mal genannt werden soll, gestand dieser ein, Laura Adametz während eines Forschungsfreisemesters »kennengelernt« und ihr Tagebuch eigenhändig bzw. unter tätiger Mithilfe mehrerer Vertreter des Mainzer Literaturbüros bearbeitet zu haben. Trotz einiger – von der rheinland-pfälzischen Schattschneider-Forschung gern zitierter – Anspielungen in den *gesicherten* Textfragmenten des »Manns von vierzig Jahren« (S. 54, 84, 273), muß also die *gesamte* Tagebuchkladde, und das heißt in unserem Fall vor allem: müssen deren Ergänzungen und Korrekturen, die bislang aus der Feder von Schattschneider stammend gelesen wurden, den Apokryphen zugeordnet werden.

Ähnliches gilt auch für ein Projekt des ZDF, das auf den Versuch hinauslief, die vielfältigen Studien, Skizzen und sonstigen Vorarbeiten des nunmehr der Öffentlichkeit als Buch übergebenen Teils des Frauenchiemseer Textkonvoluts bereits vorab zu publizieren: auf der Homepage von »Aspekte«. Daß dabei auch eine recht beachtliche Anzahl an authentischen Materialien ins Netz gestellt wurde, räumen wir gern ein; der Leser kann sich jedoch unter http://novel.zdf.de/ relativ rasch davon überzeugen, daß bei dieser Internet-Edition nicht die notwendige Sorgfalt waltete: So tragen manche der zentralen Figuren falsche Namen (Mascha/Alicja, Frau Gschnitzer/Ernestine, Hundsnurscher/Schlammerl), die Handlung weicht in entscheidenden Punkten von derjenigen ab, die wir in gedruckter Fassung jetzt vorlegen dürfen, von stilistischen Insuffizienzen ganz zu schweigen. Solange der verantwortliche Online-Redakteur, ein gewisser Gerald G. Giesecke aus Wiesbaden, in seinen begleitenden Kommentaren (s. Bibliographie) die wichtigsten Fragen offenläßt – wie kam er überhaupt ans Luchterhand Archiv? –, muß dessen Rolle als recht zweifelhaft gelten.

Damit freilich nicht genug. Auch in die authentischen – und zum Teil bereits publizierten – Fragmente haben sich zahlreiche Fehler eingeschlichen; was unseren Anhang betrifft, so kann er sich leider nur in unzureichender Auswahl deren Berichtigung widmen (s. Errata). Manche der Fehler sind allerdings so offensichtlich, daß der Verdacht naheliegt, Schattschneider könnte sie uns zu Fleiß in seine Texte eingestreut haben, um seine Verfasserschaft unglaubwürdiger erscheinen zu lassen. Gut vorstellbar leider auch, daß Prof. Beinhofer in weiten Teilen dieses »Schummelbuchs« einem berechtigten Interesse nachgegeben haben könnte, Korrekturen am Handlungsverlauf vorzunehmen und sie gleich anschließend durch Beimischung von Inkompetenz zu kaschieren: z. B. durch Fehldatierung historischer Fakten (einschließlich der eigenen Scheidung) in der von ihm selbst erstellten Zeittafel. Daß er dort freilich den 22.4.1956 auf einen Samstag fallen läßt und Schattschneider damit zu einem Samstagskind macht, wo er doch ganz unpassenderweise an einem Sonntag geboren ist und daraus wahrlich kein Hehl macht(e), will uns wenig entschuldbar erscheinen.

Noch einen Schritt weiter geht Beinhofer, wenn er für »Ein Mann von vierzig Jahren« nicht mehr als 352 Fragmente aus der vorgefundenen Schattschneider-Hinterlassenschaft von insgesamt 3481 Fragmenten heraussortiert und der entsprechenden Mappe G4 zuordnet: wo doch ganz offensichtlich zumindest 784 Texteinheiten zum betreffenden Materialobjekt gehören und 625 davon jetzt auch, durch unsere Bemühungen in einen linearen Erzählzusammenhang gebracht, hier vorgelegt werden konnten! Wie sich herausstellte, hatte Beinhofer, aus verständlichen Gründen, einen erheblichen Teil des Textkorpus in anderen Mappen verschwinden lassen, insonderheit den Mappen TuZ/S und XXL.

331

Als ein besonders augenfälliges Beispiel können wir die ursprünglich komplett geschwärzte Seite E[133] anfügen, auf deren Abdruck Beinhofer glaubte, verzichten zu dürfen (s. »Weiberroman«, S. 389). Dank der intensiven Bemühungen einiger Dechiffriergermanisten u. a. aus Skandinavien (über deren Ergebnisse D. Killy in regelmäßig vorgelegten Wissenschaftsberichten Auskunft erteilt, s. Bibliographie) sind wir inzwischen in der erfreulichen Lage, einige der geschwärzten Passagen wieder *lesen* zu können – darunter z. T. auch besagte Seite E[133], der naturgemäß die besondere Aufmerksamkeit der Forschergruppe galt und gilt. Wie aufgrund der freigelegten Textschichten schon jetzt eindeutig feststeht (s. Texte und Zeugnisse, S. 340 f.), handelt es sich dabei um nichts Geringeres als das zentrale Fragment G4[614]!

Naheliegenderweise erhebt sich die Frage, ob sich Beinhofer bei seiner Edition nur auf Fehldatierung und »Verstecken« von Fragmenten beschränkte, oder ob er nicht doch der Versuchung unterlag, den Hang des Textes zur fallweisen (Selbst-)Schwärzung für eigene Zwecke auszunutzen. Gerade *weil* er dessen Schwärzungen als Schattschneiders ureigenste Technik luststeigernder Selbstzensur beschreibt, könnte er ja, durch seine Interpretation wie mit einem Freibrief versehen, auch manches Mal selbst Hand angelegt haben – ob aus Lust oder aus Unlust, mag dahingestellt bleiben. Schattschneider, so wie wir ihn kennengelernt haben, neigt ohnehin weit mehr zur Fastschwärzung als zur klaren Schwärzung; durchaus möglich, daß eine kreative Handhabung der Editionsprinzipien die betreffenden Passagen mal in die eine, *komplett* schwärzende, mal in die andre, *ent*schwärzende Richtung hin bewegt hat. Daß unter Umständen gar *sämtliche* Schwärzungen auf Beinhofers Konto gehen, wagen wir nicht einmal, leise zu denken.

Immerhin konnte bislang kein einziger *direkter* Eingriff Beinhofers nachgewiesen werden, was nicht zuletzt daran liegen mag, daß es von ihm zwar zahlreiche handschriftliche Textproben gibt, aber keine einzige, an der seine Art und Weise des Streichens prototypisch abzulesen wäre. Bis es zu einer endgültigen Klärung kommt, sollte sich ein kritischer Leser jedenfalls nicht mit dem zufriedengeben, was ihm geschwärzte Stellen auf den ersten Blick mitzuteilen scheinen: Schwarz ist nicht gleich Schwarz, sondern eine je spezifische Summe an übereinanderliegenden Farben und Formen, mit denen nicht nur die verschiedensten Worte, sondern auch die verschiedensten Urheber verbunden sein könnten.

Bleibt abschließend festzustellen, daß wir der Verlockung, durch einen aufwendig gestalteten Anhang die Aufmerksamkeit des Lesers vom Primärtext abzuziehen, gern widerstanden und lediglich die wenigen Dokumente beigegeben haben, die uns unverzichtbar erscheinen. Eine umfassende Edition von »Texten und Zeugnissen« bleibt zukünftigen Materialienbänden vorbehalten; wir dürfen zufrieden sein, innerhalb der zur Verfügung stehenden Zeit aus einer Fülle an Fragmenten und einer damit verknüpften Fülle an Lesarten *einen* linear lesbaren Text herauskristallisiert zu haben. Allen zu danken, die uns bei dieser Arbeit zur Seite standen, ist unmöglich; unser Dank geht stellvertretend an Herrn Schmedt auf der Günne für wertvolle Indiskretionen, an Frau cand. mag. Lina Daxenberger für unermüdliche Texterfassung und an Ljiljana – dafür, daß sie uns nicht in Ruhe gelassen hat.

München, im September 1999   Dr. habil. Leopold Wegensteiner
(Kommissarischer Vertreter des Lehrstuhls Professor Beinhofer)

Nachschrift

Der Wegensteiner Poldi hat termingerecht abgegeben, und zwar ein (den Umständen entsprechend) vollständiges Manuskript, in das nicht einmal Kommas hinein- oder herauszukorrigieren waren. Trotzdem hat mich der Verlag gebeten, meinen Namen »der Einheitlichkeit halber« auch auf den vierten Teil des Weiberromans setzen zu dürfen.

Nun bin ich von dessen Einheitlichkeit am allerwenigsten überzeugt. Daß der Text ein unfeines Gemeinschaftsprojekt mehrerer Fast- oder Nichtmehrfreunde ist, scheint mir offensichtlich. Am

Ende wäre ich nicht überrascht, wenn auch Christoph Buchwald auf eine Weise seine Hände im Spiel gehabt hätte, die einen Wechsel zum Suhrkamp Verlag nahelegten. Weil ich aber mit meinem eigenen Roman noch immer nicht vorangekommen bin, habe ich der Bitte des Verlags entsprochen.

Nordstrand/Amrum, 5.11.1999   MP

2. Errata

Druck- und sonstige Fehler aus dem »Weiberroman«, Teil I–III

Ein vollständiges Druckfehlerverzeichnis hier vorzulegen, übersteigt unsre Möglichkeiten; im übrigen sind die wesentlichen Fehler des »Weiberromans« gar nicht drucktechnischer, sondern inhaltlicher Art: Seit dessen Veröffentlichung gingen beim Verlag derart zahlreiche Beschwerden empörter Leser ein, die sich an sachlichen, orthographischen oder sonstigen Mängeln entzündeten (s. Texte und Zeugnisse), daß man sich dort nicht anders zu helfen wußte, als eine Mappe L (Leserbriefe) anzulegen.

Die hier folgende Auswahl orientiert sich an der Erstauflage des »Weiberromans« vom Juli 1997; nach Seiten- und Zeilenzahl (S./Z.) folgt in Klammern die (fehlerhafte) Lesart der Erstausgabe, nach einem Gedankenstrich deren Berichtigung. Absichtlichkeit oder Unabsichtlichkeit der Fehler finden dabei keinerlei Berücksichtigung.

11/35 (lauerte) – lauerten

13/13 (letzten drei Metern) – letzten Metern

17/7 f. (kleine, grüne, funkelflinke) – kleine grüne funkelflinke

20/20 (einfach mal grüßen) – einfach grüßen

27/17 (beim) – bei

35/22 (beim) – bei

36/20 (Leonhard) – Leonard

40/34 (beim) – bei

54/2 (dem überfüllten Parkplatz) – dem Parkplatz

56/30 (beim) – bei

63/7 (ein paar rote Libanesen dabeihatten, ein paar schwarze) – 'nen roten Libanesen dabeihatten, 'nen schwarzen

71/7 (Samstag) – Dienstag

72/29 (beim) – bei

80/17 (beim) – bei

93/34 (heerst') – heast'

98/20 (verfallen) – versinken

103/19 (studiere) – studierte

104/1 (versuche) – versucht

110/9 f. (wurde) – worden

114/8   (beim) – bei
115/7 f. (freute sich heute nicht mal er) – kicherte er heute nicht mal
138/21   (fiele) – falle
146/25   (Chérie) – Chéri
146/33   (Chérie) – Chéri
147/5   (Chérie) – Chéri
158/12   (seien) – wären
166/30   (selbst der) – selbst
192/11   (ein, zwei) – ein zwei
192/13   (ein, zwei) – ein zwei
197/1   (dann –) – dann-
214/20   (Chérie) – Chéri
219/21   (reagieren, auf) – reagieren auf
221/18   (Schattsch– [= Gedankenstrich]) – Schattschn- [= Trennungs-
         strich]
228/33   (ginge) – gehe
229/9   (gäbe's) – gebe's
238/32   (Ignorieren) – ignorieren
243/10   (sähe) – sehe
243/35   (sähe) – sehe
246/8   (wert:) – wert
263/8   (PATCH) – PATH
273/2   (hatte, als drei Campari-Orange lang Konversation zu betreiben.)
         – hatte als drei Campari-Orange.
274/14   (kleiner süßer Angsthase) – kleines süßes Arschloch
276/12   (dieser blöden Kuh) – dieser-blöden-Kuh
277/5   (dieser blöden Kuh) – dieser-blöden-Kuh
279/8   (Platze;) – Platze,
279/29   (ginge) – gehe
281/27   (Warum nicht! Warum nicht!) – Warum-nicht! Warum-nicht!
282/14   (Warum nicht!) – Warum-nicht!
286/18   (trüge) – trage
286/26   (käme) – komme
291/35   (Schokolade, Blau) – Schokolade; Blau
294/2   (fände) – finde
300/30   (sähe) – sehe

316/26	(hieße) – heiße
317/21	(gäb's) – geb's
317/23	(gäb's) – geb's
341/14	(eine defekte Lichtmaschine, derentwegen) – einen defekten Anlasser, dessentwegen
345/29	(Würschtla) – Würschtle
382/1(1956)	(Samstagskind) – Sonntagskind
382/39(1994)	(Bekanntschaft mit Marietta Beinhofer) – 22. April: Bekanntschaft mit der Stripteasetänzerin Maria (Mascha) Alexandrowna Petrowa
382/40 f.	[Beinhofers *sämtliche* Angaben ab dem Jahre 1995 müssen nach Zusammenstellung von Teil IV des »Weiberromans« als bewußte Fälschung verstanden und entsprechend korrigiert werden.]
385/20	(eignen) – eigenen [dazu Herr Dr. Bezold: »Ich elidiere nicht.«]
389/32	(Mitte '96) – Ende '95
391/22	(1. FC) – FC
393/39	(zum) – zu
394/20	(den) – das
395/11	(beim) – bei
395/15	(Vicco) – Vico
401/8	(dritter) – Dritter
402/11	(Norddeutschland) – Lengerich
404/13	(unterschlägt hier) – unterschlägt
404/20	(von der RAF ermordet) – ermordet
406/43	(87 Min.) – 87. Min.
414/19	(Stuttgarter Biersorten) – Biersorten in Stuttgart
419/14 f.	(frambose-bier in de flamse geschidenis en schilderij) – frambozenbier in de Vlaamse geschiedenis en schilderkunst

3. Texte und Zeugnisse

Unsere Auswahl an beigegebenen Texten und Zeugnissen ist bewußt knapp gehalten, um zukünftigen Materialienbänden nicht auf unsystematische Weise zuvorzukommen. Sie beschränkt sich auf das unabdingbar Nötigste – ein *Rezept*, ein *Mandarinen-Fragment*, ein *Horoskop*, einen *symptomatischen Brief* und eine *teilentschwärzte Seite*.

Huhn mit Pfefferminzsoße

Weil der Genuß von Pfefferminzhennen für Schattschneider keine geringe Rolle zu spielen scheint (vgl. bes. Anm. 259), geben wir hier – mit freundlicher Genehmigung der Verfasserin – zunächst Frau Gschnitzers Originalrezept wieder (auf unsere Frage, wann denn dabei die Pfefferminzsoße ins Spiel komme, antwortete sie pikiert »Natürlich erst am Schluß«), dann die Version von Frau Prof. Beinhofer. Letztere ist textident mit einem handschriftlichen Brief des Herrn Dr. Bezold vom 26.6.1996: »Verehrteste! Hier das Huhn, um das Sie mich gestern baten …«.

Huhn in kalter Pfefferminzsoße (TuZ/S[156])

Nimm das Huhn vom Hals her aus. Verarbeite Pfeffer, Liebstöckel, Ingwer, Hackfleisch, gekochte Graupen und gekochtes Hirn mit rohen Eiern zu einer einheitlichen Masse, gib noch Salz, etwas Öl, ganzen Pfeffer und reichlich Nüsse dazu und fülle damit das Huhn, so daß noch etwas Raum frei bleibt, dann koche es.

Huhn in lauwarmer Pfefferminzsoße (TuZ/S[157])

Aus einem Suppenhuhn koche man 2 l Hühnerbrühe.

In die Brühe lege man eine küchenfertig vorbereitete Poularde, bringe die Brühe zum Kochen, schöpfe den Schaum ab und lasse die Poularde auf kleinem Feuer eine knappe Stunde ziehen.

In der Zwischenzeit schäle man 4 Knoblauchzehen und dünste sie etwa eine halbe Stunde in 2 EL Butter weich.

Wenn das Huhn gar ist, 1/2 l Hühnerbrühe zu den Knoblauchzehen geben und aufkochen lassen, dann durch ein Sieb streichen.

Eine mehlige gekochte Kartoffel pürieren und davon so viel mit dem Schneebesen in die kochende Brühe schlagen, wie nötig, um sie zu binden.

Die Sauce mit Salz, frisch gemahlenem Pfeffer, Zitronensaft, etwas Chilipulver und einem halben TL Zimt abschmecken (wobei die alte Frage, ob man frisch gemahlenen Pfeffer und Chilipulver kombinieren darf, hier dahingestellt bleiben möge).

Die Poularde häuten, tranchieren und auf einer vorgewärmten Platte mit Sauce überziehen.

Statt des Zimts kann auch Minze verwendet werden, besser noch Pfefferminzöl. Die übrigen Zutaten bleiben unverändert. Mit Pfefferminzöl heißt das Gericht »Minzhuhn Nausea«.

Das Mandarinen-Fragment G4[662]

Ohne Zweifel wird hier Frau Prof. Beinhofer geschildert, und zwar auf treffliche Weise, so daß wir den Text – für den wir ansonsten keinen Ort im Lauf der Erzählung finden konnten – wenigstens im Anhang beigeben möchten.

Eine empörende Art & Weise

, die Mandarine zu essen:

1. überfallartig mit Zeige-, Mittel- und Ringfinger (statt ausschließlich mit dem Zeigefinger) aus ihrer Schale herausrupfend!
2. keine einzige der kleinen weißen Innenschalenverästelungen entfernend!
3. mehrere Stückchen auf einmal in den Mund führend!
4. andrerseits ein paar derselben einfach liegenlassend, als ob sie sich von alleine aufessen könnten!

Geburtshoroskop von Gregor Schattschneider

Angefertigt im 78er-Jahr von Frau Mag. Charlotte Heitzenreuther, damalige Wagesreiter; anläßlich ihres Gastreferats im Salon vom 21.11.1996 dem Herausgeber unter einigem Gelächter übergeben. Als Geburtsort ist fälschlicherweise Lengerich statt Ibbenbüren eingesetzt (was jedoch keinerlei verfälschende Auswirkungen hat), als Geburtszeit – die Standardvorgabe, sofern eine tatsächliche Geburtszeit nicht bekannt ist – 12 Uhr mittags.

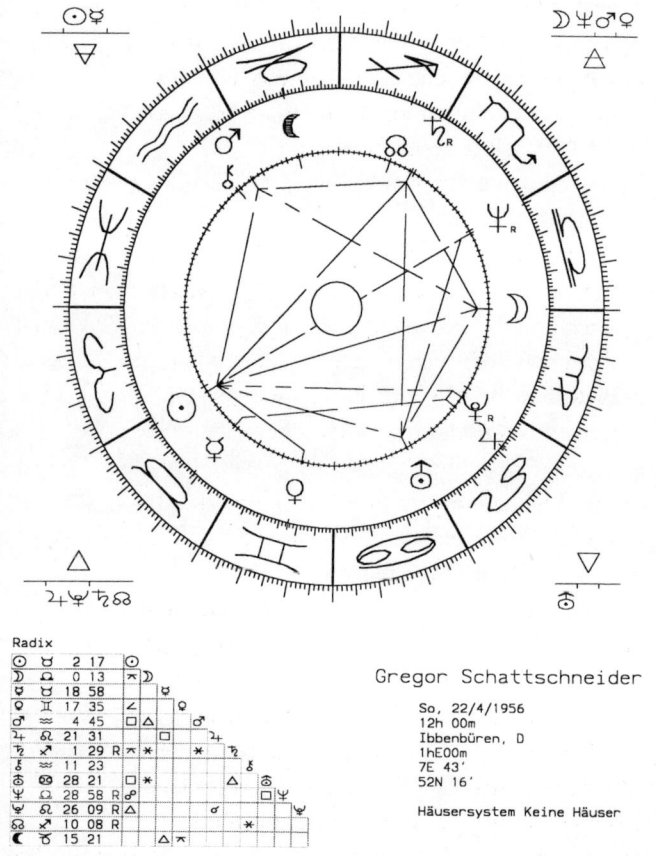

Radix

Gregor Schattschneider

So, 22/4/1956
12h 00m
Ibbenbüren, D
1hE00m
7E 43'
52N 16'

Häusersystem Keine Häuser

Darunter ein handschriftlicher Zusatz der damaligen Wagesreiter Lotti:
»Na also: Unbeständigkeit, Verführbarkeit, Vielweiberei, häufige Ortswechsel, Angst, sich festzulegen. Und das Ganze als realidealistischer Restromantiker – das kann ja nichts werden!«

340

Brief eines Lesers an Gregor Schattschneider, L[227]

Aus der Fülle an Briefen, in denen sich Leser von Schattschneiders Autobiographie über fehlerhafte Details o. ä. beschweren, haben wir den folgenden, datiert vom 27.5.1998, aufgrund seines moderateren Tonfalls ausgewählt. Laut Auskunft des verantwortlichen Lektors, Herrn Dr. Siblewski, hat Schattschneider bislang noch keinen einzigen derartigen Brief entgegennehmen, geschweige lesen, geschweige beantworten wollen.

Sehr geehrter Herr Schattschneider!

Ich bin in Tecklenburg aufgewachsen, gegen das Sie als Lengericher ja einigermaßen Aversionen angesammelt haben, und inzwischen dort Deutschlehrer am Graf-Adolf-Gymnasium (das ich in den 70ern auch selbst besucht habe).

Als Klassenkamerad von Kristina Kipp-Oeljeklaus habe ich Ihren sogenannten »Weiberroman« mit besonderem Interesse gelesen, wenigstens dessen ersten Teil, und fühlte mich dabei lebhaft an meine eigene Jugendzeit erinnert. Natürlich hatte auch ich mich in Kristina, ich gestehe es freimütig, ein wenig verguckt – wie im übrigen die Mehrzahl der männlichen Mitglieder unserer Klasse, unserer Parallelklasse, der beiden Klassen über uns, des Sportvereins, des Schützenvereins und der freiwilligen Feuerwehr. Es ist heute kaum mehr vorstellbar, wie ihr alle, aber auch alle männlichen Wesen des Altkreises Tecklenburg nachliefen, sogar die Hengste auf der Weide und die Eber auf der Apfelwiese wandten ihre Köpfe, wenn sie vorbeikam. Kaum vorstellbar, daß sie trotz ihrer vielfältigen Talente – sie war immer eine der besten Schülerinnen unserer Klasse – ihr Studium nicht abgeschlossen und einen Metzger aus Kattenvenne geheiratet hat, wo man sie heute hinter der Theke ihrer Fleischerei bewundern, wenn nicht bedauern kann. Auf unserer »Twenty Years Later«-Abiturfeier habe ich sie wiedergesehen und war schockiert, daß aller Reiz dahin war, der damals von ihr ausging. Tempora mutantur et nos mutamur in illis!

Dies alles nur, damit Sie verstehen, warum ich Ihnen schreibe. Als Kassenwart des Kreisheimathauses hatte ich stets ein argwöhnisches Auge auf Kristinas wechselnde Begleiter geworfen, mit denen sie zu unseren Filmabenden kam. Leider sind Ihnen bei der Schilderung jener Abende zwei Fehler unterlaufen: Es liefen dort nämlich *sehr wohl* Filme wie »Stille Tage in Clichy«, ja, sogar an »Die Geschichte der O« kann ich mich erinnern! Und: Sie liefen nicht *samstags*, wie Sie schreiben, sondern *dienstags*.

Auch das Karnevalsfest, wie Sie es ab S. 51 schildern – daß Kristinas Kopf plötzlich unter einem ortsfremden Hut steckte (einen »Vögler« kannten wir Tecklenburger damals natürlich nicht), war noch wochenlang Stadtgespräch –, fand *nicht* in der Aula des Graf-Adolf-Gymnasiums statt, sondern in der Bismarckhalle. Ausrichter dieses – für Westfalen ja sehr ungewöhnlichen Festes – war übrigens der Turnverein, als dessen 2. Vorsitzender zu jener Zeit ein aus dem Rheinland stammender Lieferant von Wurst-ohne-Senf fungierte.

Und schließlich noch eine Bemerkung, die sich wohl eher an Ihren Herausgeber, Herrn Prof. Dr. Beinhofer, richtet, als an Sie. Denn der auf S. 37 dokumentierte Ausdruck »Man gönnt sich ja sonst nichts« ist einer Werbekampagne von Tchibo aus den frühen 80ern angelehnt; beim Ordnen der Fragmente scheint er versehentlich aus der Mappe G3 (Ihrem dritten Kapitel) in Mappe G1 (ins erste Kapitel) hineingerutscht zu sein.

In der Hoffnung, daß meine Hinweise bei einer zukünftigen Auflage Berücksichtigung finden und daß Sie auch an meinen Mängellisten zu »Tania« und »Katarina«, die ich während der nächsten Monate zusammenstelle, Interesse bezeigen,

mit vorzüglicher Hochachtung!   Ihr Bernhard Harlammert

Die schwarze Seite E[133] bzw. G[614]

Schon Eckart Beinhofer hat seinem Anhang des »Weiberromans« eine komplett eingeschwärzte Seite beigegeben, das heißt, hat sie eben nicht beigegeben, aus gutem Grund, und lediglich deren banale Notizen von der Rückseite aufgeführt. Als mittlerweile renommierter Entschwärzer hat sich D. Killy jener Seite natürlich mit besonderem Ehrgeiz angenommen. Zwar geht er in seiner Bewertung des Schattschneiderschen Schwarz als »polymorph pervers« etwas weit (1997, S. 349), mit seiner Interpretation der Schwärzung als höchster Bearbeitungs- und Verdichtungsstufe *eines fortlaufend sich überlagernden Textes* (dessen Endergebnis nur in entsprechend umgekehrter Reihenfolge und mit der Vorsicht eines Archäologen, Schicht für Schicht, wieder abgetragen werden könne) hat er jedoch eine erste überzeugende Antwort auf die zentrale Frage der Schattschneider-Forschung gefunden. Einer Entschwärzung auch der tieferliegenden Schichten von G[614] blicken wir gespannt entgegen.

wunderbar!« Grüngraublau roch die ganze Welt und kein einziger Hirsch schaute ihnen dabei ch über ihr Gesicht, das unterm Mondlicht in all seinen Unebenheiten changierte

gen. »He, Gregor, ich glaub's nicht!«

Fertig!«

…«

Während sie in s Armen schlief, zusammengerollt wie ein ei Kind, konnte er sich des Gedankens nicht länger : daß er immer v den Frauen Angst gehabt, aber anscheinend erst vierzig werden mußte, um zu beg aß es genau diese Angst war, ohne die ihm alles andere an ihnen so rschienen war – genau diese Furcht, dem ganz Anderen unterl n zu sein, mit überzulaufen. Und nun, wo er die Frau lich gefunden, die diese Angst auf geradezu ideale Weise in ihm zu entfachen gewußt, hatte er keine Angst meh ondern: hatte er La

War es das, das Glück? Oder

ch lieber ein leihbaby

343

4. Anmerkungen zu Marietta

1 Im Original eigentlich: »[…] ›wie es gehört, du Stoffel‹ […] ›Kein Grund zur Panik, Grischa, hört die Pubertät bei euch Männern ja nicht mal mit vierzig auf.‹« – Frau Maria Alexandrowna Petrowa sprach, obwohl sie lt. Fragment G4[5] im Frühjahr 1996 erst seit drei? vier? fünf? Jahren in München war, nahezu perfekt deutsch; gelegentliche Umstellungen des Satzbaus, wie sie Schattschneiders Text nachzubilden versucht, sind für deutschsprechende Russen wohl nicht untypisch. Freilich müssen wir darauf bestehen, daß sie bei Frau Maria Alexandrowna Petrowa weit seltener vorkamen, als es Schattschneiders Niederschriften suggerieren.

Im Interesse einer leserfreundlichen Gestaltung des Manuskriptes haben wir uns bemüht, die meisten jener »Russifizierungsversuche« stillschweigend zu tilgen; gelegentliche Einsprengsel an russischen Vokabeln wurden nur dort, wo unbedingt nötig, ins Deutsche übersetzt.

2 Seitdem sich Schattschneider – als dessen Computer-Hiwi – mit Prof. Beinhofer verkracht hatte, weil er es nicht einsah, auf sämtlichen »Fischkisten« des Germanistischen Instituts »so was Windiges wie Windows« zu installieren, war diese Freundschaft beendet; wenig später legte er sich übrigens einen Mac zu, einen durch seine blaue Hülle hindurchschimmernden iMac, und weil auch die Maus von innen leuchtete, statt nur grau und schäbig auf ihrem Mauspad herumzuliegen, war die Computerwelt seither für ihn wieder in Ordnung.

3 Der geneigte Leser wird hoffentlich bemerkt haben, daß es sich hier um eine von Schattschneiders Unterstellungen handelt: Derlei konnten wir allein schon deshalb nie gesagt haben, weil wir einen »Gasthof zur Nonne« gar nicht kannten, geschweige aufsuchten.

4 *Verpiß dich*: 1996er-Hit von *TicTacToe*. Nicht bestätigten, gleichwohl hartnäckigen Gerüchten zufolge erhängte sich der Ex-Mann einer der drei Sängerinnen, nachdem er das Lied zum ersten Mal vernommen hatte.

5 S. Anm. 3! Überdies wird man uns Busenfixiertheit als allerletztes andichten können, wir bevorzugen den Blick auf ein Augustiner-Weißbierglas.

6 Es soll Menschen geben, denen der Sommerhit des Jahres 1996 (von *Los Del Rio*) erspart geblieben ist. Ersatzweise mögen sie sich ein Wiesn-Festzelt vorstellen, wenn die Kapelle zum Ententanz aufspielt. Oder zum *Mambo No. 5*.

7 Damit hier keinerlei falsche Vorstellungen entstehen: Max telephonierte um diese Uhrzeit nicht etwa mit New York, um die neuesten Schlußstände des Dow Jones zu erfahren, sondern mit irgendeinem seiner Zockerclub-Kumpel, dessen Verwaltung des gemeinsamen Depots wohl nicht seinen Vorstellungen entsprach.

8 Wenn Bären leuchten ... heißen sie zum Beispiel Himbär (rot), Blaubär (blau), Goldbär (gelb) und sind in Wirklichkeit Designerlampen von Flöt-otto: ab 157,– DM.

9 Nicht zu verwechseln mit *(I Love) Rock 'N' Roll*, das Schattschneider als *Part I* wie als *Part II* wohl gerade noch hätte durchgehen lassen. Ob *Gary Glitters* Originalhit gegenüber *Guildo Horns* (des »Meisters«) Coverversion aber tatsächlich eine Alternative war, mag dahingestellt bleiben. Mascha jedenfalls fand ihn »knuddelig«: »Hat er doch eine super leckere Ausstrah-lung.«

10 Amerikanisches Photomodell, Aerobic-Priesterin auf zahlreichen Videos, gilt zusammen mit Claudia Schiffer und Naomi Campbell als Erfinderin des weltweit operierenden Supermodels.

11 Auf deutsch: »Grischa, du Knaller ... Bei dir brummt's wohl grad mal wie-der.«

12 Hierher wahrscheinlich das kryptische Fragment TuZ/A[188] (zur Ein-teilung der Schattschneiderschen Hinterlassenschaften in chronologisch bzw. thematisch ausgerichtete Mappen und zu deren Nomenklatur s. »Weiberroman«, S. 377 f.):
»Der Kuschelquotient
und sein reziprokes Verhältnis zur Attraktion des Fremden; das Bedürfnis nach Nähe, Klein-Sein als Stimulans des Asexualtriebs.«

13 Hierher vielleicht Fragment G4[659]:
»Natürlich hätte's direkt daneben
viel besseres Bier gegeben, aber in die ›Gaststätte Leopold‹ gingen bloß Touristen, weil da früher, sehr viel früher irgendwelche berühmten und halbberühmten Schriftsteller gesoffen hatten.

Die Freude an den offerierten Getränken war's folglich nicht, die Gre-gor so oft hierher trieb, denn Maisel Weisse konnte ihm, der im Grunde jedes andre Weißbier (mit Ausnahme von Löwenbräu) bevorzugte, be-stenfalls ein mittleres Wohlgefallen erzeugen. Aber ein Spaten Hell oder gar Warsteiner Pils war selbstverständlich keine Alternative, und von all den zusammengekleckerten ›Tomb Raiders‹ oder ›Champagner Starships‹ und den vielfarbigen ›NRGdrinks‹, die man sich hier gab, hielt Gregor so-wieso nichts.«

14 Nannte sich vor Urzeiten »Big Apple«, dann »Shugar Shack«, »Crash«, »Wunderbar« ... Nennt sich zur Zeit der Drucklegung »Mirage«.

15 »Biss« heißt die Zeitung, die seit einigen Jahren von Münchner Obdach-losen gemacht und vertrieben wird. Man beachte Schattschneiders poli-tisch unkorrekte Ausdrucksweise, die leider symptomatisch für ihn ist.

16 Sehr unglaubwürdig. In den meisten Läden erhalten Blondinen doch sogar ein Begrüßungsgeld?

17 Herr Karl-Ludwig Zacherl, »da Zacherl Kare vom Zacherlhof«, als der er in seiner, gelinde gesagt, umtriebigen Jugend wohl weit über Schneizlreuth

hinaus bekannt gewesen sein muß, wirkte in seinen Zwanzigern und Drei-
ßigern hauptsächlich als Skilehrer.

18 Löwenbräu – mit Fischschleimbeigabe als Schaumverstärker – ist allem
Anschein nach ein allseits gefürchtetes Münchner Bier.

19 Das Original-Rüscherl kam als ein schlichtes Asbach-Cola daher, auf
Eis oder auch nicht. Späterhin, so ist aus berufenem Munde zu erfahren,
entwickelte sich daraus das »braune« (Bacardi-Cola) und das »weiße Rüscherl« (Wodka-Lemon); insbesondere letzteres erfreute sich zu Redak-
tionsschluß (Sept. '99), vergleichbar vielleicht nur dem sagenhaften Auf-
stieg des »Bier-Towers« (51 in der Plexiglassäule), bei der bekennenden
Nichtschickeria immer stärkerer Beliebtheit. – In der »Schwabinger Sieben« wird, nach allem, was wir von ihr vernommen haben, sicherlich auch
heute noch das originale Asbach-Rüscherl ausgeschenkt.

20 Die Gewerkschaftsforderung nach einer 35-Stunden-Woche (»bei vollem
Lohnausgleich«) resultiert noch aus den goldnen Jahren der alten Bundes-
republik.

21 Hedges: *Eigentlich* hieß sie wohl Huling oder Hosang oder wie auch
immer; weil sie jedoch kein Wort Deutsch verstand, geschweige sprach,
war ihr zu sämtlichen Verballhornungen, die ihr ein übellauniger Vormit-
tagsgregor einst hatte angedeihen lassen, bloß ein Lächeln eingefallen, ein
Nicken: woraufhin sogar Benzon bald angefangen hatte, von seiner Mutter als »Hääschis« zu sprechen und die Sache entschieden war.

22 Im Umkreis jenes Fragments auch G4[670]:
»Als Benzon zum ersten Mal mit ihr auftauchte
, einem hüfthohen Hutzelweiblein, das Gregor wortlos, entschuldigungs-
los entgegenstrahlte: hätte sie Gregor fast wie einen Besuch hereinbitten
und ihr Kaffee, zumindest einen Ehrensitzplatz anbieten wollen; aber
nein! in den Ohrensessel wollte sie nicht. Zusammen mit ihrem Sohn
durchtobte sie die Wohnung, die anschließend an Stellen glänzte, wo Gregor gar keinen Glanz für möglich gehalten; und als sie abschließend, nachdem sie drei Stunden lang ihren Sohn gescheucht, mit einem einzigen
kurzen Wegschlenkern des angerollten Teppichendes, dessen Fransen aus-
richtete und damit das Dienstagsprogramm beendete: war's nicht etwa
bloß ein seltsames Gastspiel gewesen, ein Putzfrauenspuk, sondern der
Beginn einer wunderbaren [Ende des Fragments]«.

23 Schattschneiders erste, selbstverständlich unglückliche Liebe. Trug eine
Zahnspange und Mustang-Jeans, vgl. »Weiberroman«, S. 7 ff.

24 Der Laden, eine der letzten Bastionen des traditionellen Haarschneidehandwerks ohne Ambitionen in puncto Applikation künstlicher Fußnägel
oder eines Permanent-Make-ups, hieß und heißt eigentlich »Schnitt
Punkt«; an alleinerziehende Mütter will man sich dort nicht erinnern.

25 Vgl. dazu das Fragment G4[741]:
»[...] das tägliche Hintergrundsflirren aus Jugoslawien: Wer weiß, wer da

wieder gegen wen kämpfte – die Serben gegen die Kroaten, die Kroaten gegen die Bosnier, die Bosnier gegen die Serben, die Serben gegen die Kosovo-Albaner, die Kosovo-Albaner gegen die Mazedonier, die Mazedonier gegen die Serben, die Serben gegen den Rest der Welt.«

Während der 90er Jahre lösten sich die ehemaligen jugoslawischen Teilrepubliken Slowenien, Kroatien, Bosnien, Mazedonien und, ansatzweise, das Kosovo – oft nach jahrelangen Kämpfen und im Falle des Kosovo erst nach wochenlangem Bombardement durch die Nato – vom serbischen Restjugoslawien. Auch in vielen ehemals sowjetischen (bzw. russischen) Teilrepubliken herrschte in diesem Jahrzehnt langwieriger Bürgerkrieg, von Afghanistan ganz zu schweigen.

26 Zu diesem Zeitpunkt nicht glaubwürdig: Am 30.6.'96 gewann die deutsche Nationalmannschaft erst noch einmal den EM-Titel (s. S. 115); trotzdem verabschiedete sie sich, da hat Schattschneider recht, im Laufe der 90er mit einer nicht enden wollenden Serie peinlicher Auftritte ins Mittelmaß.

Aber auch der österreichische Fußball mußte in jenen Jahren einige sehr bittere Niederlagen hinnehmen.

27 Gemeint sein kann eigentlich nur Gianni Versace – aber der lebte noch bis zum 15.7.1997.

28 Freigelassen wurde Jan Philipp Reemtsma allerdings erst zwei Tage später, am 26.4.1996. – Schattschneiders Fahrlässigkeit im Umgang mit historischem Material dürfte aus früheren Teilen seiner Autobiographie hinlänglich bekannt sein; entschuldigt werden kann sie deshalb freilich nicht.

29 Auf deutsch: »Du hast se wohl nicht mehr alle!«

30 Im Original eigentlich:
»*Die Flasche mit dem alten Glenmorangie*
, die ihm Willi zum Abschied aus Stuttgart aufgedrängt hatte (›und immer ohne Eis, denk dran‹), war zwar seit fünf Jahren vergessen, nun aber, da Gregor sein Arbeitszimmer erneut betrat, blinkte sie ihm wie ein Cursorzeichen aus dem Regal entgegen.«

31 Die »Space Night« lief – vergleichbar den ungeschnittenen Kamerafahrten über unendliche Eisenbahngleise, die das Hessische Fernsehen (HR) nach Programmschluß unternahm – allnächtlich im Bayerischen Fernsehen (BR); und weil die Zeitlupenbilder der diversen Mond- und Marslandschaften ausschließlich mit Oldies unterlegt waren, galt die Sendung als Kult.

32 Der Laden, eine der letzten Bastionen des traditionellen Haarschneidehandwerks ohne Sektanwandlungen und dreieckige Spiegel, hieß und heißt eigentlich »Ali Barber«; an einen Schattschneider kann man sich dort nicht erinnern.

33 Hier die von Hand nachträglich eingeschobene Paranthese:
»– es konnte sich auf verschiedne Weise bemerkbar machen: mit der Klei-

nen Nachtmusik, der Titelmelodie von ›Bonanza‹ und mit *Smoke On The Water*, nur Klingeln konnte es nicht –«.

34 Die hier ursprünglich eingeplante Liste »Marietta in 38 Punkten«, die Schattschneider womöglich an ebenjenem 25.4.'96 (während er auf Max wartete) angefertigt und dann, vielfach ergänzt, gestrichen und mit korrigierenden Randbemerkungen versehen, zu seinen Weiberroman-Entwürfen dazugegeben hat – eine Liste an Fehlurteilen, die mehr über ihren Verfasser aussagt als über Frau Prof. Beinhofer – ist für einen unbefangenen Leser bloß irreführend und also stark gekürzt; vollständig findet sie sich im Verlagsarchiv, TuZ/TaLi[38].

35 Die Rolle des Gastredners hatte an jenem Abend der Kollege Dr. phil. Dr. rer. pol. habil. Kachel-Mann vom Soziologischen Institut übernommen; er referierte über die Frage »Sind Tiefdruckgebiete weiblich? Die politisch korrekte Benennung der Großwetterlage« (erschienen als Hasenpuscher Sonderdruck Nr. 26. Hg. von Leopold Wegensteiner. Feldafing 1996).

36 Mit diesem Werbeslogan bewarb die Firma (die sich bereits mit ihrem Namen einen Hauch von französischer Haute Couture verleihen wollte) ihre Produkte; für die Tochter einer Vera Rossi, geb. Hasenpusch, der Erbin des gleichnamigen Wuppertaler Schraubenimperiums, war ein Anzug von René Lezard natürlich indiskutable Billigware. Vgl. S. 24.

37 Es handelt(e) sich um den etwa 45 cm hohen Gipsabguß einer allegorischen Figur, deren Original sich am Sockel eines Reiterstandbildes zu Livorno befindet: So jedenfalls Prof. Beinhofer, der sie schon vor Beginn seiner Beziehung zu Marietta antiquarisch erworben und ihr – zusammen mit einem Heiratsantrag – überreicht hatte, als ihre Schwangerschaft festgestellt worden war.

38 Allem Anschein nach Dr. Benedikt Gaisberger, der Leiter des Münchner Literaturhauses.

39 Herr Dr. Raimund Bezold hat diesen Satz, der ihm von Schattschneider dreist in den Mund gelegt wird, mehrfach dementiert; zu Anschauungszwecken hat er gegenüber dem Herausgeber mehrere Grass-, Böll- und Christa Wolf-Bände beibringen können, die ohne Zweifel in seinem Besitz und sogar mit Bleistiftanstreichungen versehen waren. Allenfalls will er gesagt haben, seine Bibliothek sei »Schattschneider-frei«.

40 Nein, das war nicht Herr Dr. Bezold, sondern Jörg Lau von der ZEIT, der aufgrund eines Münchner Kritikerseminars, das er in jener Woche leitete, an besagtem Salonabend ausnahmsweise teilnahm.

41 Die Lust an der Selbstentkleidung entwickelte Herr Dr. Bezold freilich erst, nachdem er in der Ferienakademie Perugia mit großem Ernst einen Einführungskurs »Kreative Psychoanalyse« besucht hatte, weil der »Workshop Kartoffelgratin« hoffnungslos überbelegt war.

42 Wie unsere Bedienerin, Frau Moratti, einmal in der Waschmaschine Most machte: Mit Vorliebe nahm sie dazu frische Kirschen, entkernte sie mit

einer Haarnadel und gab sie in einen alten Bettüberzug; nach dem Ausschleudern des Saftes in der Waschmaschine tat sie ein Geheimferment dazu, ließ das Ganze einen Monat gären und fertig war der Most. Einmal aber, mag sein, die Maschine war durch die anhaltend zweckentfremdende Benutzung schon leicht verstimmt, mag sein, daß sich eine leichte Unwucht beim Zentrifugieren bemerkbar machen wollte –, einmal taumelte die Waschmaschine plötzlich durchs Badezimmer, stürzte und … danach mußte renoviert werden.

43 Eher: vermutet, höchst vermutet zu treffen – schließlich bekleideten wir bereits seit zwei Jahren die Stelle eines Akademischen Oberrats am Lehrstuhl Beinhofer, und selbst ein Schattschneider mußte davon etwas mitbekommen haben.

44 Dies wie auch das Folgende, versteht sich, die reinste Schattschneider-Erfindung und keines Kommentars würdig.

45 Wie sich unsre Waschmaschine einmal an sieben Socken überfressen hatte: Als die Außenhaut unsrer Waschmaschine platzte – mit der Mostzubereitung hatte sie nicht das Geringste zu tun, auch Frau Moratti war mittlerweile gegen eine Frau Kulhanek ausgewechselt worden –, kamen sieben einzelne Socken heraus, die sie in den letzten Jahren gefressen hatte, perfiderweise lauter Einzelstücke, kein einziges Paar: Das war alles.

46 Eine derartige Redeweise ist uns fremd. Wir sagten allenfalls: »in summa drei Fratzn anghängt«.

47 Gemeint war natürlich Christo: Nachdem sich der deutsche Bundestag in einer reichlich kontrovers geführten Debatte *dafür* ausgesprochen hatte, durfte er den Reichstag tatsächlich komplett verpacken – immerhin hatte er sich seit den 70ern darum bemüht. Zur Tat schritt er allerdings im Juni *1995*. – Vgl. auch »Weiberroman«, S. 115.

48 Mitnichten, Herr Dr. Bezold sagte an dieser Stelle des Abends nämlich ausnahmsweise gar nichts, weil er sich um ein zweites Glas Wein bemühte.

49 Er sagte vielmehr: »Wenn's denn sein soll. Mehr als drei Wochen wird dieser Schmidt [sic!] freilich auch nicht von ihr kriegen.«

50 Der Neue Markt – der Handel mit Papieren kleinerer Unternehmen sogenannter Wachstumsbranchen – ist eine Erfindung der Frankfurter Börse: mit dem alleinigen Zweck, risikofreudige Kleinzocker mit blaugraugrünen Wundern zu versorgen. Nur was für Wettgemeinschaften!

51 An dieser Stelle unpassenderweise noch die folgenden Zeilen:
»Gregor: Aber er sei doch mit irgendeiner Lara Croft liiert?
Max: Das sei ›'ne rein ornithologische Beziehung‹, habe nichts damit zu tun, gar nichts.«

52 Ob Schattschneider in diesem Fragment tatsächlich »bloß irgendwelche Klappentexte« schreiben wollte oder auch schrieb, bleibt fraglich; abgesehen von G4[104], G4[233] – vgl. S. 78 f. bzw. 160 – und dem vom Verlag

349

für diese Edition verwandten Text (»»Kein Grund zur Panik […]‹ Mit diesem Satz gratuliert Mascha ihrem Fastfreund Gregor Schattschneider zu dessen vierzigstem Geburtstag […]«, G4[748]) lassen sich in seiner Ewigen Ablage (gemeint kann ja wohl nichts andres sein als die Zettelwirtschaft, aus der sein Weiberroman dereinst hätte hervorgehen sollen?) keinerlei Belegstellen beibringen.

53 Nur anfänglich hatten einige Kritiker gegen Schattschneiders Technik protestiert; als sie feststellen mußten, daß seine frei erfundenen Formulierungen sehr viel treffender und deshalb auch sehr viel häufiger in den Rezensionen *anderer* Kritiker aufgegriffen waren als ihre eigenen: verzichteten sie fortan auf Gegendarstellungen und versuchten statt dessen, Schattschneiders »Vorab-Zitate« in ihre Besprechungen einzubauen (bzw. wenigstens schon vor Veröffentlichung derselben an sie heranzukommen).

Daß es Gregor mit seinem eigenen Schummelbuch nicht besser hielt, belegen die von ihm zusammengetragenen »Zitate« (TuZ/TaLi[37]), die der Verlag ab der zweiten Auflage tatsächlich in Auswahl für die Rückseite des »Weiberromans« verwandte (s. dort!) – nicht ohne sie, Ironie des Verfahrens, dabei nach Ermessen umzuformulieren.

54 S. Anm. 33.

55 Sicher nicht, denn der Christopher Street Day findet jedes Jahr am 28. Juni statt. – Das Recht zu heiraten (und damit den heterosexuellen Paaren gleichgestellt zu sein) wurde freilich auch immer beim traditionellen »Hosen-runter-und-Schwarten-aufn-Tisch« in Schweinfurt gefordert, und das fand 1996 tatsächlich am 28. April statt.

56 Vgl. Anm. 8!

57 Ob Herr Ziebart tatsächlich eine derartige Schwuchtel war/ist – vgl. S. 76 u. a. – darf bezweifelt werden. Die gemeine Wald-und-Wiesen-Schwuchtel, bei aller Liebe, hat bekanntlich an Computern kein sonderliches Interesse; uns scheint, Schattschneiders Phantasie ist hier wieder mal mit ihm durchgegangen.

58 Eine unsrer Seminarteilnehmerinnen, Frau cand. mag. Lina Daxenberger, versicherte, daß es ein derartiges Stück tatsächlich gebe, und zwar von *Das Modul*; die Schlußstrophe sang sie uns in der Sprechstunde vor:
    »Kleine Maus, ich geh zur Ruh, / Mache alle Fenster zu. / Dann bis bald, du kleine Maus, / ich schalt' jetzt den Computer aus.«

59 Eventuell an dieser Stelle auch die Fragmentreihe G4[671] bis G4[673], immerhin deuten einige wörtliche Überschneidungen darauf hin, daß ihr dieselbe dramaturgische Funktion zugedacht war:
    »So einfach mit den Schweißschwaden im Treppenhaus
    war's nicht: Es gab negative, neutrale und positive. Der Schweiß des Herrn Hundsnurscher, insonderheit, wenn er das Edelstoff-Tragerl vom ›Flaschen-Spezi‹ bis hierher transportiert hatte, der war zwar beträchtlich – aber war er deshalb schon negativ wie der vom Horsti? Positiv allerdings

wie der von Frau Yorn war er natürlich auch nicht, dazu roch er zu sehr nach verknäulten Socken unterm Bett, nach leergerülpsten Bierflaschen, Weißwurstzipfeln, Zamperlfutter, Rasierwasser.

Der saure Schweiß
, der sich die Treppe runterzog, anfangs bloß als eine leise Ahnung, von Stockwerk zu Stockwerk freilich sich verdichtend zur Gewißheit, hätte Gregor also vorwarnen müssen – gleichzeitig nach Essiggurken, Sauerkraut, Heringssalat, verdorbner Milch und Magensaft roch hier im Hause nur einer, und der … war tatsächlich dann im Erdgeschoß zugange, vor den Briefkästen, wo er den Haufen mit den weggeworfenen Werbesendungen durchwühlte, wie's seine Art war: weil sich der ›eigentliche‹ Hausmeister darum nicht richtig kümmerte:

Ob auch Gregor seine Post
stets auf den Boden werfe? fing er gleich auf seine Horstiart an und baute sich so dicht vor Gregor auf, daß der seinen Kopf schief halten mußte:

Und den Müll? Ob *er*'s etwa sei, der seinen Restmüll in die Papiertonne werfe?

Oder sein Papier in die Restmülltonne?

Und warum er niemals nichts für die Biotonne habe?

Gregor, dem das bloße Dementieren keinen Weg am Horsti vorbei eröffnen würde, dazu nahm der die Hausmeisterei zu ernst, Gregor beschloß in seiner Zeitnot, einfach nicht mehr einzuatmen:

Ob der Horsti deshalb heut so gutgelaunt sei, weil er eigentlich ganz andre Sorgen habe?

Damit hatte der Horsti tatsächlich nicht gerechnet, prompt vergaß er sich und wurde vertraulich: In der Tat, die habe er – heut früh zum Beispiel, da habe er sich beim Rasieren geschnitten, *saumäßig* geschnitten!

Und als ihn Gregor, schließlich hatte er das Einatmen eingestellt, mit besorgten Blicken musterte:

›Oba gwiis ned im Gsicht!‹

Womit er seine große Horstihand – die mit der frisch eintätowierten Ferkelei – auf Gregors Schulter schlug, daß es dieser inwendig krachen hörte, viertel vor zehn, wahrscheinlich war ohnehin längst alles verpaßt.

Wenn's darum ginge, sämtliche Reklamesendungen mal in einen gewissen Briefkasten zu stopfen, entschuldigte sich Gregor, bereits an der Haustür: Er sei bereit.

›Larifari‹, brummte der Schlammerl Horsti und wühlte sich zurück ins Dunkel.«

60 Leicht übergewichtige Hauptdarstellerin des Films »Striptease« (Regie: Andrew Bergmann).

61 In Klammern hierzu eine uns rätselhafte, späteren Dechiffriergermanisten vorbehaltene Anmerkung von fremder Hand: »Jasmin, 29/7/98, Haus Werdenfels«.

62 Offensichtlich trivialisierter Adorno. Mit an Sicherheit grenzender Wahrscheinlichkeit hat Schattschneider das Zitat irgendwo aufgeschnappt und gleich für seine Zwecke zurechtgefälscht; eine eigene Lektüre, noch dazu von Adorno, lag ihm trotz oder wegen seines Berufes fern.

63 Seltsamerweise steht hier im Original der eingeklammerte Satz: »Allem Anschein nach gab's nur einen einzigen angenehmeren Zustand als den der Verliebtheit: den der Unverliebtheit.« – Wir haben ihn gegen ein Zitat (»Zitat«) von Frau Maria Alexandrowna Petrowa ersetzt, das wir auf einem kleinen Kalenderausriß vom 18.10.1996 (!) entdeckten (und andernorts nicht zuordnen konnten).

64 Der tatsächliche Wortlaut des Fluchs, den sich Schattschneider an dieser Stelle gönnt(e), konnte aus presserechtlichen Gründen nicht wiedergegeben werden; wir mußten ihn durch eine Wendung ersetzen, die wir selber liebgewonnen haben.

65 In der Tat vermehrten sich zu dieser Zeit Rucksäcke in Form von Tieren (deren Gliedmaßen die Gurte abzugeben hatten) in geradezu anstößiger Weise; eine unserer Studentinnen, die wir bis dato für intelligent gehalten hatten, Frau cand. mag. Lina Daxenberger, schleppt sich seitdem mit einem rosaroten Panther ab.

66 Was Schattschneider allerdings aus unverständlichen Gründen unterschlägt, ist der Abstieg des 1. FC Kaiserslautern, der mit diesem Spieltag (18.5.1996) besiegelt wurde.

67 Natürlich eine glatte Erfindung Schattschneiders. Prof. Beinhofer edierte zu diesem Zeitpunkt vielmehr Band VIII des Briefwechsels R. Gernhardt/ K. Bühler, dessen Apparat im übrigen meine Wenigkeit beizusteuern das Vergnügen hatte (inzw. erschienen bei de Gruyter, Texte und Monographien zur Bühler-Forschung, Berlin 1999).

68 Vgl. »Weiberroman«, S. 203 (und dazu, vor allem, Anmerkung 124)!

69 Das ist zumindest eine grobe Vereinfachung. Schmedt auf der Günne unterschlägt zum Beispiel die Betreuung der Magisterarbeiten sowie der Dissertationen, die Teilnahme an Institutssitzungen und regelmäßige Mitarbeit in der Kommission zur Einrichtung eines ständigen Bühler-Lehrstuhls an der LMU.

70 Zum Neuen Markt s. S. 58.

71 Gemeint ist sein Mitsubishi Colt, dessen hautfarbene Lackierung zu jenem merkwürdigen Spitznamen angeregt hatte.

72 Eher: halb Tiroler Gotik, halb Belvedere-Eklektizismus, asymmetrisch wie der Haarschnitt von Frau Prof. Beinhofer.

73 Wie die Bedienerin einmal unser aller Unterhosen bügelte: Einmal? Nein, jede Woche aufs neue, und zwar mit der stereotypen Begründung:

»Stöns Ihna vor, Sie hom an Unfall und ma kommt drauf, daß Ihnare Unterhosn net bügelt gwesn san!«

Im übrigen ordnete sie die gebügelte Wäsche dann nach Farben. Und damit keine Mißverständnisse aufkommen: Es handelte sich weder um Frau Moratti noch um Frau Kulhanek, sondern um Frau Valkiewicz (s. Anm. 42 u. 45).

74 Allem Anschein nach Dr. Benedikt Gaisberger, der Leiter des Münchner Literaturhauses.

75 Wahrscheinlich Henry Maske, der »Gentleman«, der bei all seinen Kämpfen stets in Sorge war, den Gegner k. o. zu schlagen. Erstaunlicherweise hielt er trotzdem ein paar Jahre lang den Weltmeistergürtel im Halbschwergewicht.

76 Das hatte natürlich seinen Grund – vgl. »Weiberroman«, S. 385! Herr Dr. Bezold war und ist bekanntlich Lektor des Verlages C. H. Beck.

77 Herr Dr. Bezold sagte vielmehr: »Sauber. Der saß.«

78 Offensichtlich der Leadsänger der *Crash Test Dummies*.

79 Schattschneider unterschlägt das grüne Auffunkeln der Augen sowie das schauerliche Gekreische, das besagte Kröte erhob, sofern man sie um Feuer bat; letzteres entfuhr im übrigen nicht ihrem Maul, sondern einem schlichten Loch zwischen den Augen, und »blau« war es natürlich auch nicht.

80 Der Laden, eine der letzten Bastionen des traditionellen Haarschneidehandwerks mit Isetta-gelben und DKW-blauen Plastikumhängen, hieß und heißt eigentlich »Gabi's Hairport«. An einen Ingo Ziebart kann man sich dort nicht erinnern.

81 »Cookies sind Spione und können ganz schön auf den Keks gehen: *Sie haben ein Cookie erhalten, möchten Sie es annehmen?* lautet eine Standardfrage, die meist einfach nur nervt. Es handelt sich nämlich keineswegs um einen Gruß vom *Cookie Monster* […], sondern um ein Werbebriefchen von schlauen Marktstrategen, die mit Cookies Informationen über den *User* sammeln […]« (Jürgen Abel: Cybersl@ng. Die Sprache des Internet von A bis Z. München 1999, S. 36).

82 Bei der Fußball-Europameisterschaft spielte Deutschland am 9.6. gegen Tschechien (2:0) und am 16.6. gegen Rußland (3:0); das Spiel gegen England, das erst nach Elfmeterschießen 6:5 gewonnen wurde – es war der englische Stürmer Gary Lineker, der das von Schattschneider zitierte Bonmot in die Welt setzte –, fand erst am 26.6. statt, zu einem Zeitpunkt also, da Frau Maria Alexandrowna Petrowa längst zurückgekehrt war.

83 Nämlich auf der IASL-Homepage (Interationales Archiv für Sozialgeschichte der deutschen Literatur) die Besprechung von Band VII der Beinhoferschen Briefausgabe R. Gernhardt/K. Bühler durch meine Wenigkeit:
http://iasl.uni-muenchen.de/rezensio/liste/liste.htm

84 Anstelle des Kommas steht hier im Manuskript ein Doppelpunkt, worauf
der folgende Passus eingeschaltet ist:
»–Haarausfall: hatte er zwar nicht, und auch das
 –Kleingedruckte: konnte er noch genausogut lesen wie je, aber
 –vergeßlich: ja, das war er in der Tat; und
 –einskommasieben Kilo mehr: wog er trotz allem.
 –Daß er ein Bier weniger vertrug (weil die Leber langsam schlapp machte): hatte er bislang mit seiner schwankenden Tagesform entschuldigt,
 –daß er nachts nicht mehr durchschlafen konnte: mit Frau Yorn, und
 –daß er entschlußlos, depressiv, ziellos, matt-einsam-unattraktiv-und-
ungeliebt war: mit Mascha, die ja sowieso schuld am allermeisten war;«
Schattschneider neigt in seinem vierten Weiber-Roman (sofern wir ihn
einmal so bezeichnen wollen) zu zahlreichen larmoyant-theoretisierenden
Einschüben; wir haben uns entschlossen, sie aus Gründen der Lesbarkeit
wo immer möglich zu eliminieren.

85 Ob es in München tatsächlich noch einen Tätowierer gibt, der – anstatt
mit der elektrischen »Gun« – nach japanischer Methode arbeitet, konnten
wir nicht verifizieren; wahrscheinlich hat Schattschneider aus erzähltech-
nischen Gründen (s. S. 283 f.!) der Wahrheit auf die Sprünge geholfen.

86 Gemeint war nicht etwa irgendein Formel 1-Rennen, sondern der Grand
Prix d'Eurovision de la Chanson (vgl. S. 101 f.). In den 90ern wohl das
Gegenstück zum Schumi-Kult.

87 In der Tat, diese Null-Botschaft des ausgehenden Jahrhunderts – wir
haben sie selber des öfteren lesen müssen – stand dort nicht einmal mehr
auf russisch: was ja vielleicht noch etwas gewesen wäre.

88 An dieser Stelle vielleicht das Fragment G4[699]:
»Jedenfalls bis sie die verhängnisvolle
Frage stellte: Warum Gregor denn seit Jahr & Tag ausschließlich Marzipaneis bestelle? Schließlich gebe's so viel, Zimt, Pfefferminz, Stracciatel-
la … da käme man doch gar nicht nach mit dem Ausprobieren?

Gregor: Er habe diese Sorte eben liebgewonnen, und er wolle sie nicht
enttäuschen, indem er plötzlich was andres nehme.

Mascha: Aber daß er vielleicht sie, Mascha, enttäusche, *weil* er nie was
andres nehme, das sei ihm wohl noch nicht in den Sinn gekommen?«

89 Hier der überflüssige Einschub:
»– vom plötzlichen Zusammenfallen des Postamts, des Rathauses, der Po-
lizeistation; vom Gemüseeinkochen (damit man im nächsten Winter nicht
verhungerte); vom beständigen Erzählen derselben Wintermärchen (wie
man die letzten Dorfeichen habe verfeuern müssen; wie man versucht
habe, die zugefrornen Wasserleitungen mit dem Lötkolben aufzutauen;
usw.): wahrscheinlich weil's selbst in der asiatischen Steppe so was wie
einen Frühling gab, wo man derlei kurz vergessen durfte –«.

Schattschneider neigt dazu, sich beim Erzählen dessen zu verzetteln, was er gar nicht erzählen möchte oder jedenfalls bräuchte, und kommt auf diese Weise kaum zum eigentlichen Erzählen: ein für seine Persönlichkeitsstruktur recht aufschlußreiches Verfahren der Prolongation des Beginnens – sehr zum Nachteil für die Passagen, die späterhin erzählt werden müßten, es aber nicht werden. Sage uns niemand, auch dahinter stecke eine (erzählerische) Absicht!

90 Eine Spezialität des »Venezia«: zwei Kugeln Schokolade, zwei Kugeln Vanille, heißer Amaretto, Sahne – und in der Sahne jede Menge Gummibären.

91 Münchenkompatible Investitionsobjekte von BMW, Porsche, Audi.

92 S. Anm. 71!

93 Die Schilderung, wie sie Schattschneider (oder wer auch immer) gibt, zielt eindeutig auf den Grand Prix vom 9. Mai 1998: Gewonnen wurde er von der israelischen Transsexuellen *Dana International*; *Guildo Horn*, der sich schon Monate zuvor auf seinen Kreuzzug der Zärtlichkeit begeben hatte, belegte mit dem Titel *Danke* bloß einen enttäuschenden siebten Platz und verschwand danach ebenso schnell wieder dorthin, wo er hergekommen war: in der ganz großen Versenkung.

Für historisch-kritische Leser: Ein Grand Prix vom 9.5.'98 und eine Mascha-Rückkehr vom 20.6.'96 (gemäß Datumsangabe auf S.76 bzw. 92) – das illustriert recht deutlich Schattschneiders historisch-kritische Akribie im Umgang mit geschichtlichem Material.

94 Nordhäuser Doppelkorn? Jedenfalls weder »Goldkrone« noch »Cottbusser Kristall-Wodka« (den »Blauen Würger«!).

95 Hier ein Bleistiftzusatz von offensichtlich fremder (Beinhoferscher?) Hand:
»[…] fauchte sie Gregor in schönstem Hochdeutsch an, der für diesen Merksatz später, als er mit Marietta um die Wette Sprüche klopfen sollte, noch oft Verwendung finden würde (›Ein Weißbrot braucht nun mal …‹; ›Ein Pils dagegen …‹).«

96 Im Manuskript folgt als Begründung der Satz: »Vielleicht kam's ja daher, daß er Thomas Mann gut fand, ein Alterungssymptom.« – Es versteht sich von selbst, daß wir diese durch nichts belegbare Unterstellung eliminieren mußten.

97 Am 19.6.1996 trennten sich Deutschland und Italien (im Rahmen der Europameisterschaft) 0:0; die Eröffnung der »Bier Börse« fand freilich erst am 21.6.1996 statt. Und was die Monitore betrifft, so zeigten sie an jenem Abend (wie auch an denen der kommenden Monate) die aktuellen Kurse von Dow Jones, Nasdaq und Nikkei – in Echtzeit.

98 Hefeweizen mit Bananensaft: in flacher Schale serviert und mit Strohhalm – eine Art Münchner Weiße mit Schuß, sehr gelb, sehr eigen.

99 Wie's unsre Bedienerin einmal von der Leiter schmiß: nämlich Frau Kirschschläger, eine Deutsche, bitte sehr, die sich – sobald meine Mutter

aushäusig war – mit großer Kennerschaft an der Hausbar zu schaffen machte; beim Fensterputzen trank sie eines Sommers, auf der Klappleiter herumwirtschaftend, und wollte sich dabei des Singens nicht enthalten. Als Zehnjähriger stand ich daneben und schaute zu, wie sie sich, der Hitze wegen, immer weiterer Kleidungsstücke entledigte, und berechnete die Chancen, ob sie rechtzeitig herunterfallen würde oder nicht. Sie tat's – und weil ich das insgeheim erhofft und mich darauf vorbereitet hatte, konnte ich sie auffangen. Frau Kirschschläger aber drückte mir einen ekelhaft nassen Schmatz auf die Wange und putzte bzw. trank bzw. sang bzw. entkleidete sich so lang weiter, bis meine Mutter durch ihre Rückkehr sämtlichen Tätigkeiten ein Ende bereitete.

100 Gastredner des Abends war Herr Dr. Wosamma, ein Kollege aus der Antiamerikanistik, der sich seinen Namen durch höchst problematische Thesen gemacht hatte; vgl.: Wosamma, Alf: »You Whitey, me negro!« Weshalb man in Afrika kein Schwarzer und schon gar kein Farbiger sein will. Mannheim/Leipzig/Wien/Zürich 1995 (= Schriften zum Untergang der deutschen Sprache. Hg. vom Wissenschaftlichen Rat der Dudenredaktion, Bd. 2).

101 Schattschneider gibt unsre Ausführungen in ärgerlich stimmender Verkürzung wieder; zumindest hätte er dem Leser mitteilen müssen, daß eine noch zu begründende Wissenschaft vom weiblichen Unterschenkel ausschließlich mit dem Blick *von hinten* zu greifbaren Ergebnissen führen kann. – Vgl. dazu: Wegensteiner, Leopold: Nieder mit dem Stöckelschuh! Eine physisch korrekte Wadenbetrachtung anhand von Gucci-Sling und Badelatsche aus dem Hause Dior. In: Becker, Susanne u. Stefanie Schütte: Magisch angezogen. Mode. Medien. Markenwelten. München 1999, S. 45 f.

102 Als Handy? als Zwergschnauzer? quer wie das Wort Percy?

103 *Chumbawamba* und ihr Hit *Tubthumping*, da konnten wir nicht widerstehen!

104 Selbstredend eine pure Unterstellung!

105 Allerdings! Am 23.6.1996 besiegte die Elf von Berti Vogts Kroatien 2:1 (»Die schlechteste Mannschaft, die wir je hatten!« – doch da sollte sich Herr Buchwald sehr getäuscht haben).

106 Im Original steht hier unsinnigerweise: »[...] servierte er seinen Knoblauch-Schnaps aus Emmendingen (›Jetz kriagts a Rundn Longdrinks, Leid, teiltses eich guat ei‹)«.

107 Das bisher einzige Golden Goal der Fußballgeschichte und von den Zuschauern im allgemeinen als sehr unbefriedigend empfunden: erzielt am 30.6.1996 durch Oliver Bierhoff zum 2:1 gegen Tschechien. – Auch wir saßen damals noch eine ganze Weile verdattert vor dem Fernseher, *diese* deutsche Elf als Europameister, das konnte eigentlich nicht mit rechten Dingen zugegangen sein.

108 Allerdings erst am 3.6.1998: Auf der Strecke Hannover-Hamburg (bei Eschede) brach ein Rad – oder war es ein Radlager? Beim größten Unfall in der Geschichte der Deutschen Bahn starben 101 Menschen.

109 Sozusagen eine 90er-Jahre-Variation von Frank Zanders *Hier kommt Kurt.*

110 Heißt zwar, wörtlich übersetzt, »liebenswertes Ei«, war aber der Anfang vom Ende. Zwei Millionen dieser virtuellen Küken wurden 1997 allein in Deutschland verkauft, Herr Prof. Rolf Kaspar richtete 1998 an der Kölner Uni sogar einen Tamagotchi-Lehrstuhl ein – am Fachbereich für Cyberspace-Diagnostik, was immer das sein soll –, angeblich wurden sogar Strafgefangene damit therapiert!

Wenigstens war das Ableben des Tamagotchis, ob gut oder schlecht gepflegt, nach etwa zwanzig Tagen vom Hersteller einprogrammiert (was man von seinem Nachfolger Furby, DM 99,95 ohne Batterien, ja leider nicht sagen kann); und wenigstens hatte Max kein *Anti*gotchi für Marietta gekauft – eins, das nur auf Prügel reagierte oder ständig rülpste, rauchte, soff.

111 Nein, Herr Dr. Bezold sagte vielmehr (in etwa): Vorläufer des Tamagotchis sei in den 80ern der Sauerteigkuchen »Hermann« gewesen, den man mit Zucker täglich füttern und zur Hälfte bzw. schließlich, entnervt, zur Gänze an seine besten Feinde weiterschenken mußte.

112 Die Debatte um die deutsche Rechtschreibreform erhitzte die Gemüter (und Gerichte) während der 90er in nahezu regelmäßigen Abständen; tatsächlich ist jenes vorgebliche Jahrhundertprojekt nichts als die Katzbuckelei der Inkompetenz vor der Macht des Mediokren.

113 Die Hochwasserkatastrophe an der Oder fand aber erst Ende Juli 1997 statt!

114 Das stimmt nicht ganz: Herr Dr. Bezold beschäftigte sich vielmehr mit dem Problem, ob das englische Senfpulver dem kanadischen durch eine kleine Gelbwurz-Beimischung dem Range nach anzunähern sei.

Im weiteren Verlauf des Abends diktierte er seinen Gesprächspartnerinnen die Details seines Salatsoßenrezepts »Bezold's Own« (ein Anfall von Größenwahn):

> Weißer Aceto Balsamico.
> Eine Prise Salz darin lösen (kein Meersalz, sondern solches mit Jod und Fluor!).
> Ein Teelöffel Akazienhonig (in der Vorweihnachtszeit auch Tannenhonig möglich).
> Ein gestrichener Teelöffel kanadisches Senfpulver (ersatzweise englisches Senfpulver mit einer Prise Gelbwurz).
> Schwarzer Pfeffer aus der Mühle.

Zutaten verrühren.
Dann mit gutem Olivenöl (möglichst aus Florenz; das
ebenfalls geeignete Öl aus Lucca schmeckt wohl manchem
zu fett) aufschlagen, bis sich eine gleichmäßig
goldfarbene Masse ergibt.
Zum Schluß eine feingehackte Schalotte unterheben.

115 Kryptisch; aus der Kenntnis des gesamten Textkonvoluts, vgl. S. 205, nehmen wir an: eine CD voller Stille (einschließlich deren Rückkopplungseffekten).

116 Vgl. dazu auch das Fragment G4[722]:
»Erstens: leere Flaschen einsammeln
, zweitens: Staub auf einsehbaren Flächen wischen (mit der Hand), drittens: Geschirr in der Spülmaschine verschwinden lassen, viertens: die zusammengerollten Socken unterm Bett ganz nach hinten schieben, zur Wand hin.«

117 Falsch. Schattschneider meint den Anschlußaufsatz, mittels dessen das Kabel an der Wand verankert war.

118 S. Anm. 79.

119 Dann war es allerdings, typisch Schmedt auf der Günne, kein *Original*-Tamagotchi: Die hatten nämlich, eine clevere Marketingidee, gar keine Reset-Taste!

120 Niemals hätte Frau Prof. Beinhofer jemanden derart zügig und unverblümt zum gemeinsamen Kaffeehausbesuch aufgefordert, völlig ausgeschlossen! Hier mag Schattschneiders Wunsch der Vater des Erzählflusses gewesen sein; *de facto* wird er sich deutlich länger abgestrampelt haben.

121 Schattschneider spielt an auf seine und Beinhofers (überaus nervtötenden) Bestrebungen während ihrer Wiener Studienjahre, mittels »Umbegreifung aller Begriffe« ein »Überösterreichisches Geheimlexikon der Sprache« anzulegen; s. »Weiberroman«, S. 104 et passim. – Das uneigentliche Sprechen, von dem ab S. 127 mitunter die Rede sein wird, war Teil jenes hochfahrenden Programms.

122 Der Mausbiber ist lt. Denis Scheck (s. Bibliographie) ein unsterblicher Teleporter aus der Science-fiction-Serie »Perry Rhodan« – unsterblich aufgrund eines leider unverschenkbaren Medaillons, das als beständiger Zellaktivator arbeitet.

123 Was uns schon ein wenig verwundert ist die Tatsache, daß bei jenem ersten Treffen kein einziges Wort über Schattschneiders Auftritt als Gastreferent (und dessen Folgen), kein einziges Wort über seine Entführungsaktion gefallen sein soll. Mag sein, daß hier einiges unterschlagen wurde.

124 Radler: halb Bier, halb Zitronenlimo; Russe: halb Weißbier, halb Zitronenlimo; Neger: halb Bier, halb Cola.

125 Im Manuskript hier der despektierliche (und sicher jeglicher Grundlage entbehrende, aus reiner Bosheit von Schattschneider erfundene) Zusatz:

»[…]›Spül nicht, Schatzi‹, habe er ihr allen Ernstes durch die Klotür zugerufen und sich überhaupt angewöhnt, so oft wie möglich *nach ihr* zu gehen: Ob man mit so einem, der Herr Klappentexter möge's bitte in letzter Konsequenz erwägen, ob man mit dem zusammenleben könne?

Aber Gregor war vollauf damit beschäftigt, überhaupt zu kapieren, wovon sie sprach.«

126 Leicht dümmliche Verballhornung der Russenmaß; vgl. S. 39.

127 Ihren Sektquirl liebte Frau Prof. Beinhofer sehr; wir wundern uns ohnehin, daß er nicht längst schon in Schattschneiders Aufzeichnungen Erwähnung fand, schließlich hantierte sie damit auch eifrig während der Salons – nicht nur im eigenen Glas.

128 Zweifelhafte Errungenschaft der 90er für großstädtisch Betroffne, natürlich aus USA.

129 An dieser Stelle wahrscheinlich die Fragmente G4[668] und Gregor4[669], die wir für den Fortgang der Handlung für entbehrlich halten und deshalb nicht in den Hauptkorpus aufgenommen haben:

»*Einer der Würfler*

, Robinson Caruso, beschränkte sich indes nicht länger drauf, Marietta zu mustern, sondern bestellte ihr ein Rüscherl: das sie zu seiner Freude sofort und zur Gänze in ihren langen weißen Hals hineinkippte.

›I drink gean Noagal aus‹, näherte sich der Würfler, um wenigstens Gregors Glas zu leeren – ›A Hundling, a richtiga Saufaus‹, rühmten die beiden andern vom Tresenende her –, und um sich den Schaum in den T-Shirt-Ärmel zu wischen:

›Host ebs aufgrissn gestan?‹

Weil man ihn aber keiner Antwort zuteil werden ließ, besiegelte er seinen Auftritt mit einem ratlosen: ›Ois Tschikago?‹*

Wodurch sich Hello-I'm-Friday auf den Plan gerufen fühlte

, schließlich konnte man das nicht so einfach auf sich sitzen lassen; und ein Rüscherl brachte er gleich selbst vorbei:

Ob ›d Madam‹ auch an andern Flüssigkeiten ein Interesse habe?

Das habe sie, beschied ihn Marietta, er könne ganz beruhigt sein, das habe sie nicht. Und falls er gar seine eignen Körperflüssigkeiten gemeint haben sollte: Die seien ihr zu hochprozentig.

Woraufhin ihr Hello-I'm-Friday einen tapsigen Handkuß gab – ›Slip-Slip-Slip-Huraaa!‹ gratulierte man vom Tresenende, ›ssauguad‹ – und sich zu seinen Mitwürflern zurückbegab.«

---

* Standardfrage aus der 70er-Jahre-Fernsehserie »Münchner Geschichten«, die noch in den 80ern oft wiederholt wurde. Regie führte Helmut Dietl; den Spruch klopfte vor allem Günther Maria Halmer, der einen Strizzi aus dem Lehel spielte. Hat nichts mit dem gleichnamigen Würfelspiel, s. Anm. 244, zu tun.

130 Schattschneider hatte vor Jahren das Rauchen eingestellt, deshalb.

131 4 cl Obstler mit 20 g gekörnter Leberwurst.

132 Tequila, Cassis, Sekt: 8,50 DM.

133 Je nachdem, wie man die Zahnbürste hielt, lief eine blaue Flüssigkeit im Stiel über die Nixe hinweg – oder eben nicht. Edle Einfalt und stille Größe.

134 Die Fön-Ente der Frau Maria Alexandrowna Petrowa: aus deren orange-farbener Schnute die Heißluft strömte, während der Rest des Entenkör-pers mit seinen orangefarbenen Entenfüßen am Badewannenrand darauf wartete, daß Schnute, Kopf und Hals wieder in ihn zurückgesteckt wür-den. Sicherlich gewöhnungsbedürftig.

135 Wir haben begründeten Verdacht, daß hier *de facto* gar nichts zu kapieren gewesen wäre – das »Pussycat« zahlt seinen Tänzerinnen sogar den Arbeitgeberanteil bei Bausparverträgen! Frau Maria Alexandrowna Petrowa wäre wahrscheinlich schon zufrieden gewesen, wenn sich Gregor einmal die richtigen Fragen gestellt hätte.

136 Was mag Schattschneider da wohl gerochen haben? Aber daß er sich *ein-bildete*, etwas zu riechen, im Zweifelsfall eine Mischung aus Frau Prof. Beinhofers »grüngraublauem« Körpergeruch und dem »rotbraunblon-den« ihrer Haare, darf als sicher gelten.

137 Zu »Ois Tschikago« s. Anm. 129.

138 Zur Silbermedaillengewinnerin Annika Walter aus Rostock, die bei den Olympischen Spielen '96 in Atlanta auch außerhalb des Beckens eine gute Figur machte (und späterhin im Playboy erst recht).

139 Nicht zu verwechseln mit ihrer Fön-Ente, vgl. S. 137!

140 Angeblich war er überzeugter Warmduscher. Selbst das möchten wir aber bezweifeln; vgl. »Weiberroman«, S. 246.

141 Zu Schattschneiders permanent eingestreuten politischen Unkorrekthei-ten vgl. unseren Aufsatz »Darf man Negerküsse essen?«, s. Lit.verz.

142 Dennis Rodman: Bad Boy der amerikanischen Basketball-Liga, exzen-trisch, gewalttätig, wußte sich als angeblich bisexueller Belästiger einige Jahre lang weltweit in die Schlagzeilen zu bringen.

143 Der Sowosamma-Neger – Dr. Alf Wosamma, der in Anm. 100 Erwäh-nung findet, ist mit ihm weder verwandt noch verschwägert – gehört seit Fredl Fesl (einem Barden »aus meiner niederbayrischen Heimat Nieder-bayern«) bedauerlicherweise zum humoristischen Standardrepertoire des Freistaats: Von höchstens pygmäenhaftem Wuchs, muß er, ein lautes »Sowosamma?« artikulierend, in den Savannen Afrikas ständig hochhüp-fen, um mit seinesgleichen in Kontakt zu bleiben. Gelingt dies, so ant-worten jene, ebenfalls hüpfend, mit fröhlichen »Dasamma!«-Rufen.

Der Sowosamma-Neger ist durch die zunehmende Verbreitung politi-scher Korrektheit in seinem Bestand stark gefährdet; eines der letzten Exemplare soll ein Herr Looshammer mitunter über die Maximilianstraße führen. Bei derartigen Anlässen trägt der Sowosamma-Neger ein rotes Samtkissen vor ihm her, auf dem das Looshammersche Handy ruht; läutet es, so hat der Sowosamma-Neger mit beiden Händen zuzugreifen: Laut & vernehmlich »Dasamma!« rufend, hüpft er damit vor seinem Besitzer, der es dann seinerseits bequem auf Hüfthöhe als wie von einer Telephongabel pflücken kann.

Nicht bestätigten Berichten zufolge hält derselbe Herr Looshammer auch das letzte lebende Exemplar des Sarotti-Mohrs; dieser hat ihn, sehr gegen seinen Willen, an Sonn- und Feiertagen mit Raffaelo-Kugeln zu füttern.

144 Implantate als Körperschmuck, der allerletzte Schrei im letzten Jahrtausend. Gern auch auf Handrücken oder Unterarmen.

145 DM 2,50 pro Stück.

146 So heißt der kleine »verwunschene« Treppenweg, der nahe der Villa Hasenpusch bergab führt, zur Straße nach Tutzing und dem dahinter liegenden Golfplatz bzw. Park bzw. See.

147 Derartige Schilder stehen tatsächlich mehrfach am Rande des Weges und mahnen beim Spazierengehen zur Eile (»Bitte nicht stehen bleiben«).

148 Schattschneider saß also nicht – und bei einer Frau Prof. Beinhofer wäre das auch schwerlich zu erwarten gewesen – im eigentlichen Biergarten, sondern im angrenzenden (Promi-)Restaurant des kochenden Fernsehstars Fritz Häring – lt. Eigenwerbung »Munich's Gate to Heaven«. Obwohl Häring als »everybody's Darling« (The New York Times) nicht davor zurückschreckt, das aufzutischen, »was die Leute wollen, ob es paßt oder nicht« (Le Chef) – dazu Häring in der Münchner »Abendzeitung«: »Die Zukunft ist die Schüssel. Groß, dampfend und vor allem voll!« –, paßt dann wiederum das schlichte halbe Hähnchen nicht recht, das man dort, s. S. 154, gegessen haben will; auch die Tschetschenen-, vulgo Russenmaß, der man dort angeblich zugesprochen hat, ist nur im Biergarten, nicht jedoch im Restaurant zu haben.

149 Bilder von Frau Prof. Beinhofers Vater – jede Menge Blauer, aber auch Gelber, Grüner und, vor allem, Blaugraugrüner Reiter – hängen im Salon; sie zu bewundern und auf die Nähe zu Kokoschka hinzuweisen (bei dem Rodolfo Rossi gelernt haben soll), ist noch kein ausreichendes Kriterium, um im nächsten Monat wieder eingeladen zu werden. Doch es hilft.

150 Das stimmt nicht ganz. Ausschlaggebend für Herrn Rossis »Flucht« in die alte Heimat war eine drohende Steuerüberprüfung; erst dort, in einem kleinen Ort nahe Mailand, und also Jahre nach dem Tod seiner ersten Frau – Mariettas Mutter – lernte er seine zweite Frau (Cicciolina) kennen. Bezeichnenderweise stellt Frau Prof. Beinhofer den Sachverhalt so dar, als sei sie selbst, die Tochter ihres Vaters, wegen einer andern verlassen worden.

151 Von Beinhofers Hand dazu am Rand: »Immerhin Black Label, Freund-chen, nicht nur Emporio Armani oder was immer du damals gedacht haben magst!«

152 Nein, von Lederkrawatten!

153 Im Original unpassenderweise: »[...] wär' das 'ne echte Standardsitua-tion«.

154 Zu ihrer jährlichen Ayurveda-Kur; auch das restliche Jahr über litt sie, sehr selten zwar, unter speziellen Gesundheitsanfällen: was dann ein paar Wochen lang in allerhand Trennkosthappenings und Halbfettpartys kul-minierte.

155 Die »hieb- & stichfeste Ausrede«, die sich Schattschneider für sein Tref-fen mit Frau Prof. Beinhofer ausgedacht hatte (vgl. S. 142), lief anschei-nend, sehr einfallsreich, auf beruflich bedingte Aushäusigkeit hinaus: auf irgendeine Konferenz vermutlich bei einem der nichtmünchner Verlage, die Schattschneider belieferte.

156 Auf einem Separatum der ansonsten wortidentische Text, allerdings mit dem Zusatz: »[...] und dabei über Frauenfußenttäuschungen in seinem Leben nachgedacht: über flache Zehen, ›sehnenlose‹ Fersen und ... daß man's mit Mascha unter diesem Fundamentalgesichtspunkt eigentlich ganz gut aushalten konnte«. (G4 [660])

157 Eine der Lieblingsvokabeln von Schmedt auf der Günne; ebenfalls ein echter Schmedt ist das deprimierende »Make love, not sex«.

158 Das jugendliche Weichei aus »Titanic« (Regie: James Cameron) avan-cierte für eine Zeitlang sehr zum allgemeinen Frauenliebling.

159 Wenn Schattschneider (bzw. Schmedt) der Meinung sein sollte, wir seien über Gebühr am Privatleben von Frau Prof. Beinhofer interessiert gewe-sen, so ist das dessen Problem; die – zwischen den Zeilen anklingen-de – Unterstellung, wir hätten Schattschneider bei dessen Fastfreundin verpetzt, möchten wir entschieden zurückweisen!

160 Despektierlicherweise mündet das Original in die – übrigens auch erzähltechnisch völlig unmotivierte – Schlußwendung:
»[...] Und der seinen einsamen Männerhock fortsetzen und dabei die nicht ganz bananenbierfreie Poldiweisheit begrübeln konnte, die jener in der ›Sieben‹ seinerzeit zum Besten gegeben:
›Heast, spätestens in unsam gsetztn Oita, da gibt's a Gleichberechti-gung, da hama aa a Schädelweh, da hama aa unsre Tage, und schlimm-stenfois dürf ma aa a bißl simuliern.‹«

161 Sic!

162 Gemeint ist der TSV 1860, der *eigentliche* Münchner Verein. Die »Roten« sind Spieler bzw. Fans des FC Bayern.

163 Vgl. S. 36 und dazu Anm. 23.

164 Im Manuskript hier – von wem? – gestrichen: »Lebe wild und gefährlich – bedeutete das inzwischen, es endlich mal zu riskieren, das Unwilde, Un-

gefährliche, das gummibärchenhaft häusliche Glück?« – Am Rande jener Passage übrigens von Beinhofers Hand ein deutliches »Nein! Trottel!!«.

165 Eines der neueren Universitätsgebäude, direkt vor der Mensa – also fast in Sichtweite von Gregors Lieblingsimbiß, dem »Adria«. Der Name des Schweinchenbaus, er beherbergt u. a. die Studentenbibliothek, resultiert aus seinem rosa Anstrich.

166 Kann sich eigentlich nur auf das NATO-Bombardement gegen Serbien beziehen, an dem auch die deutsche Luftwaffe beteiligt war. Dieser umstrittene Ersteinsatz der Bundeswehr außerhalb des NATO-Territoriums fand allerdings im Frühjahr 1999 statt, zu einem Zeitpunkt also, da Schattschneiders Aufzeichnungen längst von Prof. Beinhofer zu Publikationszwecken aufbereitet worden waren. – Hat Frau cand. mag. Lina Daxenberger hier auf eigne Rechnung konjiziert?

167 Nicht ganz. Der Gastreferent des Abends, Herr Jochen Schweitzer Bungee-Jumping, hatte immerhin – anstatt lang herumzureden über »Grenzerfahrungen statt Visionen« – eine kleine Housewalking-Strecke eingerichtet, turmabwärts. Erstaunlich, daß sie Schattschneider mit keinem Wort erwähnt, wahrscheinlich, weil er zu jenen gehörte, die sich nach der Demonstration durch Herrn Schweitzer – statt auch einmal selber etwas zu risikieren – umgehend in den Salon zurückzogen.

168 Herr Dr. Bezold sagte zu diesem Zeitpunkt vielmehr: »An der Art, wie einer Sätze baut, kann man ablesen, wie seine Achselhöhlen riechen.«

169 Er redete nicht über Espresso-Marken, sondern über Espresso-*Maschinen*, freilich im Zusammenhang mit den Espresso-Sorten, die man mit ihnen optimalerweise zubereite. Leicht näselnd dozierte er darüber, wie man mittels Betrachtung der »crema« überextrahierten von unterextrahiertem Espresso scheiden könne. Ja, die Extraktionszeit sei von großer Wichtigkeit … und eben deshalb eine Maschine erforderlich, die in der Lage sei, 7 Gramm Kaffee in 18–25 Sekunden mit 90°C heißem Wasser unter einem Druck von 9 Bar in ein Täßchen Glück zu verwandeln. Natürlich sei perfekter Espresso mit gewöhnlichen Haushaltsmaschinen nur bedingt herstellbar. Es fielen die gängigen Namen, La Pavoni etwa oder die Da Vinci von Jura, die beide für den Illy-Kaffee gut geeignet seien. Dann kamen andere Namen, Wega, Gaggia, Brasilia Portofino, Faema Diplomat, und Dr. Bezolds Gesicht verwandelte sich in ein von innen leuchtendes Antlitz. Als er schließlich die Zubereitung eines Segafredo auf einer Feldhofer beschrieb, wollte sein gesamter Körper erglühen: »Ein Segafredo auf einer Feldhofer, das ist es!« sagte er wörtlich.

170 In der Tat ist das Kellergeschoß der Villa Hasenpusch, sträflicherweise, auch heute noch auf dem Stand seiner Erbauung im Jahre 1902: verfügt selbst an fraglicher (lt. Frau Gschnitzer seit Jahren unbenutzter) Außentür nicht etwa über ein Zylinderschloß, sondern bloß über eines, wie man es von Zimmertüren her kennt – und ist also mit nahezu jedem simplen

Zimmerschlüssel zu öffnen: Wir haben uns während der Editionsarbeit, skeptisch gegenüber Schattschneiders Schilderung, davon mit eigenen Augen (und Schlüsseln) überzeugen müssen. Auf unsere anschließenden Vorhaltungen bzw. dringlichen Empfehlungen reagierte Frau Prof. Beinhofer bezeichnenderweise nur mit Achselzucken: Nun sei es doch sowieso schon zu spät.

171 S. nicht Anm. 71!

172 Frau Maria Alexandrowna Petrowa, befragt vom Herausgeber, welche Konditionen man mit einem Gelächter Gottes überhaupt verhandeln könne: »Tanzen und Animieren: ja; der Rest: nein!«

173 Vgl. S. 36 und dazu Anm. 23.

174 Ende Oktober '97 – ein Hinweis darauf, daß diese Textstelle also erst nachträglich (wahrscheinlich durch Herrn Prof. Beinhofer) eingefügt wurde – kippte ein Testwagen der neuen A-Klasse beim sogenannten Elchtest um; Mercedes stoppte deren Auslieferung am 11. November und führt seither nurmehr Karnickel-, Eichhörnchen- und Igeltest durch.

175 Schattschneiders Umgang mit der Zeitgeschichte ist bekanntlich skandalös. Wahrscheinlich spielt er hier auf die jahrelange Serie zumeist kriegerisch verlaufender Separationsbestrebungen in Ex-Jugoslawien an (vgl. Anm. 25).

176 Im Original: »[…] vor den Haufen mit den weggeworfenen Werbesendungen«; vgl. dazu Anm. 59.

177 Im Original hier unentschuldbarerweise: »[…] jaja, der Herpes sei weg, sogar die scharfgewürzten BSE-Burger vertrage er bereits und überhaupt: sei wieder nach allen Seiten hin offen.«

178 Letzteres dürfte in einem August (bzw. September) wohl kaum den gewünschten Effekt erzielt haben.

179 Der Wolpertinger ist – wie der Sowosamma-Neger – ein im bayerischen Volkshumor fest verankertes Phantasiegeschöpf; seine Bestandteile – Gamsbart, Fledermausflügel, Fuchsschwanz, Entenfüße, Federn usw. – werden nach Bedarf gemischt, meist auf Marder- oder Hasenbasis. Ist aber auch als Murmeltier oder Eichhörnchen zu haben, geht zum Teil aufrecht (mit Rucksack resp. Wanderstock) und holt auf Wunsch sicher sogar *Macarena* aus dem Bauch. In jedem Fall ein echtes Urviech.

180 Der Laden, eine der letzten Bastionen des traditionellen Haarschneidehandwerks mit papierenen Halsmanschetten hieß und heißt eigentlich »Haupt Sache«. An einen Horst-Dieter Schlammerl kann man sich dort nicht erinnern.

181 »Trainspotting«: 1996 auf deutsch erschienener Drogenroman von Irvine Welsh, »nichts für Zartbesaitete« (Literary Review). Auch als Film äußerst erfolgreich – das Kontrastprogramm zu »Titanic« (vgl. Anm. 158).

182 Die sukzessive Privatisierung des bis dato bundeseigenen Telephonriesen, beginnend mit einer ersten Tranche im November '96, euphorisierte

jeden zweiten Durchschnittsschmedt: Seither galt ein tägliches DAX-Mantra in weiten Kreisen der Bevölkerung als angebracht.

183 »Golden Eye«: James Bond-Film mit Pierce Brosnan als »007« (Regie: Martin Campbell); »Evita«: Verfilmung des Lebens der argentinischen Schauspielersängerpolitikerin Evita Perón mit Madonna in der Hauptrolle (Regie: Allan Parker).

184 Allem Anschein nach von Schattschneider ursprünglich hier vorgesehen G4[664]:

»Auch wenn's erst eines Hundsnurschers bedurfte
, eines seinen Saubazi quer durch die Gehsteigtische der ›Börse‹, Richtung Hauseingang, tragenden Hundsnurschers bedurfte, um Gregor daran zu erinnern:

Wo denn eigentlich ›d Mascha abbliem‹ sei, die habe man ja schon seit Wochen nicht mehr gesehen?

Denn daß der Bazi inzwischen ein gesetzter Herr sei, blieb der Hundsnurscher an Gregors Tisch keuchend stehen und machte Anstalten, sich samt Zamperlmops einfach dazuzusetzen: Das habe ›d Mascha‹ gleich begriffen, und daß ein gesetzter Herr nicht mehr ohne weiteres bis in den fünften Stock hochkomme, das auch.

Doch als sich der Hundsnurscher, wohl weil die Sonne so seltsam südlich durch die Gläser funkelte, als sich der Hundsnurscher tatsächlich laut aufächzend neben Max niederließ und gleich vertraulich werden wollte, ›I moan ollawei‹, entschuldigte sich Gregor – immerhin hatte er gerade feststellen müssen, daß er auf der gegenüberliegenden Straßenseite verabredet war.«

185 Vulgo Inline-Skates, ein Lifestyle-Surrogat der 90er: hatte nur begrenzt mit den früheren Rollschuhen zu tun; das futuristische Plastik-Outfit (incl. revitalisierter Radlerhose), das eine spezielle Erotik des Inline-Skatens suggerierte (der Schattschneider offensichtlich bereitwillig auf den Leim ging), trug nicht unwesentlich zu dessen Popularität bei. – Aber auch Rollerblades, den Stöckelschuhen vergleichbar, hatten einen Fehler: Irgendwann mußte man sie wieder ausziehen. Um sich dann *nicht* auf der Stelle in eine Leihmutter zu verwandeln, half nur eines: sofort Kochhandschuhe von Gucci überstülpen!

186 Man beachte, daß sie von Schattschneider zunächst, vgl. S. 68, als »litauisch anmutende Aushilfskraft« bespöttelt worden war.

187 Der geneigte Leser wird unschwer bemerken, daß Schattschneider keinerlei Scheu kennt, anderer Leute Anekdotenvorrat (vgl. Anm. 99) für eigene Zwecke zu plündern. Selbst wenn er den »Weiberroman« in wesentlichen Teilen verfaßt haben sollte – was wir stark bezweifeln –, so muß davon ausgegangen werden, daß damit alles andere als seine tatsächliche Lebensgeschichte vorliegt: sondern ein Konglomerat aus hier wie dort Aufgeschnapptem, Angelesenem, zufällig Beobachtetem.

188 Damit keine Mißverständnisse entstehen: In den Schweineboxen, und anderes wäre mitten in München ja auch undenkbar, passiert nichts weiter als die nichtöffentliche Fortsetzung dessen, was sowieso auf sämtlichen Tischen des »Pussycat« geboten wird: allenfalls angereichert durch die Illusion, daß die gebuchte Tänzerin den Blicken anderer Männer für eine Weile entzogen und also fast schon so etwas wie eine »Gespielin« ist.

189 Nämlich zum Thema »Lassen sich Kakteen durch gutes Zureden überzeugen, auf ihre Stacheln zu verzichten?«; Gastreferent des September-Salons war Herr Dr. Raimund Bezold, der dann freilich mehr darüber spekulierte, wie wohl die Seele eines entstachelten Kaktus zu zeichnen sei.

190 Allerdings, an diesem Abend wollte es Schmedt wohl wissen:
»Leiden Sie auch an dieser geheimnisvollen Krankheit, deren Namen ich gerade vergessen habe?«

191 Sie hing direkt neben der Tür und war im wesentlichen eine Aldi-Liste: »Diplomat Weinbrand, Colorwaschmittel, Spülmaschinen-Tabs, Reis, Pinot Grigio (3,98 DM), Rioja (3,98 DM), Leipziger Allerlei [...]«.

192 In der Tat, Herrn Prof. Beinhofers Platte setzte sich, natürlich in bescheidenerem Umfang, auch im Schlaf- bzw. Badezimmer fort; sein Plan, die Nachbarappartements dazuzumieten und weitere Mauerdurchbrüche vorzunehmen, wurde vom Lauf der Ereignisse überholt.

193 Nachweislich falsch (vgl. S. 77). Aber Schattschneider hat wahrscheinlich ohnedies den gesamten Dialog erfunden.

194 Diese Stelle ist mit Sicherheit verderbt: Herrn Prof. Beinhofers Replik ist das wörtliche Zitat einer Zigarillo-Werbung aus dem Jahre 1998! Im übrigen rauchte er bekanntlich Pfeife, vgl. S. 23.

195 Im Original gestrichen: »[...] und wie er die Ohrfeigen genossen, die sie ihm dann geschallert«; dazu von Beinhofers Hand am Seitenrand der Zusatz: »███████████████████!!«

196 Es war ja wohl auch nicht die alte *Taste*-Nummer, sondern der (im übrigen *What's Up* getitelte) Hit der *4 Non Blondes*.

197 Eventuell an dieser Stelle ursprünglich vorgesehen und in einer späteren Produktionsphase ausgesondert G4[703]:
»In Lengerich oder Wien
, mein-Gott, da hatte man zwei Mal pro Woche eine Totalorgie weggesteckt, locker weggesteckt; in Stuttgart war man immerhin noch zwei Mal pro Monat totaltrunken gewesen; und jetzt ... reichte's nicht mal mehr für zwei Besäufnisse im Jahr? Dann würde man mit fünfzig nurmehr zwei Räusche pro Jahrzehnt aushalten, oje.«

198 Der Humor dieser Antwort entzieht sich unserem Verständnis, wahrscheinlich ist er zutiefst bayrisch. – Zu Butterbrezel, Wurstsemmel und Wurst-ohne-Senf, die Marietta ein paar Zeilen weiter unten gegessen haben soll, vgl. unsere Ausführungen in Anm. 148.

199 Unverständlicherweise im Original: »daß man Männer mittels ständiger Flucht- und Ausfluchtmechanismen verwirren müsse mit einem System an Hinhaltetechniken verletzen«.

200 »Brandungsrauschen« des Starnberger Sees ist nicht einmal an dessen Ufer, geschweige auf dem Feldafinger Höhenkamm zu vernehmen; auch die Bahnlinie ist von der Villa Hasenpusch aus nicht zu hören. Uns scheint, Schattschneider will hier, in durchschaubar metaphorischem Kalkül, hören, was schlichtweg nicht zu hören ist. Oder sollte die Lieblings-CD der Frau Professor die ganze Nacht über gelaufen sein?

201 Keine Übertreibung, ausnahmsweise: In den Fächern von Prof. Beinhofers Küchen- wie Kleiderschrank finden sich überall kleine Zettel mit Regieanweisungen: »Nudeltopf«, »Sieb« bzw. – bezogen auf seine Hemden – »ein Mal getragen«, »zwei Mal getragen«, »frisch« usw.

202 Schattschneiders Unverfrorenheit geht im Original sogar noch weiter: »Und dann saß man, ordnete die Bierdeckel in die richtige Reihenfolge und grübelte darüber nach, mit wem sie sich *wirklich* traf. Denn mit einem Poldi, das würde sie doch nicht mal in Erwägung ziehen, oder?«

203 Vgl. TuZ/A[91]: »Gregor bekam Schmerzen in den Mundwinkeln, sobald er dran dachte.«

204 Im Verlagsarchiv finden sich zum Themenkomplex »Saufgelage mit der Frau Professor« eine Unzahl von Fragmenten G4[674]ff.; wir haben uns nach Sichtung des Materials entschlossen, im folgenden eine halbwegs chronologisierte Auswahl zusammenzustellen (zunächst die Kneipkuren im Münchner Stadtgebiet betreffend, anschließend die Sonderaktionen am Starnberger See) und fallweise die eine oder andere Ergänzung im Anhang kommentarlos beizugeben.

205 Offensichtlich entlehnt aus der unter Prof. Beinhofer entstandenen Magisterarbeit von Reinhard Kraasch, »Sprachgebrauch der Behörden« (unveröff. Manuskript, München 1996).

206 »*Vielleicht aber auch*
ergriff sie irgendeine ihrer erzieherischen Maßnahmen, Gregors Koteletten, Hemdkragen, Schuhspitzen betreffend, seine Art, die Zigarette zu halten, zu niesen, zu atmen, zu sein: Nichts, nichts, nichts paßte ihr, und Gregor ließ den Rauch möglichst langsam aus seinem Mund herausgleiten:
›Gibt's vielleicht auch irgendwas, das du halbwegs an mir magst?‹« (G4[676])

207 »*Mitunter allerdings*
, meist gegen Mitternacht, wenn man an allen Tischen zur Überschreitung der letzten Promillegrenzen rüstete, drängte sich irgendein Schicksal dazwischen – ein wüst mit seiner Wodkafahne herumwedelnder Sinatra-Fan aus Fernost zum Beispiel:
›Let us dlink to be stlangers in heaven!‹

Ein andrer hielt sich nicht erst lang mit Selbstdarstellung auf, sondern fing gezielt an, über Gregor abzulästern – bis ihm Marietta, die Augen zusammenkneifend, ins Wort fiel:

Er brauche sich keine Mühe zu geben; daß Gregor reichlich imperfekt sei, wisse sie längst selbst. Andrerseits aber! stehe er ›im Granit seiner Kunst‹: und schreibe an einem Roman.

Für ein paar Sekunden fühlte's Gregor da sehr deutlich, daß er seine Notlüge, wenn überhaupt, lediglich um den Preis würde gestehen können, daß sie ihn danach nurmehr für einen Klappentexter hielt.« (G4[679])

208 Durchgestrichen: »bevorzugt im ›Lenbach‹ oder in der ›Bongo Bar‹«.

209 Überflüssigerweise im Original ergänzt durch den Nachsatz: »das war anscheinend Mariettas Lieblingsversagertypus«. – Zum Neunhundertsassa s. auch S. 53.

210 Ausnahmsweise kein Schattschneider-Kalauer, ein Getränk gleichen Namens gab es im »Nachtcafé« tatsächlich.

211 Nicht ganz glaubwürdig, daß dieser *Chris Rea*-Hit des Jahres 1989 damals noch in irgendeinem Sender gelaufen sein soll. Allenfalls auf Antenne Bayern.

212 Frau Prof. Beinhofers Vater, Rodolfo Rossi, verließ seine Frau nach zahlreichen Affären im Jahre 1975; Marietta war zu jenem Zeitpunkt 12 Jahre alt. Der unausweichlichen Scheidung kam Frau Hasenpusch-Rossi durch ihren Tod (1978) zuvor.

213 Vielleicht an dieser Stelle ursprünglich vorgesehen (und von Prof. Beinhofer aus verständlichen Gründen in der Mappe XXL »versteckt«) die beiden Fragmente XXL[377]f.:

»*Vorausgesetzt*

, sie kam nicht, so gegen drei Uhr morgens, auf ihr Männer-wollen-doch-um-diese-Zeit-in-der-Regel-was-essen?‹

Rauchend und trinkend stand sie dann am Herd, und Gregor, rauchend und trinkend, stand daneben und dachte sich: Mag sein, daß Frauen um diese Zeit gern häuslich werden.

Während sich Marietta in schneller Folge an den Kochgeräten versündigte:

›Sag selbst, ob man sich mit einem einlassen könnte, der so viel in der Weltgeschichte herumrecherchiert?‹

›So viel?‹ Er habe doch nicht mal eine einzige, er sei doch, wenigstens sozusagen, sei doch solo.

Marietta ließ nur kurz von den Kochgeräten ab:

Genau dieses ›sozusagen‹, das meine sie.

Von ihrem Parmaschinken schmeckte er
erst das Parrr, dann das ma; bevor er allerdings zum schin kommen konnte, griff sie, über beide Teller hinweg, nach Gregors Fingern, bog sie so

368

weit nach hinten, bis es richtig schmerzte. Hatte er das schon mal gespürt?

Gregor: ›Was willst du eigentlich von mir?‹

Marietta: ›Drei Wochen?‹

Gregor: Hatte er das schon mal gehört?

Marietta: ›Das täte dir so passen!‹ Nein, viel mehr wolle sie von ihm, dermaßen viel, da würde er Angst vor ihr kriegen, wenn sie ihm das verriete. Gregor: Dann solle sie doch wenigstens mal damit anfangen.«

214 Unsicher. Dieser Satz ist so oft gestrichen, daß man ihn nahezu schon als geschwärzt bezeichnen könnte; mögliche weitere Lesart: »Jedenfalls keiner, dem man unbekleidet unter die Hände fallen dürfe.«

215 »*Als ihm Marietta zum wievielten Male vorwarf*, sich ›einer dermaßen simpel gestrickten Frau wie mir‹ gegenüber völlig falsch zu verhalten, verfiel er auf den Gedanken, mal anzufragen, wie sich, und es fiel ihm kein Besserer ein, wie sich ihr lieber Mann benommen habe, ›damals‹.

Hm. Gar nicht so anders als Gregor.

Also ›völlig falsch‹?

Naja, nicht *völlig* falsch, immerhin habe sie ja jetzt den kleinen Carlo ...« (G[688])

216 S. Anm. 71!

217 Dies tat sie mit großer Hingabe, es reichte ihr bereits der geringste Wetterumschwung. – Eine unserer Studentinnen, die wir bis dato für unverzickt gehalten hatten, Frau cand. mag. Lina Daxenberger, bestürmte uns unlängst, Migräne nicht länger als »unverzichtbaren Teil der Frauenbewegung« zu definieren.

218 Der Blick Richtung Süden reicht von den Chiemseer Bergen über die Karwendelkette bis zu den Allgäuer Alpen.

219 Sie selbst bezeichnete es gern als Vor-sich-Hinbärbeln.

220 Hier in Parenthesen der unnötige Einschub: »– da saß sie also, na schön, und hielt ihre Figur mit Wein und Trockenobst und kleinen Pillen zusammen! –«

221 Turnschuhe der Marke »New Balance« waren einen Sommer lang merkwürdig begehrt; besagtes »N« – seitlich aufgenäht und leuchtend weiß – sorgte für entsprechende Aufmerksamkeit.

222 In der Tat: »Broker's Bier Börse« zog – nachdem eine über Insiderwissen verfügende »Trinkgemeinschaft Schwabing« (frühere »Edi, sauf aus«) mittels limitierter Orders gegen die offiziellen Notierungen spekuliert und durch Termingeschäfte letztlich völlig ausgehebelt hatte – bereits zum Herbst '96 in den Kunstpark Ost: wo sie seither als »Wiesn World« Furore macht. – Der vormalige Pächter der Leopoldstr. 48 nutzte die Gelegenheit, das »Roxy« unter altem Namen wiedererstehen zu lassen: gegen alle betriebswirtschaftliche Vernunft und mit Erfolg.

223 Hier eventuell ein Fragment, das Herr Prof. Beinhofer – warum? – der
Mappe G3 zugeordnet hat:
»Der Morgenkummer
war der schlimmste. Manchmal blieben die Vorhänge zu – und Gregor
hielt das aus. Lag und wünschte sich ans Ende seiner Tage, auf eine einsame Insel, wo er all das penibel aufnotieren würde, was er ihr gern
gesagt, was er gern von ihr gehört, was er gern mit ihr getan hätte: bis er
am Rande eines riesigen Manuskriptberges zusammenbräche, jawohl.
   Dann würde sie's wohl hoffentlich kapieren, was sie versäumt hatte.«
(G3[185])

224 Wie wir Schattschneider kennen: mit einem seiner postpubertären Einli-
terrülpser.

225 Dies ist in jeder Hinsicht unmöglich, besagte Diskothek – vgl. Anm.
14 – liegt nämlich im Kellergeschoß. Zum Skateboarden traf man sich
auf der großen Freitreppe des Nationaltheaters.

226 »Forsthaus Ilkahöhe«, ein Nobelrestaurant bei Tutzing, wenige Kilometer
von der Villa Hasenpusch entfernt.

227 Zu jenem Fragment existiert eine interessante Textvariante G4[693],
zweifelsohne keine Apokryphe:
»[…] und sich schließlich sogar – stets unter der Prämisse natürlich, daß
sie nie sterben würden – ihre jeweilige Beerdigung ausgemalt hatten:
Marietta: Keine einzige Träne werde sie vergießen, sondern … ihm sein
Lieblingsgedicht ins Grab nachwerfen.
Gregor: Aber er habe gar keins.
Marietta: Was er denn, falls es dazu käme, was er *ihr* hinterherzuwerfen
gedenke?
Gregor: Den Weiberroman – sofern er ihn bis dahin geschrieben haben
sollte. (und als ihn Marietta ganz grau anblickte) Naja, falls er ihn jemals
fertig bekomme. Immerhin seien's 'ne Menge Weiber, die drin vorkom-
men müßten.
Marietta: Und eine Marietta komme auch vor?
Gregor, jetzt war er schon mal in Fahrt: Wer denn sonst?«

228 An dieser Stelle des Textes ist – von Prof. Beinhofers Hand? – ganz
offensichtlich ein Ausriß getätigt und, so dürfen wir vermuten, in der
Mappe XXL »versteckt« worden. Da diese auf Grund des näher rücken-
den Abgabetermins nicht systematisch auszuwerten war – fallweise Zita-
tionen im Apparat beruhen auf Zufallsfunden –, schlagen wir folgende
Konjektur vor:
   »Ob man eine Frau, die sich nicht liebte, ob man sie einfach so lang und
so heftig lieben mußte, bis sie's irgendwann nicht mehr leugnen konnte,
daß das ging (und, nach vielerlei Zwischenstufen, sogar zur Gegenliebe
fähig sein würde)? Aber ob ausgerechnet er, Herr Gregor Schattschneider, dafür der Richtige war?«

229 Selbstverständlich wurde die Herbstmode schon bei den großen Schauen in Mailand oder Paris gezeigt und im Verlauf der Sommermonate an die Filialen ausgeliefert; die betreffende »Präsentation« scheint eher ein gesellschaftliches Ereignis von lokalem Interesse gewesen zu sein.

230 S. »Weiberroman«, S. 387 f.

231 In den 90ern begann das große Fressen der selbsternannten »Global Player« (Thyssen/Krupp, Daimler/Chrysler, Deutsche Bank/Banker's Trust usw.); entsprechend bereitwillig reagierten die Börsen. – Nach eingängiger Befragung gab Schmedt allerdings zu Protokoll, an fraglichem Abend von keinerlei Fusionsphantasie beflügelt gewesen zu sein; allenfalls will er von »neuen Gestaltungsmöglichkeiten für Schisser wie dich« (gemeint ist Schattschneider) geschwärmt haben, von sogenannten YES-Anleihen. Dazu Schmedt:

»Naja, Hochkuponanleihen eben, so was um 9, 10, 11 Prozent, und am Ende, wenn's schlecht ausgeht, haste statt der Anleihen eben Aktien. Schlimmstenfalls welche von Beate Uhse.«

Schattschneider sei daran übrigens sehr interessiert gewesen:

Eine YES-Anleihe könne er gut gebrauchen, im Moment käme es ihm so vor, als habe er nur NO-Anleihen.

232 Nie und nimmer hätte das eine Frau Prof. Beinhofer gesagt, nie und nimmer! Dann schon eher: Zeitlebens habe sie versucht, besser als jeder Mann zu sein.

233 Hausmarke 1997.

234 Vgl. S. 216; wahrscheinlich hatte sie das gar nicht mal: sondern ihrem Mann *ebenjenen* Schlüssel abgefordert, mit dem er sich Zugang zum Kellergeschoß verschafft hatte und von dort, die Geheimtreppe kannte er vermutlich sehr viel länger als Schattschneider, in die Küche.

235 Dieser Meinung wollen wir uns freilich anschließen. Wahrscheinlich hatte ihr Anruf einen ähnlichen Hintergrund wie der Bericht vom Tod des Himbeer-Bäschtles für Frau Maria Alexandrowna Petrowa.

236 »Fedal am Vogal, Vogal im Oa, Oa im Nestal, Nestal am Zweigal, Zweigal am Zweig, Zweig am Astal, Astal am Ast, Ast am Baam – Drunt in da greana Au …« (Quasi-unendliche Volksweise).

237 Vgl. G4[704]:

»*Unwillkürlich*
stellte er [Gregor] sich Ingos Begräbnis vor: in einem himmelblauen Sarg, neuschweinsteinhaft bemalt, und der Horsti würde ihm allerhand Lackware ins Grab nachwerfen.

Aus dem Sarg aber würde's leicht plastiksandalös herausmuffeln, eine letzte rosarote Spur.«

238 Heißt offiziell »Klinikum rechts der Isar der Technischen Universität München«.

239 Typisch Schattschneider. Gewalt gegenüber Frauen mußte sich minde-

stens in einem blauen Auge dokumentieren, andernfalls glaubte er nicht daran.

240 Wie sich unsre Bedienerin einmal als promovierte Kunstgeschichtlerin entpuppte: nämlich eine aus der ehemaligen DDR, Frau v. Ovendorff, die Witwe eines Oberstleutnants, die von ihrer Rente im Westen nicht standesgemäß leben konnte und deshalb putzen ging. Das heißt, putzen ging sie eigentlich bloß pro forma, in der Hauptsache referierte sie über die neusten Kunstaustellungen, zu deren Vernissagen sie meine Mutter so oft einlud, bis sich diese nurmehr durch die Kündigung davor zu bewahren wußte.

241 Verderbt. Mit ebenjenem Slogan zog die CDU erst 1998 in den Bundestags-Wahlkampf. Übrigens ohne Erfolg.

242 Wir erinnern uns dunkel, daß ein derartiges Getränk kurze Zeit in einer australischen Szenekneipe für Furore und in der Weltpresse für Empörung sorgte. Mitnichten im »Roxy«! Zur Eröffnung gab es dort einen blauen Energiedrink mit Silberetikett »Viagra – for strong moments«, der nach flüssigen Blaubären schmeckte.

243 Vom 24. Oktober '96 ist uns keinerlei Lichterkette im Gedächtnis (obwohl dergleichen, Stichwort Solidarität gegen ausländerfeindliche Ausschreitungen, zu jener Zeit durchaus Konjunktur hatte).

244 Eine reichlich reduzierte Basisversion von »Chicago«: Jeder Spieler hat maximal drei Würfe. Dabei kann er dreimal hintereinander alle drei Würfel verwenden, kann aber auch günstige Würfel stehenlassen und nur mit den Restwürfeln weitermachen. Die »1« ergibt 10 Punkte; der Wurf einer »4«-»5«-»6« gilt als unüberbietbar und wird seitens der Mitspieler mit einem halblauten »Tschikago, do lecksd mi fett!« belohnt. Derjenige mit der niedrigsten Augenzahl übernimmt die nächste Runde.

245 Vgl. dazu auch TuZ/A[255]:
»Nein
, ich will dich nicht so, wie du vielleicht bist, ich will dich so, wie du dich immer inszeniert hast – gefährlich, umschwärmt und unbesiegbar, du sollst wieder Kunst sein, nicht Natur!«

246 S. Anm. 71!

247 Das ging mittlerweile ohne jedweden Erklärungsaufwand – nach der Neueröffnung hatte man den »Frozen Marietta« fest ins »Roxy«-Repertoire übernommen.

248 Um sie gleich darauf, ergebnislos, wieder einzusammeln. Schattschneider unterschlägt den jeweils beigelegten Zettel, auf dem sich der Mensch überhaupt erst als taubstumm deklarierte: Der himbärchenhaft glänzende Schlüsselanhänger sei sein Geschenk an die Münchner Menschheit und deren Spenden hochwillkommen.

249 Vgl. S. 128. Inzwischen hatte der Ladenbetreiber das Graffito, statt es zu entfernen, mit einem andersfarbigen »k« zum Teil seiner Schaufensterdekoration gemacht.

250 Richtig ist, daß in der Leopoldstr. 48 zum damaligen Zeitpunkt tatsächlich 13 Kanzleien oder Praxen betrieben wurden; dazu kam das Studio
des Masshemden-Hirtl und, im ersten Stock, der unter dem Namen »Frisuren-Schachterl« von Schattschneider mehrfach im Text erwähnte
Salon. Der Laden, eine der letzten Bastionen des traditionellen Fasson-
schnitts, hieß und heißt im übrigen »Coiffeur Blöckl«. An einen Bruno
Hundsnurscher kann man sich dort nicht erinnern.

    Verständlicherweise ist ein automatischer Türöffner in einem Haus
mit derart viel Kunden-, Patienten- und Parteienverkehr etwas Selbstver-
ständliches, jedenfalls nichts, wenn uns die Bemerkung erlaubt ist, weswegen man sich als Gregor Schattschneider dem Setzen von ï-Punkten
hätte hingeben dürfen.

251 Verderbt. Dieser Xavier Naidoo-Hit kam erst Anfang '99, zusammen mit
einer Coverversion von Grönemeyers »Flugzeuge im Bauch«, als Maxi-
Single auf den Markt. – Seit mir unlängst Frau cand. mag. Lina Daxenberger ebenjenen Hit beim Abtippen einiger Schattschneider-Fragmente
unaufgefordert vorsang, kann ich mich eines gewissen Verdachts nicht
mehr erwehren.

252 Nämlich: »Einfach den Reichstag verhüllen?« (s. S. 56)

253 Zum Thema sprach Frau Mag. Charlotte Heitzenreuther, geb. Wagesreiter. Schon während ihres Studiums war sie ja nicht die allerkonsequente-
ste gewesen; in ihrem Referat vermied sie nonchalant jede Auseinander-
setzung mit dem Thema, verlor sich vielmehr in der ausführlichen
Schilderung des verhüllten Reichstags und ihrer (rotweingeschwänger-
ten) Gedanken bei seinem Anblick:

    »Jetz no amoi zwanzig sein? Oda sechsadreißig und trotzdem d Nacht
durchmachn?«

    »Bin ja neugierig, wos aussekommt, wann s des Plastik wieder zam-
roin.«

    »Am End is de Hüttn drunta afoch futsch.«

    »Wie wohl die Söi von so an zampacktn Reichstag …«

                        … und was sie der-
gleichen mehr gedacht haben will, statt uns einmal klar und deutlich zu
sagen: *Ja*, der darf das!

254 Die war bereits am 28.8.1996 erfolgt. – Zwei Jahre später, am 31.8.1998,
kam die Prinzessin, zusammen mit ihrem neuen Freund, in einem Pariser
Tunnel ums Leben: Volkstrauertage auf der ganzen Welt!

255 Allem Anschein nach Dr. Benedikt Gaisberger, der Leiter des Münchner
Literaturhauses.

256 Herr Dr. Bezold berichtete vielmehr, *er kenne jemanden*, der Wagner-
Opern auf der Gitarre spiele. Aber wenigstens nur die Ouvertüren.

257 Wie unsere Bedienerin mit dem Mercedes vorzufahren pflegte: nunja,
Frau Margarethe Daxenberger, jedenfalls so lange, bis sie sich einem Nea-

politaner hingab, der seltsamerweise nicht sang, sondern die Geige strich. Fortan fuhr sie Fiat Uno.

258 Sondern sich nur habe anfassen lassen. – Auch diese Stelle ist mit Sicherheit verderbt: Die Affäre von Bill Clinton mit Monika Lewinsky (bei der Zigarren keine ganz geringe Rolle spielten) wurde erst im Herbst '98 vor einem Untersuchungsausschuß verhandelt.

259 Näuse hin, Näuse her – mag sein, daß Schattschneider die Darstellung hier ungebührlich verkürzt. Zumindest die zwei (z. T. lückenhaft) auf uns gekommenen Fragmente G4[717] und G4[718] müßten spätestens an jener Stelle des Gesamttextes – oder bereits im Umfeld von G4[432] (s. S. 244)? – vorgesehen worden sein, andernfalls das Pfefferminzhennennmotiv, wie es mehrfach in früheren Passagen anklingt, blind geblieben wäre:

»Das Pfefferminzhennenessen
fand unter Beteiligung Carlos, der Tigernaus, statt. Und führte schnell zu allgemeiner Schlechtlaunigkeit: bei Frau Gschnitzer, weil Marietta ihr Rezept angeblich nicht gebührend umgesetzt hatte, bei Marietta, weil sie sich über Frau Gschnitzers rezeptorische Besserwisserei und, mehr noch, über Gregors offensichtlich zur Schau gestellten Pfefferminzhennenekel ärgerte, bei der Tigernaus, weil sie anfangs zwar recht hübsch mit der Pfefferminzsoße auf dem Tischtuch herumsauen konnte, sich nach Genuß derselben allerdings erbrach, und bei Gregor: weil's Pfefferminzhenne gab.

›Meine Zunge ist dumm‹, gab er schließlich Messer & Gabel aus der Hand: ›Sie sagt, daß ihr hier Zimt und Knoblauch fehlen.‹
[Lücke im Manuskript]
nachdem Marietta die nahezu unversehrt gebliebne Pfefferminzhenne aber mit bloßen Händen gepackt und, ohne zu zögern, in den Abfall geworfen hatte, saßen sie alle leicht ratlos.
Wenigstens 'nen kleinen Nachruf, ermannte sich schließlich Gregor, sollte sie uns doch wert gewesen sein:

Die Pfefferminzhenne
, die in einem früheren Leben gern als Weckerhuhn ihr Unwesen treibt, wartet nämlich so lang ab, bis sie serviert werden soll: bis die Gastgeberin, ein Tranchiermesser zur Hand nehmend, in die Runde fragt, wer ein Bruststück will und wer einen Schenkel. Da fährt sie, im letzten Moment, mit allerlei Gegacker hoch vom Teller, beidseitig klatscht die Pfefferminzsoße runter aufs festliche Tischtuch, und sie ist voller Schadenfreude: Wieder mal ist's einer von ihnen gelungen, sich in der Küche, während der Zubereitung, schlafend zu stellen – das kochende Wasser halten sie spielend aus –, ein ziemlich ausgebufftes Pack, diese Pfefferminzhennen, und charakterlich nicht unbedingt einwandfrei. Wer weiß,

was sie im Schilde führen, wenn sie sich packen und zum Abfall werfen lassen!

›Sollten wir da nicht besser nachsehen, Carlo?‹

›Untersteh dich‹, mahnte Marietta.

Eines Tages freilich wär's um ein Haar auch einmal 'ner Pfefferminzhenne an den Kragen gegangen, man saß gespannt schon um den Eßtisch, die Mutter fragte den kleinen Carlo, welches Stück er denn gern hätte, Brust oder Bein, und der entschied sich –

›Na, Carlo, für was hättste dich entschieden?‹

Er entschied sich dafür, seinen Klogang antreten zu wollen. Gregor hätte ihn am liebsten [Ende des Fragments]«

260 Zum Teil überschwärzt: In der ersten Schicht darunter lautet Maschas Antwort: »Mach ich das doch mit der linken Hand«. (nach D. Killy, 1997)

261 Sogenannte Tattoobänder, übrigens aus Drachenschnur, nicht aus Metall, kamen erst im Frühjahr '99 auf; da sowohl Schattschneider wie auch Prof. Beinhofer zu diesem Zeitpunkt längst abgetaucht waren, muß es uns leider als gesichert gelten, daß außer den beiden noch ein? mehrere? weitere(r) Verfasser am Werk war(en). Etwa Schmedt, der ja zumindest diverse Textproben (s. S. 286) geliefert haben soll? Oder hat hier Frau cand. mag. Lina Daxenberger, selbst bekennende Tattoobandträgerin, ausnahmsweise den Text nicht nur abgetippt?

262 Nie und nimmer vorstellbar bei einer Frau Prof. Beinhofer, nie und nimmer! Was hätte sie einer Mascha denn auch unter vier Augen sagen wollen – oder gar mit ihr tun?

263 Nicht so ohne weiteres! Zuvor erging er sich eine erkleckliche Weile über die Kellertür und daß sie früher, da Gregor noch nicht in der Villa Hasenpusch ein- und aus gegangen, stets unverschlossen gewesen sei. Vgl. S. 220.

264 Das hätte Schattschneider wohl gerne so gehört! Selbstverständlich sagten wir jedoch: »Oda zwa fette Duttln und quer drauf ›Pratzn weg – Trixi‹!«

265 Eventuell an dieser Stelle auch das Fragment G4[730], immerhin deuten einige wörtliche Überschneidungen darauf hin, daß ihm dieselbe dramaturgische Funktion zugedacht war:

»*Denn klein beigeben*

konnte man jetzt nicht mehr […]. Wer aber würde Gregor helfen können, *groß* beizugeben […]? Der Schlammerl Horsti kaum:

›An so an Trum Rausch wia gestan auf d Nachd hamma scho lang nimma ghabt!‹

Mit beiden Händen in den Postwurfsendungen parterre herumsortierend, nach Essiggurken, Sauerkraut, Heringssalat, verdorbner Milch und Zonentropfen riechend, malmte er mit seinen Kiefern, im nächsten Moment hausmeisterte er derart dicht vor Gregor empor, ›Mei Liawa!‹, daß der den Kopf schief halten mußte. Als er hingegen grundsätzlich werden wollte – Es sei doch gewiß auch kein andrer nicht als wie der Gregor, der wo seinen Restmüll allerweil in die Papiertonne hineinschmeiße? –, drängte die Zeit plötzlich sehr.

Ob er vielleicht deshalb so gut gelaunt sei, fragte ihn Gregor, die Horstihand von seiner Schulter schiebend: weil er eigentlich ganz andre Sorgen habe?

›Naa‹, brummte der Horsti und wühlte sich zurück ins Dunkel, ›gwiiß need.‹«

266 »*Ob er ihm*
einen Anzug spendieren dürfe? begrüßte ihn Gregor: Den müsse man bloß ein bißchen umschneidern, dann sei er mindestens Triple-A.

Triple-A? leuchtete Max von den weißen Schuhspitzen bis ins ausgefisselte Ende seines Pferdeschwanzes kurz und heftig auf: Her damit.« (G4[736])

267 Im Anschluß daran wäre höchstwahrscheinlich das (unserer bescheidenen Meinung nach entbehrliche) Fragment G4[737] eingeplant gewesen:

»*Der schlagartig volltrunkne Max*
, fast hätte er den Rest des Abends mal wieder in Erinnerungen an die Tage des Weitpissens und des Fanta-Rülpsens verschwelgt. Ja, das seien noch Zeiten gewesen, wie sie alle, auf dem Weg zur Schule, in die rechte Hand gefurzt und dann wechselweise dran gerochen hätten:
›Egal, nach was du gestunken hast, es war voller Hoffnung, sag ich dir.‹
›Und heute: nichts mehr, worauf du noch einen lassen kannst.‹«

268 Schmedt lebt(e) im wesentlichen von der Vermietung zweier geerbter Häuser in Lengerich (Aldruper Damm), ansonsten von gepflegtem Privatisieren. Einen Grundstücksmillionär als Arbeitslosen zu titulieren, bringt bloß Schattschneider fertig.

269 Dies, wie auch die gesamte folgende Szene, selbstredend eine freie Erfindung Schattschneiders.

270 Schattschneider, wie immer inkorrekt in seiner Wortwahl, meint die neuen Bundesländer.

271 Was beileibe nicht an meiner Wenigkeit lag, einen Thomas Mann-Experten kann man in der Münchner Germanistik immer gut gebrauchen, sondern am System: Assistentenstellen sind, wie die offizielle Bezeichnung »Akademischer Rat auf Zeit« schon sagt, auf zwei Mal drei Jahre befristet; hat man sich währenddem habilitiert, so können sie ein letztes Mal um drei Jahre verlängert werden. *Danach* ist man entweder, bei erfolgreicher Bewerbung um eine der (selten!) ausgeschriebenen Professuren, ein gemachter Mann oder – arbeitslos.

272 Schattschneiders durchgängige Erzählstrategie läuft darauf hinaus, die

Autorschaft an seiner Autobiographie durch Andeutungen, direkte Hinweise oder komplett erdichtete Szenen zu verschleiern, wenn nicht, in eine gänzlich falsche Richtung zu lenken. Wir kommen nicht umhin, in ebenso hartnäckiger Weise zu dementieren, daß wir selbst in jener prekären Situation zu derart »prinzipiellen« Zugeständnissen nicht bereit und auch in Folge zu keinem Zeitpunkt mit dem Verfassen eines Weiberromans (oder seiner Teile) betraut waren. Schwierig genug, wahrlich, ihn zu edieren!

273 Daß Herr Prof. Beinhofer die Mailbox seiner Frau geöffnet haben will, ohne daß die gelesenen Mails anschließend automatisch – vom Programm des Providers – mit einer Markierung versehen wurden, bei T-Online beispielsweise verschwindet ein Briefumschlag-Symbol, erscheint nicht ganz glaubwürdig. Nur bei Compuserve wird, unserer bescheidenen Kenntnis nach, das Lesen der Post *nicht* vermerkt. – Oder sollte Frau Prof. Beinhofer, zuzutrauen wäre es ihr, die kleinen Briefumschläge vor ihren Posteingängen schlichtweg übersehen, mißachtet (und ihr Fehlen also gar nicht bemerkt) haben?

274 Könnte es sein, daß der Beschluß auf einen Satz wie diesen rauslief: »Mit vierzig war man offensichtlich zu alt, um mit jeder, in die man sich mal verliebt hatte, auch zusammensein zu können« (TuZ/A[168])?

275 Nie und nimmer hätte das eine Frau Prof. Beinhofer gesagt, nie und nimmer! Dann schon eher »Ich habe fertig«.

276 Denn ein »Nein, du gehörst jetzt nur dir selbst«, wie im Original dreist zu Protokoll gegeben, konnte Schattschneider natürlich ebensowenig gesagt haben.

277 Es will uns sehr unwahrscheinlich dünken, daß es zwischen Schattschneider und Frau Prof. Beinhofer, nach allem, was wir von ihrer Beziehung wissen, nur zu jener rudimentären Aussprache gekommen sein soll. Unserer bescheidenen Meinung nach hat uns entweder Schattschneider den wesentlichen Teil der Geschichte unterschlagen oder, aus Gründen, für die wir Verständnis empfänden, Herr Prof. Beinhofer. Wir können uns nicht enthalten, die Fragmente einer möglicherweise hier stattgefundenen oder jedenfalls als literarischer Monolog geplanten Schattschneider-Suada wiederzugeben, die wir hauptsächlich der Mappe TuZ/A entnehmen:

»Meine Rede war immer der Potentialis« (XXL[297]).

»Ich brauche Ruhe Ruhe Ruhe« (G5[189]).

»Bloß nicht glauben, daß man mit vierzig alle Feuerzeuge dieser Welt noch mal aufs neue entflammen könnte – bloß nicht!« (TuZ/A[233])

»Um Himmels willen, mit vierzig war man wirklich zu alt, um neu anzufangen, war man endlich alt genug, um in Würde zu verharren.« (TuZ/A[250])

»Ein Porst auf den Status Quo« (G8[97]).

»Vierzig werden heißt nicht zwangsläufig Aufbrechen in eine schiefe Ebene.« (TuZ/A[232])

»Nein, nicht um ein Entweder-Oder (noch gar ein Weder-Noch) ginge's jetzt, sondern um ein Zwar-Aber, ein Zwar-Aber-trotzdem!« (TuZ/A[172])

»Mit vierzig sollte man sich drauf konzentrieren dürfen, *systematisch* zu ergrauen, nicht hier mal und dort mal und plötzlich überall.« (TuZ/A[14])

278 Das hatte der damalige Bundespräsident Werner Herzog in seiner »Berliner Rede« gefordert.

279 S. Anm. 71!

280 Daran konnten auch die neuen – liberalisierten – Ladenschlußgesetze nichts ändern, die ab 1.1.1997 in Kraft traten.

281 Wir haben uns nicht entschließen können, das aufgrund seines spekulativen Inhalts hochproblematische Fragment G4[744] – es war mit an Sicherheit grenzender Wahrscheinlichkeit hier vorgesehen – in den Haupttext aufzunehmen:

»*Bei einem Birnenschmantkuchen samt Jagertee*

im ›Café Gini‹ begriff man, daß dieser Arbeitsaufenthalt von Anfang an vollkommen überflüssig gewesen, jedenfalls was Ecki betraf und dessen von Max angedeutete ›weitere Aktionen‹; wahrscheinlich hatte Max mit seinen Vorschlägen nichts andres bezweckt, als Gregor (samt Poldi) aus dem Verkehr zu ziehen – aus dem Verkehr mit Marietta, wenn man sich nicht allzusehr in ihm täuschte.

Auch recht, dachte Gregor: Weis wuaschd is!«

282 Frau Maria Alexandrowna Petrowa hatte sich wenige Tage nach ihrem Geburtstag entschlossen, einen Last Minute-Flug nach Alma-Ata zu buchen.

283 Infam. Zum Jahresende 96/97 hielt ich mich nachweislich in Wien auf; auch davor (oder danach) war ich nicht im »Pussycat«, am allerwenigsten recherchehalber für einen Weiberroman.

284 Im »Gasthof zur Linde« gibt es keine Bar. Was Zweifel an der *gesamten* folgenden Szene angebracht erscheinen läßt.

285 Daß er sich an jenem Abend zum ersten Mal in seinem Leben mit einer Krawatte geschmückt hatte – wie aus gewöhnlich gut unterrichteten Kreisen verlautet, soll ein Bücherregal darauf zu sehen gewesen sein –, unterschlägt er.

286 Destillate des Frauenchiemseer Klosterlebens sind ausschließlich im klostereignen Laden erhältlich.

287 Zur Schwarzen Seite, die – entgegen Beinhofers Zuordnung zur Mappe G3 (vgl. »Weiberroman«, S. 389) – für *diesen* Erzählabschnitt reklamiert werden muß, s. Anhang, S. 330, 340 f.

288 Im Original hier ursprünglich: »Gut, daß sie kein Brett zur Hand hat, dachte Gregor.«

289 Schattschneider unterschlägt – jedenfalls in der Fassung, die *nicht* abge-
schickt, sondern für eine zukünftige Romanniederschrift bestimmt war –
den Zusatz »PS: So 'ne Schote wie damals mit dem Himbeer-Bäschtle
könntest Du Dir dann ja in Zukunft verkneifen«.

290 Weitere Notate zu Marietta, deren wir eine erkleckliche Anzahl in den
Mappen G5-G8 vermuten, aber auch in TuZ/Br, TuZ/S und XXL, ließen
sich aus Termingründen noch nicht beibringen.

5. Bibliographie

Einige Nachträge zur Literaturliste im »Weiberroman« und ausgewählte Neuerscheinungen

Bauer, Matthias: Interpolation und Inkontinenz. Warum die sogenannte »Mainzer Kladde« nicht zu den Apokryphen des Schattschneider-Opus gerechnet werden darf. Eine quellenkundliche Studie. In: Trafo. Almanach des Mainzer LiteraturBüro (Mainz) Nr. 2/1998, S. 83–92.

Felken, Detlef: Bringen Scherben Glück? Skulpturen im Wohnraum als Gestus ästhetischer Selbstgefälligkeit. In: AD-Architectural Digest. Das Internationale Wohnmagazin (München) Nr. 2/April-Mai 1997, S. 40–48 [darin ausführliche Darstellung der verschiedenen Versuche, E. Beinhofers Sklavenplastik zu restaurieren].

Giesecke, Gerald G. (unter Mitwirkung von Rudi Leitermann): Das war's. Zwei Jahre mit und, vor allem, ohne Marietta. In: http://novel.zdf.de/geflust3/helden/daswars.asp

Gschnitzer, Sophia: Mein privates Rezeptbuch. Grünwald, Starnberg, Garmisch, Berchtesgaden, Bad Reichenhall, Rottach-Egern, Ammerland, Feldafing 1964–1996 [unveröff. Manuskript, Privatbesitz].

Jang, Eun-Soo: Schattschneider-ka Hwang-jini-rŭl son-e neo-chi mot-han sayon. Sa-rang-kwa kwon-lyok-e kwan-han yon-ku [= Wie Schattschneider einmal unter die koreanischen Weiber gefahren. Über Macht und Ohnmacht der Triebe]. In: Tongseo-Munhak. World Literature (Seoul) H. 3/1999/Nr. 29, S. 467 ff.

Jirgl, Reinhard: Abschied von den Freunden. Meine gescheiterten Abende im Hause Hasenpusch. In: Ders. und Andrzej Madeła: Zeitenwende. Kultur im Schatten posttotalitärer Mentalität. Koblenz: Bublies 1994, S. 75–84.

Killy, Daniel: »█████████████████████████«? Denoircissement – un essai à démasquer les imbécillités cachés dans l'œuvre de Gregor Schattschneider tenant compte de l'histoire du noir [= »█████████████ ████«? Versuch, den Subtext im Werke Gregor Schattschneiders zu entschlüsseln unter besonderer Berücksichtigung der Entwicklung des Schwarzen an sich]. In: Carnets littéraires de la France d'outre-mer (Cayenne) No. 47/1997, S. 326–364.

Ders.: At sværte bogstaver: En ████████ om censur som hjælpemiddel til at finde betydninger når man mangler ord [= Buchstabenschwärzen: Die ████████ der Unkenntlichmachung als literarisches Stilmittel. In: Odense Universitets Skrifter (Odense) No. 527/1998, Sp. 2312–2404.

Saramaga, Jessas Maria: Nada como um »galo hortelã«? Tânia (e Laura) Adametz, as dançarinas no show de samba na cidade Embaixo da fedorenta cachoeira [= Nichts als »a schoafa Has«? Tania (und Laura) Adametz beim Show-Zapfen in Unterstinkenbrunn]. In: International Review On Postschattschneiderism. Hg. von Wrigley Couchhauser, Mongo Sesselking, Sammy O. Sofaburger et al. No.18/1997 (Oberstinkenbrunn) S. 1257–1298.

Scheck, Denis: Mausbiber, Iltu, Jumpy: Trinität zwischen Teleportation und Telekinese? Tier und Untier im Œuvre Gregor Schattschneiders unter besonderer Berücksichtigung der Perry Rhodan-Hefte Nr.18–1886. In: [ohne Hg.]: Cosmonaut 7. Almanach für Phantastik und Klassenkampf. Würzburg 1996, S. 47–58.

Schiller, Maike Leão: Chapéu de palha – a viagem ao país sonoro. As ideais da verdadeira realadade da vida da Marietta [= Die Angst des Strohhuts vor dem Rosa. Ein Aperçu über die wahre und die echte Marietta]. In: Clube da Luluzinha (Rio de Janeiro) Nr. 12/1997 [o. S.].

Siblewski, Klaus: Bauchredner in fremder Sache. Eine Skizze zum Thema »Klappentext & Phrasendreschmaschine«. In: Literatur + Kritik. (Salzburg) Nr. 9/1999, S. 57–62.

Sparschuh, Jens: Die Chinesin des Scherzes. Feuerzeugkultur in den Metropolen der 90er. In: Ich dachte, sie finden uns nicht. Zerstreute Prosa. Köln: Kiepenheuer & Witsch 1997, S. 157–173.

Spinnen, Burkhard: Modelleisenbahn. Kleine Welt der Passionen. München: dtv 1998 [im Kap. »Ganz am Ende«, S. 127 ff., eine Auflistung berühmter Modellbahner von H. H. Wells bis Kurt Biedenkopf, darin auch ein kurzer Abriß der Entwicklung von E. Beinhofer].

Ders.: Schienenkreis und Melancholie oder Vom Universum zur negativen Idylle. Versuch über die Platten des Eckart Beinhofer. In: Sprache im technischen Zeitalter (Berlin) Nr. 31/Sep. 1993/H.127, S. 329–341.

Tippner, Anja V.: Zametki o stereotipičeskom obraze russkoj ženščiny v proze Šattšneidera [= Bericht über Bemerkungen Schattschneiders zum stereotypen Bild der Russin als Stereotyp]. In: Germano-Slavica (Praha) Neue Folge Bd. 7/H. 2/1997, S. 453–461.

Wegensteiner, Leopold: Darf man Negerküsse essen? Über den exponentiellen Zuwachs politischer Inkorrektheit in der Benennung von Alltagsgegenständen I. Hasenpuscher Sonderdruck Nr. 27. Hg. von L. W. Feldafing 1997.

Ders.: Vom Türken- zum Negerkoffer. Über den exponentiellen Zuwachs politischer Inkorrektheit in der Benennung von Alltagsgegenständen II. Hasenpuscher Sonderdruck Nr. 28. Hg. von L. W. Feldafing 1997.

Werth, Wolfgang: Der milde Mann von Feldafing. Über Lothar Günther Buchheim, Ringelnatz und Beinhofer. In: Süddeutsche Zeitung, 7.12.1996.

Yalçın, Mehmet: Gece gündüz pizza yiyor, bok herif! Gregor Schattschneider'in »Adria«daki lüzumsuz öglen yemekleri [= Das Problem der Eckstücke beim Pizzaessen und warum die Dönerspieße rund sind. Gregor Schattschneiders Mißgriffe beim »Adria«]. In: Hürriyet, 14.8.1996.

Zawodsky, Peter: Dialektale Dekonstruktion von »Spaßetteln« bis »Spompa-nadeln«. Aspekte des Hochneuwienerischen ober- und unterhalb des Gürtels. In: Mittelosteuropäische Monatshefte der Schattschneider-Ge-sellschaft (Wien, Mödling, Nagorny-Karabach) H. 6/1998, Sp. 387–452.